Andreas Bornhäußer
Manuskript von Albisano

Andreas Bornhäußer ist als Experte für Selbstwirksamkeit seit 1981 erfolgreich selbstständig. Sein Fokus liegt dabei auf gelingende Kommunikation durch Wahrnehmungs- und Wirkungskompetenz. Als Coach wird er von zahlreichen namhaften Persönlichkeiten und Führungskräften aus Politik, Wirtschaft und der Medienbranche im In- und Ausland konsultiert und ist als Referent auf Kongressen und Symposien sowie als Trainer in Seminaren tätig. Er hat schon zahlreiche Sachbücher veröffentlicht und nun mit seinem Debütroman *Manuskript von Albisano* ein lehrreiches und einzigartiges Universum für die Bücherwelt erschafft.

Wie viel Macht haben Worte? Mit dieser Frage muss sich Alfredo auseinandersetzen, als er die geheimnisvolle Anna in Albisano am Gardasee kennenlernt. Anna fühlt sich dazu berufen, den Menschen die Zusammenhänge von Erkenntnis, Sprache und Macht aufzuzeigen, um die gesellschaftlichen wie politischen Missstände auf dieser Welt ans Licht zu bringen. Sie kann Alfredo überzeugen, gemeinsam ihre bereits zu Papier gebrachten Worte zu ordnen und zu einem zusammenhängenden Manuskript zu verbinden. Doch das Manuskript zieht nicht nur Alfredo in seinen Bann, sondern weckt auch das Interesse von mächtigen Persönlichkeiten. Es beginnt ein Spiel um Wahrheit, Macht, Leben und Tod.

Andreas Bornhäußer

Manuskript von Albisano

Herodot-Verlag

Der Verlag weist ausdrücklich darauf hin, dass im Text enthaltene externe Links vom Verlag nur bis zum Zeitpunkt der Buchveröffentlichung eingesehen werden konnten. Auf spätere Veränderungen hat der Verlag keinerlei Einfluss. Eine Haftung des Verlags ist daher ausgeschlossen.
Bibliografische Information der Deutschen Nationalbibliothek
Die Deutsche Nationalbibliothek verzeichnet diese Publikation in der Deutschen Nationalbibliografie; detaillierte bibliografische Daten sind im Internet über http://dnb.d-nb.de abrufbar.

1. Auflage

Königsberger Str. 16, 55218 Ingelheim am Rhein

Umschlaggestaltung: Nelle Gieske, Berlin und Nadine Nagel, Mainz, basierend auf 1. Gemälde *Albisano* - Maria Luisa Menghini, Mailand, Italien und 2. Weiße Papiere - Amanda George, CO, United States (Pexels)
Autorenfoto: Tanja Lücking, Berlin
Druck und Bindung: Balto Print, Vilnius, Litauen

ISBN: 978-3-98641-127-5

www.herodot-verlag.de

Alle in diesem Buch genannten Äußerungen zu Personen und Instanzen des öffentlichen Lebens, der Kirche, Wirtschaft und Politik sowie Personengruppen entsprechen nicht automatisch der persönlichen Meinung des Autors und des Mentoren-Media-Verlages. Gesellschaftliche und politische Ansichten sowie Einstellungen stehen daher nicht repräsentativ für den Standpunkt beider, sondern werden für die Figurenentwicklung sowie die Abbildung der gesellschaftlichen Vergangenheit, Gegenwart und Zukunft genutzt, um den entsprechenden Diskurs zu fördern.

Liebe Leserinnen und Leser,

dieses Buch enthält neben derber Wortwahl auch Elemente, die potenziell triggern können. Deshalb folgt eine Triggerwarnung.

Achtung: Diese enthält Spoiler für die gesamte Handlung des Buches!

Triggernde Inhalte sind: Diskriminierung, Rassismus und Antisemitismus/Nationalsozialismus, sexueller Missbrauch, Vergewaltigung, Selbstmord, Sexual- und Fäkalsprache, Fetischismus, Gewalt, Mord, Alkoholkonsum.

Bitte beachtet dabei, dass mithilfe von Sprache, stilistischen Mitteln sowie Stereotypen und Klischees gesellschaftliche und politische Themen und Spannungsverhältnisse bearbeitet und reflektiert werden.

Wir wünschen uns für euch alle das bestmögliche Leseerlebnis. Bitte achtet deshalb auf euch selbst und eure Gefühle!

Euer Herodot-Verlag

Prolog

Sie kniet. Den Oberkörper nach vorne gebeugt. Ihr Kopf liegt auf dem Rücken der rechten Hand. Mit ihr hält sie den Keramikrand fest. So fest, dass sich die Haut über den Knöcheln weiß verfärbt. Ihr linker Arm schlingt sich wie der Tentakel eines Tintenfischs um das Toilettenbecken. Diese unangekündigt auftretende, buchstäbliche Übelkeit ergreift nun schon seit ewigen Zeiten regelmäßig Besitz von ihr. So plötzlich wie sie auftritt, so schnell verschwindet sie auch wieder. Sie würgt an den Worten. Kein Erbrechen. Nur dieses langsam aus der Magengegend aufsteigende, allmählich die Kehle zuschnürende gallige Gefühl. Der Würgereiz schüttelt sie. Doch die Buchstaben bleiben, wo sie sind. In ihr.

Auf offener Straße

Oktober 1963

Sie hat sich ihn ganz anders vorgestellt. Größer. Eindrucksvoller. Nächtelang hat sie sich diese Begegnung in den schillerndsten Farben ausgemalt. Unzählige Varianten der Begrüßung hat sie in ihrer Vorstellung durchgespielt. Einsam auf der nicht einmal als Pritsche zu bezeichnenden Bettstelle liegend. In einem der an die Ateliers angrenzenden, von der Eight's Floor Cooperation vermieteten Appartements.

Es zieht. In diesem Etablissement zieht es überall. Es ist Ende Oktober. Nachts ist es bereits empfindlich kalt draußen. Drinnen flackern die Lichter der Leuchtreklame der Theater, Restaurants, Kinos und Hotels am Broadway. Doch es ist so zugig, als stünde man an einer Straßenecke. Ihr Zimmer ist sehr schmal. Wenn sie ihre Arme richtig ausbreitet, kann sie beide Wände gleichzeitig berühren. Als sie dieses Zimmer drei Stunden nach ihrer Landung auf dem Idlewild Airport nun endlich in Besitz nimmt, macht sie als Erstes mit einem Büschel Haare auf dem Kopfkissen Bekanntschaft. Vermutlich von der Vormieterin zurückgelassen. Es ekelt sie so sehr, dass sie entscheidet, ihren Koffer vorerst verschlossen zu halten.

Als sie angezogen auf dem als Bett dienenden Gestell liegt und im Dunkeln an die Decke starrt, pendeln ihre Gefühlsregungen bei der Vorstellung an ihre Begegnung mit ihm zwischen aufgeregter Neugier, angsterfülltem Respekt und natürlicher Zuversicht. Manchmal hört sie sich mit kraftvoller

Stimme und erhobenen Hauptes sagen: »Guten Tag, Mr. President. Ich danke Ihnen aufrichtig für die Möglichkeit, Ihnen die aus unserer Sicht unguten Beobachtungen mitteilen zu können. Unsere Organisation scheint sich ganz offensichtlich an Ihnen dafür rächen zu wollen, dass Sie nach dem Desaster in der Schweinebucht die Zerschlagung der Central Intelligence Agency angedroht und diese Drohung auch danach noch mehrfach wiederholt haben sollen.« Ein anderes Mal versagt ihr die Stimme und ihre Knie sacken weg. Und zwischendrin kommt ihr immer wieder der Gedanke, dass ihre eigene Behörde sie in eine Falle gelockt habe, um sie zu eliminieren und es gar kein Treffen mit dem Präsidenten der Vereinigten Staaten geben wird.

Doch dann sitzt sie ihm gegenüber. Aus der Nähe betrachtet ist er einfach nur ein Mensch. Ein Mann. Durchaus ein attraktiver Mann mit einem gewinnenden Lächeln und sympathischen Grübchen auf den Wangen. Und ja, er ist ein mächtiger und einflussreicher Mann. Doch das Gefühl von Ehrfurcht möchte partout nicht bei ihr aufkommen. Er wirkt beinahe ein wenig verlegen. Und für einen Moment gibt sie sich der Frage hin, ob sie ihn wohl verführen könnte? Immerhin ist sie eine attraktive Frau. »Mit Gitarrenkörper«, so ihre Freundinnen. Dass die vollen Lippen ihres Mundes und ihre blonden, leicht gelockten Haare einen besonderen Reiz auf Männer ausüben, hat sie schon als junges Mädchen erfahren müssen. Sie schlägt die Beine übereinander und reibt dabei die Nylonstrümpfe geräuschvoll aneinander. Doch im selben Augenblick schämt sie sich auch sofort ein wenig angesichts dieses an ihn ausgesandten Signals.

Wie seltsam, dass sie sich an eine Reihe derartig nichtiger Details erinnern kann. Aber die exakten Inhalte ihres beinahe einstündigen Gesprächs mit ihm liegen im trüben Nebel der halb vergessenen Vergangenheit. Lediglich den Moment, in dem sie ihm die von dem Präsidenten loyal gegenüberstehenden CIA-Leuten wahrgenommenen Anzeichen einer Bedrohung erläuterte, kann sie beinahe wortgetreu wiedergeben. Leider hat er ihre Hinweise nicht ernst genommen. Vielmehr hat er bei der Planung seiner bevorstehenden Wahlkampfreise nach Dallas sogar das sonst übliche des zum Schutz bereitgestellten Polizeiaufgebots sowie den Umfang der Sicherheitsvorkehrungen reduziert. Er liebt das Risiko. Wie alle Kennedys. Einige Tage zuvor soll er vor der Fahrt durch die Menschenmenge sogar gesagt haben: »Wenn jemand wirklich den Präsidenten der Vereinigten Staaten erschießen wollte, wäre das keine schwierige Arbeit: Man müsste nur eines Tages mit einem Gewehr mit Zielfernrohr auf ein hohes Gebäude hinauf, niemand könnte etwas gegen einen solchen Anschlag unternehmen.« Kurze Zeit später wird er erschossen. Auf offener Straße.

Die innere Stimme

01. Mai 2011

Ein ungewohntes und doch irgendwie bekanntes Geräusch dringt in meinen leichten Schlaf. Ich schalte die kleine Nachttischlampe auf der rechten Seite meines Bettes ein und blicke auf die Uhr. 03:51 Uhr. Nein, das sind nicht die Mäuse, die mich jede Nacht heimsuchen. Das klingt anders. Sie verursachen nur ein leichtes Rascheln, manchmal in Verbindung mit einem kaum vernehmlichen Piepsen.

Seit ihrer Beerdigung auf dem Münchner Ostfriedhof am Vormittag des 12. März 2011 und meiner Rückkehr im April hier in das kleine Bergdorf oberhalb des Sees schlafe ich schlecht. Vielleicht liegt es am Entzug. Nach zahllosen Versuchen, dem Alkohol abzuschwören, meine exzessiven Phasen der Untreue endlich abzustellen und die Themen Selbstdisziplin und Selbstfürsorge in meinem Leben ernster zu nehmen, bin ich nun schon über einen Monat trocken. Noch nie ist mir das in den letzten 30 Jahren meines Lebens gelungen. Vielleicht liegt es aber auch daran, dass sie so plötzlich aus meinem Leben verschwunden ist, wie sie in dieses Leben eintrat. Trage ich eine Mitschuld an ihrem Tod?

Nacht für Nacht quälen mich dieselben Gedanken. Hatte ich mir nicht geschworen, nie mehr zu lieben, mich nie mehr zu verlieben? Warum nur ist sie mir begegnet? Warum nur bin ich ihr begegnet? Vor sieben Jahren in dieser trostlosen kleinen Bar in Albisano hatte ich sie zum ersten Mal gesehen. Und ihr Anblick hatte meinen Atem stocken lassen. Ihr sei es ähnlich ergangen, wie sie mir später anvertraute.

Ich schäle mich umständlich aus dem Laken und steige aus dem Bett. Meine Knochen schmerzen von der Bergtour, die ich gestern für einige Touristen geführt habe. Noch vor wenigen Jahren waren derartige Touren eine Leichtigkeit für mich. Und sie waren mir eine willkommene Abwechslung zu dem anspannenden Alltag, der mich früher zu Hause erwartet hatte. Dieser Alltag, der gefühlt mittlerweile Jahrzehnte zurückliegt.

Warum genau bin ich noch mal aufgestanden? Ach ja, das Geräusch! Keine Mäuse. Kein Rascheln und kein Piepsen. Vorsichtig klettere ich die schmale Holzstiege meines kleinen Rusticos in das Erdgeschoss hinab. Wahrscheinlich ist es nur eine Einbildung. Kein reales Geräusch. Ich betätige den Schalter am Ende der Stiege. Die tief über dem Holztisch hängende Lampe erhellt den hinteren Teil des Raumes. Jedes Mal, wenn ich diesen kläglichen Lichtschein sehe, frage ich mich, warum ich mir diese Ruine überhaupt angetan habe. Mit Ausnahme der knapp sechs Jahre, in denen sie mir hier das Gefühl von Idylle vermittelt hat. So lange ließ sie mich hier zu Hause sein. Allein durch ihre Anwesenheit. Und auch wenn sie wieder in ihre Welt zurückmusste, war sie allgegenwärtig. Im Haus. Auf der Terrasse. Im Olivenhain. Am See. Selbst auf den von mir geführten Bergtouren. Sie war einfach omnipräsent. Und sie half mir, zu mir selbst zu finden. Zumindest dachte ich das während unserer gemeinsamen Zeit. Heute bin ich mehr außer mir, als ich es je zuvor gewesen bin. Ich öffne den Kühlschrank, nehme die offene Flasche des eiskalten alkoholfreien Weins heraus und schütte mir den Rest in das noch vom gestrigen Abend übrig gebliebene Glas. Ich setze mich auf den kargen Holzstuhl und halte inne, um aufmerksam zu lauschen. Kein Geräusch. Wahrscheinlich bilde ich es mir nur ein.

Ich versuche mich zu erinnern. Wo habe ich dieses Geräusch schon einmal gehört? Nicht nur, dass ich nicht schlafen kann, seit ihrer Beerdigung sind die Nächte qualvoll für mich. Kaum, dass ich allmählich einzuschlafen beginne, schießt mir irgendeine der vielen Fragen durch den Kopf, über die ich mir jedes Mal das Hirn zermartere. Warum war ihre Beerdigung eine solche Zeremonie gewesen? Ein Theaterstück hätte nicht aufwändiger inszeniert sein können. Ihr Sarg stand aufgebahrt auf einer Bühne. Hinter einem verschlossenen roten Samtvorhang. Nachdem sich die gesamte Trauergemeinde versammelt hatte, begann eine Sopranistin in Begleitung einer voluminös klingenden Orgel Whitney Houstons Lied *I will always love you* anzustimmen. Währenddessen öffnete sich ganz allmählich der Vorhang und gab den Blick auf den in der Mitte der Bühne platzierten Sarg frei. Für wen hatte sie ihre Beerdigung so inszeniert? Galt das mir? Wem wollte sie damit etwas mitteilen? Quer über die Bühne hing ein in Gold eingefasstes weißes Leinenband mit den Worten *Der ORT der Erkenntnis ist im WORT zu finden*. Den fragenden Blicken der Anwesenden konnte ich entnehmen, dass keiner mit dieser Aussage wirklich etwas anfangen konnte.

Mit mir hatte sie oft über ihr besonderes Verhältnis zur Sprache gesprochen. Ich erinnere mich noch sehr genau, wie sie mir das erste Mal Einblick in ihre buchstäblichen Fantasien gewährt hatte. Wir saßen in Bardolino in einem kleinen Restaurant am Ufer des Gardasees. Sie schaute mir lange schweigend in die Augen, strich mit dem Finger über den Rand des vor ihr stehenden Glases, ohne den Blick von mir zu nehmen, und fragte mich: »Hast du dir schon einmal Gedanken darüber gemacht, dass im Wort *Sprache* die *Rache* steckt? Das muss doch einen tieferen Grund haben, Alfredo, oder?«

Da ist es wieder, das Geräusch. Wie es vom aneinander reibenden Stoff eines bekleideten Menschen verursacht wird, der sich schleichend bewegt. Ich bilde mir ein, unregelmäßiges Atmen zu hören, lösche das Licht, schiebe mein Glas leise in die Mitte des Tisches und erhebe mich vorsichtig.

Behutsam gehe ich zur Tür und presse mein Ohr daran. Nichts. Absolute Stille.

Auf einmal fällt mir ein, wo und wann ich dieses Geräusch schon einmal Mal gehört habe. Und warum es mir so gut in Erinnerung geblieben ist. Als ich am Abend unserer ersten Begegnung die Bar verlassen hatte, hatte ich mir eingebildet in ihrem Blick die Frage »Woher?« gelesen zu haben und ihr ein wortloses »Wohin?« erwidert. Anschließend musste sie mir bis zu meinem Rustico gefolgt sein. Als ich alleine am Tisch meiner kleinen Wohnküche saß, einen Gute-Nacht-Wein zu mir nahm und über die Begegnung mit dieser sonderbaren und zugleich faszinierenden Frau sinnierte, vernahm ich das gleiche Geräusch. Als ich daraufhin die Tür öffnete, um draußen nachzusehen, stand sie vor dem Fenster des Vorratsraumes, in dem ich das Licht hatte brennen lassen, bevor ich das Haus verlassen hatte. So verwundert ich über die Tatsache war, dass sie mir gefolgt war, so gerne bat ich sie in meine bescheidene Behausung. Ohne auch nur eine Sekunde zu zögern, nahm sie meine wortlose Einladung an. Kaum hatte ich die Tür hinter ihr geschlossen, gaben wir uns stürmischen Küssen, innigen Liebkosungen und leidenschaftlichem Sex hin. Nein. Es hatte nichts Animalisches. Wir waren eher wie zwei sich nach langer Zeit wieder begegnende Seelen, die sich dankbar erneut vereinen. Dankbar dafür, dass sie nach ewigen Zeiten der Einsamkeit wieder zueinander gefunden haben.

Bedeutet das Geräusch, dass sie zurückgekommen ist? Ist sie doch nicht tot? Nach der Beerdigung hatte ich mich mit Ingolf, einem ihrer langjährigen Freunde, über meine Fantasie kurz ausgetauscht. Ich hatte einfach nicht glauben können, dass sie es war, die in dem Sarg lag. Sie war so voller Zuversicht gewesen. Es hatte keinerlei Anzeichen für einen bevorstehenden Selbstmord gegeben. Und dann die schreckliche Nachricht, dass sie sich vor die S-Bahn geworfen hätte. Ingolf gehörte zu einem Kreis von Menschen, die darum gebeten wurden, sie zu identifizieren. Diesen Anblick eines von der S-Bahn zermalmten Menschen kann er bis heute nicht aus seinem Kopf verbannen. Aber eindeutig identifizieren konnte sie keiner. Aus unerfindlichen Gründen wurde keine Obduktion angeordnet. Oder es wurde darüber nichts bekannt. Der mit der Abwicklung der Erbschaftsangelegenheiten beauftragte Anwalt Werner Raupher verlas noch am Tag des Ablebens ihren Abschiedsbrief. Sie hatte alles sorgfältig vorbereitet und geplant, wie aus diesem Brief hervorging. Bis hin zur bühnenreifen Inszenierung des Von-Ihr-Abschied-Nehmens. Und doch oder gerade deshalb hatte auch Ingolf seine Zweifel, ob es sich bei der im Sarg liegenden Person wirklich um sie handelte. Wir beide hatten vielmehr die Vermutung, dass sich keineswegs die sterblichen Überreste von Anna darin befanden.

Leise drehe ich den großen Schlüssel um, drücke die Klinke langsam herunter und ziehe die Tür auf. Vor einiger Zeit habe ich es mir zur Angewohnheit gemacht, das Licht in der Vorratskammer und über der Eingangstür anzulassen. So wie damals. Als könnte ich sie damit wieder unter die Lebenden und zu mir herzaubern. Nachdem ich die Tür vollständig geöffnet habe, blicke ich auf die nur schwach von der in einem rostigen Arm ohne Lampenschirm befestigten Glühbirne erleuchtete Terrasse. Nur einige Meter dahinter beginnt der Olivenhain, dem ich jedes Jahr einige Liter köstlichen Öles zu verdanken habe. Dort bewegt sich etwas. Kaum glaube ich die Umrisse einer Gestalt ausgemacht zu haben, ist sie hinter den Oleanderbüschen zwischen den Olivenbäumen verschwunden.

»Hallo? Ist da jemand? Hallo?! Anna? Bist du es? Bitte sag etwas. Gib dich zu erkennen, wenn du da bist. Ich glaube, dass du noch lebst. Bitte! Anna?«

Ein eisiger Schauer läuft mir über den Rücken. Ich bewege mich keinen Zentimeter von der Türschwelle weg.

»So ein Blödsinn. Du wirst allmählich senil. Finde dich damit ab, dass sie dich zurückgelassen hat, du alter Dummkopf«, murmele ich vor mich hin.

Gerade, als ich mich umdrehen und ins Haus zurückkehren will, höre ich ein dumpfes Geräusch und einen erschrocken klingenden Atemstoß. Da ist jemand gefallen. Kein Zweifel. Die auf dem kleinen Fenster neben der Eingangstür stehende Taschenlampe ist nicht an ihrem Platz. Ich gehe zurück ins Haus, lasse meinen Blick suchend durch den Raum schweifen und sehe sie neben dem Kamin auf dem Boden liegen. Mir fällt wieder ein, dass ich sie dort gestern hingelegt habe, nachdem ich herauszufinden versucht hatte, warum der Kamin nicht richtig zieht.

»Nein, das tust du jetzt nicht. Du wirst nicht nachschauen. Es gibt nichts bei dir zu holen. Außer dich selbst. Und an dir hat niemand Interesse. Mach die Tür zu, die Lichter aus und leg dich verdammt noch mal wieder in dein Bett, du Narr«, rät mir der eine Teil meiner inneren Stimme.

Der Lügner

12. März 44 vor Christus

»Aaannnaaa!«

Der Ruf ihrer Mutter hallt durch das Gebäude, versammelt sich nervös zwischen den Säulen des Innenhofs und fällt dann resigniert auf das Mosaik im Zentrum des Atriums. Anna hat ihre Toga ganz eng um sich geschlungen. Sie kauert hinter dem wuchtigen Stamm von Papa Palme. Älter als fünf Menschenleben, hatte ihre Großmutter gesagt, sei die Palme. Das Haus war um sie herum gebaut worden, weil Vater die Energie dieser gewaltigen Pflanze unbedingt zum Mittelpunkt seines Domizils hatte machen wollen. Anna gab ihr, kaum, dass sie sprechen gelernt hatte, den Namen Papa Palme. Und mittlerweile ist sie zu ihrer persönlichen Beschützerin geworden. Zufluchtsort bei Kummer. Versteck bei heraufziehendem Ärger. Platz der Stille und des Geborgenseins. Ihre Mutter ruft erneut nach ihr. Die Stimme ist nähergekommen. Anna macht sich noch kleiner und verbirgt ihr Gesicht unter den auf den angezogenen Beinen liegenden Armen. Aber sie weiß, dass Mutter sie gleich finden wird. Sie ist größer als alle anderen Mädchen ihres Alters. Man hält sie oft für 14 oder noch älter. Dabei wird sie erst in einigen Wochen zwölf Jahre alt werden. Sie weiß, warum ihre Mutter sie ruft.

ER hat eine kleine auserwählte Schar von Patrizier-Kindern heute zu sich geladen. Und sie ist ebenfalls auserkoren. Sie mag nicht. Ihn nicht. Und deshalb auch nicht zu ihm. Er lässt sich immer wieder irgendwelche Sachen einfallen, bei denen Kinder eine Rolle spielen. Weil er der Meinung ist, man kann ein Imperium nur aufrechterhalten oder gar erweitern, wenn man das Volk von Kindesbeinen an sich bindet. Das hat der Imperator ihr in einer zweisamen Stunde einmal anvertraut.

»Anna!!!«

Wie die scharfe Klinge eines Messers durchschneidet die Stimme ihrer Mutter die Luft. Sie zerteilt ihre Gedanken.

»Du steckst doch sicher wieder hinter deinem Baum. Jetzt komm endlich. Flavius wartet schon, um dich zu ihm zu geleiten.«

Anna schweigt.

»Anna, wenn du jetzt nicht sofort ...«

Ihre Stimme ist ganz nah. Sie hat sie gesehen. Verflixt!

»Jetzt komm schon. Musst du denn jedes Mal so ein Theater machen, wenn du mit anderen Kindern gemeinsam an etwas teilnehmen sollst? Es wird bestimmt ganz schön. Und vielleicht lernst du ja auch neue Freundinnen kennen.«

Anna hebt ihren Kopf und blickt ihre Mutter zornig an.

»Ich habe keine Freundinnen. Und ich will erst recht keine neuen Freundinnen. Freundinnen sind doof. Die lügen immer. Und ich hasse Lügnerinnen. Deshalb hasse ich IHN auch. Er ist auch ein Lügner! Und ich will zu keinem Lügner gehen.«

Ihre Mutter fasst sie an die Oberarme und zieht sie zu sich hoch.

»Warum macht Papa immer so was?«

»Was macht denn Papa immer?«

»Mich zu so komischen Nachmittagen zu dem Lügner schicken.«

»Anna. Jetzt mäßige dich bitte und sei etwas dankbarer. Viele Kinder würden alles darum geben, IHM begegnen zu dürfen.«

»Ich bin aber nicht viele Kinder. Ich bin ein Kind. Und dieses eine Kind mag den Lügner nicht und will deshalb auch nicht zu ihm gehen!«

Mit einem weinerlichen Ton setzt Anna nach: »Bitte, Mama!«

All ihr Flehen und Diskutieren ist vergeblich. Flavius bringt Anna – wenn auch mit einer kleinen Verspätung - wie geplant zu ihm.

ER, der sich selbst für göttlich hält. ER, der auf dem Zenit seiner Macht der Venus einen Tempel hat errichten lassen, um seine Verbindung zu dieser Göttin hervorzuheben. ER, dessen Herkunftsfamilie jedoch im Vergleich zu anderen Mitgliedern des römischen Adels eher arm und auch politisch eher bescheiden engagiert ist.

Zu ihm bringt Flavius Anna nun. Bei ihm ist sie zusammen mit zahlreichen anderen Patrizier-Kindern zu Gast. Der Nachmittag verläuft ereignislos, bis Anna sich nicht mehr zurückhalten kann und ihm sagt, dass er ein Lügner sei.

»Warum sagst du so etwas?«, will er nun zu ihr heruntergebeugt wissen.

Sie erzählt ihm von ihren Träumen. Davon, dass sie in ihn hineinsehen, hineinhören kann und dabei feststellt, dass er etwas anderes sagt, als er denkt: »Weißt du, kein anderes Lebewesen verfügt in der Form über die Möglichkeiten, sich mittels der Sprache zu verständigen, sich Geschichten zu erzählen, sich zu verabreden und gegenseitig an zuvor vereinbarten Orten zu verabredeten Zeiten zu treffen, um gemeinsam eine Aufgabe zu lösen oder ein Hindernis zu überwinden. Und wenn einer menschlichen Gemeinschaft etwas zustößt, zum Beispiel in Form eines bedrohlichen Naturereignisses, dann halten sie zusammen, trösten und helfen einander. Im Grunde verhalten sich die Menschen wie die meisten Tiere. Sie fressen, schlafen, schützen und vermehren sich. Ich habe Tiere ebenso wie Menschen stundenlang beobachtet.

Dabei habe ich einen wesentlichen Unterschied feststellen können. Unter den Tieren habe ich keine Art gefunden, bei der einige Wenige oder sogar nur Einzelne versuchen, ihre Gemeinschaft zu benutzen, um selbst mehr zu fressen zu haben, größere Vorräte anzulegen und schönere oder größere Höhlen oder Behausungen beziehen zu können als andere. Unter den Menschen aber ergreifen eben Einzelne das Wort und erzählen den anderen irgendwelche Geschichten, damit diese zu den Waffen greifen und andere Menschen umbringen. Obwohl es genug zu essen und zu trinken für alle gibt. So wie du. Worum geht es dir? Ist das Römische Reich nicht groß genug? Was haben dir die Gallier getan? Oder die Iberer? Haben wir in deinem Reich nicht genug von allem für alle? Ist es das? Oder ist es einfach nur dein Interesse, immer noch mächtiger werden zu wollen? Sag mir, worum es dir geht? Und lüg mich nicht an. Ich sehe genau, wann du lügst.«

Er lehnt sich zurück, seufzt tief und schließt die Augen. Anna weiß, dass er ihr eine Antwort schuldig ist.

Nach einer kleinen Ewigkeit beugt er sich wieder zu ihr herunter: »Gibt es noch etwas, was du mir sagen möchtest? Ich habe das Gefühl, da ist noch etwas ...«

Anna zögert. Was ist nur anders an ihr? Was hat dazu geführt, dass er ihr nun so wachsam zuhört? Dabei hat sie ihm doch einfach nur gesagt, was sie tief in ihrem kleinen Herzen empfindet. Doch er ist nicht böse, sondern aufmerksam. Er wendet sich nicht ab, sondern beugt sich noch ein wenig weiter zu ihr herunter. Sollte sie ihm sagen, dass sie vorletzte Nacht einen Albtraum gehabt hat, in dem es sich zum wiederholten Male um ihn drehte?

Der Augur Spirunna hatte ihr geraten, niemals eine Vorhersehung preiszugeben, nach der sie nicht ausdrücklich gefragt wurde. Neben seiner Tätigkeit als einer der römischen Beamten, die beim Aquarium Romano aus dem Flug und dem Geschrei der Vögel und anderer Tiere den Götterwillen lesen und anschließend verkünden, ob das Vorhaben eines

Staates oder eines Familienoberhauptes den Göttern genehm ist, ist er einer der besten Freunde von Annas Familie. Er war auch einer der Ersten, die Anna unmittelbar nach ihrer Geburt zu Gesicht bekam. Und er war von ihrem Anblick regelrecht elektrisiert.

»Bei der heiligen Venus: Sie hat ein übermenschliches Antlitz. Bringt sie zu mir, sobald sie der Sprache mächtig ist. Ich will sie unterrichten in den Fähigkeiten der Auguren. Sprecht mit niemandem darüber. Denn dieses Wissen steht einer Frau nicht zu. Doch in ihr lebt der göttliche Funke.«

Und so kam es. Kaum konnte Anna die ersten Laute zu vollständigen Worten zusammenfügen, nahm Spirunna sie unter seine Fittiche. Noch keine vier Jahre alt, hatte Anna eine Fähigkeit der Vorhersehung entwickelt, die Spirunna in blankes Staunen versetzte. Schon bald brauchte sie dafür nicht einmal mehr die Tiere zu beobachten. Manchmal erzählte sie einfach nur von ihren Träumen oder sie schloss die Augen und versank für einige Momente in sich selbst. Und anschließend gab sie auf konkrete Fragen Antworten, die eine höhere Treffsicherheit als die Vorhersagen mancher Auguren hatten.

»Anna? Da ist doch noch etwas, was du mir gerne sagen möchtest, aber noch nicht gesagt hast. Ich spüre es«, dringt seine Stimme erneut an ihr Ohr.

Sie blickt zu ihm auf, zögert noch einen Moment und sagt dann: »Hüte dich vor den Iden des März. Sie bringen dir Unheil.«

Seine Pupillen weiten sich, er holt tief Luft, fasst an seinen Lorbeerkranz, um ihn zurechtzurücken, erhebt sich von seiner Holzliege und lässt Anna wortlos zurück.

Als Flavius sie am Nachmittag des 12. März 44 vor Christus abholen will, teilt man ihm mit, dass Anna bereits von einem anderen Sklaven abgeholt worden sei. Verstört eilt Flavius zum Haus seines Herren zurück. Doch dort ist Anna noch nicht eingetroffen. Sie bleibt verschwunden. Aurelius, ihr Vater, wird zwei Tage später all seiner Ämter enthoben. Am 15. März 44 vor Christus wird der Lügner von einer Gruppe Senatoren um Marcus Iunius Brutus und Gaius Cassius Longinus während einer Senatssitzung im Theater Pompeius mit 23 Dolchstichen ermordet. An der Verschwörung sind circa 60 Personen beteiligt.

In Gefahr

Ende Juli 2008

Der Nuntius sitzt im Halbdunkel mit dem Oberst der Schweizergarde im kleinen Audienzzimmer des Papstes und versucht seine Erregung unter Kontrolle zu bringen.

»Wir müssen verhindern, dass dieses Manuskript veröffentlicht wird.«

»Wäre es nicht besser, kein weiteres Aufheben darum zu machen? Nach unseren Informationen liegen Auszüge dieses Werkes schon bei verschiedenen Verlagen, die nun über eine Veröffentlichung nachdenken. Wie sollen wir das denn jetzt anstellen? Es gibt bereits eine ganze Reihe von Personen, die Einblick in diese Gedanken hatten.«

»Lassen Sie sich etwas einfallen. Als oberste Führungskraft der Armee des Vatikanstaates ist es Ihre Aufgabe, den Papst und die heilige römisch-katholische Kirche zu schützen.«

»Gestattet mir eine Richtigstellung, Euer Ehren. Die Guardia Svizzera Pontificia wurde im Jahre 1506 durch Papst Julius II. begründet. Seit ihrer Gründung hat unser Korps keine militärischen Aufgaben. Wir versehen Ehrendienste im Rahmen von Audienzen, Besuchen, Messen und Schildwachen und Sicherheitsdienste in Form von Kontrollen, Ordnungsdiensten, Wachdiensten und Personenschutz. Gemäß Artikel 1 unseres Reglements ist es unsere Hauptaufgabe, ständig über die Sicherheit des Heiligen Vaters und seiner Residenz zu wachen. Was hier jetzt von Euch verlangt wird, geht weit über unsere Aufgaben und erst recht über unsere Kompetenzen hinaus.«

»Seit dem überarbeiteten und im Jahr 2006 neu verabschiedeten Reglement schwören die Mitglieder der Schweizergarde den folgenden Eid: *Ich schwöre, treu, redlich und ehrenhaft zu dienen dem regierenden Papst und seinen rechtmäßigen Nachfolgern und mich mit ganzer Kraft für sie einzusetzen, bereit, wenn es erheischt sein sollte, für ihren Schutz selbst mein Leben hinzugeben. Ich übernehme dieselben Verpflichtungen gegenüber dem Kollegium der Kardinäle während der Sedisvakanz des Apostolischen Stuhles. Ich verspreche überdies dem Herrn Kommandanten und meinen übrigen Vorgesetzten Achtung, Treue und Gehorsam. Ich schwöre es, so wahr mir Gott und unsere heiligen Patrone helfen.* In diesem Eid ist nicht einmal ansatzweise eine lokale Einschränkung formuliert.«

»Euer Ehren, es steht mir nicht zu und führt vermutlich auch zu nichts Gutem, mit Euch über die Aufgaben des von mir geführten Korps zu diskutieren.«

»Dann unterlassen Sie es auch, Bruder. Lassen Sie uns vielmehr nach einem Weg suchen, der die Veröffentlichung dieses Manuskripts verhindert.«

»Ist es gestattet, noch einmal genauer zu hinterfragen und in Erfahrung bringen zu dürfen, was an diesem Manuskript so gefährlich für den Heiligen Vater ist?«

»Diese Frau rüttelt darin an den Grundfesten unserer Kirche. Sie stellt alles infrage, was wir über die letzten zwei Jahrtausende mit großem Erfolg verbreitet haben. Selbst über die dunkelsten Stunden der Geschichte unserer Gemeinschaft hinweg haben unsere Gedanken Bestand. Über eine Milliarde Menschen haben sich bis heute um diesen Glauben versammelt und folgen ihm.«

»Aber bitte, Euer Ehren. Wie soll ein Manuskript diese eine Milliarde Menschen erschüttern? Es ist schon viel über unsere Kirche geschrieben worden. Und mit den Seiten kritischer Literatur über uns ließen sich mehrere Bibliotheken füllen. Keines dieser Werke hat es je geschafft, was Sie nun angesichts des Manuskripts einer bis dahin vollkommen unbekannten Autorin befürchten und verhindert wissen wollen. Das ergibt für mich keinen Sinn. Messen Sie dem nicht einfach zu viel Bedeutung zu?«

»Sicher haben Sie schon einmal von den Qumranrollen gehört, nicht wahr?«

»Aber ja. Es handelt sich um jene Schriftrollen, die man zwischen 1947 und 1956 in elf verschiedenen Felshöhlen nahe der Ruinenstätte Khirbet Qumran im Westjordanland gefunden hat. Es sind meines Wissens rund 850 Rollen aus dem antiken Judentum, die von 500 verschiedenen Schreibern zwischen 250 vor Christus und 40 nach Christus aufgezeichnet worden sind. Vor einigen Jahren habe ich auch das Buch *Verschlusssache Jesus* gelesen. Es war schon außerordentlich interessant, was die Autoren darin geschrieben haben. Aber auch dieses Buch hat die Gemeinschaft der Gläubigen nicht von ihrem Glauben abbringen können.«

»Dann kennen Sie ja auch die von den Autoren Baigent und Leigh vertretene These, dass der Vatikan versuche die Veröffentlichung der Qumranschriften aufzuhalten und zu manipulieren, da darin Aussagen über Jesus gefunden worden seien, die das kirchliche Jesusbild erschütterten.«

»Ja, ich erinnere mich daran. Und zugegebenermaßen habe ich mich damals gefragt, welchen Wahrheitsgehalt diese Behauptung haben könnte.«

»Und zu welchem Schluss sind Sie gekommen?«

»Ich habe die Beschäftigung mit dieser Frage wieder aufgegeben. Einerseits, weil ich nicht gewusst hätte, wer mir auf diese Frage eine zuverlässige und ehrliche Antwort hätte geben können, und andererseits, weil ich nicht an meinen eigenen Grundfesten rütteln lassen wollte. Es hätte im schlimmsten Fall ja meinen gesamten bisherigen Lebensweg infrage gestellt. Und genau das ist eben der Punkt. So, wie ich es gelesen und mich nicht von meinem Glauben habe abbringen lassen, so ist es vielen anderen Menschen auch ergangen. Sie haben das Buch zur Seite gelegt, waren vielleicht für einige Zeit irritiert, sind dann aber wieder zur Tagesordnung übergegangen. Und deshalb kann ich mir nur schwer vorstellen, dass es bei dem Manuskript dieser Frau anders sein sollte.«

»Würde es etwas ändern, wenn ich Ihnen einige Seiten zu lesen geben würde, sodass Sie sich selbst ein Bild von dem machen könnten, was diese Frau da geschrieben hat?«

»Ich weiß nicht, ob ich das überhaupt will.«

Ein Moment des Schweigens erfüllt das mittlerweile von einigen durch das kleine Fenster dringenden Sonnenstrahlen erhellte Audienzzimmer. In dieser Stelle erhebt sich der Nuntius, deutete dem Oberst mit der Hand auf seinem Platz zu verharren und verlässt den Raum. Wenige Augenblicke später kehrt er zurück und reicht dem Oberst einige dicht beschriebene DIN-A4-Seiten, die neben dem eigentlichen mit Computer geschriebenen Text beinahe ebenso viele handschriftliche Notizen enthalten.

»Lesen Sie«, sagte der Nuntius mit scharfem Ton.

»Vom wem sind diese Bemerkungen am Rand und quer über den Text?«

»Vom Heiligen Vater. Lesen Sie jetzt. Ich bitte Sie, Bruder. Und ich hoffe, dass Sie danach verstehen, warum der Heilige Stuhl in Gefahr ist.«

Der Oberst rückt sich etwas zurecht, richtet sich auf und beginnt zu lesen.

1921 hat Edward Sapir die Sprache als eine ausschließlich dem Menschen bestimmte, nicht im Instinkt beruhende Methode zur Übermittlung von Gedanken, Gefühlen und Wünschen mithilfe eines Systems von frei geschaffenen Symbolen definiert. In den einschlägigen Enzyklopädien ist nachzulesen, dass die Sprache der Verständigung zwischen Menschen dient. Ist aber Verstehen zwischen Menschen überhaupt möglich? Ist es überhaupt gewünscht? Von wem oder was auch immer. Hat der Bauplan der Evolution möglicherweise etwas anderes für den Menschen vorgesehen? Etwas, das sich uns nur noch nicht erschlossen hat? Im Alten Testament steht geschrieben: Zunächst sprachen die Menschen alle ein und dieselbe Sprache. Sie verständigten sich darauf, mittels eines Bauwerks den Himmel erreichen zu wollen. Ein Vorhaben, das dem Herrn aber missfiel. Gott bestrafte sie dafür, verwirrte ihre Sprache und verstreute sie in alle Himmelsrichtungen, sodass sie sich fortan nicht verständigen und deshalb auch den Turmbau zu Babel nicht vollenden konnten. An dieser Stelle ist zunächst anzumerken, dass die Bibel Menschenwerk ist und bleibt. Entweder haben sich Menschen die Geschichten des Alten Testaments ausgedacht und niedergeschrieben oder es gab einige Auserwählte, die die Stimme des Herrn vernehmen und seine Worte aufschreiben und so für die Nachwelt erhalten sollten. Warum wollte Gott keinen Turm, der bis in sein Himmelreich gelangte? Hatte er Angst davor, die Menschen könnten ihm seine Macht streitig machen? Galt es das zu verhindern? Wenn aber doch irgendjemand davor keine Angst hätte haben müssen, dann der Allmächtige. Oder kommen hier vielmehr niedere menschliche Motive zum Ausdruck? Und warum wählte er das Mittel der babylonischen Sprachverwirrung? Warum entzog er dem Menschen die Möglichkeit sich zu verständigen und ein gemeinsames Werk zu planen und zu vollenden? Denkt man diese Passage des Alten Testaments einfach weiter, dann sind Missverständnisse also gottgewollt? Wie aber verhält es sich dann andererseits mit der weltweit vom Klerus verbreiteten Lehre vom Verzeihen, dem Vergeben und der Liebe? Liebe deinen Nächsten wie dich selbst. Ist Liebe nicht ein Ergebnis des einander Verstehens? Und für das einander Verstehen ist die Sprache zwingend notwendig.

Dem Oberst missfällt dieser Text. Er hört auf zu lesen, blättert die Seiten durch, um dabei festzustellen, dass alle voll von handschriftlichen Kommentaren des Heiligen Vaters sind und legt sie dann zur Seite. Er sieht den Nuntius fragend an.

»Ich verstehe, was sie schreibt. Ich verstehe ihre Gedanken. Und ich kann mir auch vorstellen, worauf diese hinauslaufen. Aber noch einmal, Euer Ehren: Was immer jetzt auch noch kommen mag, eine Gefahr für den Heiligen Vater kann ich nicht erkennen.«

»Wenn Sie mehr Geduld hätten, Bruder, dann würden Sie feststellen, dass diese Frau eine Anklägerin mit übernatürlichen Fähigkeiten ist. Sie scheint eine alte Seele mit ausgeprägten Seherqualitäten zu sein. Anders sind manche Passagen ihres Manuskripts nicht zu erklären. Sie klagt im Übrigen nicht nur den Vatikan an. In den vergangenen Wochen habe ich mehrere inoffizielle Reisen zu den Botschaftern einiger der großen Mitspieler auf der weltpolitischen Bühne getätigt. Auch sie sind der Ansicht, dass es besser wäre, dieses Manuskript unter Verschluss zu nehmen. So wirft sie zum Beispiel einer einflussreichen amerikanischen Behörde vor, die Ermordung John F. Kennedy beauftragt zu haben. Sie macht George W. Bush Jr. für die Terroranschläge auf das World Trade Center verantwortlich. Sie behauptet, dass Wladimir Putin in einigen Jahren den Absturz eines vollbesetzten malaysischen Passagierflugzeugs über dem Indischen Ozean beim FSB in Auftrag geben würde, um ungestört das russische Reich in seinen alten Grenzen wieder auferstehen lassen zu können und damit durch gezielt gesteuerte Unruhen in der Ukraine beginnen würde. Und das sind nur einige der ungeheuerlichen Behauptungen, die diese Frau aufstellt.«

»Nun gut. Aber das hört sich alles nach den Verschwörungstheorien eines fantasievollen Menschen an.«

»Das könnte man so sehen. Wohl wahr. Wären da nicht zum Beispiel diese Passagen aus dem Qumranrollen.«

»Was für Passagen?«

»Sie zitiert daraus Textpassagen, die außer einem wirklich nur sehr kleinen Kreis unserer Kirche nahestehenden

Wissenschaftlern und Mitgliedern der päpstlichen Kurie noch nie ein Mensch zu Gesicht bekommen hat.«

»Die hat sie bestimmt im Internet auf einer der zahlreichen Webseiten zu diesem Thema gefunden. Da gibt es ja inzwischen unzählige Plattformen und Diskussionsforen zu.«

»Oberst Garibaldi!«, herrscht der Nuntius seinen Kommandanten aufgebracht an, findet aber augenblicklich wieder zu seiner sachlichen Tonlage zurück. »Bruder. Machen Sie es mir nicht schwerer, als es ohnehin ist. Glauben Sie, ich würde Sie mit dieser ganzen Angelegenheit behelligen, wenn wir nicht tatsächlich eine reale Bedrohung annehmen würden?«

»Verzeiht, Eurer Ehren. Bitte helft mir zu verstehen.«

»Anfang der Fünfzigerjahre des vergangenen Jahrhunderts, als der Fund der Schriftrollen bekannt wurde, haben auch wir uns auf den Weg gemacht, um herauszufinden, was es damit tatsächlich auf sich hat. Alle Experten der Kurie waren sich sehr schnell darin einig, dass diese Schriftrollen hochbrisant seien. Weil sie tatsächlich nicht nur ein völlig anderes Jesusbild zeichnen, sondern auch das Alte Testament in einem gänzlich anderen Licht erscheinen lassen. In einigen Krisensitzungen wurde beschlossen, schnellstmöglich so viele dieser Rollen wie nur irgendwie möglich in unseren Besitz zu bringen. Leider waren wir relativ spät dran und es waren schon eine Menge auf dem freien Markt in Umlauf. Schließlich ist es uns dann aber doch gelungen, etliche Schriftrollen für viel Geld zu kaufen. Mag es Gottes Fügung oder unserem menschlichen Geschick zuzuschreiben gewesen sein: Darunter waren vor allem auch jene Rollen, die dem von uns verbreiteten und seit 2.000 Jahren aufrechterhaltenen Bild des Alten Testaments, dem Gottesbild und dem Bild von Jesus fundamental widersprachen.«

»Und wo sind diese Schriftrollen jetzt?«

»Unter Verschluss. Tief unten in den Gewölben des päpstlichen Palastes.«

»Also hatten diese beiden Autoren mit ihrer Vermutung tatsächlich recht. Oh Gott. Auf welchem Fundament steht denn dann das Gebäude unserer Kirche? Sind Lügen die Basis unseres Glaubens?«

»Die bislang nicht geklärte Frage ist, welche Aufzeichnungen sind die richtigen? Welche beinhalten wirklich die Wahrheit? Stellt man sie einander gegenüber, dann ist es vergleichbar mit einer Gerichtsverhandlung, in der Aussage gegen Aussage steht. Die Richter bemühen sich um Wahrheitsfindung und verkünden schließlich ihr Urteil. Das Problem ist nur: Wer aber sollte im Fall der Gegenüberstellung der Schriftrollen und der vom Vatikan gehüteten und vertretenen Heiligen Schrift die Funktion der Richter übernehmen? Welcher Instanz würden die sich gegenüberstehenden Parteien, wenn es solche überhaupt gäbe, das Bemühen um Wahrheitsfindung anvertrauen?«

»Am Ende wird ohnehin das Hohe Gericht entscheiden«, wirft der Oberst eilig ein.

Diese Bemerkung ignoriert der Nuntius und fährt fort: »Und was wären die Folgen für unsere heilige katholische Kirche, wenn der Urteilsspruch gegen uns und die Heilige Schrift ausfiele?«

Während seiner Ausführungen steht der Nuntius auf und beginnt nervös auf und ab zu laufen. Oberst Garibaldi sinkt währenddessen in seinem großen Armlehnstuhl sitzend mehr und mehr in sich zusammen. Plötzlich wird ihm diese für den Kommandanten der päpstlichen Garde unangemessene Haltung bewusst.

Er richtet sich gerade auf und dreht sich etwas mehr zum Nuntius hin mit den Worten: »Darüber, Euer Ehren, möchte ich mir keine Gedanken machen müssen. Was ich aber noch immer nicht verstanden habe, ist, wieso von dem Manuskript dieser Frau eine solch große Gefahr für den Heiligen Vater ausgehen soll.«

»Wie schon gesagt: Sie zitiert Textpassagen aus dem Qumranrollen, die sie eigentlich gar nicht kennen kann. Und sie tritt mit diesen Passagen und ihren daraus gezogenen Schlüssen den Beweis an, dass die Absichten der Kirche seit jeher keine guten und wohlwollenden, sondern böse, selbstbezogene und der Ausweitung des Einflusses sowie dem Erhalt der Macht dienende Motive sind. Sie bezeichnet die Kirche als eine Institution der Lüge. Und sie tut dies mit einer derart stichhaltigen und nachvollziehbaren Argumentation, dass sich selbst die besten Dialektiker unserer Gemeinschaft an einer Gegenargumentation die Zähne ausbeißen würden. Bezogen auf die Vereinigten Staaten zitiert sie zum Beispiel Passagen aus im Pentagon verschlossenen, geheimen Dokumenten, die sie ebenfalls niemals zu Gesicht bekommen haben kann. Auch hier ist es wieder ihre Absicht beweisen zu wollen, dass in dem Fall die amerikanische Regierung keine guten, sondern schlechte Absichten verfolgt. Schlecht in dem Sinne, dass es nicht etwa um das Wohl des amerikanischen Bürgers und dieser staatlichen Sozialgemeinschaft, sondern immer nur um die Interessen einiger Weniger geht, die an den Hebeln der Macht sitzen.«

»Warum tut diese Frau das? Was will sie damit bezwecken?«

»Hierüber gibt es mittlerweile sehr unterschiedliche Annahmen. Diese reichen von: *Sie will als Autorin Ruhm und Ehre erlangen* über *Sie ist von einer unsichtbaren Macht beauftragt worden, die die Weltherrschaft anstrebt* bis hin zu *Möglicherweise hat sie einen göttlichen Auftrag und soll den Menschen zur Einsicht und Umkehr bewegen*. Das alles sind und bleiben jedoch Mutmaßungen. Was fest steht, ist, dass es ganz verschiedenen einflussreichen Interessenkreisen aus sehr unterschiedlichen Beweggründen nicht recht ist, dass dieses Manuskript veröffentlicht wird. Und einer dieser Kreise sind wir.«

»Und was ist der Grund dafür, dass nun ausgerechnet die Schweizergarde die, verzeiht das unschöne Wort Euer Ehren, Drecksarbeit machen soll?«

»Ob es tatsächlich Drecksarbeit wird, ist noch nicht abzusehen. Vielleicht ist sie bereit, das Manuskript zu überarbeiten und mit uns zusammenzuarbeiten. Dazu müssten wir als Erstes den Grad ihrer Käuflichkeit herausfinden. Vielleicht lässt sie sich auch zur Vernunft bringen und zieht das Manuskript zurück. Dazu müssten wir Kontakt mit ihr aufnehmen. Ja und in der Tat: Der schlimmste Fall wäre dann tatsächlich …« der Nuntius hält einen Moment inne, seufzt leise und fährt dann fort »… aber so weit sind wir noch nicht. Und um Ihre Fragen zu beantworten, Bruder: Wir sind in dieser Angelegenheit nicht alleine unterwegs. CIA, FSB, VEVAK, Mossad und wir arbeiten hier in einem internationalen Team zusammen. Koordiniert wird die Arbeit von einem Stab mit jeweils einem Repräsentanten aus jeder Geheimdienstorganisation. Der Kreis der Eingeweihten wird insgesamt klein gehalten. Das Ganze läuft unter dem Projektnamen *Operation Pagina*. Und wir sind von den vier Geheimdienstorganisationen aufgrund unserer weltweit exzellenten Vernetzung einvernehmlich auserkoren worden, diesen Stab zu leiten.«

»Was wünscht Euer Ehren, dass ich nun als Nächstes tun soll? Welche Erwartungen habt Ihr an mich?«

Der Nuntius beendet das Auf- und Ablaufen, setzt sich sichtlich erleichtert wieder in einen der voluminösen Ohrensessel und blickt den Oberst durchdringend an.

»Ich bitte Sie darum, Bruder, dass Sie sich Gedanken darüber machen, welche Vorgehensweise Ihrer Einschätzung nach die sicherste und unspektakulärste ist, um diese Angelegenheit schon möglichst bald zu den Akten legen zu können. Ein erstes Treffen der Koordinatoren der *Operation Pagina* ist für die kommende Woche am Mittwochvormittag in Genf anberaumt. Richten Sie diesbezüglich Ihre Verfügbarkeit ein. Und dankbar wäre ich Ihnen, wenn Sie mir am

Montagnachmittag die Ergebnisse Ihrer Überlegungen präsentieren würden. Wird Ihnen das möglich sein?«

»Ja, Euer Ehren, das schaffe ich selbstverständlich. Nur eine Bitte noch: Würden Sie mir diese Manuskriptseiten hier zur Verfügung stellen, damit ich es vielleicht noch besser verstehe?«

»So sei es, Bruder. Nehmen und lesen Sie.«

»Treffen wir uns wieder hier in diesem Audienzzimmer und wenn ja, um wie viel Uhr?«

»Ja, wieder hier. Und 15:00 Uhr wäre gut, weil der Heilige Vater anschließend noch über die Ergebnisse unseres Gesprächs informiert werden möchte, um 17:30 Uhr aber bereits eine weitere Audienz hat. Und bitte, Oberst Garibaldi: Außer Ihnen selbst dürfen Sie höchstens zwei Vertraute Ihrer Wahl über die gesamte Operation informieren. Die Namen dieser Personen möchte ich ebenfalls am Montag von Ihnen genannt bekommen. Und nun: Walten Sie Ihres Amtes. Ihr Weg sei gesegnet.«

Die letzten beiden Sätze des Nuntius lassen dem Oberst keinen Zweifel daran, dass diese Unterredung beendet ist und es vorläufig auch keinen weiteren Gesprächsbedarf gibt. Er steht auf, nimmt den beschrifteten Papierstapel mit beiden Händen, verneigt sich leicht und verlässt den Raum stillschweigend.

Das Verbot

Anfang August 2008

Seit der Begegnung mit dem Nuntius und dessen Aufforderung, sich Gedanken zur *Operation Pagina* zu machen, herrscht Aufruhr im Kopf und Herzen des Obersts. Immer wieder nimmt er wahllos einige Seiten des Manuskripts in die Hände und beginnt, zu lesen. Und immer wieder irritiert und beunruhigt ihn das Gelesene zutiefst.

Claire Lacombe warnt in ihrer Rede auf der Versammlung der Jakobiner ausdrücklich davor, Frauen aus der Politik auszuschließen. Ich lausche dieser Rede voller Bewunderung aufgrund der Entschlossenheit und der Anmut dieser Frau.

»Das Problem begann bereits mit der Formulierung der drei Grundpfeiler der Französischen Revolution: Liberté. Égalité. Fraternité. Schon gleich zu Beginn hätten wir uns dagegen auflehnen sollen. Warum Brüderlichkeit? Anstelle dessen hätte auch stehen können Verwandtschaftlichkeit.«

»Oder Schwesterlichkeit oder Weiblichkeit«, ruft eine Teilnehmerin dazwischen.

»Nein. Das wäre genauso falsch gewesen wie Brüderlichkeit. Das geht alles gar nicht. Im ersten Artikel der Menschen- und Bürgerrechtserklärung von 1789 heißt es wortwörtlich: ›Die Menschen sind und bleiben von Geburt an frei und gleich an Rechten.‹ ›L'homme‹ bedeutet aber eben nicht nur Menschen, sondern auch Mann. Und es kann sehr wohl davon ausgegangen werden, dass die Verfasser dieses Textes ausschließlich die Männer meinten. Auch der Zusatz ›Citoyen‹ ist darauf ein Hinweis. Warum wird

hier nur vom Bürger und nicht von der Bürgerin gesprochen? Frauen, Kinder, Kriminelle und Dienstboten werden nach wie vor von der Staatsbürgerschaft ausgenommen. Das ist bodenlos. Im Grunde bedeutet das, dass uns das männliche Geschlecht gleichsetzt mit Kriminellen. Das dürfen wir uns nicht gefallen lassen.«

Lacombe macht eine Pause und genießt sichtlich die lautstarke Zustimmung ihrer Zuhörerinnen, bevor sie mit ihren Ausführungen fortfährt.

»Als Mirabeau seinen Entwurf für ein öffentliches Erziehungswesen vorlegte, hat er in Bezug auf seine tatsächliche Haltung dem weiblichen Geschlecht gegenüber die Hosen heruntergelassen und sein wahres Gesicht gezeigt. Ich zitiere: ›Die zerbrechliche Konstitution der Frauen ist ihrer hauptsächlichen Bestimmung vorzüglich angepasst: nämlich Kinder in die Welt zu setzen, über deren erste Schritte sorgfältig zu wachen und durch die Macht ihrer Schwäche die Kraft des Mannes zu wecken. Im Inneren des Hauses darf die Frau herrschen. Aber nur dort. Überall anderswo ist sie fehl am Platz.‹ Zitat Ende, liebe Frauen. Doch ich frage euch: Welches Geschlecht war stärker vertreten, als die Menschenmassen nach Versailles stürmten, um der Monarchie ein Ende zu setzen? Hü? Welches?«

Erneut macht Claire Lacombe eine Pause, um dem Auditorium Zeit für zustimmende Zwischenrufe und Antworten auf ihre rhetorische Frage zu lassen.

»In der Mehrheit waren es die Frauen. Und wer hat diese Menschenmassen angeführt? Es waren die Frauen aus den Markthallen. Die Frauen haben den König nach Paris gebracht. Die Männer haben ihn entkommen lassen. Ich bin stolz darauf, gemeinsam mit Pauline Léon und Théroigne de Méricourt am 10. August des vergangenen Jahres die Bürgerkrone verliehen bekommen zu haben. So wurde die Einnahme der Tuilerien durch uns, durch das weibliche Geschlecht wenigstens ein bisschen gewürdigt. Wir haben diese Krone nicht für uns drei entgegengenommen. Wir haben sie stellvertretend für alle Frauen entgegengenommen, die gemeinsam mit uns für diese gute Sache gekämpft haben und

immer noch kämpfen. Und auch für die, die für diesen Kampf ihr Leben geopfert haben. Wir können stolz auf uns sein, liebe Frauen. Die Revolution ist dem weiblichen Schoß entsprungen. Der Klugheit und der Kraft der Frauen ist es zu verdanken, dass nun endlich die Grundlagen für eine Gesellschaft geschaffen werden können, in der es mehr Gerechtigkeit, weniger Armut, mehr zu Essen und mehr Wohlstand für alle gibt. Wir, die Frauen, sind das eigentliche starke Geschlecht. Männer hängen winselnd an unseren Rockzipfeln. Einige von euch werden sich erinnern: Beim Sturm auf die Bastille haben sie sich sogar als Frauen verkleidet, die wenigen Männer die mit zum Schloss zogen. So sind sie: Erst wenn die Gefahr vorüber ist, kriechen sie hervor und schwingen sich zu heldenhaften Reden auf. Allein die Taten fehlen allzu oft von ihrer Seite.«

Ich bewundere diese Claire Lacombe wirklich sehr. Ihr Beruf als Schauspielerin ist für die Rednerin und Anführerin eines Geschlechteraufstands ausgesprochen nützlich. Sie vermag es auf vorbildliche Art in die unterschiedlichsten Rollen zu schlüpfen. Mit nur wenigen Gesten und Veränderungen in ihrer Mimik kann sie auf Anhieb von zögerlich auf kämpferisch umschalten, von mutig auf ängstlich, von weiblich auf männlich. Was immer ihr gesprochenes Wort verlangt, kann sie brillant verkörpern. Anna ist stolz dieser Gemeinschaft angehören und ihren Beitrag dazu leisten zu dürfen, dass sich die Dinge auf dieser Welt zum Besseren wenden.

Im Mai 1793 gründete sie gemeinsam mit den anwesenden Frauen die Societé des Citoyennes Républicainnes-Révolutionnaires. Jene Vereinigung, die als berühmtester Frauenklub der Französischen Revolution in die Geschichte eingehen wird. Der Klub, deren Mitglieder es erreicht haben, in die Räte der verschiedenen Pariser Sektionen aufgenommen zu werden und deren gesellschaftlichem und politischem Aufstieg noch im selben Jahr ein jähes Ende bereitet wird. Im Herbst wird es eine einzige Abstimmung zum Thema Beseitigung der Frauenklubs geben, die zunehmend von den Männern als Gefahr für die Republik gebrandmarkt werden. Den Abgeordneten werden drei Fragen gestellt: Soll der Zusammenschluss von Frauen in Paris zulässig sein? Dürfen Frauen ihre politischen Rechte wahrnehmen und sich aktiv an den Regierungsgeschäften beteiligen? Sollen sie in politischen Vereinigungen oder Volksbewegungen das Recht auf Teilnahme an den Diskussionen haben? Auf alle drei Fragen werden die Mitglieder des Nationalkonvents mit einem eindeutigen Nein antworten. Das politische Aus der Frauen wird damit am 30. Oktober des Jahres 1793 besiegelt werden. Es wird noch rund weitere 200 Jahre dauern, bis sie sich erneut wirksam Gehör verschaffen und zunehmend Einfluss auf der gesellschaftlichen, wirtschaftlichen und politischen Bühne gewinnen können.

Garibaldi legt die Manuskriptseiten einmal mehr irritiert zur Seite. Aufgrund seiner Geschichtskenntnisse vermutet er, dass die beschrieben Fakten korrekt zu sein scheinen. Ob es eine solche Rede tatsächlich gab, entzieht sich allerdings seiner Kenntnis. Sie kann doch unmöglich damals dabei gewesen sein. Könnte es nicht auch nur einfach ein Konstrukt ihrer Fantasie sein, das sich zufällig so ähnlich in der Realität zugetragen hat? Er beschließt, dieser und weiteren Fragen nicht weiter nachzugehen, das Manuskript nicht mehr anzurühren und sich anstelle dessen mit seinem Auftrag zu beschäftigen.

Die Nachricht

01. Mai 2011

Der andere Teil meiner inneren Stimme treibt mich zur Taschenlampe. Ich schalte sie ein, schlüpfe in meine vor der noch offenen Haustür stehenden ausgelatschten Gartenschuhe und bewege mich leicht schlurfenden Schrittes in Richtung Oleanderbüsche und Olivenhain. An der ersten Olivenbaumreihe bleibe ich stehen und schwenke den Lichtstrahl der eingeschalteten Taschenlampe von links nach rechts und zurück. Nichts. Keine Menschenseele. Dann gehe ich die Bäume entlang nach rechts. Dorthin, wo sich zwischen der ersten und der zweiten Reihe ein größerer Felsbrocken mit etwas steiler abfallendem Gelände links und rechts davon befindet.

Als ich die Stelle erreiche, lasse ich den Lichtstrahl Zentimeter für Zentimeter über den Boden kriechen in der Hoffnung, irgendeine Spur zu entdecken. Auf der linken Seite des Felsens ist das Gras tatsächlich ganz frisch nach unten gedrückt. Hier muss gerade eben erst ein Mensch abgerutscht sein. Ich lasse mich ebenfalls über das Gras nach unten rutschen, komme sanft in der darunter befindlichen Mulde auf, drehe mich um und leuchte mit der Taschenlampe den Abhang hinauf. Wie lange ich wohl unentschlossen in der Tür gestanden habe, nachdem ich das dumpfe Geräusch und den Atemstoß vernommen hatte? Sekunden, oder ein paar Minuten? Wenn hier wirklich jemand gewesen war, hatte er offensichtlich genug Zeit gehabt, unerkannt zu verschwinden. Ich drehe mich noch einmal zum Abhang hinunter, lasse den

Lichtstrahl über jeden Baum der zweiten Olivenbaumreihe gleiten und knipse die Taschenlampe dann aus, um in die Stille hineinzuhorchen.

»Hallo?«

Keine Antwort. Nichts. Er oder sie musste schon einmal auf dem Gelände gewesen sein. Rund 350 Meter weiter unten verläuft quer über meinen Hain ein etwas breiterer und bequem zu gehender Pfad, der sowohl auf der linken wie auch auf der rechten Seite jeweils auf einen Weg führt. Beide Wege münden auf eine Straße. Der auf der rechten Seite führt zur Kirche in Albisano hinauf. Und über die etwas breitere Straße auf der linken Seite gelangt man hinunter nach Torri del Benaco. Wäre da nicht die frische Spur im Gras gewesen, hätte ich das Ganze meinem unruhigen Schlaf zugeschrieben. Aber diese Spur. Sie ist kein Produkt meiner Einbildung. Sie existiert real. Es ist jemand hier gewesen. Was auch immer diese Person wollte. Irgendwie verstärkt sich in mir die Ahnung, dass der Besucher erstens nicht das erste Mal hier gewesen ist und dass zweitens der Besuch mir galt.

Ich schalte die Taschenlampe wieder ein und mache mich auf den Rückweg zum Rustico. An der Tür angelangt streife ich die Schuhe von meinen Füßen und knipse die Taschenlampe aus. Gerade als ich die Tür hinter mir verschließen will, höre ich von der Straße auf der unteren linken Seite meines Gartens das Geräusch eines startenden Motors. Wer auch immer es gewesen ist, den würde ich nicht mehr erwischen.

Nachdem ich den Schlüssel umgedreht habe, gehe ich zurück zum Tisch, setze mich erneut auf den Holzstuhl, ziehe das Glas mit alkoholfreiem Weißwein zu mir und sehe mit einem Blick auf die an der Wand hängende Uhr, dass es inzwischen 04:21 Uhr geworden ist. 30 Minuten hatte diese ganze Aktion vom Wahrnehmen des ersten Geräuschs bis jetzt also gedauert.

Genauso lange wie ihre Beerdigungszeremonie. Vom sich öffnenden Vorhang bis zum abschließenden Gedicht, das Ingolf vortragen musste, als der Vorhang sich schloss. Sie hatte sich das Gedicht *Begräbnis-Blues* von W. H. Auden in der Übersetzung von Karina Lübke gewünscht, das durch den Film *Vier Hochzeiten und ein Todesfall* zu einiger Berühmtheit gelangt war.

Aus der großen Schublade des Holztisches krame ich mein Tagebuch hervor und blättere zu den Seiten, auf denen ich mir dieses Gedicht notiert habe. Mit einem Schluck des alkoholfreien Weins im Mund lese ich es mir erneut durch.

Haltet alle Uhren an, laßt das Telefon abstellen,
Hindert den Hund am Bellen, indem ihr ihm einen Knochen gebt,
Klaviere sollen schweigen, und mit gedämpftem Trommelschlag,
Laßt die Trauernden nun kommen, tragt heraus den Sarg.
Laßt Flugzeuge kreisen, klagend im Abendrot,
An den Himmel schreibend die Botschaft Er ist tot;
Laßt um die weißen Hälse der Tauben Kreppschleifen schlagen,
Und Verkehrspolizei schwarze Baumwollhandschuh' tragen.
Er war mein Nord, mein Süd, mein Ost und West,
Meine Arbeitswoche und mein Sonntagsfest,
Mein Gespräch, mein Lied, mein Tag, meine Nacht,
Ich dachte, Liebe währet ewig: Falsch gedacht.
Die Sterne sind jetzt unerwünscht, löscht jeden aus davon,
Verhüllt den Mond und nieder reißt die Sonn',
Fegt die Wälder zusammen und gießt aus den Ozean,
Weil nun nichts mehr je wieder gut werden kann.

Schon auf der Beerdigung hatte ich mich gefragt, warum sie die männliche Form nicht gegen die weiblich hatte austauschen lassen. Es war ihre Beerdigung. Im Gedicht hieß es aber unverändert *An den Himmel schreibend die Botschaft Er ist tot*, und weiter unten: *Er war mein Nord, mein Süd, mein Ost und West*. Hatte Sie da in der minutiösen Planung ihre Zeremonie etwas übersehen? Oder war es Absicht, dass sie diese beiden Passagen unverändert hatte vortragen lassen? Wem aber galt dann das Gedicht? Wem wollte sie damit was sagen? Vermutlich würde dies auf ewig eine der vielen Fragen bleiben, die man nach dem Ableben eines Menschen nie mehr beantwortet bekommt. Ich klappe mein Tagebuch zu. Warum ausgerechnet dieses Gedicht aus diesem Film? Endlich schlucke ich den sich immer noch in meinem Mundraum befindenden, schrecklich schmeckenden Wein hinunter. Wer dieses alkoholfreie Getränk wohl freiwillig zu sich nimmt?

»Hör endlich auf zu grübeln, Kerl. Leg dich zu Bett und versuch wenigstens noch ein paar Stunden zu schlafen. Morgen musst du früh raus, weil du um 09:00 Uhr zum Frühstück in Cisano verabredet bist«, höre ich mich leise murmelnd mit mir selbst sprechen.

Leicht resigniert schiebe ich meinen Stuhl zurück und gehe zum Lichtschalter am Ende der Holzstiege, um die Lampe über dem Esstisch auszuschalten. Als ich die Hand auf den Lichtschalter lege, sehe ich etwas Weißes auf der dritten Stufe der Stiege liegen. Nach genauerem Hinsehen identifiziere ich einen zusammengefalteten Zettel, bücke mich, falte den Zettel zur vollen Größe eines DIN-A4-Blattes auseinander und lese: *Der O R T der Erkenntnis ist im W O R T zu finden. Finde* ... Zum zweiten Mal in dieser Nacht läuft mir ein eisiger Schauer über den Rücken. Ich falte den Zettel angewidert wieder zusammen und lege ihn auf die Stiege zurück, ohne die Notiz zu Ende zu lesen. Mein nächtlicher Besuch muss im Haus gewesen sein. Oder es waren zwei Besucher. Und während sich der eine über den Olivenhain, den Pfad und dann die Straße aus dem Staub gemacht haben muss, während ich am Felsbrocken nach Spuren gesucht habe, muss der andere diesen Zettel hier ins Haus gelegt haben und dann durch das Eingangstor über die direkt oberhalb an mein Rustico angrenzende Straße wieder verschwunden sein. Oder war es doch nur eine Person, die mich geschickt nach unten gelockt hatte, dann ins Haus gelangt war und sich schließlich über die obere Straße wieder entfernt hatte?

Unfähig, mich zu bewegen, schießen mir blitzartig eine Reihe von Fragen durch den Kopf. Was will man von mir? Hatte es mit meiner Verbindung zu Anna zu tun? Warum aber suchen sie mich nach ihrem Selbstmord auf? War es wirklich Selbstmord? Lag tatsächlich ihre Leiche in dem Sarg? Warum hatte sie in ihrem Testament ausdrücklich die Identifizierung durch eine DNA-Analyse untersagt? Wenn es nicht ihre Leiche gewesen war, wer lag dann aufgebahrt in diesem Sarg auf der Bühne der Trauerkapelle auf dem Münchner Ostfriedhof? War es überhaupt möglich, eine Beerdigung der eigenen Person vorzutäuschen? Warum nur hätte sie eine Beerdigung vortäuschen sollen und wo könnte sie dann jetzt sein? Warum haben die mich nicht schon früher aufgesucht? Vielleicht wissen die Besucher ja noch gar nicht, dass sie tot ist. Galt der nächtliche Besuch doch ihr?

Plötzlich und zum ersten Mal fällt mir ein, dass sie während der letzten Monate unserer Verbindung mir gegenüber häufiger merkwürdige Andeutungen gemacht und von einer inneren Unruhe berichtet hatte. Und dann passierte ihr dieser ihrer Meinung nach vorgetäuschte Unfall mit der Fahrradfahrerin. Ein leichtes Schwindelgefühl bemächtigt sich meiner. Es erinnert mich daran, dass ich seit dem Vorfall in der Kölner Werbeagentur immer noch nicht bei meinem Hausarzt gewesen bin, um mich noch einmal gründlicher wegen meines damaligen Schwächeanfalls untersuchen zu lassen. Für einen Moment stütze ich mich mit beiden Händen an der Wand unter dem Lichtschalter ab, fange mich wieder und kehre zum Tisch zurück. Erneut nehme ich das noch auf dem Tisch liegende Tagebuch zur Hand und schlage es auf. Einige ihrer Bemerkungen hatte ich mir notiert. Ich setze mich wieder hin, nehme den letzten Schluck des grauenhaften Weins und blättere in dem Buch, um die entsprechenden Notizen zu finden.

Alte Seelen haben Aufgaben, die manchen Menschen nicht gefallen.

Wenn sie alles vollständig wüssten, wäre es nicht mehr zu retten.

Frieden kann ich nur finden, wenn andere mit mir teilen, was ich ihnen mitteile.

Wenn ich nicht mehr suchen muss, kann ich mich endlich dem Gefundenen widmen.

Auf dich warten in diesem Kontext Verpflichtungen. Verpflichtungen, über die ich heute noch nicht sprechen kann.

Nicht jeder Gesuchte möchte auch gefunden werden.

Vier und eins ergibt nicht immer fünf. Manchmal wird daraus eine Überzahl.

Wenn der Sinn des Lebens ist, glücklich zu sein, welchen Sinn hat dann das Glück?

Sollte ich es nicht in diesem Leben schaffen, schaffe ich es nie. Ich bin müde geworden.

Ich blättere noch mal einige Seiten zurück und lese erneut: *Vier und eins ergibt nicht immer fünf.* Manchmal wird daraus eine Überzahl. Meine Güte. Hatte diese Aussage etwas mit ihrer Entscheidung zu tun, auf ihrer Beerdigung von Ingolf den *Begräbnis-Blues* rezitieren zu lassen? Allmählich werde ich mir der Müdigkeit bewusst, die inzwischen in mir aufgekommen ist. Nach einem erneuten Blick auf die Uhr beschließe ich, ins Bett zu gehen. Es ist 05:02 Uhr am Morgen des 24. April 2011.

Albisano

Ostern 2004

Es ist ein sonniger Tag, dieser Ostermontag. Nachts ist es zwar noch ziemlich frisch hier oben, hoch über dem Gardasee, aber sobald die Strahlen der Sonne den Berg hochklettern, erwärmen sie die Gemüter von Mensch und Natur. Wie so oft in diesen frühen Frühlingstagen hält mich nichts mehr im Bett, als ich den Weckruf des Hahns von Signora Cassataro und das erste Gezwitscher der rührigen Vögel vernehme.

In den letzten Jahren hatte ich damit begonnen, mir meine Arbeit so einzuteilen, dass ich vier bis sechs Wochen hintereinander in meinem Münchner Domizil weile und meiner regulären Arbeit nachgehe und dann für jeweils acht Wochen hier in mein Rustico komme. Als ich mich entschlossen hatte, dieses sich an die Außenmauer des Kirchgeländes anlehnende baufällige Objekt nebst rund 3.500 Quadratmeter Grund kaufen zu wollen, war es in erster Linie dieser geradezu unwirkliche Blick auf den See und die dahinterliegenden, zur Osterzeit meist noch schneebedeckten Berge. Nach München zurückgekehrt fragten mich meine Freunde angesichts der ihnen gezeigten Bilder mitleidig lächelnd, ob ich das mit dem Erwerb dieser Hütte ernst meine. Und wie ernst ich es meinte. Ich sah in diesem Ort und Objekt eine Möglichkeit, mir und meinen Süchten einerseits selbst zu entkommen und andererseits auch irgendwie zu mir zu finden. Zwei Wochen später war ich wieder vor Ort, legte 180.000 Euro auf den Tisch des Bauern, dem das Objekt gehörte, und sagte: »Das alles ist Ihres. Wenn Sie mir das Rustico zu diesem

Preis anstatt der von Ihnen angegebenen 270.000 verkaufen, können wir noch in dieser Woche einen Notartermin machen. Andernfalls sammle ich die Scheine wieder ein und reise nach Deutschland zurück.«

Drei Tage später war das Geschäft perfekt und ich stolzer Besitzer einer Natursteinruine neben der Kirche von Albisano. Bis Mitte Juni ließ ich meine Arbeit zu Hause Arbeit sein und verbrachte mit Unterstützung einiger einheimischen Handwerker damit, das Rustico in einen bewohnbaren Zustand zu versetzen. Die meisten schüttelten den Kopf über mein Ansinnen, halfen mir aber trotzdem gerne gegen Bares ohne Rechnung. Schon nach wenigen Tagen hatte ich mir im Dorf den Ruf »Il Pazzo«, der Irre, eingehandelt. Diesen Namen trage ich bis heute. Aber als ich das halbe Dorf zur Einweihung des restaurierten Rusticos bei mir zu Gast hatte und sie sahen, dass ich kein Schicki-Micki-Naturstein-Loft daraus gemacht, sondern das Erhaltenswerte konserviert, das Notwendige modernisiert und ein kleines bisschen Komfort hinzugefügt hatte, hatten sie mit dem Pazzo aus Deutschland ihren Frieden gemacht.

Den heutigen Vormittag habe ich damit verbracht, die Oleanderbüsche ein wenig zu stutzen, die auf der Terrasse verteilten Tontöpfe mit einem Hochdruckreiniger abzuspritzen, das Restliche im Herbst nicht entsorgte und über Winter liegengebliebene Laub, abgestorbenes Geäst und anderes Gestrüpp zusammen zu harken und auf dem Feuerplatz am unteren Ende des Olivenhains aufzutürmen. Dieser Teil der für heute vorgenommenen Arbeit ist getan.

Zufrieden setze ich mich auf die lange alte Holzbank, die hinter einem Tisch der gleichen Größe und Generation vor der Hauswand steht, zünde mir eine Zigarette an und blicke durch die Olivenbäume hinunter auf den See und dann auf der gegenüberliegenden Seeseite am Ufer hinauf nach Toscolano Maderno, Oriolo und noch weiter oben nach Sanico. Seit einigen Jahren verbringe ich nun schon den weitaus größeren Teil meines Jahres auf meinem Rustico. Und doch habe ich mich an diesem Anblick immer noch nicht satt gesehen.

Sollte das wirklich alles die Schöpfung eines höheren Wesens, meinetwegen eines Gottes sein? Was hatte sich dieser Gott dann aber dabei gedacht, dass es in manchen Gegenden so unglaublich schön und in anderen karg und öde war? Steht dahinter ein Plan, eine Absicht? Oder ist das alles nur eine Entwicklung von mehr oder weniger zufällig aufeinanderfolgenden natürlichen Ereignissen? Fragen, die die Menschheit seit Jahrtausenden beschäftigten. Wo kommen wir her? Was tun wir hier? Wo führt alles hin? Und die Möglichkeiten der denkbaren Antwortkombinationen sind beinahe so unendlich, wie das Universum es vermutlich ebenfalls ist. Eine galaktische Ausdehnung von Antwortmöglichkeiten, die den menschlichen Geist überfordert. Vielleicht hat der Mensch sich deshalb solche Konstrukte wie den lieben Gott erschaffen und damit einen Bezugsrahmen. Nun gab es den Himmel oben und die Hölle unten, das Gute und das Böse. Oder aber es gab ihn eben doch, diesen lieben Gott.

Mein Blick schweift hinauf in den von einigen kleineren Federwölkchen verdeckten blauen Himmel und ergötzt sich an dem durch die Sonnenstrahlen verursachten Farbenspiel der Wolken.

»Buongiorno, Alfredo. Buona Pasqua!«, dringt die Stimme von Pater Paolo an mein Ohr. Er hat mich offensichtlich von seinem Kirchgarten aus gesehen und scheint auf ein Pläuschchen vorbeikommen zu wollen. Die Messen des Ostermontags sind gelesen und bis zum Pranzo, dem Mittagessen, ist noch etwas Zeit. Das jedenfalls nehme ich an. Das mit den Messen stimmt. Doch Pater Paolo kommt nicht auf ein Pläuschchen, sondern mit einer Bitte.

»Guten Morgen, Pater Paolo. Auch ich wünsche Ihnen frohe Ostern. Setzen Sie sich zu mir.«

Der Pater rutscht zu mir auf die Bank und kommt, noch bevor ich ihm einen Kaffee anbieten kann, gleich zur Sache: »Alfredo. Die Messen gestern und auch die heutigen waren schlecht besucht. Es schmerzt mich, mit ansehen zu müssen, wie uns allmählich die Kunden ausgehen. Der Beitrag, den wir mit unserer Gemeinde hier oben zum wirtschaftlichen Erfolg unseres Unternehmens beitragen, ist mehr als überschaubar. Auch die Kirche will überleben. Machen wir uns nichts vor: Zum Überleben braucht auch die Kirche Geld. Im Grunde sind wir vergleichbar mit einem weltweit verzweigten Filialunternehmen. Wenn nun aber so eine Filiale wie meine hier im Albisano wenige Beiträge abliefert, dann wird sie irgendwann einfach geschlossen. Das würde für mich bedeuten, dass ich eine andere Gemeinde übernehmen oder mir mit einem oder mehreren anderen Brüdern mehrere Gemeinden teilen müsste. Und das will ich nicht. Ich kann und will vom Monte Baldo nicht weg. Ich kenne hier jede Bergfalte, jeden Strauch und jeden Stein. Seit 50 Jahren bekomme ich jede Geburt, jeden Tod, jede Freude und jedes Leid von den Menschen mit, die hier in dieser wundervollen Region leben. Ich schaue mir gerne die große, weite Welt an. Aber ich bin jedes Mal froh und dankbar, wenn ich meinen Fuß wieder auf diesen kleinen Fleck der Mutter Erde setzen darf.«

»Und warum erzählen Sie das ausgerechnet mir und ausgerechnet heute, Pater Paolo?«

»Du weißt, Alfredo, wie dich die Leute hier nennen?«

»Aber ja. Das ist längst auch bis zu mir durchgedrungen: der Irre.«

»Madonna mia. Ja. So ist es. Il Pazzo. Ich habe mich gefragt, warum sie dich so nennen. Und da ich selbst keine zufriedenstellende Antwort darauf gefunden habe, habe ich die Leute gefragt. Einige haben mir geantwortet, dass sie dein Unterfangen, die Ruine der Familie von Giuseppe Zanotta restaurieren zu wollen, vollkommen irrsinnig fanden. Jeder andere hier oben hätte diese Baracke abgerissen und ein vernünftiges Haus auf diesem wunderschönen Grundstück gebaut. Einige andere haben mir erzählt, dass sie dich für irre halten, weil du so viele Sprachen sprichst. Wie viele sind es noch mal, Alfredo?«

Einen kurzen Moment zähle ich innerlich mit den Fingern nach: Italienisch, Englisch, Russisch, Französisch, Spanisch, Schwedisch.

»Sieben«, antworte ich, »sechs Sprachen zuzüglich meiner Muttersprache Deutsch.«

»Und die beherrschst du tatsächlich alle fließend in Wort und Schrift?«

»Na ja, wirklich fließend kann man eine Sprache sprechen, wenn es die Muttersprache ist. Aber ja. Immerhin kann ich mich in jeder dieser Sprachen, ohne lange nachdenken oder übersetzen zu müssen, gut mündlich und schriftlich verständigen. Doch Pater, wir sind von Ihrer Erzählung abgekommen. Sie hatten von ihrem Leid der leeren Bänke in San Martino geklagt. Und auf meine Frage, warum Sie mir das erzählen, habe ich noch keine Antwort erhalten.«

»Nun. In den letzten zehn Jahren hat der Zuzug von Ausländern rund um den Lago, also auch im Monte-Baldo-Gebiet extrem zugenommen. In einem in der Karwoche geführten Gespräch mit dem Bürgermeister habe ich diesen gefragt, wie hoch eigentlich mittlerweile der Ausländeranteil bei uns ist. Darauf hat er geantwortet, dass fast 60 Prozent der Immobilien im Besitz von Nicht-Italienern sind. Davon haben rund 70 Prozent ihren Zweitwohnsitz hier angemeldet und weitere 25 Prozent sind Menschen wie du, die zwar ihren Erstwohnsitz hier haben, aber doch regelmäßig in ihr Heimatland zurückkehren. Die restlichen fünf Prozent Ausländer leben tatsächlich das ganze Jahr über hier.«

Diese Verhältnismäßigkeit überrascht mich, doch kommentiere ich sie nicht weiter, sondern sehe den Pater nur fragend an.

»Die meisten Ausländer kommen aus Deutschland, Russland und England«, setzt er seine Ausführungen fort, »und unter diesen Menschen gibt es sicher auch einen nicht zu unterschätzenden Anteil an Christen. Diese Menschen möchte ich gerne erreichen. Ich möchte sie einladen, aktiv an unserem Gemeindeleben teilzunehmen. Verstehst du?«

Ich verstehe ihn sehr wohl und mir dämmert auch allmählich, was sein Anliegen ist.

Noch bevor ich diesen Gedanken zu Ende denken kann, sagt er: »Ich habe im Internet ein wenig recherchiert und mich über dich informiert. Dabei habe ich erfahren, dass du in Deutschland ein gefragter und angesehener Werbetexter bist. Nun. Und diese Fähigkeit in Kombination mit deinen Fremdsprachenkenntnissen - vielleicht möchtest du mir ein wenig helfen?«

»Sie meinen, ich soll Werbung für San Martino machen. Wie stellen Sie sich das genau vor?«

»Dank der Grundbucheinträge wissen wir ja genau, welcher Nationalität die verschiedenen Immobilienbesitzer sind. Das bedeutet, dass wir sie in ihrer jeweiligen Muttersprache zum Beispiel regelmäßig anschreiben und gezielt über unsere Aktivitäten informieren könnten. Vorausgesetzt, wir würden ihre Sprache sprechen. Da wir dies aber nicht tun, müssten wir für teures Geld Übersetzer beschäftigen. Dieses Geld steht mir aber schlichtweg nicht zur Verfügung. Als ich mein Ansinnen im Rahmen einer Missionskonferenz in der Hoffnung vorgetragen habe, dafür eine Art Gemeinschaftsetat zu bekommen, hat man mich müde belächelt. Zwar kämpfen meine Brüder in ähnlicher Weise mit leerer werdenden Gotteshäusern. Aber die Idee, die hinzugezogenen Ausländer zum Beispiel aktiv mit Briefwurfsendungen anzusprechen, empfanden sie als der Kirche unwürdig. Ich glaube aber nach wie vor daran, dass dies ein Weg sein könnte, die Menschen zu erreichen. Was ist deine Meinung dazu?«

»Wer will, dass man von ihm spricht, muss auf sich aufmerksam machen. Keine Frage. Und Sie möchten jetzt, Pater Paolo, dass ich für San Martino eine kleine Werbekampagne entwickle. Kostenlos, versteht sich. Sozusagen als mein Beitrag zur Gemeinde, ja?«

»Es muss ja nicht gleich eine ganze Kampagne sein. Aber wenn du mich dabei unterstützen könntest, einige ansprechende Briefe in den verschiedenen Sprachen zu formulieren und unsere kleine Gemeindezeitung in, sagen wir, zwei bis drei Sprachen zu übersetzen? Solange wir es nicht ausprobiert haben, wissen wir nicht, ob es funktioniert. Kannst du dir vorstellen, mir diesen Gefallen zu tun? Es soll auch nicht zu deinem Schaden sein.«

Einerseits fühle ich mich geschmeichelt, andererseits sehe ich die Arbeit auf mich zukommen. Eine Arbeit, die ich bewusst in Deutschland gelassen habe. Diesen Ort hier hatte ich mir als mein Refugium ausgewählt. Als eine Art Zufluchtsort, an den ich mich zurückziehen kann, um die auf Schein und Haben basierende Gesellschaft hinter mir zu lassen und wenigstens vorübergehend zumindest das Gefühl wahrhaftigen Seins in mir aufkommen zu lassen.

»Darf ich Ihnen ein Glas Lugana anbieten, Pater Paolo? Oder ruft das Mittagessen?«

»Im Pfarrhaus, mein lieber Alfredo, bleibt die Küche heute kalt. Es ist Ostermontag. Der höchste kirchliche Feiertag in Italien. Da hat auch meine gute Luciana einmal frei und ist bei ihren Lieben in Pacengo zu Hause. Ja, ein Glas Wein wäre mir ein Vergnügen. Es inspiriert den Geist und lockert die Zunge.«

Pater Paolo und ich verbringen den Rest des Tages bis zum frühen Abend auf meiner Terrasse. Gemeinsam entwickeln wir einige Ideen für die Wiederbelebung der Gemeinde San Martino. Zwei Flaschen köstlichen Lugana sind dann am Ende des Tages leer, als er mich am frühen Abend verlässt, um noch eine Trauermesse vorzubereiten und zu halten.

Nachdem ich Pater Paolo noch bis zum Tor an der Straße begleitet und ihn mit einer beinahe freundschaftlichen Umarmung verabschiedet habe, hole ich meinen MacBook aus dem als Büro und Bibliothek eingerichteten Raum im ersten Stock meines Rusticos und gebe all jene Ideen ein, von denen ich irgendeiner Form den Eindruck gehabt habe, dass es sich lohnen würde, auf ihnen weiter herum zu denken. Da die Sonne zu dieser Jahreszeit nur bis circa 17:00 Uhr auf meiner Terrasse scheint, ist es inzwischen recht frisch und obendrein weht noch ein kühler Wind vom See herauf. Ich gehe in die Stube, nehme meine Weste vom Haken, streife sie mir über, setze mich wieder hinaus und schreibe weiter. Nachdem ich alle am Nachmittag nur flüchtig auf Zetteln notierten Ideen eingegeben habe, lese ich sie mir noch einmal durch und tippe eine Art Resümee in meine Tastatur: *Die Sprache des Glaubens ist die Stille*. Ich schalte das MacBook aus, klappe es zu, trage es in mein Büro zurück und beschließe noch auf einen Absacker in die Bar von Camillo zu gehen. Eine unscheinbare Bar in einer kleinen Gasse oberhalb vom Panorama Hotel, das circa zwei Fußminuten von San Martino entfernt ist. Nur selten verirren sich Touristen an diesen Ort. Es ist einer von jenen Plätzen, in denen sich ausschließlich Einheimische treffen und die die Lokalzeitung zu ersetzen helfen. Sonntags nach der heiligen Messe, um über die Predigt von Pater Paolo zu diskutieren oder über die anderen Gläubigen zu lästern. Morgens, um den Tag mit einer Brioche und einem Kaffee frisch gestärkt zu beginnen. Mittags, um den Verdauungsvorgang mit einem Fernet-Branca zu unterstützen. Abends, um die neuesten Nachrichten des Tages auszutauschen und sich vor dem Zubettgehen mit einem Schlummertrunk für das Tagewerk zu belohnen.

Ich nehme einen leichten Blouson von der Garderobe, ziehe ihn über meine Weste und breche zur Bar auf, nachdem ich mein Rustico verschlossen und den Schlüssel unter dem auf dem Fenstersims neben dem Eingang stehenden Tontopf deponiert habe. Es herrscht reges Treiben. Ausschließlich Männer aus dem Dorf sind versammelt.

»Für Ostermontag erstaunlich voll«, denke ich und frage Camillo nach einem »Buona Sera«.

»Was ist denn heute bei dir los? Ich dachte, Ostermontag ist der höchste italienische Feiertag? Wieso sind die nicht alle bei ihren Familien zu Hause?«

Unaufgefordert schenkt mir Camillo einen Averna ein, gießt ihn mit etwas Orangensaft auf, ergänzt die Komposition noch um zwei Eisstückchen und schiebt mir das Ganze über den Tresen mit den Worten: »Die haben genug von der Familie. Vier Tage am Stück zu Hause sind für jeden Mann mehr als zu viel. Selbst für den besten Familienvater.«

»Verstehe«, erwidere ich, nehme mein Glas entgegen und setze mich in die hinterste Ecke der Bar, um den Gesprächen ein wenig zu lauschen und das Treiben zu beobachten.

Gerade als Camillo mir ein zweites Glas Averna hinstellt, öffnet sich erneut die Tür der Bar und eine Frau kommt herein. Nach und nach drehen sich fast alle zur Tür um und die Gespräche der Männer verstummen.

»Guten Abend allerseits«, sagt sie in akzentfreiem Italienisch mit fester Stimme in die Runde und fügt noch hinzu: »Ihr könnt ruhig weiterreden, weder bin ich eine Außerirdische noch habe ich vor, euch etwas anzutun. Oder ist diese Lokalität für Frauen verboten?«

»Nein, nein, Signora. Sie sind uns herzlich willkommen«, beeilt sich Camillo. »Möchten Sie an der Bar sitzen, oder vielleicht hier, an diesem kleinen Tisch? Sehen Sie Signora: zwei Stühle, ein kleiner Tisch, direkt vor dem Fenster. Der hat auf sie gewartet«, sagt er, während er hinter seinem Tresen hervorkommt, die Frau mit ausladenden Gesten zum Tisch geleitet, den Tisch flüchtig mit einem Lappen abwischt und ihr einen Stuhl zurechtrückt.

»Muss ich diesen Stuhl nehmen oder darf es auch der andere sein?«, fragt sie mit einem umwerfenden Augenaufschlag zurück.

»Signora, die Bar gehört Ihnen. Wenn Sie es wünschen, werfe ich alle diese Taugenichtse hinaus und Sie können den ganzen Abend alleine hier verbringen. Ganz, wie Sie es wünschen.«

»Danke Ihnen. Sehr liebenswürdig. Aber nicht nötig. Ich mag Männergesellschaft. Für den Moment würde es mir aber vollkommen genügen, wenn Sie mir ein Glas Averna bringen. Gerne auf Eis mit etwas Orangensaft.«

»Selbstverständlich. Stets zu Ihren Diensten«, gibt Camillo mit einer überschwänglichen Verbeugung zurück und verschwindet wieder hinter seinem Tresen.

Die Frau setzt sich auf den von Camillo angebotenen Stuhl, zieht ihre Jacke aus und gibt damit den Blick auf einen pinkfarbenen, enganliegenden Pullover mit V-Ausschnitt und einem darunter angezogenen weißen Rundhals-T-Shirt frei, legt die Jacke über den anderen Stuhl und schaut sich in der Bar um. Als ihr Blick auf mich fällt, zieht sie die Augenbrauen etwas hoch. Ein Lächeln huscht über ihr Gesicht. Meint sie mich mit diesem Lächeln? Oder hätte sie dieses Lächeln jedem anderen auch geschenkt, der gerade zufälligerweise an meiner Stelle gesessen hätte? Dieser Blick hat eine Tiefe, die mich auf sonderbare Weise berührt.

»Bitte sehr, Signora. Und hier ist auch schon der bestellte Averna mit Orangensaft und Eis.«

Noch nie zuvor habe ich Camillo so gockeln sehen. Verwundert schaue ich ihm nach. Eigentlich dachte ich immer, dass er mit dem weiblichen Geschlecht abgeschlossen hätte. Einer seiner Lieblingssätze ist: »Con le donne e terribile. Ma senza le donne e impossibile.« Was so viel bedeutet wie: »Mit den Frauen ist es schrecklich. Aber ohne sie ist es unmöglich.« Denn Camillo hat sich mit dem strengen Regiment seiner Frau Marina abgefunden, weil er sich vollkommen im Klaren darüber geworden ist, dass er ohne sie und ihre hausfraulichen Ambitionen, ihre mütterliche Fürsorge sowie ihrer Tüchtigkeit als Schneiderin weder saubere Wäsche im Schrank noch Butter auf dem Brot, geschweige denn die Möglichkeit gehabt hätte, der häuslichen Enge und Verantwortung für vier Kinder durch das Betreiben seiner kleinen Bar zu entfliehen. Dafür schätzt er sie. Gewiss. Aber ansonsten ist er weder auf Marina noch auf Frauen im Allgemeinen gut zu sprechen. »Sie wollen ständig bestimmen. Sie sind eifersüchtig auf alles und jeden. Sie sind undankbar und unersättlich zugleich. Bleib mir vom Hof mit diesem Geschlecht. Ich habe schon von einer mehr als genug«, sind Tiraden, die er in leicht angetrunkenem Zustand immer wieder vor sich hertreibt. Und jetzt gibt er hier die Vorstellung des unwiderstehlichen Charmeurs zum Besten. Diese Frau scheint es ihm angetan zu haben.

Mein Blick gleitet erneut zu ihr. Sie hat eine Wollmütze auf dem Kopf, an deren unterem Ende sich dunkelblonde, stark gelockte Haare einen Weg in die Freiheit zu bahnen versuchen. Ihre Gesichtszüge sind vollkommen ebenmäßig und die Haut ist tief gebräunt. Es ist die Bräune eines Menschen, der sich mehr oder weniger das ganze Jahr im Schatten sonniger Gefilde aufhält. Die Bräune, die man von Ganz-Jahres-Surfern oder Tennislehrern kennt. Ihre Augenbrauen sind auf einen dunkelbraunen, schmalen Strich reduziert. Die Farbe der Augen kann ich nicht genau identifizieren, weil sie unentwegt auf ihren Averna blickt. Ich versuche mich an den Blick zu erinnern, den sie mir zugeworfen hat, kurz nachdem sie sich an diesen Tisch gesetzt hatte. Im selben Augenblick schaut sie erneut auf und schenkt mir ein zweites Lächeln, um gleich darauf wieder ihren Blick zu senken. Dunkelbraun. Ihre Augen haben also die gleiche Farbe wie ihre Augenbrauen. Ihre vollen, symmetrisch geschwungenen und sinnlichen Lippen ziehen mich magisch an. Auf Make-up scheint sie völlig verzichtet zu haben. Diese natürliche

Schönheit lässt sie in meinen Augen nur noch attraktiver erscheinen. An den Handgelenken trägt sie Wollstulpen, die in Strick und Farbe der Wollmütze ähnlich sind.

Offensichtlich hat sie hat bemerkt, dass ich sie mustere, also schaut sie mich erneut an. Mit ihrem Blick scheint sie mir die unausgesprochene Frage zu stellen: »Kennen wir uns? Müssen wir noch etwas miteinander klären?«

Beschämt über mein aufdringliches Anstarren senke ich nun meinerseits den Blick und halte mich an meinem Getränk fest. Die Scham hält jedoch nicht lange an und ich schaue erneut zu ihr hinüber. Verwundert stellte ich fest, dass sie mich augenscheinlich ihrerseits zu scannen scheint. Ich lächle verlegen, lasse mich jetzt aber nicht mehr in meinem Vorhaben beirren, sie nun ganz genau zu mustern. Ihr Alter schätze ich auf Ende 30 bis maximal Mitte 40. Bezüglich ihrer Figur kann ich mich nicht recht entscheiden, ob ich diese nun eher feminin oder mädchenhaft bezeichnen würde. Der Busen hat die Größe von, wie Camillo sagen würde, »zwei Händen voll der prallen Wollust«. Sie trägt einen glatten Rock, der ihr beim Sitzen leicht über die Knie hinauf gerutscht ist und den Blick auf den Ansatz muskulöser ebenso wie das Gesicht tief gebräunter Oberschenkel frei gibt. Kräftige bis tendenziell sportliche Knie finden ihre Fortsetzung in festen Unterschenkeln. Sie trägt keine Strümpfe. Die Fußfesseln sind hinter dem Schaft ausgetretener Stiefeletten verborgen, die vor einigen Jahren wahrscheinlich mal modisch gewesen waren, deren modischer Glanz aber zwischenzeitlich das Zeitliche gesegnet hatte. Fertig.

Ich schaue ihr erneut ins Gesicht. Unverfroren direkt in die Augen. Sie verdreht diese kurz, schüttelt kaum merklich ihren Kopf und nimmt einen Schluck von ihrem Averna. Welcher Nationalität mochte sie sein? Ihr Italienisch war akzentfrei. Aber es fehlen ihr die typischen Accessoires italienischer Frauen, modischere Schuhe zum Beispiel. Oder ein geschmackvolles Armband, anstelle der Wollstulpen. Ein paar dezente Ohrringe oder eine aparte Halskette. Sie hingegen ist vollkommen schmucklos. Ein anderes südliches Land kommt ebenfalls eher nicht infrage. Dafür fehlt ihr der für Südeuropäerinnen typische Teint. Eine Deutsche? Dafür ist ihr Italienisch eigentlich zu gut. Ich gebe auf.

»Bitte einen letzten Averna noch, Camillo«, der mich dabei beobachtet haben musste, wie ich diese Frau von oben bis unten gemustert habe.

»Bist du sicher, Alfredo?«

»Wie bitte?«

»Dass es dein letzter Averna ist! Sie gefällt dir, nicht?«

»Sie hat was, ja«, gebe ich zu.

»Dann lade sie doch auf einen Drink ein. Du bist doch sonst auch nicht so zurückhaltend, Pazzo.«

»Gute Idee. Stell ihr noch einen Averna hin. Und mir am besten gleich zwei!«

Camillo richtet drei weitere Averna her, schiebt mir meine zwei über den Tresen und bringt ihr den für sie eingeschenkten an den Tisch, mit Worten, die ich aufgrund des längst wieder angestiegenen Lärmpegels nicht verstehen kann. Seine Geste macht aber deutlich, wer dieses Getränk bezahlt hat. Sie blickt zu mir rüber, lächelt, erhebt ihre rechte Hand und ihr Zeigefinger deutet mit einer Bewegung von links nach rechts vor ihrem Gesicht an: »Nein, so läuft das hier nicht.« Sie schiebt das neue Glas von sich weg und geht zur Toilette. Wie klein ich mir in diesem Moment vorkomme, kann sich nur jemand vorstellen, für den die Ablehnung von anderen Menschen ein ähnlich großes Problem darstellt wie für mich. Ich lege das Geld für die Averna auf den Tresen, erhebe mich von meinem Hocker und will die Bar verlassen. Im selben Moment kommt sie von der Toilette zurück. Unsere Wege kreuzen sich. Aufgrund des nach wie vor regen Treibens und dichten Gedränges berühren sich unsere Körper beim Aneinander-Vorbeischieben. Einen kurzen Moment bleiben wir stehen und schauen uns in die Augen. Unsere Gesichter sind dabei höchstens 50 Zentimeter voneinander entfernt. Ich bilde mir ein, in ihrem Blick die Frage »Woher?« lesen zu können und erwidere ihr ein wortloses »Wohin?«.

Anschließend muss sie mir bis zu meinem Rustico gefolgt sein. Denn als ich dann alleine am Tisch meines als Küche, Wohn- und Esszimmer eingerichteten Erdgeschosses sitze, einen Gute-Nacht-Wein zu mir nehme, über die Begegnung mit dieser sonderbaren und zugleich faszinierenden Frau sinniere und mir vorstelle, wie sie wohl im Bett sein würde, vernehme ich ein Geräusch. Als ich daraufhin die Tür öffne, um draußen nachzusehen, steht sie vor dem Fenster des Vorratsraumes, in dem ich das Licht hatte brennen lassen, bevor ich das Haus verließ. So verwundert ich über die Tatsache bin, dass sie mir gefolgt ist, so gerne bitte ich sie mit einer einladenden Geste zu mir herein. Ohne auch nur eine Sekunde zu zögern, nimmt sie meine wortlose Einladung an. Kaum habe ich die Tür hinter ihr geschlossen, fallen wir übereinander her. Wie zwei ausgehungerte und verdurstende Tiere. Nein. Es hat nichts Animalisches. Es ist eher wie zwei sich nach langer Zeit wieder begegnende Seelen, die sich dankbar erneut körperlich vereinen. Dankbar dafür, dass sie nach ewigen Zeiten des alleine Herumirrens wieder zueinander gefunden haben. Ich kann mich nicht erinnern, jemals so lange körperlich geliebt zu haben. Das lange, zärtliche Vorspiel ist wie das gemeinsame Besteigen eines Berges, an dessen Gipfel zu gelangen nebensächlich zu sein schien. Zu viel gibt es am Wegesrand zu erforschen und zu entdecken. Als sie dann mit sanftem Druck ihres Unterleibs gegen meine Lenden ihrem Wunsch Ausdruck verleiht, mich in sich aufnehmen zu wollen, zögere ich aus Angst vor dem Zerreißen der zarten Bande, die wir bis hierhin geknüpft haben. Schließlich kann aber auch ich dem Wunsch nicht länger widerstehen, mich mit ihr zu vereinen. Behutsam dringe ich in sie ein. Ihr feuchtes Inneres umschließt mich mit einer sanften Kraft, die meinen ganzen Körper durchströmt und erwärmt. Während der gesamten Zeit sprechen wir kein Wort miteinander. Danach liegen wir aneinander geschmiegt auf dem Bett im ersten Stock meines Rusticos – nur Gott weiß, wann und wie wir dorthin gelangt sind –, genießen die Stille, lauschen unseren Atembewegungen und den Geräuschen der Nacht.

Am nächsten Morgen ist der Platz, an dem sie die letzte Nacht neben mir gelegen hat, leer. Meine Hand gleitet über das Laken hin zu dieser Stelle. Kalt. Sie muss mich schon vor längerer Zeit verlassen haben. Egal. Hauptsache guter Sex.

Marktgeschrei

Mittwoch nach Ostern 2004

Es herrscht reges Treiben an der Uferpromenade von Bardolino. Für den heutigen Vormittag plant sie einen Einkaufsbummel. Es ist Markt. Sie schlendert an den zahlreichen von Touristen belagerten Ständen vorbei, sieht aus der zweiten oder dritten Reihe die für diese Märkte typischen Auslagen von billigen Schuhen über Jacken aus Lederimitat bis hin zu überflüssigen Elektronikgeräten und kann sich nirgendwo entschließen, näherzutreten. Ihre Gedanken kreisen immer wieder um die nächtliche – wie sie es gerne nennt – Seelenberührung mit Austausch von Körperflüssigkeiten vor zwei Tagen. Für diese Formulierung hat sie sich entschieden, um das in ihr immer stärker werdende warme Gefühl für ihn unter Kontrolle zu halten. Für ihn, den sie erst kurz zuvor kennen gelernt hat.

In Begleitung einiger Freundinnen war sie in den Naturpark Lastoni Selva Pezzi gefahren, um gemeinsam mit ihnen einige Stunden Luft und Landschaft zu genießen. Am Abend wollten sie gemeinsam in Malcesine noch zusammen essen gehen und den Tag bei einem gepflegten Glas Wein ausklingen lassen. Anna hatte jedoch nach dem gemeinsamen Ausflug in den Naturpark auf dem Rückweg zum Auto plötzlich den Impuls, dass sie später lieber alleine sein will. Um genau zu sein: Ihre Intuition sagte ihr, dass auf sie heute noch eine wichtigere Gesellschaft wartete, die sie jedoch nur würde treffen können, wenn sich ihr Weg nach der Rückkehr zum

Parkplatz von dem ihrer Freundinnen trennen würde. Am Auto angelangt teilte sie den anderen ihren Entschluss mit, verabschiedete sich herzlich von ihnen, setzte sich hinters Steuer und startete den Motor ihres olivgrünen Peugeot 504 Cabrios aus den Achtzigerjahren, um den direktesten Weg hinunter zum Lago zu nehmen. Die Hauptstraße durch Albisano führte ihren Weg unmittelbar am Panorama Hotel vorbei und sie erinnerte sich, dass sie hier vor vielen Jahren einmal einige sehr erholsame kulinarische Stunden verbracht hatte. Alleine zum Mittagessen im Halbschatten auf der Terrasse sitzend und die bilderbuchartige Aussicht auf den Gardasee genießend.

Spontan bremste sie ab, fuhr mit langsamerer Geschwindigkeit weiter, um den etwas größeren Parkplatz zu finden, an den sie sich ebenfalls erinnerte, und anschließend in diesem Hotel einzukehren. Dieses Mal war die Terrasse voller Menschen. Überwiegend Italiener und ein deutliches Überangebot an italienischen Kindern, Mamas und Nonnas. Ihr fiel ein, dass Ostermontag ist und hier vermutlich einige Familien sich ein gutes Osteressen gönnten und nun den Nachmittag zum Plaudern zusammengeblieben waren. Aber wo waren die Männer? Ungefähr drei Stunden verweilte sie im Panorama Hotel und allmählich zog ein kühler Wind vom See hoch. Hinunter wollte sie aber auf keinen Fall schon zu dieser Uhrzeit, da sie fürchtete, ihren Freundinnen früher in die Arme zu laufen, als es ihr lieb war. Sie zahlte ihre Rechnung und fragte den Ober, ob er ihr im Ort noch eine Bar empfehlen könne, in die sich möglichst wenig Touristen verirren. Cosimo, der Ober, empfahl ihr die Bar eines gewissen Camillo, beschrieb ihr den Weg und wünschte ihr noch einen schönen Abend.

Nachdem sie sich auf den hügeligen Sträßchen von Albisano einige Male verlaufen hatte, fand sie endlich die Bar. Von außen sah sie, dass dort überwiegend Männer versammelt waren. Ihr Blick fiel auf einen attraktiven Endvierziger, der im hinteren Teil der Bar am Tresen saß und in sein Averna-Glas schaute. Sie stockte einen Moment, da sie ihn zu kennen glaubte. War er die erwartete Begegnung? Schließlich öffnete sie entschlossen die Tür und trat ein. Nachdem sie sich auf den vom Gastwirt angebotenen Stuhl an einem kleinen Tisch am Fenster gesetzt und einige Blicke mit dem besagten Mann ausgetauscht hatte, war sie sich vollkommen sicher: Er war es. Gutaussehend, ein von der Sonne verwöhntes Gesicht mit etlichen Spuren eines intensiv gelebten Lebens, eine Narbe unter dem linken Auge und breiten Schultern. Er hatte einen melancholischen Blick. Unter dem Sweatshirt zeichneten sich die Konturen eines muskulösen Oberkörpers ab. Seine Hände sahen aus wie die eines Mannes, der kräftig zupacken konnte, aber zugleich wirkten sie jugendlich. Eigentlich war er zu jung für sein Alter.

Ihr war klar, dass sie die Initiative würde ergreifen musste, um ganz sicher gehen zu können, dass er es wirklich war. Seine Einladung auf ein Glas Averna war das unmissverständliche Signal, dass auch er offensichtlich Interesse an ihr hatte. Sie lehnte die Einladung ab, stellte das Glas von sich weg und ging auf die Toilette. Sollte sich ihr Eindruck bewahrheiten, dass es sich bei ihm um eine verletzte und verletzliche Seele handelte, würde er jetzt zahlen und enttäuscht das Feld räumen. Gerade rechtzeitig kam sie von der Toilette zurück, um ihm vor dem Verlassen der Bar tief in die Augen schauen zu können. Er hatte die Tür noch nicht ganz hinter sich geschlossen, als auch sie ihre zwei Averna zahlen wollte und dabei erfuhr, dass ihre Rechnung bereits beglichen war. Sie griff eilig ihre Jacke und folgte ihm mit einigem Abstand.

Sein Weg führte hinunter zur Kirche. Links von einer Mauer des Kirchengeländes verschwand er durch ein halbrundes Holztor in den Garten eines Rusticos. Einige Meter hinter ihm auf der Straße innehaltend, dachte sie kurz darüber nach, wie sie jetzt am besten Kontakt mit ihm aufnehmen könnte. In ihr kam ein Drang danach auf, heute noch herausfinden zu wollen, ob er es war oder nicht. Wenn es so wäre, würde es eine Begegnung ohne Worte werden. Wie sollte sie aber jetzt ein wortloses Miteinander ermöglichen, wo er gerade eben hinter diesem halbrunden Gartentor verschwunden war? Ihre einzige Chance war, ebenfalls in diesen Garten zu gehen und auf sich aufmerksam zu machen, für den Fall, dass er schon im Haus verschwunden war. Sie legte die restlichen Meter bis zum Tor zurück, öffnete es leise und schlich sich in den Garten. Auf Zehenspitzen ging sie einen schmalen, mit Weinreben überdeckten Gang an der Hauswand des Rusticos vorbei in den dahinter liegenden Garten. Aus einem Fenster drang Licht und über einer weiter hinten liegenden Tür brannte eine Glühbirne. Sie ging etwas tiefer in den Garten hinein, um Areal und Haus insgesamt etwas besser in Augenschein nehmen zu können. Zwischen üppigen Oleanderbüschen stehend dachte sie, dass sie vielleicht einen Blick in das beleuchtete Fenster wagen sollte, um sich ein Bild vom Innenleben des Hauses zu verschaffen. Inzwischen war es so kalt, dass sie sich ihre blousonartige Jacke anzog.

Gerade als sie durch das Fenster ins Hausinnere schauen wollte, öffnete sich die Tür unter der Glühbirne und er trat aus dem Haus. Stille. Blicke. Eine Einladung. Sie folgte ihm ins Haus und ohne ein einziges Sterbenswörtchen miteinander zu wechseln, gaben sie sich dem Leben und der körperlichen Liebe hin. Danach fühlte sie sich in ihrem Gefühl bestärkt: Er war der Mann, der ihr dabei würde helfen konnte, ihre Gedanken zu sortieren, aufzuschreiben und zu veröffentlichen. Vorausgesetzt, er entpuppte sich nicht als ein dem Alkohol Verfallener.

Nachdem er eingeschlafen war, gab sie ihm einen zärtlichen Kuss auf die Stirn und flüsterte mehr zu sich selbst als zu ihm: »Alles an dir ist mir vertraut. Es hat sich so richtig angefühlt. Wie nach Hause kommen. Danke, dass ich dich gefunden habe.« Dann suchte sie ihre Sachen zusammen, die überall im Rustico verstreut waren, zog sich an, verließ das Rustico und fuhr mit dem Auto zurück zum gemeinsam mit ihren Freundinnen bewohnten Hotel.

Während sie in Gedanken den Nachmittag im Naturpark, das Abendessen auf der Terrasse des Panorama Hotels, den anschließenden Besuch der Bar und die gemeinsame Nacht zum wiederholten Mal Revue passieren lässt, lenken sie ihre Schritte wie von unsichtbarer Hand weg von der Uferpromenade hin zum Corso Umberto, auf der Rückseite von Bardolinos Kirche. Als sie sich ihrer Umgebung wieder bewusst wird, beschließt sie den kleinen Markt hier im Schatten der Kirche aufzusuchen, auf dem frisches Obst und Gemüse, Kräuter, Geflügel, frischer Fisch und andere regionale Lebensmittel feilgeboten werden. Im selben Moment, in dem sie diesen Entschluss fasst, hört sie das Geräusch von zersplitterndem Glas, ein lautes metallisches Krachen und schrille menschliche Schreie. Wenn sie sich nicht täuscht, kommt dieser Lärm vom Markt. Neugierig beschleunigt sie ihre Schritte, steht wenige Minuten später am unteren Ende des leicht nach oben ansteigenden Marktplatzes und sieht, dass ein Auto in einige der am oberen Markt aufgebauten Stände gefahren ist. Während sie sich durch die aufgebracht und laut miteinander diskutierenden Menschen drängelt, schnappt sie die Informationen auf, dass in dem Auto niemand gesessen habe, dass die vier vordersten Marktstände zerstört worden seien und dass aber zum Glück kein Mensch zu Schaden gekommen sei.

Am Unglücksort angekommen sieht sie einen alten zweifarbigen VW-Bus aus den Fünfziger- oder Sechzigerjahren, der bis vor Kurzem noch gut in Schuss gewesen sein muss. Jetzt allerdings ist die gesamte Frontpartie zerbeult, die Scheinwerfer sind zerstört und die Frontscheibe hat sich in tausende kleine Glasscherben verwandelt, in deren Mitte ein Loch von der Größe einer Männerfaust klafft.

Rechts von dem Bus steht eine Gruppe von Menschen, die alle auf jemanden einreden und die Person beschimpfen, die sich in ihrer Mitte zu befinden scheint. Nachdem sich Anna dieser Gruppe nähert, kann sie zwischen den anderen hindurch erkennen, um wen es sich handelt: Es ist ihre Begegnung von vorgestern Abend. Sie hört, wie er sich tausendfach entschuldigt und erklärt, dass er ja gar nicht in dem Auto gesessen habe, dass sich vermutlich die Bremsen von alleine gelöst hätten und dass er es nicht geschafft habe, den Bus zu stoppen. Einige Straßen weiter ist bereits die Sirene des Polizeifahrzeugs zu hören und kurz darauf steht ein Fahrzeug der Carabinieri mit eingeschaltetem Blaulicht hinter dem Bus. Die Beamten steigen aus und versuchen, nicht ohne zuvor noch ihre Dienstmützen aufzusetzen und ihre Uniformen zurechtzurücken, die erbosten Menschen zu beruhigen und der Situation Herr zu werden.

Sie überlegt, ob sie sich das nun folgende Prozedere – Personalien aufnehmen, Fotos machen, Unfallstelle vermessen, Schaden aufnehmen, Abschleppdienst und so weiter – in aller Ausführlichkeit anschauen soll, in der Hoffnung, danach mit ihm ins Gespräch zu kommen, oder ob es vielleicht besser wäre, eine andere, für ihn entspanntere Gelegenheit der erneuten Kontaktaufnahme abzuwarten. Gerade, als sie sich abwenden und diesen Ort verlassen will, hält sie eine Hand behutsam, aber entschlossen am Oberarm fest.

»Das ist Glück im Unglück«, sagt er, nachdem sie sich zu ihm umgedreht hat. »Bitte geh jetzt nicht weg. Ich muss mit dir sprechen. Bitte.«

»Signore, Sie kommen augenblicklich wieder mit mir. Wir sind noch nicht fertig mit ihnen«, herrscht ihn einer der Polizisten an, der augenscheinlich Sorge hat, dass der Busbesitzer in der Menschenmenge untertauchen könnte und ihm deshalb auf den Fersen geblieben ist.

»In einer Stunde an der Uferpromenade? Im Nuovo Paladino. Bitte!«, raunt er ihr leise zu.

Noch bevor sie ihm antworten kann, zwängt sich der Carabiniere zwischen sie und schiebt ihn inmitten des immer noch lauten Marktgeschreis zurück zum VW-Bus.

Anna

14. April 2004

Gefühlt hat es eine Ewigkeit gedauert, bis die Carabinieri meine Personalien und die der geschädigten Händler aufgenommen und Fotos aus allen Perspektiven gemacht haben, der Bus aufgeladen und abtransportiert und die zu Bruch gegangenen Marktstände nebst dem überall verstreuten Lebensmittel aufgeräumt worden waren. Ein Blick auf die Kirchturmuhr verrät mir, dass tatsächlich knapp zwei Stunden vergangen sind, seitdem ich zwischen Bus und Polizei meinen Verabredungswunsch ihr gegenüber geäußert habe. Wegen des ungeduldigen Polizisten habe ich ihre Reaktion nicht wahrnehmen können. Und wenn sie tatsächlich ins Nuovo Paladino gegangen wäre, wäre sie dann jetzt noch da? Würde sie eine geschlagene Stunde auf mich warten? Andererseits ... »Alfredo! Steh hier nicht länger rum und spiel Gedankenbauklötzchenstapeln, sondern geh hin und schau nach«, ermahne ich mich selbst, um mich gleich darauf auf den Weg zu machen.

Im kleinen Hafen von Bardolino angekommen, sehe ich sie schon von Weitem. Sie sitzt an einem Tisch vor dem Nuovo Paladino, der sich unmittelbar an der Ecke befindet, an der die Hafenmauer und die Mauer der Uferpromenade aneinanderstoßen. Für einen Moment halte ich inne, um sie aus der Distanz noch einmal genauer zu betrachten. Doch sie scheint mein Kommen bemerkt zu haben, dreht sich zu mir um, hebt ihren rechten Arm, an dessen Handgelenk sich eine Uhr befindet, zunächst mit einem leicht vorwurfsvollen Blick, um mir gleich darauf ein verständnisvolles Lächeln zu schenken. Ich lege die letzten Schritte eilig zurück und begrüße sie mit erfreuten und zugleich entschuldigen Worten.

»Danke, dass du so lange gewartet hast. Es war wirklich nicht schneller möglich, hier zu sein. Manchmal zeichnet sich die italienische Polizei durch deutsche Gründlichkeit aus. Und meist ist das immer dann, wenn man es nicht gebrauchen kann. Darf ich?«, frage ich mit einem Fingerzeig auf den ihr gegenüberstehenden leeren Stuhl, ziehe ihn ohne ihre Antwort abzuwarten zu mir heran und setze mich.

»Es war mir klar, dass du das nicht innerhalb einer Stunde schaffen würdest. Und ich habe die Zeit genossen, hier eine Weile alleine zu sitzen, auf den glitzernden See zu blicken und mit mir zu sein. Manchmal entfaltet sich beim Alleinsein eine wohltuende Stille, in der nicht einmal Gedanken, geschweige denn Worte einen Platz zum Verweilen finden. Jetzt freue ich mich allerdings, dass du da bist und darüber, dass wir miteinander reden können. Ich nehme an, das möchtest du?«

»Was? Was möchte ich?«

»Na, reden. Ich nehme an, dass du unsere wortlose Begegnung vorgestern nicht einfach so auf sich beruhen lassen willst.«

»Äh, ja, also«, stottere ich verlegen und verwundert über ihre Direktheit, »ja, also nein, ich meine darüber müssen wir nicht reden. Ich finde, das können wir auch ohne Worte dort lassen, wo es ist.«

»Ach so? Und du hast keine Fragen? Keine Kommentare? Keinen Redebedarf? Hast du mir auf dem Marktplatz nicht zu verstehen gegeben, dass du unbedingt mit mir sprechen willst?«

»Ja, das habe ich gesagt. Aber es ging mir mehr darum, dich festzuhalten, unsere zweite zufällige Begegnung nicht einfach so an mir vorbeiziehen zu lassen. Weiß Gott, ob es eine dritte Gelegenheit gegeben hätte, dich wiederzusehen. Und ich will das eben nicht noch einmal einfach so dem Zufall überlassen. Ich meine …«

»Du glaubst also an Zufälle?«, unterbricht sie mich.

»Ich weiß nicht genau. Manchmal ja, manchmal nein. Es gab und gibt Phasen in meinem Leben, da denke ich, dass bestimmte Situationen, Ereignisse und Begegnungen kein Zufall sein können. In diesen Phasen glaube ich an Vorhersehung, an eine höhere Macht, die das irgendwie alles steuert. Oder daran, dass alles, was einem widerfährt, in einem großen Buch aufgeschrieben ist und man in gewisser Weise all die Kapitel durchlebt, die da irgendjemand aneinandergereiht hat. Und in anderen Momenten gewinnt meine Vernunft Oberhand und flüstert mir so Sätze wie ›Alfredo, du glaubst doch nicht allen Ernstes, dass sich irgendjemand die Arbeit gemacht hat, die Lebenswege von rund sieben Milliarden Menschen schriftlich zu hinterlegen.‹ Was glaubst denn du?«

»Ich glaube, dass ich weiß, wie es wirklich ist.«

»Wie bitte?«

»Ach nichts. Lass uns lieber etwas voneinander erzählen. Damit wir uns ein bisschen besser kennenlernen. Wer bist du? Was tust du hier in Italien? Magst du mir Einblick in dein Leben geben?«

Der Ober kommt an den Tisch und ich bestelle einen Ramazzotti mit Eis und zwei Scheiben Zitrone sowie einen Kaffee. Er nimmt die Bestellung auf und schlendert mit italienischer Leggerezza wieder zum Restauranteingang zurück.

»Wo waren wir gerade? Ach ja, du wolltest Einblick in mein Leben. Ist das wirklich wichtig? Ist dir das wirklich wichtig?«

»Was ist das denn für eine Frage?«

»Na ja. Ich meine, du triffst einen Mann, tauschst drei Blicke mit ihm aus, folgst ihm dann bis zu seinem Haus und gehst anschließend mit diesem Mann, einem wildfremden wohlgemerkt, den du zuvor ein einziges Mal gesehen hast, ins Bett. Und nachdem du ausgiebigen Sex mit ihm gehabt hast, den ich übrigens trotz eines vielleicht etwas zu starken Alkoholgenusses sehr genossen habe, stehst du einfach auf und machst dich aus dem Staub. Das sieht doch eher nicht danach aus, als würdest du Interesse an meiner Person haben, oder?«

»Wonach sieht es denn für dich aus?«

»Ehrlich gesagt weiß ich nicht genau, was ich davon halten soll. Vielleicht magst du mir ja ein wenig auf die Sprünge helfen.«

Ihr tiefer Blick und ihr beredtes Schweigen lassen mich erahnen, dass ich in diesem Augenblick keinerlei Aufklärung erwarten kann.

Was ist das hier? Warum ist mir diese Frau begegnet? Was soll das alles? Was empfindet sie für mich? Und welche Gefühle habe ich für sie? Geht es überhaupt um Gefühle? Oder ist es die pure fleischliche Lust infolge einer zufälligen Begegnung, die uns zueinander geführt hat? Mehr nicht. Und jetzt gibt es nichts darüber hinaus. Warum aber hat sie dann so lange hier auf mich gewartet? Vielleicht will sie erneut Sex? Guten Sex. Vorausgesetzt, sie hat unseren sexuellen Ausflug als ebenso intensiv und exzessiv erlebt wie ich.

Über dem See sind inzwischen dunkle Wolken aufgezogen. Es sieht nach einem eilig herannahenden Gewitter aus.

»Können wir zu dir gehen?«, reißt sie mich mit ihrer Frage aus meinen Gedanken.

Aha, es geht ihr also doch nur um Sex!

»Und dann? Was tun?«, frage ich sie leicht gereizt.

»Müssen wir auch nicht.«

Offensichtlich hat sie den Unterton in meiner Stimme bemerkt.

»Habe ich irgendetwas geantwortet?«

»Nein. Aber da war eine Klangfärbung in deiner Frage, die mir den Eindruck vermittelt hat, dass es dir nicht recht sein könnte.«

»Ich habe lediglich gefragt, und dann, was tun?«

»Nur reden. Ja. Ich möchte gerne mit dir reden. Dieses Mal.«

»Worüber?«

»Über Gott. Über die Welt. Über Zufälle. Und vielleicht führen uns unsere Gedanken und Worte dann auch zu uns. Ja. Wenn es sich ergibt, können wir vielleicht auch über uns reden.«

Der Ober bringt meinen Kaffee und den Ramazzotti und legt einen kleinen Zettel mit dem Rechnungsbetrag auf den Tisch vor mich hin.

»Ich möchte auch gleich zahlen. Das von der Signora auch, bitte.«

»Die Signora hat schon gezahlt«, antwortete der Ober, nimmt mein Geld in Empfang und verschwindet mit einem »Schönen Abend noch«.

Wir schweigen. Eine Ewigkeit lang blicken wir uns nur an. Ohne ein einziges Wort zu wechseln. Unsere ineinander verstrickten Blicke machen mich bewegungslos. Der Kaffee wird kalt und das Eis in meinem Ramazzotti schmilzt.

»Wann?«, unterbricht sie diese Ewigkeit.

»Wann was?«, frage ich zurück.

»Wann du das da«, mit ihrer rechten Hand deutete sie auf meine beiden Getränke, »austrinkst und wir endlich gehen können?«

»Jetzt. Ich bin fertig.«

»Ich schlage vor, dass wir mit meinem Auto fahren, da dein Bus ja vermutlich in der Werkstatt ist, oder?«

»Ja. Also zumindest hoffe ich das. Auf jeden Fall wäre es praktisch, wenn wir nicht zu Fuß laufen müssen.«

»Das ist eine gute Idee.«

»Wie? Was für eine Idee?«

»Lass uns hochlaufen.«

»Ist nicht dein Ernst!«

»Doch. Ich kenne einen wunderschönen und relativ direkten Weg hinauf nach Albisano, der uns durch zauberhafte Weingärten und Olivenhaine führt.«

»Mit der wird es anstrengend«, denke ich. »Ganz sicher. Richtig anstrengend«, und antworte: »Ich glaube, es kommt ein Unwetter auf. Hast du gesehen, wie sich die Wolken mittlerweile über dem See aufgetürmt haben? Kann mir beim besten Willen nicht vorstellen, dass wir es trockenen Fußes bis nach Albisano hinaufschaffen. Das sind rund zehn Kilometer. Es geht steil bergauf. Da brauchen wir mindestens zwei Stunden.«

»Komm schon. Und wenn du recht haben solltest, stellen wir uns irgendwo unter. Aber wenn wir gehen, haben wir uns das Ankommen verdient.«

»Ehrlich gesagt bin ich nach dem Missgeschick mit meinem Bus und dem anschließenden Theater auf dem Marktplatz auch etwas geschafft. Es wäre mir lieber, wenn wir mit dem Auto fahren.«

»Reizt es dich nicht?«

»Was?«

»Auszuprobieren, ob wir es trotz der dunklen Wolken schaffen?«

»Reizen? Was meinst du damit?«

»Na ja. So einen Weg zu beginnen, bei dem sicher ist, dass nichts sicher ist, macht doch den Reiz eines solchen Weges erst aus. Wenn wir es schaffen, bevor sich das Unwetter über uns ergießt, können wir stolz und dankbar sein. Und wenn nicht, dann auch.«

»Wieso dann auch?«

»Weil wir etwas gewagt haben, obwohl klar war, dass es auch schiefgehen könnte. Falls man es als schiefgehen bezeichnen möchte, wenn man im Regen spazieren geht.«

Spätestens jetzt sehe ich meinen Impuls bestätigt: Mit ihr wird es anstrengend. Anstrengend und kompliziert.

Ich gebe auf und sage: »Also los. Gehen wir.«

Der Weg ist es. Anstrengend. Aber er ist die Anstrengung auch wert. Wir spazieren über wundervolle Pfade durch verwunschene Gärten, die ich nie zuvor gesehen habe. Während des gesamten Weges beobachten wir ein einzigartiges Spiel der Farben über dem See. Dunkelgraue Wolken stemmen sich gegen die Sonnenstrahlen. Helles Licht zerreißt die dunklen Wolken in kleinteilige Fetzen, die auf ihren Rückseiten in allen nur erdenklichen Farben frohlocken. Und schließlich löst sich die Angst, bis auf die Knochen durchnässt zu werden, ebenso in nichts auf, wie der Wolkenhimmel über dem Lago di Garda.

Nach einer circa zweieinhalbstündigen wortlosen Wanderung sind wir endlich im Garten meines Rusticos angekommen. Erschöpft sinke ich auf die Bank neben dem Eingang und schaue sie erwartungsvoll an.

»Ja?«

»Bist du jetzt zufrieden?«

»Und du?«

Sie setzt sich zu mir auf die Bank.

»Das ist nicht höflich.«

»Du meinst, weil ich deine Frage mit einer Gegenfrage beantworte? Wenn du mit Zufriedenheit meinst, dass ich jetzt zu Frieden gekommen bin, dann antworte ich mit einem Ja. Aber nicht, weil wir jetzt hier sind. Das ist auch schön. Was mich aber richtig zu Frieden oder zur Ruhe hat kommen lassen, war der Weg. Das Mit-Dir-Sein. Du machst mich ruhig. Es ist wie Ankommen. Mit dir. Bei dir. Ich ...«

Sie hält mitten im Satz inne und im selben Moment wird mir bewusst, dass ich ihren Namen noch gar nicht kenne.

»Wer bist du? Wie heißt du? Ich würde dich gerne mit deinem Namen ansprechen.«

»Anna. Und du?«

»Hier im Ort haben sie mir den Namen Pazzo gegeben.«

»Und mit welchem haben deine Eltern dein Geheimnis ausgesprochen?«

»Alfred. Meine Freunde nennen mich wegen meiner Affinität zu Italien Alfredo.«

»Alfredo«, spricht sie so vor sich hin, als wolle sie sich den Namen auf der Zunge zergehen lassen, um zu prüfen, ob er ihr gefällt.

»Was meinst du mit der Formulierung ›dein Geheimnis ausgesprochen‹?«, frage ich auf ihre vorherige Äußerung zurückkommend.

»Unsere Namen sind ein ausgesprochenes Geheimnis. Sie verraten etwas über unseren Lebensweg. Hast du schon mal von der Numerologie und der Kabbala gehört?«

»Ja. Ich habe mich auf Anraten meiner damaligen Therapeutin eine ganze Weile etwas intensiver damit beschäftigt, dann aber für mich entschieden, es als ein von Menschenhand erdachtes Konstrukt zur Kenntnis zu nehmen und es fortan zu den Akten zu legen.«

»Warum fragst du mich dann, was ich mit der Bemerkung, dass unsere Namen ein ausgesprochenes Geheimnis sind, gemeint habe?«

»Weil ich wissen will, ob es eine zufällig von dir gewählte Formulierung oder Ausdruck alten Wissens ist.«

Sie nimmt ihren Blick vom Garten, dreht sich nun auf der Bank ganz zu mir um, schaut mich an und erwidert zögerlich: »Alte Seelen haben altes Wissen. Und alte Seelen haben Aufgaben, die manchen Menschen nicht gefallen.«

Einen kurzen Moment lang überlege ich, ob ich darauf einsteigen und damit ganz sicher den Weg für eine längere Diskussion esoterischer Natur ebnen oder das Thema wechseln sollte.

Sie nimmt mir die Entscheidung ab: »Was genau ist heute Nachmittag eigentlich mit deinem Bus auf dem Marktplatz passiert?«

»Ich war beim Bäcker ein Ciabatta kaufen. Und als ich aus dem Laden wieder rauskam und zum Bus zurückwollte, sah ich, wie er sich alleine in Bewegung setzte. Richtig erklären kann ich mir das auch nicht. Vermutlich hatte sich die Handbremse gelöst. Oder ich war zu unkonzentriert gewesen wegen der paar Gläser Wein? Die Werkstatt wird mir sicher Genaueres dazu sagen können. Ich war nicht schnell genug, um die Tür zu öffnen und aufzuspringen. Und ein Mann alleine kann diese Tonne nicht aufhalten. Also bin ich nebenhergelaufen und habe so viel Lärm wie möglich gemacht und die Leute von den Marktständen verscheucht. Gott sei Dank haben die schnell genug reagiert und der Bus hat nur Sachschaden angerichtet. Nicht auszudenken, wenn er Menschen verletzt hätte.«

»Vermutlich war das nicht vorgesehen«, sagt Anna, lässt ihren Blick in der Ferne über die Bergkuppen auf der anderen Seite des Seeufers schweifen, um dann unvermittelt erneut das Thema zu wechseln. »Trinkst du oft schon so früh Alkohol? Gehst du regelmäßig auf dem Markt einkaufen?«

Ihre Frage nach dem Alkohol übergehe ich: »Ich war beim Bäcker. Nicht auf dem Markt.«

»Das habe ich eben schon verstanden. Aber jetzt interessiert mich, ob du grundsätzliche gerne und regelmäßig auf dem Markt einkaufen gehst?«

»Ja. Ich liebe das Durcheinander. Die Vielfalt. Die Farbenpracht. Die Düfte. Aber nur auf diesem oberen Teil des Marktes. Wo sie Lebensmittel feilbieten. Frisch gefangenen Fisch, Gemüse, Obst, Fleisch und Geflügel. Und alles aus der Region. Nichts über Hunderte oder gar Tausende von Kilometern transportiert. Einfach angepflanzt oder gesät, wachsen gelassen und geerntet. Die meisten der Händler auf diesem Markt kenne ich persönlich und ich weiß, wo die ihr

Fleisch und ihre Wurst beziehen. Keine Mastanlagen, unwürdige Ställe und dergleichen. Na ja, und der Fisch. Hier bekommst du wirklich nur frisch aus dem See geholten Fisch. Ich mag diese Menschen hier einfach. Ihre Genügsamkeit.«

»Hattest du in deinem Leben viel mit ungenügsamen Menschen zu tun?«

»Habe ich heute noch. Ungenügsam ist vielleicht nicht das richtige Wort. Aber ich bestreite meinen Lebensunterhalt mit Aufträgen von Menschen, für die nur Profit und Wachstum zählen.«

Mir fällt auf, dass wir seit unserer Ankunft nach der Wanderung von Bardolino zu meinem Rustico hinauf die ganze Zeit auf der Bank gesessen haben und ich ihr noch nichts zum Trinken angeboten habe. Meine Kehle fühlt sich außerdem ziemlich trocken an. Und obendrein hat es merklich abgekühlt.

»Darf ich dir ein Glas Wein anbieten? Averna habe ich leider keinen. Oder einen Espresso, oder Tee? Ich würde das Gespräch lieber im Haus mit dir fortsetzen, wenn es dir recht ist.«

»Gerne. Es ist kühl geworden. Ja, lass uns reingehen. Und ja, ein Glas Wein wäre schön. Hast du zufällig einen Lugana?«

»Nur Lugana. Es ist mein Lieblingswein«, antworte ich, stehe auf, gehe zur Tür, hole den Schlüssel unter dem Tontopf neben der Eingangstür hervor und schließe auf. Sie folgt mir dicht und nutzt den Moment des Tür-Aufschließens, um mich seitlich auf den Hals zu küssen.

»Nur reden dieses Mal, hast du gesagt!«

»Und vielleicht ein bisschen küssen und halten. Mehr nicht. Versprochen«, erwidert sie.

Nachdem ich uns beiden ein Glas des guten Lugana eingeschenkt und wir uns an den Küchentisch gesetzt haben, knüpfe ich an unser unterbrochenes Gespräch wieder an: »Und du? Magst du Märkte?«

»Ja. Wenn du den oberen und von dir eben beschriebenen Teil des Marktes meinst, dann ja. Mit dem Touristenmarkt an der Uferpromenade habe ich eher meine Probleme. Und mit den Märkten im betriebswirtschaftlichen Sinne, bei denen sich alles immer nur Wachstum dreht, stehe ich ebenfalls eher auf Kriegsfuß. Weil ich glaube, dass jedes Wachstum seine natürlichen Grenzen hat. Das können wir aus der Natur lernen. Und in gleichem Maße aus der Geschichte der Menschheit. Nimm nur zum Beispiel das alte Rom. Die verschiedenen Kaiser fürchteten, dass sich die Ideen der Christen auch in den fernen Teilen unseres Reiches so schnell verbreiten könnten, dass sie eine echte Bedrohung für das Römische Reich bedeuten könnten. Die römischen Herrscher hielten die Christen für eine kriminelle Sekte. Als Paulus eine Kollekte der Heidengemeinden an die Urgemeinde in Jerusalem überbringen wollte, wurde er auf jüdisches Betreiben hin angeklagt. Als römischer Bürger appellierte er an den Kaiser und wurde deshalb in diesem, also dem 7. Regierungsjahr Neros, nach Rom gebracht. Und dort wagte er es, während er darauf wartete, dass ihm endlich der Prozess gemacht wurde, zu predigen und das Volk bekehren zu wollen. Das Schlimmste daran war für die Römer, dass ganze Heerscharen von Plebejern, aber auch Patrizier-Familien sich bekehren ließen und Christen wurden. Mitten im Zentrum des römischen Weltreiches. Man machte sich im kaiserlichen Rom ernsthaft Sorgen. Diese Christen waren von unglaublicher Natur. Sie fürchteten sich auch vor den schlimmsten Strafen nicht. Sie sprachen davon, dass Gott sie leiten würde. Ganz gleich, ob sie in die Arena zum Kampf mit den Löwen gesteckt wurden oder ob ihnen die Kreuzigung angedroht wurde. Sie sagten, dass sie an Gott glauben und er sie erlösen würde. Ganz gleich, was geschah. Aus Sicht der Römer war es eine Horde von Parasiten und Bettlern, die von kriminellen Energien angetrieben wurden. Überwiegend Arme. Und dieser Jesus von Nazareth war ihr Anführer gewesen. Den haben sie ja dann schließlich auch gekreuzigt. Doch das hat die Christen nicht etwa dezimiert. Daraufhin sind sie noch viel aufmüpfiger geworden. Sie predigten von Liebe und davon, dass man alles geben müsse und nichts nehmen dürfe. Dass die Römer unrechtmäßig Besitztümer angehäuft hätten und sie die gerechte Strafe schon ereilen würde, wenn sie nicht damit aufhörten, anderen Menschen Dinge einfach wegzunehmen.«

Eigentlich habe ich einen Schluck von meinem Glas Wein nehmen wollen, ihre Ausführungen fesseln mich jedoch so sehr, dass ich das Glas immer noch in den Händen halte, ohne etwas getrunken zu haben.

»Alfredo? Hörst du mir zu? Was ist los mit dir? Warum trinkst du nicht?«

»Weil ich dir zugehört und darüber das Trinken vergessen habe. Erzähl weiter. Es interessiert mich. Aber vergiss dabei nicht, wieder zu dem Punkt zurückzukommen, warum du mit betriebswirtschaftlichem Wachstum auf Kriegsfuß stehst.«

Anna setzt ihre Ausführungen fort: »In den Katakomben trafen sie sich, die Christen, und bestatteten ihre Toten. Aus Sicht der Römer wie die Ratten: Aus allen Löchern krochen sie hervor. Und manchmal waren es so viele, dass der römische Statthalter ganze Legionen von Söldnern aufbringen musste, um ihre Treffen zu zerschlagen. Und kaum waren sie an der einen Stelle auseinandergetrieben, rotteten sie sich an einem anderen Ort schon wieder zusammen. Die Römer wurden ihrer kaum noch Herr. Der Kaiser fürchtete den Niedergang all der Werte, für die das römisches Reich seit über 300 Jahren stand.«

Sie unterbricht ihre Ausführungen, führt nun ihrerseits das Glas Wein an ihre Lippen und trinkt einen Schluck.

Diese Gelegenheit nutze ich, um ihre Ausführungen mit einigen Gedanken von mir zu garnieren: »Ab wann fängt es deiner Meinung nach an, kontraproduktiv zu werden, nach noch mehr Macht zu streben, seinen Einfluss noch mehr ausdehnen zu wollen? Wie groß kann ein Baum werden, ohne Schaden zu nehmen, und ab welcher Größe wird sein zunehmendes Wachstum für ihn selbst zu einer Gefahr und einem Risiko? Er wird immer starrer, immer unbeweglicher, immer angreifbarer. Anders als das sich im Wind wiegende Schilf. Ein kräftiger Sturm braust einfach über das Schilf hinweg und es legt sich dank seiner Flexibilität zur Seite. Ist der Sturm vorbei und schaut die Sonne wieder hervor, richtet es sich auf und freut sich des Lebens. Der große Baum aber, der versucht, dem Wind zu trotzen, wird möglicherweise einfach umgeknickt. Und aus ist es mit seinem Wachstum. Nur, weil er so groß geworden ist. Also, ab wann wird Wachstum ungesund?«

»Gute Frage. Die Römer wollten und hatten zu viel. Einerseits hatte das innerhalb ihres Reiches zu einer ungesunden Dekadenz geführt. Und andererseits wurde die Bedrängung von außen durch die Germanen und die arabische Expansion permanent größer. Die katholische Kirche existiert immer noch. Und immerhin versammeln sich heute weltweit rund zwei Milliarden Christen in den Begegnungsstätten dieser Institution. Ist ihre Idee eventuell eine tragfähigere als die Idee des Römischen Reichs?« fragt sie mich mit erwartungsvollem Blick.

»Glaubst du, dass sich Manager, Politiker und Staatschefs auch mit solchen Fragen beschäftigen wie: Bis wohin ist Wachstum gut? Zu wessen Lasten geht es? Und ab wann kehren einstige Verlierer zurück, um zu Siegern zu avancieren und das Territorium der neuen Gewinner zu gefährden?«

»Ja, ich glaube schon.«

»Wie aber erklärst du dir dann, dass die Manager der großen Unternehmen Anstrengungen unternehmen, ihr wirtschaftliches Wachstum immer weiter voranzutreiben? Wie erklärst du dir dann, dass es immer noch genug Politiker auf dieser Welt gibt, die mit protektionistischen Maßnahmen versuchen, ihre eigene Wirtschaft zu stabilisieren, und dabei in Kauf nehmen, dass dies zulasten der Volkswirtschaft anderer Nationen geht? Wie erklärst du dir das?«

Anna überlegt einen Moment.

»Ich denke, die Verantwortlichen befinden sich in einem Circulus vitiosus, aus dem es sich nicht so einfach ausbrechen lässt. Denn die Folgen eines Ausstieges aus diesem Hamsterrad sind kaum absehbar. Was würde zum Beispiel mit einem Unternehmen geschehen, das sich auf konstruktiven Wettbewerb mit anderen Unternehmen in der gleichen Branche einlassen würde? Dass in einem globalen Sinne gesamtverantwortlich handeln würde? Welche Alternativen hat denn ein Konzern wie Volkswagen schon, aus der Automobilproduktion auszusteigen und sich ausschließlich um alternative Fortbewegungsprodukte zu kümmern? Das würde doch das wirtschaftliche Aus dieses Konzerns zur Folge haben. Tausende und Abertausende von Arbeitsplätzen wären gefährdet. Und es hätte weitere fatale Auswirkungen, nicht nur auf wirtschaftlichem Gebiet. Es würde das soziale Gefüge unseres Landes erschüttern.«

»Das ist genau die Argumentation«, entgegne ich, »mit der sich die Automobilkonzerne heute noch über Wasser halten. Die Frage ist nur, wie lange noch?«

»Ich denke, das geht so auch noch eine ganze Weile gut. Denn es gibt keine wirkliche Alternative dazu. Wovon sollten denn alle diese Menschen leben? Und trotzdem glaube ich, dass sich die verantwortlichen Manager dieser Unternehmen sehr wohl in einem persönlichen Konflikt befinden. Ich kann mir einfach nicht vorstellen, dass sie die Ausweglosigkeit ihres Tuns nicht erkennen oder wenigstens erahnen. Wachstum auf Kosten anderer ist langfristig immer zum Scheitern verurteilt. Aber was hat die Menschheit tatsächlich daraus gelernt? Mahatma Gandhi hat einmal gesagt: ›Die Geschichte lehrt die Menschen, dass die Geschichte die Menschen nichts lehrt.‹ Wie wir wissen, ist es den Christen tatsächlich gelungen, sich so sehr auszubreiten, dass sich

Millionen von Menschen diesem Glauben anschlossen. Im Jahre 381 nach Christi erhob der Kaiser Theodosius I. das Christentum sogar zur Staatsreligion im Römischen Reich. Und wie du weißt, hat sich die spätere römisch-katholische Kirche bei der Verbreitung ihrer Lehren keineswegs ausschließlich christlicher Methoden bedient. Die Institution Kirche ist zu einem Machtfaktor avanciert, dessen Streben auch heute noch darauf ausgerichtet ist, diese Macht zu erhalten und zu mehren. Oder findest du, dass der Ablasshandel, der im Mittelalter in voller Blüte stand, ein besonders christlicher Zug gewesen ist? Da wurde Gewinn versprochen. Der Gewinn nämlich, dem Fegefeuer zu entkommen, wenn man nur im Besitz genügender Ablassscheine war. Tatsächlich aber wurde ein riesiges Heer von Verlierern kreiert. Denn wer nicht kaufte oder kaufen konnte, wurde gewissermaßen dem Teufel übereignet. Und wer genügend Ablassscheine gestapelt hatte, konnte sich gleichermaßen nicht sicher sein, dass ihm das die erstrebte Rettung seiner Seele brachte. Selbst so weltoffene und weitsichtige Unternehmer wie Jakob Fugger machten dieses miese Spiel der Kirche mit. Und warum? Weil er schnell verstanden hatte, dass dies eine weitere lukrative Möglichkeit war, Macht zu bündeln, Reichtum zu vergrößern und Einfluss auszuüben. Es ist gleich, wo du hinschaust. Ob es sich um wirtschaftliche Überlegungen handelt, ob du in den Religionen dieser Welt oder in den Denkstuben der einflussreichen Politiker dich umsiehst. Sie alle werden getrieben von dem Motiv, zu wachsen, größer zu werden, mehr Einfluss ausüben zu können, größere Macht zu haben. Und das, obwohl ihnen eigentlich allen klar ist, dass Dinosaurier irgendwann aussterben.«

Ihre Überlegungen kann ich nachvollziehen, aber nicht vollumfänglich teilen, weshalb ich einwerfe: »Also handelt es sich dabei ja wohl doch ganz offensichtlich um ein tief in uns angelegtes Programm. Das können wir nicht einfach so auswechseln. Und offensichtlich hat die Natur, Gott, oder wen auch immer du dafür verantwortlich machen willst, es so gewollt. Sonst wäre ein anderes Programm programmiert worden. Außerdem glaube ich persönlich, dass der Mensch an sich in seinem Innersten wirklich gut ist. Du sprichst nur von einem kleinen Teil der menschlichen Spezies. Du beschreibst die Manager, die politische Führung und so weiter. Bei ihnen handelt es sich möglicherweise um Entgleisungen. Und wenn sie Vorgaben machen, Anordnungen erteilen oder Gesetze erlassen, dann scheint es mir eher so zu sein, dass sie damit dem Rest der Menschheit ihre eigene Schlechtigkeit unterstellen und sich so davor schützen wollen, dass ihnen durch andere selbst widerfährt, was sie selbst den anderen antun.«

Anna ignoriert meine Einlassungen zur vermeintlichen Elite und bezieht sich auf meine Überlegungen zu dem genetischen Programm mit den Worten: »Das ist eine zentrale Frage: Was ist tatsächlich gewollt? Was wir heute betrachten, ist die Evolution des Menschen über den lächerlichen Zeitraum von knapp 140.000 Jahren hinweg. Welche Anmaßung, hier jetzt schon Schlüsse ziehen zu wollen. Wir sind doch heute noch überhaupt nicht in der Lage, abzusehen, welchen Sinn diese Mechanik der überall gegenwärtigen Gewinner-Verlierer-Strategien hat.«

»Wenn ich dich richtig verstanden habe, dann behauptest du, dass alle expansiven Bestrebungen eines Lebewesens und insbesondere die des Menschen stets zulasten von Dritten gehen?«

»So ist es. Vor allem beim Menschen. Vielleicht nicht bei allen. Aber auf jeden Fall bei all jenen, die die Macht auf sich zu konzentrieren versuchen. Vielleicht liegst du sogar richtig mit der Annahme, dass der Mensch an sich eigentlich gut und ein sozial verträgliches Wesen ist. In nahezu jeder Gemeinschaft gibt es aber immer einen oder einige wenige, die sich des Systems und der Gemeinschaft zu bemächtigen versuchen, deren Teil sie eigentlich sind.«

»Da halte ich dagegen, dass nach Konrad Lorenz neben dem Bedürfnis nach Sex zur Arterhaltung, dem Essen und Trinken und der Aggression zum Überleben sowie der Neugier eben auch das Bedürfnis nach Zugehörigkeit zu den fünf Grundtrieben des Menschen gehört. Alle Menschen sehnen sich also auch nach Liebe.«

Annas Stimme beginnt eindringlicher, beinahe aggressiv zu werden: »Streben wir wirklich alle nach mehr Liebe? Inwiefern strebt ein Manager nach mehr Liebe, wenn er hier seine Fabrik dichtmacht und damit Tausende von Arbeitern auf die Straße setzt, um in Billiglohnländern eine neue Fabrik zu eröffnen und dort günstiger zu produzieren. Solange, bis er dann auch dort die Löhne so angehoben hat, dass sich die Produktion dort auch nicht mehr lohnt und er sich erneut einen neuen Standort sucht?!«

Ich unternehme einen weiteren argumentativen Versuch: »Wenn es ihm gelingt, sein Unternehmen erfolgreich zu manövrieren, bekommt er die Anerkennung seiner Aktionäre. Er blickt in den Spiegel und ist stolz auf sich. Er kann sich also selbst lieben.«

»Einverstanden: So gesehen strebt der Manager nach Liebe. Was aber ist mit der Liebe für die Menschen, die er entlassen musste? Inwieweit hat er sie geliebt? Wohl kaum. Wie sonst ist es zu erklären, dass er diese Menschen auf dem Altar seiner egoistischen Eigenliebe opfert?«

»Anna, und wieder sprichst du wieder nur von den Führungskräften. Aber das lässt sich doch so nicht auf die gesamte Menschheit übertragen.«

Keine Chance. Anna fährt unbeirrt fort: »Denk das mal zu Ende. Je mehr Verlierer wir kreieren, und das ist die zwangsläufige Folge von expansiven Strategien, je mehr Verlierer wir kreieren, desto weniger Menschen werden uns lieben. Also handeln wir damit nicht letztlich genau dadurch, dass wir so kurzfristig nach Anerkennung streben und dieses Ziel auch auf Kosten Dritter verfolgen, handeln wir nicht genau dadurch eben doch wider unserer Natur? Schließlich bleibt eine kleine Zahl von Gewinnern übrig. Ein verschwindend kleiner Kreis multinationaler Konzerne und einige wenige Industrie-, Dienstleistungs- und Kommunikationsnationen. Dem gegenüber haben wir es aber mit einer Milliarden großen Heerschar von Verlierern zu tun. Milliarden Menschen, die von dem riesigen, zu verteilenden Kuchen die Krümel abbekommen. Wenn überhaupt. Was bewirkt denn zum Beispiel die Gentechnologie schon? Und vor allem: In wessen Hand ist sie? Gut, wir können damit vielleicht Missernten vermeiden und Hungersnöte lindern. Aber werden wir es auch wirklich tun, wenn wir diese Mittel in unserer Hand haben? Zu welchem Preis werden wir unser Knowhow dann dort vermarkten, wo es Überbevölkerung und echte Unterernährung gibt?«

»So langsam beginne ich zu verstehen, was du vorhin mit deiner Aussage gemeint hast, Anna, dass du insbesondere mit betriebswirtschaftlichem Wachstum auf Kriegsfuß stehst. Was du beschreibst und wie du es beschreibst, klingt nach einer Sackgasse. Aber was ist deiner Meinung nach der Ausweg aus diesem Dilemma?«

»Ich glaube, dass das eigentliche Problem unsere Sprache ist.«

»Wie meinst du das?«

»Wie wahrscheinlich kein anderes Lebewesen verfügt der Mensch über ein Bewusstsein. Er kann neben den im Unterbewusstsein ablaufenden Vorgängen bewusste Denkvorgänge initialisieren. Und für diese benötigt er seine Sprache.«

»Und wieso ist sie dann das eigentliche Problem?«

»Ich muss mich korrigieren. Sie ist nicht nur ein Problem. Die Sprache ist Fluch und Segen zugleich. Ideen haben sich ja nur dadurch ausbreiten können, weil sie Menschen miteinander geteilt haben. Nimm die Christen: Ohne ihre Predigten und die in diesen Predigten praktizierte verbale Überzeugungsarbeit hätten sie sich wohl kaum so im übertragenden

Sinne vermehren können. Und so ist es mit allen anderen religiösen, wissenschaftlichen und politischen Ideen gleichermaßen. Das Problem dabei ist nach meiner Wahrnehmung nur immer dasselbe: Einige Wenige streben nach Macht und gewinnen auch immer mehr davon. Ihren eigenen Machthunger unterstellen sie zugleich allen anderen. Und deshalb erschaffen sie Regeln und Gesetze, mit denen sie die Masse besser steuern können. Da folge ich deinem Gedanken, dass sie den anderen die eigene Schlechtigkeit unterstellen und sich deshalb im Grunde vor sich selbst schützen wollen. Und woraus bestehen diese Gesetze? Aus Buchstaben. Regeln werden aus der Sprache gemacht.«

»Anna. Bitte sei mir nicht böse, aber das schaffe ich jetzt nicht auch noch. So interessant und inspirierend ich deine Gedanken auch finde, mich hat unsere Wanderung von Bardolino hier hoch doch mehr angestrengt, als es mir lieb ist. Ich kann jetzt nicht auch noch mit dir in eine grundsätzlich philosophische Betrachtung des Kulturgutes Sprache einsteigen.«

Sie schaut mich durchdringend an, trinkt einen weiteren Schluck des inzwischen vermutlich lauwarm gewordenen Lugana und erwidert: »Gut, dann lass uns schweigen.«

»Nein. So meine ich das nicht. Ich möchte mich gerne weiter mit dir unterhalten.«

»Das können wir gerne. Aber lass uns jetzt diese Themen nicht weiterbewegen. Ich danke dir für deine Aufmerksamkeit, für deine Gedanken und Fragen. Und wenn ich ganz ehrlich bin, spüre auch ich meine zunehmende Müdigkeit. Darf ich bei dir übernachten? Ein bisschen Halten? Und vielleicht auch noch ein bisschen Küssen?«

Es wird eine weitere lange, wortlose Nacht. Und es folgen Tage und Nächte der Zweisamkeit, die von einer ganz eigenen Nähe und Tiefe getragen sind.

Natürlich spricht sich auch schnell in ganz Albisano herum, dass seit Kurzem eine gewisse Anna in meinem Rustico ein- und ausgeht und das Il Pazzo häufiger auch völlig nüchtern zu sein scheint.

Der Auftrag

29. August 2008

Oberst Garibaldi hat seine Hausaufgaben erledigt und sich gründlich auf das Gespräch mit dem Nuntius vorbereitet. Er steht alleine am Fenster des Besprechungszimmers und wartet auf den Nuntius, um ihm das Ergebnis seiner Überlegungen präsentieren zu können. Gedankenversunken blickt er auf das auf dem Petersplatz herrschende friedliche Treiben der Besucher des Palastes des Heiligen Vaters. Seit 2.000 Jahren hatte es diese Zentrale der Macht, der er dienen durfte, geschafft, ihre Vormachtstellung erfolgreich zu behaupten. Warum nur, fragt er sich? Warum gelang es den großen Weltreligionen, sich über Jahrtausende hinweg behaupten zu können, während Staaten kamen und gingen? Wie hatte es seine Kirche erreicht, sich trotz aller menschlichen Fehltritte wie zum Beispiel der Glaubenskriege, des Ablasshandels und vieler anderer Unsäglichkeiten hinbekommen, dass sich heute nach wie vor ein Siebtel der Weltbevölkerung zu ihr bekennt?

Im Rahmen seiner Vorbereitung auf dieses Gespräch hat sich der Oberst, wenn auch widerwillig, doch intensiver mit den Auszügen des Manuskripts befasst, die ihm der Nuntius zu lesen gab. Und er muss zugeben, dass diese Frau einige durchaus berechtigte Fragen stellt und Gedanken formuliert. Ja, er muss sich sogar eingestehen, dass ihn einige ihrer Überlegungen in gewisser Weise faszinieren. Am eindrücklichsten empfindet er ihre Ausführungen zum Kulturgut Sprache. Zum Schluss musste er das Manuskript aber dann doch entschieden zur Seite legen, weil ihn viele Gedanken in vielfacher Hinsicht verunsicherten.

Der Nuntius betritt den Raum mit einer ausladenden Geste und den Worten: »Seid gegrüßt, ehrbarer Oberst.«

Oberst Garibaldi verneigt sich leicht, küsst die ausgestreckte Hand des Nuntius und wartet auf die nächste Anweisung.

»So dann. Was haben Sie sich überlegt? Wie wollen Sie vorgehen? Nimm Platz und berichte.«

»Nun. Wenn Ihr gestattet, ehrwürdiger Vater, würde ich zunächst zwei grundsätzliche Bemerkungen voranstellen.«

»So sei es.«

»Das Erste ist, dass ich mich in Vorbereitung auf unsere heutige Begegnung mit den Seiten des Manuskripts beschäftigt habe, die Sie mir in der vergangenen Woche zu lesen gaben. Und ich verstehe jetzt besser, was die Sorgen des Heiligen Vaters verursacht hat. Einerseits bleibe ich bei meiner bereits Ihnen gegenüber getätigten Äußerung, dass die in diesem Manuskript aufgeschriebenen Gedanken lediglich die Überlegungen eines Menschen sind. Aber das gilt natürlich gleichermaßen für alle religiösen Manifeste und Weltanschauungen. Und wie wir an unserer heiligen Kirche erkennen können, kann es durchaus gelingen, mit den göttlich inspirierten, aber dann doch eben nur von Menschen gedachten und Menschenhand niedergeschriebenen Worten Millionen von anderen Menschen für die eigenen Ideen so zu begeistern und zu gewinnen, dass sie sich nachhaltig zu diesen bekennen. Gelänge dieser Frau auch nur annähernd Vergleichbares, wären die möglichen vor allem auch wirtschaftlichen Folgen für den Heiligen Stuhl nicht die verdienten. Und das gilt in gleichem Maße für eine Reihe weiterer Repräsentanten anderer Machtzentren. Auch diesen kann nicht daran gelegen sein, dass die Anhänger ihrer Ideen und Bürger ihrer Staaten zu Erkenntnis gelangen und sich infolge dieser Erkenntnis von ihnen abwenden.«

»Das ist eine Ihrer herausragenden Qualitäten, Oberst.«

»Welche genau meinen Sie, ehrwürdiger Vater?«

»Ihren messerscharfen Verstand. Schon im Alten Testament ist es manifestiert. Im Garten Eden gab es allerlei Bäume. Zwei unter ihnen waren von besonderer Bedeutung. Der Baum des Lebens und der Baum der Erkenntnis. Während der Baum des Lebens das Gute symbolisierte, stand der Baum der Erkenntnis für das Böse. Von welchem Baum hat Eva den Apfel genommen?«

»Mose 1, Genesis, Vers 3«, fügt Oberst Garibaldi den Nuntius unterbrechend hinzu. »Eva hat Adam vom Baum der Erkenntnis naschen lassen und damit ihren gemeinsamen Untergang heraufbeschworen. Weil die Erkenntnis dem von Gott geforderten bedingungslosen Gehorsam zuwiderlief.«

»Diese Frau und ihr schriftliches Teufelswerk sind die Wiedergeburt von Eva. Und damit ist auch sie dem Untergang geweiht. Was ist Ihre zweite Vorbemerkung?«

»Die zweite Vorbemerkung ist, dass es meiner Einschätzung nach in relativ kurzer Zeit und vermutlich auch problemlos gelingen dürfte, die Frau an der Veröffentlichung ihres Manuskripts zu hindern«

»Was genau veranlasst Euch zu dieser optimistischen Einschätzung?«

»Die Aufgabe an sich besteht aus zwei Phasen. In der ersten Phase müssen wir herausfinden, ob das Manuskript fertig geschrieben ist, wie umfangreich es ist und wem bis zum heutigen Tag bereits Auszüge des Manuskripts vorliegen. Und in der zweiten Phase müssen wir versuchen, aller entsprechenden Dokumente in ausgedruckter und in elektronischer Form habhaft zu werden und sie unter Verschluss zu nehmen. So, wie es uns weitgehend mit den Qumranrollen gelungen ist.«

»Und welche Vorgehensweise schlagen Sie vor?«

»Im Gegensatz zu den Verfassern der Rollen lebt die Autorin dieses Manuskripts noch. Sie hätte theoretisch also jederzeit die Möglichkeit, neue Seiten in Umlauf zu bringen. Das bedeutet, dass wir der Frau ebenso habhaft werden müssen wie des Manuskripts.«

»Wollen Sie sie hinter den schweren Toren des päpstlichen Palastes verschwinden lassen?«

»Das, ehrwürdiger Vater, wäre eine Option. Die zweite Möglichkeit wäre Mord. Jedoch allein der Gedanke an diese schreckliche Tat steht angesichts meiner zutiefst religiösen Haltung für mich nicht zur Diskussion.«

»Es klingt nach einer dritten und von Ihnen bevorzugten Strategie.«

»Ja, ehrwürdiger Vater. Die von mir bevorzugte Vorgehensweise ist die der heiligen Kirche. Ich würde, Ihr Einverständnis vorausgesetzt, die Strategie des Umarmens, der Liebe, des Vertrauens und des Glaubens wählen wollen. Die Strategie Gottes eben.«

»Konkreter, Garibaldi. Konkreter bitte. Noch kann ich Ihnen nicht folgen.«

»Nun. Wenn es uns gelänge, sie für uns zu gewinnen, wenn wir ihr uneingeschränktes Vertrauen gewinnen könnten und sie sich uns als rettende Instanz anvertraut, dann haben wir Einfluss auf sie und Zugriff auf alles.«

Der Nuntius richtet sich interessiert in seinem großen Sessel auf und rutscht an die vordere Kante desselben.

»Eine Frau, die den Heiligen Vater und die Institution der heiligen Kirche an den Pranger stellen will, wird sich wohl kaum ebendieser Institution anvertrauen, Oberst.«

»Wohl wahr. Aber es dürfte uns gelingen, über geeignete der Kirche nahestehende Mittelsmänner an sie heranzukommen und ihr Vertrauen zu gewinnen.«

»An wen denken Sie? Wie haben Sie sich das vorgestellt?«

»An dieser Stelle bitte ich um Ihr Vertrauen, ehrwürdiger Vater. Und um Ihren Glauben. Um den Glauben daran, dass ich als Befehlshaber der päpstlichen Garde treu dem auf den Heiligen Stuhl geschworenen Eid diene und den Heiligen

Vater erfolgreich schützen werde. Überlasst es der päpstlichen Garde, dieses Problem auf christlichem Weg aus der Welt zu schaffen.«

Der Nuntius rutscht in seinem Sessel zurück, legt den Kopf etwas zur Seite, holt einen Rosenkranz aus der Hosentasche unter seinem Talar hervor und lässt ihn eine Weile durch die Finger gleiten, um dann unvermittelt aufzustehen und die Worte an den Oberst zu richten: »So soll es sein, Oberst Garibaldi. Das ist Ihr Auftrag. Die Audienz ist beendet.«

Spontaner Volkszorn

12. November 1938

»Fräulein Anna, würden Sie sich bitte etwas beeilen mit der Depesche?!«

»Jawohl, Herr Goebbels. Aber bitte entschuldigen Sie meine Nachdenklichkeit. Das hier ist keine beliebige Pressemitteilung. Hier geht es um die Notwendigkeit, dem deutschen Volk, vor allem aber auch der Weltöffentlichkeit die Ereignisse der Nacht vom 09. auf den 10. November so zu vermitteln, dass diese als richtig und gerecht empfunden werden. Ich hadere noch mit der Idee, dass es sich bei den Pogromen um den spontanen Ausbruch des aufgestauten Volkszorns handeln soll. Und auch mit der Formulierung Reichskristallnacht kann ich mich noch nicht so richtig anfreunden. Aber das alles muss ich Ihnen ja nicht erklären.«

»Nein, müssen Sie nicht. Und möchte ich auch nicht«, unterbricht Goebbels sie in barschem Ton. »Wie lange brauchen Sie also noch, bis wir das endlich an die Presse rausschicken können?«

»Höchstens eine halbe Stunde. Ich werde Ihnen den Text aber zur finalen Freigabe noch einmal vorlegen.«

»Machen Sie das. Obwohl ich Ihnen grundsätzlich vertraue. Aber in diesem Fall ...«

Anna hört das Ende des Satzes nicht mehr, weil ihr Chef sich im Sprechen bereits umgedreht und in sein Büro zurückgekehrt ist. Sie beugt sich wieder über die Tastatur des Fernschreibers und schreibt weiter.

Im August 1932, kurz nach der Reichstagswahl, bei der Hitlers NSDAP zwar eine deutliche Mehrheit auf sich vereinigt, aber die absolute Mehrheit noch verfehlt hatte, war in ihr die Idee geboren, diesem Mann und seinen Schergen so nah wie möglich zu kommen und in irgendeiner Weise Einfluss nehmen zu können. Einen Monat nachdem der Reichspräsident von Hindenburg per Erlass vom 13. März 1933 die Errichtung eines Ministeriums für Volksaufklärung und Propaganda verfügt und Joseph Goebbels zu dessen Chef ernannt hatte, bewarb sie sich also als persönliche Assistentin von Goebbels. Zwei Wochen später begann sie bei ihrem neuen Arbeitgeber.

Ein Vierteljahr nach ihrer Einstellung fragte sie ihn, was eigentlich für ihn der ausschlaggebende Moment gewesen sei, sie aus der großen Schar der Bewerberinnen auszuwählen und einzustellen. Ohne zu zögern, antwortete er ihr: »Es war Ihre Formulierung, Anna. Sie haben mir von Ihrem tiefen Respekt vor der Macht der Sprache berichtet. Und dann haben Sie wortwörtlich gesagt: Es gibt zwei Fragen, die Sie aktuell in besonderer Weise beschäftigen. Erstens: Woher kommt eigentlich die Macht der Worte? Und zweitens: Welche Worte haben die Macht? In dem Moment war mir klar, dass Sie die Richtige sind.«

Seit der Veröffentlichung des Ermächtigungsgesetzes vom 24. März 1933 gab es für sie keinen Zweifel daran, dass es mit den Nazis und diesem Wahnsinnigen nicht gut gehen und dessen Fantasien und Pläne Unheil über die Menschheit bringen würden. Anna hatte kurz nach ihrem Amtsantritt von Goebbels verschiedene Aufzeichnungen einer Rede Hitlers übergeben bekommen, verbunden mit der Bitte, sich die dort verwendeten Formulierungen gut einzuprägen, um sie gegebenenfalls zur rechten Zeit in ihren eigenen Texten verwenden zu können. Ihr Chef überreichte ihr diese Aufzeichnungen mit den Worten: »Leider gibt es kein Originalmanuskript dieser eindrucksvollen Rede, mit der der Führer am 03. Februar 1933 alle Generäle der Reichswehr hinter sich bringen konnte. Aber diese Aufzeichnungen geben seine Rede insgesamt ziemlich wortgetreu wieder. Nehmen Sie sich daran ein Beispiel. Sie ist ein Beispiel für die perfekte Beeinflussung durch das Wort.«

Annas Entsetzen wuchs mit jedem weiteren Wort, das sich ihr beim Lesen dieser Aufzeichnungen offenbarte. Da war von der Vernichtung des »Marxismus« im Inneren, der kriegerischen Expansion nach Osten und von der Vertreibung der Bevölkerung in den eroberten Gebieten mit dem Ziel der Germanisierung die Rede. Hitlers auch in dieser Rede zum Ausdruck kommende Weltanschauung wurde von rassenideologischen Prämissen getragen. Nur die »arische« Rasse sei anderen Völkern überlegen, durfte das Recht des Stärkeren beanspruchen und musste sich gemäß sozialdarwinistischer Vorstellungen allein dem Bewegungsgesetz der Weltgeschichte, dem unaufhörlichen Kampf zwischen Völkern und Rassen unterwerfen. Beim Lesen dieser Zeilen spürte Anna unvermittelt eine gallige Übelkeit in sich aufkommen. Sie musste die Aufzeichnungen immer wieder zur Seite legen.

Seit gut einem Jahr befindet sie sich nun in einem fundamentalen persönlichen Dilemma. Einerseits genießt sie das Ansehen bei ihrem Chef und anderen einflussreichen Größen des Naziregimes. Nur wenige Frauen haben es bis hierhin geschafft. Denn im Weltbild der Nazis haben Frauen in der Politik nichts zu suchen. Ihre Aufgabe ist es, für den Fortbestand der arischen Rasse zu sorgen und am heimischen Herd die Schöpfer des Menschengeschlechts und ihre Brut zu versorgen. Wie keine andere beherrscht sie das Spiel mit den Worten und vermag es, Absichten und Entscheidungen des Führers so zu formulieren, dass sie auf breite Zustimmung stoßen. Sowohl als Verfasserin seiner Reden als auch beim Schreiben von Mitteilungen, die über die zum Teil immer noch kritische Presse verbreitet werden sollen. Andererseits entfernt sie ebendieses Vermögen aber auch immer mehr von ihrer ursprünglichen Absicht.

Mittlerweile hat sich auch herumgesprochen, dass es da im Ministerium des Propagandaministers eine Mitarbeiterin gibt, der sogar der Führer Gehör schenkt. Sie war es auch, die ihm empfohlen hatte, sich von Paul Devrient begleiten und im Hinblick auf seine Auftritte unterstützen zu lassen. Nach anfänglichen Bedenken hatte sich Hitler darauf eingelassen und innerhalb kürzester Zeit gewaltige Fortschritte in seinem Betonungs- und Gestikgeschick gemacht. Zu manchen Treffen ist sie sogar hinzu gebeten und vom Führer nachher gefragt worden, ob ihm die Umsetzung der von Devrient vorgemachten Gesten gelungen und wie es bei solchen Gesten um seine Glaubwürdigkeit Frauen gegenüber bestellt sei.

Je mehr es sich herumspricht, welche Nähe Hitler ihr gestattet, desto weniger begegnen ihr die Menschen offen und ehrlich. Sie hat ein feines Gespür für Menschen. Doch es wird immer schwieriger für sie, die Spreu vom Weizen zu trennen und die Personen zu identifizieren, die für eine Verschwörung infrage kamen. In Graf von Stauffenberg hat sie geglaubt, einen solchen Menschen gefunden zu haben. Doch die Art und Weise und vor allem die Geschwindigkeit, in der er Karriere macht, lässt sie immer stärker an dieser Einschätzung zweifeln.

Sie nimmt ihre Notizen erneut zur Hand, liest ihre Überschrift *Berlin, den 11. November 1938 – Die spontane Entladung des Volkszorns* und beginnt, die Lochkarte des Fernschreibers über die Tastatur der Schreibmaschine mit neuen Zeichen zu versehen.

Pater Paolo

Pfingsten 2004

Ich inspiziere die Entwicklung meiner Olivenbäume und erfreue mich an ihrem prächtigen Wuchs. Wie wundervoll diese Natur ist! Jahrein, jahraus das gleiche Werden und Wachsen, Verblühen und Vergehen, Werden und Wachsen. Was für ein steter Kreislauf. Seit ewigen Zeiten stehen diese Bäume hier oben, spenden Schatten, trotzen Wind und Wetter, schenken den sie pflegenden Menschen ihre Früchte und würden auch dann dem jahreszeitlichen Kreislauf folgen, wenn es keine Menschen gäbe, die sich um sie kümmerten.

»Alfredo, bist du da?«

Pater Paolo ist unbemerkt in den Garten gekommen, steht nun im Rahmen der geöffneten Tür meines Rusticos und ruft nach mir. Er scheint mich nicht gesehen zu haben.

»Hier unten, Pater Paolo. Bei den Oliven. Ich komme hoch.«

»Bleib nur, wo du bist. Es ist nichts Wichtiges. Meine Neugier hat mich getrieben und ich wollte mal fragen, ob du seit unserem Gespräch vom Ostermontag schon dazu gekommen bist, dir Gedanken über ein volleres Gotteshaus zu machen.«

Ach herrje. Ich habe ihn und seine Bitte um ein paar werbliche Ideen für die Gemeinde völlig vergessen. Die Wochen seit Ostern sind wie im Flug vergangen.

Beinahe jeden Tag hatten Anna und ich miteinander verbracht. Und bis auf vier auch alle Nächte. Die Gespräche mit ihr waren von einer Tiefe und Intensität gewesen, die ihresgleichen suchten, aber nicht fanden. Zahllose Momente des Schweigens hatten wir miteinander verbracht. Und das gesamte Spektrum der körperlichen Nähe hatten wir durchlebt. Von zärtlicher Hingabe bis zum exzessiven Ausleben des geradezu animalischen Triebes nach fleischlicher Lust. Vor zwei Tagen hatte sie mir dann beim Frühstück auf meiner Terrasse völlig unvermittelt eröffnet, dass sie ihren Aufenthalt am Gardasee nun für einige Zeit unterbrechen müsste. Auf mein Befragen hin, warum, wohin sie müsse, was sie zu tun habe, antwortete sie nur: »Sollte ich es in diesem Leben nicht schaffen, schaffe ich es nie. Ich bin müde geworden.« Mit dieser Aussage konnte ich nichts anfangen. Doch all mein Nachfragen und Insistieren half nicht. Sie sah mich nur schweigend an. So lange, bis ich aufgab und auch in Schweigen verfiel. Dann stand sie auf, nahm meinen Kopf in beide Hände, zeichnete mir ein Kreuz auf die Stirn und verschwand ohne ein weiteres Wort.

Ich steige die Böschung hinauf zur Terrasse des Rusticos. Unsicher, ob ich Pater Paolo die Wahrheit beichten oder so tun sollte, als hätte ich mich bereits ausgiebig und erfolgreich mit einigen Werbeideen für ihn beschäftigt. Angesichts seines erwartungsvollen und hoffnungsfrohen Blickes entscheide ich mich für Letzteres und verlasse mich auf meine intuitive Kreativität, die mir schon manches Mal in ähnlichen Situationen geholfen hat.

»Nehmt Platz, Pater Paolo. Ich gehe mir nur schnell die Hände waschen und hole meinen Laptop.«

Lieber Gott, steh mir bei und schick mir die Worte der Genialität, es geht schließlich um Deine Schäfchen!

Mit Laptop, zwei Gläsern und einer Flasche kühlen Lugana ausgestattet setze ich mich zum Pater, der mittlerweile auf der Bank Platz genommen hat.

»Alfredo. Es ist zu früh für Gottes flüssige Gaben. Erst die Arbeit …«

»… dann das Vergnügen? Dieser Wein ist die Frucht der Arbeit, Pater. Und insofern passt sie gut zu unserem

Gespräch, bei dem es schließlich auch darum geht, dass meine bisherige Arbeit für Euch Früchte tragen möge.«

Nachdem ich uns beiden ein Glas Wein eingeschenkt habe, klappe ich das MacBook auf und starte ihn.

»Viva la croce sotto la camicia!«, proste ich dem Pfarrer mein Glas erhebend zu.

»Ja. Es lebe das Kreuz unter dem Hemd«, übersetzt Pater Paolo, erhebt ebenfalls sein Glas und nimmt einen kräftigen Schluck.

In Erinnerung an so manche Situationen, in denen ich bis zum nächsten Termin beim Kunden das jeweilige Projekt nicht weiterbearbeitet hatte oder aber mangels Eingebung keine wirklich zündende und überzeugende Idee gefunden hatte, öffne ich das Dokument mit meinen Notizen. Wann immer ich in der Vergangenheit in solchen Situationen geraten war, hatte ich mich auf die Gesprächsstrategie verlegt, so lange Fragen zu stellen, bis mir bei den Antworten der Kunden und dank meines genauen Zuhörens die richtigen Ideen in den Sinn kamen. Und dann hatte ich in diesen Situationen durch weitere Fragestellungen das Gespräch so gelenkt, dass die Kunden die zentrale Idee im Grunde selbst entwickelten, die mir einige Augenblicke zuvor eingefallen waren. Das Machtvolle an dieser Vorgehensweise ist, dass Menschen, die selbst einen Gedanken und eine Idee entwickelt haben, dieser Idee normalerweise nicht widersprechen, sie also annehmen und im übertragenen Sinne kaufen. Häufig wurde mir in der Vergangenheit diese Vorgehensweise dann auch mit so Sätzen kommentiert, deren Sinn inhaltlich etwa der folgende war: »Alfredo, das ist wirklich genial. Eigentlich hätten wir Sie gar nicht gebraucht.«

Neugierig beugt sich der Pater zu mir hinüber, um einen Blick auf den Bildschirm zu werfen, den ich aber durch ein angedeutetes Hinunterklappen des Bildschirms augenblicklich verwehre.

»Nein, Pater Paolo. Hören, nicht sehen. Der Weg zum Glauben der Menschen führt nicht über das Auge, sondern über das Herz. Und wie Ihr wisst: Im Anfang war das Wort.«

»Nun spann mich doch nicht so auf die Folter, Alfredo. Mach schon und weih mich ein.«

»Ja. Das ist zum Beispiel ein erster wichtiger Anlass, mit den Menschen hier Kontakt aufzunehmen, Pater.«

»Wie bitte? Was meinst du damit?«

»Nun, Sie haben mich gerade eben darum gebeten, Sie einzuweihen. Was machen Menschen, wenn Sie ein neues Zuhause bezogen haben?«

»Worauf willst du hinaus, Alfredo? Nun rede schon.«

»Menschen, die ein neues Zuhause beziehen, weihen es normalerweise ein. Sie veranstalten ein kleines Fest und laden ihnen am Herzen liegende Menschen zu dieser Einweihungsparty ein. Wie oft seid Ihr zu diesen Hauseinweihungen schon eingeladen worden?«

»Na ja. Also ... wenn ich darüber nachdenke. Da gab es schon die eine oder andere diesbezügliche Festlichkeit, an der ich teilnehmen durfte. Aber im Grunde hält sich das in Grenzen.«

»Eingeladen werden zu derartigen Festen immer nur solche Menschen, die den Einladenden bekannt sind und in irgendeiner Form wichtig sind oder die ihnen aktuell einen Anlass dazu gegeben haben, richtig?«

Der Pater schweigt.

»Begrüßen Sie die Neuankömmlinge mit einer kleinen Geste, noch bevor sie richtig hier angekommen sind. Legen Sie zum Beispiel in der Pfingstzeit einen Palmenzweig vor die Tür, mit einem kleinen Zettel dran.«

Ich klappe den Bildschirm meines Laptops hoch, tue so, als würde ich dort nach einem bereits formulierten Text suchen und setze meine Ausführungen dann fort mit den Worten: *Das Hoffen lässt den Menschen suchen. Das Herz lässt ihn finden. Herzlich willkommen in Albisano. Pater Paolo.*

»Jesus, Maria und Josef«, ruft Pater Paolo überrascht, breitet dabei die Arme aus, hebt dabei beide Hände wie zum Gebet in Richtung Himmel.

»Von wem hast du diesen Text?«

»Pater! Was man Euch berichtet hat, stimmt. Mit dem Verfassen solcher Texte verdiene ich meinen Lebensunterhalt. Das schon seit über 20 Jahren und obendrein recht gut. Insofern sollte es mir auch gelingen, wirksame Texte für Euch und Euer Gotteshaus zu formulieren.«

»Und was hast du da noch alles in deinem kleinen Zauberkasten?«

»Ich würde gerne erst mal kurz grundsätzlich mit Ihnen über die Vorgehensweise sprechen, die ich mir überlegt habe. Denn das Eine sind die Texte an sich. So wie das kleine Beispiel eben. Das Andere sind die Wege, auf denen diese Texte zu ihren Empfängern transportiert werden, die sogenannten Medien.«

Der Pater hebt abwehrend die Hände.

»Vergiss das mit den Medien, Alfredo! Funk und Fernsehen können wir uns nicht leisten. Und Zeitungswerbung auch nicht. Ich bin ja schon froh, wenn das Geld für genügend Kerzen reicht. Allein dieses Licht, das Medium des Vaters und des Heiligen Geistes verschlingt Monat für Monat ein Vermögen.«

»Gut, Pater. Wenn also Funk-, Fernseh- und Zeitungswerbung nicht infrage kommen, bleibt uns im Grunde nur noch ein Weg zum Kunden. Welcher fällt Ihnen da ein?«

»Du meinst den Briefkasten?«

»So ist es. Die einzige wirtschaftlich vertretbare Form, die Menschen zu erreichen, ist die der Postwurfsendung. Und da Ihr genau wisst, wer in diesem wunderschönen Dorf wo wohnt, könnte Ihr auch gezielt vorgehen. In der Werbebranche sagt man dazu: Ihr könnt Streuverluste praktisch völlig vermeiden.«

»Aber Alfredo. Es ist angesichts fehlenden Budgets nicht daran zu denken, bunte Prospekte und in großen Auflagen Briefe auf teurem Papier zu drucken. Im Übrigen weiß ich ja von mir selbst, was ich mit all diesem ganzen Werbekram anstelle, den ich da regelmäßig in meinem Briefkasten finde. Die echte Post wird von diesem Werbekram befreit und Letzterer wandert meist direkt in die Papiertonne.«

»Und es ist noch nie vorgekommen, dass Sie aus diesem Werbekram, wie Sie es nennen, einen Prospekt oder einen Brief gerettet und sich entgegen ihrer gerade beschriebenen Haltung angeschaut haben?«

»Doch. Natürlich kommt das hier und da schon mal vor.«

»Können Sie auch sagen, wann genau das vorkommt?«

Pater Paolo hält inne und versucht sich an Situationen zu erinnern, in denen ihn eine Werbebotschaft oder ein Prospekt so angesprochen hatte, dass er daran hängen geblieben war.

»Ja, ich glaube, es gab und gibt immer wieder zwei Momente, in denen das passiert. Der eine Moment ist, wenn ich Langeweile habe. Was allerdings eher selten vorkommt. Und der andere Moment ist, wenn ich etwas gesehen habe, was ich grade brauche oder über dessen Anschaffung ich in jüngerer Vergangenheit nachgedacht habe.«

»Na bitte. Konkrete Anlässe schaffen am ehesten persönliche Betroffenheit. Und persönliche Betroffenheit weckt das Interesse des Menschen.«

Mit einem erwartungsvollen Blick fordert mich der Pater wortlos auf, meine Ausführungen fortzusetzen.

»Die Kunst ist es nun, die konkreten Anlässe zu definieren, auf die wir Bezug nehmen und durch die wir diese Betroffenheit auslösen können. Was könnten denn die konkreten Anlässe sein?«

»Meinst du Ostern, Pfingsten, Weihnachten, die Fastenzeit, Geburtstage, Geburten, den Tod, Hochzeiten und solche Sachen, Alfredo?«

»Die Anlässe der Liturgie, des Kirchenkalenders sind vermutlich nur für gläubige Christen relevant. Und um die anderen großen persönlichen Anlässe kümmern sich vermutlich ohnehin genug Menschen im Leben der Personen, die gerade mit den entsprechenden Anläsen konfrontiert sind.«

»Nun komm schon, Alfredo. Sprich mit mir und sag endlich, was du vorhast.«

»Gleich. Einen kurzen Moment noch. Nehmen wir die Gruppe der Menschen, die hier ein neues temporäres Zuhause als Zweitwohnsitz erworben und eingerichtet haben. Versetzen Sie sich doch bitte mal in die Lage dieser Menschen. Was bewegt sie? Womit haben Sie sich zu beschäftigen, wenn sie hier ankommen?«

»Na, sie müssen all ihre Sachen auspacken und sie einräumen. Sie kaufen Lebensmittel ein, damit sie etwas zu essen und zu trinken haben. Oft müssen sie auch Handwerker organisieren, weil es fast immer noch irgendetwas zu reparieren oder neu zu installieren gibt. Sie kommen vermutlich in erster Linie her, um ein wenig zur Ruhe zu kommen. Und wenn sie endlich Ruhe gefunden und sich etwas erholt haben, dann müssen sie ihre Sachen auch schon wieder packen und in ihr eigentliches Zuhause zurückkehren.«

»Und trauen Sie sich zu, Pater, die An- und Abreisen dieser Gäste so im Blick zu behalten, dass Sie mitbekommen, wann sie angekommen sind und wann sie wieder abreisen?«

»Aber Alfredo. Ich kann die Menschen doch nicht bespitzeln. Das klingt ja geradezu nach geheimdienstlicher Aktivität. Und außerdem …«

Ich unterbreche seine Einwände.

»Pater. Meine Frage ist nicht, was Sie davon halten und wie Sie eine solche Vorgehensweise bewerten. Das können Sie gerne später tun, nachdem ich Ihnen meine Überlegungen vorgetragen habe. An dieser Stelle bitte ich Sie, einfach nur um eine ganz pragmatische Einschätzung und kurze Antwort auf die Frage: Können Sie dafür sorgen, dass Sie es mitbekommen, sobald Feriengäste Quartier beziehen und wann sie wieder abreisen. Ja oder Nein?!«

Zögerlich antwortet der Pater: »Na ja. Also. Bis auf die eine neue Siedlung oberhalb des großen Parkplatzes am Ortsausgang stehen die Häuser und Wohnungen ja inmitten der Häuser unserer Dorfbewohner. Gott sei Dank stehen zahlreiche Gemeindemitglieder immer noch wohlwollend der Kirche gegenüber und besuchen mehr oder weniger regelmäßig den Gottesdienst. Und ja. Sicher. Ich könnte diese Menschen um Mithilfe bitten. Aber ich möchte bei unseren Gästen nicht einen schlechten Eindruck erwecken.«

»Ich verstehe Sie, Pater Paolo. Das möchte ich auch nicht. Nichts wäre abschreckender, als den Menschen das Gefühl zu vermitteln, dass sie unter Beobachtung stehen und sich nicht frei bewegen können. Das gilt es in jedem Fall zu vermeiden. Auf der anderen Seite gibt es aber auch ein paar tief in jedem Menschen verankerte Motive, die man sich auch zunutze machen kann.«

»Worauf willst du hinaus, Alfredo?«

»Der Verhaltensbiologe Konrad Lorenz hat herausgefunden, dass fünf Grundtriebe allen Menschen eigen sind und dass diese Triebe sein Denken, Fühlen und Handeln in starkem Maße bestimmen. Um genau zu sein, sind es unsere Überlebensmotive.«

»Mir fallen nur drei ein: Wein, das weibliche Geschlecht und Gesang«, wirft der Pater mit einem leicht spitzbübischen Ton ein und sieht mich mit vor Lebensfreude aufblitzenden Augen an.

»Ja, man könnte es auch auf diese drei reduzieren. Denn streng genommen enthalten diese drei alle fünf Überlebensmotive. Da ist zum einen der Sexualtrieb. Wir wollen uns fortpflanzen, um den Bestand unserer Spezies zu sichern. Als Zweites haben wir den Trieb des Essens und Trinkens. Ohne das würde unser Leben alsbald ein Ende finden. Trieb oder Motiv Nummer drei ist die Neugier. Ohne sie hätten wir früher niemals unsere Höhlen oder die Gebiete verlassen, in denen wir bis zu einem bestimmten Zeitpunkt unseres Daseins gelebt haben. Dann haben wir da noch den Aggressionstrieb. Der war zumindest früher überlebensnotwendig. Denn ohne die Bereitschaft zur Aggression wären wir niemals in der Lage gewesen, ein Tier zu töten und so die Nahrung für unsere Gemeinschaft sicherzustellen. Und bei dem Stichpunkt Gemeinschaft bin ich dann auch schon bei Trieb Nummer fünf: Das ist das Bedürfnis, wahrgenommen zu werden und dazugehören zu dürfen. Wir Menschen sind genetisch grundsätzlich als soziale Wesen programmiert.«

Einen kurzen Augenblick schweige ich, um zu überprüfen, welche Wirkung meine Worte beim Pater auslösen und um mir die nächsten Gedanken zurechtzulegen.

»Können Sie die Worte noch einmal wiederholen, mit denen Sie auf den Text reagiert haben, den ich Ihnen ganz zu Beginn unseres Gespräches vorgelesen habe?«

»Du meinst Jesus, Maria und Josef?«

»Ja, diese Worte meine ich. Was wollten Sie damit zum Ausdruck bringen?«

»Meine Freude über die zwei wundervollen Sätze, die du formuliert hattest, Alfredo! Wie waren diese gleich noch mal?«

»*Das Hoffen lässt den Menschen suchen. Das Herz lässt ihn finden*. Und wenn Sie sich jetzt die fünf Überlebensmotive des Menschen vergegenwärtigen, auf welche zahlen diese beiden Sätze ein?«

»Mein Gott, Alfredo. Entweder du bist richtig durchtrieben oder tatsächlich ein genialer Werbetexter. Muss man über dieses Wissen verfügen, um deine Arbeit gut machen zu können?«

»Man muss nicht. Aber es schadet auch nicht. Wie Sie ja an Ihrer eigenen Reaktion vorhin erkennen konnten.«

»Und was hat das jetzt mit den Anlässen zu tun, nach denen du mich vorhin gefragt hast?«

»Jeder Mensch freut sich darüber, wenn ihm das Gefühl gegeben wird, dass er etwas Neues entdecken und erobern kann. Und jeder Mensch freut sich gleichermaßen, wenn man ihm das Gefühl gibt, dazugehören zu dürfen. Und jetzt stellen Sie sich bitte vor, Sie kämen mit ihrer Familie nach einer langen Autofahrt irgendwann am späten Nachmittag oder Abend an, hätten alles ausgepackt und eingeräumt, würden anschließend bei einem gepflegten Glas Wein sitzend und auf den See blickend zur Ruhe kommen und ihr Angekommen sein genießen. Am nächsten Morgen wollen Sie dann eine frische Ciabatta und ein paar weitere Lebensmittel kaufen, öffnen die Tür und finden auf der Schwelle einen kleinen Zettel, auf dem in ihrer Sprache die Worte zu lesen sind: *Zwischen Auspacken und Einpacken warten Momente der Ruhe. Mögen sie Ihnen die Kraft schenken, die Sie sich von Ihrem Aufenthalt in Albisano erhoffen. Pater Paolo.*«

Der Pater strahlt über das ganze Gesicht. Noch bevor er diesen Text kommentieren kann, fahre ich fort.

»Ich habe übrigens auch über eine grundsätzliche Aussage für Ihr Gotteshaus nachgedacht. Über einen zentralen Kommunikationsinhalt, wie es im Werbefachchinesisch heißt. Und auch über den würde ich jetzt gerne mit Ihnen sprechen. In der Hoffnung, Ihre Zustimmung zu bekommen. Auch dazu habe ich zunächst wieder einige Fragen an Sie.«

»Nur zu, Alfredo.«

»Wann sind wir Gott am nächsten?«

»Wenn wir beten«, antwortet der Pater, ohne zu zögern.

»Und wenn wir beten, was tun wir dann?«

»Na, beten.«

»Wenn wir beten, beten wir also und tun nichts Anderes. Würden Sie sagen, dass es dennoch unterschiedliche Qualitäten des Betens gibt?«

»Was für eine Frage, Alfredo. Natürlich. Je stärker wir uns auf das Beten konzentrieren, desto mehr sind wir bei Gott.«

»Und was benutzen wir beim Beten?«

»Na, die Hände, weil wir sie falten, und unsere Sprache, um das Gebet zu beten.«

»Benutzen wir wirklich immer die Sprache beim Beten?«

Der Pater sieht mich nachdenklich an, blickt hinunter zum See und lässt den Blick anschließend in den Himmel schweifen.

»Wenn ich es recht bedenke, dann bin ich Gott am nächsten, wenn es mir gelungen ist, all die anderen Gedanken auszuschalten, sie sozusagen zum Schweigen zu bringen. Und wenn ich dann nichts mehr denke, sondern einfach andächtig innehalte. Also dann ist es wortlos. Keine Sprache mehr. Einfach nur sein. Ruhig. Und andächtig.«

»Genau das glaube ich auch. Und deshalb schlage ich Euch folgenden Slogan für San Martino vor: *Die Sprache des Glaubens ist die Stille*, lieber Pater Paolo.«

San Martino

Herbst 2004

Mittlerweile ist fast ein halbes Jahr vergangen, seit jenem denkwürdigen Abend in der Bar von Albisano, der ersten Begegnung mit Anna und den darauffolgenden Wochen intensiven Lebens und exzessiven Erlebens. Wie sie in mein Leben getreten war, so ist sie auch wieder verschwunden. Mehr oder weniger wortlos. Anfangs hatte ich mir noch das Hirn zermartert, wie ich sie wohl ausfindig machen könnte, um erneut Kontakt mit ihr aufzunehmen. Dann hatte ich versucht, ihr Verschwinden und die dadurch in mir verursachte Trauer und Leere in Alkohol zu ertränken und das in meinem Leben entstandene Vakuum durch Sex mit anderen Frauen zu füllen. Doch es half nicht. Kein bisschen. So, wie es früher auch weder während der zahlreichen Lebensabschnitte des Alleinseins noch während all der anderen Beziehungen nie geholfen, höchstens vorrübergehend abgelenkt hatte. In Gedanken und mit meinem Herzen kehrte ich immer wieder zu ihr zurück. Was dann schließlich doch half, war die Arbeit. Wie schon so oft in meinem Leben vermochten das keine Therapeuten, Coaches oder Psychologen. Allein meine Arbeit half mir, mich von mir selbst und meinen wahren Befindlichkeiten zu entfernen. Und in gewisser Weise auch zu befreien. In diesem Fall war es die Arbeit für den mir ans Herz gewachsenen Pater Paolo und seine Chiesa di San Martino. Fast einen ganzen Monat habe ich damit verbracht, Ideen zu entwickeln, Texte zu schreiben, sie wieder zu verwerfen und neu anzusetzen. Dabei war mir der Satz *Die Sprache des Glaubens ist die*

Stille ein ständiger Begleiter. Manchmal unterstützte er mich wie ein Wegweiser dabei, die sprachliche Spreu vom Weizen zu trennen. Manchmal schnürte er mich ein wie ein zu enges Korsett und nahm jedem kreativen Ansatz den Atem. Und wieder ein anderes Mal entfachte er die in mir glimmende Glut zu einem lodernden Feuer der Begeisterung und Formulierungskunst. Am Ende dieses Monats hatte ich den Pater an einem regnerischen Sommerabend in mein Rustico eingeladen und ihm alle Mittel, Maßnahmen und Texte präsentiert. Ganz entgegen seiner Gewohnheit, andere zu unterbrechen und deren Gedanken durch eigene zu ergänzen, hörte er mir beinahe drei Stunden unentwegt zu.

Und als ich ihm zum guten Schluss meiner Ausführungen nach einem vermutlich echauffiert klingenden tiefen Atemzug die Frage stellte: »Und was sagen Sie dazu, Pater?«, schwieg er gefühlt eine kleine Ewigkeit, um dann endlich diese für mich schier unerträgliche Stille mit den Worten zu beenden: »In dir, Alfredo, bewahrheitet sich für mein Empfinden einmal mehr, wie nah Genialität und Wahnsinn beieinanderliegen.«

Einige Ansätze befremdeten ihn, doch der größte Teil versetzte ihn in einen Zustand »sprachloser Faszination«, so seine eigenen Worte.

Pater Paolo war ausgesprochen zufrieden mit den Überlegungen, die ich für San Martino entwickelt hatte. Nie zuvor hatte ich auf so kleinteiligen Mitteln – im Wesentlichen waren es Notizzettelformate – so große Gedanken und gekonnte Formulierungen projiziert. Es war, wie auf der Rückseite einer Briefmarke eine Delle ins Universum hauen. Das Schönste daran war allerdings sowohl für Pater Paolo wie auch für mich selbst die Resonanz, die diese ganzen kleinen Gesten und Aktionen auslösten. San Martino füllte sich. Sonntag für Sonntag konnte ich mit ansehen, wie sich die Schar der am Gottesdienst teilnehmenden Menschen vermehrte. Und als nach einigen Messen im Hochsommer dann

Menschen auf den Pater warteten, um ihm für seine persönlichen Worte zu danken, die sie nach ihrer Ankunft im Briefkasten oder am Rahmen der Tür gefunden hatten, wusste ich, dass die Übung gelungen war. Was mich in besonderem Maße beglückte, war die Tatsache, dass er einige der darauffolgenden Predigten auf dem Fundament der Texte errichtete, die ich ihm und seinem Gotteshaus geschenkt hatte.

Als er Anfang September dieses Jahres mit einer großen Kiste besten Amarone-Weins des Guts Azienda Viviani aus dem Valpolicella-Tal zu mir auf die Terrasse gekommen war, um sich für meine Unterstützung und ihren Erfolg zu bedanken, umarmten wir uns innig. Mag sein, dass er mir wirklich dankbar ist. Doch vermutlich bin ich ihm viel dankbarer, als er sich vorstellen kann. Ich habe einen Beitrag zu einer Welt leisten dürfen, in der ich selbst gerne lebe. Zu einer Welt, in der sich Menschen an Orten versammeln, in denen es nicht um das Haben, sondern um das Sein geht. Das erfüllt mich mit einer großen Dankbarkeit und auch mit einem gewissen Stolz. Und mit der innigen Umarmung meinerseits wollte ich ihm das zum Ausdruck bringen.

»Alfredo, bist du zu Hause?«, erreicht mich die Stimme von Giuseppe, dem Postboten des Monte-Baldo-Gebietes und reißt mich aus meinen Gedanken.

»Giuseppe, bist du es? Was gibt's?«

»Ich habe ein Päckchen für dich.«

Ich stehe auf, um Giuseppe die Tür zu öffnen und das Päckchen entgegenzunehmen. Er überreicht es mir.

»Den Briefmarken nach zu urteilen, kommt es aus Deutschland. Neue Arbeit?« Giuseppe schweigt einen Moment, um dann mit einem Augenzwinkern die Frage hinzuzufügen: »Oder endlich Post von der vermissten Signora?«

Meine Trauer über ihr plötzliches Verschwinden ist den Dorfbewohnern durchaus nicht verborgen geblieben. Wie auch. Verbrachte ich doch nach ihrer unvermittelten und unerklärten Abreise aus Albisano die ersten Abende in der Bar von Camillo damit, die größtmögliche Menge Averna auszutesten, die ich an einem Abend zu trinken in der Lage bin, ohne anschließend auf fremde Unterstützung für den Nach-Hause-Weg angewiesen zu sein. Und natürlich teilte ich mich an dem einen oder anderen dieser Abende auch Camillo mit. In der Hoffnung, dass er mir Antworten geben könnte, stellte ich in meinem benebelten Zustand auf den Tresen seiner Bar gestützt so Fragen wie: »Warum nur ist sie in mein Leben getreten? Wieso ist sie so plötzlich wieder verschwunden? Wie können Frauen das Herz eines Mannes so sehr verletzen? Sind Frauen noch ignoranter als Männer? Weshalb hat sie das getan? Glaubst du, dass sie mich geliebt hat? Wenn sie mich geliebt hat, wie kann sie dann einfach so gehen? Und wenn sie mich nicht geliebt hat, was wollte sie dann von mir?« Selbstredend hatte Camillo keine für mich befriedigenden Antworten auf diese Fragen. Will man jedoch sicher sein, dass sich Neuigkeiten im Dorf herumsprechen, muss man sich nur Camillo mitteilen. Er ist in gewisser Weise der Lokalnachrichten-Redakteur der örtlichen Zeitung. Und als ich an den darauffolgenden Abenden immer öfter mit immer neuen Frauen in seiner Bar auftauchte, war ein Übriges getan. In Windeseile hat sich also die Nachricht verbreitet: *Il Pazzo hat Herzschmerz, weil ihn die hübsche Signora verlassen hat.*

Ich betrachte das Päckchen in meinen Händen und sehe, wie von Giuseppe bereits angekündigt, an den Briefmarken, dass es aus Deutschland kommt. Meine Anschrift steht handschriftlich schräg links unter den Briefmarken. Ich spüre, wie sich die Geschwindigkeit meines Pulses erhöht und werde mir im Augenblick der Tatsache bewusst, dass Giuseppe mir immer noch gegenübersteht.

In barschem Ton herrsche ich ihn an: »Was ist? Gibt's noch was?«

In entwaffnender Ehrlichkeit erwidert er: »Dreh's um, Alfredo. Ich will sehen, ob es von ihr ist und wie du darauf reagierst.«

Ich widerstehe dem Impuls, das Päckchen umzudrehen.

»Nein, Giuseppe! Das ist meins. Bitte lass mich damit allein.«

Doch er bleibt hartnäckig, lässt sich von meinem Wunsch nach Ungestörtheit nicht abschrecken und bohrt weiter.

»Heißt sie Anna?«

Mit einem Mal höre ich meinen Puls deutlich in den Schläfen pochen und spüre Hitze in mir aufsteigen. Vermutlich färbt sich mein Gesicht rot.

Ich dränge Giuseppe aus dem Türrahmen mit den Worten: »Behalt für dich, was du gesehen hast, Giuseppe! Ich bitte dich«, schließe die Tür vor seiner Nase und gehe zum Tisch, um das Päckchen dort abzulegen und mir endlich ein Glas des schon viel zu lange unangetasteten Amarone einzuschenken, den mir Pater Paolo als Dankeschön geschenkt hat.

Nachdem sich mein Puls wieder etwas beruhigt, setze ich mich an den Tisch des Ess- und Wohnzimmers meines Rusticos, um im Schatten der Kirche von San Martino dieses Päckchen aus Deutschland zu öffnen.

Der Brief

Mitte Oktober 2004

Lieber Alfredo,

am liebsten würde ich schreiben, geliebter Alfredo, doch meine Unkenntnis Deiner tatsächlichen aktuellen Empfindungen für mich und meine Schuldgefühle Dir gegenüber verbieten mir zu Beginn meines Briefes diese Anrede. Lass mich als Erstes kurz auf die Schuldgefühle zu sprechen kommen, bevor ich mich Dir in einem Umfang mitteile und offenbare, in dem ich es noch in keinem meiner Leben einem anderen Menschen gegenüber getan habe. Ich bin dankbar, dass ich Dich gefunden habe. Umso mehr macht es mir auch zu schaffen, mitansehen zu müssen, wie Du Dich ganz offensichtlich in kleinen, aber kontinuierlichen Schritten zugrunde richtest. Die Wochen mit Dir haben in mir das Gefühl ausgelöst, dass ich endlich den Menschen gefunden habe, dem ich mich anvertrauen kann. Meine plötzliche Abreise und das darauffolgende wochenlange Schweigen sind damit zu begründen, dass ich dringend allein sein musste mit mir, meinen Gedanken und Gefühlen. Ich musste noch einmal genau hineinspüren, ob es wirklich so ist oder ob ich einer Täuschung erlegen bin. Bitte entschuldige, dass ich dafür fast ein halbes Jahr gebraucht habe. Und bitte sei versichert, dass ich in dieser ganzen Zeit mit den Gedanken und meinem Herzen ständig bei Dir, bei uns gewesen bin. Ich weiß auch, dass Du das alles nicht verstanden hast. Und ebenso sicher bin ich mir, dass Du dieses

Nicht-Verstehen-Können mit Alkohol und anderen Frauen zu überwinden versucht hast. Aber da ich Dich besser kenne, als Du Dir vielleicht vorstellen kannst, weiß ich auch, dass Du mir schließlich doch verbunden geblieben bist, Dich in Deine Arbeit für die Chiesa di San Martino gestürzt hast und Dich nun über die Erfolge Deiner Arbeit für Pater Paolo freuen kannst. Glaube mir, geliebter Alfredo: Ich kann Deinen schnelleren Pulsschlag bis hier zu mir spüren, wenn Dir der Postbote das Päckchen überreicht und Du weißt, dass es eine Nachricht von mir ist. Es macht mich sicher in dem Gefühl, dass Du es bist, nach dem ich gesucht habe. Du weißt nichts über mich. Und ich weiß nichts über Dich. Jedenfalls nicht in dem Sinne, in dem sich zwei erstmalig begegnende Menschen einander mitteilen, um die Persönlichkeit des anderen ein wenig kennenzulernen. Herkunft, Familienstand, Beruf, Vorlieben, Abneigungen und solche Themen haben wir in unseren Begegnungen praktisch nicht miteinander ausgetauscht. Und doch wissen wir mehr voneinander, als manche Menschen in ihren Beziehungen vom jeweiligen Partner über die gesamte Lebensdauer erfahren.

Erklär mich jetzt bitte nicht für verrückt, wenn Du die folgenden Zeilen liest. Aber ich muss Dir dies mitteilen, weil du dann vielleicht auch ein tieferes Verständnis für mich entwickeln kannst und mich als das wahrnimmst, was ich wirklich bin. Eine alte Seele. Dass wir uns besser kennen als viele andere Paare, ist damit begründet, dass auch Du eine alte Seele bist. Und als diese sind wir uns jetzt wieder begegnet. Da ich die ältere Seele von uns beiden bin, habe ich Dir gegenüber einen gewissen Vorsprung. Von Pater Paolo habe ich kurz vor meiner Abreise Deinen vollständigen Namen erfahren und was Du beruflich machst. Und als er mir von Deiner Profession berichtet hatte, war mir einmal mehr klar, dass Du es wirklich bist. Auch wenn es komisch klingen mag; bei Dir weiß ich es in guten Händen: Ich bin eine alte Seele, die zur Zeit der babylonischen Sprachverwirrung erstmalig das Licht dieser irdischen Welt erblickt hat. Seit Babylon bin ich zahlreiche Male erneut auf diesem Planeten gelandet. Und jedes Mal bin ich im unmittelbaren Umfeld der Einflussreichen ihrer jeweiligen Epoche entweder aufgewachsen oder in die entsprechenden Machtzentren hineingeraten. Als junges Mädchen war ich 80 vor Christus immer wieder in der Nähe des Römischen Kaisers Cäsar. Als junge Frau durfte ich im 3. Jahrhundert nach Christus mit peruanischen Schamanen der Mochica-Kultur verbringen. 1152 lebte ich am Hofe des Stauferschen Kaisers Friedrich der Erste, genannt Barbarossa. Diese Liste könnte ich jetzt ewig fortsetzen ... bis hin zu Adolf Hitler, John F. Kennedy und Weiteren. Aus nächster Nähe habe ich miterleben dürfen oder müssen, wie diese Menschen in mitunter bedenkenloser Art und Weise mit ihren Worten über Gedeih und Verderb unzähliger Menschenleben entschieden haben. Seit meinem ersten Leben beobachte ich wieder und wieder, wie in den unterschiedlichen Zeiten der Menschheitsgeschichte eine kleine Schar von Menschen durch Sprache, durch das Verbreiten von Geschichten über die Schlechtigkeit des Menschen und durch das Aufstellen von Regeln und Gesetzen Macht über eine deutliche größere Zahl von Menschen ausgeübt und diese gemaßregelt haben. Mit jedem weiteren Leben haben sich meine Beobachtungen, Einsichten und Annahmen zu einer Erkenntnis verdichtet.

In diesem Leben bin ich zum ersten Mal als eine Frau auf die Welt gekommen, die ein relativ normales unauffälliges Leben führt. Und in diesem Leben ist es mir bestimmt, ein Buch zu schreiben. Das Buch, in dem ich die besagte Erkenntnis veröffentliche. Die Buchstaben haben sich in mir angestaut und warten darauf, aneinandergereiht zu werden. An manchen Tagen drohe ich an ihnen zu ersticken. An anderen fließen mir die Gedanken in die Feder, als handle es sich um von einem heißen Löffel fließenden Honig. Inzwischen ist mir klar geworden, dass ich es alleine nicht schaffe. So viele Seiten habe ich bereits beschrieben. Und beim Durchlesen dieser Seiten tauchen immer neue Gedanken auf, die ich für mitteilenswert halte. Dann kommen mir wieder Zweifel, weil ich befürchte, dass die Menschen nicht lesen wollen, was ich ihnen mitzuteilen habe. Bitte halte mich nicht für vermessen angesichts der folgenden Worte: Ich weiß, dass Umkehr nötig ist. Und ich weiß auch, wie sie möglich ist. In meinem Manuskript habe ich einige Entwürfe dazu skizziert. Der Schlüssel liegt in der Sprache und unserem Umgang mit ihr.

Sei ehrlich, Alfredo. Zu Dir selbst. Und bitte auch zu mir. Was denkst und empfindest Du, wenn Du diese Zeilen liest? Ich bin mir nahezu sicher, dass es da eine Seite in Dir gibt, die mich für völlig entrückt hält. Entrückt im Sinne von »Die Frau ist eine esoterisch verblendete Weltverbesserin, der nicht zu helfen ist.« Und trotzdem schreibe ich Dir diese Zeilen, weil ich auch um Deine andere Seite weiß: Du denkst und empfindest ähnlich. Du kennst die Macht der Worte. Du weißt, welche Worte die meiste Macht haben. Und deshalb weißt Du auch, in welcher Reihenfolge ich die Buchstaben in meinem Buch aneinanderreihen muss, um Menschen wirklich zu erreichen und zu bewegen.

Ich habe diesem Schreiben einige Manuskriptseiten beigefügt. Und ich habe die große Bitte an Dich, dass Du sie Dir aufmerksam und kritisch durchliest. Und bitte lass zwischen dem Lesen dieses Briefes und dem Lesen des Manuskripts einige Zeit vergehen. Es ist wichtig. Im Päckchen findest Du übrigens neben den Teilen des Manuskripts noch ein Geschenk für Dich. Ich habe es in einer anderen Zeit für Dich aufbewahrt und es Dir in dieses Leben mitgebracht. Bitte, Alfredo. Leg diesen Brief und das Päckchen jetzt zur Seite. Und warte mindestens zwei Wochen. Dann bist Du so weit.

In aufrichtiger Liebe … und noch mehr … in tiefer seelischer Verbundenheit. Anna

Das Manuskript

November 2004

Eigentlich wollte ich es schon zwei Tage früher lesen. Doch ein umfangreiches Projekt für einen meiner wichtigsten internationalen Kunden hatte mich so sehr vereinnahmt, dass ich, von einigen kurzen Schlafpausen abgesehen, zwei Tage und zwei Nächte mehr oder weniger durchgearbeitet und darüber ihr Päckchen beinahe vergessen hätte. Heute nun an Allerheiligen, nachdem die Arbeit gestern Nachmittag gerade noch rechtzeitig getan und auf die Post gebracht, ich völlig entkräftet und übermüdet wieder in mein Rustico zurückgekehrt und vom späten Nachmittag bis heute Morgen um kurz nach neun durchgeschlafen habe, heute nun würde ich es endlich lesen, ihr Manuskript. Wo habe ich das Päckchen nur hingelegt?

Nachdem ich mir einen Kaffee aufgesetzt und ein Knäckebrot mit Frischkäse bestrichen habe, will ich mich zum Lesen an den Tisch setzen. Ich klettere die Stiege in den ersten Stock hinauf, um dort nach dem Päckchen zu suchen. Es ist nirgendwo auffindbar. Nicht auf dem Nachttisch. Nicht neben dem Bett. Nicht unter dem Bett. Ich sitze auf der Bettkante und versuche noch einmal zu rekapitulieren, was ich gemacht hatte und wo ich hingegangen war, nachdem ich Giuseppe mehr oder weniger unsanft aus dem Rahmen vor die Haustür geschoben und den Brief zum ersten Mal gelesen hatte.

Wenn ich mich richtig erinnere, war ich direkt zum Tisch gegangen, hatte das Päckchen dort abgelegt, mir eine Flasche

Amarone aus dem Vorratsraum geholt, sie geöffnet und ein Glas davon eingeschenkt. Dann hatte ich das Fleischmesser mit der schmalen Schneide aus dem Messerblock gezogen, war zum Tisch zurückgekehrt, hatte mich auf meinen Lieblingsstuhl gesetzt, das Päckchen mit dem Messer geöffnet, den Briefumschlag herausgenommen, auch diesen geöffnet und angefangen zu lesen. Nachdem ich den Brief vollständig gelesen und das Glas Amarone geleert hatte, hatte ich mir ein zweites Glas davon eingeschenkt. 15,4 Prozent hatte ich auf dem Etikett auf der Rückseite der Flasche gelesen und gedacht, dass es eventuell angesichts meiner zuvor durchgearbeiteten Nächte keine gute Idee sein könnte, zwei Gläser dieses köstlichen und auch starken Nektars in so kurzer Zeit zu leeren. Und dann? Was war dann? Amarone. Zweites Glas. Und dann? Verdammt. Nein. Bei meiner Konstitution und Trinkfestigkeit konnte es nicht sein, dass ich nach zwei Gläsern Amarone einen Filmriss gehabt haben könnte. Völlig unmöglich. Ich will die Situationen noch einmal nachstellen. Gewissermaßen den Film erneut ablaufen lassen. Dann wird mir sicher einfallen, wie es sich genau zugetragen hat.

Ich blicke auf meine Kommode, greife den dort liegenden zusammengefalteten Brief und klettere die Stiege wieder hinunter, um zur Eingangstür zu gehen. Der Brief in meiner Hand ersetzt jetzt das Päckchen. Giuseppe. Meine Aufregung. Ich schiebe ihn hinaus, schließe die Tür und gehe zum Tisch. Dann das Päckchen auf den Tisch. Ich in die Vorratskammer. Amarone. Glas einschenken, hinsetzen und Brief lesen. Ich setze mich an den Tisch und falte den Brief erneut auseinander, in der Hoffnung, dass mir beim Lesen einfällt, was danach genau geschehen war und wo ich das Päckchen hingelegt hatte. Ich will und muss es finden. Jetzt! Gerade als ich die zweite Seite des Briefes zum dritten Mal zu lesen beginne, vernehme ich ein beherztes Klopfen an der Tür.

»Hallo? Wer ist da?«

»Ich bin es, Anna.«

»Wer?«

»Anna!«

Den Brief lege ich ungläubig zur Seite, stehe auf, gehe zögerlichen Schrittes zur Tür, drehe den Schlüssel um, öffne und traue meinen Augen kaum. Da steht sie vor mir. Mit einer Haltung und Selbstverständlichkeit, als wäre sie mal eben vom Einkaufen zurückgekommen und erwarte nun, beim Hereintragen der Tüten von mir unterstutzt zu werden. Wie angewurzelt, unfähig auch nur eine einzige Silbe der Begrüßung über meine Lippen treten zu lassen, stehe ich einfach nur da und schaue sie mit einer Mischung aus Fassungslosigkeit und Freude an.

»Darf ich reinkommen oder brauchst du erst noch etwas Zeit, um dich von der Wahrhaftigkeit meiner Anwesenheit zu vergewissern?«

Immer noch schweigend ziehe ich die Tür etwas weiter auf und trete zur Seite. Anstatt aber meiner Freude über ihre Rückkehr Ausdruck zu verleihen, überschütte ich sie mit vorwurfsvollen Fragen. Sie hält mir ihrerseits vor, dass sie nicht glauben kann, dass sie sich ganz offensichtlich doch gründlich in mir getäuscht hat. Mein Versuch, ihr zu erklären, dass ich das Päckchen mit Manuskript und Geschenk gerade eben genauer hatte inspizieren wollen, aber nicht finden konnte, bewirkt das Gegenteil von meiner Absicht. Es bahnt einem Vulkan der Empörung den Weg, dessen Vorhandensein, geschweige denn dessen Ausbruch, ich bei ihr nicht einmal ansatzweise für möglich gehalten habe. Nichts hätte ich verstanden. Dass ich ein ignoranter, stumpfsinniger und selbstsüchtiger Vollidiot sei, an den sie wertvolle Wochen ihres Lebens verschwendet hätte. Ein der Sucht verschriebenes Wrack, das sich schon lange zuvor selbst aufgegeben hat und nun im Meer der Orientierungslosigkeit steuerlos herumirrt. Und das ist noch die Kategorie der liebevolleren Formulierungen.

Die gesamte Eruption dauert höchstens fünf Minuten, bis sie auf dem Absatz kehrtmacht, das Rustico wutschnaubend verlässt und die Tür hinter sich energisch zuschlägt. Es gelingt mir, dem spontanen Impuls zu widerstehen, die Tür wieder aufzureißen und ihr nun meinerseits verletzende Worte hinterherzuschleudern. Zutiefst enttäuscht und verletzt setze ich mich an den Tisch, stütze meinen Kopf in die Hände und fixiere die Knäckebrotkrümel, die geduldig auf den Augenblick warten, in dem ich sie wegwischen und den letzten im November noch am Lago ausharrenden Vögeln zum Aufpicken vor den Eingang werfen werde.

Erneut versuche ich mich daran zu erinnern, wo ich das Päckchen abgelegt habe. Doch meine Konzentrationsfähigkeit ist mir entglitten. In meinem Kopf entsteht ein gedankliches Durcheinander, das keinen Anfang und kein Ende hat. Ein Wirrwarr aus Buchstaben, das eine emotionale Achterbahnfahrt in mir auslöst, bei deren Waggons die Bremsen das Zeitliche gesegnet haben. Wo ist das verdammte Päckchen? Wer ist sie? Was will sie? Welche Rolle spiele ich? Warum kann ich nicht einfach in Ruhe …? Wie war das noch vor einem halben Jahr? Was genau war geschehen? Was hatte sie in der Zwischenzeit getan? Diese miese kleine Hure. Nein! Seelenverwandte. Wundervolle Frau. Dreckiges Miststück. Bin selbst ein seniler Schwachkopf. Versager vor dem Herrn. Unfähig zu lieben. Wen lieben? Du kannst dich selbst doch nicht lieben. Sie ist ignorant. Stumpfsinnig ist hier nur einer. Intellektuell ist sie mir nicht gewachsen. Bin ich ihr nicht gewachsen. Scheiß Frauen. Miese Männer. Alfredo, wer bist du? Verfluchter Gardasee. Heilige Maria. Pater Noster und Mutter Monster. Verrecke, elende Kirche.

Stürmisches Klopfen an der Tür schreckt mich auf. Es klingt, als habe da jemand schon länger geklopft und ist nun im Begriff, allmählich die Geduld zu verlieren.

»Alfredo! Ich weiß, dass du da bist. Ich habe Anna aus dem Haus kommen sehen. Willst du mich freiwillig hereinbitten oder soll ich ohne deine Einladung reinkommen? Ich habe hier etwas, was du vielleicht vermisst!«

Das Päckchen durchfährt es mich blitzartig. Pater Paolo hat das Päckchen. Warum? Wie konnte er? Noch bevor ich diese Gedanken weiterdenken kann, öffnet sich die Tür und der Pater erfüllt den Raum, mit dem Päckchen in der linken Hand.

»Ich habe es schon verzweifelt gesucht. Warum ist es bei Euch? Woher habt Ihr es, Pater?«

»Vor zwei Wochen wollte ich dich abends besuchen, um dir davon zu berichten, dass sich San Martino dank deiner Mithilfe in den letzten sechs Monaten auch wirtschaftlich so überdurchschnittlich positiv entwickelt hat, dass man in der Diözese auf uns aufmerksam geworden ist. Die hohen Herren haben mich eingeladen, ihnen zu erklären, was und wie ich das bewerkstelligt habe.«

»Und dann?«

»Du hast auf deinem Lieblingsplatz da gesessen, zwei leere Flaschen Amarone und eine halbleere Flasche Grappa vor dir, und weder fähig, meine Freude zu teilen, geschweige denn einen klaren Gedanken zu formulieren. Ich habe dich noch nie in einem derart derangierten Zustand erlebt, Alfredo. Und ich habe mir Sorgen gemacht. In kaum verständlichen Worten hast du immer wieder eine Passage des Vaterunser vor dich hin gelallt ...«

»Welche?«, unterbreche ich den Pater. »Welche Passage?«

»*Und vergib uns unsere Schuld, wie auch wir vergeben unsern Schuldigern. Und führe uns nicht in Versuchung, sondern erlöse uns von dem Bösen.* Dann hast du dieses Päckchen über den Tisch zu mir geschoben und kaum verständlich gesagt, dass ich es an mich nehmen möge, weil es die reine Versuchung ist. Ich solle mich die nächsten zwei Wochen auf gar keinen Fall bei dir blicken lassen und das

Päckchen danach zu dir bringen. Die Eindringlichkeit, mit der du diese Bitte immer wieder auf ein Neues wiederholt hast, ebenso wie die Zeilen des Vaterunser, haben mich dann schließlich dazu veranlasst, deiner Bitte zu entsprechen, ohne weiter nachzufragen. Die zwei Wochen sind um. Hier ist das Päckchen, Alfredo.«

»Haben Sie der Versuchung widerstanden, Paolo?«

»Du willst wissen, ob ich hineingeschaut habe?«

»Nein, lieber nicht. Tun Sie so, als ob ich die Frage gar nicht gestellt habe. Ich danke Ihnen für diese Aufklärung. Ich danke Ihnen wirklich sehr, Pater Paolo. Würden Sie mir den Gefallen tun, mich jetzt damit alleine zu lassen?«

Der Pater kommt zu mir an den Tisch, an dem ich nach wie vor sitze, legt das Päckchen darauf ab, berührt mit seiner rechten Hand meine Schulter und sagt: »Du bist ein ganz besonderer Mensch, Pazzo. Der Herr sei mit dir.«

Dann verlässt er den Rustico. Ich öffne das Päckchen, wickle zunächst das Geschenk aus dem Seidenpapier aus, halte ein flaches Gebilde aus Stein mit einigen für mich unverständlichen Zeichen in den Händen und beschließe, mich zuerst dem Manuskript zuzuwenden.

Das Kreuz

Allerheiligen 2004

Ich stelle meine kleine Caffettiera auf den Herd, um mir einen Espresso zu machen, nehme das immer noch in Seidenpapier eingewickelte Manuskript aus dem Päckchen, befreie es von seiner Verpackung und setze mich damit auf die beiden untersten Stufen der in den ersten Stock führenden Holzstiege. Behutsam blättere ich die rund 40 DIN-A4-Seiten durch, auf der Suche nach einer Kapitelüberschrift, an der mein Blick möglicherweise interessiert hängen bleiben könnte. Es gibt keine Überschriften. Hatte sie nicht von einem Buchmanuskript geschrieben? Was ich hier in den Händen halte, sieht eher nach einer ungeordneten Ansammlung von aneinandergereihter Gedanken, ohne Punkt und Komma, aus. Die Caffettiera beginnt die brutzelnden Geräusche von sich zu geben, die ein sicheres Indiz für die baldige Fertigstellung des Espressos sind. Mokkaduft breitet sich aus und erhöht die Speichelproduktion in meinem Mund. Ich lege die Manuskriptseiten zur Seite und erhebe mich von der Stiege. Dann gehe ich zum Herd, schalte ihn aus und gieße mir eine Tasse köstlich duftenden Espresso ein, rühre einen kleinen Löffel Zucker unter den kleinen heißen Schwarzen, trinke ihn vorsichtig in einem Zug aus. Anschließend kehre ich zu der Stiege und dem Manuskript zurück.

Ein Kreuz besteht aus zwei zunächst einzeln zu betrachtenden geometrischen Komponenten: Wir haben es hier mit einer horizontalen und einer vertikalen Linie zu tun. Das Übereinanderlegen dieser beiden Linien zur Figur eines Kreuzes stammt aus einer Zeit, lange bevor die Christen es zu ihrem zentralen Symbol erhoben. Bereits in der Zeit vor Christus wurde das ägyptische Henkelkreuz, auch als Anch-Zeichen bekannt, als Symbol für das Leben verwendet. Es verkörpert sowohl das irdische Leben als auch das Leben nach dem Totengericht. Die Swastika ist ebenfalls ein sehr altes Feuer- und Sonnenzeichen. Es wird auch als Sonnenkreuz oder Hakenkreuz (= Crux gammata) bezeichnet, weil es sich aus vier umgekehrten griechischen Haken, (= gamma) zusammensetzt. Die ältesten diesbezüglichen Funde stammen aus Asien. Im Buddhismus symbolisierte es den Paradiesschlüssel. In der romanischen Ornamentik galt es verbunden mit der Mäanderlinie als Schutzmittel gegen den Teufel. Darüber hinaus war es in zahlreichen Kulturen ein verbreitetes Symbol für die Kreisbewegung. Die Azteken nutzten kreuzähnliche Zeichen zur Verehrung der Wind- und Regengötter. Die Inkas verehrten ein aus einem einzigen Jaspisstein verfertigtes Kreuz. In anderen Kulturen glaubte man, dass vom Kreuz alle Macht ausgehe. Deshalb legte man mancherorts Neugeborene unter ein Kreuz, in der Hoffnung und dem Glauben, dass dies die bösen Geister vertreiben könne. Und auch in der Kultur der Navajo-Indianer lassen sich zahlreiche Kreuzsymbole finden, die vermutlich Sonnen darstellten.

Ich blicke vom Manuskript auf und sehe nachdenklich zum Esstisch hinüber. Was halte ich hier in den Händen? Ist das eine fachliche Einlassung zum Kreuz? Wen soll das interessieren? Wer will das lesen? Ich blättere einige Seiten weiter.

Die Schreiber der Bibel bezeichneten das Hinrichtungswerkzeug, an dem Christus starb, im Originalwortlaut als »staurós« und »xýlon«. »Staurós« bedeutet sinngemäß Pfahl oder Pfosten und das Wort »xýlon« wird übersetzt mit Holz, Baum oder Balken. Livius, ein bis 17 vor Christus lebender römischer Geschichtsschreiber erwähnt ebenfalls, dass »crux«, also das Objekt an dem Jesus seinen Tod fand, lediglich Pfahl bedeutet. Das »Crux simplex«

war also nur ein aufrechtstehender Pfahl ohne Querbalken. In der Companion Bible wird bestätigt, dass das Wort »staurós« ein aufrechtstehender Balken oder Pfahl ist, an den Verbrecher genagelt wurden, die man hinrichten wollte. Abschließend ist dort auch nachzulesen: »Es ist … erwiesen, dass der Herr an einem aufrechtstehenden Pfahl, nicht an zwei in irgendeinem Winkel angebrachten Holzstücken, hingerichtet wurde. Die Apostel Petrus und Paulus verwendeten auch das Wort »xýlon«, um sich auf das Marterinstrument zu beziehen, an das Jesus genagelt wurde. Das zeigt, dass es ein aufrechtstehender Stamm ohne Querbalken war …« Vine schreibt in seinem erklärenden Wörterbuch der Wörter des Alten und Neuen Testaments, dass die Form des Kreuzes ihren Ursprung im alten Chaldäa hatte. Dort sei es als Symbol des Gottes Tammuz in Form des mystischen »Tau«, dem Anfangsbuchstaben seines Namens, verwendet worden. Die ersten Christen nutzten interessanterweise das Staurogramm als Symbol. Es besteht aus den übereinandergestellten griechischen Buchstaben Tau und Rho, T und P. Sie kommen im griechischen Stauros, was Kreuz heißt, vor. Ein weiteres Symbol war das Christusmonogramm XP, Chi-Rho. Wenn Christus nicht an dem traditionellen Kreuz starb und die ersten Christen das Kreuz nicht als Symbol ihres Glaubens gebrauchten, muss man zu dem Schluss kommen, dass das Kreuz in Wirklichkeit anfangs kein christliches, sondern ein uraltes heidnisches Symbol war. Eine Inschrift mit einem Kreuz auf einem christlichen Denkmal in Palmyra aus dem Jahr 134 nach Christus dürfte die erste Darstellung des Kreuzes als christliches Symbol sein. Tertullian, ein Schriftsteller, der etwa von 150 bis 235 nach Christus lebte, beschrieb das Christentum als die Religion des Kreuzes. Das Konzil von Ephesos führte im Jahr 431 offiziell das lateinische Kreuz, das noch heute übliche Hochkreuz, als Symbol des Christentums ein. Warum hat die Kirche dieses heidnische Symbol zu ihrem Markenzeichen gemacht? Und warum kultiviert sie den Mythos, dass der Sohn Gottes, die Menschwerdung des Christlichen, an diesem heidnischen Symbol starb?

Übertragen auf die Marktwirtschaft und die heutige Zeit wäre das ungefähr so, als würde Microsoft sich einfach das Zeichen von Apple nehmen, es konsequent in seinem Innen- und Außenauftritt verwenden und durch diese konsequente Nutzung dafür sorgen, dass alle Welt irgendwann glauben würde, dass der angebissene Apfel eigentlich das Markenzeichen von Microsoft ist. Faktisch verhält es sich so übrigens mit dem angebissenen Apfel; nur in etwas anderem Kontext. Dieses Zeichen gehörte ursprünglich mal dem Plattenlabel der Beatles. Steve Jobs hat es von diesem gekauft. Und heute ist Macintosh mit dem Apfel so sehr verbunden wie das Kreuz mit der Kirche. Ist es Gotteslästerung, ein religiöses Symbol mit einem Markenzeichen zu vergleichen?

Ihre Gedanken und Worte beginnen mich zunehmend in ihren Bann zu ziehen. Von Marken und Markenkommunikation verstehe ich eine Menge. Aber ich habe dieses Knowhow noch nie darauf verwendet, die großen Religionen und ihre Entwicklung aus einer solchen Perspektive zu betrachten. Was für ein Zufall, dass ich erst kürzlich für Pater Paolo und seine Chiesa di San Martino werblich tätig geworden war. Zum ersten Mal in meinem Leben hatte ich für eine kirchliche Einrichtung in Worte gefasste Ideen entwickelt und deren Umsetzung praktisch begleitet. Nein. Vermutlich ist es kein Zufall. Irgendwie passt das hier zusammen. Eine Fügung? Mit welchem Ziel? Worum geht es? Was ist meine Rolle oder Aufgabe in diesem Gefüge? Schicken mir hier höhere Mächte eine größere Aufgabe, die mich auf den Pfad der Tugend zurückführen und zur Besinnung bringen sollen? Ist das eine Art von spirituellen Kräften verordneter Therapie?

Inspiriert von dem gerade Gelesenen lege ich die Seiten neben mich auf die Stiege, stehe auf und beschließe, mit Pater Paolo zu sprechen, um aus seinem Mund zu hören, was er über das Kreuz denkt und zu sagen hat. Mein Klopfen an der Tür des Pfarrhauses einige Minuten später bleibt unbeantwortet. Der Pater ist nicht da.

Bürgenstock

Spätsommer 2008

Oberst Garibaldi läuft im zentralen Konferenzsaal des Hotels Bürgenstock unruhig auf und ab. Zwischendrin bleibt er immer wieder an dem über die gesamte Breite dieses großen Saales reichenden Fenster stehen und versucht sich an dem überwältigenden Blick auf den Vierwaldstättersee zu erfreuen. Es gelingt ihm nicht. Sosehr er sich auch bei jedem weiteren Halt an dieser Fensterfront von Neuem redlich müht, seine Gedanken kreisen unentwegt um dieselben Fragen und lenken ihn von der möglichen Freude an dieser faszinierenden Aussicht ab.

Die ursprünglich für Genf geplante Konferenz der Geheimdienste war kurzerhand in den kleinen Ort Bürgenstock oberhalb von Luzern verlegt worden. Ohne Erklärungen, ohne Begründungen. Er selbst ist bereits gestern Nachmittag angereist, da er vor seiner Abreise aus dem Vatikan nicht mehr genügend Zeit für seine täglichen Übungen zur körperlichen Ertüchtigung zur Verfügung gehabt hatte und diese hier nachholen will. Da ihm die Aufgabe obliegt, dieses Treffen ebenso wie die gesamte *Operation Pagina* zu leiten, hat er sich gründlich auf die heutige Begegnung vorbereitet. Sein primäres Ziel ist es, die übrigen Geheimdienstorganisationen dafür zu gewinnen, der Kirche ihr Vertrauen auszusprechen, sie das operative Geschäft weitgehend selbständig und unbeaufsichtigt erledigen zu lassen und sich im Übrigen herauszuhalten.

Die Fragen, die er sich seit seinem ersten in dieser Angelegenheit mit dem Nuntius vor einer Woche geführten Gespräch immer wieder stellt, sind: Mit welcher Absicht hat diese Frau das Buch geschrieben? Welche Kreise hat das bislang unveröffentlichte Werk mittlerweile gezogen? Wer hält bereits Seiten des Manuskripts in den Händen? Wie ist das am besten herauszubekommen? Wie lässt sich dieser Personenkreis dazu bewegen, das Material herauszugeben? Wie kann man die Frau am ehesten motivieren, keine weiteren Versuche einer Manuskriptveröffentlichung zu unternehmen? Die Frage, wie die Frau schlimmstenfalls liquidiert werden kann, hat er bis auf Weiteres zurückgestellt. Nach Ansicht des Obersts ist es eine nicht ganz einfache, aber doch lösbare Aufgabe, Antworten auf diese Fragen zu finden und die Frau an der Veröffentlichung des Manuskripts zu hindern. Mit der Strategie der Kirche müsste es glücken. Würde es erst gelungen sein, ihr Vertrauen gewonnen und ihr alle notwendigen Informationen entlockt zu haben, würde der Rest ein Kinderspiel und eine Liquidation der Person überflüssig werden.

Nachdem er zahlreiche weitere Seiten ihres Manuskripts gelesen hat, ist ihm die Brisanz des darin zur Sprache gebrachten Gedankengutes klar geworden. In einigen ihrer Überlegungen findet er sich selbst sogar wieder. Als am 09. September des Jahres 2001 die beiden Flugzeuge in das World Trade Center gekracht waren, hatte auch er als Erstes die spontane Eingebung, dass die Bush-Administration hinter diesem gesamten Desaster stecken könnte. Der Oberst hatte sich in der Folge alle dazu veröffentlichten Bücher besorgt, sie gelesen und ihre Inhalte miteinander verglichen. Die anschließende Diskussion mit privaten Freunden sowie Menschen aus seinem beruflichen Umfeld hatten ihn schließlich dann aber doch dazu veranlasst, das Ganze als unsinnige Verschwörungstheorien zu betrachten und den diesbezüglichen Annahmen und Vermutungen selbst nicht weiter nachzuhängen. Doch eine gehörige Portion unguten Gefühls und unbeantworteter Fragen waren geblieben. Wie die erkaltete Lava eines untätigen Vulkans ruht diese gedankliche Materie seitdem tief in ihm. Als er dann im Manuskript liest, dass sie empfiehlt, einmal den Fragen nachzugehen, warum eigentlich keiner der Fluglotsen befragt worden sei, welche Fluglotsen überhaupt im Dienst gewesen seien und was diese jetzt täten, begann die erkaltete Lava erneut in ihm zu brodeln. Auch ihm war seinerzeit aufgefallen, dass nirgendwo und niemals die Menschen zur Sprache gekommen waren, die rein theoretisch alles auf ihren Radarschirmen hätten mitverfolgen, in gewisser Weise vorhersehen und damit möglicherweise auch verhindern können. Und auch in der einschlägigen Literatur war dieser Frage nicht weiter nachgegangen worden. War das Zufall, oder hatte eine ordnende Hand die entsprechenden Überlegungen aus den diversen Veröffentlichungen eliminiert? Und wenn es eine solche ordnende Hand tatsächlich gegeben haben mag, wie hatte sie es geschafft, erstens zu erfahren, dass derartige Überlegungen in den entsprechenden Manuskripten vorkamen, und zweitens in der Form Einfluss darauf zu nehmen, dass sie in der final veröffentlichten Form nicht mehr erschienen? Sollte sich mit der *Operation Pagina* jetzt etwas Ähnliches wiederholen?

Die Tür zum Konferenzsaal geht auf und ein Bankettmitarbeiterin des Hotels begleitet die männliche Stereotype eines westlichen Geheimdienstlers in den Raum, die stereotyper nicht hätte sein können. Mitte 40, circa 1,80 Meter groß, markante Gesichtszüge, mit einer ungefähr zwei Zentimeter langen, schlecht verheilten Narbe auf der rechten Wange, einen Trenchcoat mit hochgestelltem Kragen tragend, unter dem eine dunkelgraue Hose herausschaut, schwarze, rahmengenähte Budapester-Schuhe und beide Hände tief in den Taschen des Trenchcoats vergraben. Der Mann kommt zielstrebig auf Garibaldi zu, zieht im Gehen die rechte Hand aus der Manteltasche und streckt sie dem Oberst entgegen.

»John Brown, CIA. Freut mich, Sie persönlichen kennenzulernen Mr. Garibaldi.«

»Piacere«, erwidert der Oberst den Gruß mit einem seinerseits zögerlichen Handschlag. »Hoffe, Sie hatten eine angenehme Anreise?«

»War gestern noch in einer Besprechung mit einigen Verantwortlichen des CERN und bin bereits heute Nacht angekommen. Und Sie?«

»Gestern Nachmittag. Nehmen Sie doch Platz, bitte.«

Brown öffnet den lässig um die Hüften geschlungenen Gürtel des Trenchcoats, zieht den Mantel aus, legt ihn über die Lehne eines der Besprechungsstühle und setzt sich breitbeinig auf den danebenstehenden Stuhl, nachdem er diesen vom Tisch weggezogen und ein wenig zum Oberst hingedreht hat.

Die Tür öffnet sich erneut und drei weitere Personen betreten den Raum. Während Brown sitzen bleibt, geht Garibaldi würdevollen Schrittes auf die drei Neuankömmlinge zu, um sie willkommen zu heißen. Es handelt sich um Boris Lebedew vom FSB, Ibrahim Rosenberg vom israelischen Auslandsgeheimdienst Mossad sowie Bahram Afarid vom VEVAK, dem iranischen Geheimdienst.

Brown macht nach wie vor keine Anstalten, sich von seinem Stuhl zu erheben, um die drei weiteren Teilnehmer dieser Besprechung zu begrüßen. Vielmehr dreht er sich mit seinem Stuhl zum Tisch hin, schenkt sich eine Tasse Kaffee ein, öffnet eine Flasche stilles Wasser und nimmt einen kräftigen Schluck.

Der Oberst lädt die Herren ebenfalls ein, sich zu setzen und eröffnet die Runde, nachdem Lebedew und Afarid auf der einen Seite des Konferenztisches und Rosenberg auf der anderen Seite neben Brown Platz genommen haben, mit einem leicht vorwurfsvollen Seitenblick in die Richtung von

Brown: »Sind die Herren damit einverstanden, dass wir angesichts des knapp bemessenen Zeitrahmens gleich zur Sache kommen und ich unser Treffen hiermit offiziell eröffne?«

Ohne das Feedback der übrigen Konferenzteilnehmer abzuwarten, setzt er sich an die Stirnseite des Tisches und stellt die seinerseits vorbereitete Agenda vor.

»Ich würde gerne die folgenden vier Themenblöcke mit Ihnen behandeln. Als Erstes halte ich es für sinnvoll und zielführend, wenn jeder der Anwesenden sich den übrigen Herren vorstellt und kurz die Motivation seiner Organisation in Bezug auf die *Operation Pagina* erläutert. Zielklarheit und im besten Fall sogar Zielkongruenz halte ich für eine wichtige Voraussetzung im Rahmen einer derartigen Operation. In einem zweiten Schritt würde ich gerne gemeinsam mit Ihnen Ideen für die denkbaren Vorgehensweisen zusammentragen wollen, um mich dann drittens auf konkrete Schritte und einen Zeitplan mit Ihnen zu verständigen. Und schließlich gilt es viertens zu klären, wer mit welchen Verantwortlichkeiten, was bis wann erledigt und wo wir uns wann das nächste Mal treffen. Findet das so Ihre Zustimmung?«

Brown lehnt sich in seinem Stuhl zurück, verschränkt die Arme hinter dem Kopf und entgegnet: »Meiner Meinung nach können wir uns den ersten Punkt schenken. Er kostet nur viel Zeit und führt zu nichts Neuem. Ich gehe davon aus, dass jedem von uns Steckbriefe aller anderen im Vorfeld ausgehändigt wurden und wir durch das Studium dieser Unterlagen Gelegenheit dazu bekommen haben, uns gründlich darauf vorzubereiten, mit wem genau wir es zu tun haben.«

»Wie sehen Sie das, meine Herren?«, richtet sich der Oberst mit einem hilfesuchenden Blick an den Rest der Runde.

Ein kurzer Moment der Stille wird von dem voluminösen Bariton des FSB-Offiziers beendet, der ein exzellentes und vollkommen akzentfreies Englisch spricht: »Ich teile die Ansicht von Mr. Brown. Einander vorzustellen ist aus den genannten Gründen auch meiner Meinung nach überflüssig. Und die Motivation unserer Organisationen dürften ebenfalls klar sein. Alle eint die Befürchtung, dass durch eine Veröffentlichung dieses Manuskripts Hunde geweckt werden könnten, die sich im Tiefschlaf befinden. Diese Hunde sind primär in den Hütten der Medien beheimatet und könnten beim Erwachen für eine Beeinflussung der öffentlichen Meinung und in der Folge für eine Unruhe sorgen, die für keinen von uns steuerbar ist und uns schlimmstenfalls entgleiten könnte. Oder gibt es hier in diesem Kreis noch weitere Motivationen, von denen wir unterrichtet werden sollten?«

Der Offizier schweigt und blickt die übrigen vier Teilnehmer fragend an. Da Bahram Afarid, Ibrahim Rosenberg und John Brown keinerlei Anzeichen machen, diese Frage zu beantworten, ergreift Garibaldi wieder das Wort.

»Weil sich unser heutiges Treffen entwickelt, wie es sich gerade entwickelt, würde ich gerne noch mal kurz einen Schritt zurückgehen und mit Ihnen ein paar grundsätzliche Aspekte klären, meine Herren.«

»Die da wären?«, will Brown mit einem leicht provokativen Unterton in der Frage wissen.

»Nun zum Beispiel die Spielregeln unserer Zusammenarbeit.«

»Auch die sind im Vorfeld bereits geklärt. Sie und Ihre Schweizergarde haben den Hut auf. Und wir sind gehalten, Sie mit unseren Organisationen zu unterstützen. Wer auch immer das entschieden haben mag, und so wenig ich die Sinnhaftigkeit dieser Entscheidung entdecken, geschweige denn nachvollziehen kann, so gleichgültig kann ich mich ich ihr fügen und meinen Teil zur Erledigung des Auftrags in der gewünschten Form beitragen.«

Brown schiebt den vor ihm auf dem Tisch liegenden Kugelschreiber und den Block von sich weg und beugt sich mit einem Geringschätzung ausdrückenden Hochziehen der linken Augenbraue wieder etwas weiter nach vorne über den

Konferenztisch, die beiden Ellenbogen auf selbigem aufstützend. Rosenberg missfällt der Verlauf der Diskussion ganz offensichtlich. Er verlässt seine bisherige Beobachterhaltung, erhebt sich von seinem Stuhl und beginnt auf und ab zu laufen.

»Hier in diesem Raum sind fünf Menschen versammelt. Experten ihres Fachs, die von ihren Organisationen – und diese wiederum von ihren Regierungen – beauftragt wurden, ein konkretes Problem zu lösen. Dass nun ausgerechnet diese fünf Repräsentanten von zwei Nationen und drei Religionen, oder drei Nationen und zwei Religionen, je nach Betrachtungsweise an diesem Tisch sitzen, ist vermutlich darauf zurückzuführen, dass das besagte Manuskript Material enthält, dass in erster Linie diesen – nennen wir sie Gemeinschaften – existentiellen Schaden zuführen könnte.«

Rosenberg bleibt stehen und blickt Afarid erwartungsvoll an, weil er an dessen körpersprachlichen Signalen glaubt, erkannt zu haben, dass dieser etwas sagen will. Seine Wahrnehmung ist richtig, wie sich im selben Moment herausstellt.

»Wegen Ihrer Formulierung gerade eben: Zwei Nationen und drei Religionen oder drei Nationen und zwei Religionen. Man könnte diesen Kreis ja auch als einen Kreis von vier Nationen und einer Religion betrachten. Ich für meinen Teil möchte, um eventuellen Spekulationen oder Missverständnissen vorzubeugen, lediglich kurz klarstellen: Ich bin zwar vom Chef des iranischen Geheimdienstes persönlich beauftragt und deshalb in meiner Funktion als Offizier des VEVAK hier, dennoch geht es darum, den Islam insgesamt über die Landesgrenzen hinaus zu schützen. Insofern verstehen Sie mich bitte als den Repräsentanten einer Religion.«

»Vielen Dank, Herr Afarid, für diese Klarstellung. Diese Gelegenheit nutze ich sehr gerne, um auch meinerseits darauf hinzuweisen, dass es mir um Gerechtigkeit, Frieden und den Schutz des jüdischen Volkes geht. In Israel selbst lebt davon ja nur der kleinste Teil. Oberst Garibaldi wird es um den

Schutz der Kirche und des Christentums gehen. Also haben wir es mit der Konstellation dreier Religionen und zweier Nationen zu tun.«

»Oder fünf Weltanschauungen«, wirft Brown ein.

»Ja, Mr. Brown. Oder fünf Weltanschauungen. Vielleicht sollten wir uns tatsächlich auf diese Sichtweise und Formulierung verständigen. Wir haben es hier mit fünf verschiedenen Weltanschauungen zu tun, die jede für sich auf Fortbestand bedacht ist und diesen sichern möchte.«

»Ohne den anderen dabei schaden zu wollen?«, schaltet sich Lebedew erneut ein. Erneute Stille im Raum.

Die Konferenzteilnehmer blicken einander an. Sie denken vermutlich alle das Gleiche, doch keiner hat es bislang auszusprechen gewagt. Eint sie tatsächlich ein gemeinsames Interesse oder steckt in der *Operation Pagina* nicht auch die große Chance, den eigenen Interessen mehr dadurch zu dienen, dass man den anderen schadet?

Rosenberg, der bis zu diesem Moment immer noch steht, kehrt zu seinem Stuhl zurück, setzt sich und fährt mit seinen Ausführungen fort.

»Was immer wir uns jetzt hier in diesem Raum wechselseitig bekunden, die wahren Interessen hinter den Interessen werden wir nicht verlässlich in Erfahrung bringen. Vertrauen ist unsere einzige Chance. Wenn unsere Zusammenarbeit von Vertrauen, einem wohlwollenden Miteinander und einer Gewinner-Gewinner-Haltung getragen wird, erhöhen wir in jedem Fall auch die Chancen aller, des Problems habhaft zu werden und es lösen zu können. Und meiner Meinung nach wäre ein guter und richtiger Schritt in diese Richtung, wenn wir bereits hier und heute damit beginnen, eine konstruktive, partnerschaftliche und auf Augenhöhe stattfindende Form der Kommunikation zu kultivieren. In diesem Sinne pflichte ich Oberst Garibaldi bei, dass es sinnvoll und zielführend wäre, diesem Miteinander durch entsprechende Spielregeln einen kooperativen Bezugsrahmen zu geben. Ihr

Einverständnis vorausgesetzt, meine Herren, würde ich jetzt gerne den Überlegungen des Obersts und seinen Ausführungen dazu lauschen wollen. Mr. Garibaldi?«

Der weitere Verlauf der Konferenz bleibt störungsfrei. Es gelingt dem Oberst der Schweizergarde durch geschickte Fragestellungen und eine ausgesprochen umsichtige Moderation des Treffens dafür zu sorgen, dass sich doch alle noch einmal persönlich vorstellen und die Motivationen ihrer jeweiligen Organisationen thematisieren. Durch die Visualisierung der Motivationen und Zielsetzungen auf zwei Flipcharts und vier seitens des Obersts vorbereiteten Moderationswänden wird deutlich, dass es dabei eine große Schnittmenge, oder wie er es nennt »Zielkongruenz«, gibt. Der verbleibende Rest unterschiedlicher Individualinteressen ist so unerheblich, dass nach übereinstimmender Meinung aller Anwesenden davon keine Gefahr für den notwendigen Gemeinsinn ausgehen wird. Die Basis zumindest für ein gewisses Grundvertrauen ist damit geschaffen.

Im Rahmen der anschließenden Diskussion werden die Kernkompetenzen der repräsentierten Geheimdienste miteinander abgeglichen. Man ist sich einig darin, dass die Qualitäten des VEVAK und der FSB primär in der möglichen Nutzung von weltweit stationierten Schläfern liegen, die im Fall notwendiger Liquidationen rasch aktiviert werden können, dass der besondere Vorzug der CIA in dessen geradezu futuristischer, perfekter technischer Ausstattung liegt und dass der Mossad sowie die Kirche über ein den gesamten Globus umspannendes feinmaschiges Kommunikationsnetzwerk verfügen, das der *Operation Pagina* dienlich sein wird.

Wie geplant gelingt es Garibaldi die übrigen Konferenzteilnehmer davon zu überzeugen, dass es der richtige Ansatz ist, zunächst die von ihm bevorzugte Strategie der Kirche anzuwenden und auszuprobieren. Dafür bekommt er grünes Licht und die Zusage der anderen Organisationen, dass sich diese ihrerseits bis auf Weiteres nicht in das operative Geschehen einmischen und der Kirche freie Hand und freies Geleit gewähren. Des Weiteren verständigt man sich über einen Turnus des Informationsaustauschs und vereinbart eine Deadline, bis zu der erste Erfolge erzielt sein müssen. Insbesondere seitens des FSB und des VEVAK wird aber auch noch einmal sehr deutlich darauf hingewiesen, dass auch vor eventuell notwendigen Liquidationen nicht zurückgeschreckt werden darf, falls es die Umstände erforderlich machten.

Oberst Garibaldi kann dieses Zugeständnis guten Gewissens und leichten Herzens machen, da er von einer zeitnah erfolgreichen Umsetzung seines Plans ausgeht. In seiner Wahrnehmung ist das gesamte Treffen im Hotel Bürgenstock für ihn und die Kirche ein Sieg nach Punkten. Die wichtigste Frage hat er dennoch nach wie vor für sich behalten. Und das ist auch gut so. Denn er weiß, dass allein die Fragestellung nach dem *Woher* Teile der Antworten enthält, die den anderen Geheimdiensten zu dieser Zeit noch unbedingt vorenthalten bleiben müssen. Woher in alles in der Welt hatte diese Frau all diese Informationen? Was sich seiner Kenntnis an diesem 13. August des Jahres 2008 entzieht, ist die Tatsache, dass sich Boris Lebedew und Bahram Afarid im Vorfeld der Konferenz längst auf eine alternative Strategie verständigt haben.

Missverständnisse

2004 bis 2005

Nachdem ich am Nachmittag des 01. Novembers 2004 Pater Paolo nicht im Pfarrhaus angetroffen und mit ihm deshalb auch nicht über Annas Gedanken zum Kreuz sprechen konnte, beschließe ich nun, die abendliche Fürbitten-Messe aufzusuchen. Ich schließe die Tür meines Rusticos zu, lege den Schlüssel in der gewohnten Weise unter den großen Terracotta-Topf und mache mich auf den Weg zur Kirche. Einmal mehr bin ich freudig überrascht und zugleich ein wenig stolz über die zahlreichen Besucher dieser Messe. Unmittelbar nach der Messe möchte ich in die Sakristei gehen und den Pater um ein Gespräch bitten. Doch dazu kommt es nicht.

Kaum habe ich mich in einer der vorderen Bänke auf der rechten Seite des Kirchenschiffs niedergelassen, sehe ich auf der linken Seite in der zweiten Reihe ganz links außen Anna sitzen. Von diesem Augenblick an kann ich mich kaum noch auf die Messe konzentrieren. Immer wieder schaue ich zu ihr hinüber in der Hoffnung, dass sie meiner Anwesenheit gewahr wird. Ihr Blick bleibt jedoch die gesamte Dauer der Messe über auf den Altar und das kleine hell erleuchtete Kreuz gerichtet, das in der Mitte des Altars auf einem Marmorsockel steht. Als die Messe nach knapp 35 Minuten zu Ende ist und die Gläubigen nach und nach das Kirchschiff verlassen, bleiben Anna und ich, als wären wir verabredet, auf unseren Plätzen beinahe regungslos sitzen. Der letzte Besucher der Messe verlässt die Kirche, die Gespräche vor der

Kirche sind verstummt, in der Kirche herrscht vollkommene Stille.

»Ich habe gehofft, dass du kommen würdest. Und ich bin dankbar, dass du gekommen bist, Alfredo«, beendet ihre warme vom Hall des leeren Kirchenschiffs getragene Stimme die Stille.

Ihr Blick bleibt dabei weiter auf das Kreuz geheftet, das zwischenzeitlich nur noch schemenhaft zu erkennen ist, weil von der Sakristei aus das Licht gelöscht worden ist.

»Du hast es gelesen, nicht wahr? Die Passage mit dem Kreuz. Und du wolltest mit Paolo jetzt darüber sprechen. Ich weiß genau, was diese Seiten in dir ausgelöst haben. Entschuldige meine Reaktion heute Nachmittag. Verletzte Eitelkeit war der Grund. Bitte verzeih. Für mich ist dieses Manuskript der Mittelpunkt meines Lebens. Wenn ich die damit zum Ausdruck gebrachten Gedanken nicht endlich veröffentlichen kann, gehe ich zugrunde. Wohl wissend, dass auch die Veröffentlichung mein Leben gefährdet. Ich bin zurzeit einfach viel zu sehr bei mir. Dabei habe ich völlig übersehen, dass dir die Texte im Moment noch wie ein wirres Aneinanderreihen von Gedanken vorkommen müssen, deren Ziele und Absichten sich dir nicht erschließen. Kannst du mir verzeihen, Alfredo? Können wir reden? Können wir lieben? Kannst du mich begleiten? Es gemeinsam mit mir zu Ende bringen? Ich schaffe es nicht alleine. Ich bitte dich von Herzen, Alfredo. Bitte hilf mir.«

Unfähig ihr zu antworten, wandert mein Blick vom Kreuz zu ihr und wieder zurück zum Kreuz.

»Alfredo. Der Herr oder welche höhere Instanz auch immer hat uns zusammengeführt. Das mit uns ist Fügung. Es ist für uns beide eine Chance, die wir in diesem Leben nutzen müssen. Hörst du? Verstehst du? Alfredo?«

Ihre Frage entreißt mich der gedanklichen Leere, in die ich kurz zuvor versunken bin.

»Ja. Äh, nein. Also ich ...«, stammle ich eine unvollständige Antwort leise vor mich hin.

Anna steht auf, geht nach vorne zum Altar, küsst das Kreuz, kniet vor dem Altar nieder, um dann zu mir zu kommen, mich an der Hand zu fassen und mit sanfter Bestimmtheit hinter sich her aus der Kirche herauszuziehen.

Draußen angekommen umarmt sie mich innig und gibt mir einen langanhaltenden Kuss auf die Lippen, während sie ihren Körper liebevoll an meinen schmiegt und sich ihre Wärme in mir ausbreitet.

Wir stehen eine Ewigkeit eng umschlungen dort draußen vor der Tür, bis Giovanni, der ebenfalls in Albisano lebende Postbote uns zuruft: »Ciao. Das sieht gut aus. Kann man dieses offensichtlich glückliche Paar noch auf einen Drink in die Bar entführen, oder habt ihr Wichtigeres zu tun? Was der flüchtige Betrachter ja fast vermuten muss.«

Anna bleibt mit ihrem Körper weiter dicht an mich gedrängt, dreht ihren Kopf nur ein bisschen in die Richtung, aus der Giovannis Stimme aus der Dunkelheit kommt und antwortet mit einer Mischung aus ironischem und scherzhaftem Unterton: »Wer auch immer du bist, Fremder. Einer solch einfühlsamen und fröhlichen Aufforderung kann der normal Sterbliche wohl kaum widerstehen.«

Anna löst sich von mir, hält aber weiterhin meine rechte Hand und zieht mich die Stufen von San Martino hinunter auf die Straße und flüstert mir dabei zu: »Weißt du Alfredo. Ich glaube, dass diese kleine Ablenkung uns jetzt guttut, weil wir etwas Leichtigkeit vertragen könnten. Was meinst du?«

Wir begleiten Giovanni in die Bar von Camillo und verbringen einen unterhaltsamen Abend in gelöster Stimmung. Draußen ist inzwischen Nebel vom See hochgezogen. Als wir dann später in der Nacht nach Hause gehen, beginnt es auch der Jahreszeit entsprechend zu nieseln. Ja. Es fühlt sich an, wie nach Hause zu gehen. Anna und ich gehen irgendwie nach Hause.

Einige Wochen später entscheiden wir, dass Anna zu mir nach Albisano zieht und während meiner Abwesenheit nach dem Rechten sieht. Ihre Wohnung mit all ihrem Mobiliar in Berlin will sie allerdings behalten. Einerseits, »weil man ja nie wisse, wie sich Beziehungen entwickeln«, so ihre Begründung. Andererseits, weil in meinem Rustico kaum Platz für einen zweiten Bewohner, geschweige denn für weiteres Mobiliar ist. In den darauffolgenden Monaten habe ich viel in Deutschland zu tun und bin an der Entwicklung zahlreicher Werbekampagnen beteiligt. Wann immer ich in meiner großzügigen Wohnung in München weile, habe ich Sehnsucht nach der Nähe, die die Enge des Rusticos zwischen Anna und mir nachhaltig unterstützt.

Halte ich mich aber länger im Albisano auf und kommt sie mir wirklich nahe, fühle ich mich eingeengt und gefangen. Einer meiner temporären therapeutischen Begleiter hatte mir in einer unserer systemischen Sitzungen irgendwann mal aufgezeigt, dass dieses Phänomen tief in mir verankert sei. Wann immer ein Mensch echte Nähe zu mir entwickeln möchte, fliehe ich, so seine Diagnose. Es sei zurückzuführen auf ein Trauma meiner Mutter, die im Kindesalter hatte zusehen müssen, wie ihre Mutter am Ende des zweiten Weltkrieges von einer Schar betrunkener russischer Soldaten vergewaltigt worden sei. Ihr kindlicher Schluss daraus war: Männer sind brutale Schweine, denen man nicht trauen darf. Und schon gar nicht solchen, die einem zu nahekommen. Ich hatte den Therapeuten gefragt, was das denn mit mir zu tun habe? Seine Antwort lautete: »Dieses Trauma hat deine Mutter an dich weitergegeben. Du misstraust dem anderen Geschlecht. Und wann immer dir eine Frau zu nahe kommt, gehst du stiften.« Ich habe das damals als ziemlichen Schwachsinn abgetan und die Arbeit mit dem systemischen Coach nicht weiter fortgesetzt. Doch irgendwie muss ich immer wieder daran denken.

Einige Male begleitet mich Anna nach München und sieht mir bei meiner Arbeit zu. Anfänglich stört es mich, wenn sie hinter mir steht, ihre Hände auf meine Schultern legt und dabei zusieht, wie ich mit meinem völlig unprofessionellen und doch sehr effektiven Vier-Finger-System über die Tastatur des Rechners eile, um meinen Ideen sprachlich Ausdruck zu verleihen. Schon kurze Zeit später habe ich mich so sehr daran gewöhnt, dass ich sie in den Momenten von Schreibblockaden mit einem fragenden »Schulterblick, geliebte Anna?« darum bitte, meinen Gedanken und Worten durch ihre Nähe und die Berührung auf die Sprünge zu helfen. Wie sehr ich diese Frau lieben gelernt habe! Wie schnell ich mich an ihre Anwesenheit gewöhnt habe! Im Winter 2004 verbringen wir mehr Zeit in meiner Münchner Wohnung als am Gardasee. Denn ich fühle mich sehr einsam, wenn wir räumlich voneinander getrennt sind. Aber wehe, wir kommen uns zu nahe.

Oft denke ich, dass ich nur mit ihr ein Ganzes sein kann. Und ebenso oft erschrecke ich über diesen Gedanken und das damit verbundene Gefühl. Hatte ich mir nicht fest vorgenommen, meinen restlichen Weg alleine zu gehen? Und nun lebe ich mit einer Frau zusammen, mit der mich ein tiefes Gefühl verbindet. Ein Gefühl, die ich nach den vielen Enttäuschungen nicht mehr für möglich gehalten habe. Vor allem auch deshalb nicht, weil mir in meinem Leben zunehmend klar geworden war, dass die meisten dieser Enttäuschungen letztlich auf mein eigenes Verhalten zurückzuführen waren.

Annika, die schwarzhaarige Schwedin, mit der ich immerhin eine halbjährige Beziehung hinbekommen hatte, hatte mir zum Abschied gesagt: »Wer sich wie die Axt im Wald benimmt, muss sich nicht wundern, wenn ihn eines Tages ein Baum erschlägt.« Nach ihr hatte ich mich nur noch auf rein sexuell motivierte Verbindungen eingelassen. Bloß keine Nähe. Nur keinen Alltag. Ich hatte mich selbst für beziehungsunfähig erklärt und auch jedem One- oder More-Night-Stand diese Erklärung spätestens in dem Augenblick überreicht, in dem sich so etwas wie Gefühle regten.

Auch eine weitere fast zweijährige Therapie hatte mich keinen Schritt weitergebracht. In dieser Therapie hatte ich versucht, mich mit meinen Eltern zu versöhnen, die sich voneinander getrennt hatten, als ich gerade einmal ein Jahr alt gewesen war. Intellektuell gelang es. Aber kaum hatte ich mit meiner Mutter Kontakt, brach all der Groll wieder auf und ich versuchte mich mit Boshaftigkeit für die Verletzungen zu rächen, die sie mir zugefügt hatte. Kaum hatte ich mit meinem Vater Kontakt, wurde ich der um Anerkennung und Liebe buhlende kleine Junge, der nach der haltenden Hand eines starken Vaters suchte. Ich fühlte mich dann meist schlecht. Am Ende der Therapie versank ich in Selbstmitleid und schaffte es schließlich dieser Spirale dadurch zu entkommen, dass ich meine Therapeutin therapierte. Rollenwechsel auf ganzer Linie und schlechter Sex ohne Seele bereiteten den leidigen Sitzungen schließlich ein Ende.

Als endlich allmählich das Frühjahr des Jahres 2005 naht, verbringen Anna und ich wieder deutlich mehr Zeit in meinem Rustico. Mehrfach diskutieren wie darüber, ob und in welcher Form sich dieses so ausbauen lassen würde, dass wir beide genug Platz hier hätten und sie endlich auch einige ihrer Möbel an den See nachholen könnte. Auf ein konsensfähiges Konzept können wir uns allerdings nicht verständigen.

Das Rustico bleibt, wie es ist. Und unsere Verbindung wird tiefer und tiefer. Zwischendrin frage ich mich immer wieder mal, wann sie wohl auf ihr Manuskript und die in San Martino geäußerte Bitte zurückkommen würde, dass ich ihr helfen und es gemeinsam mit ihr zu Ende bringen möge. Jedes Mal beschließe ich auf ein Neues, diese Entscheidung ihr zu überlassen und zur Verfügung zu stehen, sobald sie so weit ist. Doch nichts geschieht diesbezüglich. Ich werde zunehmend ungeduldiger und herrsche Anna oft wegen völliger Nichtigkeiten und Lappalien an. Oft denke ich in diesen Momenten an einen weiteren Coach, der mich ein Stück auf dem Weg der Selbstfindung begleitet hatte. Als ich ihm von meinem Plan mit dem Rustico erzählte hatte, hatte er zu mir gesagt: »Alfredo, wohin du auch gehst, da bist du. Du nimmst dich immer mit. Suche also deine Antworten nicht im Außen, sondern im Innen.«

Inzwischen ist es Sommer geworden und an einem der zahllosen Nächte, die wir auf meiner Bank hinter dem Rustico bei einer Flasche Amarone sitzend verbringen, erzählt sie mir, dass sie schon lange nicht mehr arbeiten müsse, weil ihr von einem älteren Herrn ein beträchtliches Vermögen vermacht worden sei, von dem sie Zeit ihres Lebens prächtig würde leben können. Auf meine Frage, in welcher Beziehung sie zu diesem Mann gestanden habe und warum er ihr sein Vermögen vererbt hatte, antwortet sie geheimnisvoll: »Nicht jeder Gesuchte möchte auch gefunden werden.« Ich verstehe kein Sterbenswörtchen, beschließe aber, nicht weiter nachzuhaken. Den Satz notiere ich jedoch in meinem kleinen Büchlein.

Im Herbst 2005 ist es dann endlich so weit. An einem lauen Septemberabend sitzen wir in Bardolino in unserem mittlerweile zum Lieblingslokal avancierten Nuovo Paladino unmittelbar am See, halten beide ein Glas Averna mit zwei Orangenscheiben und etwas Eis in den Händen, als sie sagt: »Alfredo. Interessiert dich eigentlich überhaupt nicht, was ich damals gemeint habe, als ich dich in der Kirche San Martino gefragt habe, ob du mich begleiten kannst, ob du es gemeinsam mit mir zu Ende bringen willst und dass ich es nicht alleine schaffe?«

»Und wie es mich interessiert. Sehr sogar. Aber ich dachte, dass es vielleicht besser sein würde zu warten, bis du von selbst darauf zu sprechen kommst. Obwohl Geduld jetzt nicht unbedingt meine herausragendste Eigenschaft ist. Außerdem habe ich das Zusammensein mit Dir in den letzten Monaten mit Dir sehr genossen. Aber heute scheint ja nun wohl der Moment gekommen zu sein. Was ist dir lieber? Möchtest du, dass ich dir jetzt Fragen stelle oder willst du einfach erst mal nur erzählen?«

Anna entscheidet sich fürs Erzählen. Um genau zu sein: Sie beginnt zuallererst damit, mir Ihrerseits Fragen zu stellen.

»Glaubst du, Alfredo, du kannst auf eine Frage an mich vollkommen verzichten? Für die gesamte Zeit unseres Zusammenseins und hoffentlich auch Zusammenarbeitens?«

»Ehrlich gesagt halte ich diese Frage jetzt von dir für keine gute Idee. Logischerweise werde ich dich jetzt fragen, auf welche Frage ich verzichten soll. Dann wirst du sie mir mitteilen und damit sind Begehrlichkeiten bei mir geweckt.«

»Ich werde dir jetzt diese eine Frage ganz und gar nicht mitteilen. Und zwar aus genau dem von dir gerade eben geschilderten Grund. Sie wird dir irgendwann von selbst in den Sinn kommen. Und wenn du sie mir dann stellst, werde ich dir sagen, dass das die Frage ist und dich einfach an dein Versprechen erinnern. Und du stellst sie von da an nie wieder. Willst du mir das versprechen? Glaubst du, du schaffst das?«

»Puuh … Anna! Das geht ja gut los. Kommt da noch mehr in diese Richtung?«

»Ja. Die zweite Frage ist, ob du dich mir so sehr anvertrauen kannst, dass du niemals meine Glaubwürdigkeit, geschweige denn die Wahrhaftigkeit meiner Worte anzweifelst. Aber vorher möchte ich gerne noch eine Rückmeldung von dir zur ersten Bitte und Frage. Versprichst du mir, dass du die dir jetzt noch unbekannte Frage kein zweites Mal stellst, sobald du erfahren hast, um welche Frage es sich handelt?«

Da nicht zu erwarten ist, dass Anna ihre Ausführungen ohne die gewünschte Zusage meinerseits fortsetzt, verspreche ich, was sie von mir versprochen haben will.

»Und nun zum zweiten Punkt. Ich möchte dir gerne kurz den Grund für diese Bitte erklären, weder meine Glaubwürdigkeit noch die Wahrhaftigkeit meiner Worte anzuzweifeln. Einverstanden?«

»Allemal mehr einverstanden als damit, Versprechen abgenommen zu bekommen, deren genauen Inhalt und deren Tragweite ich nicht wirklich abschätzen kann.«

»Danke dir. Du hast ja bisher nur einen geringen Teil des Manuskripts in den Händen gehalten. Und vermutlich hast du ihn zwischenzeitlich auch vollständig gelesen. Dabei wirst du festgestellt haben, dass es sich um keinen zusammenhängenden Text handelt, sondern um Textfragmente aus unterschiedlichen Kapiteln. Ich habe bewusst diese Abschnitte herausgesucht, weil sie den übergeordneten Zusammenhang nicht erkennen lassen und dem aufmerksamen und wohlwollenden Leser doch eine Ahnung davon vermitteln, dass es sich hierbei weder um gewöhnliche Romanseiten noch um ein Fachbuch oder eine wissenschaftliche Arbeit handelt.«

»Du sprichst in Rätseln, Anna«, unterbreche ich sie genervt.

»Genau das ist es, Alfredo.«

»Wie? Was ist es?«

Anna nimmt einen kleinen Schluck aus dem Averna-Glas, das wir beide immer noch in den Händen halten und dessen Inhalt sich inzwischen auf mindestens 29 Grad erwärmt hat, stellt es dann auf den Tisch zurück, faltet die Hände, während sie gleichzeitig ihre Ellenbogen und Unterarme auf dem Tisch ablegt, und beugt ihren Oberkörper ein wenig zu mir nach vorne, um mit gedämpfter Stimme fortzufahren.

»Es ist die Beschäftigung mit einem Rätsel, an deren Ende seine Auflösung stehen soll.«

»Beschäftigung mit was für einem Rätsel, Anna? Würdest du bitte etwas konkreter werden!?«, setze ich gereizt nach.

»Geduld, viel Geduld ist übrigens das Dritte, worum ich dich bitte. Auch wenn das nicht gerade zu deinen Kernkompetenzen gehört, wie du selbst weißt und sagst. Doch lass mich erst noch einmal zur zweiten Bitte zurückkommen. Wenn wir uns also in den folgenden Wochen und Monaten mit dem vollständigen Manuskript beschäftigen und daran arbeiten, dann wirst du mit Aussagen konfrontiert werden, die du möglicherweise für vollkommen unrealistische Gedanken einer Fantastin, um nicht zu sagen, einer Irren halten könntest. Da werden Dinge beschrieben, die in keinen Geschichtsbüchern stehen und vielleicht sogar unglaubwürdig klingen.«

»Kannst du mal ein Beispiel machen, bitte?«

»Ja gleich. Kannst du mir bitte erst noch versprechen, dass du mir glaubst und für wahr hältst, was du lesen wirst?«

»Du verlangst eine Menge von mir, Anna. Was, wenn ich das alles für Blödsinn halte? Für Schwachsinn? Was, wenn ich dich für eine Schwachsinnige halte?«

»Du wirst dich wundern. An vielen Stellen wirst du staunen und das eine oder andere Mal wirst du sicher auch an die Grenzen deines Vertrauens in meine Person gelangen. Aber nie wirst du es für Schwachsinn halten. Es ist kein Zufall, dass man mich zu dir und dich zu mir geführt hat. Dich treiben ähnliche Gedanken. Du beschäftigst dich mit Fragen, die ebenfalls in diesem Buch behandelt werden. Vermutlich nähern sich deine Fragen der gleichen Thematik von der entgegengesetzten Richtung. Aber grundsätzlich bist auch auf der Suche nach Antworten. Also, was ist? Kann ich mit deinem Vertrauen rechnen?«

Ich atme tief durch, setze nun meinerseits das Averna-Glas an den Mund, stelle es aber sofort wieder zur Seite, nachdem meine Zunge die inzwischen vermutlich 34 Grad Temperatur gemessen hat. Eklig, dieses süße Kräuterzeug.

»Ja, Anna. Ich vertraue dir und dem, was du geschrieben hast. Und bevor du mich jetzt noch zu einem dritten Versprechen nötigst: Ja, ich werde auch versuchen, geduldig zu sein. Magst du mir jetzt endlich ein wenig über das Buch erzählen? Wie umfangreich ist es? Hast du schon einen Verlag? Ist es fertig geschrieben? Und vor allem, welche Rolle soll ich in dem gesamten Spiel spielen?«

»Machen wir am besten jetzt gleich die Probe aufs Exempel, Alfredo?«

»Was willst du jetzt schon wieder?«

»Deine Geduld will ich auf die Probe stellen. Weder werde ich dir heute Abend mehr von meinem Vorhaben erzählen, noch werde ich deine Fragen beantworten.«

So sehr ich sie liebe, so vertraut sie mir mittlerweile geworden ist, so sehr empfinde ich Anna zeitweise auch als eine echte Herausforderung. Manchmal sogar als Zumutung. Jetzt ist definitiv ein solcher Moment. Mich überkommt die Lust nach gutem Sex mit einer anderen Frau und viel Alkohol. Letzteres befriedige ich an diesem Abend noch.

Es vergehen weitere Wochen, in denen wir uns dem Alltag widmen und ihr Manuskript nicht weiter besprechen. Inzwischen haben unten in den Städten am Ufer des Sees Weihnachtsbeleuchtung und Weihnachtsdekoration von den Häusern, Bäumen, Laternen und sogar manchen Verkehrsschildern Besitz ergriffen. Da es jedoch einen Wärmeeinbruch gegeben hat, will die Weihnachtsstimmung nicht so recht aufkommen.

In dieser Zeit gehe ich zweimal von September bis Anfang Dezember noch für jeweils vier Tage nach Deutschland, um einmal eine große inhabergeführte Frankfurter Werbeagentur und einmal eine Hamburger Kreativagentur bei der Kampagnenentwicklung für Wettbewerbspräsentationen zu unterstützen. Beide Agenturen gewinnen die Etats und für mich springt ein ordentliches Weihnachtsgeld dabei heraus, da ich mich bei manchen Wettbewerbspräsentationen auf ein erfolgsabhängiges Honorar eingelassen habe. Bevorzugt dann, wenn ich mir meiner Sache besonders sicher war. Diese beiden Projekte gehören dazu.

Anfang Dezember komme ich dann zurück nach Albisano. Schon beim Öffnen der halbrunden Toreinfahrt merke ich, dass irgendetwas nicht stimmt. Es ist dieses unbestimmte Gefühl, das einen beschleicht, wenn sich eine Stimmung verändert hat, ohne dass man sagen kann, was sich an ihr verändert hat. Als ich vor der Tür des im Dunklen liegenden Rusticos stehe, ist alles klar. Ich habe fehlende Energie gespürt. Sie fehlt. Anna ist weg. Als ich den auf dem Küchentisch liegenden Brief lese, atme ich auf. Sie habe kurzfristig zu ihrer besten Freundin nach Rom reisen müssen, weil sich diese aufgrund eines in Kürze bevorstehenden Scheidungstermins in einer derart instabilen psychischen Verfassung befinde und ihrer Hilfe bedürfe. Außerdem wolle sie die Gelegenheit dann auch gleich nutzen, um zumindest einen Teil der an verschiedenen Orten deponierten Manuskriptseiten einzusammeln und mit nach Albisano zu bringen. Auf jeden Fall wolle und werde sie vor Weihnachten wieder zurückkehren. So die Ankündigung in ihrem Brief.

Tatsächlich verbringe ich die Feiertage und den Jahreswechsel alleine. Gott sei Dank sind meine Weinvorräte mehr als ausreichend. Und für ein angemessenes Honorar vertreibt in dieser Zeit das eine oder andere weibliche Geschöpf meine immer wieder aufkommendes und ungeliebtes Gefühl der Einsamkeit. Meine Versuche, Anna telefonisch zu erreichen, laufen ins Leere. Alle E-Mails bleiben unbeantwortet. Von ihr kein Lebenszeichen. Meine anfängliche Unruhe schwillt zur Sorge an und hat inzwischen die emotionale Enge der Angst erreicht. Wenn ihr etwas zugestoßen ist, bin ich der Letzte, der es erfährt. Wenn überhaupt. Weder verheiratet noch verwandt.

Von meiner Existenz weiß außer zwei Freundinnen niemand. Meinerseits weiß ich nur, dass es eine in einem Spandauer Altersheim lebende Tante in Berlin gibt, sie nennt sie ihre Lieblingstante, und einen Cousin mit seiner Familie. Ich weiß von vier oder fünf Freundinnen die Vor- und Nachnamen sowie deren Wohnorte. Mir fällt ein, dass ich von Chiara, der in Scheidung lebenden Römerin, sogar die Mobilnummer habe. Gleichwohl kann ich mich nicht entscheiden, sie anzurufen. Irgendwie würde ich es als Blöße empfinden. War Annas Bitte Nummer drei nicht Geduld gewesen?

Anstelle von Geduld und Gelassenheit verspüre ich zunehmend Zorn. Es beginnt mich wütend zu machen, dass sie einem Schmetterling gleich in meinem Leben ein- und ausfliegt, wie es ihr beliebt. Ohne Absprache. Ohne Ankündigung. Ich fühle mich benutzt. Missbraucht. Und irgendwie auch zurückgewiesen, gedemütigt und erniedrigt. Der ganze alte unbewältigte Kram kommt wieder hoch und ergreift Besitz von mir. Eifersucht breitet sich aus, die mir die gesamte Bandbreite fantasievollster Bilder von zärtlicher Hingabe bis leidenschaftlichem Sex Annas mit anderen Männern auf meine innere Leinwand projiziert.

Gott sei Dank werde ich Mitte Januar für zwei Tage in Köln gebraucht, sodass ich in meinen selbstzerstörerischen Handlungen unterbrochen werde. Wie immer ist es die Arbeit, die mich aus derartigen emotionalen Missständen herausholt. Da die Reisekosten vollständig vom Kunden übernommen werden, beschließe ich, bereits zwei Tage früher mit dem Auto zu fahren und in meiner Münchner Wohnung nach dem Rechten zu sehen, dann nach Köln weiterzufliegen, dort den Auftrag zu erledigen und zu guter Letzt noch ein paar Tage in München ein paar gute Freunde zu treffen, bevor ich wieder an meinen geliebten Gardasee fahre.

Der Zwischenstopp in München verläuft ohne besondere Vorkommnisse. Köln allerdings enthält die gesamte Bandbreite emotionaler Aufs und Abs. Es gelingt mir zunächst nicht, einen vernünftigen Ansatz für das benötigte Kommunikationskonzept zu finden.

Am Abend des ersten Tages versuche ich es mit Drogen, Alkohol und Sex. Den – im wahrsten Sinne des Wortes – Höhepunkt der Nacht stellt der Besuch des 18. Stocks des Laufhauses in der Hornstraße dar. Ganz oben im Nachtclub Pascha herrscht Grabesstille. Kein anderer Gast. Ich kann mich nicht mehr genau daran erinnern, warum ich nach zwei riesigen Joints, einer Unmenge Kölsch und zwei oder drei Gläsern Averna noch dorthin wollte und wie ich tatsächlich hingelangt bin. Aber an einige Momente des Aufenthaltes erinnere ich mich genau. Und vor allem an zwei Frauen, die ich dort antreffe. Eine blonde Österreicherin mit großen Brüsten, einem knackigen Po, Beinen bis zum Hals und einem Lolitagesicht. Und eine nicht minder vollbusige schwarzhaarige Französin mit aufgespritzten Lippen und einem so durchtrainierten Körper, dass ich befürchte, sie könne mit den Schamlippen Nüsse knacken. Die eine stellt sich mit Vornamen vor und gibt wie ein wohlerzogenes Mädchen aus gutem Hause artig die Hand. Die andere spreizt einfach meine Oberschenkel, drückt ihren Unterleib an mich und küsst mich ungebeten. Ich will nicht leugnen, dass diese stürmische Haltung meine animalische Seite erotisch stimuliert.

Und so verläuft der Rest der Nacht dann auch. Animalisch. Exzessiv. Sex bis an den Rand der Bewusstlosigkeit. Leider erinnere ich mich nicht mehr genau, wann dieses Spektakel ein Ende genommen hat und wie ich in mein im Severinsviertel befindliches Hotel Wasserturm zurückgekommen bin. Aber die aufgebissene Lippe, einige Kratzer auf Bauch, Schultern und Rücken und Schmerzen in den Lenden habe ich noch mindestens eine Woche.

Der Wecker klingelt um 07:00 Uhr. Heute muss es mir gelingen, eine tragfähige Idee zu entwickeln. Ganz gleich, wann ich den Kater gebändigt habe, der mir das Aufstehen gründlich erschwert. An Kaffee oder Frühstücksaufnahme ist nicht zu denken. Mein Magen fühlt sich an, als beherberge er ein Logistikunternehmen für Wackersteintransporte. Eine eiskalte Dusche erleichtert mir den Start in den Tag ein klein wenig.

Zweieinhalb Stunden später sitze ich im Meetingraum der Agentur, kaue auf einem Bleistift herum, blicke gedankenverloren auf den Bildschirm meines Laptops und warte auf den Beratungschef sowie den Creative Director der Agentur. Sie haben mir ausrichten lassen, dass sie sich etwas verspäten, da sie kurzfristig einen Kundentermin dazwischengeschoben bekommen haben und ich doch schon mal loslegen solle. Allein der schwere Kopf und das flaue Gefühl in der Magengegend hindern mich immer noch daran, mehr als einige träge Kaubewegungen mit dem Bleistift zwischen meinen Zähnen zu vollziehen. Ich lege den Bleistift zur Seite und meine Stirn auf die Platte des Besprechungstisches. Ein paar Minuten Powernapping schaden sicher nicht. Danach will ich mich an die Arbeit machen.

Als ich wieder aufwache, befinde ich mich auf der Krankenliege eines Sanitätsfahrzeugs, das mich mit eingeschaltetem Martinshorn ich weiß nicht wohin bringt. Eine Nadel steckt in meinem rechten Unterarm und ein Schlauch führt von der Einstichstelle zu einer an der Decke des Fahrzeugs hängenden Plastikflasche, aus der eine klare Flüssigkeit in den Schlauch sickert. Rechts von mir sitzt eine Sanitäterin, die sich etwas zu mir hinunterbeugt, als sie sieht, dass ich die Augen öffne.

»Sind Sie okay? Wie geht es Ihnen?«

»Alles gut. Können Sie mir freundlicherweise sagen, was ich hier mache und wo Sie mich jetzt hinzubringen beabsichtigen?«

»Na, wonach sieht es denn aus?«

»Lustige Frage. Warum bin ich hier?«

»Weil sie bewusstlos auf dem Boden des Besprechungszimmers einer Werbeagentur lagen. Sie können von Glück reden, dass, wohl kurz nachdem sie auf den Boden gesunken sind, jemand in das Zimmer gekommen ist. Dieser Agenturmitarbeiter hat dann sofort das einzig Richtige getan und die 112 gewählt. Drei Minuten nach Eingang des Notrufs waren wir bereits vor Ort. Die vorläufige Diagnose lautet Vasovagale Synkope.«

»Und jetzt noch mal für einen Nichtmediziner?«

»Hierbei handelt es sich um einen schweren Schwindelanfall. Eine Art Bewusstlosigkeit.«

»Und wo bringen Sie mich jetzt hin?«

»Das nächstgelegene Krankenhaus ist die Uniklinik.«

Das Martinshorn wird ausgeschaltet und das Fahrzeug verlangsamt seine Fahrt.

»Und es sieht so aus, als wären wir auch schon da.«

»Und dann?«

»Sie müssen untersucht werden. Damit ist nicht zu spaßen. Aber alles Weitere besprechen Sie bitte mit den Ärzten der Notaufnahme.«

Aus den beabsichtigten zwei Tagen in Köln werden sechs, da ich mich auf Empfehlung der Ärzte von Kopf bis Fuß durchchecken lasse. Die Agenturleute holen meinen Koffer nebst all den anderen Utensilien aus dem Hotel und bringen es mir zusammen mit meinem MacBook ins Krankenhaus. So wenig ich Krankenhäuser mag, so erholsam ist diese Zwangspause.

Es gelingt mir am darauffolgenden Tag in der Horizontalen des Krankenhausbettes einen griffigen Slogan und einige ausgesprochen kreative Anzeigenideen und –texte zu entwickeln und damit den Job erfolgreich abzuschließen. Weniger erfolgreich sind die Diagnosebemühungen der Ärzte in der Uniklinik. Kein Befund. Meine exzessiven Ausschweifungen des vorangegangenen Abends behalte ich für mich. Nachdem sie trotz MRT-Angiografie weitere drei Tage im Dunklen tappen und sich meine Befindlichkeit auch rasch wieder bessert, entlassen sie mich schließlich mit der Empfehlung, meinen

Hausarzt aufzusuchen und mit diesem die weitere sinnvolle Vorgehensweise zu besprechen. Ich nehme mir nach diesem Zwischenfall fest vor, meinen Alkoholkonsum deutlich zu reduzieren und mich doch noch mal von einem Coach oder Psychologen begleiten zu lassen.

Nach meiner Entlassung beschließe ich, noch zwei weitere Tage in Köln zu bleiben und mir etwas Zeit für die Erkundung dieser geschichtsträchtigen Stadt zu nehmen. Für den Tag meiner Abreise habe ich mir einen ausgiebigen Besuch des Kölner Doms vorgenommen.

Nachdem ich mein Gepäck im Kofferraum des Hotels deponiert habe, nehme ich mir ein Taxi zum Dom, lasse mich vor der Einfahrt zur Domgarage absetzen, steige die Stufen zur Domplatte hinauf, bleibe mit in den Nacken gelegtem Kopf vor diesem gewaltigen Gebäude stehen und schaue ehrfürchtig zu der oberen den Abschluss bildenden, aus Blaubasalt gefertigten Kreuzblume des linken Turms hinauf. Wie viele Menschen hatten wohl an der Errichtung dieses Bauwerks mitgewirkt? Wie viele davon haben ihr ganzes Leben in den Dienst dieser Aufgabe und Arbeit gestellt? Noch heute, so hat mir der ältere Concierge des Hotels erzählt, verbringt manch ein Dombaumeister sein ganzes Leben in den Dombauwerkstätten, um seinen Teil zur Erhaltung dieses mächtigen Wahrzeichens beizutragen.

»Alfred? Alfred, Magier der Buchstaben?«

Ein fester Griff umschließt meinen rechten Oberarm und lenkt meinen immer noch auf die Kreuzblume gehefteten Blick auf die Person, der die zupackende Hand und Stimme gehören. Vor mir steht Thomas Casper, der Eigentümer eines großen Kölner Verlagshauses, für das ich vor einigen Jahren gearbeitet hatte.

Nachdem er mich persönlich etwas besser kennengelernt und meinen Umgang mit allem Buchstäblichen schätzen gelernt hatte, wollte er mich partout dazu bewegen, ein Buch in seinem Verlag zu veröffentlichen. In bester Kenntnis meiner selbst erklärte ich ihm, dass ich kein Langstreckenschreiber, sondern ein Mann für die Abteilung kurz und knackig sei. Er respektierte meine Haltung und gab auf. Seinerzeit hätte sich beinahe eine Freundschaft entwickelt, hätten sich unsere Lebenswege geografisch nicht in so unterschiedliche Richtungen entwickelt. Er musste wegen umfangreicherer Restrukturierungsmaßnahmen eines neu erworbenen Verlagshauses in die USA, und ich hatte mich zunehmend nach Italien orientiert, einige Zeit später das Rustico erworben, dessen Umbau meine ganze Aufmerksamkeit auf sich gezogen hatte. Zwar hatten wir uns noch einige Male getroffen, uns dann schließlich aber doch gänzlich aus den Augen verloren. Und nun steht er hier vor dem Kölner Dom vor mir.

»Thomas Casper? Das kann ich nicht glauben. Der unermüdliche und ewig rastlose Verleger mit philosophischen Ambitionen. Was für eine Freude.«

»Das kann man wohl sagen. Was tust du in Köln? Und wieso meldest du dich nicht bei mir im Verlag, wenn du hier zu tun hast? Hast du etwas Zeit?«

Er wartet meine Antwort nicht ab.

»Lass uns einen Espresso miteinander trinken. Hast du Lust?«

Da ich Zeit und Lust habe, willige ich ein. Die Begegnung mit ihm ist mir eine willkommene Abwechslung. Den Besuch des monumentalen Bauwerks der Kirche vertage ich kurzerhand auf später.

Wir lassen uns auf zwei Stühlen des gegenüber vom Dom befindlichen und zum Dom-Hotel gehörenden Dom-Cafés nieder und verbringen mehr oder weniger den Rest des Tages bis zum späten Nachmittag miteinander. Während des gemeinsamen Mittagessens wird mir klar, warum mir diese Begegnung mit ihm so willkommen ist und ich meine Prioritäten für diesen Tag spontan verschiebe.

Nachdem wir uns wechselseitig den Verlauf unserer so unterschiedlichen Leben seit unserer letzten Begegnung mitgeteilt haben, kommt er auf eine Frau zu sprechen, die ihn vor drei Tagen vormittags in seinem Verlagsbüro aufgesucht und um Herausgabe eines Manuskripts gebeten habe. Das Manuskript, welches er in regelmäßigen Abständen immer wieder durchblättere, um es dann wieder zurück auf den Stapel unverlangt eingesandter, nicht wirklich überzeugender, aber doch irgendwie interessanter Manuskripte zurückzulegen, liege seit einiger Zeit auf seinem Schreibtisch. Nach einigen klärenden Fragen meinerseits steht für mich fest: Anna war bei ihm gewesen. Und zwar an dem Tag und ziemlich genau zu der Uhrzeit, zu der ich in der Werbeagentur als Folge meines Hangovers einen Schwächeanfall erlitten hatte.

Er erzählt mir von der Faszination, die die in dem besagten Manuskript zur Sprache gebrachten Gedanken und Ideen auf ihn ausgeübt haben und von den Zweifeln, die er als Verleger habe, weil die damit verbundenen Thesen ihm zu gewagt erschienen und weder der sprachliche Stil, geschweige denn die Struktur des Manuskripts in einer aus seiner Sicht auch nur annähernd veröffentlichungswürdigen Form seien. Und doch habe ihm seine Intuition gesagt, dass dieses Buch etwas ganz Großes enthalte. Er spricht von einem rohen Edelstein, der sich nach einer gründlichen Bearbeitung möglicherweise in einen wertvollen Brillanten verwandeln lässt, dass er jedoch aktuell nicht die nötigen Kapazitäten in seinem Verlag habe, seine Intuition zu überprüfen.

Und als Thomas Casper schließlich noch berichtet, dass die Frau das Manuskript hätte zurückhaben wollen, weil sie endlich jemanden gefunden habe, der ihre Gedanken verstehe, ähnlich ticke wie sie selbst, das Manuskript mit ihr vollständig überarbeiten und in eine lesenswerte Form bringen wolle und sie deshalb jetzt mit dem Manuskript schnellstmöglich nach Italien zurückmüsse, gab es für mich nicht den geringsten Zweifel mehr: Das muss Anna gewesen sein. Meine Gefühle schwanken zwischen »Wie kann sie es wagen, einfach so in der Weltgeschichte herumzureisen, ohne mich über ihren Aufenthalt zu informieren und mich wissen zu lassen, wie es ihr geht« und »Was für eine arme Seele. Sie ist völlig alleine. Ich muss sofort zu ihr und über alles mit ihr sprechen.« Der Wunsch nach schnellstmöglicher Nähe zu ihr gewinnt die Oberhand, und ich bin ab dem Lunch gedanklich nur noch mit dem Planen meiner Rückreise an den Gardasee beschäftigt, habe jedoch keinerlei Aufmerksamkeit mehr für Thomas Casper.

Da er mehr mit sich und seinen zahlreichen Projekten, seinen Personalproblemen, dem wirtschaftlich immer noch nicht prosperierenden Verlag in den USA, seinen Ehekonflikten und weiteren seine Person betreffenden Themen beschäftigt ist, dauerte es gefühlt einen weiteren halben Tag, bis meine mentale Abwesenheit bei ihm ankommt und er mir die Frage stellt: »Sag mal wo bist du mit deinen Gedanken? Ich habe das Gefühl, dass du irgendwie schon längst wieder über alle Berge bist.«

Meinerseits bin ich zu feige gewesen, unser Gespräch zu beenden. Ich wollte ihn nach so langer Zeit nicht verletzen. Wer weiß, wozu der Kontakt mit ihm noch gut sein könnte. Umso dankbarer bin ich ihm nun dafür, dass er es schließlich selbst realisiert und wir uns dann herzlich, aber eben auch endlich voneinander verabschieden. Nicht ohne uns fest in die Hand zu versprechen, bis zur nächsten Begegnung nicht wieder so viel Zeit vergehen zu lassen. Was wir damals beide nicht wissen, ist die Tatsache, dass erneut fünf Jahre bis zur nächsten Begegnung vergehen werden.

Kaum dass wir zur Verabschiedung einander umarmt haben, eile ich zum Bahnhofsvorplatz, besteige ein Taxi, lasse mich zum Hotel bringen, um meinen Koffer aus dem Gepäckraum zu holen und fahre mit demselben Taxi zum Flughafen Köln-Bonn. Ohne größere Komplikationen kann ich mein Ticket umbuchen und fliege noch am Nachmittag dieses Tages zurück nach München. Der Plan ist, nach der Ankunft in München mit dem Flughafenbus zur Haltestelle in der Ungererstraße zu fahren, erneut ein Taxi zu nehmen, um mich in meine Wohnung in der Isabellastraße bringen zu lassen, dort meine Sachen zusammenzusuchen und sofort mit dem Auto weiter an den Gardasee zu fahren. Wenn alles reibungslos klappt, werde ich am späten Abend in Albisano sein.

Es läuft alles gut. Besser als jeder Plan. Aber eben auch völlig anders als geplant. In der Isabellastraße angekommen, stapfe ich durch die schmutzigen, am Straßenrand aufgetürmten Schneehaufen, die als trostlose Zeugen eines vor einigen Tagen in München niedergegangenen heftigen Schneeschauers auf bessere Zeiten warten und schaue hinauf zu den Fenstern meiner Wohnung. Es brennt Licht. Vermutlich ist Irina, meine treue und zuverlässige Haushälterin da, um alles für meine Rückkehr und Weiterreise vorzubereiten. Aus Köln habe ich sie kurz angerufen und darum gebeten, mir einige Dinge zurechtzulegen, die ich während meines kurzen Zwischenstopps einpacken und mit nach Italien nehmen will.

Als ich vor der Tür meiner Wohnung im ersten Stock angekommen bin und den Schlüssel ins Schlüsselloch stecken will, wird die Tür von innen weit geöffnet. Anna. Sie lächelt mich an.

»Die Zeit des Misstrauens und der Missverständnisse hat jetzt ein Ende. Für mich. Bist du bereit?«

Harmonie

Im Jahr 2006

Nach einer kurzen, meinerseits eher distanzierten Begrüßung führt mich Anna ins Wohnzimmer, auf dessen Boden Unmengen von beschriftetem Papier, teils auf mehreren Haufen fein säuberlich gestapelt, teils wild durcheinander ausgebreitet, liegen. Ich schätze, dass es sich um mindestens 1.000 DIN-A4-Seiten handeln muss.

»Das ist es. Das ist das Manuskript. Aber leider immer noch nicht vollständig. Ich habe einige Verleger oder Programmverantwortliche der verschiedenen Verlage weder angetroffen noch erreicht. Und deren Mitarbeiter haben mir beim Auffinden der dem jeweiligen Verlag überlassenen Seiten nicht helfen können. Schätzungsweise 80 Prozent habe ich zusammen bekommen.«

»Anna, bitte entschuldige. Aber das interessiert mich im Moment überhaupt nicht. Dein Manuskript ist mir gerade scheißegal. Was glaubst du eigentlich, wie du mit mir umgehen kannst? Hältst du das für normal, einfach so in meinem Leben aufzutauchen, um bald darauf wieder daraus zu verschwinden? Kannst du dir vorstellen, was ich mir für Sorgen gemacht habe? Wo warst du die ganze Zeit? Warum hast du dich nicht gemeldet? Wir wollten die Feiertage gemeinsam am See verbringen und das neue Jahr zusammen beginnen. Jetzt ist es Mitte Januar. Weihnachten vorbei. Der Jahreswechsel um. Tut mir leid, aber du bist doch nicht ganz normal. Ich aber vermutlich auch nicht. Jeder andere Mensch würde dich jetzt einfach den ganzen Blödsinn beenden und dich vor die Tür setzen.«

Anna, die wie ein Kind, das stolz seinem Vater ein lange vermisstes, wiedergefundenes und heil gebliebenes Spielzeug präsentieren will, bei ihren Buchseiten auf dem Boden sitzt, lässt ihre Schultern sinken und sieht mich schweigend mit einem tieftraurigen Blick an.

»Ist das alles, wozu du in der Lage bist? Mich mitleiderregend anzugucken, oder kommt da noch was?«

Anna schweigt. Ich mache auf dem Absatz kehrt, stelle mein Gepäck im Flur ab, werfe meinen Wollmantel über einen der beiden orangefarbenen Cocktailsessel, die hier in Verbindung mit einem Artdeco-Tischchen aus dem 19. Jahrhundert eine Art Empfangskomitee bilden und gehe ins Badezimmer, um mir erst einmal eine heiße Dusche zu gönnen. Irgendwie habe ich das Gefühl, ich müsse mir den Schmutz der sexuellen Entgleisung in Köln und das daraus resultierende schlechte Gewissen abwaschen. Sollte ich Anna davon erzählen?

Anna bleibt weiter schweigend auf dem Boden des Wohnzimmers sitzen. Eine Mischung aus Stolz und verletzter Eitelkeit verbieten mir, mich nach dem Duschen und Überstreifen eines flauschigen Bademantels zu ihr zu setzen, sie anzusprechen oder gar in den Arm zu nehmen. Barfuß bleibe ich im Türrahmen zwischen Diele und Wohnzimmer stehen, schaue wortlos auf sie herab und hoffe auf eine Erklärung oder wenigstens Frage. Nichts dergleichen. Anna bleibt weiter schweigend sitzen und hält mit nach wie vor resignativ gesenkten Schultern einige Blätter Papier in der Hand. Diese Szene entfaltet die Wirkung eines schlechten, mich unangenehm berührenden melodramatischen Schauspiels auf mich, weshalb ich beschließe, mich mit meinen negativen Gefühlen ins Bett zu legen.

Am nächsten Morgen wache ich sehr früh auf, erinnere mich an die schräge Szene vom Vorabend und frage mich, ob sie wieder verschwunden ist, da die andere Seite des Bettes neben mir leer geblieben ist. Ich stehe auf, um im Wohnzimmer nachzusehen.

Dort ist Anna, den Kopf auf einem der Papierstapel liegend, eingehüllt in eine Kaschmirdecke, vermutlich gestern Abend auf dem Boden eingeschlafen. Was ist nur mit dieser Frau? Wie viele Persönlichkeitsfacetten konnte ein einzelner Mensch in sich vereinen? Würde ich es schaffen, mit dieser multiplen Persönlichkeit klarzukommen? Liebte ich sie? Begehrte ich sie? Hatte ich Mitleid mit ihr? Fühlte ich mich ihr unterlegen oder überlegen? Verstand ich sie?

Während mich diese und weitere Fragen bewegen, verlasse ich das Wohnzimmer und gehe auf Zehenspitzen den langen Flur vorbei am Gästezimmer, Arbeitszimmer, Schlafzimmer, Bad, Gäste-WC und Esszimmer hinter zur Küche, um mir einen Espresso aufzubrühen. Ich habe die Caffettiera noch nicht ganz auf dem Ceranfeld abgesetzt, steht sie auch schon hinter mir, greift mit beiden Armen um meine Hüften, faltet die Hände vorne auf meinem Bauch zusammen und schmiegt ihren Kopf an mein rechtes Schulterblatt.

»Wenn wir nicht reden, bleibt so vieles unausgesprochen und der Fantasie des anderen überlassen. Reden wir aber, ist das Risiko, dass unsere Worte uns voneinander entfernen und trennen so groß, wie die Chance, dass sie uns einen. Was sollen wir tun? Wie mit diesem Dilemma umgehen? Oder lässt es sich umgehen? Guten Morgen, Alfredo.«

»Guten Morgen, Anna. Bitte entschuldige meinen Trotz gestern Abend. Es tut mir leid. Kannst du vielleicht ein bisschen verstehen, warum ich so reagiert habe? Was mich so wütend gemacht hat?«

Sie kann es verstehen. Und ich auch, nachdem sie mir erklärt, was sich seit ihrer Abreise aus Albisano Anfang Dezember in ihrem Leben alles zugetragen hat.

Nachdem sie telefonisch Kontakt mit diversen Verlagen in Österreich, der Schweiz und Deutschland aufgenommen hatte, Verlage, denen sie zu unterschiedlichen Zeitpunkten Teile ihres Manuskripts geschickt hatte, hatte sie versucht, mit allen Terminen zu machen, um allen einen persönlichen Besuch abzustatten. Getrieben von der Idee, sie könnte dadurch sicherstellen, dass sie auch wirklich alle den Verlagen überlassenen Materialien zurückbekommen würde. Sicher hätte es bessere Zeiten gegeben als die Vorweihnachtszeit. Doch wenn Anna sich etwas in den Kopf setzt, war sie kaum davon abzubringen.

Ihre Reisetätigkeit wurde allerdings jäh von dem Anruf ihres Cousins unterbrochen, der sie über den schlechten gesundheitlichen Zustand ihrer in Berlin lebenden Lieblingstante informierte. Anna blies alle Termine ab und begab sich nach Berlin, um ihre Tante zu besuchen. Sie kam gerade noch rechtzeitig, um ihr die Hand halten und sie bei deren letzten Atemzügen in den Tod begleiten zu können. In trauernder Starre pendelte sie die Weihnachtsfeiertage und den Jahreswechsel über zwischen ihrer Wohnung in Berlin und dem Zuhause der Familie des Cousins, unfähig, auch nur irgendein Gespräch mit irgendjemandem zu führen. Dass sie sich die ganze Zeit über nicht bei mir gemeldet hatte, begründete sie damit, dass sie sich vor Vorwürfen meinerseits fürchtete und eine mögliche Auseinandersetzung am Telefon vermeiden wollte.

Mit dem Jahreswechsel hatte sie es dann geschafft, wieder zu einem einigermaßen stabilen emotionalen Modus zurückzufinden und sich gleich am 02. Januar daran zu begeben, die abgesagten Termine neu zu vereinbaren. Die letzte wahrgenommene Verabredung war der Termin in Köln bei Thomas Casper. Und als sie ihm gegenübersaß, hatte sie plötzlich den Impuls, dass mir etwas zugestoßen sei und sie deshalb sofort nach München aufbrechen müsse, weil sie mich dort und nicht am Gardasee vermutete.

Meinerseits berichte ich ihr, was sich bei mir seit ihrer Abreise aus Albisano zugetragen hatte, ließ dabei den nächtlichen Kölner Exzess aus und endete damit, wie ich den Chef des letzten von ihr besuchten Verlagshauses zufällig vor dem Kölner Dom traf, er mir im Verlauf unserer Begegnung von seinem Treffen mit einer Frau erzählte, die ihr Manuskript hatte zurückhaben wollen und die mit diesem Manuskript direkt nach Italien wollte, weil ihr eine Person beim Lektorieren und Fertigstellen des Manuskripts helfen sollte.

»Spätestens nach dieser Information gab es keinen Zweifel mehr für mich, dass du es gewesen sein musst, von der Thomas Casper gesprochen und die er getroffen hatte«, schließe ich meine Berichterstattung mit einem Tonfall, der ihr wenigstens einen Rest von Zorn meinerseits signalisieren soll.

Während des gesamten Austauschs verharren wir unverändert in der Position, in der wir uns an diesem Morgen begrüßt haben. Sie schlingt nach wie vor ihre Arme um meine Hüften und faltet die Hände vor meinem Bauch und ihr Kopf liegt die ganze Zeit an meinem rechten Schulterblatt. Während unserer wechselseitigen Berichterstattung empfinde ich diese Nähe als wohltuend und angenehm. Am liebsten wäre ich regelrecht in sie hineingekrochen. Jetzt allerdings fühle ich mich beengt, schalte das Ceranfeld ein, auf das ich zuvor die Caffettiera gestellt habe, fasse sie an den Handgelenken, um mich aus der Umklammerung zu befreien, drehe mich zu ihr um, gehe zum schräg gegenüberstehenden Esstisch und setze mich auf einen der bunten Jacobsen-Stühle, die um den alten Wangentisch herum gruppiert sind. Anna folgt mir und setzt sich ebenfalls auf einen der Stühle.

»Möchtest du mir etwas sagen, Alfredo? Ich habe das Gefühl, dass dich etwas bedrückt oder du mir etwas verheimlichst.«

»Was meinst du? Ich verstehe nicht, worauf du hinauswillst!«, reagiere ich wie ein auf frischer Tat ertappter Strolch und spüre Hitze in mir aufsteigen.

Anna schaut mich mit prüfendem Bick an und wechselt dann dankenswerter Weise das Thema.

»Hast du etwas zum Frühstücken in deinem Kühlschrank?«

»Ich fürchte nein. Habe Irina nur gebeten, mir verschiedene Sachen für die Weiterreise rauszulegen, da ich ursprünglich beabsichtigt hatte, lediglich einen kurzen Zwischenstopp hier einzulegen und dann gleich nach Albisano weiterzufahren.«

Ich stehe auf, gehe zum Kühlschrank und öffne die Tür zum unteren Teil, der die Gefriertruhe enthält.

»Hier sind noch ein paar Croissants. Wenn du magst, kann ich uns diese kurz aufbacken.«

»Meinetwegen nicht, danke, Alfredo. Wie du weißt, würde ich lieber etwas frisches Obst und einen Joghurt essen. Lass uns gemeinsam frühstücken gehen. Ich bin in fünf Minuten fertig. Und in der Zwischenzeit kannst du deinen Espresso trinken.«

Eine halbe Stunde später sitzen wir beide frisch geduscht im Café Schwabing am Hohenzollernplatz und geben uns der entspannten und entspannenden Atmosphäre hin. Ein wie und warum auch immer entstehendes Gefühl der Zuversicht und des Wohlwollens bemächtigt sich unserer Gemüter und sorgt für ein ausgesprochenes liebevolles Gespräch, in dem es ausschließlich um die Planung der Rückreise nach Italien und die Gestaltung der nächsten Tage am Gardasee geht.

Nach einem ausgiebigen Frühstück kehren wir in die Wohnung zurück und packen unsere Sachen. Anna versucht dabei Ordnung und Struktur in die nach wie vor auf dem Boden des Wohnzimmers ausgebreiteten Manuskriptseiten zu bringen, was ihr nach eigenem Bekunden wohl auch leidlich gelingt.

Am Abend desselben Tages kommen wir in Albisano an, packen unsere Sachen aus, räumen sie ein, machen es uns gemütlich und sitzen bei einem Glas Amarone vor dem im Kamin lodernden knisternden Feuer. Schweigen. Eine gefühlte Ewigkeit.

»Wirst du mir helfen, Alfredo?«

»Du meinst, ob ich dir dabei helfen werde, die Buchstaben deines Manuskripts in eine möglichen Lesern gefallende Reihenfolge zu bringen?«

»Ja. Wirst du?«

»Habe ich eine Wahl? Das ist doch aus deiner Sicht längst beschlossene Sache. Und wer weiß. Vielleicht haben es höhere Mächte schon lange zuvor entschieden. Nach Zufall sehen unsere Begegnungen ja nun eher nicht aus, oder?«

»Nein. Das denke ich auch. Du fragst mich, ob du eine Wahl hast? Ja. Ich glaube an die Selbstverantwortlichkeit und uneingeschränkte Wahlfreiheit des Menschen. Vermutlich sind wir nicht für alles verantwortlich, was uns in den Lebensweg gestellt wird. Aber in jedem Fall liegt die Verantwortung bei jedem selbst für die Art und Weise, in der wir mit den Menschen und Dingen umgehen, die unseren Lebensweg kreuzen.«

»Das habe ich schon mal in einem Seminar gehört, an dem ich vor vielen Jahren teilgenommen habe. Love it. Change it. Or leave it. Wähle immer, was du tust. Und du tust immer, was du gewählt hast. Auch nicht zu wählen, bedeutet, gewählt zu haben. Nämlich nicht gewählt zu haben.«

»Und?«, will Anna mit einem herausfordernden Blick von mir wissen. »Teilst du diesen Gedanken?«

»Lass mich deine Frage wie folgt beantworten: Der Volksmund kennt die Weisheit *Jeder ist seines Glückes Schmied.* Dem füge ich hinzu: Aber nicht jeder ist eben auch ein Schmied. Wie soll er dann jemals zu Glück kommen?«

»Alfredo. Das ist doch Wortklauberei. Glaubst du daran, dass es diese Wahlfreiheit gibt, oder nicht?«

»Theoretisch schon. Und sie lässt sich auch prima so salopp formulieren. Praktisch glaube ich allerdings, dass das leichter gesagt, als getan ist. Nimm zum Beispiel ein Kind, dass in einer Hungerregion auf diesem Planeten das Licht der Welt erblickt. Welche Wahl hat es wirklich, dem bevorstehenden Hunger zu entfliehen?«

Anna beugt sich auf ihrem Stuhl leicht nach vorne, befeuchtet ihre Lippen mit etwas Amarone, ohne davon zu trinken, und sieht mich eindringlich an: »Bist du sicher, dass du das jetzt willst?«

»Was genau?«

»Dich auf einen grundsätzlichen philosophischen Diskurs zu diesem Thema mit mir einlassen.«

»Streichst du die Segel, bevor wir überhaupt in See gestochen sind?«, feixe ich.

»Nein. Ich fürchte nur, dass du dem Seegang nicht gewachsen bist, dem du ausgesetzt sein wirst, wenn wir hier erst abgelegt haben.«

»Wenn ich dich richtig verstanden habe, hältst du dich für intellektuell überlegen, ja?«

»Das würde ich weder denken, geschweige denn sagen. Du scheinst nur vergessen zu haben, dass ich eine alte Seele bin und als diese über Informationen und Wissen verfüge, das dich eventuell überfordert.«

»Lassen wir es einfach darauf ankommen!«, entgegne ich energisch.

Anna stellt ihr Glas Wein neben ihrem Stuhl auf den Boden, erhebt sich und kommt zu mir herüber, nimmt mir mein Glas aus den Händen, setzt sich breitbeinig mit dem Gesicht zu mir auf meinen Schoß und leert mein Glas in einem Zug aus. Schließlich wirft sie es in das im Kamin lodernde offene Feuer, ohne das es dabei zersplitterte.

»Was tust du? Was soll das?«, reagiere ich Empörung spielend.

»Ich erhitze das Glas. Und gleich auch dein Gemüt.«

»Bin gespannt und harre der Dinge, die nun folgen.«

Anna holt tief Luft und beginnt, mir einen Vortrag über Glas zu halten.

»Zunächst möchte ich dich wissen lassen, dass du dir um dein kostbares Bleikristallglas dort im Kamin keine Sorgen machen musst. Je nach Zusammensetzung schmilzt Glas erst im Durschnitt ab 1.000 Grad. In diesem Kamin herrschen aber höchstens 500 oder 600 Grad. Insofern wird das Glas also erstens nicht schmelzen und zweitens aufgrund seiner qualitativ hochwertigen Beschaffenheit auch nicht zerspringen oder platzen. Es kann höchstens passieren, dass sich später etwas Ruß am Glas selbst ablagert. Doch dieser Ruß lässt sich ganz leicht unter warmem Wasser mit etwas Spülmittel vom Glas entfernen. Vielleicht kannst du dich erinnern, dass wir mal über die Kabbala gesprochen haben, Alfredo. Also nicht wirklich gesprochen. Es war nur ein kurzes Anklingen lassen und diente in der damaligen Situation lediglich der Klärung, ob wir beide tatsächlich über altes Wissen verfügen. Ich würde gerne noch mal kurz auf die Kabbala eingehen, wenn du gestattest.«

Ohne meine Reaktion abzuwarten, fährt sie mit ihren Ausführungen fort.

»Während Zahlen heute ausschließlich auf ihre quantitative Dimension reduziert sind, hatten sie ursprünglich ja auch mal eine inhaltliche. Die heute von uns verwendete Sprache verrät darüber noch eine ganze Menge, wenn man genauer hinschaut. Nimm nur zum Beispiel die Worte Einheit, Dreiklang, Quintessenz, Achtgeben oder das Wort Erzählen selbst. Die inhaltlichen Wurzeln der Bedeutung von Zahlen sind tief, wie du vermutlich weißt. Die Sechs ist die Zahl der Lichtwerdung, der Erkenntnis und der vollkommenen Harmonie. Zum Eiskristall mutiertes Wasser hat die Form eines Sechsecks. Bienenwaben sind sechseckig. Reiht man diese Sechsecke aneinander, ergeben sie ein vollkommen harmonisches Gebilde. Und woraus wird Glas gefertigt?«

Auch dies ist keine wirklich an mich gerichtete, sondern mehr eine rhetorische, wie mir ihr augenblicklich fortgesetzten Erklärungen verdeutlichen.

»Primär aus Quarzsand. Die erste bekannte Rezeptur ist aus der Bibliothek des assyrischen Königs Assurbanipal überliefert. *Nimm 60 Teile Sand, 180 Teile Asche aus Meerespflanzen und 5 Teile Kreide und du erhältst Glas.* Die Aufschrift dieser Rezeptur wird auf circa 650 vor Christus datiert. Schaut man sich Quarzsand unter dem Mikroskop an, entdeckt man die sechseckige Form dieser Materie. Durch Licht können wir sehen. Glas bricht das Licht. Und je nachdem, wie wir das Glas bearbeiten, verändern wir die Lichtbrechung und können dafür sorgen, dass wir dank Brille oder Lupe die Dinge klarer oder größer sehen. Und nur wenn wir klarer sehen, können wir erkennen.«

Ich hole kurz Luft, um ihr mit einem Zitat von Antoine de Saint-Exupéry zu widersprechen, komme jedoch nicht dazu.

»Natürlich hat Antoine de Saint-Exupéry vollkommen recht mit seiner Aussage *Man sieht nur mit dem Herzen gut.* Ich meine hier aber in erster Linie mal den rein physikalischen Aspekt der Lichtwerdung und Erkenntnis. Glas ist vermutlich so alt wie die Kabbala oder Numerologie. Wo die Glasherstellung ihren Ursprung hatte und erfunden wurde, lässt sich nicht mit Bestimmtheit sagen. Die Annahmen der Historiker variieren zwischen Mesopotamien, Ägypten oder der Levanteküste. Die älteste schriftliche Erwähnung von Glas stammt aus Ugarit. Sie wird auf etwa 1.600 vor Christus datiert. Die Nuzi-Perlen gelten als älteste Entdeckung und das älteste sicher zu datierende Glasgefäß ist ein Kelch, der vermutlich um 1.450 vor Christus hergestellt wurde. Dieser Kelch trägt den Namen des ägyptischen Pharaos Thutmosis III. Der Kelch befindet sich heute im Staatlichen Museum ägyptischer Kunst in München. In Ägypten wurde Glas seit etwa 1.450 vor Christus zu Gefäßen verarbeitet. Ursprünglich wurden erweichte Glasstäbchen um einen porösen

Keramikkern gewickelt, um daraus Hohlgefäße herzustellen. Der poröse Keramikkern wurde einfach nachträglich herausgekratzt und das Glasbehältnis war fertig. Flinders Petrie, dem 1853 in Charlton bei London geborenen und 1942 in Jerusalem verstorbene Ägyptologen, sind diesbezüglich die bekanntesten Funde zu verdanken. Ende der Neunzigerjahre des 20. Jahrhunderts wurde unter der Leitung von Edgar Pusch bei Ausgrabungen am Qantir-Piramesee im östlichen Nildelta die bisher einzige bekannte bronzezeitliche Glashütte gefunden, in der Glas aus Rohstoffen hergestellt wurde. Untersuchungen dieser Funde machten es möglich, das hier zur Anwendung gebrachte Schmelzverfahren etwas genauer zu bestimmen. Vermutlich wurde Quarzgestein zerkleinert und mit sodahaltiger Pflanzenasche vermengt. Diese wurde dann in einem Krug auf etwa 800 Grad erhitzt und zu einer sogenannten Fritte verschmolzen. Fritte ist eine Art Zwischenprodukt, das bei der Glas- und Keramikschmelzung entsteht. Diese Fritte wurde dann erneut zerkleinert und in speziellen Tiegeln während eines zweiten Schmelzprozesses bei 900 bis 1.100 Grad zu einem Barren, der acht bis zehn Zentimeter hoch ist und bis zu 14 Zentimeter Durchmesser hat, verschmolzen. Durch die Beigabe von speziellen Metall-Oxiden wurde das Glas dann gefärbt. Und diese so gefärbte Rohglasbarren wurden den weiterverarbeitenden Werkstätten zur Verfügung gestellt, die daraus monochrome und polychrome Objekte herstellten. In der Nähe des türkischen Ortes Bodrum wurden in dem legendären Schiffswrack von Uluburun solche Glasbarren gefunden. Das Schiffswrack selbst stammt vermutlich aus dem 14. Jahrhundert vor Christus. Und jetzt Frage ich dich noch einmal, Alfredo: Bist du sicher, dass du es willst?«

Fasziniert von ihren druckreifen Ausführungen, die gerade eben aus einer *Brockhaus-Enzyklopädie* hätten entsprungen sein können, dem Wohlklang ihrer Stimme lauschend und den Gedanken an diese alte Zeit nachhängend, überhöre ich ihre nun tatsächlich an mich gerichtete Frage völlig.

»Alfredo! Bist du noch anwesend? Hörst du mir noch zu? Ich habe dich etwas gefragt.«

»Was genau?«

»Ob du nach diesen Ausführungen immer noch sicher bist, dass du es willst?«, wiederholt sie ihre Frage.

Sie fasst meinen Kopf mit beiden Händen an den Wangen und richtet ihn so nach oben, dass ich ihr unweigerlich in die Augen schauen muss. Ich glaube, einen gewissen Triumph darin zu erkennen und will es deshalb auf jeden Fall vermeiden, dass sie der sich in mir angesichts ihrer Ausführungen ausbreitenden Bewunderung gewahr wird. Der Versuch, meine Regungen unter Kontrolle behalten zu wollen, treibt mir einige Schweißperlen auf Oberlippe und Stirn, die sie natürlich sofort registriert.

»Habe ich doch gesagt.«

»Was hast du gesagt?«

»Ich erhitze erst das Glas und dann dein Gemüt.«

»Und? Geht's dir jetzt besser?«

»Besser als wann? Mir ging es vorher nicht schlecht. Ich fühle mich auf deinem Schoß sehr wohl. Und offen gestanden erregt es mich. Nicht unerheblich, falls es dich interessiert.«

»Interessiert mich gerade kein bisschen. Was war noch mal deine Frage?«

»Ob du es wirklich willst?«

»Sex? Jetzt?«

»Alfredo! Ich möchte wissen, ob du wirklich in eine grundsätzliche philosophische Diskussion über die Wahlfreiheit mit mir einsteigen möchtest?«

»Nein. Lass bleiben. Erklär mir lieber, was dieser Exkurs in die Historie des Glases und die Ausführungen zur Ziffer Nummer Sechs sollten.«

»Ich wollte dir nur einen kleinen Beleg dafür liefern, dass ich tatsächlich über eine Menge Wissen verfüge. Und wenn wir uns über die Wahlfreiheit des Menschen unterhalten würden, würde ich dich mit diesem Wissen aus alten und jungen Zeiten wahrscheinlich schwindlig argumentieren.«

»Und lass mich raten: Du hältst dieses von dir zum Besten gegebene Wissen auch für richtig, also für die Wahrheit, oder?«, setze ich mit einem sich zwischen Ironie und Bissigkeit bewegenden Unterton nach.

»Auf jeden Fall für eine der vielen existierenden Wahrheiten. Die eine Wahrheit gibt es vermutlich nicht. Wie geht dieses treffliche Paradoxon noch mal: *Es gibt keine absolute Wahrheit. Selbst das ist keine absolute Wahrheit.* Denn wäre die Aussage, dass es keine absolute Wahrheit gibt, wahr, könnte die Aussage selbst ja auch nicht wahr sein.«

»Möchtest du eigentlich noch eine Antwort auf deine Frage haben, oder bist du daran vorerst nicht weiter interessiert?«

»Du überraschst mich, Alfredo.«

»Womit?«

»Erstens damit, dass *du* jetzt die Segel streichst, obwohl *du* vorher gefeixt und mich herausgefordert hast, den Diskurs zum Thema Wahlfreiheit mit dir aufzunehmen. Und zweitens damit, dass du auf meine Eingangsfrage noch einmal zurückkommst. Ich bin zutiefst davon überzeugt, dass wir beide wirklich sehr ähnlich ticken. Wir können beide gleich gut den gedanklichen Verzweigungen bis in die hintersten Winkel folgen, unvermittelt einen anderen Gedanken aufgreifen und dorthin flattern, plötzlich eine dritte, vierte und fünfte Richtung einschlagen und schließlich wieder an den Ausgangspunkt zurückkehren. Schmetterlingen gleich.«

»Möchtest du oder möchtest du nicht?«, beharre ich auf Antwort.

»Ich kenne deine Entscheidung ohnehin schon.«

»Und wie lautet sie deiner Meinung nach?«

»Es ist dir nicht leichtgefallen, dich zu einem Ja durchzuringen. Einerseits findest du die gesamte Thematik, die ich in dem Buch zu bewegen beabsichtige, spannend sowie interessant und suchst durch die Beschäftigung mit dieser Buchstabenansammlung erstens eine intellektuelle Herausforderung und zweitens mehr Informationen über die Frau, die dich so anstrengt und doch irgendwie zu dir gehört. Andererseits fürchtest du die damit verbundene und auf dich zukommende Arbeit. Dir ist sehr wohl klar, dass es sich hier um ein Projekt handelt, das dich intensiver beanspruchen wird, als dir möglicherweise lieb ist und einen erheblichen Teil deiner Lebenszeit verschlingen wird.«

»Fehlanzeige, Anna.«

Ich versuche so ernst und anteilnahmsvoll wie möglich zu reagieren, angesichts der tiefen Enttäuschung, die meine Reaktion bei ihr auslösen soll. Fehlanzeige meinerseits.

Sie küsst mich mit leicht geöffneten Lippen, schmiegt ihren Busen an meinen Oberkörper und verharrt, ich weiß nicht, wie viele Atemzüge lang, in dieser Position, um mir dann ins Ohr zu flüstern: »Du bist manchmal einfach ein kleiner trotziger Kindskopf, Alfredo. Und auch diese Seite liebe ich an dir.«

»Ich auch. Ich liebe diese Seite auch an mir«, antworte ich, fasse sie an beiden Hüften und stelle sie, während ich mich im selben Moment selbst aus dem Stuhl erhebe, auf ihre eigenen Füße.

»Was tust du?«

»Ich schenke mir ein neues Glas Amarone ein, nachdem du meins gerade mit einem einzigen mich an Alkoholiker erinnernden Zug geleert hast und hole uns ein paar Grissini. Oder sollen wir uns noch etwas Richtiges zum Essen machen? Hast du Hunger?«

Hat sie nicht. Zu meinem Glas Rotwein kommt es auch nicht mehr. Anstelle dessen überlassen wir das Feuer im Kamin und das sich immer noch darin befindliche Glas sich selbst und befinden uns einige Augenblicke später nackt im Bett. Erst nebeneinander. Dann voller Begierde ineinander. Wie zwei verdurstende Tiere, die nach tagelangem

Umherirren in der Dürre endlich das kühlende Nass in sich aufnehmen und mit dem ganzen Körper darin eintauchen.

Am Morgen des nächsten Tages besprechen wir bei einem ausgiebigen Frühstück die weitere Vorgehensweise bezüglich ihres Buchprojekts. Wir verständigen uns darauf, dass sie als Erstes die Aufgabe erledigen würde, den zentralen Konflikt zu formulieren. Jene kurze, markante Aussage, die in einigen wenigen Sätzen den wesentlichen Inhalt des Buches so packend beschreibt, dass ein potenzieller Verleger neugierig auf mehr wird. Als Nächstes wollen wir dann gemeinsam den Plot entwickeln, wie es im Fachjargon heißt. Neben dem zentralen Konflikt ist die Beschreibung des Plots oder Handlungsstrangs der zweite wichtige Schritt beim Entwickeln eines Buches. Beides ist auch von großer Bedeutung für das Exposé, mit dem man üblicherweise versucht, einen Verlag für die Veröffentlichung zu gewinnen. In diesem Exposé soll neben dem zentralen Konflikt und Plot skizziert werden, ob es sich um ein Fachbuch, einen Ratgeber, eine Dokumentation oder einen Roman handeln wird und welches Genre es gegebenenfalls sein wird. Krimi, Science-Fiction, Liebesgeschichte, historischer Roman? Und schließlich wollen Lektoren oder Verleger eine Kostprobe des Geschriebenen haben. Ein Probekapitel ist wesentlicher Bestandteil eines solchen Exposés. Unser Plan ist es, nach Annas Formulierung des zentralen Gedankens und unserer gemeinsamen Arbeit am Plot das Exposé zu formulieren und anschließend ein oder zwei geeignete Probekapitel auszuwählen und diese zu überarbeiten, falls es nötig werden würde.

Neben dem Festlegen der bevorstehenden Arbeitsschritte verständigen wir uns auch auf eine relativ genaue Planung des zeitlichen Ablaufs. Dabei bauen wir genug Pufferzeiten ein, während derer ich Gelegenheit haben würde, meiner eigentlichen Arbeit als Werbetexter nachzugehen und meinen Lebensunterhalt zu bestreiten. Annas Vorschlag, mir die

Mitarbeit an ihrem Buchprojekt so gut zu honorieren, dass ich auf andere Einnahmequellen verzichten könnte, führt beinahe zu einem ernsthaften Streit. Nachdem ich ihr jedoch mehrfach ruhig und geduldig erkläre, dass mich meine Kunden über kurz oder lang aus den Augen verlieren, vergessen und dann nicht mehr beauftragen, wenn ich mangels ausreichender Kapazitäten ihre Anfragen wiederholt ablehne und dass eine finanzielle Abhängigkeit von ihr für mich unter keinen Umständen infrage kommt, akzeptiert sie, dass der ihrerseits für meine Unterstützung zu zahlende Preis eine längere Entstehungszeit bis zur vollständigen Fertigstellung des Manuskripts sein würde.

Nach dieser gemeinsamen Planung und Verständigung auf die weitere Vorgehensweise ziehen weitere Tage, Wochen und Monate ins Land, ohne dass etwas geschieht. Wir verbringen eine ausgesprochen friedvolle Zeit am Lago miteinander, unterbrochen von einigen arbeitstechnisch erfolgreichen Aufenthalten in Deutschland meinerseits und mehreren Fahrten nach Rom ihrerseits, während derer sie ihrer inzwischen geschiedenen besten Freundin Chiara bei deren tiefergehenden »Post-Trennungs-Depression«, wie Anna es nennt, erneut psychischen Beistand leistet. Meine Bemerkung, dass diese Frau angesichts ihres instabilen Dauerzustands eher ein Fall für die Klapse sei, anstelle Annas Beistand permanent in Anspruch nehmen zu müssen, lässt sie unkommentiert.

Der Sommer vergeht wie im Flug, ohne dass wir uns wechselseitig an die längst zu bedeutungsloser Makulatur verkommene Zeitplanung für ihr Buch erinnern. Der Herbst hält Einzug am Lago. Und noch immer schleichen wir wie zwei hungrige Katzen um einen Brei herum, der uns wegen seines Geruchs und Sättigungsversprechens magisch anzieht, von dem zugleich aber auch eine von uns dankbar wahr- und angenommene, auf Distanz haltende Energie ausgeht. Bis Ende Oktober.

Anna ist wieder einmal auf Krankenschwester-Einsatz in Rom und ich gönne mir bei Camillo zwei Gläser Averna. Vielleicht auch mehr. Zurück im Rustico weiß ich mit meinem Zustand und mir nicht viel anzufangen, sitze auf der Stiege ins obere Geschoss und überlege, ob ich mir die bis zum alkoholisierten temporären Alles-ist-möglich-Gefühl noch die fehlende Menge Alkohol zuführen soll. Oder? Das Manuskript! Wo hat sie diesen in München angeblich sortierten Papierstapel nach unserer Ankunft in Albisano deponiert? Ob sie wohl damit einverstanden wäre, wenn ich jetzt darin herumstöbern würde? Wenn ich ihn finden würde, würde ich mir genau merken, nein besser aufschreiben, wo und wie die Papiere abgelegt sind. Und dann würde ich sie genau so wieder dort hinlegen. Außerdem hat Anna bestimmt vergessen, wie die Seiten liegen.

»Alfredo, du Narr«, ermahne ich mich lauthals. »Anna und vergessen. Du hast offensichtlich vergessen, was diese Frau alles in ihrem Kopf behält. Und du hast vermutlich nicht einmal den obersten Kristall dieses riesigen Eisbergs vollumfänglich erfasst. Na, na, na. Nun stilisiere sie mal nicht zu einer übernatürlichen Größe hoch. Sie ist eine Frau. Aus Fleisch und Blut. Mit all den angenehmen, aber auch all den für Männer so schwer zu ertragenden Facetten des weiblichen Geschlechts. Eine davon ist dieses Beziehungen unnötig verkomplizierende Erinnerungsvermögen. Sie erinnern sich an Blicke, die du Frauen vor Jahren hinterhergeworfen hast, an Aussagen, die du unbedacht im Streit gemacht hast, an fehlende Aufmerksamkeiten zu vergessenen Jahrestagen, an die verkehrte Sorte Blumen, die du ihnen trotz deutlicher Hinweise versehentlich ein einziges Mal zu Beginn der Beziehung mitgebracht hast. Und deshalb erinnern sie sich wahrscheinlich auch an die Inhalte von Artikeln, die sie erst kürzlich über die Geschichte des Glases gelesen haben. Albern.

Und sich dann damit aufzuplustern, altes Wissen zum Besten gegeben zu haben.«

Noch alberner, so muss ich mir eingestehen, ist der Versuch, den ich jetzt gerade unternehme. Seit ihrem Exkurs über Glas und die Ziffer sechs hat mich diese durch ihren Exkurs ausgelöste toxische Gefühlsmischung aus Ehrfurcht, Neid und Sehnsucht fest im Griff. Zwar habe ich es durch die am darauffolgenden Tag besprochene Planung der nächsten notwendigen Schritte für ihr Buchprojekt ganz gut unterdrücken können. Und dieses Gespräch gab mir auch das Gefühl zurück, im doppelten Sinne der Wortbedeutung *Herr* der Lage zu sein. Auch die Leichtigkeit und Unbeschwertheit, mit der wir die meiste Zeit des Sommers verbrachten, leistete ihren Beitrag dazu. Und doch kommt es immer wieder hoch.

Ich spüre Ehrfurcht vor dem, was diese Frau vermutlich zu Papier gebracht hat und was möglicherweise noch alles in ihr im Verborgenen liegt und zum Ausdruck gebracht werden will. Ich bin neidisch darauf, dass sie von einer einzigen Idee besessen ist, die sie wahrscheinlich zu ihrer Lebensaufgabe gemacht hat, während ich mich für gut bezahlte Werbetexte immer wieder aufs Neue prostituiere. Von Zeit zu Zeit gesellt sich dann zu allem Überfluss auch noch das durch meinen sexuellen Fehltritt in Köln verursachte schlechte Gewissen hinzu. Über alle dem steht allerdings eine tiefe Sehnsucht danach, eingeweiht zu werden und teilhaben zu dürfen. Doch bis heute hat sie mir nur einen winzig kleinen Einblick gewährt. Das gesamte Ausmaß der Worte hat sie mir bisher vorenthalten. In gewisser Weise herrscht buchstäbliche Stille. Diese Stille machte mich ohnmächtig. Und jetzt versuche ich dieser Ohnmacht mit so kleinen Gedanken Herr zu werden, dass ich mich im Grunde dafür schäme. Den Rest des Abends und größten Teil der Nacht tue ich das. Mich schämen. Alleine. Schlaflos im Bett.

Als ich wie gerädert am nächsten Morgen aufstehe, um mich zu duschen, taucht für einen kleinen Moment erneut die gedankliche Versuchung auf, ihr Manuskript zu finden und darin herumzustöbern. Doch der Respekt vor ihrem geistigen Eigentum schiebt diesen Gedanken so schnell wieder zur Seite, wie er sich meiner bemächtigt hat. Um ganz ehrlich zu sein: Einen erheblichen Anteil daran hat neben dem Respekt in erster Linie meine schlechte physische und vollkommen übermüdete Verfassung und das daraus resultierende Phlegma. Später ist ja auch noch Zeit darüber nachzudenken, wo sie das Manuskript verstaut haben könnte, mich auf die Suche zu begeben, darin zu blättern und mich als Buchstabenvoyeur zu verlustieren.

Es ist ein klarer, sonniger Morgen, dessen herbstlich frische Luft augenblicklich den bis dahin noch schlummernden Tatendrang in mir zum Leben erweckt. Nach einem kurzen Frühstück werde ich, so beschließe ich nach ein paar tiefen Atemzügen vor der Tür meines Rusticos und dem anschließend ausgiebigen Duschbad, zu Pater Paolo gehen, um ihn zu fragen, ob er mal wieder eine Bergtour für die älteren Gäste ausschreiben will, die ich dann führen und begleiten kann.

Der Pater ist hocherfreut über meinen Vorschlag und teilt mir mit, dass er auch schon seit einigen Tagen darüber nachdenkt, ob und vor allem bei welcher Gelegenheit er mich diesbezüglich um Unterstützung bitten könnte.

»Eure Verbindungen nach oben sind einfach zuverlässig, Pater. Die Bitte ist offensichtlich bei mir angekommen, ohne dass ihr mich darauf ansprechen musstet.«

Und wie Zufall oder der liebe Gott es will, kommt noch an diesem Vormittag ein mit katholischen Rentnern vollbesetzter Bus nach Albisano, die sich San Martino anschauen, den Besuch der Kirche mit einem ausgiebigen Spaziergang im Monte-Baldo-Gebiet verbinden und am frühen Abend ein bereits vorbestelltes Essen im Panorama Hotel zu sich nehmen wollen. Dass sich meine Idee so schnell umsetzen lässt, habe ich nicht erwartet, aber dankbar angenommen.

Am späten Nachmittag bin ich dann, nach einer fast vierstündigen Wanderung und Besichtigung von zwei weiteren Kirchen und vier Kapellen, leicht erschöpft in mein Rustico zurückgekehrt. Während ich vor dem Haus auf der Bank sitze, auf den See hinunterblicke und mit einer gewissen Bewunderung für die exzellente Kondition der alten Leute an die gerade absolvierte Führung denke, kommt Anna in den Garten. Im Schlepptau hat sie eine Frau, von der ich annehme, dass es sich um Chiara handelt.

»Ciao, Alfredo. Schön, dass du da bist.«

Sie kommt schnellen Schrittes mit ausgebreiteten Armen auf mich zu, küsst mich zärtlich auf den Mund und raunt mir leise zu: »Bitte sei umsichtig mit ihr. Sie ist gerade extrem labil und braucht mich. Ein paar Tage nur, okay?«

Dann lässt sie mich wieder los, dreht sich zu ihrer weiblichen Begleitung um und stellt sie mir als Chiara, ihre beste Freundin, vor. Eine typische Römerin. Blond gefärbte Haare, italienisch stilvoll in der Farbkombination blau und beige gekleidet, die kleine beigebraune Prada-Tasche in der Armbeuge eingeklemmt, flache dunkelblaue TOD'S-Schuhe an den Füßen, dezentes und vermutlich richtig teures Make-up im Gesicht und gepflegte Hände, an deren Fingern insgesamt drei Ringe das Gesamtbild der perfekten Dosis abrunden. Eine durch und durch anmutige Erscheinung, deren Alter ich auf Anfang 40 schätze.

»Freut mich, Sie kennenzulernen. Anna hat mir schon viel von Ihnen erzählt.«

»Das Vergnügen ist ganz auf meiner Seite, Signore Alfredo. Schön, dass wir uns endlich einmal persönlich begegnen«, strahlt sie mich mit einem energievollen, vor Lebensfreude nur so strotzenden Lächeln an.

»Krank und labil ist anders, das sieht eher nach gut gelaunt und auf Männerjagd aus«, denke ich und biete als kleinen Willkommensgetränk ein Glas Prosecco an, den die Damen jedoch dankend ablehnen.

Chiara wollte nur kurz guten Tag gesagt haben und dann ins Hotel gehen, um sich erst einmal von der langen Fahrt von Rom hinauf an den See zu erholen.

Sie setzt sich nicht einmal und verabschiedet sich nach einem völlig belanglosen Smalltalk mit den Worten: »Ich hoffe sehr, dass wir während meines nur für einige wenige Tage geplanten Aufenthaltes am See noch Gelegenheit für ein ausführlicheres Gespräch finden. Vielleicht können wir uns ja auch an einem der Abende zu einem gemeinsamen Essen verabreden, wenn es Ihre Zeit erlaubt. Würde mich auf jeden Fall sehr freuen.«

»Ja, sehr gerne. Machen Sie das am besten mit Anna aus. Sie kann über meine Zeit frei verfügen, da ich nach heutigem Stand in den kommenden Tagen keine anderweitigen Verpflichtungen habe.«

Anna bringt Chiara ins Hotel und kehrt wenige Minuten später ohne sie, aber bepackt mit zwei Reisetaschen, einer größeren Aktentasche über der Schulter und vier oder fünf Einkaufstüten zurück.

»Ich hoffe, es ist für dich in Ordnung, dass sie ein paar Tage hier oben bleibt. Wenn du ihre Gegenwart magst, können wir gerne etwas zusammen unternehmen. Das würde ihr sicher guttun. In Rom fällt ihr die Decke auf den Kopf. Wenn sie dir eher unangenehm ist, halte ich sie dir vom Leib. Ein gemeinsames Abendessen wird dann aber hoffentlich trotzdem möglich sein. Was meinst du? Wirst du mit ihr klarkommen? Nein, antworte jetzt bitte nichts. Lass dir Zeit und spür erst noch mal in dich hinein. Heute Abend wird ohnehin nicht mehr mit ihr zu rechnen sein.«

Jetzt erst stellt Anna Tüten und Taschen ab, zieht den Gurt der prall gefüllten Aktentasche von der Schulter, stellt sie auf die Bank und setzt sich neben die Tasche mit den Worten: »Es ist genug Zeit verstrichen, Alfredo, in der wir uns beide davor gedrückt haben, das Projekt in Angriff zu nehmen. Wenn du einverstanden bist, würde ich hier und jetzt damit beginnen wollen.«

Und in der Tat beginnen wir am Abend dieses lauen Herbsttages auf der Terrasse des Gartens meines Rusticos mit der Arbeit an ihrem Buch.

Aus mir bis heute verborgen gebliebenen, mich aber auch nicht weiter interessierenden Gründen habe ich Chiara während ihres Aufenthaltes in Albisano nicht mehr zu Gesicht bekommen und vier oder fünf Tage später ist sie auch wieder abgereist. Für Anna und mich beginnt stattdessen eine Zeit sehr intensiven Austauschs. Getragen von wechselseitiger Wertschätzung, wohlwollender Beschäftigung mit den Gedanken und Meinungen des Anderen und selbstkritischer Reflexion. Beinahe das komplette folgende Jahr verbringen wir damit, den zentralen Konflikt zu formulieren, den Plot zu definieren und zwei geeignete Probekapitel auszusuchen, um das Exposé fertigzustellen.

Trotz meiner engagierten Mitwirkung an Annas Buchprojekt finde ich noch genügend Zeit, zwischendrin einige gut dotierte Aufträge aus Deutschland anzunehmen und erfolgreich auszuführen. Auch für von mir geführte Ski-Touren auf dem Monte Baldo, bei denen mich Anna insgesamt dreimal begleitet, bleibt ausreichend Zeit. Die Worte Harmonie und Glückseligkeit beschreiben diese gemeinsame Zeit am treffendsten. Trotz der teilweise sehr kontroversen und manchmal hitzigen Diskussionen, die wir miteinander führen.

Allein das Formulieren des zentralen Konfliktes für ihr Buch kostet uns eine Menge Kraft. Anna kann sich zunächst nicht recht entscheiden, ob es sich bei ihrem Werk um einen Ratgeber oder einen Roman handeln soll. Auf mein gebetsmühlenartiges Wiederholen der Frage, was sie mit diesem Buch bewirken will, wiederholt sie einem Mantra gleich immer wieder aufs Neue, dass sie einen Beitrag zu einer Welt leisten wolle, in der sie selbst und die ihr nachfolgenden Generationen gerne leben möchten. Da der Mensch einen wesentlichen Beitrag zur Gestaltung eben dieser Welt leistet, sei es ihre Absicht, den Menschen zu einem behutsameren Umgang mit der Sprache zu ermahnen. Schließlich sei die Sprache das Werkzeug schlechthin, mit dem Menschen ihre Ideen, Gedanken und Absichten mitteilen. Sie will, so ihr Originalwortlaut, dass jeder Mensch jedes Gespräch so führe, dass es ihm selbst und dem anderen nachher ein bisschen besser geht. Und das sei das zentrale Ziel ihres Buches.

Ich versuche, ihr dieses weltverbessernde Ansinnen aus mehreren Gründen auszureden. Erstens, so erkläre ich, hält jeder Mensch sich selbst für gut. Und deshalb glaubt er sehr wahrscheinlich auch, dass er seine Gespräche in diesem Sinne gut führt. Er sieht also deshalb vermutlich in diesem Punkt auch keinen Handlungsbedarf. Und zweitens beweist der ausgesprochen mäßige Erfolg der Trainer-, Coach- und Beraterszene, dass diese Annahme stimmen könnte. Ganze Heerscharen von Verkaufs-, Präsentations-, Führungskräfte-, Selbstmanagement-, Konflikt- und Kommunikationstrainern sowie selbst ernannten Lebensberater versuchen Menschen dahingehend zu inspirieren, dass diese ihre Kommunikation mit anderen Menschen konstruktiver und erfolgreicher gestalten und ein glücklicheres Leben führen. Betrachtet man jedoch allein die Entwicklung der Scheidungsquoten, so ist festzustellen, dass sich die Anzahl der Scheidungen nicht wahrnehmbar reduziert hat. Und dann die Fluktuationsquoten in Unternehmen. Auch hier keine signifikante Besserung in Sicht. Tonnenweise Papier werden mit Beziehungsratgebern und Tipps rund um die Themen Führung, Motivation und Kommunikation bedruckt. Aber außer zum beträchtlichen Anwachsen des Umfangs von Bibliotheken einerseits und dem zu recycelnden Altpapierberg andererseits haben sie keinen sicht- oder spürbaren Beitrag zu einer besseren Welt geleistet.

»Insofern«, so argumentiere ich Anna gegenüber, »würde ich mir an deiner Stelle erst die Mühe und dann die zu erwartende Enttäuschung ersparen.«

Sie lenkt ein und wir einigen uns darauf, dass es ein Roman werden soll, in den all ihre weitreichenden Gedanken und gut gemeinten weltverbessernden Ambitionen einfließen dürfen. Eingebettet in eine spannende und unterhaltsame Handlung, die den Leser in Atem hält und es ihm schwer macht, das Buch zur Seite zu legen, sobald er es ein erstes Mal in den Händen gehalten hat.

In der Folge dieses Einigungsprozesses bekomme ich einen umfänglicheren Einblick in das von ihr bis zu diesem Tag verfasste Manuskript, das sie in drei Aktentaschen aufbewahrt und mit nach Rom genommen hatte. Meine Reaktionen auf das Gelesene schwanken zwischen aufrichtiger Bewunderung über die Tiefe ihrer Einsichten, erheblicher Irritation über einige Fragmente, in denen sie Erlebnisse und Erfahrungen aus ihren vorherigen Leben als kindliche Beraterin Cäsars oder Mitarbeiterin von Hitlers Propagandaminister Joseph Goebbels zum Besten gibt, und einem Mix aus Befremden und Genugtuung über ihren teilweise von mir als unbeholfen empfundenen Umgang mit der Sprache.

Auf mein Befragen, warum sie diese Passagen mit Schilderungen aus früheren Leben eingebaut habe, antwortet sie, dass sie dies mit der Absicht getan habe, ihre Glaubwürdigkeit zu erhöhen. Wenn sie einige geschichtliche Aspekte mit einbaue, so sagt sie, die nach Recherche durch den Leser einer Überprüfung standhalten, dann wird man ihr auch ihre die Zukunft betreffenden Aussagen eher glauben. Mein Bemühen, ihr dieses Vorhaben auszureden, bleibt ergebnislos. Sie besteht darauf, dass diese Texte unbedingt vorkommen und bittet mich gemeinsam mit ihr einen Weg zu finden, wie sich die entsprechenden Abschnitte harmonisch in einen verdichteten Handlungsstrang integrieren lassen.

Auch mein Hinweis darauf, dass zu viele Zeitsprünge in einem Roman den Lesefluss stören und im schlimmstenfalls dazu führen, dass der Leser den roten Faden verliert und damit auch seine Lust, dem Ende des Buches aufmerksam und erwartungsvoll entgegenzustreben, stimmt sie nicht um. Sie bleibt bei ihrem Wunsch der Integration dieser Kapitel und für die bevorstehende Aufgabe erhöht sich die Komplexität und Anforderung um ein weiteres aus meiner Sicht unnötiges Maß.

Mein Befremden hinsichtlich ihrer teilweise ungelenken Formulierungen ist darauf zurückzuführen, dass ich ein derartiges Unvermögen bei ihr nicht anzutreffen erwartet habe. Insbesondere auch, weil einige ihrer Texte und erst recht ihre mündliche Ausdrucksweise grundsätzlich eher Zeugnis von ihrem gekonnten Umgang mit allem Buchstäblichen ablegen. Sie erklärt mir, dass es manche Phasen gebe, in denen die Worte voller Leichtigkeit und Lebendigkeit aus ihr heraussprudeln und sie in diesen Momenten das Gefühl tiefer Zufriedenheit überkommt, weil sie eine Quelle nie versiegender Ausdruckskunst in sich spürt. Es gibt aber laut ihrem eigenen Bekunden eben auch die anderen Momente, in denen ihr das Unausgesprochene den Magen umdreht, ihr die Kehle zuschnürt und sie an den Buchstaben würgt, ohne dass auch ein einziger vernünftiger Satz aus ihr herauswill. Dem fügt sie noch hinzu, dass in der jüngeren Vergangenheit die zuletzt beschriebenen Momente überwiegen.

Spätestens im Moment dieser Offenbarung ihrerseits weicht die zeitweise von mir als Genugtuung wahrgenommene Regung einer aufkommenden Dankbarkeit. Genugtuung hatte ich empfunden, weil ich angesichts eines Teils ihrer Texte das Gefühl hatte, gebraucht zu werden. Anna braucht mich, weil ich die Qualität zu ihrem Werk beitragen soll, von der sie sich zuletzt in zahlreichen Momenten verlassen sieht. Als Magier der Buchstaben, als der mich mein Verleger-Freund Thomas Casper aus Köln so gerne bezeichnet, soll ich ihre Einsichten sprachlich verzaubern und in lesbare Kost verwandeln. Zugegeben, das schmeichelt mir. Je mehr sie mir jedoch Einblick in ihr ganz offensichtlich tiefes und Jahrtausende altes Wissen gestattet, nimmt meine Ehrfurcht ihr gegenüber zu und ich fühle das Besondere der Aufgabe, die mir mit dieser Frau in meinen Lebensweg gestellt worden ist. Und als sie sich mir dann hinsichtlich ihrer Unzulänglichkeiten beim Schreiben offenbart, schlägt die Genugtuung in eine Form der Dankbarkeit um, die täglich an Gewicht zunimmt. Ich bin dankbar, dieser Frau begegnet sein zu dürfen. Ich empfinde Dank darüber, durch die Beschäftigung mit ihrem Werk selbst Türen öffnen und Räume betreten zu dürfen, die mir ohne sie sehr wahrscheinlich verschlossen geblieben wären.

Auch auf meinem Weg zu mir selbst. Dankbar bin ich dafür, dass es nun meine Aufgabe werden wird, ihren Tiefgang in sprachliche Finesse zu übersetzen und so dafür zu sorgen, dass andere Menschen mit ihr teilen würden, was sie ihnen mitzuteilen hatte. Welch ein großartiges Geschenk ist mir damit zuteilgeworden. Und ich schwöre beim Grab meiner über alles geliebten Großmutter Oma Lu, dass ich sprachlich mein Bestes geben werde, um diesem Buch zu einer hohen Auflage zu verhelfen.

Ende September des Jahres 2006 bringen wir dann die Buchstaben für ein unserer beider Einschätzung nach vorzeigbares 67 Seiten umfassendes Exposé in Reih und Glied. Wie so oft sitzen wir auch am Abend dieses Tages schweigend vor dem heimelig knisternden Kamin und schauen ins Feuer. Das Besondere am heutigen Abend ist, dass wir beide jeweils ein fein säuberlich gebundenes Exemplar des Exposés in der einen und ein Glas Amarone in der anderen Hand halten.

Ich erinnere mich an das Bleikristallglas, das in der Nacht, in der Anna es ins Feuer geworfen und mir einen Vortrag über die Geschichte und Herstellung von Glas gehalten hatte, seine ursprüngliche Form aufgegeben und am nächsten Morgen als unförmiger Klumpen in der erkalteten Asche lag. Meine beim Frühstück lakonisch geäußerte Bemerkung, dass sie bei ihren Ausführungen der Temperatur eines brennenden Kaminfeuers offensichtlich vergessen habe, dass die final übrig gebliebene Glut deutlich mehr als 1.000 Grad erreichen kann und damit auch jedes noch so gute Bleikristallglas zum Schmelzen bringt und dass es mit ihrem alten Wissen anscheinend doch nicht so weit her ist, hatte sie mit einem Seufzer, einem Augenverdrehen und dem Wort »Männer!« quittiert.

Aber jetzt beendet Anna unser Schweigen.

»Ich hätte nicht gedacht, dass es eine solche Kraftanstrengung braucht und so viel Zeit in Anspruch nimmt, diese 67 Seiten fertig zu stellen. Du?«

»Ganz ehrlich, Anna? Ich hatte nicht den geringsten Zweifel daran, dass es genau so sein wird. Und je mehr Seiten deines Manuskripts ich gelesen habe, desto stärker wurden meine Befürchtungen, dass wir es überhaupt nicht schaffen werden. Umso zufriedener bin ich jetzt.«

»Komm, lass uns darauf anstoßen.«

Anna legt das Exposé auf den Stapel vier weiterer Exemplare, die vor ihr auf dem wuchtigen aus einem alten Baumstamm gefertigten fahrbaren Tisch liegen, erhebt sich aus ihrem Stuhl, um zu mir herüberzukommen, mir einen Kuss zu geben, unsere beiden Gläser vorsichtig aneinander zu stoßen und sich an dem anhaltenden und nur langsam leiser werdenden Wohlklang zu erfreuen.

»Zum Wohl, Alfredo. Auf uns! Auf das gemeinsam erzeugte Ergebnis, das wir jetzt in den Händen halten. Auf die Arbeit, die noch vor uns liegt. Und darauf, dass wir auch diesen Weg so kritisch, so konstruktiv und am Ende so erfolgreich miteinander zurücklegen.«

»Ja, Anna. Darauf stoße ich gerne mit dir an. Cin Cin!«

Wir trinken beide genüsslich einen Schluck des köstlichen, schweren Weins, prosten uns noch einmal zu und Anna begibt sich wieder zu ihrem Stuhl auf der anderen Seite des Kamins zurück.

»Hast du eigentlich mal gezählt, wie viele Seiten dieses Exposé hat, Alfredo?«

»Gezählt nicht. Aber gerade eben gesehen, als ich es noch einmal aufgeschlagen und durchgeblättert habe. 67. Es sind mit Titel und Rückseite 67 Seiten. Warum fragst du das?«

»Warum wohl? Was ist denn die Quersumme von 67?«

»Die Quersumme von 67 ist die 13. Und da sich die überlieferte Ursprungsform der Numerologie nur mit den inhaltlichen Dimensionen der Zahlen eins bis zehn befasst, wird aus der 13 auch noch einmal die Quersumme gezogen. Ist es das, worauf du hinaus möchtest, Anna?«

»Da du weißt, dass es nach meinem Dafürhalten keine Zufälle gibt, ahnst du jetzt sicher auch, warum ich darauf zu sprechen komme, nicht wahr?«

Ich überlege einen Augenblick. Für Annas Geschmack einen Augenblick zu lange, denn sie hakt noch mal nach.

»Alfredo? Bekomme ich auf diese Frage eine Antwort? Ich meine heute noch?!«

»Liebe Anna: Die Zahl vier ist in der Kabbala die Zahl der Materialisierung. Sie steht für die Verstofflichung des vorangegangenen geistigen Prozesses. Nach der Einheit, dem universalen Ganzsein, der spirituellen Einheit, für das die Ziffer eins steht, folgt die Zwei. Als Symbol des Zwistes und der Zwietracht. Hier fällt das Ganze in zwei Teile auseinander und es beginnt der Widerstreit. Bis er dann schließlich in der Ziffer drei, der spirituellen Dreieinigkeit, in gewisser Weise auf einer höheren Ebene zu einem neuen Ganzen zusammenfindet. In der Kirche haben wir es bei der Dreieinigkeit mit dem Vater, dem Sohn und dem Heiligen Geist zu tun. Die Kirche selbst ist der irdische Repräsentant dieser Dreieinigkeit. Sie gibt dem Spirituellen den verstofflichten oder materialisierten Rahmen. Konsequenterweise verwendet die Kirche als materielle Manifestation des Spirituellen ja auch das geometrische Symbol der Ziffer vier, nämlich Lot und Waage, also das Kreuz. Meine Annahme ist, dass du glaubst, wir würden mit diesem Exposé den Grundstein für materiellen Reichtum und Wohlstand legen, der von diesem Buch ausgehen wird.«

Ich mache eine kurze Pause, nehme einen weiteren Schluck Amarone und blicke Anna herausfordernd an.

»Richtig? Ist es das, was du jetzt von mir hören wolltest? Hat der stets gelehrige Schüler seine Hausaufgaben zur Zufriedenheit der allwissenden Lehrerin gemacht?«

»Erstens bist du nicht mein Schüler. Zweitens bin ich nicht deine Lehrerin. Und drittens hast du dich mit der Kabbala ja schon lange vor unserer ersten Begegnung beschäftigt. Insofern gibt es an dieser Stelle keine für dich zu erledigenden Hausaufgaben. Und doch: Die kleine Prüfung hast du mit Bravour bestanden. Alfredo setzen! Eins.«

»Ich sitze schon. Danke, du ...«

Mir fehlt die passende Formulierung, weshalb Anna mir zu Hilfe kommt.

»... du über alles geliebte Frau. Ich bewundere dich, ich begehre dich und ich verzehre mich nach dir. Das war es, was du sagen wolltest, habe ich recht?«

»Natürlich nicht. Auch wenn es ziemlich treffend beschreibt, was ich für dich empfinde, ist es keineswegs das, was ich jetzt sagen wollte. Vielmehr interessiert mich, ob du wirklich glaubst, dass die Vier immer, jederzeit und überall für materiellen Wohlstand steht?«

»Was glaubst denn du?«

»Danke für deine Höflichkeit, meine Frage mit einer Gegenfrage zu beantworten. Wenn ich mich in den vergangenen knapp zwölf Monaten so dir gegenüber verhalten hätte, wann immer du mir eine Frage gestellt hast, wären wir wahrscheinlich bis heute noch nicht über die erste Seite des

Exposés hinausgekommen, geliebte Anna. Möchtest du mir meine Frage noch beantworten, oder ...?«

»Oder was?«, unterbricht sie mich.

»Oder: Ach, vergiss es!« Jetzt bin ich es, der müde ist und keine Lust auf solche Spiele und schon gar nicht auf Streit und Grundsatzdiskussionen hat. »Was ich bezüglich der Ziffer Vier glaube, willst du wissen, ja? Vielleicht interessiert dich ja sogar, wie ich überhaupt zur Numerologie und Kabbala stehe. Also die Ziffer betreffend antworte ich dir: Wenn es tatsächlich so wäre, dass jeder, der in der Hausnummer Vier lebt, zu Wohlstand und finanziellem Reichtum kommt, und sich das herumsprechen würde, dann gäbe es auf dieser Erde wahrscheinlich Krieg, weil alle Menschen in der Hausnummer Vier wohnen wollen würden. In China steht die Ziffer Acht für Wohlstand. Wie kann es sein, dass in der westlichen Hemisphäre die Vier und im Land des Lächelns die Acht mit dem Glauben an Wohlstand verbunden ist? Welche Ziffer ist die richtige? Hat es wirklich mit den Ziffern an sich zu tun, oder ist es vielmehr eine Frage der durch den Glauben frei gesetzten Energien, die dann entsprechende Aktivitäten beim Menschen hervorrufen oder eine Art sich selbst erfüllende Prophezeiung in Gang setzen?«

»Ist das am Ende nicht egal? Ist es nicht viel wichtiger, was etwas bewirkt, anstatt danach zu fragen, ob etwas richtig ist oder nicht? Nehmen wir einmal an, dass allein unser Glaube daran, dass die aus den 67 Seiten dieses Exposés gezogene Quersumme Vier uns mit den richtigen Menschen in Kontakt bringt, die uns bei einer erfolgreichen Veröffentlichung des Buches helfen, nehmen wir weiter an, dass dieser Glaube letztlich dazu führt, dass wir all die Dinge tun, die dazu erforderlich sind, dass dieses Buch ein echter Bestseller wird, dann ist doch final nicht mehr wichtig, ob es an der Tatsache lag, dass das Exposé 67 Seiten Umfang hatte oder daran, dass allein unser Glaube an dieses Ergebnis unsere Schritte in die richtige Richtung gelenkt hat, oder?«

»Alles wird gut, Anna. Und ich stimme dir vollkommen zu. Egal warum, Hauptsache, es wird ein Bestseller und die daraus resultierenden Geldeinnahmen ermöglichen uns ein vollkommen sorgenfreies Leben.«

Anna richtet sich in ihrem Stuhl etwas auf.

»Mit welchen Sorgen lebst du, Alfredo? Ich meine, von welchen würden dich die Geldeinnahmen aus dem Buchverkauf befreien?«

»Anna, bitte nicht. Du glaubst wieder Zwischentöne zu hören, die nicht existieren. Ich habe keine Sorgen. Und ich bin auch auf Einnahmen aus einem erfolgreichen Buchverkauf nicht angewiesen. Wenngleich ich mich schon darüber freuen könnte, wenn sich hier eine Quelle auftun würde, die uns für die bisher geleistete und vor allem für die noch vor uns liegende Arbeit entschädigt. Das wäre doch schön, oder?«

»Willst du damit zum Ausdruck bringen, dass du in den letzten Monaten Schaden genommen hast, Alfredo?«

»Bitte hör auf damit, Anna. Aber da wir nun schon mal beim Geld sind. Viel lieber würde ich wissen, wem deiner Meinung nach eigentlich in welchem Umfang die Einnahmen zustehen, die aus einem vorstellbaren Verkaufserfolg resultieren. Wie hast du dir das eigentlich vorgestellt?«

»Diese Frage ist jetzt nicht dein Ernst, Alfredo, oder?«

»Mein voller Ernst. Im Exposé bin ich als Autor angegeben. Wenn wir dieses Exposé in ein paar Tagen an verschiedene Verlage verschickt haben werden und uns einer dieser Verlage eine positive Rückmeldung gibt, dann wird sehr schnell ein Autorenvertrag geschlossen werden. Und in diesem Vertrag wird dann auch geregelt werden müssen, an wen die Tantiemen aus den Verkaufserlösen ausbezahlt werden sollen. Hast du dich in den vergangenen Monaten nie mit der Frage beschäftigt, wie wir das regeln?«

»Doch, Alfredo. Diese Frage kam auch mir natürlich immer wieder mal an den Sinn. Aber getreu der alten Weisheit der Hopi-Indianer *Du musst die Mokassins erst ausziehen, wenn du am Ufer des Flusses angekommen bist* dachte ich mir, dass wir das in dem Moment besprechen und regeln können, in dem es spruchreif geworden ist. Wenn du allerdings der Meinung bist, dass dieser Moment jetzt gekommen ist, dann lass uns darüber sprechen. Wenngleich ich es zu verfrüht halte. Und ehrlich gesagt hätte ich nicht gedacht, dass deine Bereitschaft mich zu unterstützen offensichtlich zumindest in Teilen von finanziellen Überlegungen getragen ist.«

»Anna, das ist unfair. Ich arbeite seit knapp einem Jahr mit dir an diesem Exposé. Wir leben seit einer gefühlten Ewigkeit entweder in meinem Zuhause in München oder hier in meinem Rustico in Albisano. Wir gehen gemeinsam Essen, unternehmen Ausflüge und gehen einkaufen. Habe ich dich in dieser ganzen Zeit ein einziges Mal gefragt, ob du nicht auch mal einen finanziellen Beitrag zu dem Ganzen leisten möchtest? Hast du seit unserer ersten Begegnung ein einziges Mal irgendetwas bezahlt? Geschweige denn, dass ich dich gefragt hätte, welches Honorar du mir für meine Mitwirkung an deinem Buchprojekt bezahlen möchtest. Im Gegenteil: Als du mir den Vorschlag gemacht hast, mich dafür zu honorieren, haben wir beinahe gestritten, weil eine finanzielle Abhängigkeit von dir für mich nicht infrage kommt.«

Anna sieht mich mit einem Blick an, den ich als missglückten Versuch wahrnehme, ihr Entsetzen über meine leicht erregt vorgetragene Verteidigung oder Anklage zum Ausdruck bringen zu wollen. Doch stattdessen antwortet sie mit leiser und ruhiger Stimme.

»Alfredo. Geld spielt in meinem Leben keine Rolle. Es hat noch nie eine Rolle gespielt. Ich habe eine Aufgabe. Und für diese Aufgabe bin ich, von wem auch immer, stets so mit materiellen Gütern ausgestattet worden, dass es mir theoretisch möglich gewesen wäre, dieser Aufgabe nachzugehen und sie zu erledigen. Bisher ist mir das nicht gelungen. Zum ersten Mal bin ich in ein mehr oder weniger normales, bürgerliches Leben hineingeboren. Nicht im unmittelbaren Umfeld irgendwelcher einflussreichen Menschen, Machthaber, Religionsfürsten, oder Ähnlichem. Im Grunde eine so unauffällige Existenz, wie Milliarden anderer Menschen auch. Und heute weiß ich, dass meine vorherigen Existenzen lediglich der Vorbereitung auf dieses Leben dienten, in dem ich nun endlich die Aufgabe erledigen und dann in Frieden gehen kann. Jetzt habe ich verstanden, dass es zu Papier gebracht und veröffentlicht werden muss, was ich zu sagen habe. Für mich ist der Ort der Erkenntnis im Wort zu finden. Verstehst du, Alfredo?«

»Wenn dir jetzt jemand anderes zugehört hätte, würde er dich als esoterisch verspulte Größenwahnsinnige bezeichnen. Ich bitte dich inständig, derartige Erklärungen möglichst zu unterlassen, wenn wir eines Tages mit einem Verleger zu Vertragsverhandlungen an einem Tisch sitzen.«

»Es hat mir aber nicht irgendjemand zugehört. Dir habe ich es erzählt. Weil du der Mensch bist, dem die Aufgabe zuteilgeworden ist, den von Gorgias beschriebenen Circulus vitiosus zu durchbrechen.«

»Anna! Wer ist Gorgias, verdammt noch mal, und von welchem Circulus vitiosus sprichst du?«

»Gorgias von Leontinoi ist ein griechischer Philosoph, der folgenden drei Thesen folgte: Es ist nichts. Und wenn doch etwas wäre, wäre es unerkennbar. Und wäre es erkennbar, wäre es aber nicht mitteilbar. Also ist nichts.«

»Den muss ich jetzt nicht verstehen, oder?«

»Du sollst deinen Anteil von den Verkaufserlösen selbstverständlich bekommen, Alfredo. Ich für meinen Teil möchte das Geld einer Stiftung zukommen lassen. Ich weiß nur noch nicht, ob ich eine eigene gründen will, oder ich mir eine bereits existierende aussuche, die demselben Ziel dient, dem zu dienen, auch meine Aufgabe ist.«

»Jetzt fängst du an, das Fell eines Bären aufzuteilen, der noch gar nicht erlegt ist.«

»Ach ja? Ich fange damit an? Du wolltest darüber sprechen, nicht ich. Jetzt lasse ich mich auf dieses Gespräch mit dir ein und nun passt es dir auch wieder nicht. Was möchte der Herr denn jetzt gerne?«

»Weißt du, was du mich kannst?«

»Aber Alfredo. Immer schön die Contenance wahren. Du wirst doch nicht, nur weil es gerade um Geld geht, deine gute Kinderstube vergessen.«

»Hab noch nie gehört, dass es Bestandteil einer guten Kinderstube sein soll, den geistig verwirrten gedanklichen Sprüngen und Entgleisungen einer Irren Aufmerksamkeit zu schenken.«

»Stopp! Jetzt mal ganz langsam und schön bei der Wahrheit bleiben. Wer von uns beiden trägt hier in Albisano den Namen *Il Pazzo*?«

»Ich. Und darauf bin ich auch stolz. Denn diesen Namen haben mir die Leute hier mit einer absolut liebevollen Konnotation gegeben. Aber in deinem Fall ... ach, Anna, lass uns bitte damit aufhören. Ich habe dich wirklich sehr lieb. Du und deine Gedanken, Ihr seid mir ans Herz gewachsen. Und eigentlich wollen wir doch jetzt nur auf das fertiggestellte Exposé anstoßen, uns darüber freuen, dass wir es endlich auf den Weg gebracht haben und nun darauf hoffen, dass wir mit diesem Exposé einen Verlag für die Veröffentlichung des Buches gewinnen können. Es tut mir leid, dass ich mit dem Thema Geld angefangen habe. Kannst du mir verzeihen? Können wir uns bitte wieder vertragen?«

Anna erhebt ihr Glas Amarone, prostet mir, auf ihrem Stuhl sitzen bleibend, zu und trinkt. Ich tue es ihr gleich.

An diesem Abend besprechen wir noch, wie wir nun weiter verfahren wollen. Ich erzähle ihr, welche Reaktionen ihre Manuskriptauszüge bei meinem Verleger-Freund aus Köln hervorgerufen haben. Wir verständigen uns darauf, dass wir immer nur ein Exposé an jeweils einen Verlag versenden, dann gezielt nachfassen und Thomas Casper als Erstes anschreiben.

Der Autorenvertrag

2007 bis 2008

Die Entscheidung, das Exposé als Erstes Thomas Casper zu senden, erweist sich alsbald als eine schlechte. Aufgrund gravierender wirtschaftlicher Probleme des zu seinem Unternehmen gehörenden Verlagshauses in den USA ist er praktisch trotz meines guten Drahtes zu seiner persönlichen Assistentin auch für mich persönlich nicht zu sprechen. Woche für Woche vertröstet sie mich, stellt seine Rückkehr für die darauffolgende Woche in Aussicht, um mich dann erneut um eine weitere Woche Geduld zu bitten. Auch meine Versuche, ihn über sein Mobiltelefon und sein Büro in den Vereinigten Staaten zu erreichen, bleiben erfolglos. Das Jahr neigt sich dem Ende zu, Anna und mir wird klar, dass wir im Jahr 2007 nichts mehr würden ausrichten können und wir entscheiden uns, Albisano für einige Wochen zu verlassen und die Weihnachtszeit sowie den Jahreswechsel in München zu verbringen.

Es sind beschauliche, friedvolle Tage, in denen unsere harmonische Zweisamkeit von Zeit zu Zeit kaum merklich von Irina unterbrochen wird, die still im Hintergrund vor sich hin werkelt und einfühlsam mit besonderer Unaufdringlichkeit den Haushalt in Schuss hält. Ausgiebige, meist wortkarge Spaziergänge wahlweise im verschneiten Luitpoldpark oder im Englischen Garten festigen die Tiefe unserer Zuneigung und Verbindung. An den Abenden sitzen wir oft auf der Suche nach weiteren infrage kommenden und zu unserem Werk passenden Verlagen gemeinsam über die großen

Verlagsverzeichnisse gebeugt und diskutieren, wie und wann wir welchen in welcher Form anschreiben könnten, sobald das neue Jahr das Licht der Welt erblickt haben wird.

Auch der Jahreswechsel verläuft ausgesprochen harmonisch. Vier Tage vor Silvester entscheiden wir uns, einige meiner Münchner Freunde und ihren ebenfalls in München lebenden langjährigen Freund Ingolf mit seiner Frau Katharina zu einem gemeinsamen Jahresausklang einzuladen und mit ihnen auf das neue Jahr anzustoßen. Außer Ingolf, dessen Frau und Schwester sowie Dino, Ingolfs bester Freund, und dessen Partnerin Sonja haben alle anderen unsererseits ausgewählten Gäste bereits anderweitige Einladungen angenommen.

So ergibt es sich, dass wir zu siebt eine völlig unspektakuläre Silvesternacht verbringen, deren einziger Höhepunkt Ingolfs Monolog über die Promiskuität des Mannes ist. Dieser Monolog hätte beinahe noch zu einer Eskalation der ohnehin kriselnden Beziehung von Dino und Sonja geführt, wäre da nicht die herrlich oberflächliche Katharina gewesen, die mit ihrem erfrischend naiven Charme jedem Gespräch die Spitze nimmt und Dialoge auf ein vollkommen unkritisch flaches Niveau reduziert.

Gegen drei Uhr verabschieden sich unsere Gäste von uns und Anna und ich gehen, nachdem wir Wohn-, Esszimmer und Küche noch rasch aufgeräumt haben, erschöpft zu Bett, das wir auch den ganzen Neujahrstag über nur verlassen, um uns kurz etwas frisch zu machen, einen Kaffee zu holen, mittags einen Joghurt mit Früchten und Honig und ein paar Scheiben mit Frischkäse bestrichenes Brot zu essen und ansonsten dank verschlossener Augen das fade Grau dieses ersten Tages des neuen Jahres nicht in unser Gemüt dringen zu lassen.

Am 2. Januar nehmen wir uns dann voller Tatendrang und frohen Mutes die dicken Bände der Verlagsverzeichnisse und unsere Notizen vor und legen die Namen der Verlage und die Reihenfolge fest, in der wir diese nun anschreiben und mit unserem Exposé versorgen. Anna folgt meinem Wunsch, dass ich es vor dem ersten Versand noch einmal bei meinem Kölner Verleger-Freund versuche, weil er für uns beide nach wie vor ein Wunschpartner für die Veröffentlichung des Manuskripts ist. Thomas war jedoch auch über die Weihnachtsfeiertage und Silvester in den Staaten geblieben und hatte mit seiner Familie den Jahreswechsel dort verbracht. Wie ich von seiner persönlichen Assistentin am Telefon erfahre, plant die Familie überdies vollständig in die USA zu übersiedeln. Mich überkommt das Gefühl, dass während unserer letzten zufälligen Begegnung in Köln eine stärkere durch mich verursachte Störung entstanden sein musste, wegen derer er mich jetzt auf Distanz hält. Auch Annas Bemühen, mir seinen ausbleibenden Rückruf damit zu erklären, dass er wahrscheinlich so sehr in die Rettung seines amerikanischen Verlages eingespannt sei, dass er für andere Themen und Menschen gar keine Kapazitäten frei hat und ich die fehlende Resonanz deshalb auf keinen Fall auf mich beziehen soll, befreit mich nicht von dem schalen Geschmack dieses Gefühls. Doch immerhin hilft es mir dabei, meine Energien neu auszurichten und das Augenmerk auf die vor uns liegende notwendige Akquisition eines Verlagspartners zu richten.

Aus welchen Gründen auch immer verschicken wir nun anders als verabredet das Exposé an 18 Verlage gleichzeitig. Davon schreiben uns elf relativ schnell mit der lapidaren Begründung ab, dass entweder das geplante Buchprojekt nicht in ihr Programm passe oder man für dieses Buch keine ausreichend große Leserschaft identifizieren könne.

Während sich bei Anna mit jeder weiteren Absage eine spürbar größer werdende Enttäuschung aufbaut, empfinde ich Ärger und verletzte Eitelkeit. Schließlich hatten wir im Vorfeld gründlich recherchiert, welche Verlage infrage kommen könnten und nur solche auch angeschrieben. Diese lieblos klingenden, meist von irgendwelchen subalternen

Mitarbeiterinnen oder Mitarbeitern formulierten Absagen kränken mich persönlich. Waren sie doch entweder ein Hinweis auf schlechte Recherchearbeit oder ein negatives Feedback auf das von mir (dem Magier der Buchstaben!) verfasste Anschreiben und Exposé. Was erlauben sich diese Verlage eigentlich, solch ein Werk abzulehnen, welches ihrem Niveau unwürdig ist?!

Auf die Idee, dass ich das Wesen eines Exposés und seine für Verlage geltenden qualitativen Kriterien möglicherweise weder erkannt, geschweige denn berücksichtigt haben könnte, komme ich nicht. Ich gehe davon aus, dass ich mein in der Werbung erprobtes und sehr erfolgreich funktionierendes Sprachtalent einfach nur auf diese Arbeit übertragen müsste und dann würde es schon werden. Doch es wird nicht.

Vier weitere Verlage spenden uns wenigstens etwas Trost mit der schriftlichen Rückmeldung, dass es sich ihrer Einschätzung nach zwar um ein grundsätzlich sehr interessantes Buchprojekt handelt, dass jedoch das veröffentlichende Programm für das Jahr 2008 bereits entschieden sei und man uns bitte, uns Ende des Jahres noch einmal zu melden. Auch mehrmaliges telefonisches Nachfassen bei diesen Verlagen bringt nichts. Drei Rückmeldungen stehen noch aus.

Mittlerweile ist es Mitte März und mit jedem Tag steigt meine Sehnsucht nach Albisano. Da ich allerdings von verschiedenen Werbeagenturen in einige umfangreichere Kampagnenprojekte eingebunden worden bin, ist an eine baldige Rückkehr an den See vorerst nicht zu denken. Anna erklärt sich bereit, alleine nach Italien zu fahren, um den Frühling ins Rustico zu lassen und es auf unsere Ankunft vorzubereiten. Zwischendrin habe ich zwar einige Male mit Camillo telefoniert, der mich mit einem »Es ist alles in bester Ordnung« zu beruhigen versuchte. Und doch habe ich kein gutes Gefühl, mein Refugium so lange alleine zu lassen. Dieses ungute Gefühl betrifft allerdings weniger einen möglicherweise schlechter werdenden Zustand des zu lange alleine zurückgelassenen Hauses als mehr meine eigene schlechter werdende Gemütsverfassung, da mir die von diesem Haus und dem Ort ausgehende beruhigende Energie allmählich vollkommen abhandenzukommen droht.

Das Jahr 2007 vergeht, ohne dass wir in unseren Bemühungen, einen veröffentlichungswilligen Verleger finden, auch nur einen einzigen Schritt vorangekommen wären. Den Rest des Frühjahrs und den gesamten Sommer über pendle ich beinahe wöchentlich zwischen Italien und Deutschland, da die Auftragslage in meinem eigentlichen Arbeitsleben derart zugenommen hat, dass ich mir längere Auszeiten nicht leisten kann. Und offen gestanden bin ich über diese lukrative Form der Ablenkung von Annas Buchprojekt auch ausgesprochen dankbar.

Ja, inzwischen ist es für mich Annas Buchprojekt geworden. Aus unerklärlichen Gründen hatte ich mich etwas von unserem gemeinsamen Vorhaben entfernt. Auch Anna, die ihre Enttäuschung über die Ignoranz, wie sie die negativen Feedbacks der Verlage nennt, allmählich verarbeitet hat, hat ganz offensichtlich an Fahrt hinsichtlich ihres Engagements verloren und versinkt seit dem Sommer in eine Art fatalistischer Resignation das gesamte Buchprojekt betreffend. Mit ihrer Bemerkung »Vielleicht ist es einfach noch nicht dran. Lass uns im Herbst noch einmal genauer hinschauen. Und bis dahin dürfen sich die Dinge entwickeln, wie sie sich entwickeln. Solltest du bis dahin die Lust verloren haben, gehört auch das zur gewollten Entwicklung« erteilt sie mir zumindest vorübergehend die Erlaubnis, das Projekt in der Wiedervorlage sein von mir unbeobachtetes Eigenleben führen zu lassen. Dabei bleibt es. Über den Herbst und den Jahreswechsel von 2007 auf 2008 hinaus sowie die ersten acht Monate in 2008.

Ende August sitzen Anna und ich dann nach einer vierstündigen um 07:00 Uhr gestarteten und von mir geführten Bergtour, auf der sie mich begleitet hat, entspannt auf der Terrasse, als Giovanni, der Postbote in den Garten kommt.

»Il Pazzo, dein Leben möchte ich haben. Verdient das Geld im Schlaf, sitzt mit einer wunderschönen Frau im verwunschenen Garten eines geschichtsträchtigen Bauernhauses in Albisano und genießt den wahrscheinlich zauberhaftesten Blick auf unseren Lago. Bist du dir dieses Glückes eigentlich bewusst, Alfredo?«

»Und ob. Denn dieses Glückes Schmied bin ich selbst. Was gibt's Giovanni? Hast du Post für mich?«

»Post für euch. Einen Brief aus Köln und ein Päckchen aus Rom. Das Päckchen für Anna. Der Brief für dich.«

Giovanni überreicht mir die beiden Sendungen, um sich, weil wir ganz offensichtlich keine Anstalten machen, ihn auf Pläuschchen zu uns zu bitten, gleich darauf mit den Worten zu verabschieden: »Bloß jetzt keine Einladungen, so sehr ich gegen ein Gläschen Averna nichts einzuwenden hätte, aber ich muss weiter. Hab gerade erst angefangen, auszutragen. Wünsche dem glücklichen Paar einen sonnigen Tag und ein ebensolches Gemüt. Man sieht sich.«

Anna blickt mich erwartungsvoll an und ich drehe erst das Päckchen um und danach den Brief auf die Rückseite, um die jeweiligen Absender zu identifizieren.

»Und? Nun sag schon, von wem?«, drängt mich Anna voll ungeduldiger Neugier.

»Das Päckchen ist von Chiara«, antworte ich.

»Alfredo! Ist der Brief von deinem Kölner Freund?!«

»Nein.«

»Ist er von einem Verlag?«

»Ja.«

»Sag mal, was soll das?«, reagiert sie entnervt und reißt mir Päckchen und Briefumschlag aus den Händen, um sich selbst ein Bild vom Absender des Briefes zu machen.

»Vom Franklin Verlag? Kann mich an den Namen nicht erinnern. Du? Haben wir einem Franklin Verlag das Exposé geschickt?«

»Kommt mir völlig unbekannt vor. Aber lass mich mal nachschauen.«

»Nein, brauchst du nicht. Wir haben das Exposé keinem Franklin Verlag geschickt. Könnte mich daran erinnern, weil ich mit dem Namen Benjamin Franklin eine sehr intensive Begebenheit verbinde.«

»Du meinst aber nicht etwa den amerikanischen Drucker, Verleger und Schriftsteller?«

»Doch, genau den meine ich. Darf ich sie dir schnell erzählen?«

»Anna. Erstens schließen sich die beiden Worte erzählen und schnell im Fall deiner Person gegenseitig vollkommen aus. Zweitens ertrage ich im Moment keine weitere Geschichte aus einem deiner früheren Leben. Und drittens möchte ich jetzt sofort ...«, mit einer blitzartigen Bewegung revanchiere ich mich, hole mir den Brief zurück und reiße ihn auf, »... und zwar ganz sofort wissen, was da drinsteht.«

Ich falte das Schreiben auseinander und beginne zu lesen. Anna bleibt überraschenderweise vollkommen ruhig und gestattet mir diesen, wenn auch nur einige wenige Minuten andauernden Informationsvorsprung. Als ich den Brief zu Ende gelesen habe, lege ich ihn neben mich auf die Bank und sehe sie schweigend an.

»Okay, Alfredo. Bis hierhin konnte ich es ertragen. Aber jetzt beginnt es ganz langsam unaufhaltsam unerträglich zu werden. Würdest du bitte die außerordentliche Freundlichkeit besitzen, mich augenblicklich, aber wirklich augenblicklich über den Inhalt dieses Briefes in Kenntnis zu setzen!«

»Mach ich doch. Musste das Gelesene nur kurz mal verdauen. Entschuldige bitte. Ein gewisser Dominique Dante, offensichtlich Geschäftsführer dieses Verlages. Wie heißt er noch mal?«

»Franklin Verlag, Alfredo. Franklin Verlag. Und wenn du das schon nicht in deinem Kurzzeitgedächtnis speichern kannst, gib mir den Brief lieber, damit ich ihn selbst lesen kann. Sonst kommen nur rudimentäre Bruchstücke des Inhalts bei mir an.«

»Also dieser Dominique Dante schreibt, dass er durch einen befreundeten Verleger Kenntnis vom Exposé bekommen habe, ausgesprochen angetan sei von dem zentralen Konflikt, Plot und dem Probekapitel und deshalb um Kontaktaufnahme bitte. Sie seien schon länger auf der Suche nach einem solchen Werk, das historisches Wissen und eine spannende Handlung so miteinander verbinde, dass dem Leser einerseits ein beträchtlicher Erkenntnisgewinn und andererseits eine packende Geschichte geboten werden würde. Man glaube, dass auf dieses Buch eine breite Leserschaft warte, schätze den möglichen Verkaufserfolg durchaus hoch ein und habe auch bereits Kontakt zu einer Filmproduktionsgesellschaft aufgenommen und deren Einschätzung bezüglich einer möglichen Verfilmung des Werkes erbeten. Nach Prüfung einiger geschichtlicher Passagen, eingehender verlagsinterner Diskussion und dem ebenfalls überaus positiven Feedback der Filmgesellschaft hätte man sich entschieden, dem Werk Priorität einzuräumen und wolle es, vorausgesetzt das Manuskript sei bereits vollständig fertiggestellt, noch in diesem Jahr veröffentlichen. Falls wir daran Interesse hätten, sollten wir uns schnellstmöglich mit diesem, diesem, verflixt ...«

»Dominique Dante«, hilft mir Anna weiter.

»Danke. ... diesem Dante telefonisch in Verbindung setzen, um alles Weitere in einem persönlichen Gespräch zu klären und dann gegebenenfalls auch möglichst zeitnah den Autorenvertrag unterzeichnen zu können.«

»Darf ich ihn jetzt auch noch mal selbst lesen?«

Ich reiche Anna den Brief und stehe auf, um in die Küche zu gehen und mir einen Espresso zu machen. Als ich mit meinem Kaffee zurückkomme, hat Anna den Brief ebenfalls gelesen, ihn nun ihrerseits auf die Bank gelegt und sieht mit einem fragenden Blick auf die Berge der gegenüberliegenden Seite des Sees. Als sie den Duft des Kaffees wahrnimmt, schaut sie mich an.

»Danke, dass du mir einen Espresso gemacht hast. Und wo ist der Zucker? Nein. Bleib. Setz dich zu mir. Was denkst du über diesen Brief?«

»Diese Frage beantworte ich dir gerne, wenn du mir einen Espresso gemacht hast und den Zucker für dich dann auch gleich mitbringst.«

Anna nimmt ihre Espressotasse, steht auf und geht in die Küche, während ich mich hinsetze und den Brief ein zweites Mal lese.

Einige Augenblicke später kommt sie mit dem nun für mich zubereiteten Espresso zurück, setzt sich neben mich auf die Bank und wiederholt ihre Frage: »Was denkst du über diesen Brief, Alfredo?«

»Erinnerst du dich noch, was du zu mir gesagt hast, als wir vor über einem Jahr die ganzen Absagen bekommen haben?«

»Nein. Was habe ich gesagt?«

»So viel zu deinem Erinnerungsvermögen. Kann ja sein, dass mein Kurzzeitgedächtnis angesichts der gerade aufgetretenen Aufregung einige Aussetzer hat. Aber um dein Gedächtnis scheint es auch nicht gerade bestens bestellt zu sein.«

»Alfredo, meinst du, du könntest damit vielleicht vorübergehend mal aufhören?«

»Womit?«

»Du musst mir doch nicht jede kleine Gemeinheit meinerseits heimzahlen. Ich schätze unsere liebevollen Frotzeleien zwar meistens, und ich spiele auch gerne mit, aber manchmal strengen sie mich einfach nur an.«

»Was glaubst du eigentlich, was mich alles anstrengt. Fragt mich irgendjemand danach?«

»Nicht jetzt, bitte. Lass uns dieses Gespräch ein anderes Mal führen. Also: An welche meiner Worte erinnerst du dich so genau, du mnemotechnisches Wunder der Natur?«

»Du willst weiter frotzeln?«

»Nein!«

»Dann unterlasse es bitte auch, okay? Du sagtest damals, dass es vielleicht noch nicht so weit ist. Dass die Zeit möglicherweise noch nicht reif sei. Damit hast du sicher recht gehabt. Nach diesem Schreiben hier«, ich deute auf den zwischen uns auf der Bank liegenden Brief, »glaube ich, dass jetzt die Zeit gekommen ist. Es ist so weit. Anna. Wir bekommen unseren Autorenvertrag.«

»Interessiert dich, wie ich darüber denke?«

»Nein, Anna!«

»Wie bitte?«

»Es interessiert mich nicht, wie du darüber denkst. Weil ich weiß, dass du mir keinesfalls mitteilen wirst, was du denkst. Auf deiner Stirn steht in großen Druckbuchstaben geschrieben, dass du mir ein Gefühl mitteilen möchtest. Und bezüglich dieses Gefühls bin ich mir nicht sicher, ob ich es mitgeteilt bekommen möchte.«

»Dann behalte ich es eben für mich.«

»Schaffst du nicht!«

»Will ich auch gar nicht. Ich habe ein komisches Gefühl. Irgendetwas stimmt nicht. Ich kann nicht genau erklären, was nicht stimmt. Aber mit diesem Verlag ist irgendetwas nicht in Ordnung. Wie kommt dieser Dante an unser Exposé?«

»Anna! Es könnte doch sein, dass Thomas Casper von den USA aus die Weiterleitung des Exposés veranlasst hat, weil er es nach wie vor interessant findet, in seinem eigenen Verlag aber gerade keine Kapazitäten für ein zusätzliches Buchprojekt hat. Und deshalb hat er es an jemanden weitergeleitet, von dem er denkt, dass es für ihn und dessen Verlagsunternehmen von Interesse sein könnte.«

»Wie lange haben wir über den Verlagsverzeichnissen gesessen, um all jene Verlage herauszusuchen, die wir aufgrund ihres Programms und ihrer Größe für geeignet hielten, Alfredo? Und wieso haben wir dabei diesen Franklin Verlag übersehen? Haben wir nicht gründlich genug recherchiert?«

»Was weiß ich. So etwas kann passieren. Wir sind ja schließlich nicht unfehlbar. Und um mit einem von dir vor einiger Zeit genutzten Zitat zu antworten: *Du musst dir die Schuhe erst ausziehen, wenn du am Ufer des Flusses angekommen bist.* Lass uns doch erst mal das Gespräch mit diesem Dominique Dante führen. Im schlimmsten Fall verlieren wir nur die Zeit, die wir in dieses Treffen investieren. Die haben ja in ihrem Schreiben sogar angeboten, dass sie hier zu uns nach Albisano kommen. Während dieses Treffens hören und spüren wir dann beide genau hin. Und dann müssen wir immer noch nichts entscheiden, sondern können uns alles gründlich überlegen.«

»Dann beantworte mir bitte nur eine Frage, Alfredo, ja?«

»Welche?«

»Von wo aus und mit welchem Absender haben wir die Exposés seinerzeit verschickt?«

»Was soll diese Frage? Du weißt genauso gut wie ich, dass wir diese Arbeit von München aus erledigt haben.«

»Und an welche Adresse hat der Verlag den Brief geschickt?«

»Bitte hör jetzt mit deinen Mutmaßungen auf, Anna. Du warst ja wohl ebenfalls selbst dabei, als Giovanni uns die beiden Sendungen vor ein paar Minuten ausgehändigt hat.«

»Ich kann mich an kein Schild am Briefkasten deiner Münchner Wohnung erinnern, auf dem gestanden hätte, dass im Falle deiner Abwesenheit alle Post nach Albisano geschickt werden solle. Und meines Wissens stand auf dem Schild, an dessen Existenz ich mich nicht erinnern kann, auch nicht die Adresse von hier. Wie sind die dann an deine Adresse gekommen? Kannst du mir bitte nur diese eine Frage beantworten? Vielleicht beruhigt mich das ein bisschen.«

Nachdenklich nehme ich den Briefumschlag des Verlages noch einmal in die Hand und betrachtete das Anschriftfeld. Es ist deutlich zu erkennen, dass der Brief direkt an die Anschrift in Albisano adressiert und weder umgeleitet noch nachgesandt worden war. Überdies klebt eine Briefmarke auf dem Umschlag, deren Wert nicht dem eines für Inlandssendungen notwendigen Portos entspricht, sondern dem von Sendungen im EU-Ausland. Auch ich spüre jetzt leichten Zweifel in mir aufkommen, versuche ihn aber schnell zu beruhigen und wende mich wieder an Anna.

»Es gibt für alles eine Erklärung. Lass uns das Gespräch führen, und dann sehen wir weiter. Einverstanden?«

»Einverstanden«, antwortet Anna, »aber dann lass uns auch bitte nicht im Internet über den Verlag recherchieren!«

Den Rest des Tages verbringen wir mit einigen Arbeiten am Haus, im Haushalt und im Garten, schlafen eine Nacht über unsere Entscheidung und formulieren unmittelbar nach dem Frühstück des nächsten Tages unsere Antwort an Dominique Dante und bieten diesem drei alternative Termine für eine erste Begegnung an.

Nur vier Tage später halten wir die schriftliche Antwort in unseren Händen. Man wolle sehr gerne den erst möglichen Termin wahrnehmen. Außerdem würden neben Dominique Dante seitens des Verlages noch eine Lektorin sowie die Marketingleiterin des Verlags teilnehmen wollen. Den von Anna und mir vorgeschlagenen Treffpunkt im Panorama Hotel, so der Originalwortlaut des Schreibens, »empfinden wir als ausgesprochen passend, da wir unsererseits das sichere Gefühl gewonnen haben, dass dieses Werk mit seiner umfänglichen Weitsicht sowohl einer breiten Leserschaft auf der inhaltlichen wie auch unserem Verlag auf der wirtschaftlichen Ebene vollkommen neue Perspektiven erschließen wird. Gerne würden wir, Ihr Einverständnis vorausgesetzt, zu unserer Verabredung auch gleich einen Autorenvertrag mitbringen, den wir am liebsten noch während unseres Treffens gemeinsam mit Ihnen unterzeichnen würden.«

Wenn auch mit einer gewissen Skepsis, so fiebern Anna und ich doch dem Moment der Begegnung entgegen, von dem uns nun nur noch acht Tage trennen.

Dante

Anfang September 2008

Gerade als Anna und ich das Holztor des Durchgangs zum Rustico hinter uns zuziehen und wir auf die Straße treten, kommt eine schwarze Limousine mit langsamer Fahrt die Straße hinauf. Getönte Scheiben, Kennzeichen der Stadt Rom, ein *Lancia Thesis*, der direkt vor uns anhält und uns so den Weg auf die Straße versperrt. Der Fahrer des Fahrzeugs lässt das Seitenfenster lautlos elektrisch heruntergleiten, begrüßt uns höflich und fragt nach dem Weg zum Panorama Hotel. Ich erkläre ihm den Weg und weise darauf hin, dass es besser ist, das Fahrzeug auf dem großen Parkplatz etwas weiter oberhalb des Hotels abzustellen und zu Fuß zum Hotel zu gehen, da unmittelbar am Hotel nur drei Parkplätze zur Verfügung stehen und die Straße sowie die umliegenden Gassen dort oben so eng sind, dass man dort nicht gut stehen bleiben kann. Der Fahrer bedankt sich höflich, lässt die Scheibe wieder hoch gleiten und fährt weiter in Richtung Hotel.

»Wie viel Leute saßen drin, Alfredo?«

»Das habe ich nicht sehen können. Eine Frau saß auf dem Beifahrersitz, glaube ich. Aber wie viele Leute insgesamt es waren, mmh, keine Ahnung.«

»Das sind sie. Ich wette, das sind die Leute vom Verlag. Hast du das Kennzeichen gesehen, Alfredo?«

»Klar. Rom. Warum?«

Wir laufen nun in Richtung Hotel los.

»Wieso kommen Leute aus einem Kölner Verlag mit einer schwarzen Limousine mit römischem Kennzeichen nach

Albisano? Das Fahrzeug hat auf mich den Eindruck gemacht, als sei es erst kürzlich dem Fuhrpark der päpstlichen Kurie entliehen. Es riecht förmlich nach Weihrauch.«

»Anna, hör auf zu spinnen!«

Inzwischen haben wir den Marktplatz passiert und biegen an dem alteingesessenen Immobilien-Maklerbüro rechts um die Ecke, um die letzten Meter zum Panorama Hotel zurückzulegen. In diesem Moment kommt uns die Limousine von oben entgegen. Das Fahrzeug hält erneut direkt vor uns, das Fenster ist bereits heruntergelassen und der Fahrer erklärt unaufgefordert, dass er Mitarbeiter eines im Rom ansässigen Limousinen-Service sei und lediglich Fahrgäste abgesetzt hat, die in das Hotel wollten. Deshalb sei er nicht auf den Parkplatz, sondern zum Hotel gefahren, würde Albisano wegen weiterer Fahraufträge jetzt verlassen und seine Gäste heute am Abend wieder abholen. Er wünscht uns noch einen erfolgreichen Tag und fährt weiter in Richtung Marktplatz.

»Siehst du? Habe ich doch gesagt, Anna. Es gibt für alles eine Erklärung. Und jetzt bitte ich dich, das bevorstehende Treffen gemeinsam mit mir möglichst vorurteilsfrei zu gestalten. Andernfalls erliegst du nämlich deiner selektiven Wahrnehmung und wirst allen Aktionen und Aussagen dieser Leute die Bedeutungen geben, die auf dein Vorurteil einzahlen und dich in deinen vorgefertigten Annahmen bestätigen. Meinst du, du bekommst das hin? Sonst können wir es auch gleich bleiben lassen.«

»Versprochen, Alfredo. Aber genau hinhören und spüren darf ich schon, ja? Und du wirst es auch tun, bitte. Kannst du mir das bitte auch versprechen?«

»Versprochen. Anna. Und nun los. Auf gutes Gelingen.«

Wir betreten das Hotel, begrüßen Theresa, die Tochter des Eigentümers, die uns mit dem Hinweis empfängt, dass wir bereits erwartet werden, passieren die sich rechts von uns befindende Rezeption, gehen am links liegenden Frühstücksraum vorbei, durchqueren das Restaurant, betreten die Terrasse und gehen auf die einzigen drei Gäste zu, die ganz hinten links an einem großen runden Tisch offensichtlich auf uns warten und wie auf Verabredung alle drei zur gleichen Zeit aufstehen, als sie uns kommen sehen.

Der Mann hält uns als Erstes die ausgestreckte Hand entgegen und begrüßt erst Anna und dann mich mit einem geradezu überschwänglich jovialen Tonfall.

»Buongiorno, Signora Anna, buongiorno, Signore Alfredo. Was für eine große Freude, dass Sie so zeitnah dieses von uns so sehr ersehnte Treffen ermöglicht haben. Wir danken Ihnen sehr. Darf ich Ihnen Laura Appollini, die für Ihr Werk vorgesehene Lektorin, und Jutta Häuser, unsere Marketingchefin, vorstellen? Bitte nehmen Sie doch Platz. Was dürfen wir Ihnen bringen lassen?«

»Dann sind Sie vermutlich Dominique Dante?«, erinnere ich den sich selbst wahrscheinlich als Grandseigneur wahrnehmenden Verlagschef höflich daran, dass er vergaß, sich vorzustellen.

»Oh, bitte verzeihen Sie diesen Fauxpas. Vor lauter Freude, Sie endlich kennenlernen zu dürfen, habe ich völlig vergessen, mich selbst vorzustellen. Ja, Signore Alfredo. Mein Name ist Dominique Dante. Ich bin der Geschäftsführer des Franklin Verlags. Aber bitte, nun nehmen Sie doch Platz.«

Anna und ich setzen sich auf die beiden noch freien Stühle. Mit einem kurzen fragenden Blick versuchen wir uns darauf zu verständigen, wer von uns nun unsererseits den Dialog eröffnen sollte, doch Dante nimmt uns die Entscheidung ab und kommt gleich zur Sache.

»Ich könnte mir vorstellen, dass Sie zunächst einige Fragen haben, die wir beantworten sollten, bevor wir zu den möglichen Formen der Zusammenarbeit kommen.«

»So?«, reagiert Anna. »An welche Fragen haben Sie denn dabei gedacht?«

»Nun. Wenn ich mich in Ihre Lage versetze, dann würde ich als Erstes wissen wollen, welcher Verleger mein Exposé an einen anderen Verlag weiterleitet, ohne mit mir als Autor zuvor Rücksprache zu nehmen. Und in diesem Zusammenhang würde mich selbstverständlich auch interessieren, warum er das getan hat. Liege ich richtig mit der Annahme, dass das zwei der Fragen sind, die Sie gerne stellen würden?«

»Welche weiteren Fragen haben Sie sich noch so überlegt, die für uns Ihrer Meinung nach relevant sind?«, hakt Anna nach und signalisiert mir mit ihrer zweiten Frage, dass es ihrer Meinung nach der richtige Weg ist, Dante erst mal kommen zu lassen und den Dialog durch geschickte Fragestellungen zu steuern. Eine Vorgehensweise, die mir aus meiner kreativen Arbeit und hier insbesondere aus Präsentationssituationen vertraut ist und die ich ebenfalls anzuwenden weiß.

»Sofern Sie sich bisher noch nicht im Internet über unseren Verlag informiert haben, bin ich mir relativ sicher, werte Signora, dass Sie des Weiteren gerne erfahren möchten, wer hinter unserem Verlag steht, welche Art von Büchern wir veröffentlichen und welche Bedeutung unser Verlag im Markt hat.«

Dante macht eine kurze Pause und unternimmt den Versuch, in Annas und meiner Mimik Reaktionen auf seine Annahmen zu erkennen. Anna lässt ihm dazu keine Zeit.

»Und welche dieser Fragen würden Sie uns gerne als Erstes beantworten wollen für den Fall, dass Sie tatsächlich mit Ihren Annahmen richtig liegen, dass es genau diese Fragen sind, an deren Beantwortung wir das größte Interesse hätten?«

Dante schaut mit einem tendenziell unsicheren Blick kurz zu seinen Begleiterinnen, als wolle er sich die Genehmigung dafür erteilen lassen, seinerseits fortzufahren, als Laura Appollini ihm zur Seite springt.

»Wenn Sie gestatten, würde ich Ihnen sehr gerne kurz unseren Verlag vorstellen und unser Interesse an Ihrem Buch ein wenig ausführlicher erklären. Ist das in Ihrem Sinne, Signora, Signore?«

Anna schaut mich nun ihrerseits zur Antwort einladend an und überlässt es mir, den Ball aufzugreifen. Um die Situation nicht weiter unnötig zu verkomplizieren, antworte ich mit einem kurzen »Bitte gerne. Wir sind sehr gespannt. Vor allem auch, weil wir bisher keine Zeit gefunden haben, uns über Ihr Haus zu informieren.«

»Danke. Dominique, Jutta? Darf ich?«

Da die so um Erlaubnis Gebetenen keine Reaktion zeigen, beginnt Laura Appollini zunächst mit der Vorstellung des Verlags.

»Die Ursprünge des Franklin Verlags reichen bis in das Jahr 1798 zurück und haben ihre Wurzeln im amerikanischen Staat Pennsylvania, um genau zu sein in der Stadt Philadelphia. 1798 haben Nachfahren des renommierten Verlegers Benjamin Franklin eine Stiftung und einen Verlag gegründet, um das Lebenswerk ihres Onkels erfolgreich fortzuschreiben. Das Lebenswerk eines Staatsmannes und einem der Gründerväter der Vereinigten Staaten, der, wie Sie vermutlich wissen, neben Thomas Jefferson maßgeblich an der Entstehung der amerikanischen Unabhängigkeitserklärung beteiligt gewesen ist und dessen besonderes Interesse der Förderung des Gemeinwesens und Gemeinwohls diente.«

»Jener Mann, der als Diplomat die Vereinigten Staaten während der Amerikanischen Revolution in Paris vertrat und dort sowohl den Allianzvertrag mit den Franzosen als auch den Frieden von Paris aushandelte, durch den schließlich der amerikanische Unabhängigkeitskrieg beendet wurde. Benjamin Franklin war es auch, der als Delegierter der Philadelphia Convention an der Ausarbeitung der amerikanischen Verfassung beteiligt gewesen ist«, wird die Lektorin von Anna unterbrochen, die als wandelndes Lexikon der Menschheitsgeschichte ganz augenscheinlich nicht an sich halten kann.

Laura Appollini setzt die Vorstellung des Verlages fort: »Sowohl der Stiftung wie auch dem Verlag der Franklin-Erben galten beinahe 140 Jahre extremer Zuspruch und Erfolg, weil sie als Protagonisten und Verfechter des Grundgedankens der Unabhängigkeitserklärung galten.«

Anna unterbricht Appollini erneut: »... die am stärksten von John Lockes' Philosophie inspiriert war. Diese Philosophie basiert auf der Ius Naturae, dem Naturrecht oder auch natürlichen Recht. Es wird auch als überpositives Recht bezeichnet und steht als rechtsphilosophischer Begriff für das Recht, das dem gesetzten, also von Menschen formulierten und geschaffenem positiven Recht übergeordnet sein soll. Aus diesem Naturrecht abgeleitet wurde dann auch, welche unveräußerlichen Menschenrechte das Individuum besitzt und wann ein Volk das Recht hat, eine alte durch eine neue Regierungsform zu ersetzen. Im Grunde ein Widerspruch in sich, denn was ist die niedergeschriebene Philosophie und eine wie im konkreten Fall der Unabhängigkeitserklärung der Vereinigten Staaten daraus abgeleitete und in gewisser Weise verfassungsgebende Formulierung anderes als ein von Menschen erdachtes und damit gesetztes Recht?«

Stille. Länger als bei der ersten Unterbrechung durch Anna. Auf mich wirkt dieser Moment beinahe peinlich. Warum tut sie das? Sie hat es um Himmels willen nicht nötig, in diesem Kontext auf diese Art und Weise ihr umfängliches historisches Wissen unter Beweis zu stellen.

Ich beschließe, sie nach dem Gespräch mit den Verlagsleuten darauf anzusprechen und versuche jetzt erst einmal die mir persönlich beinahe physische Schmerzen verursachende unangenehme Stille zu durchbrechen, ohne Anna zu bevormunden.

»Wann genau hatten Sie gesagt, Frau Appollini, ist der Franklin Verlag in seiner ursprünglichen Form gegründet worden?«

Anna hat meine Intervention offensichtlich verstanden, denn sie lehnt sich augenblicklich in ihren Stuhl zurück, schlägt die Beine übereinander und legt die Handgelenke in ihrem Schoß übereinander.

»1798 in Philadelphia.«

»Und was geschah 140 Jahre später, also ungefähr ab dem Jahr 1940, damit?«

»Nun, der Verlag hatte sich durch das von ihm verfochtene Ideal zunehmend Feinde in den Kreisen einflussreicher Amerikaner gemacht. Diese waren, wie Sie sich vielleicht vorstellen können, in keiner Weise daran interessiert, dem gemeinen amerikanischen Individuum unveräußerliche und unantastbare Menschenrechte zuzugestehen. Vielmehr ging es ihnen darum, Menschen im Sinne ihrer Macht- und Wirtschaftsinteressen zu instrumentalisieren. Und da insbesondere die Franklin-Stiftung all jene auch mit Unterstützung des Franklin Verlages an den Pranger stellten, die sie dabei ertappten, wie diese Machthaber und Wirtschaftsbosse andere Menschen unwürdig behandelten, zogen Stiftung und Verlag zunehmend den Zorn dieser Herrschaften auf sich, die es sich daraufhin zum Ziel machten, beide zu vernichten. Ein jüdischer Verleger aus Deutschland, der im Zweiten Weltkrieg sein Heimatland verließ und zuvor noch sein gesamtes Vermögen ins Ausland geschafft hatte, bot den Franklin-Erben einen erheblichen Geldbetrag für den Erwerb des Verlages an. An der Stiftung hatte er kein Interesse. Und was die genauen Motive dieses Mannes waren, den Verlag zu erwerben, können wir nicht mit Bestimmtheit sagen. Wir vermuten allerdings, dass die Ideale des Verlags und die bis dahin in diesem Verlag veröffentlichten Werke mit seiner eigenen humanistischen Weltanschauung eine hohe Übereinstimmung aufwiesen. Ende des Zweiten Weltkrieges ging er zurück nach Deutschland und verlegte auch den Sitz des Franklin Verlags nach Berlin. 1957 begann der Verlag unter seiner Leitung dann mit unterschiedlichsten Publikationen kleineren und größeren Umfangs. Allen Werken war der Tenor gemein, dass es darin, sagen wir, um eine bessere Welt ging, in der der Mensch sich seiner Verantwortung, seiner Umwelt und anderen Menschen gegenüber bewusst und den daraus erwachsenden Anforderungen gerecht wird. Keines dieser Werke wurde ein Bestseller. Aber wirtschaftlich florierte der Verlag trotzdem mehr als die meisten anderen in dieser Zeit tätigen Verlage. Im Jahr 1974 verstarb er und hinterließ seinem einzigen Verwandten, der ebenfalls den Holocaust überlebt hatte, einem gewissen Samuel Mahrenholz, den Verlag mit allen Rechten und Pflichten.«

Anna fährt ruckartig aus ihrem Stuhl hoch: »Sagten Sie Samuel Mahrenholz? Habe ich Sie gerade richtig verstanden?«

»Vollkommen richtig. Samuel Mahrenholz hat den Verlag ebenso erfolgreich fortgeführt, wie sein Onkel das begonnen hatte. Obwohl auch er Jude war, stand er der katholischen Kirche sehr nahe und setze sich zeit seines Lebens für die Verständigung zwischen jüdischem und katholischem Glauben ein. Unter seiner Leitung wurden dazu auch zahlreiche, zum Teil sehr erfolgreich verkaufte Bücher veröffentlicht. In den letzten Jahren seines Lebens verlor er zunehmend das Interesse am Verlag und widmete sich verstärkt seinem Privatleben. Dies muss wohl auch damit begründet gewesen sein, dass er im relativ hohen Alter eine Frau kennengelernt hatte, mit der er seinen Lebensabend zu verbringen beabsichtigte. Über diese Frau und die tatsächliche Beziehung zu ihr wissen wir im Grunde nichts. Außer, dass sie von ihm als Erbin für alle materiellen Güter eingesetzt worden war. Ein beträchtliches Vermögen. Wir kennen nicht einmal ihren Namen. Das Erbe wurde ihr über eine äußerst verschachtelte Konstruktion von Treuhändern ausbezahlt. Durch diese Konstruktion dürfte sie auch nichts darüber erfahren haben, womit Samuel Mahrenholz sein Geld verdient hatte. Wir vermuten, dass er ihr seine berufliche Tätigkeit aus welchen Gründen auch immer verschwiegen hatte.«

»Und was ist mit dem Verlag geschehen?«, will Anna wissen.

»In seinem Testament hatte Samuel Mahrenholz verfügt, dass der Verlag von einer Gesellschaft fortgeführt werden solle, deren Geschicke von einem jüdischen und einem katholischen Geschäftsführer gelenkt werden. Ein mit ihm seit Jahrzehnten eng befreundeter Berliner Notar war damit beauftragt worden, dieses Konstrukt ins Leben zu rufen, es anwaltschaftlich zu begleiten, zu kontrollieren und dafür zu sorgen, dass die im Verlag erzielten Gewinne jeweils zu gleichen Teilen an katholische und jüdische humanitäre Hilfsorganisationen ausgeschüttet werden. Darüber hinaus hatte er genau festgelegt, welche Bücher in diesem Verlag veröffentlicht werden dürften und welche nicht. Und daran, dass wir nun mit Ihnen hier nun zusammensitzen, können Sie erkennen, dass Ihr Werk eines jener Bücher ist, die im Sinne von Samuel Mahrenholz veröffentlicht gehören. In gewisser Weise sind wir dazu verpflichtet. Außerdem glauben wir zutiefst an den Erfolg Ihres Werkes.«

Mit einem langgezogenen und nachdenklichen »Verstehe« unterbrach Anna die Lektorin ein drittes Mal und wandte sich an den Geschäftsführer.

»Und Sie sind der katholische Part der Geschäftsführung. Ist das richtig, Herr Dante?«

»Völlig richtig, Signora Anna. Und als dieser versichere ich Ihnen ganz im Sinne des gerade eben Gesagten meiner Kollegin.«

»Entschuldigen Sie, wenn ich Sie jetzt unterbreche, ich würde gerne den Ihrerseits vorbereiteten Autorenvertrag sehen wollen. Sie haben geschrieben, dass Sie diesen zu unserem heutigen Treffen mitbringen wollen. Haben Sie ihn dabei?«

»Aber ja, Signora, selbstverständlich haben wir den Vertrag dabei. In einer aus unserer Sicht unterschriftsreifen Form.«

Dante hebt eine an einem der Beine seines Stuhls lehnende leicht betagte braune Aktentasche hoch, öffnet den goldenen Schnappverschluss und zieht darauf ein meiner Schätzung nach rund 40-seitiges, mit einer hochwertigen Wire-O-Bindung zusammen gehaltenes Dokument raus. Dann legt er diesen vor sich auf den Tisch.

»Wenn Sie damit einverstanden sind, würde ich meine Marketingkollegin Jutta Häuser jetzt bitten, das Vertragswerk einmal vollständig vorzulesen, ohne dass wir sie dabei unterbrechen. Wenn Sie sich freundlicherweise bitte zu allen unklaren Stellen oder Passagen, mit denen Sie nicht einverstanden sein sollten, Notizen machen. Anschließend können wir dann gerne auf jeder dieser Vertragsstellen ausführlich eingehen und darüber sprechen und verhandeln. Findet das Ihre Zustimmung?«

»Was meinst du, Alfredo?«, richtet sich Anna mit ihrer Frage an mich und gibt mir mit einem nur für mich wahrnehmbaren angedeuteten Kopfschütteln zu verstehen, dass wir der gerade eben vorgeschlagenen Vorgehensweise nicht zustimmen.

In der Hoffnung, dass ich ihr Signal richtig deute, antworte ich: »Mein spontanes Gefühl ist, dass Signora Anna und ich jetzt gerne erst einmal die bis hierhin gewonnenen Eindrücke in einem Gespräch unter vier Augen reflektieren möchten. Sie können uns den Vertrag aber gerne schon mal mitgeben, damit wir diesen genau studieren und ihn ebenfalls zum Gegenstand unseres Gesprächs machen können.«

»Wenn ich Sie richtig verstehe, Signore Alfredo, dann würden Sie unser ja aus meiner Sicht noch nicht einmal richtig in Gang gekommenes Gespräch jetzt für eine Unterredung unter vier Augen unterbrechen? Sie brauchen eine kleine Pause?«

»Wie klein oder groß diese Pause sein wird, kann ich zum jetzigen Zeitpunkt nicht einschätzen. Mein Vorschlag ist, dass wir uns einfach wieder bei Ihnen melden, sobald wir in unserer Entscheidungsfindung weiter vorangekommen sind.«

»Aber was wollen Sie jetzt entscheiden? Sie wissen noch nichts über die großartige Marketingkampagne, die wir geplant haben. Wir würden Ihnen auch gerne eine Vorstellung von den Vertriebsanstrengungen, zu denen wir uns verpflichten wollen und werden, vermitteln. Unser Plan ist es, bereits zur Buchmesse im Frühjahr des kommenden Jahres zu veröffentlichen. Dazu müssten wir natürlich auch von Ihnen die Information erhalten, ob das gesamte Manuskript bereits fertig ist. Nur dann ist eine zeitnahe Veröffentlichung auch machbar. Vorausgesetzt, die übrigen Teile des Manuskripts sind von einer vergleichbar hohen sprachlichen Qualität, wie das uns im Rahmen des Exposés überlassene Probekapitel.«

Anna, die immer noch wie elektrisiert kerzengerade auf ihrem Stuhl sitzt, kommt mir zu Hilfe.

»Ich finde die Idee meines Partners ausgezeichnet. Lassen Sie uns den Vertrag hier. Geben Sie uns etwas Zeit. Wir melden uns bei Ihnen, so schnell wie uns das möglich ist. Wir haben noch zwei weitere Angebote von anderen Verlagen vorliegen und würden diese gerne gründlich mit Ihrem vergleichen.«

»Signora Anna! Ich weiß nicht genau, welche anderen Verlage es sind und wie deren Angebote aussehen. Aber unser Haus verfügt über eine prall gefüllte Kasse. Wir haben einen mehr als großzügigen Vorschuss vorgesehen, der Ihnen die nächsten Monate ein sorgenfreies Leben ermöglicht«, beharrt Dante weiter.

Die augenscheinlich etwas einfühlsamere Lektorin scheint zu spüren, dass bei Anna und mir im Moment nicht mehr zu holen ist und schaltet sich ein.

»Dominique. Wir haben doch keine Eile. Lassen wir den beiden die Zeit, die sie brauchen. Wir haben ohnehin noch einige weitere Verabredungen in Verona. Lassen Sie uns diese erst wahrnehmen. In der Zwischenzeit können Signora

Anna und Signore Alfredo sich in Ruhe alles überlegen. Wir geben ihnen unsere Handynummern. Und wenn sie in ihrer Entscheidungsfindung weiter sind, rufen sie uns einfach an.« Und an Anna und mich gerichtet setzt sie noch nach: »Halten Sie es für realistisch, dass Sie innerhalb der nächsten sieben Tage einige Schritte weiter sein werden?«

»Ja, das ist gut möglich«, antworte ich. »Aber verstehen Sie das bitte nicht als Zusage.«

Anna und ich verabschieden uns von den drei Verlagsleuten, vergessen beinahe den Vertrag mitzunehmen und kehren ins Rustico zurück.

Kaum, dass wir den Gang hinter zum Garten durchquert haben, bleibe ich stehen und blicke Anna an.

»Was war los? Du warst ja wie elektrisiert, als du den Namen von diesem verstorbenen Verleger gehört hast. Was hat es mit dem auf sich?«

»Das ist sie, Alfredo.«

»Was ist das? Wer ist sie?«

»Es ist zwar schon eine ganze Weile her, dass ich dir ein Versprechen geradezu abgerungen habe. Und jetzt ist der Augenblick gekommen, in dem du dieses Versprechen einlösen kannst.«

»Anna, geht es eventuell auch ein bisschen weniger geheimnisvoll? Kannst du vielleicht etwas direkter zur Sache kommen?«

»Ich habe dir damals angekündigt, dass dir irgendwann eine Frage in den Sinn kommen wird. Und dass, wenn du sie mir dann stellen wirst, ich dir sagen werde, dass das die Frage ist, und dich an dein Versprechen erinnern werde. Das Versprechen war, dass du mir diese Frage von da an nie wieder stellen wirst. Du hast damals geantwortet: ›Puuh ... Anna! Das geht ja gut los.‹, und mich dann gefragt, ob da noch mehr in diese Richtung kommt?«

»Und? Kam da noch mehr in diese Richtung. Und vor allem: Habe ich dir das Versprechen gegeben?«

»Ja. Es hat zwar eine ganze Weile gedauert. Aber schließlich hast du es mir versprochen.«

»Und die Frage danach, was es mit diesem Samuel Mahrenholz auf sich hat, ist die Frage, die ich dir jetzt, nachdem ich sie dir das erste Mal gestellt habe, nie wieder stellen darf, richtig?«

»So ist es, geliebter Alfredo.«

»Anna! Weißt du, was du da gerade von mir verlangst? Wie kannst du es zulassen, dass zwischen uns in den vergangenen Wochen, Monaten und Jahren eine solche Nähe entsteht und mich dann mit dieser Geheimniskrämerei von dir und deinem Leben in diesem Moment fernhalten wollen?«

»Ich will dich nicht von mir und meinem Leben fernhalten. Im Gegenteil, Alfredo. Aber ich wusste damals schon, dass sich dir diese Frage in einem Augenblick aufdrängen wird, in dem ihre Beantwortung weitere Fragen aufwerfen und die ohnehin komplizierte Situation noch schwieriger machen würde. Und genau so ist es gekommen. Ich halte es jetzt für viel wichtiger, unsere Konzentration auf die Reflexion des gerade eben geführten Gesprächs zu richten und uns mit dem Autorenvertrag zu befassen, anstatt Verbindungen zu besprechen, die dich unter Garantie an den Rand dessen bringen würden, das du zu verstehen in der Lage und zu glauben bereit bist.«

»Na, das hatten wir ja schon lange nicht mehr.«

»Was genau?«

»Diese Überheblichkeit, mit der du mir von Zeit zu Zeit meine intellektuelle Unterlegenheit vergegenwärtigen möchtest. Und weißt du was?«

»Nein, Alfredo.«

»Du kannst das Gespräch mit diesen Leuten vom Franklin Verlag die nächsten Tage gerne alleine reflektieren. Und mit dem Autorenvertrag kannst du dich auch intensiv beschäftigen. Ich für meinen Teil brauche jetzt mal eine Auszeit.«

»Nein. Das tust du jetzt nicht, Alfredo. Du wirst jetzt nicht nach München fahren. Gerade jetzt, da ich dich so sehr brauche.«

»Ich mich auch. Ich brauche mich auch. Und zwar ganz furchtbar dringend.«

Ohne ein weiteres Wort lasse ich Anna stehen, gehe am Haus entlang zur Eingangstür, krame den Schlüssel unter dem Tontopf hervor, öffne die Tür, gehe ins Haus und lasse die Tür offen stehen. Keine fünf Minuten später verlasse ich das Rustico, nachdem ich ein paar Anziehsachen eilig in die erstbeste Reisetasche geworfen habe. Anna sitzt auf der Bank und sieht mir ungläubig hinterher.

Hass und Wut sind meine Beifahrer bis zur Brennerautobahn. Trauer über das Misstrauen begleitet mich hinunter nach Innsbruck. Die restlichen rund 150 Kilometer bis München spüre ich nur noch Leere. Und in meiner Wohnung in München empfängt mich Reue. Gott sei Dank ist Irina vor Ort, die gerade mal wieder mit ihrer ordnenden Hand Leben in die Wohnung bringt, ein paar frische Blumen in zwei Vasen gestellt hat und sichtlich überrascht ist von meinem plötzlichen Auftauchen.

»Herr Alfred, was machen Sie denn hier? Ich dachte, sie wären am Gardasee?«

»Das war ich auch, Irina. Bis vor viereinhalb Stunden.«

»Oh, oh. Das klingt nicht gut. Gab es Krach mit Frau Anna?«

»Das kann man so nicht sagen. Aber ich möchte darüber jetzt nicht sprechen.«

»Sprechen heilt aber, Herr Alfred. Schweigen verletzt.«

»Irina, bitte. Eine Frau, die mir sagt, was gut und schlecht ist und was ich tun und lassen soll, reicht mir. Ich bin dankbar, dass es dich gibt. Ich bin dankbar dafür, dass du meine gute Seele hier in München bist. Vor allem aber bin ich dir dankbar dafür, dass du die Dinge so tust, wie du sie tust, wenig Fragen stellst und mich schon gar nicht mit unwillkommenen Belehrungen konfrontierst.«

Irina schweigt, geht zur Garderobe und nimmt ihre Jacke, um sie sich überzuziehen.

»Ich bin eh gerade fertig geworden und wünsche Ihnen dann noch einen friedvollen Abend.«

Ich folge ihr in den Flur, um mich für meinen barschen Ton zu entschuldigen. Doch sie ist bereits gegangen und hat die Tür lautlos hinter sich zugezogen. Scheiße. Der Frau meines Herzens habe ich aus trotzigem Zorn und verletzter Eitelkeit den Rücken gekehrt. Und die Seele meines Münchner Zuhauses habe ich soeben verletzt. Auch egal. Irina werde ich später anrufen und mich entschuldigen. Und über dieses überaus schwierige Beziehungskonstrukt werde ich in den kommenden Tagen in aller Ruhe nachdenken. Die Reisetasche auszupacken, habe ich jetzt keine Lust. Ablenkung wird mir guttun. In der Hoffnung, dass ich meinen Papierkalender, der auch das handschriftliche Telefonbuch mit wichtigen privaten Telefonnummern enthält, eingepackt habe, durchwühle ich die Tasche. Gott sei Dank ist der Kalender an Bord. Mit einem Glas Averna in der linken und dem Telefonbuch in der rechten Hand blättere ich es durch und hoffe auf einen Namen zu stoßen, der für die erwünschte Ablenkung sorgt. Das Telefon klingelt.

»Alfredo?«

»Anna. Bitte! Lass mich in Ruhe. Nur ein paar Tage. Ich brauche wirklich etwas Auszeit.«

»Würdest du sofort zurückkommen, wenn ich dir erzähle, um wen es sich handelt und was mich mit ihm verbindet?«

»Was soll das? Ich bin sicher keine 500 Kilometer gefahren, um jetzt noch einmal 500 Kilometer zurückzulegen und mir dann von dir eine Geschichte auftischen zu lassen, die, um deine Worte zu verwenden, zu verstehen ich nicht in der Lage und zu glauben nicht bereit bin, Anna.«

»Im Grunde möchte ich dir diese Geschichte auch nicht erzählen. Aber wenn ich sie dir erzählen würde, würdest du dann zu mir, zu uns zurückkommen? Ich habe Angst, dass du in München etwas tust, was mich verletzten könnte. Etwas, was uns entzweit. Ich spüre, wie du in deinem Notizbuch nach Ablenkung suchst und ich möchte nicht, dass du dich ablenkst. Egal mit was oder wem. Ich möchte, dass du bei mir bist. Mit deinen Gedanken. Deinem Herzen. Und deinem Körper, hörst du, Alfredo, bei mir!«

»Anna. Du hast mich verletzt. Was willst du jetzt von mir?«

»Verstehen, was dich verletzt hat. Und versuchen, es wieder zu heilen. Aber ich finde, das Telefon ist kein geeignetes Medium für das.«

»Ich habe offen gestanden meine Zweifel daran, dass es gerade überhaupt irgendein geeignetes Medium dafür gibt.«

»Siehst du! Deshalb komm bitte zurück. Jetzt gleich. Dann brauchen wir kein Medium. Dann haben wir uns. Und wenn wir uns haben, wird alles gut.«

»Bitte gib mir etwas Zeit. Bis der Zorn verraucht ist und sich die Wogen bei mir geglättet haben. Ich melde mich bei dir, sobald ich mich wieder auf den Rückweg mache. Und jetzt entschuldige bitte, Anna. Aber für den Moment kann und möchte ich nicht länger mit dir telefonieren. Ciao!«

Kaum hatte ich den Hörer aufgelegt, klingelt das Telefon erneut. Am anderen Ende der Leitung ist Sonja, die Freundin von Dino, Ingolfs bestem Freund.

»Dass du mal zu erreichen bist. Habe mir in den letzten Tagen die Finger wund getippt. Kaum zu glauben. Der Textpapst persönlich. Hallo, hier ist Sonja, wie geht es dir?«, erreicht eine fröhliche und gut gelaunte Stimme mein Gemüt, das sich in Sekundenschnelle erhellt.

Plötzlich habe ich das Gefühl, dass mir wie bestellt mit ihr heute Abend die gewünschte Ablenkung begegnet.

»Danke, gut. Und wie geht es dir? Ist ja wirklich eigenartig, dass du ausgerechnet jetzt anrufst. Bin seit ungefähr 20 Minuten vom Gardasee zurück und habe mich just in diesem Augenblick gefragt, was ich mit dem Rest des Abends noch anfangen könnte. Aber was verschafft mir überhaupt die Ehre deines Anrufs?«

»Wenn du schon so direkt danach fragst, kann ich ja auch direkt mit der Tür ins Haus fallen. Ich habe seit einigen Wochen riesigen Stress mit Dino und muss mal mit einem Mann darüber sprechen. Meine Mädels sind mit ihrem Latein am Ende. Vielleicht erinnerst du dich, dass wir schon ausführlich darüber gesprochen hatten, als wir mit euch Silvester zusammen gefeiert haben. Und das Gespräch mit dir hat mir so gutgetan. Du bist ein so einfühlsamer und verständnisvoller Mann. Damals war es schon schwierig mit Dino, aber inzwischen ist es unerträglich geworden. Aber sag mal, wo ist Anna?«

»Sie ist am Gardasee. Bei uns knirscht es gerade auch ein wenig. Was hältst du von einem spontanen Glas Wein und einem gemeinsamen Wunden-lecken von zwei unglücklich Verliebten?«

»Oh ja, cool. Ja, das finde ich eine gute Idee. Wo sollen wir uns denn treffen und wann? Musst du nicht erst noch auspacken?«

»Nein, das kann warten. Sagen wir in einer halben Stunde im Florian in der Hohenzollernstraße? Die haben unten im Keller eine ganz schöne Bar und meistens auch coole Musik.«

»Okay. Halbe Stunde wird für mich etwas knapp, weil ich gerade total verschwitzt vom Training zurückgekommen bin und mich erst noch frisch machen möchte. Wäre in einer Stunde auch okay für dich, oder bist du dann schon zu müde von der langen Fahrt?«

»Nein, nein. In einer Stunde ist auch fein. Also dann bis später, Sonja. Ich freue mich. Und danke für deinen Anruf. Hat echt gutgetan in meiner Verfassung.«

»Und mir erst. Freue mich. Bis später.«

Geht doch! *Wenn du denkst, es geht nicht mehr, kommt von irgendwo ein Lichtlein her*. Blöder Spruch. Aber irgendwas ist dran. Als Sonja mit fast einer halben Stunde Verspätung in der Bar ankommt, habe ich mich schon ziemlich abgeschossen, da ich bereits 15 Minuten nach dem Telefonat mit ihr in der Bar saß und mir einige Gläser Averna gegönnt habe.

Zwei Stunden später liege ich mit ihr in meinem Bett. Sie gibt sich redlich Mühe, mich sexuell zu stimulieren. Figürlich erfüllt sie alle meine Vorstellungen. Und die Tatsache, dass ihr jegliche Scham zu fehlen und sie vor keiner sexuellen Praktik zurückzuschrecken scheint, wären unter normalen Umständen weitere Faktoren, die selbst beim schüchternsten Mann jeden Damm gebrochen hätten. Allein bei mir regt sich nichts. So sehr sie mein Glied auch massiert, ihn in ihren sinnlichen Mund steckt, mich anal zu stimulieren versucht, ein ausgesprochen pikantes, bühnenreifes Spektakel aus der Abteilung Selbstbefriedigung aufführt, mir die Lippen halb zerbeißt und mir ihre Zunge in den Hals steckt ... nichts regt sich.

»Hast du zu viel getrunken? Oder vielleicht liegt es an der langen Autofahrt. Dino hat mir mal erklärt, dass es nach langen Autofahrten mit dem Sex nicht so klappt, weil der Penis des Mannes irgendwie ganz komisch eingeklemmt wird. Und bezogen auf Dino kann ich das bestätigen. Nach langen Autofahrten ging mit dem gar nichts. Der hat dann einfach keinen hochgekriegt. Oder liegt es daran, dass du deinen Ärger mit Anna nicht vergessen kannst? Sollen wir eine Pause machen? Oder bis morgen früh warten? Ich kann auch bei dir übernachten und wir streicheln uns einfach nur. Und dann ficken wir morgen früh. Sex am Morgen vertreibt Kummer und Sorgen. Ich mach es sowieso lieber vor dem Frühstück. Da fängt der Tag doch gleich ganz anders an. Nun sag doch was! Dein

Schweigen ist ja nicht auszuhalten. Oder ist dir jetzt neben deinem Schwanz auch noch die Zunge erschlafft?«

Eine weitere halbe Stunde später sitze ich erneut im Auto. Auf der Rückfahrt nach Albisano. In der Hoffnung, dass mir eine Polizeikontrolle erspart bleibt, da mich eine solche Kontrolle angesichts meines erheblichen Alkoholkonsums sicher meinen Führerschein kosten würde. Wenn alles gut läuft, werde ich mit frischen Brötchen rechtzeitig zum Frühstück im Dorf sein und Anna einen duftenden Espresso ans Bett bringen können. Nach Sonjas feierlicher Motivationsansprache hatte ich sie gebeten, sich anzuziehen, die Wohnung zu verlassen und mir nicht böse zu sein angesichts dieses Missgeschicks. Abschließend stellte ich ihr noch in Aussicht, dass wir es bei einer nächsten Gelegenheit ja noch einmal von Neuem versuchen können und schob sie, unfähig ihre Lippen zum Zwecke eines Abschiedskusses zu berühren, durch die Tür ins Treppenhaus.

Und jetzt bin ich froh, auf dem Weg in mein geliebtes Albisano zu sein und in mein wahres Zuhause zurückzukehren. Zu ihr. Vielleicht auch zu einem Geständnis oder wenigstens einer Aussprache bezüglich meiner sexuellen und alkoholischen Exzesse. Ich spüre ein zunehmend schwerer werdendes Gewissen, das ich so gar nicht von mir kenne. Ich will zurückkehren zu unserem Buch. In unser Rustico. Zu einem Gespräch über Dante.

Die Entscheidung

Mitte September 2008

Die nächtliche Fahrt von München zurück nach Albisano verläuft alles andere als reibungslos. Am Irschenberg hat sich ein Lkw quergelegt und laut Nachrichten rund 20 Tonnen Haarshampoo auf der Autobahn verteilt. Es erinnert mich daran, dass ich nach der Entgleisung mit Sonja nicht geduscht und sehr wahrscheinlich noch Speichelreste von ihr in meinen Schamhaaren kleben. Pfui, Spinne! An Rausfahren und Schlafen ist nicht zu denken, da ich mitten im Stau von anderen Fahrzeugen eingekeilt bin. Als dann um 05:00 Uhr morgens die Bahn endlich wieder wenigstens einspurig befahrbar ist, dauert es eine ganze Weile, bis sich die Kolonne in Gang setzt. Im Schritttempo geht es an der Unfallstelle vorbei. Endlich am Rastplatz Irschenberg angekommen, will ich kurz ein Schläfchen machen. Angesichts meiner völligen Übermüdung wird aus dem nur als Nickerchen geplanten Zwischenstopp ein den gesamten Vormittag überdauernder Tiefschlaf.

Mittags werde ich dann von zwei an das Seitenfenster klopfenden Polizeibeamten mit der Frage geweckt, ob mit mir alles in Ordnung sei. Ich gehe zur Raststätte, hole mir vier Dosen Red Bull und hoffe darauf, dass er mir für den Rest der Fahrt die in der Werbung versprochenen Flügel verleiht.

Kurz vor dem Autobahndreieck Inntal der nächste Stau. Während der weiteren rund zwei Stunden Wartezeit verleibe ich mir die vier Dosen Energy-Drink ein. Und es tut durchaus seine Wirkung. Mehr und besser als mir lieb ist. Zittrig wie jemand, der eine halbe Stunde die Finger in die Steckdose gehalten hat, rutsche ich auf meinem Fahrersitz von einer Pobacke auf die andere und wünsche mir nichts sehnlicher, als weiterfahren zu können.

Um 14:15 Uhr löst sich der Stau endlich auf und ich rechne mir aus, dass ich, den Rest der Fahrt, freie Bahn vorausgesetzt, um circa 18:00 Uhr am See sein werde. Kufstein, Innsbruck, Matrei, gleich durch den Tunnel und dann ...

Stau. Im Tunnel haben sich zwei Fahrzeuge ineinander verkeilt und zu brennen angefangen. Der Tunnel ist gesperrt worden und die Polizei ist hoffnungslos damit überfordert, den Verkehr von der Autobahn auf die alte Brennerstraße umzuleiten.

Geschieht mir völlig recht! Warum musste ich mich auch verhalten wie ein kleiner trotziger Bengel? Erst weglaufen. Dann versuchte Untreue. Von wegen im Zweifel für den Anklagten. Schon der Versuch ist strafbar. Nicht mal meinen Mann stehen kann ich. Aber den Schwanz einziehen und weinerlich zu Mami nach Hause gehen, das kann ich. Sonja hat vollkommen recht: Ich bin ein richtiger Schlappschwanz! Und kleine Sünden bestraft der liebe Gott bekanntlich sofort.

Warum nur will Anna mir nicht erzählen, was es mit dieser Verbindung auf sich hat? Warum hat sie gesagt, dass mein Wissen darum unsere ohnehin schon schwierige Verbindung unnötig zusätzlich verkomplizieren würde? Was hat diese Appollini noch mal erzählt? Dieser Mahrenholz hatte eine Frau kennengelernt, mit der er seinen Lebensabend verbringen wollte und ihr schließlich ein beträchtliches Vermögen vererbte. Hatte Anna mir nicht anvertraut, dass ihr ein älterer Herr so viel Geld hinterlassen hatte, dass sie den Rest ihres Lebens nun nicht mehr arbeiten müsse?

Und auf mein Befragen, um wen es sich bei diesem gehandelt hatte, hatte sie nur geantwortet: »Nicht jeder Gesuchte möchte auch gefunden werden.«

Ist dieser Gesuchte vielleicht dieser Verleger? Aber wieso ist er ein Gesuchter, der nicht gefunden werden will? Hat er Dreck am Stecken? Und wenn es tatsächlich eine Verbindung zwischen Samuel Mahrenholz und Anna gibt, warum hatte sie dann nicht die Expertise dieses angeblich erfolgreichen Verlegers genutzt, um mit und bei ihm ihr Manuskript zu veröffentlichen? Was verdammt noch mal hat es mit ihm auf sich?

Anna würde mir bei der Beantwortung all dieser Fragen nicht weiterhelfen. Ich hatte ihr versprochen, diesbezüglich nicht mehr nachzufragen. Und ich wollte dieses Versprechen auch halten. Aber ich will und muss es irgendwie herausfinden. Für mich. Für meinen Seelenfrieden. Doch jetzt ist erst einmal wichtig, mit Anna die weiteren Schritte zu besprechen. Nein: Das Wichtigste ist, dass ich mich bei ihr für mein Verhalten entschuldige. Als Allererstes. Sobald ich in Albisano bin. Hoffentlich ist sie noch da. Könnte gut verstehen, wenn sie dem Rustico auch den Rücken gekehrt hat. Würde mich nicht wundern. Das hätte ich mir selbst zuzuschreiben.

Wie in Trance gleite ich mit der längst wieder in Bewegung gekommenen Kolonne mit und bin mittlerweile in Sterzing. 19:45 Uhr. Wann habe ich das letzte Mal so lange für diese verfluchten 450 Kilometer gebraucht? Und es liegen immer noch über 100 Kilometer zwischen meinem Standort und meinem Ziel. Geduld und Gelassenheit werden mir guttun. Ich wünsche mir jetzt eine gehörige Portion davon. Als Wegbereiter für die Demut, mit der ich mir vorgenommen habe, vor Anna zu treten. 21:20 Uhr bin ich dann hoffentlich endlich in Torri del Benacco.

Je näher ich meinem Ziel komme, desto mehr wächst die Unsicherheit, ja, die Angst vor der Wiederbegegnung überkommt mich. Ich möchte noch kurz ein Glas Averna hier unten im Städtchen bestellen, um mir etwas Mut anzutrinken. Danach werde ich die Serpentinen hinauf nach Albisano nehmen. Ich stelle mein Auto ab, lasse es offen und lenke meine Schritte in Richtung Bar Centrale.

Als ich die kleine, zur Bar führenden Gasse einbiege, bleibe ich wie angewurzelt stehen. Nur einige Meter vor mir sehe ich Pater Paolo mit Dante dicht aneinandergedrängt und in eine angeregte Konversation vertieft die Gasse hinunter zum See laufen. Was hat das nun wieder zu bedeuten? Zufall? Geplantes Treffen? Kennen die sich? Anna scheint mich inzwischen gründlich angesteckt zu haben mit ihren verschwörungstheoretischen Fantasien und all dem teils religiösen, teils esoterischen Gefasel über Fügungen durch höhere Mächte, der Nichtexistenz von Zufällen und dem Einfluss des Mikrokosmos auf den Makrokosmos. Mein Gott. Hier unterhalten sich der katholische Chef eines Verlagshauses und der katholische Pfarrer meiner Gemeinde einfach nur. Vermutlich über das sie miteinander verbindende Thema, den katholischen Glauben. Und sie haben sich einfach zufällig in San Martino kennengelernt, weil Dante einen Blick in die Kirche geworfen hat und Pater Paolo gerade etwas am Altar zu erledigen hatte. So einfach ist die Welt. Das Glas Averna schiebe ich auf. Es drängt mich einfach zu sehr hinauf ins Dorf. Ich mache auf dem Absatz kehrt und gehe zurück zum Auto.

Zehn Minuten später bin ich am Holztor des Durchgangs zum Rustico angelangt. Meine Tasche habe ich im Auto zurückgelassen. Das Tor ist nicht verschlossen. Rustico und Garten liegen jedoch im Dunkeln. Leise gehe ich zur Haustür, hebe den Teracotta-Topf leicht an, kein Schlüssel. Auch die Haustür ist unverschlossen.

»Anna? Bist du zu Hause?«

Stille.

»Anna?«

»Alfredo, ich sitze hier unten zwischen den Bäumen in der untersten Reihe des Olivenhains. Mit einem Glas Amarone.

Kommst du zu mir? Und bring dir bitte auch gleich ein Glas für dich mit.«

»Wo sitzt du drauf, Anna? Die Wiese ist doch bestimmt schon ganz feucht. Soll ich Stühle mit runterbringen?«

»Nein, die zwei Korbstühle von der Terrasse habe ich schon hier. Bitte komm zu mir.«

Ich tue, worum sie mich bittet, und gehe mit einem etwas zu voll eingeschenkten Glas Amarone, dessen Inhalt ich auf dem Weg zur Hälfte verschütte, hinunter.

Sie wartet an der untersten Olivenbaumreihe stehend mit ausgebreiteten Armen auf mich. Ja, so fühlt es sich an, nach Hause zu kommen. Bei ihr angelangt, stelle ich mein Glas in der Wiese ab. Eine kleine Ewigkeit stehen wir eng umschlungen und inhalieren den Geruch unserer Körper mit tiefen Atemzügen.

»Anna. Ich möchte mich als Erstes bei dir entschuldigen. Es tut mir wirklich leid, dass ich mich wie ein kleiner Junge verhalten, so unreflektiert reagiert habe und fast auch noch mein Versprechen gebrochen hätte.«

Sie legt ihren Zeigefinger auf meine Lippen.

»Psst!«

»Es gibt da noch etwas, wofür ich mich schäme, was ich dir mitteilen und wofür ich dich um Vergebung bitten möchte, Anna.«

»Bist du sicher, dass ich das wissen will?«

»Vermutlich weißt du es ohnehin längst. So, wie du auch wusstest oder zumindest geahnt hast, dass ich durch meinen Kalender blättere, um nach Abwechslung zu suchen. Stimmt's?«

»Nein, Alfredo. Ich weiß gar nichts. Ich fühle nur. Die Liebe, die dich zu mir zurückgeführt hat. Es tut mir leid für dich, dass du eine solch strapaziöse und lange Fahrt hinter dir hast. Ich habe in den Nachrichten gehört, was auf den Autobahnen los gewesen ist. Und ich habe inständig gehofft, dass dir diese Staus erspart bleiben. Aber dem war wohl leider nicht so. Auf jeden Fall ist es schön, dass du wieder zu Hause bist.«

»Ja, ich bin auch froh. Die Fahrt war schrecklich. Wenn du aber schon nicht wissen möchtest, wofür ich mich entschuldigen möchte, so höre dir bitte wenigstens an, was ich mir vorgenommen habe.«

»Muss das sein? Jetzt?«

»Ich weiß, wie sehr dir mein Alkoholkonsum manchmal zu schaffen macht. Und ich bin mir ziemlich sicher, dass du ahnst oder mich so weit einschätzen kannst, dass ich grundsätzlich ein Suchtproblem und mich auch in anderen Situationen nur bedingt unter Kontrolle habe.«

»Alfredo. Du hast dein Päckchen zu tragen, ich habe mein Päckchen zu tragen. Jeder Mensch hat irgendein Päckchen zu tragen. Und niemand kann das Päckchen des anderen auf Dauer wirklich mittragen. Also versuch erst bitte gar nicht, mir dein Päckchen aufzubürden. Ich trage es in manchen Situationen in gewisser Weise ja ohnehin mit, wenn du aufbrausend bist, ich deinen Jähzorn oder deine Persönlichkeitsveränderung ertrage. Wenn du auf den Alkohol verzichten willst, dann kannst du das auch. Wenn du andere Dinge in deinem Leben anders machen willst und es wirklich willst, dann kannst du auch das. Es kann sein, dass du dafür Unterstützung von außen brauchst. Aber diese Unterstützung werde ich dir nicht geben. Weil ich sie dir nicht geben kann. Ich habe nicht genügend Distanz zu dir. Verstehst du? Und wenn du dir etwas vorgenommen hast, freue ich mich darüber in erster Linie für dich. Für mich freue ich mich dann, wenn ich an irgendetwas merke, dass und wie gut dir die Umsetzung dieses Vorhabens gelingt. Meinst du, wir können es dabei belassen?«

Eine kleine Ewigkeit schweige ich Anna resigniert an. Mein Vorhaben mich ihr zu öffnen, mich ihr anzuvertrauen, mich zu entschuldigen, verpufft wie die Schirmflieger einer

Pusteblume. Die erste Person, der ich so sehr vertraue, sodass ich mich öffnen möchte, will es nicht hören.

»Wie lange sitzt du hier schon?«

»Mit einigen kurzen Unterbrechungen seit heute Morgen, Alfredo. Ich habe gehofft, dass du zum Frühstück hier sein wirst. Ich habe die ganze Nacht kein Auge zugemacht und mich mit dem Vertrag beschäftigt. Während der Beschäftigung mit dem Vertragswerk wollte ich mir, wie Dante es gewünscht hat, alle für mein Empfinden unklaren Passagen sowie die aus meiner Sicht für uns nicht akzeptierbaren Bestandteile des Vertrags auf einem separaten Blatt notieren. Willst du das Blatt sehen?«

»Ja gerne, Anna.«

Sie hebt ein auf einem der Stühle liegendes Blatt hoch und reicht es mir.

»Anna, das ist leer. Kann ich vielleicht auch das Blatt mit den Notizen bekommen?«

»Das ist es. Ich konnte keine Vertragsbestandteile finden, die wir nicht akzeptieren könnten. Und ich habe alles verstanden. Der Franklin Verlag will die exklusiven Rechte an dem Werk. Das inkludiert unter anderem auch alle Filmrechte und anderweitigen Nutzungen des Manuskripts. Meines Wissens ist das vollkommen normal. Ferner behalten sie sich vor, das Manuskript durch ein kompetentes Lektorat in Abstimmung mit uns zu überarbeiten, zu kürzen oder uns gegebenenfalls um Ergänzungen zu bitten. Auch das ist nichts Ungewöhnliches. Als außerordentlich großzügig empfinde ich den angebotenen Vorschuss. Sie bieten uns 50.000 Euro Autorenhonorar an, das sie uns mit Unterzeichnung des Vertrages überweisen wollen. Und da sie uns beide als gleichberechtigte Autoren unter Vertrag nehmen, würden sie gerne jeweils einen mit dir und einen mit mir abschließen. Sowohl das Honorar wie auch die aus den anschließenden Verkaufserlösen entstehenden Tantiemen sollen zu gleichen Teilen an dich und mich ausbezahlt werden. Ebenfalls kulant finde ich, dass sie uns nicht unter Zeitdruck setzen. Zwar steht im Vertrag, dass es ihre Absicht ist, das Buch bereits zur Frühjahrsmesse herauszubringen. Sollte dies allerdings aufgrund von durch uns verursachten Verzögerungen nicht möglich sein, behalten sie sich vor, den Veröffentlichungstermin ihrerseits frei zu bestimmen. Anders ausgedrückt: Liefern wir nicht rechtzeitig ab, legen sie einen neuen Termin fest, zu dem veröffentlicht werden soll. Und zwar ohne, dass wir dann noch darauf Einfluss nehmen könnten. Auch das finde ich absolut fair. Normalerweise werden Vertragsstrafen vereinbart, wenn Autoren nicht zum vereinbarten Termin liefern. Stell dir das bitte mal vor: Wir bekommen 50.000 Euro, obwohl das Buch im schlimmsten Fall erst in ein paar Jahren herauskommt, Alfredo. Welcher Verlag macht denn so etwas heute noch?«

»Seit wann interessiert dich das Geld?«

»Es geht mir hier nicht um das Geld. Es geht mir um den durch den Verlag zum Ausdruck gebrachten Vertrauensvorschuss.«

»Und weiter? Wie sind die übrigen Bedingungen?«

»Na ja. Sie wollen noch eine Aufstellung haben, welchen Verlagen wir das Exposé geschickt haben, damit sie von diesen alle Materialien zurückholen können. Sie erwarten, dass wir unsererseits keine Kopien aufbewahren. Weder in schriftlicher, noch in elektronischer Form. Damit wir nicht in Versuchung geraten, Teile des Manuskripts irgendwie anderweitig zu verwerten.«

»Findest du das auch typisch im Rahmen eines normalen Autorenvertrags, Anna?«

»Das ist kein normaler Autorenvertrag, Alfredo. Das ist ein ganz besonderer. Ich glaube, dass sie es ehrlich mit uns meinen.«

»Und deshalb willst du vermutlich auch nicht mehr wissen, von wem sie das Exposé erhalten haben, stimmt's?«

»So ist es. Unter anderem auch aus dem Grund, dass unsere Frage danach vielleicht nur unser Misstrauen zum Ausdruck bringen würde. Dieses Misstrauen wäre eine schlechte Grundlage für die Zusammenarbeit. Außerdem kenne ich uns. Sollte ihre Reaktion auf die Frage nach der Herkunft ihres Exposés nur ansatzweise zögerlich sein oder von uns als nicht stimmig empfunden werden, werden wir erneut anfangen, irgendwelchen Fantasien zu erschaffen. Und das wäre auch für uns nicht gut, da die Überprüfung des Wahrheitsgehalts dieser Fantasien schwierig werden dürfte.«

»Wenn ich dich also richtig verstanden habe, Anna, dann bist du entschlossen, den Vertrag zu unterschreiben?«

»Ja, Alfredo, das bin ich.«

»Was ist mit deinem unguten Gefühl, das du vor dem Gespräch mit Dante und seinen beiden Kolleginnen hattest? Du willst mir doch jetzt nicht erzählen, dass du einen Knopf betätigt und es einfach ausgeschaltet hast? Das passt nicht zu dir, Anna.«

»Und was passt deiner Meinung nach zu mir? Ich will es jetzt hinter mich bringen. Sollte ich es in diesem Leben nicht schaffen, schaffe ich es nie. Ich bin müde geworden.«

»Diesen Satz habe ich schon einmal von dir gehört, Anna. Aus welchen Gründen auch immer du müde geworden bist, hier geht es gerade mal nicht nur um dich, sondern auch um mich. Es geht um uns und um unsere gemeinsame Arbeit. Und für mich gibt es noch eine Menge Fragen und Ungereimtheiten. Von dem Vertrag, dessen Inhalt ich bisher ja nur aus deinen Schilderungen kenne, mal ganz abgesehen, würde ich diese Fragen für mich in jedem Fall erst geklärt haben wollen. Und vor dieser Klärung würde ich auch sehr gerne den Vertrag einmal komplett lesen dürfen.«

»Das kannst und sollst du doch auch. Ich habe übrigens auch im Internet wegen des Franklin Verlages recherchiert. Alle Informationen, die ich finden konnte, habe ich ausgedruckt. Weißt du, was mich zusätzlich von diesem Verlag überzeugt hat?«

»Ja, gleich«, antworte ich mit einem eher unwirschen Ton.

Ich spüre die Frustration immer stärker in mir aufsteigen, die ihre Abfuhr vorhin nach meiner Rückkehr bei mir verursacht hat.

»Jetzt sei doch bitte nicht so schnippisch. Magst du dich eigentlich nicht endlich hinsetzen und einen Schluck Wein zu dir nehmen? Nach dieser langen Fahrt?«

Ich hebe mein Glas von der Wiese auf, sehe erst jetzt, dass Anna auch den kleinen Metalltisch hierher getragen hat, trinke etwas Amarone, stelle das Glas auf dem Tisch ab und setze mich.

»Und? Was hat dich zusätzlich von dem Verlag überzeugt?«

Anna lässt sich ebenfalls in ihrem Stuhl nieder.

»Was diese Laura uns erzählt hat, steht mehr oder weniger mit exakt demselben Wortlaut auch auf der Webseite des Verlags. All die Inhalte über die Historie, über das Selbstverständnis, das Verlagsprogramm und so weiter.«

»Anna! Wenn du mit deinem kurz nach dem Gespräch geäußerten Gefühl recht gehabt haben solltest, dann stimmt mich dieser Sachverhalt eher misstrauisch, als dass er aufs Vertrauenskonto einzahlt. Oder findest du allen Ernstes, dass es deren Glaubwürdigkeit erhöht, wenn die Mitarbeiter eines Unternehmens die Texte ihrer Webseite auswendig aufsagen können? Ich finde das eher befremdlich.«

»Außerdem habe ich mir Leserbewertungen auf Amazon zu einigen der Bücher angeschaut. Nur positive Feedbacks. Das können sie nicht faken, oder?«

»Im Internet lässt sich fast alles faken, Anna. Wie in den Nachrichten, die man uns tagtäglich in den Medien auftischt, auch. Unabhängig davon sagen diese positiven Leserbewertungen nichts über den Verlag selbst aus, sondern nur etwas über die Qualität der veröffentlichten Literatur und der

Autoren. Kanntest du denn irgendeinen der Autoren? War da einer dabei, dessen Namen man schon einmal gehört haben könnte?«

»Ehrlich gesagt, habe ich darauf nicht geachtet. Es hat mich mehr interessiert, um welche Themen es in den verschiedenen Werken ging. Und es handelt sich bei den im Franklin Verlag veröffentlichten Büchern ausschließlich um philosophische, religiöse oder gesellschaftskritische Fachbücher und Romane. Meiner Einschätzung nach durchwegs anspruchsvolle Literatur.«

»War auch ein Bestseller darunter, Anna?«

»Woher soll ich das wissen? Wie hätte ich das herausfinden sollen? Warum ist das interessant?«

»Ein Verlag, der Autoren 50.000 Euro Vorschuss bezahlt, müsste eigentlich ein paar Bestseller in seinem Programm haben. Nur dann wird richtig Geld verdient. Und nur wenn richtig Geld verdient wird, bleibt auch genug übrig, um derartige Vorschüsse zu finanzieren. Für mich ist eine derartig hohe Vorauszahlung eher eine wirtschaftlich nicht vertretbare Eskapade. Die kennen nicht einmal das vollständige Manuskript. Ich halte das für nicht normal. Tut mir leid, Anna.«

»Aber du hast doch gehört, wie die Appollini erzählt hat, dass der Verlag überdurchschnittlich erfolgreich gewesen ist. Und das betraf sicher die wirtschaftliche Situation. Was hältst du davon, wenn wir zeitnah einen zweiten Termin mit Dante vereinbaren und du dann die Rolle des Advocatus Diaboli übernimmst. Ich verspreche, ich werde auch in dieses Gespräch vorurteilsfrei hineingehen. Vor dem letzten Mal hatte ich ein ungutes Gefühl. Und ich habe es geschafft, dieses Gefühl während des Gesprächs auszuschalten. Dieses Mal bin ich in meiner Grundhaltung eher positiv gestimmt. Und auch das werde ich zur Seite schieben können. Ich bleibe einfach nur wachsam und aufmerksam, während du all die Fragen stellst, deren Beantwortung du für wichtig hältst. Kannst du mir den Gefallen tun?«

Nachdem ich mich zunächst kurz über den Stimmungswechsel und den sich hiermit unausgesprochen vereinbarten Rollentausch gewundert habe, stimme ich ihrem Vorschlag dann doch zu.

Wir vereinbaren mit dem Verlag ein Treffen für Mittwoch, den 17. September um 10:00 Uhr, der Bitte Dantes entsprechend, im Hotel du Lac in Riva.

Anna und ich sind fast eine halbe Stunde vor der verabredeten Zeit im Hotel und genießen bei einem Kaffee den Blick auf den See und die Windsurfer, die trotz relativer Flaute bereits auf ihren Boards stehen. Kurz vor zehn gehen wir dann an die Rezeption.

»Entschuldigen Sie«, spricht uns eine der Rezeptionistinnen an, »sind Sie eventuell Signora Anna und Signore Alfredo?«

»Ja«, antwortet Anna. »Warum?«

»Sie werden erwartet. Im Auftrag von drei Herrschaften soll ich Ihnen ausrichten, dass man sie in der Suite D'Annunzio erwartet. Wenn es Ihnen recht ist, würde ich Sie sehr gerne dorthin begleiten. Unser Haus ist sehr verwinkelt und dieses Besprechungszimmer liegt etwas versteckt.«

»Sehr gerne.«

Anna nimmt das Angebot der Rezeptionistin an und raunt mir, während wir der Dame folgen, leise zu: »Gabrielo D'Annunzio. Auch *Il Vittoriale* genannt. Schriftsteller und langjähriger Berater von Mussolini. Als er Mussolini unbequem wurde, hat er ihn hier an den Gardasee verbannt. Er schenkte ihm ein großes Grundstück und ließ für ihn ein Haus nach D'Annunzios Plänen erbauen. Heute ist es ein Museum, das man in Gardone Riviera besuchen kann.«

»Darf ich dich noch kurz etwas fragen, Anna?«

»Wenn ich dich mit einer kurzen Antwort zufriedenstellen kann.«

»Während unseres ersten Treffens mit den Dreien, hast du diese Appollini zweimal unterbrochen und dein Wissen über Benjamin Franklin zum Besten gegeben. Warum?«

»Es kam einfach so über mich. Manchmal ist das so. Da bekomme ich ein Stichwort und die Gedanken sprudeln dann einfach so aus mir heraus. Ohne, dass ich dem Sprechen Einhalt gebieten kann. Wenn ich mit Menschen zusammen bin, dann spreche ich. Bin ich alleine, schreibe ich. So ist das Manuskript entstanden. Manchmal ist es aber leider auch so, dass sich die Buchstaben in mir ansammeln und aufstauen und nicht raus können. In diesen Momenten drehen sie mir den Magen um, ich bekomme einen Brechreiz oder ersticke fast an ihnen.«

»Quindi ecco qua, Signora. Hier wären wir.«

Die Rezeptionistin klopft an die zweiflüglige Tür und öffnet den rechten Flügel behutsam, ohne eine Antwort abzuwarten. Drinnen stehen Dante, Appollini und Häuser in ein Gespräch vertieft, das sie abrupt beenden, als wir den Raum betreten.

»Buongiorno, Signora Anna, buongiorno, Signore Alfredo. Schön, dass es so zeitig mit einem zweiten Treffen geklappt hat. Herzlich willkommen im Hotel du Lac. Wir freuen uns sehr.«

Dante kommt mit ausgestrecktem Arm und offener Hand auf uns zu, begrüßt erst Anna mit einem für mein Empfinden zu langem Händedruck, und anschließend mich kurz und fest.

»Bitte kommen Sie doch zu uns und nehmen Sie Platz. Meine Kollegin Jutta Häuser hat eine kleine Präsentation zu den geplanten Vertriebs- und Marketingaktivitäten vorbereitet, die wir Ihnen zu Beginn unseres Gesprächs erst einmal zeigen möchten, mit Ihrem Einverständnis selbstverständlich.«

Noch im Stehen antworte ich: »Vielen Dank für dieses Angebot. Aber im Vorfeld würden wir gerne einige Fragen von Ihnen beantwortet bekommen und über verschiedene

Vertragsdetails mit Ihnen sprechen. Wenn dann noch Zeit bleibt, schauen wir uns auch gerne noch Ihre Präsentation an, Frau Häuser. Bitte verstehen Sie das keineswegs als Desinteresse an Ihrer Arbeit. Es ist einfach nur so, dass Signora Anna und ich zeitlich begrenzt sind. Spätestens um 14:00 Uhr müssen wir in Gardone sein, weil wir dort im Schatten der Villa D'Annunzio eine weitere geschäftliche Besprechung haben.«

Anna sieht mich verwundert an.

»Und Sie wissen, wie sich der Weg am Ostufer des Sees zieht. Gehen wir von anderthalb Stunden Fahrt aus, würden wir also gerne spätestens um 12:30 Uhr hier in Riva loswollen. Denken Sie, dass wir in dieser Zeit alle wesentlichen Themen werden besprechen können?«

»Das hängt von Ihren Fragen und den aus Ihrer Sicht zu klärenden Vertragsdetails ab. Dann lassen Sie uns die Zeit nutzen, Herrschaften, und gleich in medias res gehen. Aber bitte nehmen Sie doch Platz.«

Mehr oder weniger zeitgleich setzen wir uns. Bis auf Laura Appollini, die uns Kaffee und Getränke anbietet, Flaschen öffnet, Kaffee eingießt und uns mit allem versorgt.

»Vielen Dank. Dann lassen sich mich mit den Fragen beginnen. Warum genau sind Sie breit, vollkommen unbekannten Autoren einen Vorschuss in dieser Höhe zu bezahlen? Sie haben mit dem Exposé lediglich ein Probekapitel zu lesen bekommen.«

Die Frage hatte ich an Dante gerichtet, doch die Lektorin antwortet: »Signore Alfredo, selbstverständlich haben wir im Vorfeld ein wenig recherchiert. Und nach unseren Informationen verfügen Sie selbst über ein exzellentes Renommee als, wenn ich das so sagen darf, ein wahrer Meister der Sprache. Daraufhin haben wir das Exposé noch einmal gründlich analysiert und diesen Ihnen vorauseilenden Ruf bestätigt gesehen. Besonders überzeugt hat uns dabei, wie sie sich stilistisch auf den unterschiedlichen Ebenen bewegt haben. Die Beschreibung des zentralen Konfliktes und des Plots sind von einer verbalen Kraft und Kunstfertigkeit, die wir uns von den Textern der Werbekampagnen unseres Verlags allzu oft vergeblich erhoffen. In diesem Zusammenhang möchte ich Ihnen an dieser Stelle schon mal mitteilen, dass wir Sie neben dem Buchprojekt gerne auch als Texter für die Marketing- und Werbemaßnahmen verschiedener anderer Buchprojekte engagieren wollen würden. Aber das sollten wir in einem separaten Gespräch zum Gegenstand der Betrachtung machen. Und dann Ihr im Probekapitel entfalteter Schreibstil. Sie verknüpfen erzählerische Leichtigkeit, philosophischen Tiefgang, dokumentarische Präzision und emotionale Intelligenz zu einem Geflecht, das den Leser in ein Wechselbad der Gefühle einerseits und intellektueller Herausforderung andererseits verstrickt, aus dem er sich nur schwer wird befreien können.«

»Wer sagt Ihnen, Frau Appollini, dass das Exposé und das Probekapitel von mir verfasst wurden? Was macht Sie in dieser Annahme so sicher?«, hake ich geschmeichelt und deshalb merklich wohlwollender nach, während ich zugleich versuche, die von ihren Komplimenten geschickt angesprochene Seite meiner persönlichen Eitelkeit unter Kontrolle zu halten.

»Gestatten Sie mir die Unhöflichkeit einer ganz direkten Gegenfrage, Signore Alfredo?«

»Bitte.«

»Warum tun sich Ihrer Meinung grundsätzlich zwei Autoren zusammen?«

»Vermutlich, weil jeder aus seiner Kernkompetenz heraus einen Beitrag zu einem Werk leisten möchte, dass durch dieses Vereinen von zwei sich ergänzenden Expertisen zu Erkenntnis auf einer höheren Ebene oder größeren Umfangs führt«, antworte ich.

»Das gilt zweifelsfrei für ein wissenschaftliches Werk, ein Fachbuch oder einen Ratgeber. Aber in Ihrem Fall handelt es sich um einen Roman. Haben Sie schon mal von einem Roman gehört, der von zwei Autoren geschrieben wurde?«

»Über diese Frage müsste ich kurz nachdenken dürfen. Spontan fällt mir allerdings kein Buch ein«, antworte ich wahrheitsgetreu.

»Unsererseits haben wir trotz tiefer und weitreichender Kenntnis des literarischen Metiers und auch nach längeren Recherchen keinen Roman gefunden, der von zwei Autoren geschrieben wurde. Schon alleine dieser Umstand macht das von Ihnen verfasste Buch zu einem ganz besonderen. Doch zurück zu meiner Frage: Was könnte zwei Menschen, die einen Roman schreiben wollen oder geschrieben haben, neben ihren sich inhaltlich ergänzenden Kompetenzen noch veranlassen, sich Arbeit und Einnahmen teilen zu wollen?«

»Ich verstehe, worauf Sie hinauswollen. Sie glauben, dass Signora Anna die inhaltliche und ich die buchstäbliche Dimension bedienen. Aber das beantwortet mir meine Frage nicht. Warum gehen Sie davon aus, dass Exposé und Probekapitel aus meiner Feder stammen?«

Plötzlich mischt sich Dante ein.

»Signore Alfredo, warum zieren Sie sich so, uns einfach zu sagen, wie es tatsächlich ist. Haben wir recht mit unserer Annahme, oder nicht?«

Da ich nicht sofort antworte, beugt sich Anna, die bis dahin zurückgelehnt in ihrem Stuhl sitzt, zum Tisch vor und ergreift das Wort.

»Sie haben vollkommen recht. Signore Alfredos Aufgabe ist es, meine Ideen und Gedanken zu ordnen und sprachlich in eine Form zu bringen, die das Herz des Lesers erfreut und seine Gedanken inspiriert.«

Ich werfe ihr einen Blick zu, der ihr zu verstehen geben soll, dass es an mir ist, dieses Gespräch zu führen. Schließlich hatten wir uns im Vorfeld darauf verständigt. Ihre Aufgabe und Rolle ist die der aufmerksam Beobachtenden und Spürenden.

»Welche weiteren Fragen dürfen wir Ihnen beantworten?«, richtet sich Dante, der meinen Blick offensichtlich wahrgenommen hat, nun wieder an mich.

»Besonders interessiert uns, von wem Sie das Exposé erhalten haben, Herr Dante.«

»Das ist schnell erklärt. Die persönliche Assistentin Ihres Kölner Verleger-Freundes, Thomas Casper, der schon seit Längerem geschäftlich stark in den USA eingespannt ist, hat uns das Exposé in seinem Auftrag überlassen.«

»Und wie sind Ihre Verbindungen zu Thomas Casper?«

»Ich habe Herrn Casper am Rande eines ehemaligen Treffens von Mitgliedern der Franklin-Stiftung, das im Hotel Mariott in Philadelphia stattgefunden hat, zufällig abends an der Bar kennengelernt. Er hat seinerseits dort am nächsten Tag eine Strategie-Klausur mit den Führungskräften seines amerikanischen Verlags geplant.«

»Und diesen Zufall soll ich Ihnen glauben, Herr Dante?«

»Wenn Sie an Zufälle glauben, dann ja. Andernfalls können Sie es auch als Fügung bezeichnen. Es steht Ihnen darüber hinaus selbstverständlich jederzeit frei, sich bei Herrn Casper zu erkundigen. Er bat mich übrigens auch, Sie um Verständnis für seine Kontaktarmut zu bitten und herzlich zu grüßen. Er weilt wegen der nach wie vor noch andauernden Probleme mit seinem amerikanischen Verlag in den USA. Ich soll Ihnen ausrichten, dass er sich rechtzeitig vor seinem nächsten Aufenthalt in Deutschland bei Ihnen melden wird, weil er Sie sehr gerne wieder einmal wieder treffen möchte.«

Appollini ergreift das Wort: »Und, um der Wahrheit die Ehre zu geben, Signore Alfredo: Thomas Casper war es auch, der uns von seiner Begeisterung, ja er sprach sogar von Bewunderung, über Ihr Sprachvermögen mitgeteilt hat. Gibt es weitere Fragen Ihrerseits?«

»Weitere nicht. Aber für mich ist nach wie vor die Frage unbeantwortet, warum Sie uns 50.000 Euro Vorschuss gewähren wollen. Und in diesem Zusammenhang stellt sich dann auch die Frage, warum Sie uns keinen verbindlichen Abgabetermin auferlegen?«

Die von mir an Laura Appollini gerichtete Frage beantwortet dann aber Jutta Häuser, die in diesem Moment ihre Chance wittert, uns endlich ihre für den heutigen Termin vorbereitete Präsentation zu zeigen.

»Natürlich verstehen wir Ihre Verwunderung darüber. Meine Kollegin Frau Appollini und ich haben zunächst auch erheblichem Gegenwind von beiden Geschäftsführern bekommen. Schließlich konnten wir sie dann aber doch beide davon überzeugen, Ihnen einen derart hohen Vorschuss als Autorenhonorar anbieten zu dürfen.«

»Und warum haben Sie sich dafür starkgemacht?«, setze ich nach. »Außergewöhnliche Werke bedürfen einer ebensolchen Behandlung. Mit diesem hohen Vorschuss wollen wir Ihnen erstens unser Vertrauen in die Qualität Ihrer Arbeit signalisieren. Zweitens möchten wir Sie möglichst früh an unseren Verlag binden und Sie motivieren, das Manuskript schnellstmöglich fertigzustellen. Dabei wollen wir sie aber keinesfalls zeitlichem Druck aussetzen. Deshalb auch der erwünschte, aber nicht festgeschriebene Abgabetermin. Und drittens haben wir in diesem Jahr derart hohe Gewinne gemacht, dass wir einen Teil dieses Profits in zukünftige erfolgversprechende Projekte investieren wollen, anstatt sie zu einem erheblichen Teil an das Finanzamt überweisen zu müssen. Habe ich die drei wesentlichen Gründe auch aus Ihrer Sicht richtig wiedergegeben, Herr Dante?«

Dante, dessen Gesichtsfarbe plötzlich sehr blass geworden war, beschäftigte sich mit dem Eintippen einer Nachricht in sein Mobiltelefon.

»Herr Dante?«, wiederholt Häuser die an ihren Chef gerichtete Frage. »Habe ich die drei wesentlichen Gründe für den hohen Autorenvorschuss aus Ihrer Sicht richtig wiedergegeben?«

Dante wirkt geistesabwesend und antwortet aufgeschreckt: »Ja, ja. Vollkommen richtig. Bitte entschuldigen Sie mich einen kleinen Augenblick. Ich muss ganz kurz in einer anderen Angelegenheit ein wichtiges Telefonat führen und bin sofort wieder bei Ihnen. Vielleicht ist jetzt eine gute Gelegenheit, Frau Häuser, dass Sie der Signora und ihrem Partner unsere Marketing- und Vertriebsüberlegungen vorstellen.«

Ohne Häusers Antwort, geschweige denn unsere Reaktion auf seinen Vorschlag abzuwarten, verlässt er eiligen Schrittes mit dem Handy in der linken Hand den Raum.

Die nun folgende Präsentation der Marketingchefin ist eine fantasielose Aneinanderreihung von Bullet-Points, die Zahlen, Daten und Fakten enthalten und auf eine Art und Weise vorgetragen werden, deren einschläferndes Wort-für-Wort-Rezitieren der auf der Leinwand zu sehenden Buchstaben, Balken- und Tortendiagramme nicht einmal für betreutes Lesen im Altersheim gereicht hätte. Gleichwohl enthält sie inhaltlich einige Überlegungen, die Anna und mir an der einen oder anderen Stelle aufrichtiges Erstaunen abverlangen. Vor allem, weil sie einen Konkretheitsgrad aufweisen, den wir in einem so frühen Stadium nicht vermutet hätten.

Kurz vor dem Ende von Häusers Vorstellung betritt Dante wieder den Raum. Die Blässe in seinem Gesicht ist einem vor Erregung rötlich schimmerndem Teint gewichen.

»Da scheine ich ja genau im richtigen Moment wieder gekommen zu sein. Bitte entschuldigen Sie meine kurze Abwesenheit«, sagt er und nimmt erneut auf seinem Konferenzstuhl Platz.

In der verbleibenden Zeit gehen wir gemeinsam den gesamten Vertrag durch, diskutieren einige aus unserer Sicht kritischen Passagen etwas ausführlicher, hören insbesondere bei dem Aspekt noch einmal nach, warum wir keine Kopien des Manuskripts bei uns behalten dürften, bekommen auch hier eine für uns zufriedenstellende Antwort und bitten unsererseits schließlich um 13:05 Uhr um eine fünfminütige Pause, damit sich Anna und ich kurz beratschlagen können. Trotz einiger kleinerer Restzweifel meinerseits unterzeichnen wir den Vertrag noch vor dem Verlassen des Hotels.

Um 13:20 sind jeweils zwei Exemplare von Anna und zwei von mir auf jeder Seite mit unserem Kürzel und dem Datum sowie auf der letzten Seite mit der vollständigen Unterschrift unterschrieben. Dante und seine Kolleginnen sind sichtlich zufrieden. Bei Anna und mir macht sich eine gewisse Müdigkeit breit. Nachdem wir abschließend noch bei einem Glas Prosecco auf die Vertragsunterzeichnung anstoßen und uns wechselseitig eine gute Zusammenarbeit wünschen, verabschieden wir uns voneinander.

Um 13:37 Uhr am 17. September 2008 sitzen Anna und ich im Auto.

Noch bevor ich den Motor starte, fasst sie mich liebevoll an meinen Arm und stellt mir die Frage: »Warum hast du gesagt, dass wir um 14:00 im Schatten der Villa D'Annunzio einen weiteren Geschäftstermin haben, Alfredo?«

»Weil ich wissen wollte, ob und, wenn ja, was bei diesem Stichwort aus dir heraussprudelt. Aber es scheint nicht immer zu funktionieren.«

»Habe ich dir doch gesagt.«

»Du hast aber auch nicht den Eindruck gemacht hat, als ob du daraufhin an irgendwelchen Buchstaben gewürgt hättest. Was war übrigens in dem Päckchen, dass Chiara dir geschickt hat? Das habe ich völlig vergessen zu fragen.«

»Fast 100 Seiten des Manuskripts. Ich habe sie bei Chiara in Rom liegen gelassen, nachdem ich mich sehr intensiv mit ihr über den Inhalt unterhalten hatte.«

Halb im Spaß, halb besorgt füge ich hinzu: »Ich hoffe, dass dich deine mnemotechnischen Fähigkeiten jetzt nicht verlassen und du wirklich alle Seiten erstens eingesammelt und zweitens bei dir hast. Du weißt, dass wir eine erhebliche

Konventionalstrafe zahlen müssten, falls irgendwo anders noch Seiten des Manuskripts auftauchen.«

Anna schweigt, nimmt ihre Hand von meinem Arm und ich starte den Motor.

Auf der Rückfahrt nach Albisano fällt mir ein, dass ich eine aus meiner Sicht wichtige Frage zu stellen vergessen hatte: Wie ist der Verlag an meine Anschrift in Albisano gekommen? Diese kennt nur ein wirklich kleiner Kreis sehr enger Freunde. Und Thomas Casper zählt nicht zu diesem Kreis. Zu spät. Die Entscheidung ist gefallen und der Vertrag unterzeichnet.

Unterbrechung

17. September 2008

Mitten in der Sitzung mit Anna und Alfredo, gerade als Jutta Häuser sich in die Unterredung eingeschaltet hat und damit ihre Chance zur Präsentation wahrzunehmen beabsichtigt, vibriert das auf lautlos gestellte Handy von Dante in seiner rechten Jackeninnentasche. Möglichst unbemerkt von den übrigen Teilnehmern der Konferenz versucht er das Mobiltelefon aus der Jackentasche zu ziehen, was ihm schließlich gründlich misslingt. Er legte es mit der linken Hand auf seinen Oberschenkel, schaltet es ein und liest die auf dem Display sichtbare Nachricht:

Erwarte dringend Ihren Anruf! Möglichst innerhalb der nächsten 15 Minuten. Auf Anweisung von höchster Stelle. Bitte keine der bekannten Handynummern, ausschließlich via Festnetz. Danke. Garibaldi.

Siedend heiß fällt Dante ein, dass er dem Oberst bereits vor drei Tagen einen Rückruf zugesagt, es dann jedoch völlig vergessen hatte. Er spürt, wie ihm das Blut aus dem Kopf sackt und Übelkeit in ihm aufkommt. Er hofft inständig, dass seine momentane Gemütsverfassung allen übrigen Konferenzteilnehmern verborgen bleibt. Jetzt nur irgendwie raus hier und den Oberst anrufen.

»Herr Dante?«, wendet sich Jutta Häuser fragend an ihn. »Habe ich die drei wesentlichen Gründe für den hohen Autorenvorschuss aus Ihrer Sicht richtig wiedergegeben?«

Froh darüber, dass Häuser ihn mit ihrer Frage in die Realität dieses Raumes zurückgeholt hat, ergreift er die von ihr gebotene Gelegenheit, sich kurz auszuklinken.

»Ja, ja. Vollkommen richtig. Bitte entschuldigen Sie mich einen kleinen Augenblick. Ich muss ganz kurz in einer anderen Angelegenheit ein wichtiges Telefonat führen und bin sofort wieder bei Ihnen. Vielleicht ist jetzt eine gute Gelegenheit, Frau Häuser, dass Sie der Signora und ihrem Partner unsere Marketing- und Vertriebsüberlegungen vorstellen.«

Ohne die Reaktion von irgendjemandem abzuwarten, steht Dante auf, verlässt mit dem Handy in der linken Hand die Konferenzsuite, begibt sich schnellen Schrittes zur Rezeption, bittet den Concierge eine Verbindung zu einer Nummer herzustellen, die er zuvor etwas zu hastig und deshalb beinahe unleserlich auf einen Notizzettel gekritzelt hat, und setzt sich in einen plüschigen Ohrensessel in einer der geräumigen Telefonzellen gegenüber der Rezeption, nachdem er die Tür zu dieser geschlossen hat.

Weniger als eine Minute später klingelt das Telefon in seiner Zelle und eine freundliche weibliche Stimme gibt die Leitung mit den Worten frei: »Die Verbindung ist hergestellt, Signore. Ihr Gesprächspartner hat jedoch noch nicht abgenommen. Soll ich trotzdem schon durchstellen?«

»Ja, bitte. Vielen Dank.«

Nach dem vierten Freizeichen ist ein kurzes Knacken in der Leitung zu vernehmen, nach weiteren zwei Klingeltönen wird am anderen Ende der Leitung abgehoben.

»Ich hoffe, dass Sie es sind, Dante!«, begrüßt ihn die verärgert klingende Stimme des Obersts der Schweizergarde. »Sie hatten mir eine Berichterstattung bereits drei Tage früher zugesagt. Der Nuntius ist äußerst ungehalten. Dante? Sind Sie es überhaupt?«

»Ja, Signore Garibaldi. Hier ist Dominique Dante. Bitte entschuldigen Sie, dass ich nicht zur verabredeten Zeit angerufen habe. Wir sind seit vier Tagen unentwegt im Gespräch mit den beiden. Ihre Nachricht hat mich just in dem Moment erreicht, in dem sich gerade eine positive Wende abzuzeichnen begann. Diese Anna und ihr Alfredo sind hartleibiger, als wir es uns gewünscht hätten. Ich habe die Verhandlung unterbrechen müssen, um Sie in dem gewünschten Zeitraum zurückrufen zu können, Oberst.«

»Um Himmels willen, Dante. Gehen Sie sofort zurück. Was denken Sie, wird der Vertrag heute noch unterzeichnet?«

»Wir stehen kurz davor«, lügt Dante. »Es scheint mir so gut wie sicher. Der Herr steh uns bei.«

Den letzten Teil seiner Antwort hat er einem Stoßgebet gleich in der Hoffnung hinzugefügt, dass der liebe Gott ihm helfen möge, dass sich seine soeben ausgesprochene Lüge bald auch in Wahrheit verwandle.

»Ich erwarte Ihre Rückmeldung unmittelbar nach Unterzeichnung, Dante. Haben Sie verstanden? Bitte nutzen Sie dafür die zweite Festnetznummer, die wir Ihnen übermittelt haben. Und wagen Sie es nicht, mir irgendetwas anderes als die Mitteilung zu machen, dass dieser Vertrag von beiden Autoren unterschrieben ist. Die Geduld des Nuntius neigt sich wirklich allmählich ihrem Ende. Auf Wiederhören.«

»Auf Wiederhören, Oberst Garibaldi«, verabschiedet sich auch Dante und legt auf.

Der Oberst behält den Hörer noch einen Moment am Ohr, glaubt ein zweites Mal ein Knacken in der Leitung und dieses Mal außerdem einen Atem zu hören.

»Dante? Sind Sie noch dran? Hallo? Ist da jemand? Hallo!«

Nichts. Garibaldi legt den Hörer auf das Telefon zurück.

Etwas kraftlos erhebt sich Dante von dem Ohrensessel, verlässt die Telefonzelle und geht dieses Mal schweren Schrittes zurück zur Konferenzsuite.

»Oh Herr, steh mir bei«, wiederholt er immer wieder in Gedanken.

Kurz darauf ertönt das Klingeln eines Telefons im 4.449 Autokilometer entfernten Teheran. Der Hörer wird abgenommen.

»Bahram Afarid.«

»Hallo, Bahram. Boris Lebedew am Apparat. Die *Operation Pagina* steht kurz vor der Vollendung des ersten Schrittes. Es wird Zeit, den Schläfer in Bewegung zu setzen.«

»Sollen wir auf eine weitere finale Anweisung warten, oder bereits jetzt handeln, Boris?«

»Handeln. Sollte sich wider Erwarten etwas ändern, melde ich mich sofort. Bis wann können Sie Ihren Mann zurückrufen?«

»Ab erfolgter Freigabe 24 Stunden. Danach haben wir bis zu Erledigung des Auftrags keinen Kontakt mehr mit ihm. Ich habe also richtig verstanden: Jetzt starten. Keine finale Anweisung mehr abwarten?«

»So ist es. Doswidanja, Afarid.«

»Möge Allah uns gewogen sein, Boris.«

Das Kribbeln

11. Oktober 2008

Er liebt seinen Kiez. Wie Millionen andere Berliner auch. Ein Berliner lebt in seinem Viertel und liebt es. Verlassen wird es nur, wenn es sein muss. Eigentlich ist er gar kein Berliner. Doch in den 14 Jahren, die er jetzt schon in dieser lebendigen Stadt lebt, hat er sich so perfekt angepasst, dass er von einem Kiez-Berliner kaum zu unterscheiden ist.

Gleich nach seiner Ankunft hat er sich völlig der schwarz gelockten Haare entledigt. Eine einzige Locke seiner ehemaligen Haarpracht hat er aufbewahrt und trägt sie in einem kleinen Amulett stets bei sich. Als Nächstes hat er sich zwei Tattoos stechen lassen. Das Brandenburger Tor auf dem rechten Oberarm und einen Drachen, der auf der linken Schulter liegt und dessen Schwanz bis zum Ellenbogen hinunterreicht. Dann hat er sich im Boxclub Olympia angemeldet, für den er seit einigen Jahren auch in verschiedenen nationalen Wettkämpfen an den Start geht.

Sein Deutsch ist fließend und vollkommen akzentfrei. Und wenn er will, kann er so perfekt berlinern, dass selbst Urberliner nicht die geringsten Zweifel daran haben, dass er einer von ihnen ist.

In den Anfängen seiner Berliner Zeit bestritt er seinen Lebensunterhalt als Taxifahrer. Gelegentlich waren Jobs als Türsteher bei verschiedenen Events in Kreuzberg hinzugekommen. Obwohl er weiß, dass er jederzeit aus seinem Umfeld herausgerissen werden kann, hat er sich ausgesprochen stark integriert. Auch in die Firma, für die er heute als Kurier tätig ist. Eigentlich muss er nicht arbeiten, da sie ihm jeden Monat einen recht ordentlichen Betrag auf sein Konto überweisen. Allein dafür, dass er abrufbereit zur Verfügung steht und handeln wird, sobald sie ihn brauchen.

Sein Vater, der ihn in dieser ungerechten Welt viel zu früh alleine zurückgelassen hat, hatte ihm aber beigebracht, dass ein Mann sein Leben lang arbeitet, ganz gleich über welche finanziellen Mittel er verfügt. Auf dem Sterbebett hatte er ihm mit schmerzverzerrtem Blick zugeflüstert: »Geliebter Falk: Nur durch Arbeit wirst du reich. Reich an Erfahrung. Reich an Freunden. Reich an Erkenntnis. Reich an Glückseligkeit. Reich im Sinne eines erfüllten Lebens. Vielen Reichen fehlt all das, weil sie nicht arbeiten.« Diese Lebensweisheit seines geliebten Vaters hat sich tief in ihm eingebrannt. Und deshalb hat er seit seinem 16. Lebensjahr immer gearbeitet.

Was er an seinem Job als Kurier so sehr mag, ist die Tatsache, dass sein Arbeitstag um 04:30 Uhr beginnt und er meist spätestens um 14:00 Uhr zu Hause ist. Seine Freunde aus dem Boxclub nennen ihn wegen seiner Arbeitszeiten Halbtagsfliege. Zugleich schätzen sie es aber auch, dass er fast jeden Tag als Erster im Club die Kaffeemaschine einschaltet, die Umkleiden aufräumt, den Ring lüftet, die Punching-Bälle an ihren Platz stellt, die Säcke einhängt, die Sauna startet, kurzum alles herrichtet, damit der Club dann so ab 04:00 Uhr nachmittags allmählich seinen Betrieb aufnehmen kann.

Außerdem schätzen sie seine Jugendarbeit. Er hat ein unglaubliches Geschick darin, den pubertierenden Halbwüchsigen den Raum zu lassen, den sie brauchen, sie zugleich aber auch derart an die Kandare zu nehmen, dass sie diszipliniert und engagiert mit dem nötigen Kampfgeist im Ring stehen. Zwei seiner Jungs haben bereits auf verschiedenen Wettkämpfen die ersten Plätze belegt und Medaillen mit nach Hause gebracht.

Man hat Respekt vor ihm. Auch wegen seiner körperlichen Verfassung. Er kann mit beiden Fäusten bedienen.

Treffsicher und hart. Seine Reaktionsgeschwindigkeit ist blitzschnell. Die Beinarbeit gleicht einer Gazelle. Und er kann einstecken wie kein anderer. Tag für Tag trainiert er mindestens zwei Stunden. Auf dem Programm stehen sechs Kilometer Laufen, 30 Minuten Krafttraining, 15 Minuten Seilspringen, und die verbleibende Zeit bearbeitet er Punchingball und Sandsack.

Unermüdlich. Von seinem gestörten Verhältnis zu Frauen weiß niemand. Natürlich wundern sich aber seine Box-Kumpanen darüber, dass ein so gutaussehender und durchtrainierter Typ kein Mädchen hat. Fritz, ein ungefähr gleichaltriger, allgemein nicht so beliebter Boxer aus dem Club, hatte es in alkoholisiertem Zustand einmal gewagt, ihn diesbezüglich zu provozieren: »Laufen dir die Muschis alle weg, weil du ihre Spalte verfehlst? Oder brauchst du einen rosa Arsch vor deinen Lenden, damit dein Kleiner hart wird?« Trotz mehrmaliger zunächst friedvoller, dann aber immer eindringlicher werdender Ermahnungen hatte Fritz keine Ruhe gegeben. Zwei schnelle Schläge, einer auf die Schläfe und einer auf den Kehlkopf beförderten Fritz dann in die Bewusstlosigkeit. Wie ein nasser Sack kippte er vom Stuhl. Seitdem ist das Thema im Club tabu. Nicht mal hinter seinem Rücken wird darüber gesprochen.

Als er 16 Jahre alt geworden war und kurz davorstand, seine Ausbildung als Tuchfärber zu beginnen, hatte ihn sein Vater in seiner Heimat in ein Bordell geschleppt. »Es wird Zeit für dich, mein Sohn. Du musst lernen, was ein Mann nach Allahs Willen mit einer Frau zu tun hat.«

Als er sich für keine der Damen, die sich eine nach der anderen bei ihm vorstellten, so recht entscheiden konnte, übernahm sein Vater die Auswahl. Er wählte für ihn eine ziemlich beleibte, vollbusige Frau aus, deren Alter er auf 40 Jahre schätzte und die die ebenmäßige Haut eines jungen Mädchens hatte. Mit den Worten »Sie ist die erfahrenste

Dienerin in diesem Harem und wird sich deinem Willen beugen und dir die Hand führen, falls es nötig ist« überließ ihn der Vater der gefügigen Sklavin.

Mit jeder Faser ihres fleischigen Körpers bemühte sie sich um seine Erregung. Vergeblich. Nach Rücksprache mit dem Vater holte sie zwei jugendliche weibliche Körper zu Hilfe. Alle drei bearbeiteten zunächst ihn, dann sich selbst und schließlich wieder ihn. Nichts half. Sein Penis hing wie eine verwelkte Sonnenblume an ihm herunter. Er hatte versagt. Der Vater würde sich wegen ihm schämen und ihn grün und blau prügeln, weil er seinen Mann nicht stehen konnte. Er musste sie davon überzeugen, dass sie dem Vater nichts von seinem Unvermögen erzählten.

Die Vollbusige verließ mit den beiden jungen Mädchen das Zimmer. Unbemerkt schlich er hinter ihnen her. Die Ältere brachte die Jungen in einen anderen Raum, in dem offensichtlich schon ein anderer Mann wartete, wie er an dem Stimmwechsel erkannte, der entstand, als die beiden Mädchen den Raum betraten. Die Alte ging den Gang weiter entlang in Richtung Empfangsraum. Aus Angst entdeckt zu werden, blieb er stehen und drückte sich an die Wand des langen Gangs. Vom angrenzenden Raum hörte er das Stöhnen einer Frau. Es klang nach Schmerz, nicht nach Lust. Er legte sein Ohr an die Wand. Ja, es war das schmerzvolle Stöhnen einer Frau. Es erregte ihn.

Er ging vorsichtig ein paar Schritte nach vorne zur Tür des Raumes, aus dem das Stöhnen kam, und horchte. Schweiß trat auf seine Oberlippe und Stirn. Behutsam öffnete er die Tür, um einen Blick in den Raum werfen zu können. Auf dem Bett lag eine gefesselte Frau. Die Beine weit gespreizt und an zwei Metallstäbe am Fußende des Bettes gefesselt. Die Handgelenke am oberen Ende an zwei in der Wand befestigten Metallringen festgebunden. Ein fetter Mann kniete über ihr. Mit einem Messer bewaffnet ritzte er ihr kleine Schnitte in die Haut. Und zwischendrin fasste er sich immer wieder an und machte Bewegungen, die er von seinen eigenen vergeblichen Masturbationsversuchen her kannte.

Er hatte genug gesehen und schloss die Tür, ohne auch nur das geringste Geräusch zu verursachen. Noch immer spürte er die Erregung in seinen Lenden. Er war stolz auf die Härte seines Gliedes, die einfach nicht nachließ. Am liebsten wäre er in den Vorraum zu seinem Vater gelaufen, um ihm diesen großen Penis zu präsentieren.

Die vollbusige Alte betrat durch die Tür zum Vorraum wieder den Gang und sah ihn vor der Tür des Raumes stehen, in dem die ihn erregenden Dinge geschahen. Schnellen Schrittes kam sie zu ihm zurück, fasste ihm mit kundigem Griff zwischen die Beine, lächelte und sagte: »Jetzt verstehe ich. Das kannst du von mir auch haben, mein Herr und Gebieter.« Sie zog ihn in den Raum zurück, in dem sie ihn zuvor zu dritt bearbeitet hatten, öffnete dort einen Schrank und holte einige Utensilien heraus, die sie mit einer tiefen Verbeugung vor ihm ausbreitete. Sie unterwies ihn darin, sie zu quälen. Und er genoss es. Es befriedigte ihn auf eine Art und Weise, die ihm augenblicklich seine zuvor verlorene Selbstachtung zurückbrachte und die Angst davor nahm, seinem Vater unter die Augen zu treten.

Mit Vollendung seines 16. Lebensjahrs also hatte er seine sexuellen Bedürfnisse kennengelernt. Ab diesem Moment ahnte er aber auch, dass es schwer werden würde, eine Frau zu finden, die diese Bedürfnisse mit ihm teilen und zugleich ein normales Leben mit ihm führen würde. Allah hatte etwas anderes für ihn vorgesehen.

Als ihn sein Auftrag in Form eines Briefes erreicht, ist er wie elektrisiert. Zum einen, weil endlich seine Stunde gekommen ist, sein Können unter Beweis zu stellen und ihnen seine Loyalität zu beweisen. Zum anderen, weil eine Frau die Zielperson ist. Er muss ihnen ja nichts davon erzählen, dass er sich vor Erledigung des Auftrags ein wenig Vergnügen gönnen wird. Und er weiß, dass sie es nicht überprüfen können. 15 Stunden gilt es nun noch zu warten. Danach wird er sich ans Werk machen dürfen. Und von da an wird er exakt 96 Stunden Zeit haben, bis er ihnen die erfolgreiche Erledigung des Auftrags zurückmelden muss. Andernfalls werden sie ihn liquidieren. So ist die Regel. Bei der Vorstellung an das bevorstehende Vergnügen breitet sich in seinem gesamten Körper ein Kribbeln aus, das ihn wie die Woge einer sanften Dünung innerlich umspült.

Boarding

12. Oktober 2008

Anna ist mit dem Ergebnis der Verhandlung sehr zufrieden. Mehr als zufrieden. Die Unterzeichnung des Vertrags am 17. September hat sie zu Frieden kommen und innerlich ruhig werden lassen. Nachdem sie gemeinsam mit Alfredo das Hotel du Lac verlassen hat, sitzen sie nun im Auto. Alfredo zögert einen Moment, bevor er den Motor startet. Als wolle er etwas sagen. Für einen kurzen Augenblick beschleicht Anna wieder dieses Gefühl, dass irgendetwas an dem Ganzen nicht stimmen könnte. Doch sie beschließt, diesem Gefühl keinen Raum zu geben. Alfredo startet den Motor und sie fahren am Seeufer bis nach Malcesine, um dort in einem Fischrestaurant etwas weiter oben am Berg gemeinsam zu Mittag zu essen und die Vertragsunterzeichnung nachklingen zu lassen.

In den darauffolgenden Tagen telefoniert Anna die Liste mit den Verlagen ab, an die sie jeweils ein Exposé geschickt hatten. Alfredo und sie hatten entschieden, als Erstes alle Exposés und eventuell noch im Umlauf befindliche Manuskriptseiten wieder zurückzuholen, bevor sie die Autorenarbeit fortsetzen.

Einer der drei Verlage, die seinerzeit gar nicht reagiert hatten, zeigt sich plötzlich sehr interessiert daran, das Buch ebenfalls veröffentlichen zu wollen. Anna teilt ihm mit, dass es dafür zu spät sei, da sie vor Kurzem unterzeichnet haben. Der Geschäftsführer des in Berlin ansässigen Verlages klärt Anna darüber auf, dass auch für ihn als ordentlichem Kaufmann und Volljuristen zwar der Grundsatz *Pacta sunt servanda* gelte, dass es aber immer eine Möglichkeit gäbe, wenn man nur wolle. Er insistiert hartnäckig, wenigstens ein Gespräch mit Anna führen zu dürfen und bietet ihr die Übernahme aller Reisekosten und Spesen an. Und falls dann gar nichts zu machen sei, könne er ihr während der persönlichen Begegnung ja auch gleich das Exposé aushändigen. Anna bittet sich etwas Bedenkzeit aus, diskutiert mit Alfredo alle Pro und Kontras und nimmt schließlich die Einladung des Berliner Verlegers an.

Knapp vier Wochen später sitzt sie nun in einem der Wartesäle am Flughafen in Verona und wartet auf den Boardingaufruf der Maschine nach Berlin. »Wie schön, dass ich auf diesem Weg endlich einmal wieder in meine Heimat komme«, denkt sie und notiert sich in ihrem kleinen Tagebuch, dass sie sich nach ihrer Rückkehr ebenfalls darum kümmern wird, die noch in Umlauf befindlichen rund 30 Prozent des Manuskripts zurückzuholen. Der letzte Satz ihrer Notiz lautet dann wie folgt:

Wer weiß, vielleicht ist das Angebot dieses Berliner Verlages so attraktiv, dass wir in letzter Minute noch die Pferde wechseln. Vielleicht kann ich mir die ganze Arbeit mit dieser Rückholaktion sparen und mich mit Alfredo auf die Fertigstellung des Manuskripts konzentrieren.

Unwetter

12. Oktober 2008

Anna und ich haben uns drauf verständigt, dass ich während ihres Berlin-Aufenthaltes bezüglich der zurück zu holenden Exposés bei den Verlagen am Ball bleibe und parallel dazu das Manuskript weiter überarbeite.

Mit dem heutigen Tag ist das vorletzte Manuskript per Post zurückgekommen. In diesem Punkt läuft also alles nach Plan. Beim Überarbeiten des Manuskripts stoße ich allerdings beinahe täglich an meine Grenzen. Immer wieder muss ich die Texte zur Seite legen, weil mich die nötige Fantasie verlässt, die einzelnen Fragmente in einen lesbaren Fluss zu bringen. Erschwerend kommt hinzu, dass ich die ganze Zeit über vergeblich auf die Beschreibung des von Anna angekündigten und im Wort liegenden Ort der Erkenntnis warte.

Und schließlich lenkt mich in regelmäßigen Abständen die Frage von meiner Arbeit ab, wie dieser Franklin Verlag an meine Adresse in Albisano gekommen ist. Darauf kann ich mir bis jetzt beim besten Willen keinen Reim machen. Und da mich diese Frage einfach nicht in Ruhe lässt, beschließe ich, im Rahmen eines der nächsten telefonischen oder persönlichen Kontakte mit der Lektorin diesbezüglich einmal genau nachzufragen.

Gerade als ich im Begriff bin, mein Rustico zu verlassen, um auf einen Drink in Camillos Bar einzukehren, kommt Pater Paolo in den Garten und begrüßt mich mit einem überschwänglichen »Dem Herrgott sei Dank. Alfredo, was für eine Freude, dich anzutreffen. Wo treibst du dich nur immer herum in letzter Zeit?«

»Pater Paolo. Was führt Sie in mein bescheidenes Haus zu dieser späten Stunde? Es kommt mir vor, als hätten wir uns eine Ewigkeit nicht gesehen.«

»Das ist wohl auch so«, antwortet der Pater. »Im Gotteshaus vermisse ich dich schon seit Längerem. Mir scheint, du meidest die Messe wie der Teufel das Weihwasser. Was ist mit dir, Alfredo? Bist du dem lieben Gott abtrünnig geworden«

»Keineswegs, Paolo. Wahrscheinlich bin ich ihm zurzeit näher, als ich es je gewesen bin.«

»Und warum glänzt du dann seit Wochen schon mit Abwesenheit während der Messen?«

»Weil Anna und ich vor einiger Zeit bei einem Verlag einen Autorenvertrag unterschrieben und wir seitdem alle Hände voll zu tun haben mit der Fertigstellung des Manuskripts«, antworte ich zumindest zur Hälfte wahrheitsgetreu.

»Alfredo!«, ruft der Pater fast bewundernd aus. »Und worum geht es in diesem Buch? Doch nicht etwa um Gott. Du wirst doch wohl kein Buch über Gott schreiben?«

»Nein, es ist kein Buch, in dem es ausschließlich um den Herrn geht. Aber auch. Der Herrgott Vater und die Kirche spielen durchaus auch eine Rolle.«

»Nun spann mich doch nicht so auf die Folter, Alfredo. Erzähl. Wovon handelt das Buch?«

»Es geht um altes Wissen und das Verhältnis von Sprache zu Erkenntnis und Macht.«

»Altes Wissen?«

Einem spontanen Impuls gehorchend, biete ich dem Pater an: »Wenn Ihr wollt, kann ich Euch eine Kostprobe des Werkes zum Lesen geben.«

Seine gescheiten Augen blitzen neugierig auf.

»Ja gerne. Hast du das vollständige Manuskript schon fertig? Ist es hier im Rustico?«

»Ja, Pater Paolo. Ich würde jetzt nur gerne zu Camillo auf ein Glas Averna gehen. Habt Ihr Lust, mich zu begleiten? Eine Leseprobe bringe ich Euch dann morgen Vormittag ins Pfarrhaus.«

»Und führe mich nicht in Versuchung, sondern erlöse mich von dem Übel. Nein, Alfredo. Habe schon gestern Abend der Versuchung nicht widerstehen können und viel zu tief ins Glas geschaut. Heute Morgen habe ich angesichts eines wirklichen schweren Kopfes dem Herrn und mir fest versprochen, für einige Tage abstinent zu bleiben. Nein. Geh du nur zu Camillo und denk einfach morgen daran, mir ein paar Seiten des Manuskripts vorbeizubringen. Bin wirklich sehr gespannt. Der Herr sei mit dir.«

Ich lege den Schlüssel in der gewohnten Weise unter den Tontopf und verlasse das Rustico gemeinsam mit dem Pater. Oben an der Straße trennen sich unsere Wege vor dem Holztor. Stürmischer Wind kommt auf und kündigt das eilig herannahende Unwetter an, das nun schon seit einigen Tagen vorhergesagt worden ist, aber bislang auf sich hat warten lassen.

Kaum in Camillos Bar angekommen, setzt ein Platzregen ein, der Albisanos Gassen binnen kürzester Zeit in kleine Sturzbäche verwandelt. Camillos Stimmung ist so schlecht wie der Himmel, dessen tiefhängende Wolken die Weinreben zu berühren scheinen, dunkel und seine Bar leer ist. Außer mir, kein weiterer Gast.

Ich sitze an der Bar und beobachte Camillo, der mit stoischer Ruhe und einem Geschirrtuch ein Weinglas derart impertinent bearbeitet, dass ich fürchte, er werde das Glas schon bald zwischen seinen Händen zerrieben haben. Der vor mir stehende Averna bereitet mir keine Freude. Auch das Umschwenken auf ein Glas Weißwein mit etwas Zitrone und zwei Eiswürfeln vermag mich nicht zu erheitern. Und der Blick nach draußen, wo Wind und Regen ihr kontinuierlich ärger werdendes Unwesen treiben, tun ein Übriges, um meine eigene Stimmung der Camillos anzugleichen. An nach Hause gehen ist jedoch nicht zu denken. Schon ein Schritt vor die Tür würde mich bis auf die Knochen durchnässen. Und da ich keine Lust habe, heute Abend noch zu duschen, bleibe ich, wo ich bin. Am Tresen. Stumm. Ich versuche, mein Gemüt mit einem Espresso und einem Grappa zu erhellen. Draußen gesellen sich dem peitschenden Regen nun auch noch Blitze und Donnergrollen hinzu.

»Ein Glas Rotwein, Camillo.«

»Pazzo. Für ein Bitte ist doch wohl noch Zeit. Oder hast du es so eilig, nach draußen zu kommen?«

»Bitte. Was hast du denn bloß für eine Laune? Was hat man dir getan?«

»Ach, lass gut sein. Hier dein Rotwein.«

»Das trinke ich noch. Und dann lass ich dich alleine mit deiner schlechten Laune. Was bekommst du?«

»Nichts. Du bist mein Gast. Erzähl mir lieber was, was ich noch nicht weiß. Du kommst so viel herum, Alfredo. Du hast doch immer was zu erzählen.«

Einen kurzen Moment zögere ich, ob ich auch Camillo von unserem Autorenvertrag berichten soll, nehme einen tiefen Schluck des kräftigen Rotweins und beginne mit einer kurzen chronologischen Berichterstattung. Immerhin ist es mir gelungen, dafür zu sorgen, dass Camillo das Weinglas nicht weiter malträtiert, kurz darauf Glas und Geschirrtuch abstellt, sich selbst einen Averna einschenkt und schließlich auf den hinter dem Tresen stehenden Hocker setzt. Es wird dann doch noch ein recht entspannter und redseliger Abend, nachdem Wein und Averna ihren Dienst getan und Camillos sowie meine Zunge gelöst haben.

Etwa drei Stunden später gehe, nein torkele ich zurück zu meinem Rustico. Das Unwetter ist in Richtung Riva gezogen und hat nur noch einen leichten Regen zurückgelassen. An der Haustür des Rusticos angekommen, sind weder

Tontopf noch Schlüssel an ihrem gewohnten Platz. Pater Paolo, schießt es mir durch den Kopf. Ich senke meinen Blick und sehe den Topf, in Tausende von Scherben zersprungen, auf dem Boden liegen. Die Erde hat sich in mehreren völlig durchtränkten Klumpen zwischen den Scherben drapiert. Der kleine Oleander streckt seine von der Erde mehr oder weniger völlig befreiten Wurzeln an die frische Luft. Ich hebe den Oleander auf, kratze mit den Händen etwas Erde zusammen und befördere beides behelfsmäßig zurück in das größte auf dem Boden liegende Tonstück. Als ich noch einen weiteren Erdklumpen mit beiden Händen zusammenschiebe, um dem Oleander damit zusätzlich Halt zu geben, spüre ich einen harten metallischen Gegenstand. Gott sei Dank. Der Schlüssel.

Mit völlig verdreckten Fingern schließe ich die Tür auf, schalte das Licht ein und betrete das Rustico. Auf dem Boden sind einige nasse Stellen. Wie die Reste von allmählich abtrocknenden kleinen Pfützen. Sollte während meines Aufenthalts bei Camillo jemand hier gewesen sein? Das Manuskript! Es liegt im oberen Stock in meinem Arbeitszimmer. Die nassen Stellen führen jedoch von der Tür zum Kamin. In Richtung Holzstiege ist alles trocken. Ich gehe hinauf, um nach dem Manuskript zu sehen. Soweit ich es richtig in Erinnerung habe, liegt es in den von mir zuvor sortierten Stapeln an den Stellen, an denen ich es zurückgelassen habe. Ich betrachte den Schlüssel in meinen Händen und rieche an ihm. Weihrauch? Nein, so ein Blödsinn. Und die Pfützen sind vermutlich noch von mir selbst. Mir fällt ein, dass ich am frühen Abend die großen Oleanderbüsche mit dem Schlauch kräftig gewässert und mir dabei die Gummistiefel ziemlich nass gemacht habe. Bin ich danach mit den Gummistiefeln zum Kamin gegangen?

Ich gehe wieder nach unten. Die Stiefel stehen direkt neben dem Eingang. Trocken.

Jannowitzbrücke

13. Oktober 2008

Pünktlich um 18:40 Uhr ist das Flugzeug aus Verona auf dem Flughafen Berlin-Tegel gelandet. Anna ist aufgeregt. Immer, wenn sie in ihrer Heimatstadt landet, ist sie aufgeregt. Sie atmet Berlin. Das Pulsieren dieser Stadt, ihre Bewegung, ihre Ruhe, ihre Weite und Enge, die Widersprüchlichkeit und ihre Vielseitigkeit.

Sie steht am Gepäckband und blättert ihr Büchlein durch, in dem sie sich während des Fluges notiert hat, was sie in diesen Tagen alles zu erledigen beabsichtigt. Das Gepäckband läuft an, die ersten Koffer kommen die Rampe hoch und werden auf das Band befördert, an dem sich ungeduldige Menschen die besten Plätze streitig zu machen versuchen, um ihre Koffer als Erste entgegennehmen zu können. Sie klappt das Buch zu, steckt es in ihre Handtasche und freut sich jetzt erst einmal darauf, mit dem TXL-Bus zur Turmstraße und dann mit der U9 bis zum Bahnhof Zoo zu fahren, um die letzten circa 500 Meter zu ihrer Wohnung in der Carmerstraße zu Fuß zurückzulegen.

Es riecht muffig. Anna hat niemanden, der ihre Wohnung während ihrer Abwesenheit in Ordnung hält. Sie öffnet alle Fenster und lässt die kalte, herbstliche Berliner Luft die Räume durchströmen. Da sie weder etwas zu trinken noch zu essen zu Hause hat, beschließt sie, bei ihrem Lieblingsinder, Buddha Republic in der Knesebeckstraße, eine Kleinigkeit zu sich zu nehmen. Sie liebt das unprätentiöse Ambiente und die ehrliche Küche dieses Restaurants, das sich nur fünf Fußminuten von ihrer Wohnung entfernt befindet. Kurz vor zehn liegt sie erschöpft im Bett, telefoniert noch kurz mit Alfredo und löscht alle Lichter mit einer Fernbedienung, die auf ihrem Nachttisch liegt und deren Batterie offensichtlich so leer ist, dass sie erst nach mehrmaligen Versuchen ihren Dienst erfüllt.

Am nächsten Morgen wacht Anna auf, als ihr die Sonne ins Gesicht scheint. Sie bleibt noch fast eine ganze Stunde im Bett liegen und genießt die warmen Strahlen auf ihrem Gesicht. Für den heutigen Tag hat sie sich Auszeit verordnet. Ins KaDeWe gehen, ein wenig über den Ku'damm schlendern, sich am Nachmittag noch ein bisschen ausschlafen, ein oder zwei Gänge in ihrer ins Badezimmer integrierten Sauna nehmen und sich dann in aller Ruhe für die Verabredung fertig machen, die sie für heute Abend mit den Verantwortlichen des Berliner Verlags vereinbart hat. Sie ist gespannt darauf, den Katerschmaus kennenzulernen. Dorthin hat man sie zum Essen eingeladen. Ein Restaurant, das sich in einem abbruchreifen Gebäude befindet, das außen wie innen voll von in der Sprayer-Szene bewunderter Graffittikunst ist, sich im Ostteil der Stadt befindet und dessen Küche ein exzellenter Ruf vorauseilt.

Um kurz vor sieben verschließt Anna dann die Tür zu ihrer Dachterrassenwohnung, um sich zu Fuß zum Bahnhof Zoo zu begeben, mit der S-Bahn zur Jannowitzbrücke zu fahren und von dort zu Fuß zum Katerschmaus zu gehen. Als Anna die linke Hälfte der schweren, alten, aus Holz gefertigten zweiflügligen Haustür öffnet, um auf die Carmerstraße zu treten, sieht sie auf der gegenüberliegenden Seite einen athletisch gebauten, kahlköpfigen Mann an einem Auto lehnen, der sich mit seinem Handy zu beschäftigen scheint. Anna bleibt einen Moment stehen, um den Mann etwas genauer in Augenschein zu nehmen. Sie kennt ihn. Doch woher? Wo ist sie ihm schon einmal begegnet? Soll sie die Straße überqueren und ihn ansprechen, oder diesem Gedanken keine weitere Bedeutung beimessen?

Sie entscheidet sich für Letzteres, biegt die Carmerstraße rechts ein und geht zum Steinplatz hinunter. In ihrem Rücken spürt sie, dass ihr der Mann folgt, dreht sich aber nicht um. Bis zum Bahnhof Zoo will sie sich nicht umdrehen. Dort plant sie, auf der Seite der Jebensstraße ins Bahnhofgebäude zu gehen, dann schnell den Bahnhof zu durchqueren und am Hardenberglatz das Gebäude zu verlassen, um neben der Tür zu warten und zu beobachten, ob er ihr tatsächlich folgt.

Sie kann endlich aufatmen, als sie circa zehn Minuten vor der Tür in Richtung Hardenbergplatz gewartet hat. Entweder hat sie ihn erfolgreich abgeschüttelt oder sie war einfach nur Opfer ihrer Einbildungskraft. Vom Glatzkopf ist weit und breit keine Spur. Anna geht hinauf zum Gleis, um den Regionalzug 18734 zum Alexanderplatz zu nehmen. Dort steigt sie in den Schienenersatzverkehr um und fährt bis zur Haltestelle Jannowitzbrücke.

Knapp 30 Minuten dauert die Fahrt. Während der gesamten Zeit behält sie alles im Blick, taxiert jede Haltestelle, jeden Fahrgast, ihre gesamte Umgebung. Aufgrund ihres ungeplanten Zwischenstopps am Hardenbergplatz wird sie sich nun knapp 20 Minuten verspäten. Allmählich beruhigt sie sich und spürt die aufkommende Vorfreude auf die Begegnung mit dem Verleger im Katerschmaus.

Dann steigt sie bei der Haltestelle Bahnhof Jannowitzbrücke aus dem Bus aus. Auf der Holzmarktstraße erinnerte sich Anna daran, dass es direkt am S-Bahnhof entlang der Aral-Tankstelle eine Art Schleichweg vor zur Michaelisbrücke gibt. Von dort aus sind es noch ungefähr fünf Minuten bis zum Restaurant.

Gerade als Anna den ersten Fuß über die Bordsteinkante zwischen Aral-Parkplatz und dem Bürgersteig der Holzmarktstraße setzen will, sieht sie aus ihren Augenwinkeln einen Schatten neben sich aus dem Nichts auftauchen, im gleichen Moment spürt sie einen festen Griff um ihren Hals und den Druck eines feuchten Stoffes auf ihrer Nase. Sie riecht einen süßlichen Duft und wird bewusstlos.

Funkstille

13. Oktober 2008

Am nächsten Morgen wache ich mit einem ziemlich schweren Kopf auf. Das letzte Glas Rotwein, das ich bei Camillo zu mir genommen hatte, ist möglicherweise das entscheidende Glas zu viel gewesen. In der Hoffnung auf eine rasch zurückkehrende Klarheit dusche ich mich eiskalt. Es hilft. Ich nehme die am gestrigen Tag für die weitere Bearbeitung bereits zurechtgelegten Seiten des Manuskripts sowie meinen Laptop und gehe in den unteren Stock des Rusticos, um mir einen Kaffee aufzusetzen und zwei Knäckebrote mit Frischkäse und Honig zu machen. Währenddessen lasse ich das MacBook hochfahren und beginne die Seiten zu lesen, deren Inhalt ich nun in die Geschichte integrieren will, die Anna und ich uns für das Buch überlegt haben.

Mai 1993, Workshop im Rahmen eines Netzwerktreffens von Zukunftsforschern, die sich den Namen Trendpiloten gegeben hatten.

Nachdem sich die Referentin kurz mit ihrem Vornamen Patrizia vorgestellt hat, kündigt sie an, dass sie ihren Vortrag nach dem Vorbild des Improvisationstheaters als Impro-Vortrag gestalten will. In ihrem kurzen Intro lädt sie die Veranstaltungsteilnehmer ein, sich in das Jahr 2064 zu versetzen und in ihrem Workshop so zu tun, als würden sie sich in diesem Jahr zu einem Workshop versammelt haben.

»Sie stellen mir Fragen und ich versuche, Ihre Fragen zu beantworten. Das verstehe ich unter Impro-Vortrag. Was darf ich Ihnen denn zeigen?« Kurze Pause. »Ach, ich weiß«, beantwortet sie sich ihre Frage im gleichen Atemzug. »Machen wir doch aus einem der vorsintflutlichen Gefährten, mit dem vor 70 Jahren unser Planet übersät gewesen ist, mal etwas Zeitgemäßeres.« Patrizia wischt mit ein paar flinken Handbewegungen über ein flaches Gerät und auf der Leinwand erscheint ein Jaguar XJ.

Geht gar nicht, notiere ich am Rand des Manuskripts. 1993 ist die Erfindung des iPads noch in weiter Ferne. Ich lese weiter.

»Ein schönes Fahrzeug, nicht wahr? Einer der letzten Klassiker der Automobilbranche«, fährt die Referentin fort.

»Was meinen Sie damit?«, fragt ein Teilnehmer aus dem Auditorium.

»Solche Fahrzeuge waren eigentlich schon vor 100 Jahren ein Anachronismus. Heute werden sie Gott sei Dank nicht mehr hergestellt. Die Automobilindustrie hat zwar noch eine Weile gebraucht, bis sie sich endlich von ihrem eigentlichen Geschäft verabschiedet hat. Aber heute gibt es auf der ganzen Welt keinen klassischen Automobilkonzern mehr. Zunächst haben die größeren noch versucht, sich durch weltweite Joint Ventures über Wasser zu halten. Und eine Weile hat es auch so ausgesehen, als würde es einigen multinationalen Giganten gelingen, das Automobil in seiner klassischen Form am Leben zu erhalten. Aber nachdem selbst in den entlegensten Teilen dieser Erde bald jeder Haushalt stolzer Besitzer eines Automobils war, hatte die Erhitzung der Erde in einem solchen Ausmaß zugenommen, dass einige mutige Politiker die Initiative ergriffen haben.«

»Wieso hat die Erhitzung so sehr zugenommen?«, unterbricht ein weiterer Konferenzteilenehmer.

»Unter anderem deshalb, weil immer mehr Erdoberfläche unter Teer- und Asphaltdecken verschwunden ist. Hinzu kommt

dann der erheblich angestiegene Kohlenstoffmonoxid-Ausstoß durch dieses Mehr an Fahrzeugen. In der schlimmsten Zeit hatten wir auf der Erde 5,2 Milliarden Führerscheinbesitzer, die rund 5,4 Milliarden Autos zugelassen hatten.«

»Und was haben diese mutigen Politiker dann getan?«, fragt eine andere Teilnehmerin der Veranstaltung.

»Sie haben es gewagt, zunächst der Automobilindustrie auf den Leib zu rücken. Sie haben Konzepte zum Thema Elektromobilität gefördert. Sie haben sich auf die Fahnen geschrieben, Verbrennerfahrzeuge in absehbarer Zeit zu verbieten. Und vieles mehr. Sie können sich vielleicht vorstellen, welche Kämpfe sie auszutragen hatten. Denn schließlich war diese Branche mit ihrer gesamten Zulieferindustrie einer der wichtigsten Arbeitgeber. Immerhin hing seinerzeit allein in der Bundesrepublik Deutschland jeder siebte Arbeitsplatz direkt oder indirekt von der Automobilindustrie ab.«

»Was heißt ›zu Leibe gerückt‹? Was genau haben sie getan?«

»Vielleicht haben Sie davon gehört, wie es der Zigarettenindustrie im letzten Jahrzehnt des vorigen Jahrhunderts ergangen ist. Die Werbebeschränkungen, die dieser auferlegt wurden, sind immer restriktiver geworden. Und die entsprechenden Unternehmen sahen sich vor der Gefahr, dass sie ihre Marken bald möglicherweise überhaupt nicht mehr auf klassischem Weg ins Bewusstsein der Konsumenten bringen können. Was haben sie daraufhin getan? Dank ihrer hohen Kapitalreserven haben diese Unternehmen zunächst diversifiziert. Sie sind in andere Branchen gegangen. Die einen haben sich in der Mode versucht. Andere haben sich verstärkt im Reisemarkt engagiert. Heute gehen weltweit nur noch zwei Unternehmen ihrem angestammten Geschäft nach. Alle anderen haben ihre Konzerne gänzlich umgebaut. Aus einstigen Marktführern im Zigarettenmarkt sind heute führende Unternehmen zum Beispiel in der Erforschung neuer Textilherstellungsverfahren geworden, Freizeitpark-Betreiber, Lebensmittelkonzerne und vieles anderes.«

»Wie war das jetzt mit den Automobilunternehmen?«

»Die Politiker, von denen ich eben gesprochen habe, konnten sich in zahlreichen und mitunter mühevollen Kleinkriegen schließlich dahingehend durchsetzen, dass Verbrenner tatsächlich verboten und den größeren Konzernen nur noch ein bestimmter Produktionsausstoß an Elektrofahrzeugen pro Jahr gestattet wurde. Und sie haben es schließlich auch geschafft, dass dieser Ausstoß von einer begrenzten Stückzahl von Autos Jahr um Jahr verringert werden musste. Schließlich präsentierte ein kleiner taiwanesischer Automobilhersteller ein völlig neues Konzept für Automobilunternehmen. Diese Taiwanesen hatten sich einen in sich geschlossenen Kreislauf für ihre Produkte ausgedacht. Also von der Herstellung über die Vermarktung und die Wartung bis hin zur Rücknahme der ausgedienten Fahrzeuge und deren Wiederverwertung hat sich dieses Unternehmen der Thematik Automobil angenommen. Zuerst wurde dieses Konzept weltweit belächelt. Aber die Idee dieses Konzerns fand beim Konsumenten einen derartigen Anklang und Zuspruch, dass dieses Unternehmen quasi über Nacht das Dreifache an Automobilen hätte absetzen können. Und wie reagierten die Manager? Sie ließen sich nicht etwa auf diesen Nachfrageboom ein, um das schnelle Geld zu machen. Vielmehr blieben sie bei ihren klar definierten jährlichen Produktionszahlen. Die Nachfrage ermutigte sie aber, verstärkt in die Entwicklung weiterer Technologien für die Verwertung der Automobile zu investieren. Das führte in der Folge dazu, dass dieses Unternehmen schließlich weltweit zu einem der anerkanntesten und gefragtesten Unternehmen auf dem Gebiet der Recycling-Technologie und Logistik avancierte. Die haben ihr Konzept derart ausgefeilt, dass sie heute Radiatoren bauen, die sie übermorgen ausschlachten und zu Sonnenliegen verwerten können, um, wenn es Zeitgeist und globale Entwicklung erfordern, kurzfristig auf Landmaschinen oder Werkzeuge umstellen zu können. Dabei handeln sie nach zwei Grundsätzen. Erstens: Was immer sie tun, tun sie nicht für immer. Und zweitens: Was nicht für immer getan wird, darf niemals zu viel Gewicht gewinnen. Hier wird also

größter Wert auf Flexibilität und eindeutig begrenztes Wachstum gelegt.«

»Und wie ging es dann mit den großen, multinationalen Automobilkonzernen weiter?«

Den Teilnehmern des Workshops gelang es zunehmend, sich auf die Vorstellung einzulassen, dass dieser Workshop 70 Jahre später stattfindet.

»Nach dem Vorbild des taiwanesischen Herstellers haben sie zunächst Teams installiert, die über alternative Fertigungen nachgedacht haben. Einige haben sich sogar noch weiter vorgewagt, über alternative Fortbewegungsmöglichkeiten nachgedacht und an entsprechenden Konzepten gearbeitet. Den radikalsten Weg ist wohl ein großer amerikanischer Konzern gegangen. Die haben ihre Fabriken einfach dicht gemacht. Zunächst wohl auch, um die Regierungen zu erpressen. Dann sind sie jedoch gezwungen worden, ihre Kapitalreserven vollständig aufzulösen und diese in Verbindung mit staatlich subventionierten Sozialplänen an die Belegschaft auszuschütten.«

»Und dann, was haben die Leute gemacht?«

»Dann ist etwas wirklich Außergewöhnliches passiert. Über 20.000 Mitarbeiter dieses Unternehmens haben die an sie ausgeschütteten Beträge in einen gemeinsamen Topf geworfen. Da kam immerhin die beträchtliche Summe von 1,4 Milliarden Dollar zusammen. Mit diesem Geld gründeten sie ein Unternehmen, dem sie den Namen Move-Tech gaben. Erklärtes Ziel dieses Unternehmens wurde es, sich ausschließlich mit Technologien und der Produktion entsprechender Produkte zu befassen, die in irgendeiner Weise der Fortbewegung dienten. Strikt ausgeschlossen wurden dabei aber alle bis dahin bekannten konventionellen und verbreiteten Formen des Antriebs. Dieses Unternehmen gilt heute als eines der führenden auf den Gebieten der Wind-Bikes.«

»Was sind das, Wind-Bikes?«

»Diese Frage dürften Sie in einem in 70 Jahren später stattfindenden Workshop eigentlich nicht stellen, da Sie selbst damit angereist sind«, antwortete die Workshop-Leiterin mit einem

leichten Augenzwinkern. »Aber ich will es Ihnen trotzdem erklären. Wie der Name schon sagt: Dabei handelt es sich um eine Art Fahrrad, das die Energie des Windes nutzt. Mit diesen Bikes können sie sich aber nicht nur fortbewegen, wenn der Wind bläst, sondern auch dann, wenn es windstill ist. Zumindest für eine geraume Weile. Denn über eine hochkomplizierte Energieumsetzung kann hier Windkraft gespeichert werden. Und davon zehrt das Bike dann, wenn mal kein Wind weht. Es ist allerdings so, dass dieses Produkt primär in Regionen besonders erfolgreich ist, wo es besonders häufig kräftig bläst. Also in Küstenregionen, auf Inseln und so weiter.«

»Und was machen die noch?«

»Für die Großstädte haben sie ein völlig neues Konzept öffentlicher Verkehrsmittel entwickelt. Und zwar Laufbänder. Ständig strömen Menschen in unterschiedliche Richtungen in einer Stadt. Diese Bänder werden angetrieben von der Fußkraft des Menschen. Es ist, als würden sie ganz normal spazieren gehen. Nur dadurch, dass ihre Gehbewegung Kraft auf das Band überträgt, kommen sie in ungefähr fünffacher Geschwindigkeit voran. Denn diese Bänder werden von mehreren Tausend Menschen immer gleichzeitig sowohl in die eine, wie auch in die andere Richtung bewegt.«

»Und was passiert, wenn sich nicht mehr genug Menschen auf diesen Bändern abstrampeln?«

»Dann braucht es die Bänder ja auch nicht mehr in dem Maße. Ganz einfach. Ich könnte Ihnen jetzt noch eine Reihe von weiteren Produkten aufzählen, die dieses Unternehmen heute produziert. Solar-Cars, Wasserräder und vieles andere mehr. Interessant ist übrigens auch die Struktur dieses Unternehmens. Es handelt sich um kleinste Einheiten, die rund um den Globus verteilt sind und jeweils vor Ort Produkte konzipieren, produzieren und vermarkten, die in dem jeweiligen Umfeld benötigt werden.«

»Und wer leitet das Unternehmen? Wer lenkt die Geschicke?«

»Jeder Mitarbeiter selbst. Es gibt einen ziemlich umfangreichen Pflichten- und Rechtekatalog, den jeder Mitarbeiter

unterschreibt, bevor er in dieses Unternehmen eintritt. In dem ist weitgehend alles geregelt. So muss jeder einen Obolus für die Altersversorgung nicht mehr arbeitstüchtiger Kollegen entrichten. Jeder muss in Form von Naturalien seinen Beitrag zur Verpflegung leisten. Gehälter richten sich nach dem Ergebnis, das die einzelnen Zellen erwirtschaften. Und jede Zelle führt wiederum einen bestimmten Betrag an eine Koordinationsstelle ab, die für weltweiten Daten- und Informationsaustausch sorgt. Ein faszinierendes Konzept, das im Übrigen richtungsweisend und Vorbild für manch anderen multinationalen Konzern geworden ist.«

Ein Teilnehmer des Workshops steht auf, um seinem Unmut besser hör- und sichtbaren Ausdruck zu verleihen.

»Sie entschuldigen bitte, dass mich derartige Vorstellungen befremden. Bei allem Interesse an Zukunftsszenarien. Diesen Blödsinn halte ich selbst mit viel Fantasie nicht für realistisch. Wenngleich sich die Verantwortlichen in Politik und Wirtschaft heute sicher in einer tiefen Krise befinden. Sie haben den Konflikt auszutragen zwischen wirtschaftlich-egoistischen Betrachtungen einerseits und global-gesamtverantwortlichen Entwicklungen andererseits. Aber das, was Sie da gerade erzählen, ist wirklich ein nicht länger auszuhaltender Quatsch.«

Ohne lange nachzudenken, kanzelt die Referentin den kritischen Teilnehmer ab: »Der Realist denkt immer nur das Machbare. Der Idealist macht alles Denkbare. Sie müssen ja nicht an diesem Workshop teilnehmen, wenn Sie nicht wollen. Es stehen parallel noch drei andere Sessions zur Verfügung. Wenn Sie hierbleiben, lade ich Sie herzlich ein, das Spiel Zeitreise und Berichterstattung aus der Zukunft mitzuspielen. Falls Sie das nicht möchten, steht es Ihnen frei zu gehen.«

Sie hält inne und durchbohrt den kritischen Teilnehmer regelrecht mit ihren Blicken. Grabesstille im Raum. Er sieht sich hilfesuchend nach kritischen Mitstreitern im Auditorium um. Vergeblich. Er setzt sich.

»Ich freue mich, dass Sie hierbleiben und biete Ihnen jetzt einen chronologischen Abriss durch eine über hundertjährige

Firmengeschichte mit einem ebenso faszinierenden Konzept an. Durch die Geschichte eines Unternehmens, das im Jahr 1981 von meinem Großvater gegründet wurde. Das Unternehmen war ein wirtschaftlich äußerst gesundes Unternehmen, das sich im Bereich der Innovations-Software einen guten Namen gemacht und selbst die schwere Zeit einer weltweiten Rezession in den Neunzigerjahren ganz entspannt durchstanden hatte. Doch nach der Rezession wurde unser Großvater von vielen Zweifeln geplagt, inwieweit Wachstum überhaupt Sinn macht und wenn ja, welche Art von unternehmerischem Wachstum nützlich ist. Das führte dazu, dass er selbst zahllose Projekte im eigenen Unternehmen angekurbelte, die das Ziel verfolgten, diese Frage zu beantworten. Leider wurde keines wirklich erfolgreich oder mit eindeutigen Ergebnissen zu Ende geführt. Und bedauerlicherweise haben diese Projekte auch immense materielle und immaterielle Ressourcen des Unternehmens aufgezehrt, sodass unser Vater im Jahr 2003 ein äußerst schweres Erbe antrat. Er stand vor der Aufgabe, ein blutleer gewordenes Unternehmen wieder flottzumachen und auf einen neuen Kurs zu bringen. Gemeinsam mit einem kleinen Kreis von langjährigen Mitarbeitern besann man sich auf die Grundtugenden des Unternehmens. Es folgte ein heftiger personeller Aderlass, bei dem fast 60 Prozent der Belegschaft dran glauben musste. Das Bürogebäude wurde versilbert und mein Vater begann mehr oder weniger von Neuem. Allerdings mit der gleichen Produkt- und Dienstleistungsidee wie mein Großvater. Es ging um das Entwickeln und Vermarkten von Innovationssoftware. Also um Software, die Unternehmen dabei half, für sich neue Märkte aufzuspüren, Produkte zu entwickeln, Strategien zu optimieren und sie auch erfolgreich im Markt umzusetzen. Es gelang der Mannschaft meines Vaters erstaunlich schnell, das Unternehmen wieder auf wirtschaftlich gesunde Beine zu stellen. Von seinem Vater hatte er allerdings das ständige In-Frage-Stellen ebenso geerbt, wie den an sich sicher guten und nützlichen Unternehmergeist. Auch ihn beschlichen also immer wieder Ängste und selbst reflektierende Fragen nach dem Sinn des Ganzen. Anders als bei meinem Großvater mündete dieses ständige Hinterfragen allerdings in eine geradezu geniale Idee. Angeregt durch ein Spiel, das der Gehirnforscher, Biologe und Vordenker Frederic Vester, der um die Jahrtausendwende gelebt hatte, ich glaube, das Spiel hieß …«

»Ökolopoly. Ich kenne das Spiel«, unterbricht sie eine Workshop-Teilnehmerin. »Es ist ein Spiel, bei dem man, ähnlich wie beim Monopoly, Dinge kaufen und verkaufen kann. Aber jede Aktion oder Transaktion ruft eine Vielzahl unterschiedlichster Folgen hervor. Anhand dieses Spiels kann man also zum Beispiel lernen, welche Auswirkungen es auf die deutsche Chemieindustrie hat, wenn der Regenwald abgeholzt wird, oder was langfristig passiert, wenn irgendwo ein neues Wasserkraftwerk gebaut wird.«

»Ja genau, dieses Spiel war es, das unseren Vater auf eine geradezu geniale Idee gebracht hat. Wie die meisten genialen Ideen war auch diese Idee ganz einfach. Nachdem es zu den primären Aufgaben unseres Unternehmens gehört hatte, anderen Unternehmen bei der Entwicklung neuer Produktkonzepte und Vermarktungsstrategien zu helfen, hatte sich mein Vater überlegt, dass es doch auch sehr spannend sein müsste, diesen Kunden gleichzeitig aufzuzeigen, welche Auswirkungen dieses neue Konzept auf die unterschiedlichsten Bereiche haben wird. Also zum Beispiel, inwieweit es an sozialen Strukturen etwas verändert, weil dadurch Arbeitsplätze eingespart werden, welche ökonomischen Folgen es haben könnte, weil ganz bestimmte Substanzen nicht mehr recycelbar sind. Oder welche psychologischen Langzeitfolgen dadurch unter Umständen zu erwarten sein werden. Es gestaltete sich zunächst sehr schwierig. Mein Vater begann, dieses Konzept an unserem eigenen Unternehmen auszuprobieren. Er und sein Team diskutierten nahezu alle möglichen Denk- und Entwicklungsmodelle. Und sie befassten sich eingehend mit der Chaostheorie. Gestatten Sie einen kurzen Ausflug in die Chaostheorie zum besseren Verständnis?«

Patrizia, die Workshop-Leiterin hält inne und schaut fragend ins Auditorium. Nach einer kurzen Pause setzte sie ihre Ausführungen einfach fort.

»Stellen Sie sich vor, Sie haben einen Wassertropfen auf Ihrem Arm. Eine Weile wird er dort in unveränderter Form verharren. Und wenn Sie sich ganz still verhalten, dann bleibt er dort auch eine längere Zeit. Aber irgendwann wird er herunterlaufen. Vielleicht in Richtung Ellenbogen? Vielleicht nach vorne zur Hand? Vielleicht in einer geraden Linie? Vielleicht schlängelt er sich aber auch an Ihrem Arm entlang. Sie werden nicht mit Gewissheit vorhersagen können, wohin er wandert und wie er sich verhalten wird. Das Einzige, was Sie wissen, ist, dass er sich irgendwann in Bewegung setzen wird. Das Problem komplexer Gebilde ist, dass sich ihr Verhalten nicht exakt vorhersagen lässt. Und selbst der Wassertropfen auf Ihrem Arm ist ein extrem komplexes Gebilde. Denn er interagiert mit unzähligen anderen Gegebenheiten und Rahmenbedingungen. Was hat die Wissenschaft die vergangenen fünf Jahrhunderte versucht? Zur Zeit, als Florenz die wichtigste Metropole der Welt war, nahm dort ein neues Weltbild seinen Anfang, das über 500 Jahre der Menschheitsgeschichte begleitet und bestimmt hat. Die Wissenschaft versprach eine neue, objektive Sicht der Wirklichkeit. Losgelöst von Glauben oder Nationalität. Ausdruck der reinen Vernunft. Es gelang ihr, die mittelalterlichen Werthaltungen, Feudalherrschaft, religiösen Fanatismus, abergläubische Dogmen und vieles mehr abzulösen. Warum gelang ihr das? Weil das alte Glaubenssystem nicht mehr funktionierte. Und wo standen wir dann Ende des vorigen Jahrhunderts? Descartes und Newton hatten uns die totale Kontrolle durch die Wissenschaft versprochen. Mechanistische Sichtweisen, Entweder-Oder-Haltungen und Ursache-Wirkungs-Prinzipien prophezeiten das totale Verständnis der Naturgesetze und damit den Sieg der Menschheit über ebendiese Gesetzmäßigkeiten. Dies hat sich als großer Irrtum herausgestellt. Ende des 20. Jahrhunderts taucht der Begriff der Fuzzy-Logic oder auch Unschärfe-Relation auf. Die Dinge lassen sich nicht genau ein- und abgrenzen.

Und deshalb lassen sie sich schon gar nicht kontrollieren. Der alte Traum der Wissenschaft war ausgeträumt. Und eigentlich verloren damit ihre elementaren Zweige jede Existenzberechtigung. Schnell ersann man die Chaostheorie. Wenn ich schon nichts genau vorhersagen und kontrollieren kann, mache ich eben aus der Untersuchung dieses Phänomens eine neue Wissenschaft und erhalte mich damit selbst.«

»Und dann? Wie ging es mit Ihrer Firma weiter?«

»Wieder war die Lösung naheliegend, einfach und damit genial. Irgendwann brachen Sie alle Diskussionen ab, weil sie zu dem Schluss gekommen waren, dass es keine verbindlichen Prognosen über die jeweiligen Reaktionen auf unternehmerische oder politische Aktionen gibt. Mein Vater und sein Team haben dazu alles Mögliche untersucht und sich in den Datenbanken dieser Welt alles verfügbare Material besorgt. Um nur zwei Beispiele zu nennen: So hatte der Engländer Thomas Robert Malthus Ende des 19. Jahrhunderts ein ganz bestimmtes Szenario entwickelt, das aufzeigte, wie schwer es angesichts der wachsenden englischen Bevölkerung werden würde, für alle diese Menschen genügend Nahrungsmittel zu produzieren. Nicht einkalkuliert hatte er, dass exakt diese Problematik zu einem grundlegenden Wandel der Wirtschaft führen würde. Der Not gehorchend, sannen die Engländer über Möglichkeiten nach, den Produktionsausstoß bestimmter Wirtschaftszweige drastisch zu erhöhen. Und sie läuteten damit das Zeitalter der industriellen Revolution ein. Damit waren die Voraussetzungen geschaffen, um auf maschinellem Wege so viel Überschuss bestimmter Rohstoffe und Waren zu produzieren, die einen prosperierenden Handel mit Ländern ermöglichten, die die so wichtigen Grundstoffe für die Nahrungsmittelproduktion lieferten. Malthus hatte also mit der Beschreibung des Szenarios grundsätzlich recht behalten. Aber er hatte nicht die Möglichkeit einkalkuliert, dass das Erkennen des nahenden Unheils in Form von explodierendem Bevölkerungswachstum und damit knapper werdenden Nahrungsmittelaufkommens auf der einen Seite, andererseits derart innovative und kreative Kräfte

freisetzte, die völlig neue Ressourcen zu erschließen halfen. Oder nehmen wir als zweites Beispiel den Ende des 20. Jahrhunderts weltweit anerkannten Bestseller-Autor und Unternehmensberater Tom Peters: Er prognostizierte der amerikanischen Politik das Aus ihrer protektionistischen Haltung. Er zeigte auf schlüssige Art und Weise auf, dass Protektionismus keine Zukunft hat. Er machte deutlich, dass sich die Unternehmen aus eigenem Antrieb den neuen Herausforderungen stellen müssen, um dank neu formierter Spitzenleistungen überleben zu können. Auch ihn hat die Entwicklung eines Besseren belehrt. Sicher hatte er recht mit seiner Behauptung, dass die Art des bis dahin gelebten Protektionismus keine Zukunft hat. Ich meine einen Weg von Importbeschränkungen, staatlichen Subventionierungen von Exporten, um Handelsüberschuss zu produzieren. Aber auf eine andere Art und Weise war es gerade der Protektionismus der amerikanischen Regierung, der maßgeblich zu grundlegendem strukturellem Wandel beigetragen hat. So waren es primär amerikanische Regierungsmitglieder, die dafür sorgten, dass Automobilkonzerne zum Umdenken gezwungen wurden, Energiekonzerne über alternative Energiegewinnungskonzepte nachdenken mussten. Der Staat hat derartige Anstrengungen mit Milliardenbeträgen gefördert, nachdem er sich aus dem Rüstungsgeschäft endgültig verabschiedet hatte, also genügend finanzielle Mittel zur Verfügung stellen konnte. Tom Peters hatte in gewisser Weise also ähnlich wie Malthus Recht und Unrecht zugleich. Und so haben mein Vater und sein Team Tausende von Trendforscheraussagen untersucht und auf ihren Wahrheitsgehalt hin überprüft. Allen war eins gemein: Einige Aussagen bewahrheiteten sich, während einige eben durch die tatsächliche Entwicklung widerlegt wurden.«

»Was war denn jetzt nun die geniale Idee Ihres Vaters in diesem Zusammenhang?«

»Er und sein Team machten aus der Not eine Tugend. Wenn es nicht möglich ist, verlässlich Aussagen über die Reaktionen zu machen, die bestimmte neue oder veränderte Strategien eines

Unternehmens oder einer Regierung hervorrufen, dann bieten sie eben einfach unterschiedliche Szenarien an.«

»Wirklich sehr genial. Und vor allem ausgesprochen hilfreich«, bemerkt der zuvor aufgestandene kritische Workshop-Teilnehmer sarkastisch.

»Sie können sich Ihre Ironie sparen. Das ist in der Tat ausgesprochen genial. Denn mit der Entwicklung dieser unterschiedlichen Szenarien allein war es noch nicht getan. Als weitere Dienstleistung haben wir dann die Entwicklung alternativer Anpassungsstrategien angeboten.«

»Was meinen Sie damit?«, hakt Patrizias Kritiker nach.

»Am besten erkläre ich Ihnen das anhand eines Beispiels: Nehmen wir einmal an, ein holländisches Unternehmen der Lebensmittelindustrie entschließt sich, eine neue Fabrik im Kongo zu eröffnen. Weil sie vielleicht denken, auf der einen Seite einen Beitrag zur Verbesserung der Infrastruktur und Lebensqualität dort vor Ort leisten zu können, und weil sie damit möglicherweise an Rezepturen kommen für Produkte, die sie so bisher noch nicht in ihrem Angebot haben. Dann bekommen wir von diesem Unternehmen sämtliche Items wirtschaftlicher, ökologischer und sozialer Natur. Wir überprüfen diese Items auf ihre Vollständigkeit hin und erarbeiten ein Konzept für die Beschaffenheit dieser Fabrik. Dieses Konzept beschreibt das aus unserer Sicht sinnvolle Investitionskapital, die benötigte Manpower, die zu schaffende Struktur des Unternehmens, den anzustrebenden Ausstoß der Fabrik, das nützlich erscheinende Vertriebsgebiet und eventuell sogar einige nach unserer Auffassung sinnfällige Produkte. Nun spielen wir verschiedene Modelle durch, welche Auswirkungen das auf das soziale Gefüge vor Ort haben könnte, wie es die globale, regionale und lokale Angebotsstruktur des Lebensmittelmarktes verändern könnte, wann und in welcher Form der Break-Even-Point erreicht ist und was mit dem oder den neuen Produkten in einem Jahr, in drei und in fünf Jahren passieren könnte.«

»Und dann?«

»Nachdem wir diese verschiedenen Szenarien entwickelt haben, entwickeln wir alternative Anpassungsstrategien. Wir sagen dem Unternehmen, was in welchem Fall zu tun ist und wie man nun auf die Reaktion erneut reagiert.«

»Aber ist das nicht ein unendlicher Prozess?«

»Im Grunde schon. Und genau das macht die Arbeit ja so reizvoll. Im Prinzip können wir niemals ankommen. Was wir anbieten, ist praktizierte Flexibilität. Nicht zuletzt auch darum hat mein Vater das Unternehmen unseres Großvaters auch von Brainware in BrainAdapt umbenannt. Es geht um das Trainieren permanenter Anpassung. Und es ist eine rundherum faszinierende Arbeit. Es gibt einfach keine endgültigen Szenarien. Und wahrscheinlich ist das auch gut so. Wenn wir die Evolution betrachten, so scheint es hier auch keine endgültige Fassung zu geben. Warum sollte es also eine letztgültige Fassung für Branchen, Unternehmen oder Regierungen geben. Die Aufgabe besteht unserer Auffassung nach darin, sich permanent zu regenerieren, veränderten Bedingungen anzupassen, Auswirkungen des Anpassungsprozesses zu untersuchen und sich zumindest auf einige der möglichen Auswirkungen vorzubereiten.«

»Und dann kommt es letztlich doch immer anders, als es vorausgesagt wurde«, ergänzt die Dame, die das Spiel Ökolopoly kannte.

»Nicht immer. Aber zugegebenermaßen doch relativ häufig. Also, wenn ich es einmal in Prozent ausdrücken darf: Von 100 diesbezüglichen Anfragen haben wir in rund 40 Prozent eines der Szenarien entwickelt, die dann eintreffen. In weiteren 30 Prozent kommt es zu Symbiosen verschiedener von uns aufgezeigter Szenarien. Und bei den verbleibenden 30 Prozent entwickeln sich völlig ungeahnte Varianten.«

»Immerhin: Mit 70 Prozent liegen Sie ja dann doch nicht schlecht. Das kann sich ja schon sehen lassen.«

»Verstehen Sie doch bitte. Es geht nicht um die Trefferquote. Es geht darum, dass die Menschen in den Organisationsformen lernen, ihre Flexibilität zu erhöhen. Sie stellen sich auf immer mehr

mögliche Folgen ein und sind vorbereitet. Das macht sie auch in Bezug auf nicht vorhergesehene Ereignisse überlebensfähiger. Außerdem kommt ein aus unserer Sicht noch ganz wesentlicher weiterer Effekt bei alledem hinzu: Die Menschen lernen dabei, verantwortlicher zu handeln. Von den Hopi-Indianern wird berichtet, dass sie nach einem Grundsatz gelebt haben, der da hieß: ›Du darfst alles tun, solange es deinen nächsten sieben Generationen keinen Schaden zufügt.‹ Und immer mehr Unternehmer und Führungskräfte handeln nach dieser Devise. Die machen sich endlich verstärkt Gedanken darüber, welche Auswirkungen wen betreffen, bevor sie sich zu einer bestimmten unternehmerischen Entscheidung durchringen. Das ist so viel höheres Maß an globaler, gesamtverantwortlicher Haltung, wie es weder vor 50, geschweige denn vor 70 Jahren noch nicht denkbar gewesen wäre. Das hat in diesem Ausmaß bisher nicht stattgefunden. Es geht dann nicht mehr nur noch um Vermehrung. Es geht um Verbesserung. Und um Anpassung.«

Ich lege Annas Manuskript zur Seite, nachdem ich mich vergewissert habe, dass sie diese Seiten tatsächlich im Jahr 1993 geschrieben hat. War es Zufall oder hatte sie von der Anfang der Neunzigerjahre erstmalig auftauchenden agilen Softwareentwicklung gehört und das einfach nur in ihr Zukunftsszenario eingearbeitet? Hatte sie das 1999 von Kent Beck veröffentlichte Buch *Extreme Programming Explained* und die Folgen dieses Buches vorhergesehen? Was sie da beschrieb, entsprach ziemlich genau den agilen Prozessen und Methoden, die seit dem Jahrtausendwechsel immer mehr an Bedeutung gewonnen hatten und nach wie vor gewinnen.

Wenn sie das wirklich schon 1993 geschrieben hatte, wäre es vielleicht eine bessere Idee, ihre geradezu seherischen Fähigkeiten anders zu nutzen. Vielleicht wäre es sinnvoller, ein Forum im Internet zu installieren, auf der sie all ihre Prognosen verbreiten könnte. Dadurch könnten wir gemeinsam möglicherweise einen wirksameren Beitrag zu einer besseren

Welt leisten als mit einem Roman. Aber würde das Buchkonzept dann überhaupt noch Sinn mache? Oder ließe sich das eventuell parallel entwickeln? Wäre es aber dann nicht zielführender, Textpassagen wie die vorangegangene aus dem Buch zu entfernen und sie für das Forum zu verwenden?

Ich beschließe, diesen Gedanken nicht weiter zu verfolgen. Es würde die ohnehin komplexe Aufgabe nur noch komplexer machen und am Ende würden wir uns womöglich vollkommen verzetteln. Und was wir beide dringender denn je brauchen, ist die Fähigkeit auf das Buchprojekt fokussiert zu bleiben, damit es gelingen kann. Mit diesen Gedanken hole ich mich ins Hier und Jetzt zurück und blicke auf die Uhr meines Smartphones.

10:20 Uhr. Weder eine Nachricht noch ein Anruf von Anna. Gestern Abend hatte sie den Termin mit dem Geschäftsführer des Berliner Verlagshauses. Vermutlich ist sie versumpft und schläft heute Morgen aus. Anders weiß ich nicht, wie ich mich beruhigen soll. Falls sie bis zum Mittagessen nicht angerufen hat, werde ich es meinerseits bei ihr versuchen. Ich lege das Manuskript zur Seite, trinke den mittlerweile kalt gewordenen Espresso aus und schiebe die beiden weich gewordenen Knäckebrote unangetastet zur Seite.

Nachdem ich auf meinem Laptop das Buchdokument geöffnet habe, lese ich mir als Erstes meine Notizen zu Beginn des Manuskripts durch. *Wie steht es denn um das Verhältnis von Sprache, Erkenntnis und Macht?* 214 Seiten ihres Manuskripts habe ich inzwischen schon bearbeitet. Doch bislang habe ich noch keinerlei konkrete Antworten auf diese Frage gefunden. Würde ich auch so eine durchgängig spannende Geschichte schreiben können? Zwar haben wir miteinander den zentralen Konflikt formuliert, aber wäre es nicht besser, wenn ich diesen zentralen Punkt kenne? Kann sie ihn mir nicht einfach sagen? Warum sträubt sie sich so sehr dagegen und verweist mich immer wieder darauf, dass ich es im Buch selbst entdecken muss. Mir kommt die Idee, die gesamte Geschichte noch einmal umzuschreiben. *Ein Autor auf der Suche nach dem Verhältnis von Sprache, Macht und Erkenntnis*. Kann er es ans Licht bringen? Und wenn ja, für wen hat das welche Konsequenzen? Wäre das als zentraler Konflikt vielleicht doch besser geeignet?

Bevor meine Gedanken weiter abschweifen können, blicke ich wieder auf die Notizen auf dem Bildschirm meines Laptops. *Steht Anna grundsätzlich eher für ein positives oder negatives Menschenbild?* Auch darauf habe ich in dem bis zu diesem Tag bearbeiteten Manuskript keine Antwort gefunden. Es gibt Passagen, in denen sie mehr oder weniger klar den Gedanken vertritt, dass der Mensch an sich schlecht sei und es nicht verdiene, unter Gottes Himmel und auf Mutter Erde zu verweilen. In anderen Abschnitten singt sie im übertragenen Sinne das hohe Lied auf die Menschheit und vertritt die Ansicht, dass der Mensch tatsächlich die Krone der Schöpfung ist, sich dieser Rolle nur noch nicht vollumfänglich bewusst sei, deshalb auch nicht verantwortungsbewusst genug handle und nur deshalb so viel Unheil anrichte.

Mein Handy klingelt. Anonym wird als Anrufender angezeigt. Ich nehme das Gespräch entgegen.

»Ja, hallo?«

»Signore Alfredo, sind Sie es?«

Dante ist dran.

»Wen haben Sie denn angerufen?«

Schweigen am anderen Ende der Leitung.

»Ist schon gut, Herr Dante. Ich bin es, wenn Sie mich sprechen wollen. Wieso haben Sie denn anonym eingeschaltet?«

»Ach, entschuldigen Sie bitte, Signore Alfredo. Das war wegen des vorangegangenen Gesprächs. Da wollte ich mich nicht zu erkennen geben. Ein anderer Autor, der mit seinem Manuskript extrem ins Hintertreffen geraten ist. Da müssen wir jetzt dringend eine Regelung finden. Und wenn der meinen Namen auf seinem Display sieht, hebt er schon gar nicht mehr ab.«

Was kann ich denn für Sie tun?«

»Ich wollte mich einfach mal erkundigen, wie es Ihnen geht, wie Sie vorankommen und ob Sie schon alle Exposés und Manuskriptseiten zurückerhalten haben, die Sie an die verschiedenen anderen Verlage verschickt haben.«

Sein Interesse insbesondere für den letzten Punkt irritiert mich erneut. Für einen kurzen Moment überlege ich, ob ich diese Irritation jetzt am Telefon thematisiere. Gleichzeitig fällt mir aber auch ein, dass immer noch die Frage offen ist, wie der Franklin Verlag meine Adresse in Albisano herausgefunden hat.

»Signore Alfredo? Sind Sie noch in der Leitung?«

»Ja, ja. Hier ist alles gut. Wir kommen prima voran. Das Manuskript wächst und gedeiht. Und wegen der Exposés bin ich, ehrlich gesagt, gerade nicht auf dem Laufenden. Anna kümmert sich darum«, schwindle ich ihn an, denn die Verantwortung dafür liegt bei mir und füge noch hinzu: »Und die ist zurzeit in Berlin.«

»In Berlin? Was macht sie denn dort?«

»Familiäre Angelegenheiten«, lüge ich ein weiteres Mal.

»Ah. Verstehe«, reagiert Dante mit einem Unterton, als würde er parallel dazu über die Frage nachdenken, ob Anna überhaupt Familienangehörige in Berlin hat.

»Gut, Alfredo. Dann will ich Sie auch nicht weiter vom Arbeiten abhalten. Haben Sie denn vielleicht schon eine ungefähre Idee, wann das Manuskript möglicherweise fertig sein wird?«

»Nein. Beim besten Willen nicht. Wir kommen zwar gut voran, aber ich habe derart viel Material von Anna zu überarbeiten. Es ist wirklich eine Herausforderung, ihre ganzen gedanklichen Fragmente in einem einzigen Handlungsstrang zu verbinden. Bei einigen Abschnitten funktioniert es völlig problemlos. Bei anderen gestaltet es sich schwieriger, als ich zunächst vermutet habe. Insofern bitte ich um Nachsicht und noch etwas Geduld Ihrerseits, Herr Dante. Sobald ich es besser einschätzen kann, werde ich es Sie wissen lassen. Können wir so verbleiben?«

»Aber selbstverständlich, Signore Alfredo. Ich habe nur die Bitte, dass Sie sich vorab noch einmal wegen der Exposés und Manuskripte bei mir melden. Es ist uns wirklich sehr daran gelegen, dass wir das gesamte Material von Ihnen bekommen, das in Umlauf ist.«

Jetzt ist der richtige Zeitpunkt. Jetzt frage ich. Noch bevor ich meine beiden Fragen formulieren kann, verabschiedet sich Dante mit den Worten.

»Und bitte Alfredo: Lassen Sie sich für das Manuskript alle Zeit, die Sie brauchen. Entschuldigen Sie, aber ich muss jetzt dringend an die andere Leitung. Der Autor, Sie wissen schon, der so schwer zu erreichen und so stark in Verzug ist, ist jetzt endlich auf der anderen Leitung. Einen schönen Tag und weiterhin frohes Schaffen und gutes Gelingen.«

Dante legt auf. Ich starre auf das Display meines Smartphones. 10:32 Uhr. Keine Nachrichten. Kein weiterer Anruf. Zwei Stunden warte ich noch. Falls sie sich bis dahin immer noch nicht gemeldet hat, rufe ich sie an. Ich widme mich erneut meinem Laptop und ihrem Manuskript.

Chloroform

14. Oktober 2008

Als Anna erwacht, hat sie immer noch den süßlichen Geruch in der Nase. Allmählich gewöhnen sich ihre Augen an die Dunkelheit. Sie liegt auf einer relativ harten und schmalen Liege. Entweder ein Operationstisch oder eine Massageliege. An ihren Hand- und Fußgelenken spürt sie Fesseln. Blanke Angst treibt ihr den Schweiß aus den Poren und lässt sie zugleich am ganzen Körper frieren und zittern. Als sie den Kopf anheben will, um mehr von dem Raum und ihrer eigenen Lage zu erfassen, wird sie von einer kalten flachen Hand, die an ihre Stirn fasst, sanft in die Ausgangslage des Kopfes zurückgedrückt.

»Was willst du wissen?«, ertönt eine klare, aber warme Stimme hinter ihr.

»Wo bin ich? Warum ist mir so kalt? Ich zittere. Wer bist du?«

»Wo du bist, hat dich nicht zu interessieren. Außer, dass du jetzt in meinen Händen bist. Und kalt ist dir, weil du nackt bist. Und weil du Angst hast. Und das ist gut so. Ich liebe es, deine Angst zu spüren.«

»Völlig nackt? Was hast du vor?«

Anna ahnt das Schlimmste. Sie versucht, ihren Puls zu verlangsamen und die Angst in den Griff zu bekommen.

»Kann dir noch gar nicht sagen, was ich genau vorhabe. Aber es wird für mich ein Vergnügen werden. So viel ist sicher. Du hast einen schönen Körper. Und wunderschön ebenmäßige Schamlippen.«

Jetzt wird sich Anna ihrer Position bewusst. Sie liegt auf dieser Liege, wie die Anatomiezeichnung Leonardo da Vincis vom menschlichen Körper. Arme und Beine weit nach außen gestreckt. Deshalb empfindet sie die Liege auch als schmal. Ein Teil ihrer Schultern und die Unterschenkel hängen praktisch in der Luft. Ein neuerlicher eiskalter Schauer durchströmt ihren Körper. Wird er sie vergewaltigen? Was wird er ihr antun? Lässt er sie wenigstens das Leben?

»Was willst du von mir?«

»Erst mein Vergnügen. Und dann die Arbeit«, antwortet die männliche Stimme hinter ihr. Anna spürt erneut einen Schub kalten Schweiß auf ihrem gesamten Körper.

»Es ist schön, wenn du Angst hast. Es erregt mich. Sehr. Vielleicht tue ich dir auch ein bisschen weh. Aber das gehört dazu. Nur so bleibt deine Angst. Und irgendwann merkst du nichts mehr. Dann habe ich meine Arbeit erledigt.«

»Was willst du damit sagen?«

»Ich habe genug geredet. Jetzt bist du dran. Möchtest du, dass es dunkel bleibt oder soll ich Licht anmachen?«

»Mach Licht an.«

»Aber nicht doch so unhöflich sein. Was möchtest du?«

»Mach Licht an, verdammt noch mal. Bitte.«

»Warum nicht gleich so?! Wir haben jetzt fast zwei Tage vor uns, bevor du mich verlässt. Und in diese Zeit möchte ich mich gerne mit dir vergnügen. Was meinst du? Möchtest du auch ein bisschen Vergnügen mit mir?«

»Wolltest du nicht das Licht anmachen?«

»Hab es doch nicht so eilig.«

Der Mann hinter Anna steht auf, geht an ihrer rechten Schulter vorbei und bleibt ungefähr auf Höhe der rechten gefesselten Hand stehen.

»Spreiz deine Finger, bitte.«

»Warum?«

»Du hattest deine Fragen. Ab jetzt gebe ich Anweisungen. Du machst einfach nur mit. Dann wird alles gut. Hast du verstanden. Spreiz jetzt deine Finger.«

Anna tut, was er von ihr verlangt. Als sie die Finger gespreizt hat, tritt der Fremde näher heran. Sie spürt seine Oberschenkel und schließt die Hand zur Faust.

»Nicht doch. Finger spreizen, habe ich gesagt! Du wirst doch wohl nicht jetzt schon widerspenstig sein?! Dann wird es für dich unnötig schwierig.«

Anna öffnet die Hand wieder, während er zeitgleich breitbeinig nähertritt. So, dass sich ihre Hand zwischen seinen Schenkeln befindet und sie die Hoden des Mannes spürt.

»Nun schließ die Hand. Aber vorsichtig und ganz langsam. Was da drinnen produziert wird, brauchen wir später vielleicht noch.«

Ist sie einem gewöhnlichen Triebtäter zum Opfer gefallen? Das würde sie überstehen. Sie wusste, was zu tun ist, um körperliche Schmach weitgehend von der Seele fernzuhalten. Steht dieses Kidnapping im Zusammenhang mit ihrem Verlegertermin? Was will dieser Mann? Und warum geht er in diesem Moment seinem männlichen Trieb nach?

Anna hält die Hoden des Mannes umschlossen und hört ihn jetzt deutlich und nah tief ein- und ausatmen. Sie traut sich nicht, ihre Hand wieder zu öffnen. Lange kann sie noch nicht in dieser Position gelegen haben. Sonst würden ihr die Knöchel und Handgelenke mehr schmerzen, da ein Teil des Gewichts der Beine sowie der Arme im Prinzip nur von dem Tau gehalten werden, mit dem sie an was auch immer gefesselt ist. Vielleicht überlagert ihre Angst jede andere Empfindung. Warum gelingt es ihr ausgerechnet jetzt nicht, sich zu regulieren?

»Wolltest du nicht das Licht anmachen? Bitte. Ich habe Angst.«

Er atmet noch tiefer und unregelmäßiger, hält einen Moment den Atem an und sagt: »Lass los. Du kannst die Hand jetzt öffnen. Und denk dran: Die Anweisungen gebe ich.«

Anna schweigt. Sie hört, wie sich seine Schritte im Dunkeln entfernen und hofft, dass sie gleich endlich sieht, in welcher Umgebung sie sich befindet.

Er schaltet das Licht ein. Anna hebt den Kopf und sucht zuallererst nach ihm. Er hat jedoch den Raum verlassen. Die Wände sind aus rohem Ziegelmauerwerk. Das Licht kommt von einer Glühbirne, die mit Lüsterklemmen direkt an die Stromkabel angeschlossen ist, die aus der Decke hängen. Der Raum hat zwei Fenster, die mit einer schwarzen Folie zugeklebt sind. Unter einem der Fenster steht eine große silberne Kiste mit vier schwarzen Griffen dran. Kisten dieser Art werden häufig von Filmteams verwendet. Anna legt ihren Kopf auf ihrer unkomfortablen Liege ab, da die Halsmuskulatur zu schmerzen beginnt. Sie ruht sich einige Minuten aus und versucht sich mit tiefen Atemzügen zu entspannen und gleichzeitig Kraft und Klarheit zu gewinnen.

»Na? Hast du alles gesehen, was du sehen wolltest?«, ertönt seine Stimme erneut hinter ihr.

»Kann ich das Licht jetzt wieder löschen?«

»Nein, bitte lass es an. Traust du dich, dich mir zu zeigen? Oder möchtest du unerkannt bleiben? Wovor hast du Angst? Vor einer Frau, die an Armen und Beinen gefesselt und dir vollkommen ausgeliefert ist? Mit der du machen kannst, was du willst, ohne dass sie Widerstand leisten kann?«

Anna spürt, wie ihr ihre eigene Stimme und das gesprochene Wort Kraft verleihen, etwas mehr Klarheit verschaffen und die Angst wenigstens ein kleines bisschen zurückdrängen.

»Halt deinen Mund!«

Der Lichtschalter wird wortlos betätigt. Erneute Finsternis.

»Kannst du mir nicht wenigstes sagen, was du vorhast? Warum tust du das hier? Was willst du von mir?«

Keine Antwort. Anna lauscht in die Finsternis hinein. Er scheint sich erneut entfernt zu haben. Sie hört nichts. Keinen Atem. Kein Rascheln. Einfach nichts. Sie dreht ihre Handgelenke hin und her, sie probiert aus, ob sie sich eventuell rauswinden kann. Aussichtslos. Das Tau ist zwar locker genug, sodass es ihr nicht die Blutzufuhr unterbricht, aber auch so fest, dass an ein Befreien aus eigener Kraft nicht zu denken ist.

Plötzlich spürt sie die Wärme eines menschlichen Körpers zwischen ihren Oberschenkeln. Sekunden später gleitet eine Zunge in ihre Vagina und zwei kräftige Hände umfassen ihre Taille. Er scheint sich ausgezogen zu haben. Anna schließt die Augen. Von dem aufkommenden Ekel versucht sie sich dadurch abzulenken, dass sie sich bemüht, den Mann zu visualisieren, der gegenüber der Haustür in der Carmerstraße gestanden hatte. Wo ist sie ihm schon einmal begegnet? Sie ist sich sicher, dass sie ihn kennt. Aber woher?

Anna konzentriert sich auf ihre inneren Bilder und versucht gleichzeitig die gierig ihre Schamlippen leckende Zunge auszublenden. Es gelingt nicht. Sie kann nicht verhindern, dass ihre Scheide immer feuchter wird. Er beginnt zu stöhnen. Auch dieses Stöhnen hat sie schon einmal gehört. Sie versucht sich zu erinnern. Seine Hände lösen sich von ihrer Taille und wandern hinauf zu ihren Brüsten, die er fest zu massieren beginnt. Gegen ihren Willen härten sich ihre Brustwarzen.

»Es gefällt dir, nicht wahr?«, dringt die Stimme des Mannes zwischen ihren Schenkeln an ihr Ohr.

Sie hat noch immer den süßlichen Geruch Chloroforms in der Nase. Jetzt weiß sie es. Diesem Ton, der Frage mit genau diesem Wortlaut, diesem Stöhnen, diesen festen, aber nicht brutalen Händen und dieser gierigen Zunge war sie schon einmal hilflos ausgeliefert. Es gibt keinen Zweifel. Er ist es.

Und wenn sie jetzt keinen Fehler macht, rettet ihr diese Erinnerung das Leben. Denn seine Aufgabe in diesem Leben ist es, sie zu töten.

Verzögerung

14. Oktober 2008

Oberst Garibaldi sitzt im großen Konferenzraum des Franklin Verlags in Köln und wartet auf Dante und Pater Paolo. Mittlerweile ist es 14:50 Uhr. Das Erscheinen des Pfarrers aus Albisano würde sich aufgrund eines leichten Verkehrsunfalls etwas verzögern. Der Chef der päpstlichen Garde ist nach Köln gereist, um mit dem Geschäftsführer des Verlags und dem Pater das weitere Prozedere im Detail zu besprechen.

Eigentlich kann er mit dem bisherigen Verlauf der *Operation Pagina* zufrieden sein. Wäre da nicht die Ungeduld des Nuntius, der ihn immer und immer wieder zu Eile mahnt. Nach dessen Meinung vergrößert jeder Tag das Risiko, dass Teile des Manuskripts in unbefugte Hände geraten und dort Schaden anrichten. Garibaldi hingegen ist sich seiner Sache vollkommen sicher. Er empfindet die Strategie des Umarmens nach wie vor als eine geniale Vorgehensweise und hat nicht die geringsten Zweifel daran, dass seine Rechnung aufgehen wird. Sobald sie das gesamte Werk in den Händen haben, wollen sie den beiden Autoren eine weitere Geldsumme dafür anbieten, dass sie von einer Veröffentlichung absehen. Menschen sind käuflich. Der Betrag muss nur groß genug sein.

Nach Übergabe des Geldes ist der Plan, Anna und Alfredo noch eine Weile genauestens zu beobachten, um zu überprüfen, ob sie die Arbeit am Buch auch tatsächlich einstellen. Und schließlich würden sie sich selbst und ihrem Schicksal überlassen.

Was für eine Peinlichkeit, dass der Nuntius dafür die *Operation Pagina* ins Leben und andere Geheimdienstorganisationen involviert hat. Es mochte ja sein, dass Juden, Russen, Amerikaner und Islamisten auch begründete Interessen daran haben, dass dieses Manuskript nicht veröffentlicht wird. Aber macht die Beteiligung der anderen das gesamte Projekt nicht nur unnötig kompliziert? Der Nuntius hätte ihm das Ganze einfach exklusiv anvertrauen sollen. Das hätte Kosten gespart und wäre außerdem auch leichter unter Kontrolle zu halten gewesen. Unter seiner Kontrolle.

Die Tür zum Konferenzraum öffnet sich und Dante tritt ein.

»Meine Verehrung, Oberst Garibaldi. Es ist uns eine ganz besondere Freude, das oberste Mitglied der Schweizergarde in unserem bescheidenen Haus begrüßen zu dürfen. Hat man Ihnen schon etwas zu trinken angeboten? Wurde Ihnen ausgerichtet, dass sich der Pater wegen eines Autounfalls verspäten wird?«

»Ja, danke. Der Espresso wird wohl gleich gebracht werden, Signore Dante. Und über die Verspätung des Paters wurde ich ebenfalls unterrichtet. Wenn es Ihnen recht ist, würde ich die Zeit bis dahin gerne nutzen, um mir von Ihnen den bisherigen Verlauf Ihrer Begegnungen mit den beiden Autoren und Verhandlungen einmal etwas genauer persönlich und damit aus erster Hand schildern zu lassen.«

»Aber sehr gerne, Oberst. Es ist mir ein Anliegen und Vergnügen zugleich, Sie ins Benehmen zu setzen. Bitte setzen Sie sich doch.«

Die Tür zum Konferenzraum öffnet sich erneut und eine Verlagsmitarbeiterin bringt ein Tablett mit zwei Espressi, einigen lecker aussehenden Petit Fours, zwei Gläsern Wasser und Zucker herein. Sie stellt das Tablett auf dem hochglanzlackierten Mahagonitisch ab und verlässt den Raum mit einem »Bitte sehr, die Herren« wieder.

Der Oberst setzt sich, Dante tut es ihm gleich und schiebt das Tablett zu ihm hinüber.

»Bitte bedienen Sie sich, Oberst.«

Nachdem sich dieser seinen Espresso und das Glas Wasser vom Tablett heruntergenommen, erst den Kaffee mit einem leicht schlürfenden Geräusch und gleich danach das Glas Wasser jeweils in einem Zug ausgetrunken hat, lehnt er sich in seinem Konferenzstuhl zurück und blickt Dante erwartungsvoll an. Ein weiteres Mal öffnet sich die Tür und Pater Paolo tritt ein.

»Ah, der treue Diener Gottes aus San Martino ist angekommen. Herzlich willkommen im Schatten des Kölner Doms, lieber Pater. Ich hoffe, Sie hatten trotz des Missgeschicks eine entspannte Anreise«, begrüßt Dante den Pfarrer mit einem kräftigen Handschlag, ohne sich aus seinem Stuhl zu erheben.

Der Pater geht um den Tisch herum, verneigt sich vor Garibaldi und gibt ein murmelndes »Es ist mir eine große Ehre, Oberst« von sich.

»Setzen Sie sich, Pater. Was darf ich Ihnen zu trinken anbieten? Saft, Wasser, Kaffee oder einen Tee?«, fragt Dante, während er sich aus dem Stuhl erhebt und auf die auf dem Tisch stehenden Getränke deutet.

»Gerne ein Wasser.«

»Still oder sprudelnd?«

»Ein stilles Wasser bitte, Signore Dante.«

Der Verlagschef gießt dem Pater ein Glas Wasser aus einer Karaffe ein und reicht es ihm.

»Danke sehr.«

»So. Nachdem wir uns nun alle hier eingefunden haben, bitte ich zunächst Signore Dante um eine genauere Schilderung der diversen Begegnungen mit den beiden Autoren, den Verlauf der Verhandlungen und den aktuellen Stand der Dinge.«

Dante tut, wie von ihm gefordert wurde. Dann schließt er seine Berichterstattung: »Was mich allerdings wundert, ist, dass weder Alfredo noch Anna sich danach erkundigt haben, wie wir eigentlich an ihre Adresse in Albisano gekommen sind. Aber vielleicht ist ihnen dieser Aspekt vor lauter Freude über unser Angebot auch gar nicht weiter aufgefallen.«

»Es wäre zu wünschen. Für den Fall aber, dass doch: Welche Erklärung halten Sie dafür parat, Dante?«, hakt der Oberst nach.

»Das ist schnell erklärt. Auf einem Seminar für Priester aus der Valpolicella kam ich mit Pater Paolo ins Gespräch, der von einem Autorenpaar berichtet hat, das in seiner Gemeinde in Albisano lebt. Er hat dann mehr oder weniger unbeabsichtigt einige Seiten eines Manuskripts gelesen, bei dem es sich zweifelsfrei um die von uns gesuchten Autoren handeln musste. Und über diesen Zufall sind wir auf die Anschrift gestoßen. Das dürfte Erklärung genug sein und die beiden zufriedenstellen. Im Übrigen würde das auch erklären, warum der Pater und ich gemeinsam in Bardolino unterwegs waren. Wir sind uns nämlich sehr sicher, dass Alfredo uns gesehen hat, als wir gerade auf dem Weg in ein Restaurant waren, um die nächsten Schritte miteinander abzustimmen. Auch auf diese Begegnung hat er bisher keinen von uns angesprochen.«

»Das klingt alles vernünftig und nachvollziehbar.« Der Oberst richtet sich nun an den Pater: »Und Paolo? Was gibt es aus Albisano zu berichten?«

»Nun, im Grunde gibt es keine weiteren Vorkommnisse. Ich statte den beiden, wie besprochen, meine regelmäßigen Besuche ab. Und wann immer ich Gelegenheit habe, mich alleine im Rustico aufzuhalten, sammle ich alle Manuskriptseiten ein, kopiere sie schnellstmöglich, um sie an Signore Dante zu schicken und lege das Material dann wieder an seinen Platz zurück. Erst kürzlich habe ich die Gelegenheit eines kräftigen Unwetters genutzt, als ich wusste, dass

Alfredo bei Camillo war und ich davon ausgehen konnte, dass er nicht vor Beendigung des Unwetters zurückkehren würde. Diese Seiten habe ich allerdings noch nicht geschickt. Da ich bereits Ihre Einladung zum heutigen Treffen erhalten hatte, dachte ich, es sei das Beste, die Seiten gleich hierher mitzubringen.«

Garibaldi horcht auf.

»Und wo haben Sie es? Zeigen Sie her!«

»Es liegt noch unten im Auto. Dort habe ich auch noch einige weitere Materialien, die vielleicht von Interesse sein könnten.«

»Was für Materialien?«, fragt nun Dante nach.

»Zum Beispiel einen Notizzettel mit der Anschrift eines Verlages und dem Namen eines Ansprechpartners in Berlin.«

»Wissen Sie den Namen des Ansprechpartners auswendig?«, will Garibaldi wissen.

»Ja, ich konnte ihn mir gut merken. Weil ich mich darüber gewundert habe.«

»Worüber?«, fragen Dante und Garibaldi im Chor.

»Über die Kombination: ein Berliner Verlag und ein israelischer Name.«

»Was nun, Paolo? Was für ein Name?«

»Berolinum Verlag.«

»Und der Name des Mannes?«

»Den habe ich nicht vollständig behalten. Nur den Nachnamen. Rosenberg. Der vollständige Name steht auf dem Notizzettel.«

Die Gedanken in Garibaldis Kopf schwirren wie eine aufgescheuchte Schar Kolibris durcheinander. Handelt es sich um den Ibrahim Rosenberg vom Mossad, oder war das eine rein zufällige Namensgleichheit? Und wenn es der Rosenberg war, was hat er mit diesem Berliner Verlag zu tun? Warum haben Anna und Alfredo überhaupt Kontakt mit einem anderen Verlag, wo sie doch vertraglich an den Franklin Verlag gebunden sind? Kocht Rosenberg ein eigenes Süppchen?

Hält er sich nicht an die Vereinbarung, dass Garibaldi zunächst im Alleingang die kirchliche Strategie der Umarmung versuchen und die übrigen vier in regelmäßigen Abständen über den Stand der Dinge informieren würde? Er muss sofort mit Rosenberg Kontakt aufnehmen. Telefonisch? Oder ist ein persönliches Treffen besser? Zuerst gilt es zu prüfen, ob es sich um den Rosenberg oder um eine zufällige Namensgleichheit handelt.

»Paolo. Bitte seien Sie so gut und holen jetzt erst die Unterlagen aus Ihrem Auto. Bevor wir unser Treffen fortsetzen, würde ich gerne erst mal einen Blick auf den Umfang des Manuskripts, den Notizzettel und die übrigen Materialien werfen, von denen Sie gerade gesprochen haben.«

Der Pater erhebt sich wortlos von seinem Stuhl, verlässt den Konferenzraum und schließt die Tür hinter sich.

»Sind Sie sicher, dass auf den Pater Verlass ist, Oberst?«, fragt Dante zweifelnd.

»Absolut. Er ist einer unserer zuverlässigsten Mitarbeiter. Wir hätten ihn gerne schon an unterschiedlichsten Orten für uns eingesetzt. Aber er hängt so sehr an Albisano und seiner Chiesa San Martino, dass dies immer nur für kurze Aufenthalte außerhalb seines Heimatortes möglich gewesen ist. An seiner Loyalität gibt es nicht die geringsten Zweifel. Er dient nicht nur dem Herrn in aufrichtiger Ergebenheit, sondern auch der heiligen römisch-katholischen Kirche. Warum fragen Sie mich das, Dante?«

Die Tür zum Besprechungsraum des Franklin Verlags öffnet sich mehr oder weniger stürmisch und der Pater kommt völlig außer Atem herein.

»Weg! Alles weg! Das Auto ist aufgebrochen ... Es ist alles weg!«

Dante und Garibaldi sehen sich an.

»Wo haben Sie denn Ihr Auto abgestellt? Haben Sie die Polizei schon benachrichtigt?«

»Nein. Ich traute meinen Augen kaum. Am helllichten Tag. Mein Auto aufgebrochen! Mitten in der Kölner Innenstadt. Meine kostbare Kameraausrüstung und meine Reisetasche sind noch im Fahrzeug. Nur die Tasche mit den Unterlagen ist weg!«

Garibaldi und Dante sehen sich erneut an, dieses Mal nur fassungslos.

»Das sieht nach einer gezielten Aktion aus. Da wusste jemand, was sich bei Ihnen auf der Rückbank des Autos in dieser Tasche befand. Ein gewöhnlicher Diebstahl war das sicher nicht. Die hätten den ganzen anderen Kram mitgehen lassen, aber die Tasche mit den Manuskriptseiten wäre sicher im Auto verblieben. Lassen Sie uns nach unten gehen, meine Herren, und die Angelegenheit etwas genauer in Augenschein nehmen. Vielleicht sollten wir vorher noch von hier oben aus kurz die Polizei anrufen«, schlägt Dante vor.

»Das werden wir gewiss nicht tun«, protestiert Garibaldi. »Sie haben wohl vergessen, dass der Nuntius mir auferlegt hat, maximal zwei weitere Menschen aus unseren Kreisen einzuweihen. Das sind Sie, Signore Dante, und Sie, Pater Paolo. Wer weiß, was die Polizei alles von uns wissen möchte. Die stellen doch nur überflüssige Fragen. Wie wollen Sie denn erklären, dass Ihr Auto aufgebrochen ist, die materiell wertvollen Gegenstände jedoch nicht mitgenommen wurden. Was glauben Sie, was die sich da zusammenreimen? Wir schauen uns das jetzt erst mal an und dann sehen wir weiter. Ihre Rückreise nach Albisano wird sich möglicherweise verzögern, Pater. Sind Sie darauf vorbereitet?«

»Ich hatte ohnehin vor, erst morgen früh nach Albisano zurückzukehren, Oberst.«

Die Wiederbegegnung

14. Oktober 2008

Seine Zunge ist von einer Kraft, dass sie befürchtet, dass ihre Schamlippen anfangen, zu bluten. Die ungewollte Erregung ist dem allmählich stärker werdenden Gefühl der Hoffnung gewichen. Wenn sie sich recht erinnert und jetzt alles richtig anstellt, wird sie ihn erlösen und sich selbst aus dieser prekären Situation befreien.

Endlich lässt er ihre Brust los und hört auf, sie mit einer derartigen Gewalt weiter zu bearbeiten. Er steht aus der Hocke auf, wie sie an dem Knacksen von Gelenken erkennen kann. Ein spitzer metallener Gegenstand berührt ihren rechten Unterschenkel. Sekunden später spürt sie einen stechenden Schmerz an derselben Stelle. Anna vermeidet es, ihm die Freude zu machen, ihren Schmerz durch einen Laut zu verraten und beißt sich auf die Lippen. Sein Atem wird ungleichmäßiger.

»Ich hätte nicht gedacht, dass wir uns so schnell wiedersehen, Falk Pachlevi.«

Treffer. Sein Atem stockt. Sie ist sich vollkommen sicher, dass sie ihn entlarvt hat.

»Du wirst dich nicht darüber wundern, dass ich dich wiedererkenne, Falk, oder? Nach der letzten Begegnung, in der du mich genauso behandelt hast.«

Er atmet weiter, kniet sich offensichtlich neben sie und leckt an ihrem Unterschenkel.

»Na? Schmeckt dir mein Blut, du arme Seele?«

»Sei still«, zischt er.

»Lass mich doch ein bisschen reden, während du dich an mir vergnügst. Ich stelle keine Fragen. Ich werde einfach deine dir ergebene Dienerin sein. Und dabei ein bisschen reden. Du musst ja nicht antworten.«

»Schweig!«

Er hat aufgehört, ihren Unterschenkel mit dem Mund zu bearbeiten.

»Nein, Falk. Stille ist Ohnmacht. Und du bist schon ohnmächtig genug. Seit wie vielen Leben wartest du darauf, dass es endlich ein Ende hat? Oder bist du dir dessen gar nicht bewusst?«

Er entfernt sich, um kurz darauf mit einem Klebeband zurückzukommen. Sie erkennt es an dem Geräusch, als er einen Streifen von der Rolle abreißt. Wenn er ihr jetzt den Mund zuklebt, ist sie verloren. Das muss sie in jedem Fall verhindern. Sie beginnt mit offenem Mund leise zu stöhnen.

»Küss mich. Und mach weiter. Ich liebe es, wenn du mich mit dem Messer quälst. Es bereitet mir Lust. Hast du nicht gemerkt, wie mich schon alleine deine Zunge in mir und deine kräftigen Hände um meine Taille und an meiner Brust erregt haben? Gib mir deine Zunge. Lass auch mich die Flüssigkeit meiner Vagina und das Eisen meines eigenen Blutes schmecken. Na komm, Falk. Wir wollen doch eine schöne Zeit miteinander haben, bis zu dem Moment, in dem du mich verlassen wirst, oder?«

»Du machst dich über mich lustig.«

So würde ihr Plan funktionieren. Sie muss ihn animieren und sich ihm öffnen. Dann wird er ihr den Mund nicht zukleben und sie kann ihn weiter mit Worten erreichen.

»Nein. Ich weiß, dass es dein Auftrag ist, mich zu töten. Als Krieger des Islam wirst du diesem Auftrag nachkommen und ihn zu Ende bringen. Ich habe also keine Chance. Und wenn das schon so ist, dann möchte ich doch lieber mit Lust sterben. Schmerz, der mir von einem durchtrainierten männlichen Körper zugefügt wird, erregt mich. Ich hoffe nur, dass ich während unserer gemeinsamen Zeit auch etwas von deinem wundervollen Glied haben werde. Wirst du mir diesen Gefallen tun, bevor du mich umbringst?«

»Du willst doch nicht wirklich, dass ich dich ficke, während ich dich ritze, oder?«

»Doch, das will ich! Und wie. Aber ich will ihn auch küssen. Deinen Schwanz. Ich will ihn lecken. In meinen Mund stecken. Ich will an deinen Hoden lutschen. Ich will es dir recht machen. Und du kannst währenddessen mit mir machen, was du willst.«

»Ich glaube dir kein Wort.«

»Komm her zu mir. Ich beweise es dir.«

Geschafft. Er kommt tatsächlich näher. Anna hört, wie er zwei Stühle heranrückt, um auf diese zu klettern und sich über ihrem Gesicht so hinzuhocken, dass sie seine Hoden auf den Lippen spüren kann. Sie öffnet ihren Mund, beginnt leise zu stöhnen und schiebt behutsam ihre Zunge vor, um seine Hoden zu lecken.

»Warte. Ich stecke dir meinen Schwanz jetzt in den Mund. Und dann ritze ich deine beiden Oberarme.«

Er steigt von den beiden Stühlen herunter und entfernt sich erneut, um das Messer zu holen. Den Schritten nach zu urteilen, ist er zu der silbernen Kiste gegangen, die sie zuvor bei Licht unter einem der Fenster stehen gesehen hat. Was mochte er jetzt wohl mitbringen? Es dauert nicht lange, bis ihre Ungewissheit dem Schmerz wich, den sie auf ihrem linken Oberarm spürt. Sie vermutet, dass er sie jetzt mit einer Rasierklinge bearbeitet.

Sie stöhnt lauter und haucht ihm ein »Und jetzt deinen Penis. Gib ihn mir« zu.

Sie hat den Mund weit geöffnet und wartet darauf, dass er ihr sein Glied in den Mund steckt. Doch er bevorzugt es, es sich selbst zu besorgen, wie sie an dem hastigen Rascheln erkennt.

»Wie viel Zeit haben wir, bis du mich verlassen wirst? Können wir zwischendrin auch etwas essen und trinken? Kann ich mich auch mal zudecken? Nach dem Orgasmus ist Kuscheln so schön. Jedenfalls für ein paar Momente.«

Er bearbeitet sein Glied unbeirrt weiter.

»Ja. Das tut gut, nicht wahr, Falk? So tut es richtig gut. Wenn ich dich sehen könnte, würde es mich auch erregen. Magst du das Licht wieder einschalten? Es ist doch viel schöner, wenn wir mein Blut sehen können. Für dich. Und für mich auch.«

»Sei endlich still«, herrscht er sie an. Das Rascheln hört auf.

»Woher weißt du meinen Namen? Was erzählst du für einen Schwachsinn von vorherigen Leben und so? Ich habe dich heute in der Carmerstraße zum ersten Mal gesehen. Außer vorher auf den Bildern, die sie mir natürlich geschickt haben. Wir sind uns vorher noch nie begegnet. Nirgendwo und zu keiner Zeit. Aber woher weißt du meinen Namen?«

»Falk Pachlevi, Sohn des Farid Mustafa Pachlevi. Was spielt es für eine Rolle, woher ich deinen Namen kenne? Was ändert das an unserer Situation? Du hast einen Auftrag und wirst ihn ausführen. Und vorher gönnst du dir noch das Vergnügen, zu dem du in deinem normalen Leben so selten kommst. Ich fühle mit dir. Und der beste Weg aus dieser ausweglosen Situation für mich ist es, mich darauf einzulassen. Mich fallen zu lassen und dir hinzugeben. Was also spielt dein Name für eine Rolle?«

»Wenn er keine Rolle spielt, warum hast du ihn dann genannt? Warum hast du mich mit meinem Namen angesprochen?«

»Weil ich wissen wollte, ob ich recht habe damit, dass ich dich kenne und dass wir uns schon mehrfach begegnet sind.«

»Aber woher kennst du ihn? Ist das ein Test? Wollen sie mich auf die Probe stellen?«

»Wer ist *sie*, Falk?«

»Na, wenn du doch so schlau bist, dann müsstest du das doch auch wissen.«

»Nein, das weiß ich nicht. Sonst würde ich dich ja nicht fragen. Ich habe zwar eine Vermutung, aber ...«

»Welche? Was vermutest du?«

»Wirst du mir sagen, ob ich recht habe mit meiner Vermutung?«

»Das weiß ich nicht. Sag mir erst, was du vermutest. Danach entscheide ich.«

»Ich vermute, dass dich die Krieger des Islam geschickt haben. Weil ich ihrer Meinung nach über Informationen verfüge, die besser nicht an die Öffentlichkeit gelangen, weil sie Allah nicht gefallen. Und du sollst nun dafür sorgen, dass ich sie mit ins Grab nehme. Und?«

Er antwortet nicht. Anna hat den Eindruck, dass er sich von ihr entfernt. Aus der Nähe des Lichtschalters hört sie Geräusche, die darauf hindeuten, dass er sich wieder anzieht. Das Licht wird erneut eingeschaltet. Er kommt von hinten wieder näher, tritt neben sie und wischt ihr mit einem Lappen das Blut ab, das immer noch aus dem Oberarm tropft. Dann geht er zu ihrem Unterschenkel. Hier scheint es jedoch schon getrocknet zu sein, weil er den Lappen einfach fallen lässt. Er schiebt den einen Stuhl ganz dicht an ihre Lagerstätte heran, setzt sich breitbeinig drauf und kommt mit seinem Gesicht so nahe heran, dass sie seinen Atem riechen kann.

»Wer bist du?«

»Anna.«

»Und woher willst du mich kennen?«

»Das erste Mal sind wir uns am 12. März des Jahres 44 vor Christus begegnet. Du hattest damals die Aufgabe, mich von einem Nachmittag bei Cäsar abzuholen und verschwinden zu lassen. Du hast mich zu Tode gequält. Und du hattest einen mörderischen Spaß daran, Falk. Im Gegensatz zu mir hattest du seinerzeit einen anderen Namen. Du warst einer von Cäsars Gefolgsleuten, die sein besonderes Vertrauen genossen, weil du ihn bei seinen Eroberungszügen in Spanien aus einigen für ihn äußerst brenzligen Situationen befreit hast.«

»Nimmst du Drogen? Du nimmst hoffentlich nicht an, dass ich dir diesen Unfug glaube, oder?«

»Du hast mich gefragt. Und ich habe dir eine wahrheitsgetreue Antwort gegeben, Falk. Wenn du sie nicht hören willst oder nicht ertragen kannst, frag mich etwas anderes. Oder wir geben uns wieder dem Vergnügen hin. Jetzt, da Licht ist. Zieh dich doch bitte wieder aus. Ich möchte gerne deinen muskulösen Körper sehen. Und ich fände es schön, wenn wir beide nackt sind. Ich spüre deine Haut so gerne.«

Er lehnt sich mit dem Oberkörper etwas zurück, fährt sich mit der rechten Hand über seinen kahlen Schädel, stützt anschließend beide Handinnenflächen auf seinen Oberschenkeln auf und betrachtet seinen Körper.

»Wie alt bist du?«

»Ich vermute, du meinst den Körper, der jetzt nackt ausgestreckt vor dir auf diesem Massagebett, oder was auch immer das ist, liegt, richtig? Du willst wissen, wie alt der Körper ist, über den du frei verfügen kannst. Ist es das, was du wissen willst?«

»Ich will einfach nur wissen, wie alt du bist.«

»Unzählige Jahre.«

»Dafür hast du dich echt gut gehalten«, versucht er einen Scherz.

»Und wie alt wirklich?«

»Das ist kein Scherz. Aber der Körper, der hier vor dir liegt, ist 43. Weißt du, wie alt du bist?«

»31. Ich bin 31.«

»Nein, Falk. Du bist über 2.000 Jahre alt. Also deine Seele, meine ich. Dein Körper ist möglicherweise 31. Aber das zählt nicht. Was zählt, ist das Alter der Seele. So gesehen sind wir beide also schon richtig alte Seelen.«

»Kannst du das beweisen? Diesen Quatsch, den du da erzählst? Für uns Muslime gibt es keine Wiedergeburt. Am jüngsten Tag treten wie vor Allah, den Allmächtigen. Er schaut sich mit uns rückwirkend unser Leben an. Und wenn er mit uns zufrieden ist, bekommen wir einen Platz in seiner Nähe. Dort, wo das Paradies ist. Für diejenigen aber, die böse Taten begangen haben, ist eine Strafe im Ausmaß ihrer bösen Taten vorbereitet. Schmach wird sie bedecken. Keinen Schutz werden sie vor Allah haben. Und so soll es sein. Als ob ihre Gesichter mit Fetzen einer finsteren Nacht bedeckt wären. Sie sind die Bewohner des Feuers. Darin werden sie auf ewig bleiben. Sure 10, Vers 26 bis 27 des Koran«, zitiert er und fügt nach einer kurzen Pause hinzu: »Anna.«

Erneute Pause.

»So ist es. Von Wiederkehr hat Mohammed niemals gesprochen.«

»Und wo steht im Koran, dass es eine gute Tat ist, andere Menschen zu töten? Steht es nicht allein Allah, dem Allmächtigen, zu, Menschenleben zu schenken und zu nehmen?«

»Im Koran steht, dass es eine gute Tat ist, für seinen Glauben sein Leben hinzugeben. Weil der Glaube an den Allmächtigen wichtiger ist, als die eigennützige Existenz des Menschen. Wer der Sache Allahs dient, wird erlöst und kommt ins Paradies.«

»Und du glaubst, du dienst seiner Sache damit, dass du mich umbringst? Du glaubst tatsächlich, dass dich die Ermordung eines Menschen ins Paradies bringt?«

»So haben es mich mein Vater und sein Vater und die Väter ihrer Väter gelehrt.«

»Es gibt keinen anbetungswürdigen Gott, außer Allah. Wer das spricht und dabei nichts anderes im Sinn hat, als Allahs Angesicht, dem wird die Hölle verwehrt, hat der Gesandte Allahs gesagt. Frieden und Segen seien auf ihm.«

Falk kommt wieder näher an Anna heran, legt seine verschränkten Unterarme auf der Liege ab, sodass sie Annas nackten Körper berühren, und flüstert ihr mit dem Ausdruck einer gewissen Bewunderung die Frage zu: »Woher kennst du diese Passage?«

»Du wolltest wissen, wie ich dir den, wie du es nennst, Blödsinn beweisen kann. Möchtest du, dass ich dir noch mehr Passagen aus dem Buche des Propheten zitiere? Oder willst du vielleicht lieber etwas über den Hinduismus erfahren. In dieser Religion glaubt man nämlich an die Wiedergeburt. Möchtest du?«

»Nein. Ich möchte nichts mehr von dir hören. Gar nichts mehr. Ich werde jetzt dein lästerliches Mundwerk zukleben, dann lösche ich das Licht, ziehe mich wieder aus und wir wenden uns erneut dem Vergnügen zu. Ganz, wie du es wolltest. Und Allah wird mit uns sein.«

»Nein, Falk. Das wirst du nicht tun. Du wirst mir weder dieses widerwärtige Klebeband auf meine Lippen kleben noch das Licht ausmachen. Ich bitte dich. Das Vergnügen wird nur halb so schön für dich, wenn du mich nicht sehen kannst. Und vor allem kann ich dann deinen ...«

»Schweig! Du hast genug geredet. Wenn du nicht willst, dass ich dich mit dem Gafferband zum Schweigen bringe, dann sei still.«

Anna nickt nur, schließt die Augen und schweigt. Sie hört ihn den Reißverschluss seiner Hose öffnen und spürt, wie er zwischen ihre gespreizten Oberschenkel kommt. Dort scheint er sich erneut zu befingern. Erfolglos. Er presst seinen vollkommen erschlafften Penis an ihre Vagina und beginnt sein Glied daran zu reiben. Es hilft nicht.

Anna öffnet die Augen wieder und sieht ihn an. Er ist zu sehr mit sich und seiner regungslosen Männlichkeit beschäftigt, als dass er es bemerkt.

»Lass dir doch Zeit. Wir haben keine Eile. Du setzt dich selbst viel zu sehr unter Druck. Entspann dich. Soll ich dir helfen? Ich kann das gut. Ich habe schon viele Männer gehabt. Es wird dir gefallen, Falk. Und du kannst dich in aller

Seelenruhe damit beschäftigen, mir weh zu tun. Das erregt dich viel mehr. Glaube mir. Hörst du mich?«

Er tritt einen Schritt zurück, schließt den Reißverschluss mit einem heftigen Ruck, lässt Knopf und Gürtel jedoch auf und löst erst die um ihr rechtes Fußgelenk gebundene Fessel und dann die auf der linken Seite.

»Was tust du? Warum machst du die Fesseln weg? Befreist du mich auch an den Handgelenken?«

Er geht schweigend zu ihren Händen und löst auch dort die Fesseln. Anna richtet sich erleichtert auf, kreuzt ihre Arme vor ihrer Brust, überschlägt die Beine und dreht sich auf der Liege sitzend so zu ihm hin, dass sie ihm in die Augen schauen konnte. Jetzt erst spürt sie den Schmerz, der durch diese starre Position und das nur schlecht fließende Blut entstanden ist und den sie bis dahin dank ihrer mentalen Kraft ausgeblendet hat. In ihren Armen und Beinen beginnt es zu kribbeln. Sie spürt, wie das Blut wieder normal zu zirkulieren beginnt.

»Und jetzt? Was tun wir jetzt? Hast du keine Angst, dass ich dir entkomme?«

»Nein. Erstens kommst du hier nicht raus. Zweitens weißt du weder, wo du bist, noch in welche Richtung du abhauen solltest. Und drittens würdest du nicht weit kommen.«

»Du hast meine Frage noch nicht beantwortet. Warum hast du die Fesseln gelöst?«

»Weil ich glaube, dass ich dir vertrauen kann. Ich glaube wirklich, dass auch du Spaß mit mir haben willst, bevor du stirbst. So kannst du dich besser bewegen und tun, was ich von dir verlange. Darum habe ich dich von den Fesseln befreit. Und ich schwöre beim Allmächtigen, dass wir uns noch nie begegnet sind und auch nie wieder begegnen werden.«

Unter den Linden

14. Oktober 2008

Über die Beschäftigung mit Annas Manuskript habe ich die Zeit völlig aus den Augen verloren. Die Passage über das bayerische Städtchen Hof im ehemaligen Zonenrandgebiet hat einerseits mein historisches Interesse geweckt, mich andererseits aber auch an den Rand der Verzweiflung getrieben.

Einmal mehr hat sie in diesem Abschnitt ihr unfassbares geschichtliches Wissen ausgebreitet. Sie hat von der früheren Bedeutung dieses Städtchens geschrieben. Davon, dass sie Ende des 14. Jahrhunderts als »Hochfürstlich-Brandenburgische Hauptstadt Hoff im Voigtlande« bezeichnet wurde. Sie beschrieb, wie eine Heeresgruppe der Hussiten die Stadt im Jahr 1430 eroberte und schwer zerstörte. So stark, dass daraufhin 1432 eine Schützengilde zur Verteidigung der Stadt gegründet worden war und sich aus den jährlichen Schießübungen dieser Gilde das Schlappenfest entwickelt hatte, das noch heute jedes Jahr gefeiert wird. Sie erklärte bis ins kleinste Detail, dass Hof im Jahr 1529 gleich zu Beginn der Reformation evangelisch-lutherisch wurde und dass Markgraf Albrecht II. Alcibiades von Brandenburg-Kulmbach 1546 das Hofer Gymnasium gründete, das heute den Namen Jean-Paul-Gymnasium trägt und eines der ältesten Gymnasien Oberfrankens ist.

Wen aber in Gottes Namen würde es interessieren, dass diese Stadt nach dem Dreißigjährigen Krieg Zufluchtsort für vertriebene Protestanten aus Österreich und Böhmen war?

Des Weiteren schrieb sie, dass 1319 erstmalig erwähnt wurde, dass Juden in Hof lebten und 1373 eine Synagoge mit dem Namen Judenschule gegründet wurde. Wie sollte ich in einen spannenden Roman den von ihr aufgeschrieben Aspekt einbinden, dass vermutlich fünf primär vom Geldhandel lebende jüdische Familien das jüdische Leben in Hof prägten, dies aber im Rahmen eines Pogroms ihr jähes Ende fand, nachdem sich diese Familien geweigert hatten, die ihnen auferlegte Sühne für die Tötung Christi, die sogenannte Karfreitagsabgabe, zu entrichten?

Was soll das alles? Wo gehört das hin? Wie soll ich das in den Roman integrieren? Diese Frau stellt mich vor eine unlösbare Aufgabe. Mit jedem weiteren Buchstaben spüre ich, wie mich Mut und Zuversicht verlassen. Ihre Notizen über diese Stadt reichen bis in das Jahr 2002 und skizzieren, wie die Stadtväter nach der Öffnung der innerdeutschen Grenze die Zuschüsse für infrastrukturschwache Zonenrandgebiete verprasst hatten und es nun an dem nötigen Kleingeld fehlt, das mittlerweile in der Bedeutungslosigkeit versunkene Örtchen wieder erstrahlen zu lassen und zu neuem Glanz zu führen. Außerdem ließ sich Anna auch über den Mönch Martin Luther und seine an der Schlosskirche von Wittenberg angeschlagenen Thesen aus.

An dieser Stelle wird es mir zu viel und ich schiebe Manuskript und Laptop weit von mir weg. Ein Blick auf die Uhr, die neben dem alten Küchenschrank an der Wand hängt, verrät mir, dass es schon 14:12 Uhr ist. Sie hat sich immer noch nicht gemeldet. Ich greife zum Handy und wähle ihre Nummer. Freizeichen. Der Anruf geht ins Leere. Auch ihre Mailbox bleibt stumm. Ich schreibe ihr eine SMS und bitte sie, mich dringend zurückzurufen, da ich mir Sorgen mache. Nachdem ich die Nachricht abgeschickt habe, schalte ich den Energiesparmodus aus, lege das iPhone vor mich auf den Tisch und starre das Display mindestens weitere 15 Minuten an, ohne mich vom Fleck zu bewegen.

Mir fällt ihr Notizzettel ein. Während des letzten Telefonats mit dem Berliner Verlag hatte sie auf einer in der Küche herumliegenden blauen Moderationskarte die Anschrift und den Namen des Mannes notiert, der sie schließlich überredet hatte, wenigstens zu einem Kennenlerngespräch nach Berlin zu reisen. Wo ist diese Karte jetzt, verflixt? Ich versuche mich zu erinnern und lass die Bilder dieser Situation noch einmal vor meinem geistigen Auge Revue passieren. Nachdem Anna das Gespräch beendet hatte, hatte sie ihr Notizbuch zur Hand genommen und die auf der Karte aufgeschriebenen Kontaktdaten dort hineingeschrieben. Und dann? Was hatte sie danach getan? Richtig. Sie war mit der Karte ins obere Geschoss gegangen.

Ich stehe auf und klettere die Stiege hinauf. Gott sei Dank. Die Karte liegt ganz oben auf einem der Manuskriptstapel, die sich wie eine Burgmauer um meinen Schreibtisch gruppieren. *Ibrahim Rosenberg*. Und die Telefonnummer. Der Name des Verlags ist in diesem Augenblick zweitrangig für mich.

Da ich mein iPhone auf dem Küchentisch habe liegen lassen, gehe ich wieder hinunter und rufe in Berlin an. Es klingelt etliche Male, bis endlich jemand meinen Anruf entgegennimmt.

»Kann ich bitte Herrn Rosenberg sprechen?«

»Wer ist denn bitte am Apparat und worum geht es?«

»Sagen Sie ihm nur, hier ist der zweite Autor des Manuskripts, an dem er aktuell interessiert ist. Das dürfte genügen.«

»Ich will es versuchen«, antwortet die eben noch freundlich, jetzt eher patzig klingende weibliche Stimme am anderen Ende der Leitung.

Wenige Sekunden später meldet sie sich mit triumphierendem Tonfall zurück.

»Tut mir leid. Ich hatte schon befürchtet, dass Herr Rosenberg einen solchen Anruf nicht entgegennimmt. Sie müssten mir schon sagen, worum es geht. Und Ihren Namen. Andernfalls notiere ich mir Ihre Rufnummer und Sie werden von uns zurückgerufen, sobald es unsere Zeit erlaubt. Wie hätten Sie es gerne?«

An diesem Drachen komme ich jetzt nur noch mit devoter Haltung vorbei. So viel ist klar.

»Hören Sie, gnädige Frau. Mit meinem Namen kann Herr Rosenberg nicht viel anfangen. Aber wenn Sie ihm ausrichten, dass ich das Gegenstück zu der Autorin bin, mit der er gestern Abend zum Essen verabredet war, dann wird er sicher einen Augenblick Zeit für mich haben. Könnten Sie es bitte noch mal versuchen? Und entschuldigen Sie bitte, dass ich vorhin etwas unhöflich war. Ich rufe aus Italien an. Und es ist wirklich dringend. Ach ja. Und mein Name ist Alfredo.«

»Na, warum denn nicht gleich so?«, jubiliert Madame Pampig und verschwindet ein zweites Mal aus der Leitung.

»Ibrahim Rosenberg.«

»Guten Tag, Herr Rosenberg. Hier ist Alfredo. Der schriftstellerische Partner von der Autorin, mit der Sie gestern Abend ein Treffen hatten.«

»Gehabt hätten«, korrigiert er mich.

»Wieso gehabt hätten?«

»Weil sie nicht zur verabredeten Zeit in dem Lokal erschienen ist, in das ich sie eingeladen habe. Leider habe ich sie bis jetzt auch telefonisch nicht erreichen können. Hatten Sie Gelegenheit mit ihr zu sprechen? Ist irgendetwas vorgefallen?«

»Das weiß ich eben nicht. Das letzte Mal habe ich vorgestern Abend kurz vor 22:00 Uhr mit ihr telefoniert. Wir hatten uns dann voneinander verabschiedet und vereinbart, dass wir erst wieder miteinander sprechen, nachdem Sie das Abendessen mit Ihnen hatte, da sie sich davor noch einen Shopping- und Wellnesstag gönnen wollte.«

»Das ist ja merkwürdig. Ob ihr wohl etwas zugestoßen ist? Wo übernachtet sie denn? Sollen wir mal jemanden im

Hotel vorbeischicken? Oder wäre es Ihrer Meinung nach besser, gleich die Polizei zu benachrichtigen?«

»Ihr gehört eine Wohnung in Charlottenburg. Da sie aber nur sehr selten in Berlin ist, hat sie keinen Festnetzanschluss. Zu erreichen ist sie also auch dort immer nur über das Handy. Und Sie sagen, sie ist nicht zur verabredeten Zeit erschienen und hat Ihnen auch keine Nachricht geschickt, kein Anruf, nichts?«

»Nein. Bis ca. 20:30 habe ich gewartet. Dann habe ich mich entschieden, alleine in dem Restaurant zu essen, in dem ich mit ihr verabredet war. Das Abendessen hat ungefähr zwei Stunden gedauert und um circa 23:00 Uhr habe ich den Katerschmaus verlassen.«

»Katerschmaus?«

»Ja, das ist der Name des Restaurants, das sich auf einem Gelände in der Michaelkirchstraße befindet, auf dem einige abbruchreife Häuser stehen, die sich in der Graffitiszene größter Beliebtheit erfreuen.«

»Wie weit ist es von dort zur nächsten Bushaltestelle oder zum nächsten S- oder U-Bahnhof?«

»Ehrlich gesagt weiß ich das nicht so genau. Ich nutze die Öffentlichen nicht so oft. Ich glaube, dass die nächste größere Haltestelle der S-Bahnhof Jannowitzbrücke ist. Und das dürfte rund zehn Fußminuten von der Bar Kater Holzig entfernt sein.«

»Könnte ihr auf dem Weg vom Bahnhof zum Restaurant etwas zugestoßen sein? Ist es dort belebt, oder gibt es viele dunkle Ecken?«

»Ich sagte doch gerade: keine Ahnung. Ich glaube, ich habe die öffentlichen Verkehrsmittel in Berlin in den 14 Jahren, die ich in dieser Stadt lebe, zwei oder dreimal benutzt. Ich kann Ihnen also beim besten Willen nicht sagen, wo man entlanggeht, wenn man von dort zum Restaurant läuft. Außerdem: Wer sagt Ihnen, dass Ihre Partnerin nicht mit dem Taxi, sondern mit Bus oder Bahn unterwegs war?«

»Ich kenne Anna. Sie liebt es, sich in ihrem Berlin entweder mit dem Fahrrad oder mit den Öffentlichen fortzubewegen. Ein Taxi würde sie nur nehmen, wenn sie sich total verspätet hat. Aber auch das wäre untypisch für sie. Anna ist immer sehr pünktlich. Sie hat durch und durch preußisches Blut in ihren Adern, verstehen Sie Herr Rosenberg?«

Rosenberg schweigt am anderen der Leitung. Mir fällt ein, dass ich mit der Bemerkung bezüglich des preußischen Blutes aus seiner Sicht vielleicht eine antisemitische Haltung zum Ausdruck gebracht haben könnte.

»Herr Rosenberg. Sind Sie noch dran? Habe ich Sie …«

»Nein, nein, ist alles gut. Ich überlege nur, was jetzt am besten zu tun ist. Was schlagen Sie vor?«

»Ich glaube, ich werde mir jetzt schnell ein paar Sachen zusammensuchen und dann mit dem nächstmöglichen Flieger nach Berlin kommen.«

»Haben Sie denn ein Schlüssel zu ihrer Wohnung?«

»Ja. Hier in meinem Haus am Gardasee ist ein Schlüssel deponiert. Bitte entschuldigen Sie mich jetzt. Ich möchte mich gerne so schnell wie möglich auf den Weg machen.«

»Das verstehe ich. Würden Sie sich freundlicherweise melden, sobald Sie in Berlin angekommen sind? Wir haben uns hier auch Sorgen gemacht. Und jetzt erst recht. Ach, und noch eine Bitte, Alfredo. Vielleicht könnten Sie ja Ihren Laptop mitbringen, damit wenigstens wir über das Manuskript sprechen und Sie mir einen etwas tieferen Einblick in Ihr Werk gestatten können. Ich wäre Ihnen wirklich dankbar.«

»Ja, mein MacBook nehme ich ohnehin überall mit hin. Sobald ich in Tegel gelandet bin, schicke ich Ihnen zumindest eine SMS. Aber bitte verstehen Sie, dass ich dann als Erstes in die Wohnung möchte.«

»Selbstverständlich. Ich wünsche Ihnen einen guten Flug, Alfredo.«

»Vielen Dank. Und sollte es bei Ihnen etwas Neues geben, melden Sie sich bitte auch bei mir, okay?«

»Wird gemacht. Auf Wiederhören.«

Rosenberg legt auf, noch bevor ich zu meinem Auf Wiederhören komme.

Knapp 90 Minuten später bin ich am Flughafen von Verona und erwische gerade noch die letzte Lufthansa-Maschine an diesem Tag nach München. Nach Berlin gibt es leider keinen Direktflug mehr. In München kaufe ich mir dann das Ticket für einen Anschlussflug in die Bundeshauptstadt.

Pünktlich um 20:45 Uhr schlägt die Maschine der Air Berlin auf dem Flughafen Tegel auf. Da ich nur eine Reisetasche mit den nötigsten Sachen gepackt habe und diese Tasche mit an Bord nehmen durfte, kann ich das Flughafengebäude direkt verlassen, mir ein Taxi nehmen und in die Carmerstraße fahren.

Ich steige die vier Etagen hinauf, klingle zunächst, warte ein paar Minuten und schließe dann die Tür auf. Es ist zweimal abgeschlossen und von innen steckt kein Schlüssel.

»Anna? Anna, bist du da? Aaannaaa!«

Keine Antwort. Die Wohnung ist leer. Ich bleibe im Flur stehen und sehe mich um. Es ist das erste Mal, dass ich in ihrer Wohnung bin. Aber sie hat sie mir so genau und detailliert beschrieben, dass ich das Gefühl habe, nach Hause gekommen zu sein.

Auf der kleinen weißen Anrichte gegenüber der Eingangstür steht eine silberne Artdeco-Lampe, die eingeschaltet ist und eine kleine bronzefarbene Buddha-Figur beleuchtet. Die Garderobe rechts daneben wartet mit vier leeren weißen Bügeln auf sie. Es sieht sauber und aufgeräumt aus. Ich öffne die Tür auf der linken Seite zum Gäste-WC, das von einer Geräumigkeit ist, die sich viele Menschen für ihr Badezimmer wünschen würden. Ohne das Licht eingeschaltet zu haben, schließe ich die Tür wieder, schalte das Deckenlicht im Flur an und gehe durch einen weiß gerahmten Rundbogen in das Wohnzimmer. Anna hat wirklich nicht übertrieben. Dieser

Raum gleicht einem Ballsaal. Ungefähr 90 Quadratmeter. Tagsüber ist er vermutlich lichtdurchflutet, weil die aus kleinen Sprossenfenstern bestehende Fensterfront die gesamte Breite des Raumes hat und fast so hoch ist wie der Raum selbst, dessen Höhe ich auf fünf bis sechs Meter schätze.

Als ich nach einem Lichtschalter neben der Tür suche, fällt mir ein, dass Anna alle Lampen mit Fernbedienungen ein- und ausschaltet. Wo aber liegt jetzt die Fernbedienung? Ich gehe in den Flur zurück und sehe mich erneut um. Unmittelbar neben der Eingangstür ist eine Halterung angebracht, in der vier absolut identisch aussehende Fernbedienungen untereinander stecken. Ich nehme alle vier aus ihrer Halterung heraus und gehe wieder ins Wohnzimmer. Die letzte von mir ausprobierte Fernbedienung ist dann die richtige. Nachdem ich den obersten Knopf betätigt habe, gehen in Abständen von jeweils zwei Sekunden sechs verschiedene Wandleuchten nacheinander an und tauchen den Raum in ein angenehm warmes Licht.

Am hinteren Ende des Wohnzimmers befinden sich zwei weitere Türen. Eine auf der rechten und eine auf der linken Seite. Wenn ich Annas Beschreibungen richtig behalten habe, führt die linke Tür ins Schlafzimmer und die rechte in die Wohnküche. Hat sie aber nicht auch von einer riesengroßen Dachterrasse erzählt? In der Fensterfront befindet sich keine Tür. Und soweit ich es von meinem Standort aus sehen kann, ist auch kein Balkon, geschweige denn eine Terrasse davor.

Ich stelle meine Reisetasche und die Laptoptasche ab, die ich beide immer noch über der Schulter hängen habe, und gehe an der linken Wand des Raumes zur hinteren Tür, um diese zu öffnen. Und tatsächlich befindet sich dahinter ihr von mir ebenfalls als überdimensioniert groß empfundenes Schlafzimmer, von der eine weitere Tür in das im Immobilienjargon Bad en Suite genannte Badezimmer führt.

Ich lasse die Tür offenstehen und gehe auf die andere Seite des Raumes zur Tür, die in die Wohnküche führen muss. Da sich hier nur zwei kleinere Fenster befinden und deshalb wenig Licht von der Straßenbeleuchtung nach innen dringt, suche ich nach der für die Küche zuständigen Fernbedienung. Dieses Mal ist es gleich die erste Fernbedienung, die ich ausprobiere. Auch dieser Raum ist außerordentlich groß.

Am hinteren Ende befindet sich eine aus Roheisen gefertigte Wendeltreppe. Aha, da geht es also hoch zur Dachterrasse. Ich nehme die Küche etwas genauer in Augenschein. Bulthaup und Miele. Man gönnt sich ja sonst nichts.

Den Eindruck, dass in dieser Wohnung nur hochwertigstes Interieur seinen Platz gefunden hat, habe ich schon nach dem Betreten des Flurs gehabt. Aber entweder ich täusche mich in Anna oder sie hat auch diese Wohnung von dem älteren Herrn geerbt, zu dem ich sie nicht befragen darf. Es fehlt mir einfach ihre Handschrift. Das Liebevolle. Der Wunsch, es wohnlich machen zu wollen, und die vielen kleinen Accessoires. Ich empfinde diese Wohnung als zu clean für sie. Es kann unmöglich ihr Geschmack sein. Und falls doch, hat sie mir in Albisano und in meiner Wohnung in München immer nur etwas vorgespielt. Wie gemütlich es bei mir sei. So wohnlich. Es sei genau nach ihrem Geschmack. Die Einrichtung dieses innerstädtischen Vierter-Stock-Palastes hat so wenig mit dem Stil meiner Wohnung in Schwabing zu tun wie ein Designer-Loft mit einem Fahrradschuppen. Und erst recht nicht mit dem Einrichtungsstil, den ich für mein Rustico gewählt habe. Um den zu beschreiben, reicht ein einziges Wort: Karg.

Ich setze mich auf einen der Kragstühle, die an dem hohen langen Tisch stehen, der sich genau in der Mitte der Wohnküche befindet. Was jetzt tun? Heute Abend werde ich nichts mehr ausrichten können. Mir fällt ein, dass ich Rosenberg zugesagt habe, ihm eine Nachricht zu schreiben, sobald ich in Berlin angekommen bin. Ich hole mein Handy aus der Jackentasche, öffne die Nachrichten-App und tippe.

Hallo, Herr Rosenberg. Bin in Berlin und seit einer halben Stunde in Annas Wohnung. Werde morgen früh weitere Schritte überlegen. Ab 09:00 Uhr können Sie mich tel. erreichen. Gruß, Alfredo.

Gerade als ich im Begriff bin, auf Senden zu tippen, klingelt das Telefon.

»Ibrahim Rosenberg. Spreche ich mit Alfredo?«

»Ja. Ich will Ihnen gerade in diesem Augenblick die versprochene Nachricht senden. Jetzt kann ich es Ihnen aber auch direkt sagen. Seit einer halben Stunde bin ich hier in Annas Wohnung. Sie ist nicht da. Und ich habe keine Idee, was passiert sein könnte. Hier sieht alles ganz normal aus. Wie bei jemandem, der seine Wohnung in der Absicht verlassen hat, in absehbarer Zeit wieder zurückzukehren. Das Licht im Flur hat gebrannt. Und das lässt Anna immer nur dann an, wenn sie weniger als vier Stunden außer Haus zu bleiben beabsichtigt. Sie hat da so einen Öko-Tick. Energieverschwendung nennt sie es, wenn Lichter zu Zeiten und an Orten brennen, an und zu denen es auch ohne Licht ginge. Warum rufen Sie an? Haben Sie eine Nachricht?«

»Nein. Ich will nur wissen, ob bei Ihnen alles in Ordnung ist und Sie gesund in Berlin angekommen sind. Können wir uns morgen Vormittag treffen? Ist Ihnen das recht?«

»Grundsätzlich ja. Aber bitte haben Sie Verständnis, dass ich erst mal meine Gedanken sortieren möchte. Insofern ist mir eine feste Verabredung jetzt nicht recht. Ich komme gerne auf Sie zu, wenn mir danach ist. Können wir so verbleiben?«

»Selbstverständlich. Melden Sie sich einfach. Am besten auf dem Handy, von dem aus ich Sie gerade anrufe. Die Nummer haben Sie ja jetzt. Ich bin morgen nur in zwei wirklich sehr kurzen Besprechungen und werde währenddessen nicht ans Telefon gehen können. Aber ansonsten bin ich immer erreichbar. Gute Nacht, Alfredo.«

»Gute Nacht, Herr Rosenberg.«

Nachdem wir aufgelegt haben, versuche ich noch einmal, Anna auf ihrem Handy zu erreichen. Erfolglos. Ich schreibe ihr eine weitere SMS, in der ich ihr mitteile, dass ich in Berlin in ihrer Wohnung bin und mir furchtbare Sorgen mache. Ich drücke auf Senden und im selben Moment wird mir klar, dass Anna etwas zugestoßen sein muss. Sicher ist sie in der Vergangenheit auch immer wieder mal so, mir nichts, dir nichts, verschwunden und hat sich lange Zeit nicht gemeldet. Und sie hatte dann, wie ich im Nachhinein erfahren habe, auch stets gute Gründe dafür. Sicher gibt es für die aktuelle Situation auch Gründe. Aber ebenso sicher sind es keine guten. Ich erhebe mich von dem Kragstuhl, auf dem ich während des Telefonats gesessen habe, öffne den Kühlschrank und finde dort eine angebrochene Flasche Lugana, die ich öffne, um mir ein Glas davon einzuschenken.

Was ist nur passiert? Ich versuche, die Zeit nach ihrer Ankunft zu rekonstruieren. Sie war in Berlin gelandet und dann auf direktem Weg in ihre Wohnung gefahren. Hatte sie während dieser Zeit jemand verfolgt? Wer außer Ibrahim Rosenberg und vielleicht seiner Sekretärin konnte von ihrer Ankunft in Berlin gewusst haben? Wahrscheinlich war sie bei ihrem Lieblingsinder noch etwas essen gewesen und dann ins Bett gegangen. Am nächsten Tag hatte sie vermutlich ausgeschlafen, sich dann frisch gemacht und war auf den Ku'damm und zum Tauentzien gegangen, weil sie dem Kaufhaus des Westens unbedingt einen Besuch abstatten wollte. Meiner Einschätzung nach hatte sie den städtischen Trubel aber höchstens drei bis vier Stunden ausgehalten, um anschließend in ihre Wohnung zurückzukehren und sich zu entspannen.

Ich stelle das Glas auf dem Tisch ab und gehe ins Badezimmer. Dort hängen über dem spiralförmigen Heizkörper zwei große Saunatücher. Das eine davon hat noch eine leichte Restfeuchtigkeit.

Als ich die Saunatür öffne, rieche ich den noch relativ frischen Duft des Saunaaufgusses, den Anna ganz besonders liebt. Mit meiner Einschätzung habe ich also recht. Sie war nach ihrem Einkaufsbummel in ihre Wohnung zurückgekehrt und hatte sich einen Saunagang gegönnt. Danach hatte sie sich vermutlich in aller Ruhe für die Verabredung mit Rosenberg zurechtgemacht, um dann das Haus zu verlassen.

Und dann? Was war dann geschehen? Für ihr Verschwinden kann ich trotz fantasievollen Nachdenkens nicht den Ansatz einer Erklärung finden. Wäre es vielleicht doch besser, die Polizei zu benachrichtigen? Ich beschließe, diese Entscheidung auf den nächsten Tag zu verschieben und mir jetzt erst einmal eine Runde Schlaf zu genehmigen. Die Sorge, ja Angst um Anna und die Reise haben mich müde gemacht.

Nach einer mir endlos vorkommenden Nacht, in der ich schlecht schlafe und mich ruhelos von einer Seite auf die andere wälze, stehe ich kurz nach sechs auf und blicke als Erstes auf mein Handy. Immer noch nichts. Kein Anruf. Keine Nachricht. Nachdem ich ausgiebig geduscht und mich frisch gemacht habe, gehe ich in die Küche, lasse mir einen Espresso aus dem Hightech-Automaten in eine Tasse laufen und starte mein MacBook. Vor 09:00 Uhr werde ich ohnehin nichts ausrichten können. Die Zeit bis dahin nutze ich, mich ein wenig durch die weitere Beschäftigung mit Annas Manuskript von den Sorgen, um sie und meiner Ratlosigkeit abzulenken.

Die Sprache ist das Haus unseres Seins, hat der Philosoph Martin Heidegger gesagt. Und in der Tat: Sie ist das im günstigsten Fall alles Verbindende und alles Einende. Oder eben im ungünstigsten Fall das Menschen voneinander Trennende. Selten sind es Taten, die Menschen entzweien. Meist sind Worte die Ursachen für Streits, Trennungen und Kriege. Wilhelm von Humboldt vertrat die Ansicht, dass die Sprache für die komplexeren Tätigkeiten und Denkvorgänge des Menschen unverzichtbar ist. Er war der Meinung, dass jede Auffassung von Dingen und Sachverhalten in der Welt bereits sprachlich strukturiert existiert, die Sprache also kein »nachträgliches« Mittel zur Verständigung zwischen Menschen ist. Sein Schluss daraus ist, dass der Mensch in der Sprache arbeitet und lebt und nicht etwa in einer sinnlich aufgefassten Welt, die er sich erst im Nachhinein durch die Sprache erklärt und mit ihrer Hilfe verständigt. Schon in der Bibel heißt es: »Im Anfang war das Wort.« Vermutlich ist es müßig, der Frage nachzugehen, warum der Mensch wahrscheinlich das einzige Lebewesen auf dieser Erde ist, das mit Bewusstsein ausgestattet ist. Und ebenso überflüssig ist demzufolge auch die Betrachtung der Frage, warum Menschen in der Form über das Kulturgut Sprache verfügen, über das sie heute verfügen. Oder nicht? Sind diese beiden Gegebenheiten vielleicht doch einmal näher zu untersuchen? Gibt es eine Art höhere Aufgabe oder ein höheres Ziel, mit dem Menschen beauftragt sind? Und wenn ja, was könnte das für eine Aufgabe sein?

Anzunehmen ist, dass sich ohne die Sprache Weltanschauungen und Religionen niemals hätten ausbreiten können. Warum aber dann die Geschichte mit dem Turmbau zu Babel? Warum hat Gott, wenn es IHN denn tatsächlich gibt, verhindert, dass die Menschen seinerzeit die Existenz einer bis dahin gemeinsamen Sprache dafür nutzen können, sich zu dem Zweck miteinander zu verständigen, eine gemeinsame Sache zu machen. Schließlich ist das die originäre Bedeutung unseres heutigen Wortes Kommunikation. Das lateinische Wort »communicare« heißt dem Sinn nach übersetzt: eine Sache gemeinsam machen oder etwas zur gemeinsamen Sache machen. Und an diese Frage ließ sich auch gleich anschließen: Warum heißt es in der Bibel, dass es Verderben über die Menschheit bringen wird, wenn sie Früchte vom Baum der Erkenntnis nascht? Demzufolge wären alle wissenschaftlichen Bemühungen unchristlich. Wie würde es heute um den Planeten Erde bestellt sein, wenn der Mensch kein Bewusstsein und er auf Grundlage dieses Bewusstseins nicht die Fähigkeit der Sprache entwickelt hätte? Es ist anzunehmen, dass der natürliche Kreislauf des Fressens und Gefressenwerdens, der Jahreszeiten, des Werdens und des Vergehens nicht in dem erheblichen Umfang gestört wäre, in dem er heute gestört ist.

Wenn der Mensch allerdings keine höhere Aufgabe hat, dann stellt sich wiederum die Frage, warum der liebe Gott, eine andere natürliche Übermacht, ein allumfassender Plan oder wer beziehungsweise was auch immer für die Existenz der menschlichen Kreatur verantwortlich ist, ein Lebewesen erschaffen hat, das zu solchen Gräueltaten in der Lage ist, wie ebendieser Mensch. Vielleicht ist aber diese Kreatur Mensch auch gar nicht gezielt erschaffen worden. Vielleicht ist sie einfach nur eine natürliche Entwicklung der Evolution. Eher zufällig hat diese Kreatur es in ihren Anfängen geschafft, sich besonders gut an Lebensbedingungen anzupassen, sich als Gruppe vorbildlich zu organisieren, um dann deutlich größere und stärkere Tiere erlegen oder Gegenstände zur Errichtung von Bauwerken bewegen zu können. Und irgendwann entwickelten sich dann ebenfalls mehr oder weniger zufällig Bewusstsein und Sprachvermögen. Möglicherweise als eine Art genetischer Defekt. Ein Unfall der Evolution. Ein Unfall, der vor rund 300.000 Jahren seinen Anfang genommen haben muss, wie Anthropologen aus Durham vermuten.

Diese Anthropologen verglichen die Größe des Canalis nervi hypoglossi, einer Öffnung in der Schädelbasis des modernen Menschen, mit dem verschiedener Fossilien. Durch diese Öffnung an der Schädelbasis verläuft der Nerv, über den das Gehirn die Zungenbewegung steuert. Die Wissenschaftler stellten fest, dass diese Öffnung erstens deutlich größer war als bei den untersuchten Fossilien und zweitens bei Neandertalern ähnlich groß war wie beim heutigen Menschen. Bei den Vormenschen der Gattung Australopithecus, die vor rund zwei bis vier Millionen Jahren lebten, ist er dagegen deutlich kleiner. Und da die Wissenschaftler, wie ausgeführt, die Auffassung vertraten, dass ein großer Nervus hypoglossus die Voraussetzung für eine differenzierte Sprache ist, datierten sie die Entstehung des Sprachvermögens entsprechend weit zurück. Sie nehmen aufgrund verschiedener Schädelfunde an, dass sich vor rund 100.000 Jahren der Gaumen zu seiner heutigen Form aufgewölbt und der Kehlkopf dementsprechend abgesenkt haben. 1983 wurde in Israel das Skelett eines Neandertalers gefunden. Das Alter des Skeletts wurde auf circa 60.000 Jahre geschätzt. Und ein Bestandteil der Knochen war auch ein Zungenbein. Aus dieser Entdeckung wurde der Schluss abgeleitet, dass dieser Mann zur Lautsprache fähig war. Ob allerdings das Sprechvermögen beim gemeinsamen Vorfahren von Neandertaler und Homo sapiens, dem Homo erectus, schon ausgeprägt entwickelt war, ist ebenso unbekannt wie die Frage, ob das morphologische und funktionale Potenzial für differenzierte sprachliche Kommunikation beim Übergang vom Homo erectus zum frühen anatomischen Menschen vor rund 200.000 Jahren fortgeschritten gewesen ist.

Als relativ gesichert gilt jedoch die Erkenntnis, dass die Vergrößerung des Rachenraums als Resonanzkörper, die Absenkung des Kehlkopfes und die Aufwölbung des Gaumens zu einer größeren Bewegungsfreiheit der Zunge geführt hat. Und Letzteres hatte eben bereits beim Homo erectus eingesetzt. Wozu aber hatte die Evolution diesen Prozess der anatomischen und genetischen Veränderung eingeleitet? Um Planung und strategisches Vorgehen zu ermöglichen? Um absichtsvolles Handeln und eine Absprache der Mitglieder der Spezies Mensch zu ermöglichen? Tiere planten auch. Und sie verfügten und verfügen auch über die Möglichkeit, sich miteinander zu verständigen. Wie sonst ist es zu erklären, dass sich ein Löwe still verhält und die Antilope so lange beobachtet, bis er seine Chance gekommen sieht, sie erfolgreich zu erlegen. Das ist Planung. Hinter seinem »Auf-der-Lauer-liegen« verbirgt sich die Absicht, sein Überleben im Fall der Antilope dank Nahrungsaufnahme zu sichern.

Geht man davon aus, dass es die Grundanlage des evolutionären Prozesses ist, das Überleben der eigenen Spezies zu sichern, dann ist die Annahme zulässig, dass auch die Entwicklung des Sprachvermögens diesem Ziel diente. Und in der Tat hat die

Fähigkeit der Verständigung des Menschen ihn wie kein zweites Lebewesen in die Lage versetzt, Absprachen zu treffen und komplexe Projekte Wirklichkeit werden zu lassen, zu deren Realisierung ausschließlich der Mensch in der Lage ist. Und dieser Fähigkeit sind schließlich auch all die Errungenschaften der modernen Zivilisation zu verdanken. In der Medizin, der Architektur, der Musik, der Kultur, kurzum in allen Lebensbereichen.

Was aber ist letztlich schiefgelaufen? Warum zerstört der Mensch trotz dieser an sich und ursprünglich vermutlich wertvollen Fähigkeit die Ressourcen, die ihm letztlich das Überleben der eigenen Spezies ermöglichen würde, in dem Umfang, in dem er es heute tut? Ist Umkehr nötig? Ist sie möglich? Und wenn ja, was ist erforderlich, um diese Umkehr einzuleiten?

Ich lege das Manuskript zur Seite und schaue nachdenklich aus einem der beiden kleinen Küchenfenster auf die gegenüberliegende Hausfassade in der Carmerstraße. Tatsächlich, tatsächlich ist kein anderes Lebewesen in der Lage, derart komplexe Gebilde wie Häuser zu bauen und die dafür nötige Infrastruktur mit dem Ziel der Wasser-, Strom- und Wärmeversorgung zu planen und einzurichten. Kein anderes Lebewesen auf diesem Planeten vermag es, die Voraussetzungen dafür zu schaffen, dass Menschen sich ohne eigene Kraft fortbewegen können und diese Fortbewegung so zu organisieren, sodass sie in unterschiedliche Richtungen zur gleichen Zeit in der Luft, auf der Straße, auf dem Wasser und auf der Schiene relativ störungsfrei erfolgt. Nur der Mensch hat die Fähigkeit entwickelt, allein auf Grundlage der Befehle Eins und Null Algorithmen zu kreieren, die Denkvorgänge nachbilden, Perspektiven verändern, Vorhersagen von extrem hoher Wahrscheinlichkeit treffen und Verständigung über Distanzen von mehreren Tausend Kilometern ermöglichen.

Beim letzten Gedanken horche ich innerlich auf. Und was ist mit dem Gesetz der Synchronizität? Wie verhält es sich mit dem von dem Schweizer Psychologen Carl Gustav Jung entdeckten kollektiven Unbewussten? Vor einigen Jahren hatte ich ein Buch des Autors Francis David Peat mit dem Titel *Synchronicity* gelesen. Peat bezieht sich unter anderem auf Jung und stellt in seinem Werk die Behauptung auf, dass eine Art Informationsgürtel rund um den Globus gespannt sei, in dem permanenter Austausch stattfindet. Er geht davon aus, dass alle und alles mit diesem Informationsgürtel verbunden ist. Unter anderem führt er als Beweis dazu so alltagsnahe Beispiele an wie zum Beispiel: Man denkt an einen Menschen, den man schon seit ewiger Zeit weder gesehen noch gesprochen hat, und Sekunden später ruft genau dieser Mensch an. Peat stellt die Frage: Zufall oder Ergebnis des Verbunden-Seins mit dem Gürtel? Ein weiteres von Peat angeführtes Beispiel ist das Beispiel mit den Affen, die irgendwo auf dieser Welt angefangen haben, Kartoffeln im Meer zu waschen, nachdem Menschen ihnen dies vorgemacht hatten. Und einige Minuten später sollen angeblich Tausende Kilometer entfernt die Affen der gleichen Rasse ebenfalls begonnen haben, ihre Kartoffel mit Meerwasser zu reinigen. Hirngespinste eines esoterisch verblendeten Autors, Beobachtung eines realen Vorfalls, Zufall oder ein echter Beleg für die von Peat aufgestellte Behauptung?

Vorausgesetzt man kann insbesondere dem letzten Beispiel Glauben schenken: Was ist mit dieser Art der Kommunikation? Sie kommt ja ganz offensichtlich ohne Sprache aus. Was wäre, wenn sich die Menschheit nur auf diesem Weg sozusagen wortlos miteinander verständigen würde? Wäre das erstens überhaupt möglich und würde dies zweitens helfen, eine Welt zu kreieren, in der der Mensch sorgsamer und verantwortungsbewusster mit ebendieser Welt umginge? Was wäre, wenn der Mensch seinen Umgang mit der Sprache, dem Wesen der Informationstechnologie entsprechend sich auf Ja- und Nein-Befehle reduzieren würde? Ließen sich sichere Systeme erschaffen, dank derer Unheil vermieden werden könnte? Weil Menschen dadurch zum Beispiel genauer vorausberechnen könnten, dass Massentierhaltung, genmanipulierte Lebensmittel, die Nutzung von Kriegswaffen und andere vermeintliche Errungenschaften lediglich in Sackgassen führen und deshalb alternative Strategien entwickelt werden müssten? Könnten diese Systeme diese Strategien dann auch entwickeln und würde der Mensch den daraus ableitbaren Empfehlungen folgen und sie schließlich auch in die Tat umsetzen? Zu seinem eigenen und dem Wohle des gesamten Planeten?

Je mehr ich diesen Überlegungen nachhänge, desto unübersichtlicher wird das gesamte Gedankenkonstrukt. Ich bekomme keinen Anfang und kein Ende zu fassen. Außerdem fällt mir wieder einmal auf, dass diese in Zeilen gefasste Gedanken von Anna ja eher ein negatives Menschenbild zum Ausdruck bringen. Doch Millionen Menschen kämpfen weltweit für eine artgerechte Tierhaltung, engagieren sich für einen sorgsamen Umgang mit den natürlichen Ressourcen, fordern ökologisches Verantwortungsbewusstsein, setzen sich für einen menschenwürdigen Umgang mit Gefangenen ein und fordern die sozialverträgliche Aufnahme und Integration von Flüchtlingen. Hat Anna all das versehentlich aus den Augen verloren oder bewusst ausgeblendet?

Und wieder bäumen sich in mir die Fragen auf: Wie das alles in einem durchgängigen Handlungsstrang verdichten und zu einem spannenden Roman zusammenfügen? Welcher Leser will sich mit derartigen Gedanken überhaupt beschäftigen? Mir kommt die Idee ein Buch zu schreiben, in dem begründet würde, warum es vermutlich das Beste sei, kein Buch zu schreiben. Aber dann kann ich es auch gleich ganz bleiben lassen. Einfach keins schreiben. Stille walten lassen.

Mir fällt die Geschichte von Desdemona ein. Sie musste sterben, weil sie geschwiegen hatte. Ist das der Grund, warum Anna alle ihre Gedanken veröffentlichen will? Aber sterben wird sie letztendlich doch. Wie alle Menschen. Oder hofft sie auf Unsterblichkeit durch die Veröffentlichung? Was ist ihr wahres Motiv?

Ich erinnere mich an eine Passage ihres Briefes, den sie mir relativ zu Beginn unserer Verbindung geschrieben hatte und daran, dass ich diese Passage abgeschrieben und es mit dem Dokumentnamen *Der Brief* abgespeichert habe. Nachdem ich das entsprechende Dokument geöffnet habe, lese ich die Zeilen noch einmal.

Dank Pater Paolo habe ich kurz vor meiner Abreise Deinen vollständigen Namen erfahren und was Du beruflich machst. Und als er mir von Deiner Profession berichtet hatte, war mir einmal mehr klar, dass Du es wirklich bist. Auch wenn es komisch klingen mag; bei Dir weiß ich es in guten Händen: Ich bin eine alte Seele, die zur Zeit der babylonischen Sprachverwirrung erstmalig das Licht dieser irdischen Welt erblickt hat. Seit Babylon bin ich zahlreiche Male erneut auf diesem Planeten gelandet. Und jedes Mal bin ich im unmittelbaren Umfeld der Einflussreichen ihrer jeweiligen Epoche entweder aufgewachsen oder in die entsprechenden Machtzentren hineingeraten. Als junges Mädchen war ich 80 vor Christus immer wieder in der Nähe des Römischen Kaisers Cäsar. Als junge Frau durfte ich im 3. Jahrhundert nach Christus mit peruanischen Schamanen der Mochica-Kultur verbringen. 1152 lebte ich am Hofe des Stauferschen Kaisers Friedrich der Erste, genannt Barbarossa. Diese Liste könnte ich jetzt ewig fortsetzen … bis hin zu Adolf Hitler, John F. Kennedy und Weiteren. Aus nächster Nähe habe ich miterleben dürfen oder müssen, wie diese Menschen in mitunter bedenkenloser Art und Weise mit ihren Worten über Gedeih und Verderb unzähliger Menschenleben entschieden haben. Seit meinem ersten Leben beobachte ich wieder und wieder, wie in den unterschiedlichen Zeiten der Menschheitsgeschichte eine kleine Schar von Menschen durch Sprache, durch das Verbreiten von Geschichten über die Schlechtigkeit des Menschen und durch das Aufstellen von Regeln und Gesetzen Macht über eine deutliche größere Zahl von Menschen ausgeübt und diese gemaßregelt haben. Mit jedem weiteren Leben haben sich meine Beobachtungen, Einsichten und Annahmen zu einer Art Erkenntnis verdichtet.

In diesem Leben bin ich zum ersten Mal als eine Frau auf die Welt gekommen, die ein relativ normales unauffälliges Leben führt. Und in diesem Leben ist es mir bestimmt, ein Buch zu schreiben. Das Buch, in dem ich die besagte Erkenntnis veröffentliche. Die Buchstaben haben sich in mir angestaut und warten darauf, aneinandergereiht zu werden. An manchen Tagen drohe ich an ihnen zu ersticken. An anderen fließen mir die Gedanken in die Feder, als handle es sich um von einem heißen Löffel fließenden Honig. Inzwischen ist mir klar geworden, dass ich es alleine nicht schaffe. So viele Seiten habe ich bereits beschrieben. Und beim Durchlesen dieser Seiten tauchen immer neue Gedanken auf, die ich für mitteilenswert halte. Dann kommen mir wieder Zweifel, weil ich befürchte, dass die Menschen nicht lesen wollen, was ich ihnen mitzuteilen habe. Bitte halte mich nicht für vermessen angesichts der folgenden Worte: Ich weiß, dass Umkehr nötig ist. Und ich weiß auch, wie sie möglich ist. In meinem Manuskript habe ich einige Entwürfe dazu skizziert. Der Schlüssel liegt in der Sprache und unserem Umgang mit ihr.

Ein Blick auf die Uhr verrät mir, dass mittlerweile fast anderthalb Stunden vergangen sind. 08:15 Uhr. Ein zweiter Espresso wird mir guttun. Ich nehme ein weiteres Espresso-Pad, lasse es in den Schacht der Maschine gleiten und drücke auf den Knopf, der den Aufbrühprozess in Gang setzt. Was ist bloß geschehen, nachdem Anna das Haus verlassen hat? Mit meinem MacBook recherchiere ich kurz, wie Anna mit den öffentlichen Verkehrsmitteln zur Michaelkirchstraße gekommen sein könnte. Rosenberg hatte recht mit seiner Vermutung, dass die Jannowitzbrücke der nächstgelegene Bahnhof ist. Wahrscheinlich ist sie mit der S-Bahn vom Bahnhof Zoo aus zum Alexanderplatz gefahren, um dort in den SEV umzusteigen und mit diesem Bus die restliche Strecke bis zur Jannowitzbrücke zurückzulegen. Vielleicht gewinne ich mehr Klarheit, wenn ich den gleichen Weg nehme. Ich denke diesen Gedanken kaum zu Ende, werfe meine Jacke über und verlasse die Wohnung.

Von der Haustür bis zum Zoo benötige ich rund zehn Minuten. Am Automaten löse ich eine Fahrkarte und besteige einige Minuten später den Regionalzug 18734 in Richtung Alexanderplatz. Carmerstraße, Steinplatz und Hardenbergstraße sind um diese morgendliche Uhrzeit belebte Straßen. Und ich vermute, dass das gleichermaßen für den frühen Abend gilt. Eine Entführung ist in diesem Umfeld nicht möglich, ohne größeres Aufsehen zu erregen. Am Alexanderplatz herrscht ebenfalls reges Treiben. Die Bushaltestelle des Schienenersatzverkehrs befindet sich unmittelbar vor dem Bahnhof. Auch hier ist ein Übergriff eher unwahrscheinlich. An der Haltestelle Jannowitzbrücke steige ich dann aus dem Bus aus und laufe die Holzmarktstraße an der Aral-Tankstelle vorbei in Richtung Michaelkirchstraße und Michaelkirchbrücke.

Als ich durch die Öffnung des Bretterzauns getreten bin, der das Gelände von der Straße abgrenzt, verstehe ich, warum Rosenberg diesen Ort als eine Hochburg der Sprayerszene genannt hat. Die alten heruntergekommenen Backsteingebäude sind von allen Seiten und von oben bis unten mit auch in meinen Augen anspruchsvollen Graffitis versehen. Während ich vom Bretterzaun zu dem etwas weiter hinter liegenden Häuserblock gehe, zähle ich die Anzahl der Schritte, komme jedoch nur bis zur Ziffer 43. Ein bulliger Typ in Fliegerblouson und Springerstiefeln mit einem Rottweiler an der Leine kommt mir entgegen und ruft bereits aus 20 Meter Entfernung etwas zu.

»Ham Se sich verloofen, wa? Hier is um die Uhrzeit nischt. Machen Se ma wieder los. Heute Abend könnse noch ma komm. Ab sechse hat ditt Restaurant uff. Müssen Se aber bestellt ham. Sonst wird ditt nischt mit Essen.«

»Entschuldigen Sie, darf ich Sie kurz was fragen?«, entgegne ich dem Mann und gehe verlangsamten Schrittes auf ihn zu.

Er bleibt stehen, gibt dem Rottweiler einen Befehl, der sich im gleichen Moment auf sein Hinterteil setzt und wartet, bis ich ihn erreiche.

»Watt den?«

»Ist hier abends viel los? Gehen hier viele Leute lang? Ich meine, ist dieses Areal sicher? Sieht ja nicht so vertrauenerweckend aus. Und wenn es dunkel ist …«

»Watt globen Se denn, datt ick hier mache? Und abends sind wir Dreie oder manschma Viere. Hier is noch nischt passiert. Und wenn mal ener Randale anfängt, weil sen nich rinjelassen ham, dann isser schneller wieder uffer Straße, als er kieken kann.«

»Waren Sie vorgestern Abend auch hier?«

»Ick bin imma hier. Ick wohn hier och.«

»Und ist vorgestern Abend irgendetwas Außergewöhnliches vorgefallen?«

»Ham Se mir nich zujehört? Hier fällt nischt vor. Und nun machen Se ma die Bieje. Sonst wird Ronny unjemütlich. Ne, Ronny?«

Der Hund knurrt. Instinktiv trete ich einen Schritt zurück, woraufhin der Rotweiler anschlägt.

»Na dann. Vielen Dank«, verabschiede ich mich und mache auf dem Absatz kehrt.

Den Bretterzaun noch nicht ganz erreicht, klingelt mein Handy und auf dem Display lese ich den Namen des Anrufers: Ibrahim Rosenberg.

»Hallo, Herr Rosenberg?«

»Guten Morgen, Alfredo. Schon auf den Beinen?«

»Ja, schon lange. Konnte kaum schlafen und bin nach einer ruhelosen Nacht bereits um sechs Uhr aufgestanden.«

»Und, haben Sie sich schon überlegt, wie wir jetzt vorgehen wollen?«

»Ich bin gerade auf dem Gelände von diesem Restaurant gewesen.«

»Um was zu tun?«

»Ich wollte wissen, welchen Weg Anna vorgestern Abend zurückgelegt hat, um von ihrer Wohnung zum Restaurant zu gelangen, und schauen, ob es da irgendwelche dunklen Ecken gibt, an denen ihr etwas zugestoßen sein könnte.«

»Und? Gibt es solche Ecken Ihrer Meinung nach?«

Im selben Augenblick fällt mir ein, dass unmittelbar von der Bushaltestelle aus ein schmaler Weg entlang der S-Bahn verlief, der hinter der Pitstop-Werkstatt und der Aral-Tankstelle entlangführen musste, dem ich vorhin aber keine Beachtung geschenkt hatte.

»Alfredo, sind Sie noch am Apparat?«

»Ja, Herr Rosenberg. Entschuldigen Sie bitte. Mir ist gerade etwas eingefallen. Das muss ich kurz überprüfen. Ich melde mich gleich wieder bei Ihnen. Sind Sie jetzt erreichbar?«

»Ja. Selbstverständlich. Rufen Sie an, sobald Sie wieder können. Ich lasse das Handy nicht aus den Augen.«

Schnellen Schrittes gehe ich zur Tankstelle zurück, an der ich vorhin vorbeigekommen bin. Und tatsächlich endet der an der S-Bahn entlangführende Weg auf einem größeren Parkplatz, der sich etwas abseits links neben der Tankstelle befindet. Um von dem Weg aus auf die Holzmarktstraße zu gelangen, muss man den Parkplatz überqueren.

In der Hoffnung irgendeinen Hinweis zu finden, sehe ich mich auf dem Boden um, schreite den circa zehn Zentimeter hohen Bordstein ab, der die gesamte Fläche mit Ausnahme der Zufahrt zur eigentlichen Tankstelle begrenzt, gehe zum schmalen Weg, kehre zurück nach vorne zur Holzmarktstraße und gehe wieder zum Weg zurück. Außer einem leicht gräulichen Lappen, der relativ in der Mitte hinter dem Bordstein zwischen Unkräutern vor sich hingammelt, entdecke ich nichts.

Ich hole mein Handy aus der Brusttasche der Jacke, um Rosenberg anzurufen. Wir verabreden uns für 09:30 Uhr im Café EINSTEIN Unter den Linden.

Der Lappen

15. Oktober 2008

Ibrahim Rosenberg ist seit 38 Jahren beim Mossad und damit einer der Dienstältesten seiner Organisation. Er ist dem Ruf seines Großonkels, Isser Harel gefolgt, der den Mossad von 1952 bis 1963 geleitet hat. Zeit seines Lebens hatten zwei Werte im Leben dieses groß gewachsenen, hageren Mannes oberste Priorität: Gerechtigkeit und Frieden. Den Mossad betrachtete er als Gralshüter dieser beiden Werte. Während seiner Amtsperiode gelang unter anderem die *Operation Eichmann*, deren Ziel es war, den ehemaligen Nazi-Offizier Adolf Eichmann aufzuspüren. Eichmann wurde in Argentinien verhaftet, in Jerusalem vor Gericht gebracht, zum Tode verurteilt und schließlich hingerichtet.

In die Zeit der Mossad-Verantwortung von Rosenbergs Onkel fiel auch die Amtszeit des John F. Kennedy. Angeblich bestand über den von John F. Kennedy zum Berater bestellten Harvard-Professor Arthur M. Schlesinger eine enge Verbindung zwischen dem amerikanischen Präsidenten und Isser Harel. 1950 unternahm Kennedy mit seiner Schwester Pat und seinem Bruder Robert eine siebenwöchige Reise nach Israel, Iran, Pakistan, Indien, Singapur, Thailand, Korea und Japan. Rosenbergs Onkel hatte ihm erzählt, dass er Kennedy während dieser Reise zum ersten Mal in Jerusalem begegnet sei. Ihre Auffassungen und Weltanschauungen waren sich durchaus ähnlich. In den nur 1.063 Tagen seiner Amtszeit hatte Kennedy sein Land durch die raue See einiger einschneidender außenpolitischer Ereignisse zu manövrieren.

Das Scheitern der Invasion Kubas in der Schweinebucht, den Vietnamkrieg, den Bau der Mauer mitten durchs Herz Europas als Symbol für die Einteilung der Welt in Gut und Böse und die Kubakrise.

Auch für Kennedy waren, ähnlich wie für den Chef des Mossad, Frieden und Gerechtigkeit zwei um fast jeden Preis zu verteidigende Güter. Gleichwohl gab es einen eklatanten Widerspruch zwischen seinen Worten und den Taten. So sehr er einerseits immer wieder von Frieden sprach, so sehr stand dieser Präsident zugleich für die größte Aufrüstung, die die USA bis dahin in Friedenszeiten erlebt hatten. In den Geschichtsbüchern dieser Welt wird Kennedy zugesprochen, den 3. Weltkrieg verhindert zu haben. Interessant ist in diesem Zusammenhang, dass Kennedy dies primär durch die Androhung eines Atomkrieges gelungen ist. Nicht Deeskalation war seine Strategie, sondern er trieb vielmehr die Eskalation auf die Spitze. Nicht auszudenken was geschehen wäre, wenn sich die Sowjets davon nicht hätten abschrecken lassen.

Auch innenpolitisch übte sich Kennedy stetig im Habitus des Gutmenschen. Das Regierungsprogramm New Frontier verkündete er bereits im Jahr 1960 im Rahmen seines Wahlkampfs. Zentrales Element dieses Programms war es, nach dem Vorbild der amerikanischen Siedler neues Grenzland zu erobern. Inhaltlich war damit gemeint, Balance zwischen Armut und Überfluss herzustellen, Ignoranz und Vorurteile von der Erde zu verbannen und Frieden auf der Welt zu gewährleisten. Kennedy gelang es jedoch nur rund ein Drittel seiner im Rahmen dieses Programms artikulierten Reformambitionen erfolgreich durch den Kongress zu bringen.

Harel hatte Rosenberg in einer vertraulichen Stunde berichtet, dass Israel über den Mossad und eine dem Geheimdienst nahestehende Organisation, die Eight's Floor Cooperation, eine Vereinigung weltweit vernetzter einflussreicher jüdischer Kunsthändler, versucht hatte, friedensstiftenden

Einfluss auf die Berlin-Krise zu nehmen. Diese hatte der Staats- und Parteichef Nikita Chruschtschow mit seinem Chruschtschow-Ultimatum heraufbeschworen. Chruschtschow wollte das Schlupfloch Berlin geschlossen wissen, da immer mehr Bürger aus der für die Sowjetunion als Trabanten-Staat existierenden DDR in den Westen flohen. Harel zeigte Rosenberg in dem damaligen Gespräch die Kopie einer Depesche des Kennedy-Beraters Walt Whitman Rostow, in der es wortwörtlich hieß:

Ostdeutschland entgleitet Chruschtschow. Das kann er nicht zulassen. Wenn Ostdeutschland verloren geht, sind auch Polen und ganz Osteuropa verloren. Er muss etwas tun, um den Flüchtlingsstrom einzudämmen – vielleicht eine Mauer. Und wir werden nichts dagegen tun können. Ich kann die Allianz zusammenhalten, um West-Berlin zu verteidigen. Aber ich kann nicht Ost-Berlin offenhalten.

Aus eingeweihten Kreisen wurde berichtet, so Harel, dass Kennedy auf den Bau der Berliner Mauer erleichtert reagierte. Öffentlich stellte er jedoch Empörung zur Schau. Bis zum Ende der Amtszeit von Isser Harel waren Israel und der Mossad bemüht, Einfluss darauf zu nehmen, die Kennedy-Administration zu einer Wende zu bewegen, damit der eiserne Vorhang geöffnet werden würde.

Anfänglich gelang dies auch, denn unmittelbar nach der Kubakrise begann Kennedy mit dem Ziel der Beendigung des Kalten Krieges zwischen Ost und West mit seiner Entspannungspolitik. Dem stellten sich jedoch mächtige Persönlichkeiten entgegen, die am Kalten Krieg prächtig verdienten. Allen voran der Kreis um den skrupellosen Allen Welsh Dulles, dem zweiten Mann der CIA, der aus dem Hinterhalt agierende, gefährliche Strippenzieher und Befürworter einer antikommunistischen Politik. Harel und seinen Leuten lagen Informationen aus diesem Kreis vor, denen zufolge Kennedy ermordet werden sollte. Sie warnten ihn. Doch er ließ es sich nicht nehmen, sich weiterhin der Öffentlichkeit als unantastbare Autorität zu präsentieren. Am 22. November 1963 musste er in Dallas mit seinem Leben dafür bezahlen. Es sollten weitere 26 Jahre bis zur Öffnung der Mauer vergehen.

Isser Harel hatte es Anfang der Sechzigerjahre verstanden, einige seiner Familienmitglieder erfolgreich für die Idee des Mossad, der als bestinformierter Geheimdienst der Welt gilt, zu gewinnen und sie zu rekrutieren. Rosenberg selbst kam sieben Jahre nach dem Ausscheiden von Harel dazu. Im Jahr 1970. Schnell hatte er sich in seiner Organisation den Ruf eines linientreuen und loyalen Mitarbeiters erarbeitet. Allerdings hatte seine eher liberale Haltung in allen religiösen und politischen Fragen und sein kritisches Hinterfragen verschiedener Operationen eine Karriere an der Spitze des Mossad verhindert. Anfang der Achtzigerjahre hatte man ihm den Posten des Geschäftsführers eines in Berlin ansässigen Verlages angeboten, um ihn auf Distanz zur Macht- und Schaltzentrale des Mossad zu bringen. Rosenberg hatte dieses Angebot freudig angenommen, da er in Berlin einerseits auf den Spuren seiner familiären Wurzeln wandeln und andererseits seinen literarischen sowie kulturellen Neigungen besser und vor allem unbeobachteter nachgehen konnte.

Dass man ihn für die *Operation Pagina* ausgewählt hatte, lag angesichts des Operationsgegenstands auf der Hand. Anders als seinen Vorgesetzten und den übrigen an der Operation beteiligten Geheimdienstorganisationen war ihm allerdings nicht an der Liquidation der beiden Autoren oder Verhinderung der Manuskriptveröffentlichung gelegen. Nachdem er sich eingehend mit dem Werk beschäftigt hatte, hatte er für sich entschieden, dass es veröffentlicht gehörte. Er sah eine Chance darin, dass dieses Buch einen wertvollen Beitrag zur Verständigung der Religionen und einem friedlicheren Miteinander der Menschen leisten könnte. Wenn es nur gelang, diesem Werk weltweit die dafür nötige

Aufmerksamkeit, Beachtung und Anerkennung zukommen zu lassen.

Rosenberg steigt in seinen Saab, startet den Motor und fädelt sich in den Kurfürstendamm Richtung Berlin-Mitte ein. 35 Minuten bleiben ihm noch bis zur Verabredung mit Alfredo. Das schafft er leicht bis zum Café EINSTEIN Unter den Linden.

Er erinnert sich an ein anderes Gespräch, das er mit seinem Onkel einige Monate nach dem Terroranschlag auf das World Trade Center geführt hatte. Der inzwischen einundneunzigjährige, knorrige alte Herr war anlässlich einer großen Feierlichkeit der jüdischen Gemeinde Berlins im Jahr 2002 nach Berlin gekommen, hatte ihn in seinem Verlag besucht, sich auf die in seinem Büro gegenüber seinem Schreibtisch stehende Corbusier-Liege gesetzt und völlig unvermittelt gesagt: »Nun wird niemals mehr aufgeklärt werden können, wie es sich in Wahrheit zugetragen hat. Das hat die Bush-Administration wirklich perfekt organisiert. Diese verdammten reaktionären Republikaner.«

»Was meinst du, Onkel Isser?«, hatte Rosenberg verständnislos gefragt.

»Findest du es nicht auch komisch, dass eines der Flugzeuge in den Teil des Pentagon gestürzt ist, in dem unter anderem auch die Akten des Kennedy-Attentats aufbewahrt wurden? Alles verbrannt. Angeblich war nichts mehr zu retten. Glaubst du allen Ernstes, dass das ein Zufall war? Das ist doch nicht koscher!«

Isser Harel hatte anschließend noch eine Weile darüber spekuliert, dass auch der Flug der beiden Boeings in das World Trade Center möglicherweise kein Anschlag der Al-Qaida, sondern eine gezielte Aktion der Amerikaner selbst gewesen sein könnte. Rosenberg hing unmittelbar nach dem Anschlag auch für einige Tage ähnlichen Gedanken nach, hatte sie dann aber als übertriebene Verschwörungstheorien beiseitegeschoben. Und er hatte auch ein halbes Jahr später nach dem Gespräch mit seinem Onkel beschlossen, diesen Überlegungen nicht weiter nachzugehen.

Warum fällt ihm das jetzt ein? Ganz einfach: Er ist auf dem Weg zu dem Co-Autor eines Werkes, in dem ähnliche Gedanken bewegt werden. Er passiert das Kaufhaus des Westens und erinnert sich daran, wie er vor 26 Jahren in diese Stadt gekommen und als Erstes in diese trotz aller Anstrengungen allmählich verblassende Ikone des deutschen Wirtschaftswunders gegangen war. Der regelmäßige Besuch der Feinkostabteilung gehört heute noch zu seinen monatlich wiederkehrenden Ritualen. Er liebt es, an einem späten Samstagvormittag von Shop zu Shop zu schlendern und sich von all den köstlichen Auslagen für seinen Speiseplan der jeweils darauffolgenden Woche inspirieren zu lassen. Ob ein Lebensmittel koscher ist oder nicht, ist ihm schon lange egal. Frisch muss es sein. Und appetitlich muss es dargeboten werden. Für die leckere Zubereitung kann er selbst sorgen.

Seit seinem Umzug nach Berlin lebt Rosenberg alleine. Er hat immer wieder mal versucht, eine Beziehung einzugehen. Aber schon nach kurzer Zeit, wenn die Damen erst einmal angefangen hatten, sich in seiner Altbauwohnung in Wilmersdorf auszubreiten und zunehmend ihre Handschrift zu hinterlassen, hatte er dem ein rasches Ende zu bereiten gewusst. In den letzten Jahren hat er es bevorzugt, sich von Zeit zu Zeit mit Damen eines elitären Escortservices zu vergnügen. Für die Führung seines Haushalts hat er 1991 eine polnische Jüdin fest angestellt, die seitdem im hinteren Flügel seiner Wohnung zwei Zimmer, ein eigenes Bad und eine kleine Küche bewohnt und ihre Wohnung über einen zwei ten Eingang erreichen kann, ohne seinen Lebensraum zu betreten.

Rosenberg ist ein eher sparsamer, aber kein geiziger Mensch. Er liebt das Leben und genießt es, dieses Leben genießen zu dürfen. Zugleich aber achtet er stets auch darauf, dass seine Geldausgaben angemessen bleiben. Angemessen bedeutet für ihn, dass monatlich immer so viel übrigbleibt, dass er sich dank einer größeren, auf diesem Weg angesparten Summe im Fall der Pflegebedürftigkeit dann auch eine Rund-um-die-Uhr-Betreuung in seinem Zuhause leisten kann. Der Umzug in ein Altersheim kommt für ihn unter keinen Umständen infrage. So viel steht fest. Und eine Rückkehr in das gelobte Land steht auch außerhalb der Überlegungen zu seiner persönlichen Zukunft. Dafür genießt er die Toleranz und Freizügigkeit seiner Wahlheimat viel zu sehr.

Inzwischen ist er in der Mittelstraße, einer kleineren Parallelstraße zu der Straße Unter den Linden angekommen, parkt seinen Saab in einer der Buchten, schließt ihn ab und geht über die Charlottenstraße zum Café EINSTEIN. Er ist gespannt, ob Alfredo wohl schon zu diesem Treffen seinen Laptop mitgebracht hat.

Kurz vor halb zehn öffnet er die Tür zum Café, sieht sich um und entdeckt an einem der Tische am Fenster einen etwa 50 Jahre alten, gutaussehenden braun gebrannten Mann, in dem er Alfredo aufgrund der Bilder zu erkennen glaubt, die er zuvor im Internet gefunden hat. Er geht auf ihn zu und der Mann steht auf.

»Herr Rosenberg?«

»Dann sind Sie Alfredo. Freut mich sehr, Sie kennenzulernen.«

»Bitte nehmen Sie doch Platz. Was darf ich Ihnen zu trinken bestellen?«

»Wir sind in meiner Stadt. Und in meiner Stadt sind Sie mein Gast, Alfredo.«

Der Ober kommt mit einem feuchten Lappen in der Hand an den Tisch, wischt ihn ab, um kurz darauf die Bestellung aufzunehmen.

»Oh Gott«, sagt Alfredo, »der Lappen! Ich habe ihn für völlig unwichtig gehalten.«

»Was für ein Lappen?«

»Am Rand dieser Parkfläche der Tankstelle an der Jannowitzbrücke liegt ein Lappen. Vielleicht können Sie sich erinnern. Ich hatte Ihnen am Telefon gesagt, dass mir etwas eingefallen ist und ich das schnell noch prüfen wollte. Und dann bin ich zu der Tankstelle zurückgegangen. Ich habe ihm überhaupt keine Bedeutung beigemessen. Aber jetzt. Als ich den Lappen vom Ober gesehen habe. Sind Sie mit dem Auto hier? Können wir schnell noch mal zur Jannowitzbrücke fahren? Bitte, Herr Rosenberg.«

»Aber natürlich«, antwortet Rosenberg. Als der Ober das Bestellte bringt, zahlt Rosenberg und die beiden Männer stehen auf, ohne die Getränke angerührt zu haben. Rosenberg mustert Alfredo zunächst besorgt und sieht zufrieden, wie dieser im Gehen vom Stuhl neben sich eine Laptop-Tasche nimmt.

Zugang

14. Oktober 2008

Anna sitzt mit bis unters Kinn angezogenen Beinen, die sie mit beiden Armen umschlingt, nackt auf der Liege.

»Was immer du bei Allah auch schwörst, und ob du es wahrhaben willst oder nicht, Falk ... schlussendlich ist es auch egal, ob du daran glaubst oder nicht ... aber es ist und bleibt ein Fakt, dass sich unsere Seelen schon oft begegnet sind. Oder wie willst du dir sonst erklären, dass ich deinen Namen kenne? Was hast du eigentlich mit mir gemacht, nachdem du mich an der Jannowitzbrücke mit Chloroform ohnmächtig gemacht hast? Wie lange bin ich jetzt schon hier? Und wo ist dieses *Hier* eigentlich?«

Falk hat den Stuhl ans Fußende von Annas Liege gestellt, sich draufgesetzt und seinen Kopf so auf der Liege abgelegt, dass er zwischen den Oberschenkeln hindurch ihre Schamlippen sehen kann.

»Ich habe dich entführt, nachdem ich dich mit einem mit Chloroform getränkten Lappen betäubt habe. Du hast völlig recht. Mein Auftrag ist es, dich zu töten. Ab Erweckung durch meine Auftraggeber bleiben mir dafür 96 Stunden Zeit. Bis dahin muss ich meinen Auftrag erfüllt haben. Sonst bringen sie mich um. Es ist immer noch genug Zeit für unser Vergnügen. Bevor du sterben musst. Und du befindest dich in dem ausgedienten Schuppen einer ehemaligen Autowerkstatt in der Nähe von Plau am See, falls du weißt, wo das ist. Von hier bis nach Berlin sind es genau 163 Kilometer bis zur Jannowitzbrücke. Zurückgelegt haben wir die Strecke mit einem Transporter meines Boxclubs. Hast du nun erfahren, was du erfahren wolltest? Bist du jetzt zufrieden?«

Falk hat während der gesamten Erklärung seinen Blick nicht von Annas Unterleib abgewandt. Jetzt richtet er sich auf seinem Stuhl auf und blickt ihr ins Gesicht.

»Und wenn du mich dann getötet hast, entsorgst du meine Leiche und gehst wieder zur Tagesordnung über? So, als wäre nichts gewesen?«

»Ja. So als wäre nichts gewesen. Bis zu meinem nächsten Auftrag. Falls sie mich wieder brauchen.«

»Und du glaubst tatsächlich, dass dich jede Tötung eines Menschen einem Platz in Allahs Paradies näherbringt, Falk Pachlevi?«

»So haben sie es mich gelehrt. Und so wird es sein.«

»Allein Allah weiß, wie es wirklich sein wird. Es wird berichtet, dass Allah über eine sehr lange Zeit einen Haufen Ton reifen ließ. Dann hat Er aus diesem Ton Adam geschaffen. Was geschah als Erstes in dieser Beziehung? Adam nieste und sagte: ›Al-Hamdu li-Llāh!‹ Alles Lob gebührt Allah! Und - es gab eine Antwort darauf. Allah sagte zu ihm: ›Rahamukallahu ya Adam!‹ Allah ist dir gnädig, oh Adam! Eine Zusicherung von Allah von Anfang an, dass du Seine Barmherzigkeit hast und unter Seiner Gnade lebst. Wo steht hier etwas darüber, dass Adam oder du, oder sonst irgendein gläubiger Moslem, Menschen töten soll, um Allahs Gnade zu erlangen?«

Anna sieht Bewunderung in seinen Augen aufblitzen, die er im selben Augenblick dadurch zu verbergen versucht, dass er seinen Oberkörper aufrichtet und den Kopf senkt. Anna gewinnt das Gefühl, dass sie sich über das Zitieren des Hadiths Zugang zu der sanften und zerbrechlichen Seite seiner Seele verschaffen kann und fährt deshalb auch fort mit ihren Ausführungen.

»Der Prophet berichtet von Allah: Allah, der Mächtige und Erhabene, spricht: ›Wer Gutes tut, wird dafür das Zehnfache erhalten, und Ich vermehre es. Wer Böses tut, dessen Vergeltung entspricht seiner bösen Tat oder Ich vergebe ihm.‹ Hältst du es für eine gute oder eine böse Tat, Falk, einen Menschen zu töten?«

Falk hebt seinen Kopf wieder, sieht Anna mit festem Blick in die Augen.

»Was ist ihnen, die Allah geliebt haben, passiert? Nimm zum Beispiel Chadīdscha, Ummu-l-Mu'minīn. Sie hat den Propheten unterstützt in seiner Botschaft und in seiner Da'wa. Allah hat sie geliebt und was hat Er gemacht? Als sie im Sterbebett lag, sandte Allah Dschibril zum Propheten. Er trug Dschibril auf, dem Propheten zu sagen: ›Grüß Chadīdscha von Allah! Und sage ihr, dass Allah ihr im Paradies einen Palast aus Perlen vorbereitet hat, in dem es keine Müdigkeit und keine Anstrengung gibt.‹ Chadīdscha lag im Sterben - Allah hätte warten können, bis sie gestorben ist und ihre Seele zu Ihm kommt. Aber nein, Er will, dass jeder weiß, dass Allah Chadīdscha liebt - weil sie den Propheten und den Islam unterstützt hat, etwas getan hat. So ist es. Und ich tue nichts Anderes. Ich unterstütze den Propheten und den Islam. Allah wird mir gnädig sein. So, wie er Chadīdscha gnädig war.«

In seinen Bemühungen sich und die bevorstehende Tat zu rechtfertigen, glaubt Anna Zweifel zu erkennen.

»Du hast vorgehabt, etwas Falsches zu tun, aber etwas ist passiert, was es verhindert hat. Das ist ein Zeichen, dass Allah dich liebt, so der Prophet. Kehre um, Falk. Jetzt. Es ist deine Chance. Die Menschen, die dich gelehrt haben, was du heute weißt, sind keine guten Menschen. Sie handeln nicht nach den Lehren des Propheten. Ihr einziges Ansinnen ist es, Macht und Einfluss des Islam auszuweiten. Es geht ihnen nicht um Allah. Es geht ihnen nur um niedere menschliche Bedürfnisse. Sie wollen einfach nur mehr Macht. Das ist ihr Motiv. Und sie nutzen die Ehrfurcht gläubiger Moslems vor Allah schändlich aus, um Menschen im Sinne ihrer

Machtinteressen zu instrumentalisieren. Willst du wirklich das Werkzeug dieser bösen Menschen sein, Falk?«

»Ich bin das Werkzeug Allahs. Ich diene seiner Sache. Der Prophet hat mich geschickt, dich zu töten. Und es wird ein Zimmer im Palast aus Perlen für mich frei sein. Sie haben es mir versprochen.«

»Und was, wenn sie dich belogen haben? Was, wenn sie dich nur missbrauchen für ihre niederen menschlichen Machtgelüste? Hast du dir schon mal ausgemalt, was in der Hölle auf dich warten wird?«

»Hör auf, mir zu drohen. Für mich ist ein Platz im Paradies reserviert.«

»Ich kann dir nicht drohen. Und ich kann dir auch nichts versprechen. Ebenso wenig, wie sie es können. Sie können dir weder ein Zimmer im Palast der Perlen versprechen noch haben sie Einfluss darauf, dich in die Hölle zu schicken. Allein Allah entscheidet, was mit dir geschehen wird. Hast du schon einmal darüber nachgedacht, in was für eine miserable Lage sie dich gebracht haben? Sie sagen dir, wenn du Menschen tötest, kommst du ins Paradies. Dabei ist es eine böse Tat. Und Allah hat gesagt, dass es allein in seiner Macht steht, zu vergeben oder aber auch zu vergelten. Wenn du mich aber am Leben lässt, vollbringst du eine gute Tat. Und der Prophet hat gesagt, dass gute Taten vermehrt und belohnt werden. Wenn du aber jetzt diese gute Tat vollbringst und damit die Wahrscheinlichkeit erhöhst, dass Allah dich ins Paradies aufnimmt, werden sie dich töten. Das bedeutet für dich, dass du keine weiteren guten Taten in diesem Leben wirst vollbringen können. Und ich weiß nicht, ob Allah diese eine gute Tat schon ausreicht, um seine Gläubigen in den Himmel aufzunehmen.«

Falk erhebt sich von seinem Stuhl, vergräbt seine Hände in den Hosentaschen und beginnt auf und ab zu laufen.

»Gibt es hier eine Toilette?«, will Anna wissen.

»Nein, du musst dazu vors Haus gehen. Musst du groß oder klein?«

»Ich muss schon länger Pipi. Aber jetzt beginnt es allmählich unangenehm zu werden. Lässt du mich?«

»Ja, aber ich werde dich begleiten. Und ich möchte, dass du dich so hinhockst, dass ich sehen kann, wie der Urin aus deiner Scheide kommt.«

Anna steht auf, streckt sich und blickt ihn fragend an.

Falk, der ihren fragenden Blick verstanden hat, deutet auf die sich hinter dem Kopfende der Liege befindenden Tür und sagt: »Hier, durch die. Nach draußen kommt man nur durch den angrenzenden Raum. Du gehst vor mir her. Und mach keinen Scheiß.«

Anna überlegt einen kurzen Moment, ob sie ihm im Vorbeigehen in den Schritt fassen und zu erregen versuchen soll, verwirft diesen Gedanken aber gleich wieder. Da der angrenzende Raum im Dunkeln liegt, bleibt sie kurz stehen, damit sich ihre Augen an die Dunkelheit gewöhnen.

»Geh weiter. Einfach gerade aus. Der Raum ist leer. Du kannst dir nirgendwo weh tun.«

Anna tut, wie er ihr befiehlt. Nach elf Schritten fühlt sie mit der ausgestreckten Hand eine Wand, fährt an dieser suchend entlang, ertastet eine Tür und bekommt etwas weiter links von ihrem Körper die Türklinke zu fassen. Anna drückt die Klinke herunter und öffnet die Tür.

Zwei Krähen, die wenige Meter vor der Tür stehen, fliegen auf und machen einen krächzenden Lärm, als ginge es um ihr Leben. Anna hasst diese Vögel. Diese Geschöpfe hat sie schon immer als Boten des Unheils empfunden. Sie blickt sich nach einem Baum oder Strauch um, hinter dem sie endlich ihrem dringend gewordenen Bedürfnis nachgehen kann.

»Vergiss es«, ertönt seine Stimme hinter ihr, »du kannst dich jetzt hier vor mir hinhocken. Vergiss deine Scham. Die kannst du weder jetzt noch später brauchen. Nun mach schon.«

Anna geht in die Hocke und lässt ihrer Blase freien Lauf.

»Erregt es dich?«

»Ja und nein. Urin an sich finde ich ekelhaft. Aber dass es aus deinem Leib kommt … an der Stelle, an der auch Allahs Kinder aus dem Leib der Frau kommen, das erregt mich. Ich würde so gerne einmal bei einer Geburt dabei sein und zuschauen. Ich verstehe nicht, wie das möglich ist. Wenn ich dir beim Pinkeln zuschaue, dann stelle ich mir vor, es käme ein Kind aus deinem Schlitz. Und diese Vorstellung erregt mich. Vor allem, weil ich in diesen Schlitz nachher auch reinspritzen werde.«

»Ja, Falk. Das Vergnügen haben wir völlig aus den Augen verloren. Lass uns dahin zurückkehren.«

Als Anna fertig ist, steht sie auf. Einige Tröpfchen Urins rinnen ihren Oberschenkel herunter und trocknen auf halber Strecke. Sie dreht sich zu ihm um.

Noch bevor sie etwas sagen kann, fragte er sie: »Hast du Durst oder Hunger?«

»Nein. Nicht jetzt. Ich möchte erst noch mit dir fertig reden.«

»Es gibt nichts mehr zu reden«, erwidert er. »Los. Geh wieder rein. Zur Liege.«

»Doch, Falk. Es gibt noch eine Menge zu reden. Und es ist gut, dass wir reden können. Es ist gut, dass wir die Sprache, die Wörter und die Buchstaben haben. Hast du dir schon einmal Gedanken darüber gemacht, dass im Wort *Wort* auch das Wort *Ort* enthalten ist? Glaubst du, dass das ein Zufall ist? Oder steck wirklich mehr dahinter?«

»Du sollst reingehen. Oder habe ich mich gerade unklar ausgedrückt?«

Anna verstummt und geht in den Schuppen zurück, setzt sich seitlich auf die Liege und wartet ab, was er jetzt tun wird.

Er setzt sein durch ihre Notdurft unterbrochenes Auf- und Abgehen fort, bleibt plötzlich stehen und richtet die Frage an sie: »Oder ist es eher wie?«

»Ich darf weiterreden?«

»Ja. Wie ist es mit dem Wort und dem Ort?«

»Könnte es nicht auch sein, dass die Tatsache, dass im *Wort* der *Ort* enthalten ist, Aufbruch und Ankommen zugleich bedeutet?«

»Verstehe ich nicht. Was willst du damit sagen?«

»Na ja. Warum sind ausgerechnet wir Menschen die Lebewesen, denen Allah die Sprache geschenkt hat. Hast du dich das schon mal gefragt? Allah möchte, dass wir Gutes tun und Böses unterlassen. Und dafür hat er uns mit unterschiedlichen Fähigkeiten ausgestattet. Unter anderem eben auch mit unserem Bewusstsein und mit der Sprache. Was also sollen wir Gutes mit diesem Bewusstsein und mit der Sprache tun? Was ist deiner Meinung nach die zentrale Botschaft aller Religionen? Was denkst du, Falk?«

»In anderen Religionen kenne ich mich nicht aus. Aber der Prophet sagt, dass es gut ist, wenn wir einander lieben und, ja, wie du eben gesagt hast. Wenn wir einander lieben, werden wir einander auch Gutes tun.«

Anna triumphiert innerlich, ohne es sich anmerken zu lassen. Endlich hat sie den Zugang zu ihm, auf den sie die ganze Zeit gehofft hatte.

»Du meinst also, dass Allah sich wünscht, dass Menschen einander lieben und Gutes tun.«

»Nicht nur. Allah will, dass wir alle seine Lebewesen und auch alle Pflanzen lieben und gut mit ihnen umgehen.«

»Wie konnte Allah diesen Wunsch dem Propheten mitteilen und wie hat der Prophet den Wunsch Allahs verbreitet?«

»Was soll diese Frage? Ist doch klar. Durch das gesprochene Wort.«

»Dann hat Allah uns also die Sprache geschenkt, damit sich seine Lehre von der Liebe und dem Guten ausbreiten kann?«

»Darüber habe ich noch nie nachgedacht«, antwortet Falk. »Für mich war und ist die Sprache einfach da. Ich habe mir noch nie Gedanken darüber gemacht, warum sie da ist. Aber es könnte etwas dran sein an dem, was du da gerade gesagt hast.«

Er bleibt stehen und sieht sie mit fast kindlich neugierigem Gesichtsausdruck an.

»Weiter. Rede weiter.«

»Wenn wir das Wort also richtig nutzen und einsetzen, dann könnten wir demzufolge eventuell die Welt zu einem Ort voller Liebe machen. Wir könnten dank der Sprache zu diesem Ort aufbrechen, bei achtsamem Umgang mit ihr dort ankommen und schließlich auf ewig verweilen. Vielleicht ist dieser Ort das Paradies.«

»Du meinst, dass uns der bewusste Umgang mit dem Wort an den Ort führt, an dem auch Allah weilt? Dann, glaubst du, kommen wir ins Paradies?«

»Ich glaube nicht, dass allein der achtsame Umgang mit der Sprache ausreicht. Dem Wort muss die Tat natürlich folgen. Aber der Gedanke, die Idee ist am Anfang. Und bewusstes Denken ist nur mit Sprache möglich. Also ist das Wort in gewisser Weise auch am Anfang. Die Menschen, die dich gelehrt haben, was sie dich gelehrt haben, haben dafür auch ihre Sprache genutzt. Aber sie haben sie nicht für etwas Gutes, sondern für eine böse Absicht verwendet. Sie lassen dich töten, damit sie zu mehr Macht kommen. Und der Einfluss, den sie durch ihre Worte ausgeübt haben, entfernt dich möglicherweise mehr von deinem Ziel, als dir lieb ist.«

»Du hast vorhin zu mir gesagt, dass ich über 2.000 Jahre alt bin. Wenn das tatsächlich so sein sollte und wenn es tatsächlich stimmt, dass wir uns zum ersten Mal zu Zeiten Cäsars begegnet sind, was weißt du über meine anderen vorherigen Leben? Mal angenommen, es hat sie wirklich gegeben.«

»Ich weiß, dass es dein Karma ist, vom Fluch des Bösen erlöst zu werden. Aber das ist nicht etwa deine persönliche Vorherbestimmung. Es ist allen Menschen vorherbestimmt, das Böse zu überwinden, sich dem Guten zuzuwenden und schließlich auf einer höheren Bewusstseinsebene Gut und Böse nicht mehr unterscheiden zu wollen, sondern einfach das Sein sein zu lassen und sich dem Lauf des Werdens hinzugeben. Dein spezielles Karma ist es, dass du so lange mit dem Trieb, Frauen quälen zu müssen, wieder geboren wirst, bis du dich durch eine bewusste Entscheidung davon lossagen kannst. Danach wirst du die nächst höhere Bewusstseinsebene erreichen, dich dem Guten zuwenden und erst danach die Ebene des Seins und Werdens erreichen.«

»Aber wenn ich jetzt entscheide, dich nicht zu töten, werde ich getötet. Was habe ich dann davon?«

»In diesem Leben vielleicht nichts mehr. Aber wer sagt dir, dass sie dich finden und dich dann umbringen? Vielleicht hat Allah ja Erbarmen mit dir, lässt dich am Leben und erlegt dir weitere Prüfungen auf. Und wenn du sie dann erfolgreich bewältigst, kommst du tatsächlich in das Paradies und brauchst vielleicht wirklich nicht mehr auf die Erde zurückkehren.«

»Sie finden jeden. Ich habe noch nie von einem Gotteskrieger gehört, der am Leben geblieben ist, nachdem er seinen Auftrag nicht erledigt hat.«

»Wie naiv bist du eigentlich, Falk. Glaubst du, sie würden es herumerzählen? Sie würden ein wichtiges Werkzeug aus der Hand geben. Weil Hoffnung entstünde. Und Hoffnung ist eine viel stärkere Kraft als die Angst, mit der sie euch gefügig zu machen und klein zu halten versuchen. Ist das Licht der Hoffnung erst einmal entzündet, überstrahlt es von Anbeginn an selbst die lodernsten Flammen der Angst.«

»All dein Gerede. Nichts mehr als der verzweifelte Versuch, dem Tod zu entkommen.«

»Ich fürchte den Tod nicht, Falk. Ich fürchte das Leben. Es ist die Vorbereitung auf das Paradies. Voller Hürden und Prüfungen. Ich fürchte, dass ich die mir gestellten Aufgaben in diesem Leben werde nicht alle bewältigen können. Vor allem dann nicht, wenn du es schon jetzt beendest. So, wie du es schon viele Male zuvor getan hast. Und dann muss ich erneut ins Leben. Wir werden uns wieder begegnen. Und dann geht das Ganze von vorne los. Im Paradies werden wir uns erst treffen, wenn wir unsere Aufgaben erfüllt haben. Meine Aufgabe könnte es in diesem Moment sein, dich mit meinen Worten auf den Pfad des Friedens gebracht zu haben. Und deine könnte es sein, mich gehen zu lassen. Nur dann haben wir beide die Chance, unsere anderen Aufgaben zu lösen. Und nur dann wartet das Paradies auf uns. So ist der Lauf der Dinge, Falk.«

Er bleibt stehen, schüttelt den Kopf und fährt sich mit der rechten Hand über Nase und Mund.

»Das ist vollkommen verrückt.«

»Was ist verrückt?«

»Seit meinem 16. Lebensjahr, kurz nachdem mein Vater verstorben war, haben sie mich unter ihre Fittiche genommen. Sie haben mich durch den Wolf gedreht. Und sie haben es gutgetan. Genau die richtige Mischung aus Allah-Ergebenheit und Islam-Erhabenheit haben sie mir mit auf meinen Weg gegeben. Und erst nachdem sie sich meiner vollkommen sicher sein konnten, haben sie mich nach Deutschland geschickt. Und jetzt kommst du und stellst innerhalb von nicht einmal acht Stunden mein gesamtes Weltbild auf den Kopf. Und das Verrückteste daran ist, dass ich dir auch noch glaube. Das ist nicht richtig. Das kann nicht richtig sein.«

»Warum glaubst du, dass das nicht richtig sein könnte?«

»Weil es nicht sein kann, dass du anderthalb Jahrzehnte Unterrichtung und Ausbildung zum Gotteskrieger einfach so mit ein paar Worten ins Wanken bringst.«

»Was ist, darf sein, sagt Ram Tzu.«

»Wer ist das, Ram Tzu?«

»Man sagt, er sei ein Erleuchteter. Ich habe ihn nie kennengelernt. Aber ich habe viel über ihn gehört und noch mehr von ihm und über ihn gelesen.«

»Und was meint er mit *Was ist, darf sein*?«

»Er meint damit, dass alles, was geschieht, seinen Sinn hat. Einen tieferen, oder höheren. Ganz wie du willst. Im Universum geschieht nichts zufällig. Menschen, Dinge und Situationen werden uns in den Lebensweg gestellt, damit wir durch sie lernen und an ihnen wachsen. Das Wichtigste, sagt Ram Tzu, sind Achtsamkeit und Dankbarkeit. Wenn wir genau hinschauen und zu verstehen versuchen, was gerade passiert, können wir lernen und uns entwickeln. Und wenn uns das gelungen ist, sollten wir dankbar sein. Wenn du mich jetzt gehen lässt, wie viel Zeit bleibt dir, um dich aus dem Staub zu machen. So, dass sie dich nicht finden?«

»Sie finden einen immer. Sie sind überall. Sie haben ihre Leute auf der ganzen Welt. Ich habe keine Chance, ihnen zu entkommen. Nicht die geringste.«

»Ich glaube, du irrst dich, Falk.«

»Wieso glaubst du das?«

»Ich weiß, dass ich dafür bestimmt bin, in diesem Leben endlich die mir auferlegte Aufgabe zu bewältigen.«

»Und was ist deiner Meinung nach deine Aufgabe?«

»Einen Beitrag zu einer Welt zu leisten, in der ich selbst und die mir nachfolgenden Generationen gut und gerne leben. Wenn man mal von den höheren Mächten absieht, dann sind es Menschen, die heute Entscheidungen darüber treffen, wie sie mit den Ressourcen auf diesem Planeten umgehen, wie sie sich anderen Menschen gegenüber verhalten und so weiter. Und aus diesem Grund muss und möchte ich in einer Form Einfluss auf diese Menschen nehmen, die sie friedvoller und wertschätzender mit sich und ihrer Umwelt umgehen lässt. Dazu habe ich ein umfangreiches Buch geschrieben, dass bald veröffentlicht werden wird. Unabhängig davon, ob du mich jetzt umbringst oder nicht. Denn Gott sei Dank habe ich rechtzeitig noch einen Co-Autor gewinnen können, der das von mir Begonnene zu Ende bringen wird. Im Zweifel auch über meinen Tod hinaus.«

»Hast du nicht eben gesagt, dass du deine Aufgabe nicht mehr erledigen kannst, wenn ich meinen Auftrag erledige und dich töte?«

»Das stimmt ja auch.«

»Wieso?«

»Weil nicht ich die Aufgabe dann zu Ende bringen kann, sondern weil es jemand anderes tut. Und außerdem würde ich die Aufgabe nicht erledigen können, dich dabei zu unterstützen, deine Aufgabe zu vollbringen und dich von deinem Fluch zu erlösen. Für mich könnte das zur Folge habe, dass ich noch einmal kommen und dir noch einmal begegnen muss.«

»Und was ist meine Aufgabe deiner Meinung nach?«

»Wenn du mich am Leben lässt, leistet du deinen Beitrag zu einer lebenswerten Welt. Einer Welt, in der Menschen mit sich und anderen Menschen so umgehen, dass sie ihre Wahrscheinlichkeit erhöhen, ins Paradies zu kommen.«

»Wieso leiste ich dazu einen Beitrag?«

»Weil ich dann in aller Ruhe das Projekt mit dem Buch zu Ende bringen kann.«

»Was macht dich darin so sicher? Wenn ich dich nicht umbringe, werden sie jemand anderes schicken. Und der wird die Aufgabe dann erledigen. Sie werden erst Ruhe geben, wenn sie dich erledigt haben.«

»Vorausgesetzt, sie finden mich.«

»Sie finden jeden, den sie finden wollen.«

»Es kommt mir so vor, als würdest du verzweifelt nach Argumenten suchen, die dir bei der Rechtfertigung helfen, deinen Auftrag doch noch und wider besseres Wissens auszuführen.«

»Kann sein.«

»Mach dir keine Gedanken über mich, Falk, Ich kann für mich selbst sorgen. Solange ich reden kann. Deshalb war mir auch so wichtig, dass du mir nicht den Mund mit diesem schrecklichen Band verklebst. Ich wäre zur Stille verdammt gewesen. Und die Stille spricht mit einer Stimme, die nur wenige Menschen hören, geschweige denn verstehen.«

»Gut.«

»Was meinst du?«

»Mit gut meine ich, dass ich dich gehen lassen werde.«

»Und was wirst du tun?«

»Nachdenken.«

»Worüber?«

»Was ich jetzt tun werde. Nach Berlin kann ich nicht zurück. Da werden sie als Erstes nach mir suchen, wenn die 96 Stunden um sind. Ich muss jetzt darüber nachdenken, was ich tun werde.«

»Soll ich dir helfen, deine Gedanken zu ordnen, Falk?«

»Nein. Ich brauche eine Moschee und muss in mich gehen. Und wenn Allah mir wirklich gnädig ist, wird er mir ein Zeichen geben.«

Anna, die während des gesamten letzten Dialogs über vergessen hat, dass sie immer noch auf der Liege sitzt, wie Gott sie geschaffen hat, sieht sich im Raum nach ihren Kleidern um.

»Die habe ich auf dem Weg hierher verbrannt. Du hast keine Kleider mehr.«

»Und mein Handy? Was hast du mit dem gemacht?«

»Soll ich dir vielleicht noch ein Taxi rufen?«, fragt Falk voll bitterem Sarkasmus. »Du glaubst doch nicht allen Ernstes, dass ich dir auch noch den Rückweg nach Berlin erleichtere. Sei froh, dass dich deine Worte gerettet haben und ich dir jetzt nichts antue. Aber ganz so einfach kann ich es dir nun doch nicht machen. Wenn ich diesen Raum hier verlassen habe, wirst du warten, bis es dunkel ist. Und untersteh dich, vor Anbruch der Dunkelheit verschwinden zu wollen. Nebenan im Raum steht hinten rechts ein Kühlschrank. Dort findest du ein paar Lebensmittel und etwas zu trinken. Auf dem Kühlschrank liegen zwei Decken. Die kannst du dir nehmen, falls dir kalt wird. Aber du bleibst hier, bis es dunkel ist. Hast du verstanden?«

»Wie weit ist es von hier bis zum nächsten bewohnten Haus und in welche Richtung muss ich gehen?«

»Ich habe alles gesagt. Möge Allah mir vergeben und es mir als eine gute Tat anrechnen, dass ich jetzt unverrichteter Dinge gehe.«

Falk seufzt tief, dreht sich um und verlässt den Raum.

Anna hört, wie einige Zeit später ein Auto startet. Den Wagen muss er ein ganzes Stück weiter weg abgestellt haben. Zwischen dem Zuschlagen der Schuppentür und dem Start des Motors liegen mindestens zwei Minuten. Das Motorengeräusch entfernt sich.

Als es fast völlig verstummt ist, geht Anna in den anderen Raum und öffnet die Tür nach draußen. Gerade als sie heraustreten will, gibt es in einem rund zwei Meter entfernten imaginären Halbkreis rund um die Schuppentür in kurzer Abfolge vier lautstarke Explosionen. Falk hat offensichtlich damit gerechnet, dass sie sofort versuchen wird, diesen Ort zu verlassen und Vorsorge getroffen.

Anna dreht auf der Türschwelle um, lässt die Tür aufstehen und geht in den Raum zurück, um einen Lichtschalter zu suchen. Vergeblich. Dank des von draußen in den Raum dringenden Lichts sieht sie auf der rechten Seite den Kühlschrank mit den beiden darauf liegenden Decken. Sie nimmt eine der Decken herunter und wickelte sich darin ein. Jetzt erst spürt sie den Hunger und Durst, den sie bis dahin völlig ignoriert hat.

Glücklich darüber, dass ihre Worte sie aus der prekären Situation befreit und Falk vielleicht erlöst haben, beschließt sie etwas zu essen und zu trinken, die Nacht noch in diesem Schuppen zu verbringen und sich morgen früh zurück auf den Weg nach Berlin zu machen. Sie muss an Desdemona aus Shakespeares *Othello* und das von Christine Brückner geschriebene Buch *Wenn du geredet hättest, Desdemona* denken. Eine tiefe Dankbarkeit breitet sich in ihr aus. Darüber, dass sie selbst geredet und die richtigen Worte gefunden hat, oder sie ihr eingegeben worden sind. Die Worte, dank derer sie sich zu ihrem Peiniger erfolgreich Zugang verschafft hat.

Klarheit

15. Oktober 2008

Rosenberg fährt ohne das Navigationssystem mit mir zur Jannowitzbrücke, stellt das Fahrzeug auf dem Parkplatz neben der Tankstelle ab und schaltet den Motor aus. Da er keine Anzeichen macht auszusteigen, öffne ich die Autotür und gehe auf direktem Weg zu der Stelle, an der ich den Lappen zuvor gesehen habe. Und tatsächlich liegt er dort nach wie vor zwischen dem Unkraut hinter dem Bordstein. Ich hebe ihn auf, betrachte ihn von allen Seiten und rieche daran. Anders als erwartet riecht er nicht nach Benzin oder Öl. Der Geruch hat etwas Süßliches, das ich allerdings nicht genau zuordnen kann. Rosenberg ist ebenfalls aus seinem Auto ausgestiegen.

»Haben Sie ihn gefunden? Ist das der Lappen, nach dem Sie suchen?«

»Ja. Ich bin mir ziemlich sicher.«

»Und? Wonach riecht er?«

»Keine Ahnung. Kann mich nicht erinnern, diesen Geruch schon mal in der Nase gehabt zu haben.«

Rosenberg fragt mit zur mir ausgestreckter Hand, nachdem er bei mir angekommen ist: »Darf ich?«

Ich reiche ihm den Lappen.

Er hat ihn noch nicht ganz unter seine Nase gehalten, da teilt er mir das Ergebnis seiner olfaktorischen Analyse mit: »Chloroform. Das ist eindeutig der Geruch von Chloroform.«

»Sind Sie sicher?«

»Absolut. Ich kenne mich mit den diversen Narkotika bestens aus.«

»Wieso? Ich denke, Sie sind Verleger!«

»Sobald wir uns ein wenig besser kennengelernt und wir Vertrauen zueinander gefasst haben, werde ich Ihnen das gerne erklären. Da sind wir allerdings noch nicht, Alfredo.«

»Und jetzt? Wir sollten schnellstmöglich die Polizei verständigen.«

Aber anstatt auf meinen Vorschlag einzugehen, führt Rosenberg aus: »Die Tatsache, dass hier ein mit Chloroform getränkter Lappen herumliegt, verheißt nichts Gutes. Und zwar aus zwei Gründen.«

»Wieso aus zwei Gründen?«

»Der erste Grund ist, dass es definitiv nach einer mittels Betäubung durchgeführten Entführung riecht. Im doppelten Sinne der Wortbedeutung. Der zweite, aus meiner Sicht aber noch viel kritischere Aspekt ist, dass diese Entführung möglicherweise von einem Semiprofi durchgeführt worden ist. Man lässt keine Relikte am Tatort zurück. Das ist absolut unprofessionell. Und mangelnde Professionalität bei solchen Leuten legt die Vermutung nahe, dass in kritischen Situationen schneller und öfter die Sicherung durchbrennt und sie im falschen Moment das Falsche tun.«

»Wie kommen Sie zu einer solchen Einschätzung, Herr Rosenberg?«

»Auch das ist aus meiner Sicht jetzt gerade nicht wichtig, Alfredo. Übrigens würde es mir mehr zusagen, wenn Sie mich auch einfach nur mit dem Vornamen ansprechen. Ich heiße Ibrahim. Es würde mir ein gutes und etwas vertrauteres Gefühl vermitteln, wenn wir uns beide beim Vornamen nennen. Natürlich können wir gerne beim Sie bleiben.«

»Gerne. Meine Frage *Und was jetzt?* ist aber nach wie vor unbeantwortet. Ich finde, wir sollten die Polizei informieren und die um Hilfe bitten. Was schlagen Sie vor, was jetzt zu tun ist?«

»Wenn ich das wüsste, hätte ich Ihnen längst einen Vorschlag gemacht. Habe aber selbst keine konkrete Idee. Außer der, dass es hilfreich wäre, ein paar Fragen beantwortet zu bekommen.«

»Welche Fragen, Herr Rosenberg?«

»Ibrahim, bitte!«

»Entschuldigen Sie. Welche Fragen, Ibrahim?«

»Na ja, die klassischen. Wer hat ein Interesse an ihrer Person? Woher waren die Betreffenden über ihren Weg informiert, sodass sie sie treffsicher hier abfangen konnten? Und vor allem: Was waren beziehungsweise sind ihre Motive sie zu entführen, was haben sie mit ihr vor?«

Eine seiner Fragen irritierte mich.

»Wieso gehen sie davon aus, dass irgendwer über ihren Weg informiert gewesen sein könnte? Könnte es sich nicht auch um ein Sexualdelikt handeln? Sie könnte einfach einem Triebtäter zum Opfer gefallen sein, dessen Weg sie hier zufällig gekreuzt hat. Und der hat sie dann …«

Ich halte inne, weil ich diesen Gedanken auf keinen Fall weiterdenken möchte.

»Ich halte es für unwahrscheinlich, dass es sich um ein Sexualdelikt handelt. Darf ich Ihnen in diesem Zusammenhang eine andere Frage stellen, Alfredo?«

»Nur zu.«

»Gibt es außer dem Franklin Verlag und unserem Haus noch weitere Menschen, die an Ihrem Manuskript interessiert sind? Hatten Sie dazu Kontakt mit anderen Personen? Könnte aus dem Kreis dieser Kontakte eventuell irgendjemand …?«

Rosenberg formuliert seinen Satz nicht zu Ende.

»Also das Exposé haben wir etlichen Verlagen geschickt.«

»Sind darüber hinaus Teile des Manuskripts oder vielleicht sogar das vollständige Manuskript irgendwo und irgendwie anders in Umlauf gekommen?«

»Ibrahim, bitte entschuldigen Sie, aber ich verstehe nicht ganz, was diese Fragen jetzt mit dem Verschwinden Annas zu tun haben.«

Es missfällt mir, dass ich zum zweiten Mal innerhalb weniger Monate einem Verleger begegne, dessen Interesse an der Frage, ob und wie viele andere Menschen Kenntnis von dem Manuskript hatten, oberste Priorität zu haben scheint. Wer ist dieser Rosenberg? Was will er wirklich? Da wir immer noch auf dem Parkplatz stehen, mach ich einen Vorschlag.

»Hier können wir nichts weiter ausrichten. Lassen Sie uns doch jetzt den vereinbarten Kaffee nachholen. Kennen Sie vielleicht einen Ort hier in der Nähe, an dem wir uns in Ruhe weiter unterhalten können?«

»Hier in der Gegend der Jannowitzbrücke kenne ich mich nicht so gut aus. Aber der Alex ist nicht weit weg. Da finden wir sicher ein Café. Ach und übrigens, um noch auf Ihren zweimal geäußerten Vorschlag mit der Polizei einzugehen: Ich fürchte, dass uns die nicht wirklich weiterhelfen können, wenn ich mit meinen Annahmen richtig liege.«

Wir gehen zu seinem Saab zurück, steigen ein und schweigen, bis wir am Alexanderplatz angekommen sind.

Während der Fahrt blitzt für einen kurzen Moment der Gedanke in mir auf, dass möglicherweise weder Dante noch Rosenberg an der Veröffentlichung des Manuskripts gelegen sein könnte, sondern sie einfach nur in den Besitz desselben kommen wollen, um eine Veröffentlichung zu verhindern. Eine durchaus berechtigte Überlegung, fantasiere ich weiter, weil das Manuskript über weite Strecken mit den großen Weltreligionen ebenso hart ins Gericht geht, wie es politische Machthaber kritisch beleuchtet und in gewisser Weise an der Gattung Mensch ganz grundsätzlich zweifelt. Andererseits hatten Anna und ich den Verlagen ja mit dem Exposé lediglich ein Probekapitel zur Verfügung gestellt. Dort waren zwar auch einige brisante Passagen enthalten, nicht jedoch der wirklich explosive Zündstoff. Könnten Dante und Rosenberg auf anderem Weg schon vorher Teile des Manuskripts zur Kenntnis bekommen haben? Anna hatte ja schon einige Zeit vor unserer ersten Begegnung in vollkommen willkürlicher Auswahl etliche Teile ihrer Arbeit in alle Himmelsrichtungen verstreut. Und trotz ihrer gegenteiligen Beteuerungen haben mich die Zweifel seit ihrer umfänglichen Rückholaktion nicht verlassen, dass doch noch einiges an Material in Umlauf sein könnte.

Ich erinnere mich an den gemeinsamen Abend in meinem Rustico, an dem sie mir verkündet hat, dass sie ihrer Meinung nach jetzt wirklich alle Manuskriptseiten eingesammelt sind. Und noch genauer erinnere ich mich an den Blick, mit dem sie mir diese Mitteilung gemacht hat. Eine Kombination aus zögerlicher Zuversicht und ratloser Resignation. Bei dem Gedanken an diesen Blick fällt mir die Begegnung mit Pater Paolo ein, bei der ich ihn nicht gefragt habe, ob er der Versuchung hat widerstehen könne, das Päckchen zu öffnen, das ich ihm seinerzeit im Zustand der verzweifelten Volltrunkenheit anvertraut hatte. Sollte Paolo sich heimlich des Manuskripts bemächtigt haben? Vor meinem geistigen Auge tauchen die kleinen Pfützen vor dem Kamin meines Rusticos nach dem schweren Unwetter über dem See wieder auf. Sind sie vielleicht doch nicht von mir gewesen, sondern von einem ungebetenen Gast. Vom Pater?

Plötzlich sehe ich das Bild von den miteinander ins Gespräch vertieften Dante und Paolo. Wann war das genau? Wenn ich mich recht erinnere, habe ich sie nach meiner mühsamen und elend langen Rückfahrt von München nach Albisano in der kleinen Gasse Bardolinos gesehen.

»So, da wären wir«, unterbricht mich Rosenberg in meinen Grübeleien. »Am besten stellen wir das Auto hier ab und laufen die restlichen Meter zu Fuß, wenn Sie einverstanden sind, Alfredo.«

»Ja, sicher.«

Rosenberg lenkt das Auto geschickt in eine aus meiner Sicht etwas knapp bemessene Parklücke, schaltet den Motor aus, zieht den Schlüssel aus der Mittelkonsole und fordert mich mit einem ungeduldigen Blick auf, auszusteigen.

Fünf Minuten später sitzen wir im Café Alex. Nachdem wir beide noch einmal dieselben Getränke bestellt haben, die wir vor unserem Ausflug zur Jannowitzbrücke im Café EINSTEIN bestellt, aber nicht angerührt hatten, nimmt Ibrahim erneut das Gespräch auf.

»Bekomme ich Antworten von Ihnen auf meine gerade eben gestellten Fragen, Alfredo?«

Da ich keinesfalls zu viel Preis geben will, ohne zu wissen oder wenigstens ein Gefühl dafür gewonnen zu haben, mit wem ich es wirklich auf der gegenüberliegenden Seite zu tun habe, erwidere ich: »Wenn wir uns auf eine bestimmte Vorgehensweise verständigen können, bekommen Sie Antworten, Ibrahim.«

»Und welche Vorgehensweise schwebt Ihnen da vor?«

»Wir wissen beide noch zu wenig voneinander. Vielmehr ist es wahrscheinlich sogar so, dass Sie deutlich mehr über Anna und mich wissen, als wir über Sie. Wenn ich jetzt brav Ihre Fragen beantworte, nimmt Ihr Wissen weiter zu ...«

»Welches Prozedere wollen Sie vereinbaren, Alfredo?«

Ibrahim wird ungeduldig.

»Sie dürfen mir eine Frage stellen und ich beantworte sie nach bestem Wissen und Gewissen. Anschließend darf ich Ihnen drei Fragen stellen. Und Sie beantworten mir diese ausführlich. Dann sind Sie wieder dran, dann ich und so weiter. So lange, bis wir beide das Gefühl gewonnen haben, das wir brauchen, um einander ein wenig mehr zu vertrauen. Können wir uns darauf verständigen?«

»Wer fängt an?«

»Sie.«

»So soll es sein. Hier also noch einmal meine eben schon gestellte Frage: Gibt es außer dem Franklin Verlag und unserem Haus noch weitere Menschen, die an Ihrem Manuskript interessiert sind?«

»Nicht, dass ich wüsste. Wir haben das Manuskript zwar etlichen Verlagen angeboten, und zwar ausschließlich solchen, von denen wir das Gefühl hatten, dass das Buch in deren Verlagsprogramm passt. Aber keiner dieser Verlage hatte Interesse daran. Wir bekamen eine Absage nach der anderen. Manche Verlage haben gar nicht reagiert. Und als sich der Franklin Verlag wie aus heiterem Himmel bei uns meldete, waren wir ziemlich überrascht, weil wir denen gar nichts geschickt hatten.«

»Und woher hatte der Franklin Verlag das Exposé?«

»Ich verstehe Ihr Interesse, Ibrahim. Aber vor wenigen Augenblicken haben wir eine Vereinbarung miteinander getroffen. Und ich fände es fair, wenn wir uns auch beide an diese Vereinbarung halten.«

»Okay. Entschuldigung. Ich warte Ihre Fragen ab.«

»Woher haben Sie denn unser Exposé? Nach unseren Aufzeichnungen haben wir Ihnen und Ihrem Verlag kein Exposé geschickt.«

»Wir haben auch kein Exposé, Alfredo. Wir haben nur einige völlig ungeordnete Manuskriptauszüge. Und aufgrund dieser Textfragmente habe ich Kontakt mit Ihnen aufgenommen.«

»Und auf welchem Weg sind diese Textfragmente in Ihre Hände gelangt?«

»Zwischen dem ehemaligen Inhaber unseres Verlags und Ihrer Anna bestand über mehrere Jahre hinweg eine sehr enge persönliche Verbindung. Eigentlich könnte ich auch sagen: Beziehung. Während dieser Zeit hatte Anna die gerade erwähnten Texte dem Verlagsinhaber vorgelegt und ihn um eine Rückmeldung zu ihren Aufzeichnungen gebeten.«

»Woher wissen Sie das alles? Wie heißt der ehemalige Verlagsinhaber? Und wieso überhaupt ehemalig?«

»Das sind drei Fragen auf einmal, Alfredo. Und Sie haben aktuell nur noch eine frei. Dann bin ich erst wieder dran mit fragen. Welche der drei zuletzt gestellten Fragen soll ich beantworten?«

»Woher Sie das alles wissen.«

»Als unser Verlag aus Liquiditätsgründen sein Stammhaus in Berlin-Nikolassee veräußern musste und vor rund vier Monaten in ein kleineres Haus in Steglitz umgezogen ist, gab es in den Kellern und auf dem Dachboden eine Menge zu entdecken und manches zu entrümpeln. Unter anderem auch einige verschiedene, gut verschlossene, an Überseekoffer erinnernde mannshohe Kisten, um die sich jahrelang keine Menschenseele gekümmert hatte. Nachdem wir uns in der Geschäftsführung des Verlags endlich dazu durchgerungen hatten, diese Kisten alle gewaltsam öffnen zu lassen, fanden wir eine Menge sehr interessanter Materialien. Alte unveröffentlichte Manuskripte verschiedenster Autoren. Tagebücher des Verlagsinhabers. Und vieles andere mehr. Einige Passagen in den Tagebüchern haben uns gezielt nach den Texten von Anna suchen lassen, die wir dann schließlich auch gefunden haben.«

»Und wie sind Sie dann …«

»Nein, Alfredo. Wir haben eine Abmachung. Ist gar nicht so einfach, sich daran zu halten, wenn die Neugier Besitz von einem ergriffen hat, nicht wahr? Aber jetzt ist es erst mal wieder an mir, Ihnen meine nächste Frage zu stellen.«

»Ist ja schon gut. Ich höre.«

»Sind darüber hinaus Teile des Manuskripts oder vielleicht sogar das vollständige Manuskript irgendwo und irgendwie anders in Umlauf gekommen?«

»Ganz ehrlich: Es macht mich misstrauisch, Ibrahim, dass Sie mir die gleichen Fragen stellen, die uns vom Franklin Verlag auch gestellt wurden. Warum ist das von so großer Bedeutung?«

»Erst Ihre Antwort. Dann Ihre Fragen.«

»Ich muss gestehen, ich habe nicht die leiseste Ahnung. Ich vermute, dass Anna selbst keinen vollkommenen Überblick mehr darüber hat, wem sie alles im Verlauf ihres Schaffens Manuskriptauszüge geschickt hat. Über den Versand der Exposés allerdings haben wir genau Buch geführt und auch aufgeschrieben, welche Resonanzen wir von wem bekommen oder eben nicht bekommen haben. Das war ja auch alles recht schnell notiert. Leider. Oder Gott sei Dank. So ganz genau kann ich das nach den bisherigen Entwicklungen noch nicht einschätzen. Genügt Ihnen diese Antwort?«

»Ich werde wohl damit leben müssen. Ihr Misstrauen kann ich natürlich verstehen, Alfredo. Denn im Grunde kann es einem Verlag egal sein, ob noch andere Verlage im Besitz von Manuskriptteilen sind oder nicht. Ist erst mal ein Autorenvertrag geschlossen, verfügt der Verlag, mit dem dieser Vertrag geschlossen wurde, normalerweise auch über die alleinigen Veröffentlichungs- und Vermarktungsrechte.«

»Und warum haben dann sowohl Sie wie auch der Franklin Verlag ein so großes Interesse an der Beantwortung ebendieser Frage?«

»Darauf kann und will ich Ihnen im Augenblick keine Antwort geben.«

»Jetzt sind Sie es, der sich nicht fair an unsere Vereinbarungen hält.«

»Ich will Ihnen nur so viel verraten, Alfredo: Der Franklin Verlag hat dieses Interesse, um sich und die hinter ihm stehende Organisation zu schützen.«

»Sie meinen die römisch-katholische Kirche?«

»Ja. Und ich habe dieses Interesse, um Sie und Anna zu schützen. Und jetzt bitte ich Sie eindringlich, in diesem Punkt nicht weiterzubohren. Um mich hier umfassend zu erklären und zu offenbaren, brauche ich noch ein paar Antworten mehr von Ihnen.«

»Auf welche Fragen?«

»Unser beides Interesse gilt im Moment ja wohl in erster Linie den Fragen, wer Anna warum und wohin entführt haben könnte, wo sie sich jetzt aufhält, ob sie in Gefahr ist und wie wir sie schnellstmöglich finden. Richtig?«

»Wenn ich Ihrer Annahme folge, dass sie entführt wurde, dann sind das Hier und Jetzt wohl die brennendsten Fragen. Und was hat das mit den Antworten zu tun, die Sie von mir noch benötigen?«

»Ich habe gewisse Vermutungen. Und um diese überprüfen zu können, muss ich ein paar Dinge von Ihnen wissen.«

»Mit Ihren Andeutungen machen Sie mich zum einen nur noch neugieriger und es zum anderen schwerer, mich an das von mir selbst vorgeschlagene und vereinbarte Prozedere zu halten.«

»Haben Sie schon mal den Namen Boris Lebedew gehört, Alfredo?«

»Nein. Wer soll das sein?«

»Und wie ist es mit Bahram Afarid? Klingelt bei diesem Namen irgendetwas bei Ihnen?«

»Nein, Ibrahim. Was sind das verdammt noch mal für Namen? Warum soll ich sie kennen?«

»Aus zuverlässigen Quellen weiß ich, dass die Namen dieser Menschen für Organisationen stehen, die ebenfalls an Ihrem und Annas Manuskript interessiert sind.«

»Sie sprechen in Rätseln. Von was für Organisationen reden Sie?«

»Organisationen, die ebenso eine Veröffentlichung des Manuskripts verhindern möchten, wie der Kirche daran gelegen ist.«

»Also doch«, murmele ich kaum verständlich vor mich hin.

»Wie bitte?«, hakt Rosenberg sofort ein. »Was haben Sie gesagt?«

»Ach, nichts. Und Sie wollen mir jetzt wahrscheinlich erzählen, dass Sie und Ihr Verlag der Ritter auf dem weißen

Pferd sind, der uns zu sich in den Sattel zieht und Autoren sowie Werk in Sicherheit bringen will, um es tatsächlich zu veröffentlichen, oder?«

»Pathetisch ausgedrückt könnte man es so formulieren. Uns, oder um ganz genau zu sein, vor allem mir persönlich ist tatsächlich sehr daran gelegen.«

»Und warum soll ich ausgerechnet Ihnen glauben und vertrauen?«

»Weil es besser für Sie ist, Alfredo. Besser für Sie. Besser für Anna. Und besser für Ihr Buch.«

»Wenn Sie wirklich wollen, dass ich Ihnen vertraue, müssen Sie mir jetzt zwei Fragen beantworten, Ibrahim.«

Ich beuge mich ein wenig zu ihm nach vorne, um seine Mimik beim Beantworten meiner nächsten beiden Fragen genauer beobachten zu können.

»Fragen Sie.«

»Warum kennen Sie sich so mit Narkotika aus, dass Sie bei dem Lappen an der Tankstelle vorhin schon aus einigen Zentimetern Entfernung Chloroform gerochen haben?«

Ibrahim hält einen Moment den Atem an, spannt die Unterlippe leicht an und kneift die Augen etwas zusammen.

»Weil ich vor vielen Jahren eine geheimdienstliche Ausbildung beim Mossad durchlaufen habe.«

»Und jetzt die wahre Antwort auf meine Frage!«

»Das ist die wahre Antwort.«

Schweigend durchbohren wir uns wechselseitig mit Blicken. Rosenberg, als wollte er mit seinem langanhaltenden Blick die Wahrhaftigkeit seiner Aussage unterstreichen, und ich, als könnte ich durch einen langen Blickkontakt der Wahrheit ein Stück näher rücken. Rosenberg unterbricht das Schweigen, ohne den Blick von mir zu nehmen.

»Und jetzt Ihre zweite Frage!«

»Wie heißt der Verlag, für den Sie arbeiten und wie ist der Name des ehemaligen Verlegers?«

»Der Verlag heißt Berolinum Verlag Rosenberg. Und der Gründer des Verlags ist vor einigen Jahren verstorben. Deshalb sprach ich vorhin vom ehemaligen Verleger. Sein Name war Samuel Mahrenholz.«

Die Nennung dieses Namens schlägt bei mir ein wie ein Blitz. Mahrenholz war doch auch der ehemalige Eigentümer des Franklin Verlags!

Rosenbergs Handy klingelt. Mit einem fragenden Blick und hoch gezogenen Schultern holt er sich von mir das Einverständnis, abheben zu dürfen.

»Ibrahim Rosenberg, hallo? Ach, du bist es. Warum hast du deine Rufnummer …? Okay. Bin aber gerade noch in einem Gespräch mit … Ach so. Meinst du, dass … Ich verstehe. Also wenn du es für so dringend hältst, komme ich natürlich sofort. Gut. Bin jetzt noch am Alex und kann in circa 30 Minuten … Ja, mach ich. Schalom.«

»Das klingt nach nichts Erfreulichem«, versuche ich an sein Telefonat anknüpfend unser Gespräch wieder aufzunehmen.

»Ob es erfreulich ist oder nicht, kann ich jetzt noch nicht genau abschätzen. Aber es ist auf jeden Fall dringend, wie Sie ja sicher mitbekommen haben. Ich werde sofort im Verlag gebraucht.«

Rosenberg zieht seine Geldbörse aus der Innentasche seines Jacketts und winkt die Bedienung herbei.

»Lassen Sie gut sein. Dieses Mal übernehme ich die Rechnung. Ich bleibe noch einen Moment hier und lasse unser Gespräch noch ein wenig nachwirken, Ibrahim. Eilen Sie nur.«

Er steht auf, reicht mir die Hand und verabschiedet sich.

»Sollten Sie irgendetwas von Anna hören, sich jemand im Auftrag eines der beiden Herren bei Ihnen melden, deren Namen ich Ihnen eben genannt habe, oder andere Ihnen nicht bekannte Personen Kontakt mit Ihnen aufzunehmen versuchen, rufen Sie mich bitte sofort an, Alfredo. Sollte ich was Neues erfahren, gilt das Gleiche natürlich umgekehrt auch für mich. Und sobald sich die Situation geklärt hat, wegen der ich jetzt in den Verlag zurückfahre, setze ich mich telefonisch wieder mit Ihnen in Verbindung. Das Beste wäre, wenn wir uns dann erneut treffen, um unser Gespräch fortzusetzen. Im Interesse des gegenseitigen Vertrauensaufbaus. Ich hoffe auf Ihr Verständnis. Bis später.«

Er entzieht seine Hand der meinen und verlässt das Café. Gedankenversunken blicke ich ihm mit starrem Blick hinterher. Der Berolinum Verlag Rosenberg gehörte Samuel Mahrenholz? Das kann kein Zufall sein. Der Franklin Verlag gehörte ebenfalls einem gewissen Samuel Mahrenholz. Und beide Verlage sind an der Veröffentlichung unseres Manuskripts interessiert? Ich erinnere mich an Annas aufgeschreckte Reaktion, als sie den Namen zum ersten Mal von Dante gehört hatte.

Ich bestelle bei der Bedienung, die unserer Verabschiedung zugeschaut hat und immer noch am Tisch steht, noch einen Espresso macchiato und bitte zugleich um die Rechnung. Was ich mir von der Begegnung mit Rosenberg gewünscht hatte, bleibt leider unerfüllt: Klarheit.

Der Verdacht

14. Oktober 2008

Dante, Oberst Garibaldi und Paolo stehen um das Auto des Paters herum und begutachten das auf der Beifahrerseite eingeschlagene hintere Fenster. Ein Teil des zersplitterten Glases liegt auf dem Bürgersteig verstreut und der Rest ist auf dem Rücksitz und dem hinteren Fußraum verteilt.

»Da muss einer einen ordentlichen Hammer dabeigehabt haben«, mutmaßt Dante. »Dass der sich das getraut hat, am helllichten Tag. Das hat doch bestimmt einen Riesenlärm gemacht.«

»Können Sie das Auto bitte mal aufschließen?«, unterbricht Garibaldi Dante in seinen Überlegungen.

Umständlich kramt der Pater erst in seiner Jacke, dann in seinen Hosentaschen herum. Vergeblich.

»Ich habe keine Ahnung, wo mein Schlüssel ist. Kann es sein, dass ich ihn oben im Besprechungsraum liegen gelassen habe?«

Dante geht hinten um das Auto herum auf die andere Seite und betätigte den Griff der Fahrertür.

»Es ist offen. Sie haben das Auto offensichtlich nicht abgeschlossen, Pater Paolo.«

»Das, das ist doch ...«, stammelt der Pater, »... das ist doch nicht möglich. Ich bin ganz sicher, dass ich es abgeschlossen und den Schlüssel eingesteckt habe.«

Garibaldi, der noch auf der anderen Seite steht, öffnet die Beifahrertür, wirft einen Blick in das Auto und schaut den Pater vorwurfsvoll an.

»Der Schlüssel steckt.«
»Das kann nicht sein.«
»Schauen Sie selbst. Er steckt.«
Dante eilt dem Pater zu Hilfe.
»Wahrscheinlich waren Sie aufgrund ihrer Verspätung so hektisch, dass Sie völlig vergaßen, das Auto abzuschließen. Die Frage ist nur, warum haben der oder die das Auto dann nicht einfach auf normalen Weg geöffnet, sondern die Scheibe eingeschlagen?«
»Na wer rechnet denn damit, dass jemand seinen Schlüssel in einem geparkten Auto liegen, ja sogar stecken lässt«, beeilt sich der Pater mit dem Versuch einer Erklärung.
Dante und Garibaldi werfen sich einen fragenden Blick zu.
»Lassen Sie uns wieder hinaufgehen und unser Gespräch im Büro fortsetzen. Die Herrschaften! Bitte!«, fordert Garibaldi Dante und den Pater in einem Ton auf, der keine Zweifel daran aufkommen lässt, dass dieser Einladung sofort Folge zu leisten ist.
»Ich würde nur gerne noch den Schlüssel abziehen und das Auto abschließen«, bittet der Pater.
Ohne die Erlaubnis vom Oberst oder eine Reaktion von Dante abzuwarten, drängt sich Pater Paolo an Garibaldi vorbei, steigt ins Auto ein, um den Schlüssel abzuziehen, steigt wieder aus und verschließt das Fahrzeug. Dante, der immer noch am eingeschlagenen Fenster auf der hinteren Beifahrerseite steht, lädt wortlos mit einer Vortritt gewährenden Geste ein, in sein Büro zurückzukehren.
Im großen Besprechungsraum des Franklin Verlags angelangt nimmt Garibaldi noch im Stehen das Gespräch zu Dante gewandt wieder auf.
»Meiner Einschätzung nach ist es müßig, darüber zu sinnieren, warum Pater Paolo nicht abgeschlossen hat, warum der oder die Täter sich nicht einfach durch die unverschlossenen Türen Zugang verschafften und Ähnliches. Fakt ist,

dass diverse auf dem Rücksitz abgelegte Unterlagen für Dritte offensichtlich mindestens ebenso interessant sind wie für uns. Was mich jetzt aber noch viel mehr interessiert, ist die Beantwortung der Frage: Wer sind die, die das getan haben? Welches Ziel verfolgen sie?« Garibaldi hält einen Moment inne und wendet sich dann stärker zum Pater hin. »Woher wussten die Täter erstens, dass diese Unterlagen auf dem Rücksitz Ihres Autos liegen, und noch interessanter ist die Beantwortung der Frage: Wer ist so genau darüber informiert, welches Fahrzeug Sie fahren, mein lieber Paolo, und wo Sie es gerade abgestellt habe?«

Dante fügt hinzu: »Nach einem Zufall sieht das jedenfalls nicht aus. Wie erklären Sie sich das, Pater?«

»Ich, ich, ich habe nicht die leiseste Ahnung«, stammelt der Pater und setzt mit einem energischem »Madonna mia!« nach.

»Was wird das jetzt hier, Oberst? Ein Verhör? Sie kennen mich seit beinahe 30 Jahren, Signore. Und seit 20 Jahren betrauen Sie mich immer wieder mit der einen oder anderen delikaten Aufgabe. Habe ich jemals etwas anderes getan, als dem Herrn und der heiligen katholischen Kirche treu zu dienen? Haben Sie Zweifel an meiner Loyalität? Glauben Sie etwa, dass ich jemanden hierher bestellt habe, um mir die Unterlagen aus dem Auto stehlen zu lassen, einen Diebstahl vorzutäuschen? Ich bitte Sie, das denken Sie doch nicht im Ernst?«

»Ich glaube an Gott, den Vater im Himmel, seinen Sohn und den Heiligen Geist, Paolo. Und wie Sie und Dante habe auch ich unserer heiligen Kirche die Treue geschworen. Das alles kann und wird mich aber nicht davon abhalten, meinen gesunden Menschenverstand walten zu lassen und Ihnen ein paar Fragen zu stellen, die sich für mich nicht so ohne Weiteres beantworten lassen. Lassen Sie uns bitte Ihren Weg von Albisano hierher nach Köln einmal kurz reflektieren. Und bitte versuchen Sie, sich an so viele Details wie möglich zu erinnern. Hat Ihnen irgendjemand zugesehen, als Sie Ihr Auto in Albisano beladen haben?«

»Zugesehen nicht. Nein. Aber geholfen. Meine gute Seele, Luciana hat mir verschiedene Dinge mit ans Auto getragen und mich dann verabschiedet.«

»Wusste sie, wohin Sie zu fahren beabsichtigen?«

»Aber ja, Muttergottes. Luciana ist in alles eingeweiht. Sie ist meine engste Vertraute. Vielleicht der einzige Mensch, dem ich wirklich vertraue und deshalb auch alles anvertraue.«

»Heißt das, dass sie auch in die gesamte Geschichte rund um das Manuskript und die beiden Autoren eingeweiht ist?«

»Gott behüte.« Dem Pater treten einige kleine Schweißperlen auf die Oberlippe und die Stirn. »Nein natürlich nicht. In so etwas weihe ich sie natürlich nicht ein.«

»Sie sagten doch gerade, dass Sie ihr alles anvertrauen.«

»Fast alles. Wenn ich Aufträge wie diesen zu erledigen habe, erfährt sie selbstverständlich nur das Nötigste. Aber ansonsten ...«

»Was ist denn aus Ihrer Sicht das Nötigste im Rahmen eines solchen Auftrages?«

Paolo zieht ein Taschentusch unter seiner Kutte hervor und tupft sich die inzwischen mehr gewordenen Schweißperlen ab.

»Na ja ... wohin ich fahre, wann ich wiederkomme und manchmal auch, wen ich treffe. Aber niemals mehr.«

»Wie hatten Sie denn die Manuskriptseiten aufbewahrt?«

»In einem Ordner, alles fein säuberlich abgeheftet. Und obendrauf befand sich ein Zettel mit einer handschriftlichen Notiz. Also kein richtiger Zettel. Es war eine dieser Karten, wie man sie in Moderationsseminaren verwendet. Ebenfalls abgeheftet.«

»Wer hat denn diesen Ordner zum Auto gebracht? Sie oder Luciana?«

»Das weiß ich nicht mehr genau. Ich glaube ich selbst. Aber ich bin mir nicht sicher.«

»Und dann?«

»Na ja, dann bin ich los.«

»Auf direktem Weg hier nach Köln?«

»Ja. Also fast direkt. Bin am Ufer des Sees entlang und dann in Torbole den Berg hinaufgefahren, um in Nago kurz noch einmal anzuhalten.«

»Um was dort zu tun?«

»In Nago lebt der altehrwürdige Pater Fabio. Einer meiner wichtigsten Mentoren. Dem hatte ich noch einen Besuch abgestattet, um mich nach seinem Wohlbefinden zu erkundigen.«

»Haben Sie mit ihm über das Ziel Ihrer Reise gesprochen?«

»Ja, über das Ziel schon. Aber kein Sterbenswörtchen mehr. Ich war auch gar nicht so lange bei ihm. Vielleicht eine halbe Stunde. Oder sogar noch kürzer. Ich habe nicht auf die Uhr geschaut. Dann bin ich auch schon weiter.«

»Wie spät war es da?«

»06:15 Uhr.«

»Ich denke, Sie haben nicht auf die Uhr geschaut. Wie können Sie dann so exakt sagen, dass es 06:15 Uhr gewesen ist, Paolo?«

»Weil, weil. Also ich weiß, dass ich einige Zeit vor 06:00 Uhr bei Pater Fabio gewesen bin. Das ist eine gute Zeit ihn zu treffen, da er jeden Morgen um 05:15 Uhr mit seinen morgendlichen Gebeten abgeschlossen hat und sich dann für eine halbe Stunde im Garten des Pfarrhauses aufhält. Als ich gegangen bin, läutete die Kirchturmuhr einmal. Demzufolge muss es also viertel nach sechs gewesen sein.«

»Ja, das leuchtet ein. Zu dem Ordner habe ich noch mal eine Frage. Haben Sie den einfach so auf die Rückbank des Autos gelegt? Konnte man die Menge des Inhaltes sehen oder war vielleicht sogar ein Ordnerrücken sichtbar, auf dem Sie etwas stehen hatten?«

Erneut treten dem Pater Schweißperlen auf die Oberlippe, die er aber im selben Moment mit dem noch in der Hand befindlichen Taschentusch wegwischt.

»Was weiß denn ich?! Er lag auf der Rückbank, wie halt so ein normaler Ordner auf der Rückbank eines Autos liegt. Verzeiht, Oberst. Aber nicht ich habe gestohlen. Ich bin bestohlen worden. Finden Sie lieber die, die das getan haben und verhören Sie die!«

Dante mischt sich in den Dialog ein und versucht den spürbar erregter werdenden Pater zu beruhigen.

»Paolo. Ich bitte Sie. Der Oberst will sie nicht verhoren. Es ist wichtig, dass wir uns gemeinsam ein möglichst klares Bild von den Ereignissen zwischen Ihrer Abfahrt in Albisano und Ihrer Ankunft in Köln machen. Und je mehr Details wir kennen, desto besser ist es. Bitte haben Sie dafür Verständnis. Oberst Garibaldi handelt in unser aller Sinne und zu unserem Wohle. Ich bin sicher in seinem Sinne zu sprechen, wenn ich sage, dass er nicht den geringsten Verdacht gegen sie hegt.«

Hoffnungsvoll blickt Dante zu Garibaldi, dann schaut er zuversichtlich zum Pater, um dann wieder zu Garibaldi zu schauen.

»Signore Dante hat völlig recht.«

»Ich frage mich nur, warum sie vorhin von einer Tasche sprachen, in der alle Sachen verstaut waren, jetzt aber sagen, der Ordner hätte für jedermann sichtbar auf der Rückbank gelegen«, beeilt sich Dante den Dialog fortzusetzen. »Und überhaupt: Bevor wir irgendeinen Verdacht äußern, wüsste ich gerne noch ein paar weitere Details. Wie schon gesagt, je mehr Details wir kennen, desto klarer wird die Angelegenheit und ein eventueller Verdacht löst sich in Wohlgefallen auf.«

Desdemona

15. Oktober 2008

Im Halbschlaf nimmt Anna Schritte wahr. Sie richtet sich von ihrem behelfsmäßigen Nachtlager auf und zieht die Decken enger um ihren Körper, in die sich gestern Abend gehüllt hat, nachdem Falk den Schuppen verlassen und sie etwas gegessen hat. Ist er zurückgekommen? Wollte er seine Aufgabe doch noch zu Ende bringen? Ihr läuft ein Schauer über den Rücken. Sollte das ganze Gerede gestern Abend doch nichts genutzt, er es sich anders überlegt haben? Wie spät es jetzt wohl ist? Behutsam erhebt sie sich von der Massageliege, auf der sie die letzte Nacht verbracht hat. Da sind sie wieder, die Schritte. Sie kommen näher. Kurz darauf macht sich jemand am Fenster zu schaffen. Anna kann schweres Atmen hören. Sie hat vergessen, wie Falks Atem klang. Die Schritte entfernen sich und kurz darauf geht im angrenzenden Raum die Tür zum Schuppen auf.

Ein greller Lichtstrahl fällt ein und dringt bis in den Raum ihres Nachtlagers. Es scheint bereits Tag zu sein. Anna hält ihren Atem an und geht, die beiden Decken noch fester um ihren nackten Körper geschlungen auf Zehenspitzen zur Tür ihres Raumes, um sich hinter die Tür zu stellen.

Für einen kurzen Moment überlegt sie, ob es eventuell besser ist, sich dem Eindringling zu erkennen, zu geben und ihm ihre Situation zu erklären. Die Person bleibt stehen. Nein. Falk ist es sicher nicht. Er wäre direkt in den zweiten Raum gekommen, um nach ihr zu sehen. Was aber will der oder die Andere hier? An diesem abgeschiedenen Ort? In diesem nach Falks Aussagen abgelegenen Schuppen, der früher einmal als Autowerkstatt gedient hat?

Anna lässt die Luft aus ihrem Körper entweichen und atmet so gleichmäßig und leise wie möglich weiter. Sie vernimmt das »Mmh« einer männlichen Stimme. Kurz darauf wird die Tür des Schuppens wieder geschlossen. Aufgrund der Bewegung des Geräusches der nun wiedereinsetzenden Schritte vermutet sie, dass der Mann um den Schuppen herumgeht. Anna schätzt, dass der Mann ungefähr auf der Hälfte des Weges seinen Gang unterbricht. Sie vernimmt ein kurzes tiefes Stöhnen. Wie von einem Mann, der eine Kraftanstrengung unternimmt, die nicht zu seinen täglichen Bewegungsabläufen gehört. Dann das Geräusch eines Schlüsselbundes. Und wenige Sekunden später das startende Geräusch eines Traktors.

Nein. Der wollte nichts von ihr. Der würde ihr helfen, schießt es durch ihren Kopf. Aber wie soll sie ihm ihre Situation erklären? Was sagen? Unfähig sich zu bewegen lauscht Anna dem ungleichmäßigen Tuckern des Traktors, der sich in Bewegung setzt und allmählich entfernt. Scheiße! Merda! Warum hat sie gezögert? Sie lässt die Decken los und auf den Boden gleiten, eilt zur Tür und reißt sie auf.

»Halt. Warten Sie. Hilfe! Bitte helfen Sie mir.«

Der Mann ist mit seinem Traktor außer Reichweite und kann sie längst nicht mehr hören. Nackt steht sie vor der Tür des Schuppens. Es ist ein sonniger, vor allem aber kühler Vormittag eines Oktobertages.

»Du lebst. Es geht dir gut. Klaren Kopf bewahren und überlegen, was zu tun ist«, versucht sie sich zu beruhigen. »Atme. Denke. Fühle bewusst. Entscheide. Und handle. Du alleine bist verantwortlich dafür, wie du mit den Situationen umgehst, die dir in deinen Lebensweg gestellt werden.«

Anna spürt, wie ihr Versuch der Autosuggestion ins Leere läuft. Kälte und Angst bemächtigen sich ihrer. Sie geht zurück in den Schuppen, um sich erneut in die Decken zu hüllen. Das Traktorengeräusch. Sie hört es wieder. Es wird lauter. Er scheint zurückzukommen.

»Lieber Gott, bitte. Mach, dass er wiederkommt und mir hilft. Und bitte gib mir die richtigen Worte der Erklärung. Ich flehe dich an. Bei allen Heiligen und deinem Mensch gewordenen Sohn Jesus Christus.«

Das Geräusch des Traktors wird wieder leiser und verstummt schließlich ganz.

Anna fällt die Geschichte des Christen ein, der auf einer einsamen Insel die Spuren seines Lebens im Sand abläuft. Meist sind es die Fußabdrücke von zwei Personen. Doch immer, wenn er an schwierige Passagen seines Lebens kommt, ist nur noch eine Fußspur im Sand zu sehen.

»Zeit meines Lebens hast Du mich begleitet. Aber als ich Dich brauchte, hast Du mich verlassen, Gott.«

Gott antwortet ihm: »Nein, mein Lieber. Da habe ich dich getragen.« Von wegen getragen! Anna schüttelt ihren Kopf von links nach rechts.

In die Decken gehüllt tritt sie erneut vor die Tür des Schuppens. Plau am See liegt nordwestlich von Berlin, Anna versucht sich zu orientieren. Die Sonne steht links von ihr auf circa viertel vor neun. Wenn sie jetzt also schnurstracks den vom Schuppen wegführenden Weg geradeaus läuft, müsste sie ziemlich genau in Richtung Berlin unterwegs sein. Anna sieht sich um. Weit und breit kein Haus. Nichts deutet auf eine menschliche Behausung hin. Vielleicht ist es eine gute Idee, der Spur des Traktors zu folgen?

Sie geht um den Schuppen herum auf die andere Seite. Da sich die Decken von ihrem Körper zu lösen beginnen, zieht sie diese erneut etwas fester und knotet jeweils zwei Enden oberhalb ihres Busens zusammen. Nachdem sie eine kurze Weile versucht, Traktorspuren im Gras zu finden, gesteht sich Anna ein, dass sie als Pfadinderin noch nie getaugt hat und es vermutlich besser ist, sich auf den Weg zu machen, anstatt die Zeit mit erfolglosem Spurensuchen zu vergeuden.

Sie geht, von den beiden um ihren Körper geschlungenen Decken beeinträchtigt, zum Weg auf der vorderen Seite des Schuppens zurück und setzt sich in Bewegung. Als Erstes muss sie jemanden finden, der ihr etwas anzuziehen gibt und ihr möglichst auch etwas Geld leiht. Sagt man den sozialisierten Menschen im Osten Deutschlands nicht nach, dass sie deutlich hilfsbereiter sind als die Westdeutschen? Doch gleich darauf erinnert sich Anna, dass der Mauerfall bereits 19 Jahre zurückliegt.

»Konzentriere dich jetzt auf deinen Weg und nutze die Kraft der Gedanken dafür, dich richtig zu leiten«, spricht eine innere Stimme zu ihr.

Prompt antwortet eine Andere: »In diesem Aufzug schaffst du es nicht mal zur nächst größeren Straße, geschweige denn zu irgendeiner Haltestelle oder einem Bahnhof.«

Mit jedem Schritt werden die Decken schwerer. Außerdem kommt Anna nur langsam voran, weil sie keine großen Schritte machen kann. Kinderstimmen? Hat sie gerade eben die Stimmen von Kindern gehört? Sie hält inne, um sich zu vergewissern. Stille. Links und rechts von den Büschen gesäumten Weg liegen weite Felder mit tiefen gradlinigen Furchen. Sie dreht sich um. Vom Schuppen ist nichts mehr zu sehen. Also scheint sie schon ein schönes Stück Weg zurückgelegt zu haben.

Erneut vernimmt Anna das Geräusch, das sie gerade eben noch für Kinderstimmen gehalten hat. Im selben Augenblick taucht aus einer der Furchen im Feld eine Katze auf, dicht gefolgt von einer zweiten. Anna richtet sich auf und versucht den Katzen auf den Fersen zu bleiben, die sie natürlich längst bemerkt haben, alle paar Meter stehen bleiben und nach ihr umsehen. Vielleicht bringen mich die Katzen zur nächsten menschlichen Behausung. Die Katzen beginnen sich auf dem Feld zu jagen und miteinander zu spielen, laufen ein Stück voraus, drehen einen großen Bogen und kommen wieder in ihre Nähe. Dann wiederholt sich das Spiel von Neuem. Stets so, dass Anna gut mit ihnen Schritt halten kann. Als wollten sie auf sie aufpassen und tatsächlich begleiten. *Nein, mein Lieber. Da habe ich dich getragen.*

Anna erinnert sich erneut an das Ende der kurzen Geschichte des wandelnden Christen. Wo Alfredo jetzt wohl ist? Was er gerade tut? Ob er die Polizei schon benachrichtigt hat? Oder wird er sie auf eigene Faust ausfindig machen wollen? Wie aber soll er das anstellen? Wo anfangen?

Es riecht nach Feuer oder Kaminholz. Anna verlangsamt ihren Schritt und versucht durch langsames Drehen des Körpers um ihre eigene Achse und tiefes Einatmen herauszufinden, aus welcher Richtung der Geruch kommt. Als sie wieder in die Richtung blickt, in die sie bisher gegangen ist und rechts auf dem Feld nach den beiden Katzen Ausschau hält, sind diese verschwunden. Wie vom Erdboden verschluckt.

Sie setzt ihren Weg fort, um nur einige Minuten später am Horizont rechts vor ihr eine Ansammlung von Bäumen, einige Hausdächer und Rauch auftauchen zu sehen.

Anna bleibt erneut stehen und analysiert mit lauten Worten ihre Lage: »Wenn ich in meinem Aufzug, nackt nur mit zwei Decken umhüllt, an einer dieser Haustüren klingele, muss ich vermutlich eine längere Erklärung abgeben. Und ganz gleich, wie ich meine Situation erkläre, wird man mir vermutlich nicht viel Glauben schenken. Sagte man den in der DDR sozialisierten Menschen nicht ein ausgeprägtes Grundmisstrauen nach? Mag sein, aber sie haben eben auch den Ruf, sehr hilfsbereit zu sein. Ich benötige nur etwas anzuziehen und ein bisschen Geld, um nach Berlin zurückzukommen. Was ist die Alternative, wenn ich nirgendwo klingele? Per Anhalter nach Berlin? Wohl nicht. Laufen scheidet auch aus.«

Sie schätzt ihr Tempo durch die Beeinträchtigung der Decken auf maximal drei Kilometer pro Stunde. Selbst, wenn sie neun Stunden am Tag läuft, dauert es rund viereinhalb Tage bis zurück nach Berlin. In diesem Augenblick fällt ihr ein, dass sie nicht einmal einen Schlüssel zu ihrer Wohnung hat. Den hat Falk zusammen mit all ihren anderem Hab und Gut verschwinden lassen. Anna entscheidet, auf direktem Weg zu dieser kleinen Ansammlung von Häusern zu gehen, in der Hoffnung, dort irgendjemand um Hilfe bitten zu können.

Circa zehn Minuten später erreicht Anna die Häuser, die offenbar alle zu ein und demselben Bauernhof gehören. In einem geräumigen Rechteck angeordnet, stehen an den beiden kürzeren Seiten in zwei Reihen gestaffelt jeweils zwei mal zwei etwas kleinere, wie Wohnhäuser anmutende, schlecht verputzte graue Gebäude. An den zwei längeren Seiten befinden sich lang gestreckte aus Ziegeln gemauerte Stallungen oder Scheunen. Komisch ... normalerweise hatten die Bauern früher ihre Häuser gegen Osten und die Stallungen nach Westen ausgerichtet. Wegen des fast immer aus Westen kommenden schlechten Wetters. Aber hier sind die Wohnhäuser nach Norden und Süden und die Stallungen nach Osten und Westen gebaut. Egal, das tut nichts zur Sache!

Anna steht mittlerweile ziemlich genau in der Mitte dieses Vierkanthofes.

»Hallo. Ist hier jemand zu Hause? Haallooo?!«

Nichts. Keine Reaktion. Nirgendwo tut sich etwas. Anna entscheidet, zu den auf der westlichen Seite liegenden Wohnhäusern zu gehen. Aber im selben Moment wird sie davon abgehalten, ihren Entschluss in die Tat umzusetzen, weil sich in dem nach Norden ausgerichteten Stallgebäude eine laut knarzende Tür öffnet, in deren Rahmen eine kleine dickliche, schätzungsweise siebzigjährige Frau erscheint und Anna wortlos anblickt.

»Können Sie mir bitte helfen? Bitte. Und bitte stellen Sie mir keine Fragen. Was immer ich Ihnen antworten würde, Sie würden es entweder nicht glauben oder Sie würden mich für verrückt erklären.«

Die Frau bleibt weiterhin regungslos im Türrahmen stehen.

»Verstehen Sie mich? Sprechen Sie Deutsch? Bitte helfen Sie mir!«, wiederholt Anna ihre Bitte eindringlich und geht langsamen Schrittes auf die Frau zu, während diese in der rechten Tasche ihrer Schürze zu kramen beginnt, eine Brille herauszieht und sich diese umständlich auf die Nase setzt.

»Meine Güte, Kindchen. Wie sehn Se denn aus? Und wie sind Se herjekommen? Hat man Ihnen watt anjetan?«

»Können wir das mit den Fragen bitte lassen? Ich brauche nur ein paar Anziehsachen und etwas Bargeld. Und ich wäre Ihnen wirklich dankbar, wenn Sie mir beides borgen könnten. Sie können sicher sein, dass Sie alles unversehrt wiederbekommen. Und ich will gerne auch was dafür bezahlen. Ich muss einfach nur so schnell wie möglich nach Berlin.«

»Jibt's da wen in Berlin, der uff Se wartet? Kennen Se da jemanden? Warum rufen Se den nich an? Der könnte Se doch abholen. Sind schließlich nich mal 200 Kilometer von hier bis Berlin. Aber nu kommen Se doch erst ma rin. Haben Se unter den Decken noch watt an?«

Anna steht unmittelbar vor der Frau, die bei ihrer letzten Frage Annas Decke berührt und sie leicht anhebt, um einen Blick darunter zu werfen. Warum ist sie nicht selbst auf den Gedanken gekommen? Wie klar und naheliegend! Sie kann Alfredo einfach anrufen und ihn bitten, sie abzuholen. Shit. Wie soll sie ihn aber anrufen, ohne seine Telefonnummer? Die ist in ihrem Handy gespeichert und sie hat sich nie die Mühe gemacht, die Telefonnummer auswendig zu lernen.

»Diese modernen Kommunikationsmittel sind Fluch und Segen zugleich«, spricht Anna leise in Richtung der Frau. »Ja, es gibt einen Menschen in Berlin, der wahrscheinlich froh und dankbar wäre, wenn ich ihn anriefe und der mich sicher auch abholen würde. Aber ich weiß seine Telefonnummer nicht. Die ist in meinem Handy gespeichert. Und das wurde mir mit allen anderen Sachen inklusive der Kleidung gestohlen.«

»Was um Jottes willen hat ma Ihnen denn jetan? Warum loofen Se hier nackt nur in zwe alte Decken jehüllt durch die Jejend?«

»Bitte stellen Sie mir keine Fragen. Bitte. Können Sie mir ein paar Anziehsachen und etwas Bargeld leihen?«

»Nu kommen Se doch erst mal rin in't Haus.«

Die kleine dickliche Frau setzt ihre Brille wieder ab, klappt die Bügel zusammen und lässt die Brille in ihrer Schürze verschwinden. Ohne Annas Reaktion abzuwarten, setzt sie sich in Bewegung, öffnet die Tür, die erneut durch lautes Knarzen an ihre Reparaturbedürftigkeit erinnert und geht in den sich hinter der Tür erstreckenden Stall. Anna wickelt die beiden Decken ein wenig fester um ihren nackten Körper und folgt ihr.

Die Tür fällt hinter ihr ächzend ins Schloss. Es riecht nach einer abgestandenen Mischung aus Exkrementen von Hühnern, altem verfaultem Stroh und modrigem Holz. Nutztiere scheint dieser Stall schon lange keine mehr zu beherbergen. Unter dem Dach gurren zwei Tauben träge in ihr Federkleid und beobachten gelangweilt die beiden wortlos durch den Stall gehenden Frauen. Am anderen Ende des Stalls steigt die Alte drei durchgetretene Holzstufen hinauf, öffnet eine weitere verrottete Holztür und hält sie für Anna auf.

»Nun kommen Se schon. Is keener da außer mir. Mein Mann hat den alten Trecker aus der Werkstatt jeholt und ist damit in't Dorf. Is frühestens in zwe Stunden wieder hier. Holt zwe Hänger voll Holz. Für'n Winter scho ma. Is jetzt noch jünstich. Und wie ick den kenne, macht er vor der Rückfahrt noch Halt uff'n Schnaps. Nu mal rin in die jute Stube.«

Nachdem sie den Stall hinter sich gelassen haben und auch diese zweite Tür von alleine ins Schloss fällt, stehen die beiden Frauen in einer fensterlosen, aber durch grelles Neonlicht erleuchteten Kammer, die vermutlich mal zur Aufbewahrung von Lebensmittelvorräten gedacht gewesen ist. Die verschiedenen schräg angebrachten Obst- und

Kartoffelkisten, einige Flaschenregale in den unteren Bereichen diverser völlig verstaubter, maroder Holzbretter sowie zahlreiche größere und kleinere Schubladen und Regalflächen in den oberen Bereichen deuten darauf hin. Der kreuz und quer herumliegende Unrat lässt jedoch erkennen, dass dieser Raum seine ursprüngliche Bestimmung schon vor langer Zeit aufgegeben hat.

Die Alte, die Annas fragenden Blick bemerkt, erklärt: »Als wir hier noch alle jelebt ham, war ditt der Hauswirtschaftsraum. Die Eltern von meinem Mann, zwei Landwirte mit ihren Frauen, eene Haushaltshilfe mit ihrem Mann und unsere sechs Kinder. Da war noch richtig Leben uffm Hof. Kinder sind wech. Schon lange. Der Kleenste ist vor sieben Jahren nach Rostock jejangen. Arbeitet uffer Warnow-Werft. Trinkt zu viel. Und dauernd irjendwelche Weiberjeschichten. Tut mir leid, der Kleene. Hat's immer am schwersten jehabt. Sein janzet Leben lang. Immer kränklich war er. Für Personal haben wir schon lange keen Jeld mehr. Als wa noch für die LPJe produziert haben, da jing's uns jut. Da hat's an nischt jefehlt. Mit der Wende kam ditt Elend. Ick hätt se nich jebraucht, die Wende. Bei uns hat sich damit allet zum Schlechten jewendet. Aber watt red ick? Nu jehn wir doch mal in die Küche, wir Beede. Wa?«

»Sehr gerne. Und bitte, haben Sie vielleicht etwas anzuziehen für mich?«

»Diit hab ick übers Reden fast verjessen.«

Die Alte geht zu der zweiten Tür der ehemaligen Vorratskammer, zieht sie auf und deutet Anna mit einer einladenden Handbewegung, die angrenzende Küche zu betreten. Anna folgt der Geste und betritt die Küche. Eine anheimelnde Wärme und Gemütlichkeit geht von diesem Raum aus, dessen Boden aus braunweißen, im Schachmuster verlegten Fliesen besteht und der auf beiden Seiten jeweils zwei größere Sprossenfenster hat. Ein rund zwei Meter langer Tisch in der Mitte des Raumes, umgeben von acht schmucklosen

Holzstühlen, eine Küchenzeile an der Stirnseite des Raumes, deren Arbeitsplatte Anna an die Resopaltische aus den Sechzigerjahren erinnert, ein aus Gusseisen gearbeiteter Kamin auf der linken und ein durchgelegenes Kanapee auf der rechten Seite sind das gesamte Mobiliar. Die Zeit scheint hier stehen geblieben zu sein. Lediglich ein schnurloses Telefon auf dem Küchentisch deutet darauf hin, dass das 21. Jahrhundert zumindest mal vorbeigeschaut hat. Trotz oder vielleicht grade wegen dieser Mischung aus schnörkelloser Funktionalität und Patina fühlt sich Anna auf Anhieb wohl in diesem Raum.

»Setzen Se sich ma hin. Mach Ihnen ’n Tee und schau dann ma bei der Jroßen im Zimmer. Die hat noch ’n paar Sachen im Schrank, weil se uns ab und zu besuchen kommt. Hat unjefähr Ihre Jröße und Figur. Mit’n bisschen Glück find ick watt Passendes. Ob Se aber och enen Schlüpper in der Kommode zu liejen hat, kann ick nich versprechen. Nu setzen Se sich doch. Kost ja nischt.«

Die Alte zieht einen Stuhl vom Tisch weg und deutet Anna mit einer Handbewegung, dass sie sich setzen möge. Ohne Annas Reaktion abzuwarten, geht sie zur Küchenzeile, klappt eine weiße Abdeckung nach oben, unter der sich ein sechsflammiger Gasherd befindet, zieht ein Päckchen Streichhölzer aus ihrer Schürze und entzündet eine Gasflamme, um anschließend aus einem Unterschrank eine Kasserolle herauszunehmen, sie mit Wasser zu befüllen und auf die brennende Flamme zu stellen. Wortlos und schlürfenden Schrittes verlässt sie die Küche.

Anna setzte sich auf den ihr angebotenen Stuhl. Dankbar dafür, dass ihr hier offensichtlich geholfen wird. Ob die Alte sie wohl außer mit Anziehsachen auch mit etwas Geld versorgt? Sie muss unbedingt Alfredo erreichen. Aber wie? Sie könnte den Verleger, diesen Ibrahim Rosenberg anrufen. Berolinum oder so ähnlich war der Name des Verlags. Dessen Telefonnummer wird wohl problemlos herauszufinden sein.

Vielleicht hatte Alfredo nach ihrem Verschwinden Kontakt zu ihm aufgenommen? Hat sie ihm überhaupt den Namen des Verlags und des Mannes mitgeteilt, dessentwegen sie nach Berlin gereist war? Sie versucht sich zu erinnern. In den Sinn kommen ihr aber nur die Worte der Alten in den Sinn: *Als wa noch für die LPJe produziert haben, da jing's uns jut. Da hat's an nischt jefehlt. Mit der Wende kam ditt Elend. Ick hätt se nich jebraucht, die Wende. Bei uns hat sich damit allet zum Schlechten jewendet.* Anna fällt eine der Grundideen des Sozialismus ein, dass nämlich die Landwirtschaft kollektiviert und industrialisiert gehöre. In einer Programmerklärung des Zentralkomitees der Kommunistischen Partei Deutschlands vom 24. August 1930 hieß es:

Wir werden die Herrschaft der Großgrundbesitzer brechen, werden ihren Grund und Boden entschädigungslos enteignen und den landarmen Bauern übergeben, werden Sowjetgüter mit modernstem Maschinenbetrieb schaffen, die Arbeitsbedingungen des Landproletariats denjenigen der städtischen Arbeiterschaft gleichsetzen und viele Millionen werktätiger Bauern in den Aufbau des Sozialismus einbeziehen.

Was für eine revolutionäre Kraft von diesen Worten ausgeht. Und tatsächlich haben sie diese Kraft rund 20 Jahre später auch entfaltet. Anna hat den Wortlaut dieser programmatischen Erklärung noch genau im Gedächtnis. Hatte sie sich doch mit so vielen derartiger politisch und religiös motivierter Manifeste in ihrem Manuskript auseinandergesetzt. Sicher gibt es in den meisten auch eine konstruktive Dimension. Auch in der des Zentralkomitees steckt grundsätzlich ein gut gemeinter Gedanke: *Der Aufbau des Sozialismus unter anderem durch das Miteinbeziehen vieler Millionen werktätiger Bauern.* Aber was ist daraus geworden?

Die Gründung von Genossenschaften wurde im Juli 1952 auf dem zweiten Parteikongress der Sozialistischen

Deutschen Einheitspartei beschlossen. Und im Grunde wurden dies auch nur der Bodenreform der sowjetischen Besatzungszone geschuldet. In deren Zuge waren Neubauernstellen mit einer Regelgröße von sechs Hektar Land geschaffen worden. Diese waren jedoch oft zu klein, um rationell bewirtschaftet zu werden, und nicht selten fehlte es den Neubauern auch an landwirtschaftlicher Erfahrung und der notwendigen technischen Ausstattung.

Zwischen 1952 und dem Mauerbau im Jahre 1961 waren zahlreich Bauern aus dem Osten Deutschlands geflüchtet, um nicht Mitglied einer LPG werden zu müssen. Wie nahezu in allen anderen wirtschaftlichen und gesellschaftlichen Kreisen der ehemaligen DDR wurde auch auf die Mitglieder der LPGs erheblicher politischer Druck ausgeübt. Wer sich nicht mit Haut und Haar dem System verschrieb, war schnell verschrien. Dem wurde das Leben schwer gemacht.

Demzufolge mussten die Alte und ihr Mann ausgesprochen linientreu gewesen sein. Andernfalls wäre ihre Aussage »vor der Wende war alles besser« weder zu verstehen noch zu erklären. Nach der Wiedervereinigung 1990 wurden die LPGs dem bundesdeutschen Wirtschaftsrecht angepasst und ein erheblicher Teil der Höfe wurde an die ursprünglichen Besitzer oder an genossenschaftliche Eigentümer rückübertragen. Die Hofanlage hier schien der Alten und ihrem Mann zu gehören. Und vermutlich gehören beachtliche Ländereien dazu. Worüber also beklagt sie sich?

Die Küchentür geht erneut auf und hereinkommt ein Berg älterer Anziehsachen.

»Können Se ma eben helfen? Is schwerer, als ick jedacht hab.«

Anna geht dem Kleiderberg entgegen. Während sie ihre Arme ausbreitet, um der Alten einen Teil der Anziehsachen abzunehmen, öffnen sich ihre beiden Decken und gleiten zu Boden.

»Legen Se ditt Zeuch eenfach uffn Tisch.«

Anna dreht sich um und geht mit ihrem Teil des Kleiderbergs zum Tisch. Die Alte folgt ihr.

»Gottchen. Sie haben die Decken verlorn. Macht mir aber nischt. Hab schon mehr nackte Frauen jesehen. Sind ja unter uns, nich? Watt ham Se dann da für Wunden? Sieht nich schön aus.«

Als die beiden Frauen alles auf dem Tisch abgelegt haben, kommt die Alte gleich zu ihr und will die Schrammen genauer inspizieren. Anna zieht das erstbeste Kleidungsstück aus dem Stapel, bedeckt so gut es geht Brust und Bauch damit.

»Bitte nicht, lassen Sie das. Lassen Sie mich erst schnell etwas anziehen. Die Wunden sind schon verheilt. Das ist alles halb so wild. Haben Sie auch Unterwäsche gefunden?«

»Ja, müsste janz unten watt dabei sein. Ick mach jetzt erst ma 'n Tee. Ditt Wasser ist ja schon halb verkocht, Jüte.«

Anna findet auf Anhieb im unteren Teil des Kleiderstapels eine stark verblichene Damenunterhose und kurz darauf auch einen Büstenhalter. Beides passt. Die Tochter des Hauses scheint von ähnlicher Statur zu sein wie sie selbst. Dann entdeckt sie eine graue Jeans und zieht ein hellblaues T-Shirt sowie einen kratzigen dunkelblauen Wollpullover aus dem Berg heraus. Sie zieht die Sachen an. Sie riechen muffig.

»Zeigen Se mal. Na, passt ja wie anjejossen. Hab's doch jewusst.«

»Vielen Dank. Wo sollen wir die restlichen Sachen hinlegen?«

»Liejen lassen. Wollt ick schon lange aussortieren und ditt Meiste zu den Altkleidern jebn. Ist jetzt 'ne jute Jelegenheit. Wollen Se lieber Kräuter, Minze oder n normalen schwarzen?«

»Gerne Kräuter.«

»Wie meine Sofia. Die trinkt och am liebsten Kräuter.«

»Wer ist Sofia?«

»Die Älteste, von der Se jetzt die Klamottn anhabn. Hier, Ihr Tee. Muss noch 'n Momentchen ziehen.«

Anna nimmt die Tasse dankend entgegen und umschließt sie mit beiden Händen. Die Alte rückt sich selbst einen Stuhl zurecht, setzt sich hin und sieht Anna schweigend an. Anna erwidert ihren warmen, beinahe liebevollen Blick, setzt sich ebenfalls auf einen der Stühle und nimmt einige Schlucke des irgendwie nach Beruhigung duftenden Tees zu sich. Sie spürt, wie mit jedem Mal, in dem die heiße Tasse ihre Lippen berührt, ein bisschen mehr Müdigkeit und Erschöpfung in ihr aufkommen.

»Und nu? Wie soll's weiterjehn mit Ihnen? Wann wollen Se denn los?«

»So schnell wie möglich. Aber ehrlich gesagt bin ich ziemlich erschöpft. Ich merke jetzt erst, wie anstrengend der Weg mit den beiden Decken um den Körper war.«

Bei diesen Worten steht die Alte auf, geht zu den noch auf dem Boden liegenden Decken und faltet sie ordentlich zusammen.

»Die sind doch aus unserer Werkstatt. Wie kommen Se denn an die ran? Da war schon ewich keene Menschenseele mehr. Komisch. Hat man Se da einjesperrt? Ausjerechnet heute ist mein Ernst hin, um den alten Trecker zu holen. Ausjerechnet heute. Den hätten Se doch treffen müssen, wenn Se in der Werkstatt waren. Oder wo haben Se die Decken her?«

»Bitte, gute Frau. Ich bin wirklich froh, dass ich zu Ihnen gefunden habe und dankbar, dass Sie mir mit der Kleidung geholfen haben. Ich würde mich gerne ein paar Minuten hinlegen und ausruhen. Dürfte ich das? Und dann überlege ich mir, wie ich am besten nach Berlin zurückkomme.«

»Na, Se sind mir ja Eene. Erst haben Se't eilich. Und jetzt wollen Se erst ma 'n Ründchen schlafen. Janz wie Se wollen. Wenn Se nich stört, dass ick die Klamotten aussortiere, dann lejen Se sich doch eenfach uffs Kanapee. Da liecht mein Ernst och immer, wenn er sich ausruhn tut. Mit der Wolldecke da drüben können Se sich zudecken.«

Eine Minute später liegt Anna auf dem Kanapee, schließt die Augen, träumt von Othello, der die junge, schöne und wortgewandte Desdemona heimlich und ohne das Wissen ihres Vaters Brabantio geheiratet hat und schläft darüber tief und fest ein.

Olympia

16. Oktober 2008

Im Boxclub macht man sich allmählich Sorgen um Falk. Es ist nun schon der vierte Tag, an dem er nicht aufgekreuzt ist. Zwei Jugendtrainings sind ausgefallen.

Ron, der den Club gegründet hat und immer noch die graue Eminenz im Hintergrund ist, hat Falk über die Jahre seiner Clubzugehörigkeit schätzen und lieben gelernt. Wie ein verlorener Sohn ist er ihm ans Herz gewachsen und zu einer festen Größe seiner Boxfamilie geworden. Die ersten beiden Tage, an denen Falk nicht im Club erschienen war, hatte er sein Fernbleiben sogar noch als ein gutes Zeichen gewertet. Er hatte sich der Hoffnung hingegeben, dass Falk endlich eine Frau kennengelernt haben könnte, mit der er sich die Seele aus dem Leib vögelt und die ihn zu einem richtigen Kerl macht.

Am Abend des zweiten Tages suchen ihn die ersten Zweifel heim und er beschließt, am nächsten Morgen bei dem Kurierdienst anzurufen, für den Falk vormittags arbeitet. Das Telefonat am darauffolgenden Tag verwandelt seine Zweifel in Befürchtungen. Falk ist seit drei Tagen nicht zum Job erschienen, hat man ihn wissen lassen. Und dass man darüber sehr verwundert sei, weil er als absolut zuverlässiger Fahrer gilt, der auch noch nie krank gewesen ist.

Daraufhin hatte Ron die wenigen Boxschüler angerufen, mit denen Falk eine gewisse Freundschaft verbindet oder denen er wenigstens etwas näher war. Die Jungs respektieren ihn alle. Doch die Meisten haben eine gehörige Distanz zu ihm. Und so, wie Ron es beobachtet, ist Falk diese Distanz im Grunde auch ganz recht. Er kennt die Stärken und Schwächen von jedem seiner Schüler bis ins kleinste Detail. Und er weiß ihre Knöpfe perfekt zu drücken, wenn es darum geht sie zu mehr Engagement, mehr Beherztheit, mehr Ausdauer, mehr Zurückhaltung, mehr Fairness oder was auch immer zu motivieren. Wie kein anderer hat er Zugang zu all seinen Adlaten.

Doch nur wenige hat er bei sich selbst reinschauen lassen. Im Gegenteil. Wenn Falk das Gefühl hat, dass ihm einer zu sehr auf die Pelle rückt, hält er ihn auf Abstand. Ron selbst kann auch nicht richtig an ihn ran. Wann immer er ihm Fragen zu seinem beruflichen Werdegang, seiner Familie, seinen Freunden außerhalb des Boxclubs, seiner Gläubigkeit oder anderen ihn persönlich betreffenden Themen stellt, blockt Falk ab. Häufig gibt er dann den Spruch zum Besten: »Wenn du nicht willst, dass ich dir Böses tu, dann lässt du mich jetzt ab sofort in Ruh.« Was für ein dämlicher Vers, denkt Ron jedes Mal aufs Neue, stellt jedoch seine Fragerei daraufhin unverzüglich ein. In Falks Augen blitzt in diesen Momenten etwas so Eiskaltes und Unberechenbares auf, das bei jedem Menschen alle weiteren Absichten und Interessen in Sekundenschnelle einfrieren. Nur bei einigen Wenigen nicht. Eben bei denen nicht, die sich auf irgendwelchen unerklärlichen Wegen Zugang zu Falk verschafft und eine gewisse Nähe zu ihm aufgebaut haben. Und diese Jungs hat Ron nach dem Telefonat mit dem Kurierdienst, Falks Arbeitgeber, alle abtelefoniert.

Keiner hat etwas von ihm gehört. Niemand weiß, wo er abgeblieben ist. Mit jedem dieser Telefonate steigt Rons Sorge. Er sitzt im Halbdunkel seines unaufgeräumten Büros und betrachtet mit leerem Blick die Pokale, die in einem überdimensionierten Glasschrank ausgestellt sind. Das Telefon läutet. Er lässt es einige Male klingeln und hebt dann schließlich ab.

Noch bevor er irgendetwas sagen kann, fragte eine männliche Stimme am anderen Ende der Leitung mit ausländisch klingendem Akzent: »Spresch isch mit Olympia, Boxclub Olympia?«

Ron erwidert die Frage mit der Gegenfrage: »Sprech ick mit schlechten Manieren? Wer iss'n inne Leitung?«

»Isch fragen. Du antworten. Will Falk spreschen. Falk Pachlevi. Kennst du! Is bei disch in Club.«

Ron richtet sich in dem unter seinem Gewicht ächzenden Bürodrehstuhl auf, lehnt sich nach vorne und stützt beide Ellenbogen auf das Papierchaos, das auf seinem Schreibtisch herrscht.

»Wer bist'n du? Warum willst'n den Falk sprechen? Watt willste von ihm?«

Keine Reaktion. Ron horcht, ob noch jemand in der Leitung ist.

»Hey! Antworte Mister-schlechte-Manieren.«

Es bleibt still. Ron glaubt, ein gleichmäßiges leises Atmen zu hören.

»Ja, verdammt noch mal, hier ist Olympia. Aber wer ist dran und watt willste von Falk? Der is seit vier Tagen nich hier jewesen.«

Klick. Das Gespräch wird vom Anrufer beendet. Ron nimmt den Hörer vor sein Gesicht und starrt ihn einige Augenblicke ungläubig an. Merkwürdig. Seit Falk bei ihm im Club ist, hat noch nie jemand für ihn angerufen. Und jetzt, wo er seit vier Tagen wie vom Erdboden verschluckt ist, fragt jemand telefonisch nach ihm.

Dankbarkeit

16. Oktober 2008

Mittlerweile sind zwei weitere Tage ins Land gezogen, seit ich Ibrahim Rosenberg getroffen habe, wir gemeinsam zur Jannowitzbrücke gefahren sind und uns schließlich in diesem Café am Alex voneinander verabschiedet haben. Zwei weitere Tage ohne ein Lebenszeichen von Anna. Auch von Rosenberg habe ich seitdem nichts mehr gehört. Nachdem ich meinen Macchiato ausgetrunken hatte, war ich zur U-Bahn-Station hinübergelaufen und über den Bahnhof Zoo zurück in Annas Wohnung gefahren.

Einen kurzen Moment hatte ich darüber nachgedacht, ob es vielleicht besser ist, in einem nahegelegenen Hotel abzusteigen, diesen Gedanken aber dann schnell wieder verworfen. Die Möglichkeit, dass sie sich als Erstes zurück zu ihrer Wohnung begeben würde, halte ich für das Wahrscheinlichste. Als Erstes nach was? Meine innere Stimme meldet sich. Was willst du jetzt tun? Du musst die Polizei anrufen und Anna als vermisst melden. Oder willst du die Hände in den Schoß legen und einfach nur warten? Worauf? Auf schlechte Nachrichten? Darauf, dass alles eine gute Wende nimmt? Die Entführer werden wohl kaum zu ihrer Wohnung kommen und einen Zettel in den Briefkasten werfen mit der Nachricht, wo Anna und ab wann sie wohlbehalten abzuholen ist.

Ich erinnere mich an Rosenbergs Aussage: *Der zweite aus meiner Sicht aber noch viel kritischere Aspekt ist, dass diese Entführung möglicherweise von einem Semiprofi durchgeführt worden ist. Man lässt keine Relikte am Tatort zurück.*

Das ist absolut unprofessionell. Und mangelnde Professionalität bei solchen Leuten legt die Vermutung nahe, dass in kritischen Situationen schneller und öfter die Sicherung durchbrennt und sie im falschen Moment das Falsche tun. Was meinte er mit »das Falsche tun«? Anna foltern oder sie in einer Art Affekt vielleicht sogar umbringen? Mir wird schlecht bei der Vorstellung, dass sich irgendjemand an Annas Körper zu schaffen macht und sie quält. Je länger ich mich mit meinen Handlungsoptionen beschäftige, desto bewusster wird mir meine Ohnmacht. Nichts kann ich tun. Außer warten, hoffen und beten.

Am Nachmittag des Treffens mit Rosenberg verbringe ich den Rest des Tages in Annas Wohnung und vertreibe mir die Zeit mit Recherchen im Internet. Noch im Café am Alex hatte ich mir die beiden Namen aufgeschrieben, nach denen mich Rosenberg gefragt hatte: Boris Lebedew und Bahram Afarid. Da ich mir nicht sicher bin, ob ich die Namen orthografisch richtig notiert hatte, probiere ich verschiedene Schreibweisen aus. Zwar finde ich einige Personen mit diesen Namen. Doch keine bringt mich hinsichtlich meiner eigentlichen Absicht weiter. Bei keinem eine Verbindung zu irgendeiner politischen oder religiösen Vereinigung. Keine Hinweise auf Verlagskontakte oder schriftstellerische Tätigkeiten. Lediglich in einem Roman mit dem Titel *Sommergeister*, geschrieben von einem Heinz Plomperg, kommt die Figur eines Boris Lebedew vor.

Dieser Roman, zu dem ich umfängliche Leseproben im Internet finde, zieht mich an diesem Nachmittag einige Zeit in seinen Bann. Die Handlung spielt in der Zeit des russischen Zaren Alexander, also Ende des 19. Jahrhunderts. In diesem Roman war der erwähnte Lebedew erster Diener des ersten Jagdmeisters seiner kaiserlichen Majestät. Und er war seiner Majestät gemeinsam mit einigen anderen Bediensteten der kaiserlichen Familie auf ihrer Flucht in den Ural treu ergeben gefolgt.

Beim Lesen diverser Textpassagen dieses Romans fällt mir ein, dass Anna mir einmal einen längeren Vortrag über Zar Alexander II. gehalten hatte. Darüber, dass er seiner Zeit weit voraus war, von den Meisten seiner adligen Zeitgenossen wegen seines Reformwillens gehasst und von vielen seiner Untertanen und weiten Teilen der Bevölkerung unter anderem deshalb geliebt wurde. Und darüber, dass jeder zu Hof um die Gefahr eines bevorstehenden Attentats auf die kaiserliche Familie mehr oder weniger wusste, sich aber niemand wirklich darum scherte. Das höfische Treiben und Gebaren nahm seinen alltäglichen Lauf, ohne erhöhte Sicherheitsvorkehrungen. Kein Wunder, dass es demzufolge leichtes Spiel für den Studenten war, der dem Zaren noch ein »Freuen Sie sich nicht zu früh« zurufen konnte, nachdem dieser einem ersten Anschlag entgangen war. Kurz darauf wurde Zar Alexander II. am 13. März 1881 Opfer einer Granate, die eben jener Student ihm einfach vor die Füße werfen konnte.

An diesen Vortrag Annas erinnere ich mich aus zwei Gründen sehr genau. Zum einen ist er nahezu wortwörtlich Bestandteil ihres Manuskripts. Zum anderen hat sie die Figur des Zaren Alexander II. zum Ausgangspunkt ihrer Behauptung gemacht, dass viele bekannte Reformer, Revolutionäre oder die Weltgeschichte auf andere Weise beeinflussende Persönlichkeiten entweder umgebracht wurden oder sich selbst das Leben genommen haben. »Warum, glaubst du, ist das so Alfredo? Egal in welchem Jahrhundert oder Jahrtausend?«

Auch zu Rosenberg finde ich, außer den Angaben, die im Impressum des Berolinum Verlags nachzulesen sind, nichts weiter im Netz.

Zu guter Letzt versuche ich es noch mit Pater Paolo. Plötzlich sehe ich erneut das Bild von den miteinander ins Gespräch vertieften Dante und Paolo. Wann war das genau noch mal gewesen? Wenn ich mich recht erinnere, hatte ich sie nach meiner mühsamen und elend langen Rückfahrt von

München nach Albisano in einer der kleinen Gasse Bardolinos gesehen. Und es sah nach keiner zufälligen Begegnung aus. Vielmehr machte es den Eindruck, als ob sich da zwei Menschen unterhalten, die sich verabredet und einander eine Menge zu erzählen haben.

Auf einmal erinnere ich mich auch an eine Begegnung mit Pater Paolo, in der er mir seine Vision von einer friedvollen Welt anvertraute. In weinseliger Laune saßen wir beide ungefähr ein halbes Jahr nach der von mir für San Martino erdachten erfolgreichen Kampagne einmal in Camillos Bar in Albisano, während der Pater mir beichtete, wie unglücklich er im tiefsten Inneren seines Herzens mit seinem Arbeitgeber, wie er die Kirche in jenem Moment nannte, ist. Als ich spät am Abend dieses Tages in mein Rustico zurückgekehrt war, zeichnete ich einen Teil seiner Ausführungen auf und speicherte sie mir als Dokument auf meinem MacBook ab. Mittels verschiedener Begriffe versuche ich das Dokument mit Hilfe der Suchfunktion zu finden. Mit dem Begriffspaar Weltreligion und Paolo bin ich schließlich erfolgreich.

Es geht auch in der heiligen katholischen Kirche in erster Linie nur um Geld und Macht. Ich werde weniger daran gemessen, wie viele Menschen ich getauft, wie viele ich getraut, wie vielen ich das letzte Sakrament oder ich auch einfach nur Trost gespendet habe. Jahr für Jahr werde ich zur Rechenschaft gezogen, welchen wirtschaftlichen Beitrag ich zum Fortbestand des Heiligen Stuhls geleistet habe. Als ich zu dir kam und um deine Unterstützung bat, sind mir kurz zuvor wieder einmal von einem Gesandten des Vatikans die Leviten gelesen worden, weil die Einnahmen unserer Gemeinden im Monte-Baldo-Gebiet seit Jahren wirklich dramatisch zurückgegangen sind. Als ich mich als junger Mann entschlossen hatte, Priester zu werden, war ich beseelt von dem Wunsch, Gott näher zu sein. Es entstand in mir ein tiefes Bedürfnis, in anderen Menschen diesen Wunsch gleichermaßen auslösen zu wollen. Und als ich dann tatsächlich diesen Weg gegen den Willen meiner

Eltern einschlug, Theologie studierte und mich mit der Geschichte der Kirche beschäftigte, begann ich zunehmend zu zweifeln. Von Heil und Liebe ist die Rede. Unheil und Krieg war jahrhundertelang die gelebte Praxis. Während meines Studiums begann ich dann mich mit den anderen großen Weltreligionen zu beschäftigen und der Frage nachzugehen, ob es friedliche Religionen gibt. Die Beschäftigung mit dieser Frage hat zwar meinen Gottesglauben nicht erschüttern können, aber sie hat mir die Erkenntnis vermittelt, dass Religionen Erfindungen und Konstrukte des Menschen sind. Sie sind entstanden im Umfeld der unterschiedlichen Kulturen. Der Begriff Kultur beschreibt ja in seinem originären und weitesten Wortsinn einfach nur alles vom Menschen Geschaffene und Gestaltete. Und es scheint so, dass die Menschen das von ihnen selbst Geschaffene, also ihre eigene Kultur, für die jeweils richtige halten. Vermutlich ist es eine Besonderheit des Menschen, dass er aufgrund des ihm gegebenen Bewusstseins in Richtig und Falsch und in Gut und Böse unterteilt. Jedenfalls habe ich bis heute von keinem Tier gehört, dass in diesem Sinne eine Bewertung vornimmt. Ich wünsche mir nichts sehnlicher als eine allumfassende Weltreligion, die ein weltumspannendes, friedliches und von Liebe getragenes Miteinander ermöglicht. Das Wort Religion ist zurückzuführen auf religere, was so viel bedeutet wie zurück verbunden sein. Wie schön wäre eine Welt, in der die Menschen in ihrem Glauben an eine höhere Macht miteinander vereint und verbunden sind. Zwar predige ich Woche für Woche das Wort Gottes, aber natürlich ist mir klar, dass es nur Worte von Menschen sind. Und wenn ich Mahnbriefe aus Rom bekomme, in denen ich an die zu geringen wirtschaftlichen Beiträge unserer Gemeinden rund um den Monte Baldo erinnert und diesbezüglich zur Rechenschaft gezogen werde, dann werden meine Zweifel stärker und stärker. Ich frage mich, ob ich mich der richtigen Sache verschrieben habe, oder ob ich mich für etwas Höheres engagieren sollte. Und wer weiß, vielleicht habe ich dieses Höhere ja auch schon gefunden?

Auf mein damaliges Befragen, was denn dieses Höhere sei, ging der Pater allerdings nicht weiter ein.

Er beließ es bei seiner leidenschaftlichen Einlassung und vertröstete mich mit den Worten: »Wenn es so weit ist, werde ich es dich wissen lassen, Pazzo.«

Ich habe mir damals fest vorgenommen, dass ich ihn hierauf noch einmal ansprechen werde, habe diese Absicht dann aber völlig aus den Augen verloren.

Warum kommt mir ausgerechnet jetzt dieser Dialog in den Sinn? So viele Gespräche haben Pater Paolo und ich miteinander geführt. Und einige Inhalte habe ich mir ebenso notiert, wie diesen hier. Aber was hat es zu bedeuten, dass ich mich in meiner augenblicklichen Situation gerade an diesen erinnere? Vielleicht, weil Anna sich auch etwas Höherem verschrieben hat und sie möglicherweise deshalb entführt worden ist?

Ich beschließe, diese Fragestellung einfach nur noch dem vorangegangenen Text von Paolo hinzuzufügen, klappe das MacBook danach zu und mache mich bettfertig. Morgen werde ich handeln. So oder so. Mir ist klar, dass ich etwas unternehmen muss. Ich kann unmöglich weiter tatenlos zusehen, wie die Zeit verstreicht und Anna irgendwo da draußen in Gefahr ist.

Mein Handy klingelt. Auf dem Display erscheint *Unbekannt*. Ich nehme das Gespräch trotzdem entgegen und melde mich mit einem knappen »Hallo?«.

»Hallo, Alfredo. Können wir uns treffen? Es ist dringend.«

Es ist Ibrahim Rosenberg am anderen Ende der Leitung.

»Gibt es was Neues von Anna?«

»Nicht direkt. Wo sind Sie jetzt?«

»In der Wohnung von Anna.«

»Gut. Ich hole sie ab. Bin in ungefähr 20 Minuten bei Ihnen. Passt das?«

»Ja. Kennen Sie die ...?«

»Bis gleich.«

Aufgelegt. *Unbekannt* ist auf dem Display erloschen.

Woher kennt er Annas Anschrift? Ich versuche mich zu erinnern. Habe ich ihm diese während eines unserer Telefonate oder bei der persönlichen Begegnung mitgeteilt? Von Annas Wohnung in Charlottenburg habe ich ihm sicher erzählt. Aber die genaue Anschrift? Ich bin verunsichert.

Knapp 15 Minuten später klingelt mein Handy erneut und Rosenberg teilt mir mit, dass er bereits da ist und unten vor der Tür auf mich wartet. Ich streife mir einen Blouson über, klappe das MacBook zu, lasse ihn in die Laptoptasche gleiten und verlasse Annas Wohnung.

Rosenberg steht bereits an der geöffneten Beifahrertür seines Saab, begrüßt mich mit einem kurzen Handschlag und bittet mich einzusteigen. Nachdem er seinerseits auf dem Fahrersitz Platz genommen und den Motor gestartet hat, eröffnet er das Gespräch.

»Sie wollten mich wahrscheinlich gerade eben am Telefon noch fragen, woher ich die Anschrift von Anna weiß, nicht wahr Alfredo?«

»Stimmt«, antworte ich.

»Ich habe Ihnen eine Menge zu erzählen, habe aber allerdings auch ebenso viele Fragen an Sie. Und da die Zeit angesichts des plötzlichen Verschwindens von Anna drängt, will ich damit nicht länger warten. Haben Sie schon mal einen toten Menschen gesehen, Alfredo?«

Mir wird heiß.

»Anna?«

»Nein, nein! Wir gehen davon aus, dass sie lebt.«

»Wollen Sie mir nicht endlich anvertrauen, wer *Wir* ist, Ibrahim?«

»Doch das werde ich. Bitte beantworten Sie mir aber vorher noch meine Frage. Glauben Sie, Sie kommen mit dem Anblick eines toten Menschen zurecht? Und ich sage Ihnen, dass der Tote, den ich Ihnen jetzt zeigen werde, alles andere als appetitlich aussieht.«

»Diese Frage kann ich Ihnen nicht beantworten. Sicher habe ich schon einige Tote im Sarg aufgebahrt gesehen, aber das, was Sie mir gerade in Aussicht stellen, hört sich nach etwas anderem an.«

»Definitiv. Die Person, die wir gefunden haben, ist schrecklich zugerichtet. Aber man kann sie erkennen, wenn man sie kennt. Ich hoffe, dass Sie uns bei der Identifizierung helfen können.«

»Das bedeutet, sie wissen nicht, um wen es sich handelt?«

»Wir haben eine Vermutung. Sie können uns möglicherweise helfen, diese Vermutung entweder zu bestärken oder zu entkräften.«

»Hat dieser Mann ... es handelt sich um einen Mann, oder? Sie haben von dem Toten gesprochen.«

»Ja, der Tote ist männlichen Geschlechts.«

»Und was hat man ihm angetan? Wo fahren wir jetzt überhaupt hin? Und wie kommen Sie auf die Idee, dass ich die Identität dieses Mannes kennen könnte?«

»Wir wollen einfach nichts ausschließen. Wenn Sie ihn kennen, haben wir eventuell Anhaltspunkte, was mit Anna geschehen sein könnte.«

»Und wenn nicht?«

»Dann liegen wir mit unseren Annahmen wahrscheinlich richtig und sind auch ein kleines Stück weiter.«

Ich spüre Groll in mir aufkommen und mache diesem augenblicklich Luft.

»Ibrahim! Sie sprechen in Rätseln. Und ich habe keine Sekunde länger weder Geduld noch Lust, mich weiter hinhalten zu lassen. Die Frau, die ich liebe, ist verschwunden. Und es besteht der berechtigte Verdacht, dass sie unter keinen normalen Umständen verschwunden ist. Wer sind Sie wirklich? Was wollen Sie von Anna und mir? Wer ist *Wir*? Es reicht jetzt Ibrahim! Ich will unverzüglich Antworten auf meine Fragen. Andernfalls halten Sie sofort an, unsere Unterhaltung ist beendet und ich steige aus.«

»Alfredo. Ich verspreche Ihnen noch heute Antworten auf alle Fragen, die Sie haben. Und ich garantiere Ihnen, Sie werden mit den Antworten zufrieden sein. Ich glaube im Übrigen auch, dass wir Anna unversehrt wiederfinden. Genau dafür brauchen wir Sie. Es würde mich freuen, wenn Sie mit mir zusammenarbeiten. Ich bitte Sie inständig um höchstens eine halbe Stunde Geduld. Bitte, Alfredo.«

»Dann sagen Sie mir wenigstens, wohin Sie jetzt mit mir fahren.«

Inzwischen hat Rosenberg seinen Saab auf die A100 in Richtung Hamburg gelenkt, wie mir die Autobahnschilder verraten.

»Wie fahren aus Berlin raus nach Kremmen.«

»Ist dort der Tote?«

»Ja. Unsere Leute haben ihn dort gefunden, nachdem Sie einen konkreten Hinweis bekommen haben.«

»Wo ist Kremmen und wieso genau dort?«

»Kremmen ist eine Gemeinde nordwestlich von Berlin mit rund 8.000 Einwohnern.«

»Und wo ist dort der Tote gefunden worden?«

»Es gibt in Kremmen eine Online-Druckerei, mit der unser Verlag seit einigen Jahren sehr erfolgreich zusammenarbeitet. Die produzieren Werbemittel, Plakate und eher nicht alltägliche Druckstücke für uns.«

»Und was hat diese Druckerei mit dem Toten zu tun?«

»Der Chef der Druckerei hat heute Nachmittag den an seinem Scheunentor angebrachten Briefkasten geleert. Die Druckerei befindet sich im historischen Scheunenviertel von Kremmen. Unter den Briefen befand sich ein blutverschmierter Zettel mit der Aufschrift *Allein Allah ist gerecht. Ein Zeugnis seiner Gerechtigkeit findet Ihr auf dem Friedhof der Dorfkirche Sommerfeld.*«

»Und dann?«

»Der Druckerei-Chef hat mich angerufen und mir das mitgeteilt. Daraufhin haben wir unsere Leute zu dieser Kirche geschickt.«

»Verlagsmitarbeiter?«

»Nein, Alfredo. Mossad-Mitarbeiter.«

»Wie bitte? Sprechen Sie von Mitarbeitern des israelischen Geheimdienstes?«

»Ja, Alfredo.«

»Und Sie sind eigentlich gar kein Verlagschef, sondern Mossad-Mann? Sie haben mir also vor zwei Tagen nur die halbe Wahrheit erzählt. Sie haben nicht nur vor etlichen Jahren eine geheimdienstliche Ausbildung dort genossen, sondern stehen nach wie vor in Lohn und Brot dieser Organisation?«

»Ja und Nein. Ich bin nach wie vor ein Mann des Mossad. Aber ich bin auch Chef des Berolinum Verlags.«

»Zur Tarnung, wie ich vermute.«

»Nein. Aus persönlicher Überzeugung. Aber bitte geben Sie uns noch etwas Zeit für die ganze Geschichte. Es sind nur noch rund 20 Minuten, bis wir an der Kirche sind.«

»Ist die Polizei informiert? Sind die schon vor Ort?«

»Nein. Und die werden auch nicht informiert. Jedenfalls nicht von uns.«

Den Rest der Fahrt schweige ich und versuche klare Gedanken zu fassen. Vergeblich. Bilder von einer verstümmelten Leiche, das Gesicht von Anna, der Blick auf den Gardasee von meinem Rustico aus, Textpassagen unseres Manuskripts, Annas makelloser nackter Körper, Pater Paolo in weinseliger Laune, Dante, das Attentat 1972 auf die Olympischen Spiele, Golda Meir, die damalige Ministerpräsidentin Israels, das alles purzelt wie eine kleine Steinlawine vor meinem geistigen Auge den Hang hinunter. Ich blicke aus dem Seitenfenster des Saab und sehe das Ausfahrtschild von Kremmen.

»Gleich sind wir da, Alfredo.«

Ich stelle mir die kleine Dorfkirche vor, einen Friedhof, Grabsteine, eine Ansammlung schwarzer Limousinen und

Männer in Trenchcoat. Rosenberg biegt von einer größeren Straße in eine kleine asphaltierte Straße ein, auf der maximal ein Auto Platz hat. *Dorfweg* ist auf dem Straßenschild zu lesen. Und da erhebt sich auch schon der schlichte Kirchturm. Eine Uhr im oberen Drittel des Turms. Zwei Glockenturmfenster darüber, ein winziges Sprossenfensterchen in der Mitte des Turms und ein halbrundes Fenster im unteren Bereich.

Rosenberg stoppt den Saab auf dem kleinen Platz vor der Kirche und schaltet den Motor ab. Von schwarzen Limousinen und Trenchcoat-Männern keine Spur. Rosenberg steigt aus, geht zielstrebig auf die Kirche zu, steigt die fünf Stufen zu der Kirchentür, schaut sich bei am Eingang kurz noch einmal nach allen Richtungen um und öffnet die Tür. Ich folge ihm und gehe ebenfalls durch die Tür in die kleine Kirche hinein.

Ich gelange in den für Kirchen erstaunlich hellen Innenraum und sehe Rosenberg und zwei weitere Männer hinter dem Altar auf den Boden blicken. Zögerlich nähere ich mich den Dreien. Am Altar bietet sich mir dahinter ein Bild des Grauens. Dort liegt eine nackte männliche Leiche mit abgetrenntem Kopf, abgetrennten Armen und Beinen. Kopf und Gliedmaßen befinden sich an den Stellen, an die sie gehörten. Alles zusammen liegt auf einer dunkelgrauen Plastikplane, deren Farbe nur noch an einigen wenigen Flecken zwischen dem vertrockneten Blut hervorschimmert. Rosenberg fasst mich vorsichtig am Arm.

»Geht das? Halten Sie es aus?«

»Noch ja. Aber mir wird schlecht.«

Ich spüre, wie sich ganz allmählich Übelkeit von der Magengegend aus auf den Weg zum Hals und Rachen macht. Speichel schießt wie kleine Fontänen in den Mund. Ich werfe einen kurzen Blick auf das Gesicht des Toten, wende mich ab, verlasse die Kirche und übergebe mich unmittelbar neben der Eingangstür. Rosenberg ist mir gefolgt.

»Kennen Sie den Mann?«

Nachdem ich mich wieder gefangen und vom Erbrechen erholt habe, antworte ich mit einem kurzen »Nein. Sollte ich?«

»Sie haben ihn noch nie gesehen? Nicht in Berlin? Nicht in Köln? Und auch nicht am Gardasee?«

»Nein, Ibrahim. Ich glaube nicht. Aber ganz ehrlich. Es ist einer dieser zahlreichen kahlköpfigen Männer, denen man tagtäglich begegnet. Ganz sicher bin ich mir nicht. Er wirkte auf mich wie ein Südländer, der sich die verbliebene Haarpracht abrasiert hat. Und er schien mir ausgesprochen athletisch. Nein. Ich kann mich an keinen Mann erinnern, auf den diese Attribute zutreffen und den ich kenne.«

»Und Anna?«

»Wic soll ich das wissen?«

»Vielleicht hat sie Ihnen mal von jemandem erzählt, auf den eine solche Beschreibung zutrifft.«

»Nicht dass ich wüsste. Nein. Ich glaube nicht. Was denken Sie denn, um wen es sich handelt?«

Die beiden anderen Männer kommen mit dem grauen Plastiksack, in den sie offensichtlich die Leiche inzwischen wieder eingepackt haben, aus der Kirche und schleppen ihn links an dem Gebäude vorbei. Wohin sie ihn tragen, interessiert mich nicht. Kurz darauf kommen sie zurück, bitten Rosenberg und mich zur Seite zu gehen und machen sich an meinem Erbrochenen zu schaffen. Rosenberg erkennt meinen fragenden Blick.

»Es ist besser, wenn hier keinerlei Spuren zu finden sind. Weder von Ihnen noch von uns.«

»Wollen Sie mich hier aufklären, oder sollen wir uns ein angenehmeres Umfeld suchen als den Schauplatz eines Mordes?«

»Der Mann ist nicht hier vor Ort umgebracht worden, Alfredo. Getötet wurde er woanders. Und anschließend wurde er hierhergebracht. Aber ich werde Ihnen jetzt Rede und

Antwort stehen. Lassen Sie uns ins Scheunenviertel nach Kremmen reinfahren. Dort gibt es ein sehr nettes Restaurant, das in einem Antiquitätenladen untergebracht ist.«

Rosenberg wendet sich kurz den beiden immer noch auf dem Boden knienden Männern mit einem »Shalom« zu und geht dann gemeinsam mit mir zurück zum Saab. Während der kurzen Autofahrt schweigen wir beide. Im Restaurant angekommen, ziehen wir uns über eine breite Holztreppe zurück in die obere Etage desselben. Dort auf dem zu einer gemütlichen Stube umgebauten Spitzboden des alten Scheunengebäudes sind wir alleine und können in Ruhe miteinander reden.

»Wenn es okay für Sie ist, beginne ich von hinten zu erzählen, Alfredo?«

»Sie meinen, Sie klären mich erst mal über den Toten und Ihre damit im Zusammenhang stehenden Annahmen auf?«

»Ja. Ist das in Ordnung?«

»Spannen Sie sich mich nur einfach nicht länger auf die Folter. Es ist mir egal, von welcher Seite aus Sie das Pferd aufzäumen.«

»Ich habe Ihnen ja gesagt, dass wir allen Grund zu der Annahme haben, dass Anna noch lebt. Lassen Sie mich Ihnen zunächst den Grund für diese Annahme erklären.«

»Bitte!«, antworte ich ungeduldig.

»Vermutlich handelt es sich bei dem Toten um einen Mitarbeiter des VEVAK. Das ist der iranische Geheimdienst.«

»Wie kommen Sie darauf? Es könnte sich dich auch um einen Algerier, Marokkaner, Italiener oder Spanier handeln.«

»Von seiner Herkunft habe ich nicht gesprochen. Nur davon, dass wir annehmen, dass dieser Mann ein VEVAK-Mitarbeiter war. Und zwar ein sogenannter Schläfer. Das sind Leute, die überall auf der ganzen Welt verstreut sind, ein ganz normales und unauffälliges Leben inmitten ihrer Nachbarn führen und auf ihren Einsatz warten. Bei diesen Einsätzen handelt es sich dann wahlweise um Observierungen,

Auftragsmorde oder Anschläge größeren Stils. Wenn es sich um Auftragsmorde handelt, steht den Schläfern nur eine bestimmte Zeit zur Verfügung, ihren Auftrag zu erledigen. Manchmal werden sie dabei von einem zweiten Schläfer aus einiger Distanz überwacht. Gelingt der Auftragsmord aus welchen Gründen auch immer innerhalb der vorgegebenen Zeit nicht, entscheidet der Zweite, nennen wir ihn Sicherheitsschläfer, darüber, wie weiter zu verfahren ist. Hat der zweite Mann das Gefühl, dass der erste Mann unzuverlässig ist, lautet sein Auftrag, ihn schnellstmöglich aus dem Verkehr zu ziehen. Und genau das vermuten wir im vorliegenden Fall. Die abgetrennten Gliedmaßen und die Enthauptung sind ein relativ sicheres Indiz dafür, dass es sich bei dem Sicherheitsschläfer um eine Art Gotteskrieger des VEVAK gehandelt haben könnte, der dem Untreuen Allahs seine gerechte Strafe zukommen ließ.«

»Und warum hat man Sie dann auf indirektem Weg darüber informiert?«

»Das ist eine Art Ritual, mit dem man den Gegenspielern das deutliche Signal geben will *Der Auftrag ist im ersten Anlauf zwar gescheitert. Aber er wird nach Allahs Willen trotzdem ausgeführt.*«

»Das macht doch aber eigentlich gar keinen Sinn. Wenn zwei Leute im Einsatz sind, kann der Erste doch zur Strecke gebracht werden und der Zweite übernimmt einfach ohne großes Aufsehen den Auftrag. So werden doch die Gegenspieler, wie Sie sie nennen, nur auf das gesamte Vorhaben aufmerksam gemacht.«

»Bevor ich auf Ihren Einwand eingehe, Alfredo, will ich nur noch kurz die gedankliche Brücke zu unserer Annahme schlagen, dass Anna ziemlich sicher noch am Leben ist. Der erste Mann hat seinen Auftrag nicht erledigen können oder wollen. Gehen wir davon aus, dass es tatsächlich sein Auftrag war, Anna zu töten, hat er das also nicht geschafft. In diesem Fall lautet der Auftrag des zweiten Mannes: Nummer

Eins als Erstes zu entsorgen, bevor er die weitere Vorgehensweise selbst entscheiden kann. Wir vermuten, dass Nummer Eins sich von seinem originären Tatort entfernt und Nummer Zwei ihn erst später gestellt hat. Wir vermuten weiter, dass er sich dagegen entschieden hat, sofort zu Anna zurückzukehren, um zu Ende zu bringen, was Nummer Eins nicht erledigt hat.«

»Was veranlasst Sie zu dieser Annahme?«

»Die Tatsache, dass er uns die Leiche als eine Art Botschaft gewissermaßen vor die Füße gelegt hat. Sie haben völlig recht, dass es andernfalls nur konsequent gewesen wäre, zu Anna zurückzukehren und die Exekution zu vollenden.«

»Welche Botschaft soll das denn gewesen sein?«

»Um Ihnen das zu erklären, muss ich etwas weiter ausholen, Alfredo.«

Das Knarzen der Holzstiege verrät uns, dass offensichtlich jemand nach oben kommt. Es ist die Bedienung, die bereit ist, unsere Wünsche entgegenzunehmen. Wir bestellen eine große Flasche stilles Wasser und zwei Kaffee. Nachdem die fettleibige, ungepflegt anmutende und träge Restaurantmitarbeiterin unsere kleine Bestellung mit deutlich sichtbar zur Schau getragenem Missfallen entgegengenommen hat, schlappt sie quer durch die Stube zurück zur Holzstiege und diese wieder hinunter.

»Ich muss Ihnen vermutlich nicht erklären, dass das von Anna und Ihnen gemeinsam bearbeitete Manuskript Inhalte thematisiert, die für bestimmte Kreise eine gewisse Brisanz enthalten.«

»Man könnte die Inhalte auch als eine große Chance verstehen, Ibrahim.«

»Ja, könnte man. Und ich tue das auch. Doch dazu komme ich später. Lange bevor Sie Anna kennengelernt haben und sie Sie ins Vertrauen gezogen und um Mitwirkung gebeten hat, hat Anna bereits mit verschiedenen Verlegern Kontakt aufgenommen.«

»Auch das ist mir bekannt, Ibrahim. Wir haben einen gehörigen Aufwand betrieben, um alle Teile des Manuskripts wieder einzusammeln, weil es dem Verlag, bei dem wir schließlich unterschrieben haben, extrem wichtig war, dass er im alleinigen Besitz des gesamten Manuskripts ist.«

»Haben Sie sich nie gefragt, warum das dem Verlag so wichtig ist?«

»Natürlich haben wir uns das gefragt. Und wir haben auch oft darüber gesprochen, weil uns einiges am Vorgehen des Franklin Verlages mehr als befremdet hat. Aber Sie werden mich sicher gleich und endlich über die tatsächlichen Hintergründe informieren.«

»Das werde ich. Auf Initiative der Römischen Kurie haben sich die Geheimdienste des Iran, Amerikas, Russlands und Israels darauf verständigt, in dieser Angelegenheit gemeinsam vorzugehen. Warum es ausgerechnet diese vier beziehungsweise fünf Partner sind, die da um einen Tisch versammelt wurden, entzieht sich meiner Kenntnis. Fakt ist, dass es diese fünf sind, wenn man die päpstliche Garde hinzurechnet. Meine Vermutung ist, dass es deshalb diese fünf geworden sind, weil in dem Manuskript insbesondere die Machtinteressen und Vorgehensweisen der entsprechenden Kirchen und Regierungen an den Pranger gestellt werden. Deshalb.«

»Nein, Ibrahim«, unterbreche ich Rosenberg, »die Inhalte gehen weit hinaus über den Islam, das Judentum, die katholische Kirche, Amerika und Russland. Wie viel haben Sie denn von dem Manuskript gelesen?«

»Vielleicht 100 Seiten. Und es ist gut möglich, dass es ausgerechnet jene 100 Seiten waren, in denen es in besonderer Weise um die zuvor genannten Kreise ging. Schließlich wollte und musste man uns ja ausreichend Begründung für den Auftrag und die geplante Zusammenarbeit liefern.«

»Wie lautet denn der Auftrag?«

»Das gesamte Manuskript schnellstmöglich sicherzustellen, sodass es zu keiner Veröffentlichung kommt.«

»Und da hat man sich dafür entschieden, die beiden Autoren umzubringen. Demzufolge bin ich also meines Lebens auch nicht mehr sicher.«

»Die päpstliche Garde hat die Leitung der gesamten Operation. Und diese hat den restlichen Kreis davon überzeugt, dass eine Strategie der Umarmung die beste Vorgehensweise ist.«

»Was ist damit gemeint?«

»Das bedeutet, dass der Franklin Verlag damit beauftragt worden ist, Kontakt mit Ihnen aufzunehmen, das gesamte Manuskript ohne Personenschäden in seine Hände zu bringen, es anschließend allen Mitwirkenden zur Verfügung zu stellen, damit final ein gemeinsamer Beschluss gefasst werden kann, wie mit dem Buch weiter zu verfahren ist.«

»Aha. Deshalb der großzügige Vorschuss vom Verlag. Aber warum mache ich mir dann die Arbeit, das Manuskript zu überarbeiten?«

»Das schien uns der beste Weg, Sie an die Ernsthaftigkeit glauben zu lassen, dass der Franklin Verlag das Manuskript wirklich veröffentlichen möchte.«

»Sie gehen wirklich sehr großzügig mit unserer Lebenszeit um. Vielen Dank. Und warum dann Annas Entführung?«

»Wir haben Grund zu der Annahme, dass sich nicht alle Beteiligten an die Vereinbarung halten und der Strategie der Umarmung folgen.«

»Warum nicht. Und wen verdächtigen Sie da in besonderem Maße?«

»Grundsätzlich kommt jeder infrage. Wir vermuten alle, dass das Manuskript noch mehr Brisanz enthält, als wir bisher wissen. Wir vermuten auch, dass Anna über Informationen verfügt, die für alle interessant sind und die selbst den verschiedenen Geheimdienstorganisationen bislang verborgen geblieben sind. Zwar kann sich keiner genau erklären, wie sie an diese Informationen herangekommen ist, aber allem Anschein und unserem aktuellen Kenntnisstand nach zu urteilen, scheint sie darüber zu verfügen. Insofern haben wir Anna auch eindeutig als Quelle der Gefahr identifiziert. Sie sind demzufolge bis auf Weiteres auch erst mal nicht gefährdet, um Ihre Frage von gerade eben zu beantworten. Nehmen wir zum Beispiel nur einmal an, der Iran beziehungsweise die Hardliner des Islam erfahren absolut geheime Dinge, mit denen er der freien kapitalistischen Welt schaden, sie diffamieren und dadurch die weltweite Vorherrschaft des Islam vorantreiben können, wäre das durchaus Motiv genug, das Ganze auf eigene Rechnung zu betreiben. Und das gilt gleichermaßen für die übrigen Mitspieler. Putin bekäme Futter für seine wahnsinnige Idee, das russische Reich in seinen alten Grenzen wieder auferstehen zu lassen. Die amerikanische Administration fände Gründe und wahrscheinlich weltweit auch leichter Mitstreiter, einerseits Putin und andererseits den Islam in seine Schranken zu weisen. Und so ließen sich für jede Seite ganz schnell plausible Motive finden, weshalb sie die ganze Angelegenheit lieber in Eigenregie vorantreiben.«

»Ibrahim, ich bitte Sie. Das ist doch albern. Meines Wissens erscheinen allein in Deutschland rund 60.000 Buchtitel pro Jahr. Nur ein Bruchteil davon schafft es, auf die Bestsellerlisten zu kommen und in andere Sprachen übersetzt oder gar verfilmt zu werden. Warum soll ausgerechnet unser Buch dazugehören? Außerdem hat Anna das Buch nicht geschrieben, um irgendwelchen Religionen oder Regierungen zu schaden. Sie verfolgt vielmehr ein weltverbesserndes Ziel. Sie glaubt verstanden zu haben, dass das Bewusstsein des Menschen und die ihm zur Verfügung stehende Sprache eine Aufgabe ist. Sie ist der festen Überzeugung, dass uns die Sprache zu friedlichen Zwecken geschenkt wurde und zeigt auf, dass wir sie jedoch überall genau dafür nicht nutzen, sondern Unruhe damit stiften, Streit und Kriege verursachen. Sie glaubt daran, dass wir durch einen achtsamen Umgang mit der Sprache auf dieser Welt zur Ruhe und zu Frieden kommen und mit uns und der uns umgebenden Umwelt, schlichtweg mit dem einzigen Planeten der uns aus heutiger Sicht zum Überleben zur Verfügung steht, in Einklang leben könnten. Und da Schweigen keine wirkliche Alternative ist, will sie aufzeigen, wie und wozu wir die Worte nutzen können, die uns gegeben sind. Dafür nutzt sie verschiedenste Beispiele aus der Geschichte. Was soll daran bitte für wen gefährlich sein? Das Gegenteil ist doch wohl eher der Fall. Mal abgesehen davon, dass niemand heute einschätzen kann, wie viele Menschen dieses Buch überhaupt lesen, geschweige denn den darin enthaltenen Empfehlungen Folge leisten werden. Sein Sie mir bitte nicht böse, Ibrahim, aber das, was Sie da erzählen, ist doch einfach nur unsinnig.«

»Wer Macht anstrebt, wird sich kaum davon überzeugen lassen, dass Ohnmacht oder Machtlosigkeit erstrebenswert sind, Alfredo.«

»Aus meiner Sicht ist das Gegenteil der von Ihnen zitierten Macht nicht die Ohnmacht. Vielmehr ist es so, dass im günstigsten Fall die Macht nicht länger in den Händen einiger weniger ist, sondern sich jeder Mensch seiner Macht und der damit verbundenen Verantwortung bewusst wird, seinen Beitrag zu einer Welt zu leisten, in der er selbst und die ihm nachfolgenden Generationen gut und gerne leben können. Ich möchte jetzt mit Ihnen darüber keine philosophische Diskussion führen. Erzählen Sie weiter. Was ist Ihr Part in der ganzen Angelegenheit? Sie versprachen mir vorhin, dass Sie darauf noch zu sprechen kommen wollten. Sie sagten, Sie würden das Manuskript auch eher als eine Chance verstehen. Warum?«

Die Holzstiege knarzt erneut und die Bedienung bringt uns die bestellten Getränke.

»Wünschen die Herren vielleicht auch etwas zu essen?«

»Nein, danke. Ich nicht. Sie, Alfredo?«

Ich verneine und die ungepflegte, nun noch übellauniger dreinschauende Bedienung verschwindet wieder, nachdem sie uns das Tablett mit den zwei Gläsern, einer Flasche stillen Wassers und zwei Tassen Kaffee auf den Tisch gestellt hat.

»Seit über 30 Jahren bin ich Mitarbeiter des Mossad. Durch meinen Großonkel Isser Harel bin ich vor ziemlich genau 38 Jahren zu dieser Organisation gekommen. Allerdings habe ich mich durch meine eher liberale Weltanschauung meinem Arbeitgeber nicht unbedingt für eine höhere Laufbahn empfohlen. Zu viel habe ich infrage gestellt. Zu oft habe ich mich für ein friedliches Miteinander eingesetzt und mit meiner Meinung zu bestimmten unfriedlichen Entscheidungen nicht hinter dem Berg gehalten. Aufgrund meiner grundsätzlich loyalen Einstellung zu meinem Vaterland und der Bedeutung meines Großonkels hat man mich aber nicht einfach liquidiert, sondern mir den Posten des Geschäftsführers eines Verlags in Berlin angeboten. Als dieser sollte ich in der deutschen Hauptstadt die politischen Entwicklungen aus nächster Nähe beobachten, ein Netzwerk in die kulturelle und politische Szene aufbauen sowie pflegen und in regelmäßigen Abständen meinem Arbeitgeber Bericht erstatten. Das kam mir durchaus gelegen, weil ich erstens diese Stadt liebe und weil mir das zweitens Gelegenheit gab, meine in Berlin vergrabenen familiären Wurzeln aufzuspüren.«

»Entschuldigen Sie bitte, Ibrahim. Es ist durchaus interessant, etwas mehr über Sie und Ihre Person zu erfahren. Aber was hat Ihre persönliche Geschichte jetzt mit unserem Buch und der gesamten Situation zu tun?«

»Ganz in Ruhe, Alfredo. Bevor ich im Berolinum Verlag die Position des Geschäftsführers übernahm, habe ich mich für die Historie und die Gesellschafterverhältnisse interessiert und mich eingehend damit beschäftigt. Wie Sie wissen, heißt der Verlag ja nicht nur Berolinum, sondern Berolinum Verlag Rosenberg. Und von Anbeginn an hatte ich das Gefühl, dass mich mit diesem Verlag mehr verbindet als nur eine bevorstehende Geschäftsführerposition. Meine Nachforschungen haben dann auch genau das bestätigt. Der ehemalige Verleger und Eigentümer hieß tatsächlich Rosenberg, Robert Rosenberg. Er war der Halbbruder des NSDAP-Ideologen Alfred Rosenberg, der Ende der Weimarer Republik 1930 im Hoheneichen-Verlag das Buch *Der Mythus des 20. Jahrhunderts* veröffentlicht hatte. Robert und Alfred hatten denselben Vater, aber zwei unterschiedliche Mütter. Roberts Mutter war eine gewisse Ella Mahrenholz, die wiederum die jüngste Schwester von Samuel Mahrenholz war. Und Samuel Mahrenholz war der Eigentümer des Franklin Verlags, bevor dieser den Verlag mit sehr konkreten Auflagen an einen Treuhänder übertrug. Der Großvater von Roberts Vater und mein Großvater waren zwei von insgesamt neun Kindern eines gewissen Salomon Rosenberg. Sie sind also Brüder gewesen. Demzufolge habe ich die Geschäftsführung eines Verlags übernommen, mit dessen Gründer ich verwandt bin. Robert Rosenberg hatte den Verlag zunächst als eine Art Gegenentwurf zu den nationalsozialistischen Ideologien seines Halbbruders gegründet und wurde in den Anfängen seines Verleger-Daseins von seinem Onkel Samuel Mahrenholz finanziell unterstützt. An diese Unterstützung war allerdings die Bedingung geknüpft, dass keine Werke mit politischen Ambitionen, sondern nur solche mit philosophischem oder schöngeistigem Inhalt veröffentlicht werden. Was auch immer unter schöngeistigem Inhalt zu verstehen ist. Der heutige alleinige Gesellschafter des Berolinum Verlags ist der Sohn des Treuhänders, den Samuel Rosenberg zur Fortführung seiner Geschäfte und Verwaltung seines Vermögens eingesetzt hatte und der diese Aufgabe nun von seinem Vater übernommen hat und sie im Geiste von Mahrenholz fortführt. Der Franklin Verlag und der Berolinum Verlag sind also beide desselben Ursprungs und beide haben in gewisser Weise ähnliche Auflagen und Vorgaben, was die zu veröffentlichenden Werke anbelangt. Sie sollen Frieden stiften und Menschen über die Grenzen von nationalstaatlichen oder religiösen Interessen hinaus miteinander verbinden. Genau das ist es, was mich gleichermaßen umtreibt. Darum würde ich das Werk von Ihnen und Anna gerne veröffentlichen. Im Gegensatz zum Franklin Verlag, der in diesem Fall von der katholischen Kirche für eigene Zwecke missbraucht werden soll, geht es mir nicht darum, das Manuskript unter Verschluss zu nehmen. Ich will die Gedanken der Öffentlichkeit zugänglich machen.«

»Sie spielen also eine Doppelrolle? Und Sie glauben, dass Ihr Arbeitgeber davon nichts mitbekommt?«

»Alfredo. Ich bin seit 38 Jahren bei dieser Organisation. Und ich bin mir relativ sicher, dass ich in dieser Zeit bis ins kleinste Detail und bis in die tiefsten Ebenen kennengelernt und begriffen habe, wie der Mossad funktioniert. Deshalb glaube ich auch, dass ich Ihnen wirklich helfen kann. Vorausgesetzt, Sie und Anna wollen mit mir zusammenarbeiten.«

»Ehrlich gesagt, Ibrahim, das klingt ein bisschen nach: wir drei gegen den Rest der Welt. Das halte ich für ein ziemlich hoffnungsloses Unterfangen.«

»Es wird ganz sicher kein Strandspaziergang. Aber hoffnungslos ist es auch nicht, Alfredo. Ich habe einen sehr konkreten Plan, wie es gelingen könnte. Sie haben vollkommen recht, dass meine Rolle dabei ein Doppelspiel sein wird.«

So verwirrt einerseits und fasziniert ich andererseits bin, so sehr gewinnen die Gedanken und Sorgen an und um Anna erneut die Oberhand in mir.

»Ehrlich gesagt würde ich gerne ein anderes Problem zeitnah lösen, bevor ich mir Ihren Plan anhöre.«

»Sie haben vollkommen recht, Alfredo. Vordringlichste Aufgabe ist es, Anna zu finden und in Sicherheit zu bringen. Allerdings glaube ich, dass Sie in den nächsten Stunden keiner Gefahr ausgesetzt sind. Der VEVAK-Mann hat seinen Job nicht erledigt. Warum auch immer. Und er hat sich vermutlich von Anna entfernt. Der zweite Mann hat ihn aufgespürt und entschieden, den erfolglosen Mann zur Strecke zu bringen und uns das Signal zu senden: *Es ist nur eine Frage der Zeit, bis die Gesandten Allahs ihren Auftrag erledigen.* Aus sicheren Quellen wissen wir, dass der VEVAK, damals noch SAVAK, zu Zeiten, in denen Deutschland noch zweigeteilt war, einen Stützpunkt in der Nähe von Plau am See unterhielt und auch heute noch eine Art Stützpunkt dort unterhält. Die Tatsache, dass uns der Tote hier in Kremmen quasi vor die Tür gelegt wurde, deutet darauf hin, dass sich Annas Entführer mit ihr in den Nordosten oder Nordwesten von Berlin begeben hat. Einige unserer Leute sind bereits auf dem Weg dorthin, um die Gegend zu durchkämmen und nach Anna zu suchen. Es ist zwar ein bisschen wie die Suche nach der berühmten Stecknadel im Heuhaufen, aber unsere Leute haben bei solchen Aufgaben ein großes Geschick und meistens auch eine gehörige Portion Glück.«

»Ist das jetzt ein Alleingang des Mossad, oder wissen Ihre Mitstreiter von der Situation?«, will ich wissen.

»Mindestens eine Organisation ist im Bilde, logischerweise. Wir wissen zwar noch nicht mit Sicherheit, um welche es sich handelt ... Aber wie schon gesagt: Alle Zeichen sprechen für den VEVAK. Wir vermuten allerdings aufgrund verschiedener Indizien darüber hinaus, dass es auch auf Seiten der Katholischen Kirche eine undichte Stelle gibt. Es scheint in deren Lager jemanden zu geben, der dem FSB Informationen zukommen lässt, über die dieser eigentlich nicht verfügen kann.«

»Das klingt für mich so, als wären Ihre sogenannten Mitstreiter und Sie selbst mehr damit beschäftigt, sich gegenseitig zu überwachen und zu bespitzeln, als ihrer eigentlichen Aufgabe nachzugehen. Und all das wegen eines Buchmanuskripts, dessen vollumfänglichen Inhalt keiner kennt. Außer Anna und mir. Und wenn ich ganz ehrlich bin, vermute ich, dass nicht einmal ich ihn vollumfänglich kenne. Immer wenn ich Textpassagen bearbeitet und sie mit dem eigentlichen Plot irgendwie verwoben habe, kommt Anna mit ein paar neuen Gedanken und auch Seiten regelrecht um die Ecke, die ich dann geradebiegen und einarbeiten darf. Obwohl ich im Grunde ein wirklich geduldiger Mensch bin, überkommt mich mitunter die schiere Verzweiflung und es gibt Phasen, in denen ich alles hinschmeißen möchte, weil ich den Glauben an die Realisierbarkeit dieses Projekts aufgegeben habe.«

Rosenbergs Mobiltelefon klingelt und er nimmt das Gespräch entgegen. Ich vernehme eine männliche Stimme am anderen Ende der Leitung, kann aber die gesprochenen Worte nicht verstehen, obwohl ich das mir vertraute Hebräisch zu erkennen glaube. Rosenbergs in kurzen Abständen wiederholtes »Todar, todar« bestätigt mich in der Annahme, dass der Mann, mit dem er spricht, sich des Hebräischen bedient. Rosenberg legt auf. Mit leuchtenden Augen schaut er mich an.

»Und?«, will ich wissen.

»Sie haben ihre Spur. Der VEVAK-Mann hat sie vermutlich tatsächlich nach Plau am See gebracht. Allerdings nicht an den uns bekannten Stützpunkt. Er scheint mit ihr in einem Schuppen gewesen zu sein, der zu einem größeren Gehöft in der Nähe gehört. Die Bauern dieses Gehöfts haben zu DDR-Zeiten den Stützpunkt regelmäßig mit Lebensmitteln beliefert. Unsere Leute machen sich jetzt auf den Weg zu diesem Bauernhof, weil es die nächste bewohnte Behausung in der Nähe des besagten Schuppens ist. Es wird hoffentlich nicht mehr lange dauern, bis Sie Ihre Anna wieder in die Arme schließen können, mein lieber Alfredo.«

»Ich möchte sofort dorthin fahren, Ibrahim! Wo ist dieses Plau am See? Woran wollen Ihre Leute erkannt haben, dass der mutmaßliche Entführer und Anna in diesem Schuppen waren und wie konnten sie diesen Schuppen überhaupt ausfindig machen?«

»Im Moment macht es noch keinen Sinn, sich auf den Weg dorthin zu machen, Alfredo. Bis jetzt verfügen wir nur über einige spärliche Spuren und Annahmen, aber keine handfesten Beweise. Unsere Leute rufen mich an, sobald sie mehr wissen. Plau am See ist ein sehr schöner, friedlicher Ort am Müritzsee. So ungefähr auf der Hälfte des Weges zwischen Berlin und Warnemünde an der Ostsee. Zu Ihrer zweiten Frage: Unsere Leute haben ein paar relativ frische Blutflecken auf dem Boden des Schuppens gefunden. Nichts Dramatisches. Keine Blutlachen, nur ein paar kleine Flecken. Flecken, die darauf hindeuten, dass sich jemand an der Haut eines Menschen zu schaffen gemacht hat, so die Aussagen unserer Leute. Und zu der letzten Frage: Wir kennen einen großen Teil der Schläfer des VEVAK in Berlin und überwachen die uns bekannten Personen rund um die Uhr.«

»Warum?«

»Weil uns die Aktivierung von Schläfern Hinweise auf bevorstehende Aktivitäten gibt.«

»Und woran erkennen Sie diese Aktivierung, wie Sie das nennen?«

»Wenn die entsprechenden Personen nicht mehr ihrem normalen Alltagsleben nachgehen. Das ist meist ein sicherer Hinweis auf einen konkreten Auftrag.«

»Und das haben Sie beobachtet? Um wen handelte es sich denn im konkreten Fall?«

»Um einen gewissen Falk Pachlevi. Er arbeitete bei einem Kurierdienst und war in seiner Freizeit sehr engagiert als Jugendtrainer und auch als Wettkampfboxer bei dem Boxclub Olympia in Berlin.«

»Das heißt, Sie wussten schon vorher, dass Anna etwas zustoßen könnte?«

»Nein. Das wussten wir nicht. Sonst hätten wir rechtzeitig Gegenmaßnahmen ergriffen. Gerechnet haben wir damit natürlich schon. Aber wir hatten keine konkreten Hinweise. Nachdem er allerdings drei Tage von unserem Radar verschwunden war, haben unsere Leute am vierten Tag in seinem Boxclub angerufen. Und dort hat uns der Chef des Clubs, ein gewisser Ron ungewollt, aber für uns sehr hilfreich, die Information gegeben, dass Falk seit vier Tagen nicht in seinem Boxclub erschienen war. Ab diesem Zeitpunkt war bei uns Alarm.«

»Das bedeutet, dass Sie schon eine ziemlich konkrete Vermutung hatten, als wir uns in dem Café am Alex getroffen haben, richtig?«

»Nein, Alfredo. Da noch nicht. Sonst hätte ich mich Ihnen wahrscheinlich schon dort offenbart. Jetzt werden wir erst einmal Anna wiederfinden und sie wohlbehalten zu Ihnen zurückbringen. Danach werde ich mit Ihrem Einverständnis Personenschutz für Sie beide veranlassen. Und Sie können in aller Ruhe das weitere Vorgehen mit Anna besprechen und entscheiden, ob Sie mit mir zusammenarbeiten möchten. Ich werde jetzt bezahlen und Sie nach Berlin fahren. Sobald es Neuigkeiten gibt, rufe ich Sie an.«

Mich durchströmt ein Gefühl von Zuversicht und Dankbarkeit.

Alleingang

16. Oktober 2008

Vollkommene Dunkelheit umgibt Anna, als sie erwacht. Sie fühlt eine frisch bezogene Bettdecke über sich, ein nach Lavendel duftendes Kissen unter ihrem Kopf und erinnert sich, dass sie auf dem Kanapee in der Küche der Alten eingeschlafen ist. Wie lange ist das her? Allmählich beginnen sich ihre Augen an die Finsternis zu gewöhnen und sie kann erste Umrisse erkennen. Tisch und Stühle in der Mitte des Raumes, die Küchenzeile auf der gegenüberliegenden Seite und die zwei zum Innenhof ausgerichteten Sprossenfenster sowie die beiden Fenster auf der gegenüberliegenden Seite. Anna schlägt die Bettdecke zurück und richtet sich auf. Wo ist die Alte? Ist sie schlafen gegangen, nachdem sie sie hier unten geradezu fürsorglich gebettet hat? War ihr Mann zwischenzeitlich zurückgekehrt? Sie hält inne und horcht aufmerksam in die Dunkelheit hinein. Nichts.

Anna erhebt sich von ihrem Schlafplatz, tastet sich behutsam zu einem der Fenster vor und blickt in den Hof. Für einen kurzen Augenblick glaubt sie an der Mauer des gegenüberliegenden Gebäudes eine sich bewegende Gestalt zu sehen, fixiert den Bereich genauer und erkennt eine an die Wand angelehnte Sense, an der eine Jacke hängt. Ein ungutes ängstliches Gefühl bemächtigt sich ihrer, als ihr einfällt, dass sie zwar Kleidung von der Alten, aber keine Schuhe geliehen bekommen hat. Sie ist nach wie vor barfuß und wird sich von hier nicht weit fortbewegen können.

Anna dreht sich vom Fenster weg, sucht den Lichtschalter, entschließt sich dann aber doch, im Dunkeln zu verweilen und darüber nachzudenken, was jetzt am besten zu tun ist. Über ihren tiefen und festen Erschöpfungsschlaf hat sie das Zeitgefühl verloren. Sich jetzt auf eigene Faust auf den Weg nach Berlin zu machen, ist ein hoffnungsloses Unterfangen. Vermutlich ist es mitten in der Nacht und sie hat weder Schuhe noch Geld. Sie kann sich aber auch einfach wieder hinlegen und richtig ausschlafen, morgen früh die Alte dann um ein paar Schuhe und um etwas Geld bitten und dann ihre Rückreise antreten. Außerdem kann sie dann auch erst mal die Telefonnummer vom Berolinum Verlag herausfinden, dort anrufen und die Leute fragen, ob sie Kontakt mit Alfredo aufnehmen können, um ihn über ihren Verbleib zu informieren. Anna steht immer noch am Fenster und glaubt Schritte zu hören. Erneut blickt sie in den Innenhof. Nichts. Bestimmt reine Einbildung.

Sie dreht sich um, bewegt sich langsam in Richtung Tisch und stößt kurz vor dem Tisch mit ihrem rechten Fuß an einen Gegenstand, der auf dem Boden liegt oder steht. Vorsichtig tastet sie mit den Zehen diesen Gegenstand ab und glaubt einen Schuh vor sich zu haben. Kurz darauf, nachdem sie sich hingekniet und den Boden abgetastet hat, hält sie ein Paar Schuhe in den ihren Händen. Turnschuhe. Schuhe, die ihr passen. Die Alte muss ihr diese Schuhe noch vor dem zu Bett gehen hingestellt haben. Vermutlich, weil sie bei Anna mit allem, also auch mit einer heimlichen und frühen Abreise, zu rechnen schien. Mit den Schuhen an den Füßen steht sie auf, geht zum Tisch und kann es kaum fassen. In der Mitte des Tisches liegen ein paar Geldscheine. Rechts daneben kann Anna schemenhaft einen Zettel mit handschriftlichen Notizen erkennen.

Anna versenkt Zettel und Geld tief in ihren Hosentaschen und geht auf Zehenspitzen zu der Tür zurück, durch die sie am späten Nachmittag diese Küche betreten hat. Sie versucht sich an Details des angrenzenden Raumes zu erinnern und daran, ob in diesem Fenster sind. Ihrer Erinnerung nach gibt es dort kein Fenster. Sie öffnet die Tür und findet direkt rechts daneben den Lichtschalter. Sie schließt die Tür hinter sich und betätigt den Schalter. Das typische, knackende Zündgeräusch von Neolampen ertönt und kurz darauf ist der ehemalige Vorratsraum hell erleuchtet. Anna kramt den Zettel der Alten aus der Hosentasche hervor und liest deren Notiz:

Kindchen, wenn Se diese Notiz lesen, bevor wir uns wieder sprechen, ist es jut, das ich se jeschrieben habe. Hab mir jedacht, dass Se in der Nacht wach werden und dann schnell loswollen. Zurück zu ihrem Liebsten, oder wer auch immer det is da in Berlin. Bin nich so jut in Schreiben. Deshalb nur kurz: Zwe Männer haben heute Abend nach einer Frau jefracht. Ob die vielleicht hier vorbeijekommen is. Hab nischt jesacht. Die haben noch 'n paar Fragen jestellt, aber dann sind se wieder verschwunden. Mit'm Auto. Konnte det Kennzeichen nich erkennen. Glaube aber war 'n Berliner Auto. Hab noch 'n Paar Schuhe für Se von der Tochter jefunden und 'n bissken Jeld uffn Tisch jelegt. Damit sie loskönnen, wenn Se wollen. Passen Se auf sich uff, Kindchen. Und kommen Se ma heil nach Hause. Wo immer auch det iss.

Anna hadert mit sich. Soll sie jetzt tatsächlich einfach gehen und sich auf den Weg nach Berlin machen? Sie weiß immer noch nicht, wie spät es ist. Falls es mitten in der Nacht ist, wird sie wohl kaum ein öffentliches Verkehrsmittel nach Berlin nehmen können. Außerdem hat sie nicht die geringste Ahnung, wo und wie sie von diesem Hof aus eine Haltestelle oder einen Bahnhof erreicht. Das gilt gleichermaßen für die Beantwortung der Frage, wo eine größere Landstraße oder Autobahn sein könnte. Sie löscht das Licht wieder, verharrt im Dunkeln und lauscht den in ihr widerstreitenden Stimmen und Kräfte.

»Mach dich auf den Weg. Hier kannst du nichts tun.«

»Sei vernünftig und schlaf dich aus. Morgen ist ein neuer Tag.«

»Nimm schnellstmöglich Kontakt mit Alfredo auf. Der ist extrem besorgt.«

»Entspann dich und vertrau darauf, dass Alfredo auf das Gute vertraut.«

»Wenn Menschen oder Dinge sich auf kurze Sicht nicht aufeinander zu bewegen, werden sie auch auf lange Sicht nicht zueinander finden.«

»Die Kräfte der Kohäsion sind stärker als die der Adhäsion. Anziehung und Abstoßung sind ein ungleich starkes Paar.«

»Die Briten werden die Europäische Union verlassen, weil dic Stimmc ihrer nationalen Seele lauter ist als ihr Glaube an die Idee einer Europäischen Union.«

»Die EU ist ein unverrückbarer Fels in der Brandung nationalstaatlicher Kleingeisterei.«

»Der Mensch ist eine Missgeburt der Evolution, die ihn auf mittelalterliche Weise eines Tages gleich einer Hexe auf dem Scheiterhaufen verbrennen wird.«

»Der Mensch ist die Krone der Schöpfung, die versäumt hat den König zu finden, der dieser Krone würdig ist.«

Anna ertappt sich dabei zu schmunzeln. So sehr sie einerseits das in ihr entstehende Spannungsfeld als eine energetische Störung wahrzunehmen beginnt, so sehr freut sich über den Buchstabenquell, der sich aus ihr ergießt.

Fußschritte? Augenblicklich verflüchtigt sich ihr Schmunzeln. Erneut glaubt sie, solche zu hören. Aber hier von dieser Kammer aus? Unmöglich. Hirngespinste! In diesem Moment festigt sich der Entschluss in Anna, auf der Stelle die Rückreise nach Berlin anzutreten. Egal, wie spät es ist. Ganz gleich, wie lange sie braucht. Sie muss in Bewegung kommen. Und diese Bewegung strebt dem Ziel Alfredo entgegen.

Nur wenige Augenblicke später steht sie im vom Mond sanft erleuchteten Innenhof, durchquert ihn und erreicht den Weg, von dem aus sie am Nachmittag in diesen Innenhof eingebogen ist. Ein Blick zum Himmel und ihre Analyse der Mondposition gibt ihr Aufschluss darüber, dass die Nacht nicht mehr lange andauern wird. Wahrscheinlich ist es circa 06:00 Uhr. Die Frage, ob sie den Weg nach rechts oder links einschlagen muss, ist schnell beantwortet. Aus Annas Position steht der Mond auf 20 nach neun. Berlin liegt im Südosten von Plau am See. Demzufolge kommt nur links infrage. War das nicht die Richtung, aus der sie gestern gekommen ist? Zuversichtlich setzt sie einen Fuß vor den anderen und saugt ihre Lungen mit der frischen und leicht feuchten Luft voll.

Nachdem sie bereits eine ganze Weile gelaufen ist, hört sie in einiger Entfernung das Geräusch eines von herannahenden Autos, sieht kurz darauf circa 500 Meter vor sich einen Lichtkegel kurz aufscheinen, fast im selben Moment wieder verschwinden und vernimmt das rasch entfernende Motorengeräusch. Da vorne muss eine größere und befahrenere Straße sein. Erleichtert beschleunigt sie ihre Schritte, als sie die Umrisse eines Autos erkennt, das ungefähr 200 Meter weiter vorne auf der rechten Seite ihres Weges abgestellt worden ist und in dem scheinbar ein verliebtes Pärchen Zärtlichkeiten miteinander austauscht. Vermutlich ist das Pärchen von hier und kennt die örtlichen Gegebenheiten. Anna beschließt, die beiden zu fragen, ob sie sie zum nächsten Bahnhof bringen können. Sie ist voller Hoffnung.

Als sie fast die Höhe des hinteren Kotflügels erreicht hat, öffnen sich schlagartig beide Autotüren, zwei dunkelhaarige Männer springen auf sie zu und verwandeln sie binnen kürzester Zeit in ein am Körper fest verschnürtes und am Mund fest verklebtes Menschenknäuel. Ende des Alleingangs. Anna resigniert, während die beiden Männer sie auf die Rückbank des Autos hieven, den Motor starten und losfahren.

Gottes Gnade

16. Oktober 2008

Garibaldi hat den Pater nach dem Einbruch in dessen Auto und dem kurzen Dreiergespräch im Besprechungsraum des Franklin Verlags in einem nahegelegenen Hotel einquartiert, das Auto des Paters zur Reparatur in eine Werkstatt bringen lassen und Dante gebeten, für einige Zeit alleine bleiben und ein paar Telefongespräche führen zu dürfen. Aus unerklärlichen Gründen hat er sich vorhin im Gespräch mit Dante und dem Pater an das Telefonat erinnert, dass er mit Dante am 17. September geführt hatte. An jenes Telefonat, das er genau in dem Moment geführt hatte, als dieser laut eigener Auskunft im Hotel du Lac in Riva del Garda kurz vor der Vertragsunterzeichnung mit den Autoren stand. Das damalige knackende Geräusch und das leise Atmen, das er in der Leitung zu hören geglaubt hatte, hatte Garibaldi seinerzeit veranlasst, unmittelbar danach die Telefonleitungen des Hotels überprüfen zu lassen. Schändlicherweise hatte er es jedoch bis heute versäumt, sich die Ergebnisse dieser Überprüfung zukommen zu lassen.

Der Oberst wählt ein paar Nummern und verfügt knapp eine halbe Stunde später über die gewünschte Information. Sowohl der Besprechungsraum wie auch das Foyer des Hotels waren verwanzt gewesen. Laut Auskunft seiner Leute hatte es sich um Abhörgeräte eines Typs gehandelt, den der FSB bevorzugt einsetzt. Ob, in welcher Form und von wem das Telefonat mitgehört wurde, hatten seine Leute nicht mehr nachvollziehen können. Gleichwohl vermuteten sie aber, dass auch an allen Telefonen in den Telefonzellen im Erdgeschoss des Hotels Manipulationen vorgenommen worden waren. Die Art der Manipulationen ließen sich zwar nicht mehr exakt bestimmen, aber die Tatsache, dass zahlreiche Fingerabdrücke an der Unterseite der Apparate und im Innenleben gefunden worden waren, deuteten relativ eindeutig darauf hin, so der Bericht. Außer Dante, dem Pater und ihm selbst konnte niemand von dieser Begegnung im Hotel du Lac gewusst haben. Also mussten entweder Dante oder der Pater undicht sein. Einer von beiden muss den Zeitpunkt und Ort der Verabredung an Dritte weitergeleitet haben. Aber warum, mit welchem Ziel? Welches Interesse konnte Dante haben, andere Personen über das Treffen zu informieren? Und der Pater? Garibaldi findet keine zufriedenstellende Antwort auf diese Frage. Aus Perspektive Dritter betrachtet, verhält sich die Angelegenheit allerdings anders. Wenn FSB, VEVAK, die Amerikaner oder der Mossad sich nicht an die vereinbarte Strategie der Umarmung halten, weil sie ihr nicht das erforderliche Vertrauen schenken, dann würde es durchaus einen Sinn ergeben, dass sie ihrerseits versuchen, das Problem auf eigene Rechnung aus der Welt zu schaffen. Wie aber sollten sie an die Kontaktdaten von Dante oder dem Pater herangekommen sein? Er hatte niemanden aus dem Kreis der *Operation Pagina* darüber informiert, wen er selbst in die Umsetzung seiner Strategie involviert hatte. Die Namen, Telefonnummern oder Anschriften seiner Mitstreiter waren nirgendwo elektronisch hinterlegt. Jedenfalls nicht in den von ihm genutzten Endgeräten.

Während der Oberst die verschiedenen Möglichkeiten erwog, erinnerte er sich an einen Dialog, den er vor langer Zeit nach einer erfolgreichen anderen Zusammenarbeit einmal mit dem Pater gehabt hatte. In diesem Dialog hatte ihm der Pater anvertraut, wie sehr er sich wünschen würde, dass es auf dieser Welt kein Gegeneinander mehr, sondern nur noch ein Miteinander geben möge. Er hatte seinen Unmut darüber zum Ausdruck gebracht, dass alle großen Religionen und alle Regierungen ihre eigene Weltanschauung für die einzig richtige halten, anstatt zu schauen, wie man das Beste aus diesen unterschiedlichen Welten zu einem gemeinsamen großen Ganzen zusammenfügt.

Garibaldi erinnert sich auch noch wortgetreu an das Zitat von Kurt Marti, eines Schweizer Pfarrers, das Pater Paolo in diesem Dialog zum Besten gab: *Wo kämen wir denn hin, wenn alle sagten, wo kämen wir denn hin, und niemand ginge, um zu schauen, wohin man käme, wenn man ginge.*

Daraufhin hatte Garibaldi ihn einem spontanen Impuls gefragt: »Wo würden Sie denn als Erstes hingehen, um zu schauen, wohin man käme, Bruder?«

»Dorthin, wo die Sonne aufgeht«, hatte ihm der Pater ebenso spontan geantwortet. »Denn wo das Licht ist, da ist die Erkenntnis.«

Sollte der Pater etwa mit dem FSB zusammenarbeiten und wenn ja, warum? Der Oberst kann sich beim besten Willen keinen Reim darauf machen.

Es klopft an der Tür des Besprechungsraumes und nach seinem barschen »Ja?« öffnet sich die Tür nur gerade so weit, dass Dante seinen Kopf hereinstecken und fragen kann, ob Garibaldi irgendeinen Wunsch hätte.

»Nein. Aber gesellen Sie sich doch ein wenig zu mir, lieber Dante. Ich würde Sie gerne auf meinen gedanklichen Spaziergang einladen und gemeinsam mit Ihnen ein wenig die Gegend erkunden wollen, die sich uns dabei erschließt. Vielleicht sehen wir gemeinsam mehr, als ich das alleine vermag.«

Dante öffnet die Tür einen weiteren kleinen Spalt, bleibt dann aber zögerlich im Rahmen stehen.

»So kommen Sie doch. Setzen Sie sich zu mir und lassen Sie uns miteinander reden.«

Nachdem Dante gegenüber dem Oberst Platz genommen hat, eröffnet dieser unmittelbar den Dialog.

»Lassen Sie mich Ihnen ohne große Umschweife eine sehr direkte Frage stellen, Dante: Welches Interesse könnte der Pater Ihrer Meinung nach haben, mit einer der anderen Geheimdienstorganisationen zusammenzuarbeiten?«

Mit gerunzelter Stirn antwortet Dante zögerlich: »Ich habe keine Ahnung, Oberst. Wie kommen Sie auf die Idee, dass Pater Paolo, ich meine, haben Sie nicht gesagt, dass Sie ihn für diese Operation ausgewählt haben, weil Sie mit ihm schon zahlreiche gute Erfahrungen gemacht haben?«

»Das ist vollkommen richtig. Und hätte ich auch nur die geringsten Zweifel an seiner Loyalität gehabt, wäre es jemand anderes geworden. Obgleich es sich hier auf besondere Weise glücklich fügte, dass ausgerechnet Paolo in der Nähe der beiden Autoren lebt.«

»Und warum jetzt diese Zweifel und der offensichtlich konkrete Verdacht?«

»Dante. Ich habe Ihnen eine Frage gestellt. Und ich möchte Sie höflichst bitten, diese zu beantworten. Danke!«

»Sie haben mich gefragt, welches Interesse der Pater haben könnte, mit einer der anderen Geheimdienstorganisationen zusammenzuarbeiten. Über diese Frage müsste ich erst einmal ein wenig nachdenken. Sie überraschen mich damit, Oberst.«

»Überraschung und Verwunderung sind der Anfang des Begreifens, mein Lieber. Das jedenfalls besagt eine chinesische Redewendung. Ich möchte allerdings kein langes Nachdenken in Ihnen auslösen, sondern eine spontane Antwort aus Ihnen herauslocken.«

Dante zögert.

»Geld? Nein. Geld schließe ich aus. Anerkennung? Auch nicht. Die bekäme er im Falle einer erfolgreich zu Ende gebrachten *Operation Pagina* vom Heiligen Stuhl vermutlich mehr als von jeder anderen Einrichtung dieser Welt.«

Garibaldi unterbricht Dante unwirsch: »Es dauert mir zu lange, wenn Sie nach dem Ausschlussprinzip vorgehen. Was könnte er für einen Grund haben, habe ich gefragt und nicht, welche Gründe wahrscheinlich nicht infrage kommen.«

»Eigentlich kann ich mir nur einen Grund vorstellen.«

Garibaldi richtet sich auf und sieht Dante mit fragendem Blick auffordernd an.

»Der Pater will, dass das Manuskript veröffentlicht wird. Das ist das Einzige, was mir spontan einfällt.«

»Das führt uns zu zwei weiteren Fragen. Erstens: Warum sollte er das wollen? Und zweitens: Welche andere Geheimdienstorganisation könnte an einer Veröffentlichung interessiert sein?«

Dante denkt einen Moment nach. Für Garibaldi einen Moment zu lange, deshalb nutzt er Dantes Nachdenklichkeit dafür, seine eigenen Gedanken in Worte zu kleiden.

»Für Letzteres kommen aus meiner Sicht eigentlich nur die Amerikaner infrage. Meiner Einschätzung nach träumen die einflussreichen Kräfte dieser Nation unverbesserlich den Traum, die alles und alle beherrschende Großmacht auf dieser Welt zu werden. Nichts eint ein Team oder eine Nation so sehr wie ein gemeinsamer Feind. Mit dem Verlust der Front des Kalten Krieges im Jahr 1990 fiel das argumentative Gebäude für eine konsequente Aufrüstung wie ein Kartenhaus in sich zusammen. Das Ende des Kalten Krieges hat die Amerikaner praktisch kalt erwischt. Dafür hatten sie zunächst keinen Plan B. Es wird eine ganze Weile dauern, bis sie in anderen Teilen dieser Welt erfolgreich Brandherde gelegt und die entsprechenden Kräfte mit genügend Knowhow, Geld und Material ausgestattet haben, bis diese neue Krisen verursachen, die den Amerikanern gelegen kommen und ihnen die Möglichkeit geben, ihren Einfluss auszuweiten. Denken Sie nur an die Terroranschläge in den USA im September 2001. Denken Sie an Afghanistan, denken Sie an die Taliban.«

»Verzeihen Sie, Oberst, dass ich Sie unterbreche. Und verzeihen Sie bitte auch meine folgende Formulierung: Sind das Ihre persönlichen und an Verschwörungstheorien erinnernden Fantasien oder gibt es irgendwelche Indizien oder gar handfeste Beweise für das, was Sie da gerade ausgeführt haben?«

»Mein lieber Dante: Seit mehr als 30 Jahren bin ich Chef der Schweizergarde. In diesen drei Jahrzehnten sind mir die unglaublichsten Dinge zu Ohren gekommen. Dinge, gegen die die düstersten Verschwörungstheorien die Qualität eines schlechten Dreigroschenromans haben.«

»Das eine oder andere Beispiel würde mir helfen, Sie besser zu verstehen, Oberst.«

»Nein. Ich will und werde Ihnen jetzt keine Beispiele liefern. Lassen Sie uns einfach ein wenig weiter fantasieren, Dante. Die Frage ist, wo ließen sich am ehesten neue, den amerikanischen Interessen zuträgliche Brandherde legen? Fakt ist, dass wir das Jahr 2008 schreiben. Die Anzahl der Krisen und Kriege auf dieser Welt hat mittlerweile wieder ein Ausmaß angenommen, dass wir zuletzt vor vier bis fünf Jahren hatten. Nur Anfang der Neunzigerjahre hat es noch mehr gravierende Konflikte gegeben. Einige Hamburger Wissenschaftler behaupten, dass die Vereinigten Staaten eine erhebliche Mitschuld an dieser Entwicklung haben. Weltweit finanzieren die Amerikaner fast die Hälfte aller Militärausgaben. Auch bei der Präsenz von Truppen im Ausland liegen sie vorn. Nach unseren Einschätzungen kommen in der aktuellen politischen Weltlage am ehesten Krisen infrage, die durch religiöse Fanatiker verursacht werden. Und hier scheinen uns zuallererst bestimmte Kräfte des Islam in diesem Sinne mobilisierbar zu sein. Nehmen wir einmal an, es kommt zu islamistischem Terror oder sogar Kriegen im Orient. Dadurch würde vermutlich ein größerer Flüchtlingsstrom oder sogar regelrechte Völkerwanderungen vom Orient in Richtung Okzident ausgelöst werden. Was würde Ihrer Meinung nach in Europa geschehen?«

»Vermutlich würde es zu Unstimmigkeiten zwischen den verschiedenen Ländern der Europäischen Union kommen, weil eine Völkerwanderung die Frage aufwerfen würde, welches Land wie viele Menschen aufnimmt. Schließlich ist die Aufnahme von Flüchtlingen mit erheblichen Anstrengungen und Aufwänden verbunden. Sowohl auf sozialer wie auch auf wirtschaftlicher Ebene.«

»Und dann? Was wäre dann die Folge für die gesamte Europäische Union?«

»Oberst. Ich bin kein Wahrsager. Außerdem mangelt es mir an jeglicher politischer Kompetenz. Woher soll ich das wissen? Ich bin ein treuer Diener des Heiligen Stuhls, der sich bemüht mit einem kleinen Verlag in der Domstadt Köln einen Beitrag zum gemeinsamen Vermögen der katholischen Kirche zu leisten und obendrein sein eigenes bescheidenes Einkommen zu verdienen. Sagen Sie mir, was die Folge für die Europäische Union sein wird.«

»Zunächst will ich noch etwas Nachhilfe bezüglich Ihres politischen Sachverstandes leisten, mein lieber Dante. Wenn Regierungen irgendwo Unruhe stiften oder gar Kriege anzetteln, dann entwerfen sie sehr detaillierte Szenarien, welche Folgen diese Unruhen haben könnten. Im Rahmen dieser Szenarien wird auch darüber nachgedacht, wie und wohin sich eventuelle Flüchtlingsströme ergießen, die eine der Folgen der jeweiligen Unruhe sein könnten. Im Falle religiös motivierter Kriege im Orient, da sind sich die entsprechenden Experten weltweit einig, werden die Flüchtlinge versuchen, den europäischen Kontinent zu erreichen.«

»Gestatten Sie eine Zwischenfrage, Oberst?«

»Jederzeit, Bruder. Nur zu.«

»Denken Sie noch daran, dass Sie mir eigentlich erklären wollten, warum Pater Paolo vielleicht auch für die Amerikaner arbeiten könnte.«

»Gemach, Herr Verleger. Sollten sich tatsächlich Millionen von Flüchtlingen auf den Weg nach Europa machen, wird es Länder geben, an deren Küsten die Flüchtlinge landen. Manche werden dort bleiben, wo sie angekommen sind. Andere werden andere Länder aufsuchen. Ganz gleich, wo sie bleiben oder wohin sie wollen. In den seltensten Fällen werden sie die Sprache des jeweiligen Landes sprechen. Insofern wird auch eine Integration in die jeweiligen, trotz aller europäischen Ambitionen immer noch national geprägten Gesellschaftsstrukturen mindestens eine, wahrscheinlich zwei oder gar drei Generationen dauern. Bis dahin muss die jeweilige nationale Solidargemeinschaft für das Überleben dieser Menschen in irgendeiner Form sorgen. Das ist natürlich auch jedem Regierungsverantwortlichen völlig klar. Ebenso wie die Tatsache, dass aufgrund der nur allmählich vollziehbaren Integration der Flüchtlinge soziale Konflikte entstehen werden. Die Kriminalitätsrate wird steigen. Ausländerfeindlichkeit nimmt zu. All das lässt sich relativ klar vorhersehen. Deshalb wird zunehmend Uneinigkeit darüber herrschen, welches Land wie viele Flüchtlinge aufnehmen will und wird. Nationalistische Stimmen werden lauter. Die Sinnhaftigkeit der Europäischen Union wird von mehr und mehr europäischen Bürgern infrage gestellt. Von vermeintlichen europäischen Bürgern. Tatsächlich müssen wir nämlich feststellen, dass die Menschen in ihren Ländern im tiefsten Inneren ihres Herzens Engländer, Italiener, Deutsche und so weiter geblieben sind. Nationen werden aus der Europäischen Union austreten. Das macht das Gesamtkonstrukt instabil. Und eine Großmacht wie die Amerikaner gewinnen verstärkt an Macht und Einfluss.«

»Das erinnert mich an die alten Römer.«

»Wie meinen Sie das?«

»Erst kürzlich habe ich einen dicken Wälzer mit dem Titel *Die Chronik der Deutschen* gelesen, nein, ich sollte besser sagen durchgearbeitet.«

»Ja?«

»Na ja, und da habe ich gelesen, dass die Römer im Rahmen ihrer Fehden mit den Galliern darauf spekuliert haben, dass sich diese aufgrund von Völkerwanderungen und ihrer internen Zwistigkeiten sich selbst so dezimieren, dass es den römischen Herrschern ein Leichtes sein wird, die Gallier im Zaum zu halten, die Grenzen des eigenen Imperiums zu sichern und es sukzessive auszuweiten.«

»In der Tat. So steht es in den Geschichtsbüchern. Kaiser Konstantin der Große hat sich auf diese Strategie verlegt. Und seine Rechnung ist tatsächlich auch aufgegangen.«

»Bauen Sie mir jetzt bitte noch die Brücke zu Pater Paolo, Oberst? Sonst verliere ich völlig den Faden.«

»Mache ich, Dante. Nehmen wir einmal an, die Amerikaner haben dem Pater ein nennenswertes Sümmchen in Aussicht gestellt, wenn er das gesamte Manuskript an sie ausliefert, mit der Absicht es zu veröffentlichen, dann könnte dies in Paolos Sinne sein.«

»Diesen Gedanken kann ich nicht so recht nachvollziehen.«

»Nun. Wie Sie, mein lieber Dante, bin ich der Meinung, dass Geld kein wirkliches Motiv für Paolo darstellt. Bleibt also das Motiv, dass er das Manuskript gerne veröffentlicht sehen würde.«

»Warum in Gottes Namen sollte er das wollen?«

»Vielleicht weil er sich zu Höherem berufen fühlt und mittels der durch ihn ermöglichten Veröffentlichung des Manuskripts glaubt, einen Beitrag zum Weltfrieden leisten zu können?«

»Könnte er nicht die gleichen Überlegungen anstellen, wie Sie sie gerade ausgeführt haben, Oberst? Dann müsste ihm doch eigentlich klar sein, dass er mit einer Veröffentlichung des Werkes schlimmstenfalls zum genauen Gegenteil beiträgt.«

»Nun, bei aller intellektuellen Redlichkeit, die ich unserem Paolo unterstelle, glaube ich, dass es ihm an den für diesen umfassenden Blick notwendigen Kenntnissen und Einsichten mangelt.«

»Da haben der Pater und ich ja etwas gemeinsam. Und wie gedenken Sie jetzt vorzugehen?«

»Ehrlich gesagt, habe ich noch keine Idee. Außerdem gibt es etwas, was nicht zu meinen Überlegungen passt.«

»Darf ich fragen, was?«

»Als Sie sich mit den beiden Autoren im Hotel du Lac in Riva getroffen und wir miteinander telefoniert haben, wurde das Telefonat abgehört.«

»Es wusste doch niemand, dass ich mich dort mit den beiden Autoren treffe, geschweige denn, dass ich von dort aus mit Ihnen telefoniere.«

»Das stimmt. Außer Ihnen und dem Pater wusste das niemand. Es sei denn, einer von Ihnen beiden hat Dritte vorher darüber informiert.«

»Sie glauben doch nicht allen Ernstes, Oberst, dass ich …?«

»Nein«, unterbricht Garibaldi ihn, »und Ihre Reaktionen in unserem bisherigen Gespräch schließen Sie als undichte Stelle für mich auch völlig aus.«

»Ich hatte noch zwei Verlagsmitarbeiterinnen dabei. Signora Appollini, unsere Cheflektorin, und Frau Häusler, die Marketingleiterin des Verlags.«

»Wann haben die erfahren, wo das Treffen mit den Autoren stattfinden wird?«

»Auf dem Weg zum Hotel im Auto.«

»Also scheiden die Damen als Informanten aus. Demzufolge bleibt nur noch unser Pater übrig.«

»Und was genau passt jetzt nicht zu Ihren Überlegungen, Oberst?«

»Die Tatsache, dass das von unseren Leuten im Hotel du Lac entdeckte Abhörmaterial typische Gerätschaften des FSB war.«

»Das stimmt.«

»Was stimmt?«

»Dass das nicht zu den Überlegungen passt, die Sie gerade eben ausgeführt haben. Könnte denn auch den Russen etwas an einer Veröffentlichung des Manuskripts liegen?«

»Nun, Putin leidet seit dem Zerfall des ehemaligen russischen Reichs darunter, dass die heutige Russische Föderation in ihrem territorialen Ausmaß geschrumpft ist. Wenn er könnte, würde er das Russische Reich sicher gerne in seiner alten Größe und in neuem Glanz auferstehen lassen. Aber da er nach zwei Amtszeiten im Mai diesen Jahres nun erst einmal als Präsident zurücktreten musste, wird ihn das in seinen diesbezüglichen Bemühungen zumindest vorübergehend bremsen. Auch wenn Dmitri Medwedew nur eine seiner politischen Marionetten ist. Er wird zumindest temporär nicht mehr an der vordersten Front schalten und walten, sondern aus dem Hintergrund agieren müssen. Und das wird die Prozesse erst einmal verlangsamen.«

»Das beantwortet mir aber meine Frage nicht, verehrter Oberst, ob den Russen auch an der Veröffentlichung des Manuskripts etwas liegen könnte.«

»Natürlich würde das auch den Russen in die Karten spielen. Denn nach unseren bisherigen Kenntnissen der Buchinhalte entlarven die Autoren die verlogene und kriegstreibende Außenpolitik der Amerikaner. Außerdem würde eine Destabilisierung der Europäischen Union Putin und seinen Gefolgsleuten die Sache erleichtern.«

»Welche Sache?«

»Sich sukzessiv wieder zu einer Nation zu entwickeln, die auf der weltpolitischen Bühne neben China und den USA ein gewichtiges Wörtchen mitzureden hat.«

»Wissen Sie, was mich seit dem Beginn der *Operation Pagina* beschäftigt, Oberst?«

»Sie werden es mir sicher gleich anvertrauen, Dante.«

»Bei allem Respekt den an dieser Operation Mitwirkenden gegenüber, aber ...«

Dante unterbricht sich selbst und rutscht verlegen auf seinem Stuhl herum.

»Raus mit der Sprache, Dante. Wir sind unter uns.«

»Wir sprechen über ein Buch. Jahr für Jahr werden allein in Deutschland rund 60.000 Werke in den verschiedenen Verlagen veröffentlicht. Selbst das weltweit erfolgreichste Belletristik-Buch, *Der Name der Rose* von Umberto Eco wurde nur rund 50 Millionen Mal verkauft. Das bedeutet, dass weniger als ein Prozent der Weltbevölkerung dieses Buch gekauft hat. Der Anteil derer, die es auch gelesen haben, ist wahrscheinlich noch geringer. Warum solch ein Aufwand wegen eines Buches, von dem noch nicht einmal klar ist, ob es überhaupt jemals im Sinne eines Bestsellers erfolgreich wird. Was soll schon ein Buch bewirken, das vielleicht gerade mal ein halbes Prozent der Menschheit lesen wird. Warum dieser ganze Aufwand?«

»Sie dürfen nicht vergessen, dass Eco seinen Roman erst im Jahr 1980 veröffentlicht hat. Er beschreibt eine Passage des Mittelalters. Streng genommen dreht es sich in diesem Buch lediglich um einen Streit zwischen dem Orden der Franziskanermönche und dem Papst.«

»Man könnte auch sagen, dass Eco eine philosophische Abhandlung in den Mantel eines Kriminalromans gehüllt hat, dessen Zentrum eben eine mittelalterliche Benediktinerabtei ist.«

»Welchem Genre wir diesen Roman auch zuschreiben, das Buch ist erst vor 28 Jahren veröffentlicht worden und hat 50 Millionen Menschen erreicht. Im Vergleich dazu, mein lieber Dante, darf ich Sie daran erinnern, dass von der Bibel circa zweieinhalb Milliarden Exemplare, vom Koran rund 800 Millionen, vom Kommunistischen Manifest 500 Millionen und von der Mao-Bibel circa ein- bis anderthalb Milliarden Exemplare verkauft wurden. Die Bibel hat dafür knapp 2.000 Jahre gebraucht, das Manifest von Karl Marx nicht einmal 200. Und das in Zeiten, in denen es noch kein

Internet gab. Die Verbreitung solcher Schriften ist heute in viel kürzerer Zeit in exponentiell steigender Auflagenhöhe möglich. Das scheinen sie vergessen zu haben.«

»Nein. Das ist mir als Verleger natürlich bewusst. Und davon lebt der Franklin Verlag ja auch ein Stück weit. Aber ob das Buch unserer beiden Autoren jemals von der Weltöffentlichkeit wahrgenommen werden wird, steht trotzdem in den Sternen. Insofern verstehe ich den ganzen Aufwand, der mit der *Operation Pagina* verbunden ist, nicht. Dabei bleibe ich.«

»Sie können bleiben, wobei Sie wollen, Dante. Hauptsache, wir finden gemeinsam die undichte Stelle. Und für den Fall, dass wir den Pater als diese entlarven, wünsche ich ihm einfach nur Gottes Gnade.«

Angekommen

16. Oktober 2008

Die hintere Tür des Fahrzeugs öffnet sich, ein unbekannter Mann beugt sich zu Anna herunter und entfernt behutsam das Gafferband, das ihr die beiden Männer in Plau über den Mund geklebt haben. Anna hat sich kurz, nachdem die beiden sie auf die Rückbank gelegt haben, mittels einer Tiefenentspannung in den Schlaf befördert und die gesamte Fahrt über nichts wahrgenommen. Jedenfalls nicht bewusst. Die Fahrt scheint offenbar in diesem Moment beendet zu sein. Sie sieht den Mann fragend an.

»Sie sind in Sicherheit, Anna. Und bitte entschuldigen Sie die unbequeme Rückreise von Plau am See hierher. Aber unsere Männer hatten die Anweisung, Sie ohne jegliche Konversation zurück nach Berlin zu bringen. Dort sind Sie jetzt. Ich würde Sie gerne noch kurz von den Fesseln an Ihren Fuß- und Handgelenken befreien und Sie dann gerne zu mir ins Büro fahren, das nur einige Autominuten entfernt ist. Dort werde ich Ihnen alles Weitere erklären. Sie werden bereits sehnsüchtig erwartet. Alfredo ist dort und freut sich, Sie mehr oder weniger wohlbehalten in seine Arme schließen zu können.«

Ibrahim hatte Alfredo nach der gemeinsamen Fahrt von Kremmen zurück nach Berlin in die Carmerstraße zu Annas Wohnung gefahren und ihm versprochen, dass er sich bei ihm melden würde, sobald es Neuigkeiten gäbe. Noch am selben Abend, knapp zwei Stunden später, rief er ihn an und teilte ihm mit, dass seine Leute Anna gefunden hatten. Es bedurfte einiger Überredungskünste seitens Ibrahims, Alfredo davon abzuhalten, sofort aufzubrechen und zu Anna zu fahren. Schließlich willigte Alfredo ein, die Nacht in Berlin zu verbringen und seinen nächsten Anruf abzuwarten.

Als er am nächsten Morgen um kurz nach fünf die Gewissheit hatte, dass es sich bei der gefundenen Frau um Anna handelt, bat er sofort Alfredo zu sich in den Verlag, um Anna dort gemeinsam in Empfang zu nehmen. Anschließend fuhr er mit seinem Saab zu dem vereinbarten Übergabeort in der Wasserwerkstraße in Berlin-Spandau. Hier konnte er sich nun mit eigenen Augen davon überzeugen, dass seine Leute gute Arbeit geleistet und Anna gesund zurück nach Berlin gebracht hatten.

Geduldig lässt sich Anna das Gafferband von den Fuß- und den Handgelenken entfernen.

»Sie sind Ibrahim, der Verleger, dessentwegen ich nach Berlin gereist bin, nicht wahr?«

»Ja, der bin ich. Wie kommen Sie darauf?«

»Weil außer Ihnen und Alfredo eigentlich niemand wissen kann, dass ich mich in Berlin aufhalte. Ich habe nur noch nicht so richtig verstanden, was der Zwischenfall zu bedeuten hat. Es wird wohl kaum einer Ihrer Verlagsmitarbeiter gewesen sein, der mich da in diesen Schuppen nach Plau gebracht hat. Ich kann mir da bislang keinen Reim drauf machen.«

»Nun kommen Sie doch bitte erst einmal aus diesem Auto raus und steigen Sie bei mir ein. Mein Fahrzeug steht da drüben.«

»Wie spät ist es und in welchem Teil Berlins befinden wir uns?«, will Anna wissen.

»Es ist circa halb sechs. Wir befinden uns in Berlin-Spandau, nahe der Stadtgrenze zu Falkenhöh. Und wir fahren jetzt ungefähr noch 20 bis maximal 30 Minuten bis zu meinem Verlag.«

Anna rutscht auf der Rückbank zur Autotür, nimmt Ibrahims ausgestreckte Hand, zieht sich an dieser aus dem Auto raus und streckt erst einmal ihre Glieder, die durch die längere gekrümmte Haltung auf der Rückbank des Autos leicht schmerzen. Schweigend begleitet Ibrahim sie zu seinem Auto, öffnet ihr die Beifahrertür und bittet sie höflich, fast galant, es sich bequem zu machen.

Die Straßen Berlins sind leer. Offensichtlich hat der Berufsverkehr noch nicht eingesetzt. Während der tatsächlich nur knapp 20 Minuten währenden Fahrt teilt Ibrahim ihr die aus seiner Sicht für den Augenblick wichtigsten Informationen mit. Anna weiß jetzt um die Doppelrolle Rosenbergs als Verleger und Mitarbeiter des Mossad. Intuitiv hält sie sein Interesse an der Veröffentlichung ihres Manuskripts für ehrlich. Sie glaubt ihm auch, dass er sie und Alfredo tatsächlich vor den Übergriffen Dritter schützen will. Die gesamte Fahrt über schweigt sie und hört aufmerksam zu.

Als Rosenberg das Auto auf einen Parkplatz manövriert, den Motor des Saab ausgeschaltet, den Schlüssel aus der Mittelkonsole gezogen hat und sie mit wachsamen und warmen Augen anblickt, öffnet sie die Tür und sagt: »Ich vertraue Ihnen, Ibrahim. Bringen Sie mich jetzt zu Alfredo, bitte.«

Rosenberg öffnet seine Tür ebenfalls und beide steigen gleichzeitig aus. Anna bleibt an der geschlossenen Autotür stehen und sieht Rosenberg über das Fahrzeugdach hinweg an.

»Und ich danke Ihnen. Sehr.«

»Meine Güte. Gott bin ich froh, dass du da bist! Jetzt wird alles gut.«

Innig umarme ich Anna, drücke sie eine gefühlte Ewigkeit behutsam und zugleich kraftvoll an meinen Körper. Eine wohlige Wärme durchströmt mich, während sie die Augen schließt und große, schwere Tränen über ihre Wangen kullern.

»Ich lasse Sie jetzt erst mal alleine. Hier steht ein Telefon. Wählen Sie bitte einfach die 106, wenn Sie so weit sind und wir das weitere Vorgehen besprechen können. Es gibt einiges, das es zeitnah zu klären gilt. Aber bitte lassen Sie sich die Zeit, die Sie für Ihr Wiedersehen brauchen. Hier sind Sie in Sicherheit.«

Ibrahim verlässt den Besprechungsraum, ohne eine Reaktion abzuwarten, und überlässt Anna und mich uns selbst.

Wir verharren noch eine ganze Weile in dieser Haltung, bis Anna sich schließlich aus meiner Umarmung löst, mich an beiden Händen fasst und zu den nächstliegenden Stühlen zieht. Ohne meine Hände loszulassen, setzt sie sich und lädt mich ohne Worte ein, es ihr gleichzutun. Sie erzählt detailliert und geradezu minutiös, was seit ihrer Abreise aus Albisano geschehen ist. Währenddessen wird sie immer wieder von Weinkrämpfen heimgesucht, die auch meine tröstenden Umarmungen nicht stoppen können. Als Anna mit ihren Erzählungen bei den Stunden der Dunkelheit im Schuppen in Plau am See angelangt ist und das männliche Glied ihres Entführers beschreibt, spüre ich eine leichte Erregung in meinem Unterleib. Ich schäme mich.

»Was ist? Hätte ich dir diese Situation dort nicht so detailliert beschreiben sollen?«

»Doch, doch. Ich möchte jede Einzelheit wissen. Aber du kannst dir vielleicht vorstellen, dass es mir nicht so gefällt, wenn du mir beschreibst, wie du an einem anderen männlichen Glied herumgefingert hast«, lüge ich.

»Ich glaube ja eher, dass dich diese Beschreibung erregt hat«.

»So ein Blödsinn«, reagiere ich Entrüstung vortäuschend. »Vielmehr frage ich mich, was das mit dir gemacht hat. Was davon bleibt. Was wird es in dir und mit dir anrichten? Und wie wird es sich auf unser Sexleben auswirken, das ja ohnehin in letzter Zeit irgendwie deutlich an Intensität eingebüßt hat.«

In dem Moment, in dem ich den letzten Halbsatz ausgesprochen habe, schäme ich mich auch schon für ihn. Zutiefst.

Wie kann ich nur so wenig empathisch sein? Anna ignoriert es Gott sei Dank.

»Weißt du, Alfredo. Das Schlimmste daran war diese schreckliche Hilflosigkeit. Dieses Ausgeliefert sein. Irgendwann hat sich auch die nackte Angst meiner bemächtigt. Das war furchtbar. Und ich habe es zunächst auch nicht geschafft, mich zu regulieren, meine Gefühle zu kontrollieren.«

»Wenn du sagst ›zunächst‹, heißt das ja, dass du es dann doch irgendwann geschafft hast. Wie und wodurch?«

»Der entscheidende Moment war, dass ich irgendwann erkannt habe, dass dieser Mensch und ich, dass wir uns vor vielen Jahren schon einmal begegnet sind.«

»Hattest du mal was mit ihm?«, will ich wissen.

»Alfredo! Nein. Er hatte mich vor über 2.000 Jahren schon mal in seiner Gewalt. Und plötzlich kam mir die Erinnerung, dass es mir nur helfen würde, wenn ich spreche, wenn ich ins Gespräch mit ihm komme und im Dialog mit ihm bleibe. Als ich damit begann und er darauf einging, kam meine mentale Kraft zurück.«

»Wieder war es die Sprache. Was für ein machtvolles Instrument«, reagiere ich für einen kurzen Moment voller Zuversicht an unser Buchprojekt denkend.

Anna setzt ihre Berichterstattung bis zu dem Moment fort, in dem die beiden schwarzhaarigen Männer sie als menschliches Bündel auf die Rückbank des Autos verfrachtet haben.

»Und dann ist da noch etwas. Etwas wirklich Wichtiges, das ich dir in diesem Moment gerne anvertrauen möchte, Alfredo.«

»Ich weiß nicht, ob ich das jetzt auch noch aushalte.«

»Ich glaube vielmehr, dass es dir sogar gefallen wird, dass ich es dir mitteile. Es ist nämlich die Antwort auf eine Frage, die du mir schon einmal gestellt, aber keine Antwort bekommen hast. Und danach hatte ich dich gebeten, sie mir nie wieder zu stellen.«

»Du meinst die Frage nach deiner Beziehung zu diesem Samuel Mahrenholz?«

Anna blickt mich überrascht an.

»Was überrascht dich jetzt so sehr?«

»Die Tatsache, dass dieses Thema bei dir so präsent ist und du es sofort auf dem Radar hast. Das überrascht mich. Aber eigentlich überrascht es mich auch nicht. Ja, diese Frage meine ich. Alfredo.«

»Na dann, spann mich nicht länger auf die Folter.«

»Vor längerer Zeit habe ich dir einmal erzählt, dass ich aufgrund eines größeren Erbes keinerlei finanzielle Nöte habe. Du erinnerst dich?«

»Ja, ich glaube ja.«

»Vielleicht erinnerst du dich dann ja auch daran, dass Dante uns seinerzeit erzählt hat, dass der Inhaber des Franklin Verlags mit einer deutlich jüngeren Frau zusammenlebte, der er einen beträchtlichen Teil seines Vermögens vermacht hatte.«

»Ja, daran erinnere ich mich sogar sehr genau. Denn als er dann den Namen Samuel Mahrenholz aussprach, wirktest du wie vom Blitz getroffen.«

»Verstehst du, Alfredo?!«

»Du bist diese ...?«, stammele ich, unfähig den Satz zu Ende zu formulieren.

»Ich bin diese junge Frau, genau. Und frag jetzt bitte nicht, warum Samuel mir nicht schon zu Lebzeiten geholfen hat, meine Gedanken in Buchform zu bringen und zu veröffentlichen. Das ist schnell erklärt: Was damals an Texten existierte, war noch in einem Stadium, das einfach nicht veröffentlicht werden konnte. Dazu mussten wir uns erst begegnen, damit das daraus werden konnte, was inzwischen daraus geworden ist.«

»Und warum bitte hast du ein solches Geheimnis draus gemacht?«

»Ich hatte einfach das Gefühl, dass sich etwas zwischen uns stellen könnte, wenn du es wüsstest.«

Anna und ich sehen uns eine gefühlte Ewigkeit schweigend an. Unterbrochen wird dieses Schweigen von einem leisen Klopfen an der Tür.

»Anna, Alfredo? Darf ich mich wieder zu Ihnen gesellen?«, ertönt von draußen die Stimme Rosenbergs.

»Ja, kommen Sie nur rein, Ibrahim. Wir möchten gerne mit Ihnen reden.«

Rosenberg folgt Annas Aufforderung und kommt in das Besprechungszimmer seines Büros zurück.

»Möchten Sie etwas trinken? Soll ich Ihnen ein kleines Frühstück besorgen lassen? Einen Espresso oder Ähnliches kann ich Ihnen sofort machen. Das mit dem Frühstück wird allerdings noch ein wenig dauern. Meine Assistentin kommt erst in circa einer Stunde ins Büro. Sie kann ich dann aber etwas mitbringen lassen, wenn sie mögen.«

»Vielen Dank, Ibrahim. Einen Espresso nehme ich gerne. Aber ich für meinen Teil habe im Moment keinen Appetit. Und du, Anna?«

»Ja. Bitte auch gerne einen Espresso. Am liebsten einen Doppelten und ein großes Glas stilles Wasser, wenn es möglich ist. Und wenn Ihre Mitarbeiterin später ein oder zwei frische Croissants mitbringt, wäre ich Ihnen dankbar.«

»Ja, Croissant ist eine gute Idee. Da würde ich mich doch auch anschließen«, füge ich noch schnell hinzu, bevor Rosenberg das Besprechungszimmer wieder verlässt.

»Was willst du mit ihm reden, Anna?«

»Ich kann dir nicht erklären, warum, Alfredo, aber ich vertraue diesem Ibrahim. Es interessiert mich, was er mit uns zeitnah klären will, wie er vorhin angedeutet hat. Was denkst du, worum es dabei geht?«

»Ich denke, dass ihm in erster Linie darum geht, wie er an das vollständige Manuskript herankommt. Und dann wird er mit uns die Konditionen klären wollen. Was glaubst du?«

»Mein Gefühl sagt mir, dass er uns in erster Linie über die Gefahren aufklären wird, denen wir aktuell ausgesetzt sind. Und er wird uns einen Vorschlag unterbreiten, wie und wo er uns in Sicherheit bringen kann. Und ja, natürlich wird er dann auch über das Buch und dessen Veröffentlichung mit uns sprechen wollen. Ja, das glaube ich auch. Aber primär geht es ihm um unsere Sicherheit.«

»Nun, wir werden es wohl gleich erfahren. Bist du gar nicht müde? Kein bisschen erschöpft?«

»Nein, Alfredo. Im Moment bin ich einfach nur dankbar darüber, wieder bei dir zu sein und mich tatsächlich sicher zu fühlen.«

»Und ich bin dir dankbar, dass du dich mir endlich anvertraut hast. Und nein, es steht nichts zwischen uns, nur weil dein Samuel Mahrenholz ehemaliger Eigentümer gleich beider Verlage war, die sich aus unterschiedlichen Gründen um unser Manuskript bemühen. Irgendwie inspiriert es mich sogar.«

Ibrahim kommt mit zwei Espressi und zwei großen Wassergläsern zurück in den Besprechungsraum und stellt die Getränke auf dem Tisch ab.

»Meine Assistentin habe ich gerade eben angerufen. Sie kommt heute etwas früher und bringt Ihnen die gewünschten Croissants mit.«

»Vielen Dank«, antwortet Anna, zieht ihren doppelten Espresso und ein Glas Wasser zu sich heran und trinkt das Glas Wasser in einem Zug aus.

Ibrahim kommt zu uns auf die Seite des Tisches, dreht einen Stuhl zu uns um und setzt sich.

»Und jetzt? Was machen wir jetzt?«, will ich wissen.

»Sie haben wirklich großes Glück gehabt. Der vom VEVAK auf Sie angesetzte Mann war offensichtlich schlecht ausgebildet. Was auch immer ihn veranlasst haben mag, so lange mit ihrer Ermordung zu warten ... unter normalen Umständen wären Sie längst nicht mehr unter den Lebenden, Anna. Und offensichtlich haben ihn seine Beobachter auch erst einige Zeit, nachdem er sich von Ihnen entfernt hat, ausfindig gemacht. Sonst hätten die ihn nicht nur hingerichtet, sondern erst noch seinen unerledigten Auftrag zu Ende geführt.«

»Warum soll ich umgebracht werden? Wer steckt dahinter?«, will Anna wissen.

»Insgesamt sind fünf Organisationen in diese Operation involviert.«

»Wer sind diese Organisationen?«, hakt Anna nach.

»Die Katholische Kirche, die Amerikaner, die Russen, der irakische Geheimdienst und die israelische Organisation, von der ich bezahlt werde, wie ich ja vorhin schon während der Fahrt von Spandau hier in mein Büro erzählt habe.«

»Sie meinen den Mossad?«

»Genau.«

»Und was ist das für eine Operation, wie Sie es nennen?«

»Es geht darum, die Veröffentlichung Ihres Buches zu verhindern.«

»Aber Dante will es doch veröffentlichen? Und der Franklin Verlag hat uns bereits einen beträchtlichen Vorschuss überwiesen«, wende ich nun meinerseits ein.

»Das ist richtig. Die Kirchenleute nennen das die Strategie der Umarmung.«

»Was ist darunter zu verstehen?«, will ich wissen.

»Das bedeutet, dass man das gesamte Manuskript sicherstellen und anschließend unter Verschluss nehmen will.«

»So, wie die Kirche es mit dem Qumranrollen schon einmal versucht hat?«

Anna verbindet ihr Nachfragen mit einem an mich adressierten Blick, den ich so interpretiere, Ibrahim erst einmal weiter erzählen zu lassen.

»Ja. So in etwa. Und alle vorhin genannten Organisationen haben sich darauf geeinigt, selbst nichts weiter zu unternehmen und die Mitarbeiter der Kirche gewähren zu lassen. Nach den Informationen unserer Leute sind die Einzigen, die sich an diese Vereinbarung zu halten bereit sind, die Amerikaner. Bislang haben die sich völlig herausgehalten und beobachten das Geschehen aus der Ferne. Die Iraner würden Sie am liebsten erst aus dem Weg räumen, Anna, und dann das Manuskript vollumfänglich aufspüren und vernichten. Unsere Leute verfolgen im Grunde das identische Ziel. Aber sie wissen um die Absicht des VEVAK und haben deshalb entschieden, die die Drecksarbeit machen zu lassen. Die Russen würden wohl gerne erst das vollständige Manuskript in ihre Hände bekommen und sie anschließend zwingen, es so zu Ende zu schreiben, dass sie selbst dabei gut wegkommen und die anderen drei Mächte als die Bösen dastehen lassen. Putins Absicht dahinter ist wohl, die Weltöffentlichkeit hinter die Russische Föderation zu bringen und so still und heimlich das russische Reich in seinen alten Grenzen wieder auferstehen zu lassen.«

»Wieso hat aber dann von russischer Seite bislang noch niemand Kontakt mit uns aufgenommen, Ibrahim?«

Anna gebietet mir mit einem beinahe strafenden Blick, zu schweigen und keine Fragen zu stellen.

»Weil die erst das vollständige Manuskript in den Händen halten wollen«, antwortete Rosenberg. Als wir beide schweigen, fährt er mit seinen Ausführungen fort. »Alle Anzeichen deuten darauf hin, dass es in den Kreisen der Katholischen Kirche eine undichte Stelle gibt. Eine Person, die ein Doppelspiel spielt.«

»Pater Paolo!«, entfährt es Anna.

»Ja. Der Pater von San Martino in Albisano. Den haben wir in Verdacht. Zwar haben wir noch keine Klarheit bezüglich seiner Motivation für dieses Doppelspiel, aber wir sind relativ sicher, dass er die undichte Stelle ist und die Russen sukzessiv mit ihrem Manuskript versorgt.«

»Wenn Ihre Leute das alles wissen, was macht Sie so sicher, dass sie nicht auch über Ihr aktuelles Vorgehen im Bilde sind, Ibrahim?«

»Weil ich meine Organisation besser kenne als die besten und loyalsten Mitarbeiter des Mossad. In dieser Organisation bin ich horizontal und vertikal so gut vernetzt wie wahrscheinlich kein Zweiter. Das habe ich Alfredo vor einigen Tagen bereits erklärt. Ich verfüge schon über wichtige Informationen, noch bevor unsere Leute auch nur die leiseste Ahnung davon haben, dass es sich dabei um eine für sie relevante Information handeln könnte.«

»Und was ist Ihr Interesse in der ganzen Angelegenheit?«, frage ich Rosenberg, obwohl er mir auch das schon einmal erklärt hat. Ich will, dass Anna seine Antwort unmittelbar von ihm selbst hört, da sie ein sicheres Gefühl dafür besitzt, ob jemand die Wahrheit spricht oder lügt. Mit dieser Frage meinerseits ist Anna offensichtlich einverstanden, wie sie mir mit einem Senken ihrer Augenlider mitteilt.

»Im Gegensatz zur Kirche, die das Manuskript unter Verschluss nehmen will, und im Gegensatz zu den Russen, die es in einer nach ihrem Gutdünken abgeänderten Version veröffentlichen wollen, würde ich Ihr Buch gerne in der originalen Fassung veröffentlichen. Genau so, wie Sie beide es geschrieben haben.«

»Warum?«, interessiert sich Anna.

»Weil dieses Buch es wert ist, der Menschheit zugänglich gemacht zu werden«, antwortet Ibrahim spontan und setzt seine Erklärung fort. »Nachdem ich mich mit den mir vorliegenden Seiten des Manuskripts intensiver beschäftigt habe, habe ich für mich entschieden, dass es veröffentlicht gehört. Ich sehe eine Chance darin, dass dieses Buch einen wertvollen Beitrag zur Verständigung der Religionen und einem friedlicheren Miteinander der Menschen leisten könnte. Wenn es nur gelingt, diesem Werk weltweit die dafür nötige Aufmerksamkeit, Beachtung und Anerkennung zukommen zu lassen.«

»Und wie wollen Sie das bewerkstelligen?«, hake ich nach.

»Die Szene der einflussreichsten Verleger dieser Welt ist von Mitgliedern der jüdischen Gemeinde durchdrungen. Und hier spreche ich nicht nur von Buchverlagen, sondern vor allem von Menschen, die an den größten Medienunternehmen beteiligt sind und jederzeit maßgeblich auf die veröffentlichten Inhalte Einfluss nehmen können. Mit einigen dieser Herrschaften verbindet mich eine Menge. Um genau zu sein: Einige von Ihnen haben mir und meiner geheimdienstlichen Rolle einiges zu verdanken. In gewisser Weise habe ich sie mir dadurch verpflichtet. Bis zum heutigen Tag habe ich davon noch keinen Gebrauch gemacht. Aber ich kann mich absolut darauf verlassen, dass sie mir zur Seite stehen und helfen werden, wenn ich sie um ihre Hilfe bitte.«

»Sind denn diese Menschen derselben Idee verschrieben, der Sie sich anscheinend verschrieben haben? Wollen sie auch ein friedliches Miteinander der Weltreligionen? Sind sie auch an einem friedlichen Miteinander der Menschen interessiert?«

Während sie diese Frage stellt, glaube ich, an Annas prüfendem auf Rosenberg gehefteten Blick einen gewissen Zweifel zu erkennen.

»Nein. Das ist sicher nicht ihr primäres Interesse. In erster Linie wollen sie in aller Ruhe ihren Geschäften nachgehen und die eigene Familie sowie ihren Glauben schützen. Aber sie gehen eher davon aus, dass dies leichter ist, wenn auf diesem Planeten Frieden herrscht. Und in der Vergangenheit haben sie sich schon immer leichter für friedensstiftende als für kriegstreibende Aktivitäten gewinnen lassen. Insofern wird es mir gelingen, Gelder von ihnen zu bekommen, die Ihrem Buch zu der nötigen Aufmerksamkeit verhelfen. Außerdem wird es sich ja lediglich um eine Art Darlehen handeln. Denn wenn sich das Buch so verkauft, wie ich es hoffe, werden sie das investierte Kapital nach kurzer Zeit gut verzinst zurückbekommen. Und diese Aussicht hilft fast immer.«

»Ich möchte gerne noch einmal auf einen aus meiner Sicht und für Anna sowie mich persönlich zum jetzigen Zeitpunkt wichtigeren Aspekt zurückkommen, Ibrahim.«

»Gerne. Auf welchen?«

Rosenberg dreht sich von Anna zu mir hin.

»Warum will der VEVAK nur Anna umbringen? Die wissen doch sicher, dass ich zuletzt maßgeblich an diesem Werk mitgearbeitet habe?«

»Alle fünf Organisationen gehen davon aus, dass Anna in besonderer Weise über Informationen und über Wissen verfügt, dass weit über das Niedergeschriebene hinaus geht. Ist sie erst einmal tot, kann sie mit diesem Wissen nichts mehr anrichten, was den unterschiedlichen Interessen zuwiderlaufen könnte. Sie braucht man noch, um die Beseitigung des gesamten Manuskripts sicherzustellen. Sobald das gelungen ist, wird man auch Sie beseitigen, Alfredo. Das kommt so sicher wie der Sabbat.«

»Und warum halten sich die Amerikaner zurück? Warum mischen die sich zurzeit nicht weiter ein?«

»Wie schon gesagt: Das können wir nicht genau einschätzen. Wir vermuten aber, dass die Amerikaner den Verlauf der gesamten Operation genau verfolgen. Ich persönlich vermute sogar, dass die auch meine individuellen Absichten kennen, mich aber gewähren lassen.«

»Warum sollten sie das tun?«, will Anna wissen.

»Meiner Einschätzung nach bewerten sie Inhalte und Wirkung des Manuskripts falsch. Sie gehen vermutlich davon aus, dass eine Veröffentlichung eher ihren eigenen Absichten in die Hände spielen und zu einer Destabilisierung Europas beitragen wird. Insbesondere auch, weil die Katholische Kirche darin richtig schlecht dargestellt wird. Außerdem ist es sehr wahrscheinlich, dass bei der 56. Präsidentschaftswahl der USA am 04. November diesen Jahres Barack Obama zum Präsidenten gewählt wird. Und dessen Fokus liegt bekanntermaßen eindeutig auf der Lösung der zahlreichen innenpolitischen Probleme und einer deeskalierenden Außenpolitik der Amerikaner. Auch deshalb hält sich die CIA in der *Operation Pagina* zurück. Die warten erst einmal ab, ob Obama das Rennen macht oder nicht. Danach werden auch beim amerikanischen Geheimdienst die Karten neu gemischt und verteilt. Dann kann es auch gut sein, dass die sich danach wieder stärker in die *Operation Pagina* einklinken. Bis dahin würde ich allerdings gerne ein paar Dinge möglichst gemeinsam mit Ihnen erledigt haben.«

»Und was sind das für Dinge, Ibrahim?«, will ich wissen.

Rosenberg sieht Anna und mich einen Augenblick schweigend an.

»Nur zu. Was möchten oder müssen Sie mit uns klären?«, ermuntert Anna ihn.

»Als Erstes müssen wir sie beide in Sicherheit bringen, und zwar für mindestens ein halbes Jahr. So lange werde ich wohl brauchen, bis das Buch gedruckt und seine Veröffentlichung mit einem medienseitigen Paukenschlag vorbereitet ist. In dieser Zeit werden Sie von uns eine andere Identität bekommen und an einem wunderschönen Ort das Leben genießen können. Es wird Ihnen an nichts fehlen. Und irgendwann werden Sie nach Albisano, Berlin oder wo auch immer sie gerne hin möchten, zurückkehren und dort unter ihren normalen bürgerlichen Namen weiterleben und sich der Einnahmen erfreuen können, die Ihnen aus der Buchveröffentlichung erwachsen.«

»Aber was ist mit dem Franklin Verlag? Die haben uns bereits einen bemerkenswerten Vorschuss überwiesen?«, insistiere ich. »Und die werden sich wohl kaum damit zufriedengeben, dass Anna und ich einfach so von der Bildfläche verschwinden.«

»Sicher wird die Kirche an ihrem Verschwinden ebenso wenig Freude haben wie der VEVAK. Aber darüber müssen Sie sich keine weiteren Gedanken machen. Darum kümmere ich mich.«

»Wann und wie wollen Sie uns in Sicherheit bringen? Wo sollen wir die nächsten Monate leben, Ibrahim?«

Anna scheint sich mit diesem Gedanken bereits anzufreunden.

»Und vor allem wovon?«, hake ich nach. »Das Geld von unserem Konto in Albisano werden wir ja wohl kaum weiter abheben können.«

»Nein, natürlich nicht. Das Konto werde ich nach Absprache mit den anderen vier Mitstreitern der *Operation Pagina* einfrieren lassen. Und leider bin ich aktuell auch nicht in der Lage, Ihnen eine größere Geldsumme zu überweisen. Weder seitens des Verlages noch privat. Aber ich versichere Ihnen, dass es Ihnen an nichts fehlen wird und Ihnen während Ihres Aufenthaltes im Ausland genügend Mittel zur Verfügung stehen werden, damit Sie ein sorgenfreies Leben führen können.«

»Welchem Ausland?«

Allmählich beginne ich mich mit dem Gedanken anzufreunden, mit Anna ein halbes Jahr oder länger irgendwo in dieser Welt unerkannt zu leben und mir über nichts Gedanken, geschweige denn Sorgen machen zu müssen.

»Das klingt alles so, als hätten Sie längst alle notwendigen Vorkehrungen getroffen, Ibrahim!«

Anna erhebt sich von ihrem Stuhl und geht zu einem der Fenster des Besprechungsraumes. Im selben Augenblick kommt eine jüngere Frau, ohne anzuklopfen, in den Raum. Sie trägt ein von Keith Haring designtes Tablett vor sich, auf dem zwei Teller mit jeweils einem offenbar frisch erwärmtem Panini und einem Croissant sowie drei Tassen dampfenden Espressos stehen. Der Duft eines italienischen Frühstücks breitet sich aus.

»Ich hoffe, es konveniert den Herrschaften so«, sagt die Frau ihn einer für ihre jugendliche Ausstrahlung zu alt und gestelzt wirkenden Art, während sie das Tablett auf dem

Besprechungstisch abstellt und den Raum unverzüglich wieder verlässt.

»Bitte greifen Sie zu«, lädt Rosenberg uns ein. »Ich werde kurz alle Unterlagen holen und sie dann über die meinerseits geplante weitere Vorgehensweise informieren. Bitte entschuldigen Sie mich für einen Moment.«

Auch Rosenberg erhebt sich von seinem Stuhl und verlässt den Raum.

Anna dreht sich vom Fenster zu mir um, bleibt dort stehen und fragt mich: »Willst du das?«

»Ja. Ich will das. Wir haben uns nicht gesucht, aber wir haben uns gefunden. Zwischendrin haben wir uns immer wieder mal verloren. Aber ab jetzt gehen wir gemeinsam.«

Anna kommt auf mich zu, stellt sich unmittelbar vor mich hin und drückt meinen Kopf fest an ihren Busen. Ich lasse sie gewähren und höre den gleichmäßigen Herzschlag, der mich zutiefst beruhigt und dankbar werden lässt. Wir sind wieder vereint. Unversehrt. Und das ist für mich in diesem Augenblick das Einzige, was wirklich zählt.

»Es geht mir auch so«, unterbricht Anna diesen Augenblick der wortlosen Zweisamkeit und schiebt meinen Kopf etwas von sich weg.

»Was meinst du, Anna?«

»Es beruhigt mich, wieder mit dir zu sein. Ich fühle mich stärker, als wenn ich alleine bin. Und ich danke dir für dieses Gefühl.«

Mittlerweile wundert es mich nicht mehr, dass Anna in denselben Momenten das Gleiche empfindet wie ich selbst, oder dass sie weiß, welche Gedanken mich jeweils gerade bewegen. Ihre Feinsinnigkeit oder Hellsichtigkeit ist mir zur lieb gewonnenen Gewissheit geworden.

»Und ich danke dem lieben Gott dafür, dass es dich in meinem Leben gibt.«

»Den lieben Gott kannst du in diesem Zusammenhang völlig aus dem Spiel lassen, geliebter Mann. Dem Licht, der

Energie und der Tatsache, dass wir beide mit dem alten Wissen der Laika verbunden sind, haben wir unsere Begegnung zu verdanken.«

»Oh, bitte nicht das jetzt wieder. Ich möchte mich mit dir nicht streiten«, erwidere ich, weil ich mich an die heftigen Auseinandersetzungen während der Bearbeitung der Manuskriptseiten erinnere, in der sie ihr Gedanken über die Laika, einem indigenen Volk aus dem Hochland Perus, ausgebreitet hatte.

Gott sei Dank kommt Rosenberg genau in diesem Augenblick mit einem Pultordner voller Unterlagen zurück in den Besprechungsraum und setzt sich, dieses Mal an die Stirnseite des Besprechungstisches. Anna löst sich ganz von mir und setzt sich ebenfalls wieder hin.

»So«, leitet er ein, während er den Pultordner öffnet, »womit soll ich beginnen? Wollen Sie erst erfahren, wohin ich Sie bringen lasse, welche Identitäten Sie vorübergehend bekommen oder wie unsere Kommunikation während Ihrer, nennen wir es Auszeit, organisiert sein wird?«

»Entscheiden Sie«, antworten Anna und ich zeitgleich.

»So soll es sein. Hier habe ich zunächst Ihre Passports und und Identity Cards. Ab sofort sind Sie amerikanische Staatsbürger mit bolivianisch-deutschem Migrationshintergrund. Sie heißen Maria und Mateo Martínez. Es ist wichtig, dass Sie sich ab sofort nur noch mit diesen beiden Vornamen ansprechen. Und ebenso wichtig ist es, dass sie nach dem Verlassen unseres Büros nur noch in den beiden Sprachen Spanisch und Deutsch miteinander kommunizieren. Mehr Spanisch als Deutsch, wenn möglich. Nach unseren Informationen sind Sie beide der spanischen Sprache ebenso mächtig wie der Deutschen und Italienischen. Sprechen Sie sich bitte ab jetzt auch nur noch mit den Vornamen Maria und Mateo an und sprechen sie bevorzugt Spanisch, bitte. Egal, wo und in welchem Umfeld Sie sich aufhalten. Das gilt auch für den Fall, dass Sie von irgendeiner Seite festgenommen, verhört oder sonst was werden. Maria und Mateo. Leider haben wir nicht die Zeit, dass ich Ihnen Ihre bisherigen Lebensläufe so nahebringe, dass Sie sie im Schlaf und selbst in schwierigsten und unangenehmsten Situationen aufsagen können. Aber meine eindringliche Bitte ist, dass sie die nächsten Tage dazu nutzen, dies in Eigenregie zu tun. Sie dürfen nicht einmal mehr in Momenten, in denen Sie sich absolut alleine und sicher fühlen, ihre alten Vornamen verwenden. Leider können wir nicht völlig ausschließen, dass sie schließlich nicht doch eine der anderen Organisationen aufspürt und dann überwacht. Insofern ist es wichtig, dass Sie nicht den geringsten Zweifel an Ihren neuen Identitäten aufkommen lassen. Haben Sie das verstanden? Ist Ihnen die Reichweite dieser Forderung und der damit an Sie verbundene Auftrag klar, Maria und Mateo?«

»Bis jetzt ist noch nichts so Schwieriges dabei, was nicht mit durchschnittlicher Intelligenz zu verstehen wäre«, antworte ich mit einem leicht sarkastischen Unterton. »Was mir allerdings noch nicht ganz klar ist, wo Sie die Lebensläufe der Identitäten hergenommen haben, die wir jetzt annehmen sollen. Aber ich vermute, dass sich uns das spätestens mit dem ausführlichen Studium der Unterlagen erschließt, die Sie vorbereitet haben und die wir aufmerksam lesen sollen. Wann soll es denn losgehen und wo werden wir die nächsten Monate unseres Lebens verbringen dürfen, Ibrahim?«

»Ihr Flug verlässt morgen früh Berlin. Allerdings sollten Sie nicht mehr selbst in die Carmerstraße zurück. Vorsorglich wollen wir Ihnen unangenehme Begegnungen ersparen, die Sie dort möglicherweise erwarten. Wir werden Ihnen das Notwendigste aus der Wohnung holen lassen, damit Sie die ersten Tage genug anzuziehen haben, und so weiter. Alles Weitere können Sie dann in Sóller kaufen.«

»Meinen Sie den Ort Sóller auf der Insel Mallorca?«

Anna richtet sich bei dieser Frage etwas mehr in ihrem Stuhl auf.

»Ja. Wohnen werden Sie einer kleinen Finca oberhalb des Ortes Fornalutx. Diese Finca gehört dem Bruder von Mateo Martínez. Er betreibt seit Mitte der Neunzigerjahre ein kleines Hotel in Sóller. Ein wirklich kleines Hotel mit sechs Zimmern. Die Verwaltung dieses Hauses hat er vor ungefähr 18 Monaten seiner peruanischen Haushälterin übertragen, als er aufgrund familiärer Angelegenheiten überraschend nach Bolivien zurückkehren musste. Seine Finca ist seitdem unbewohnt und wird einmal in der Woche von Cecilia, der Haushälterin gereinigt. Außerdem kümmert sich Sánchez, der mallorquinische Lebensgefährte von Cecilia, als eine Art Hausmeister um Hotel, Finca und den Garten. Wobei Garten eigentlich das falsche Wort ist. Zu der Finca gehört ein rund zehn Hektar großes Grundstück. Eine Zitronen- und Orangenplantage, die jedes Jahr einen beträchtlichen Ertrag abwirft. Ein Drittel dieses Ertrags dürfen Cecilia und Sánchez behalten. Zwei Drittel zahlen Sie auf ein Konto bei der Bancha March ein, das für die Ausgaben von Handwerkern, zwei weiteren Mitarbeitern des Hotels, die Wäscherei et cetera verwendet wird. Trotz alldem bleibt ein erheblicher Geldbetrag aus den Einnahmen des Hotels und der Plantage übrig. Dieses Geld wird Ihnen während Ihres Aufenthalts auf der Insel Mallorca als Lebensunterhalt zur Verfügung stehen.«

Rosenberg schlägt eine weitere Seite des Pultordners auf und holte dort mehrere DIN-A4-Blätter heraus.

»Hier sind alle notwendigen Vollmachten für Sie. Bevor Sie diese aber unterschreiben, müssen Sie bitte unbedingt die Unterschriften von Mateo und Maria üben, was sicher einige Tage in Anspruch nehmen wird, bis Sie es dabei bis zu einer gewissen Perfektion gebracht haben.«

»Lassen Sie mich raten«, unterbricht ihn die noch immer kerzengerade in ihrem Stuhl sitzende Anna, »unsere Aufgabe wird es sein, ein Auge auf Finca und Hotel zu haben und in gewisser Weise die Geschäfte bis auf Weiteres fortzuführen. Ist das der Plan?«

»Das ist der Plan«, antwortet Ibrahim. »Weil es die glaubwürdigste Variante für die Menschen in Sóller und Fornalutx ist. In den von touristischen Bettenburgen noch nicht vollständig verschandelten Orten Mallorcas kennt mehr oder weniger jeder jeden. Klatsch und Tratsch sind hier ebenso ausgeprägt wie in einer dörflichen 300-Seelen-Gemeinde, ganz gleich in welcher Region Deutschlands.«

»Aber warum haben Sie dann dieses Umfeld als Versteck für uns ausgewählt? Wäre da nicht eine Großstadt mit ihrer Anonymität die bessere Alternative gewesen?«

»Hinsichtlich der Anonymität wahrscheinlich ja, Anna. Mit Blick auf die benötigten Lebensläufe Ihrer neuen Identitäten eher nicht. Wir mussten Menschen finden, die in Alter, Aussehen und Sprache eine größtmögliche Ähnlichkeit mit ihnen aufweisen. Dann musste eine Lebenssituation angetroffen oder kreiert werden, bei der ein längerer Auslandsaufenthalt geplant war, die auch allen Freunden und Verwandten bereits angekündigt gewesen sein muss. Außerdem galt es mit diesen Leuten zu klären, dass sie für eine geraume Weile aus ihrem normalen Leben verschwinden und sich ihrerseits von uns an einem anderen Ort verstecken lassen, damit Sie deren Identitäten vorübergehend nutzen können. Der Kreis der Eingeweihten war und ist bei alldem so klein wie möglich zu halten. Und schließlich muss das Ganze für mich als Privatperson ja auch noch finanzierbar bleiben. Meine Organisation oder die israelische Regierung kann ich in dieser Situation und vor allem angesichts meiner sehr individuellen und nicht unbedingt loyalen Interessen eher nicht um Unterstützung bitten. Weder um geheimdienstliche noch um wirtschaftliche. Dass das Ganze in knapp sechs Wochen gelungen ist, ist - in aller Bescheidenheit - eine wahre Meisterleistung, die ich ausschließlich meiner extrem guten Vernetzung in der jüdischen Gemeinschaft zu verdanken habe. Andernfalls hätte ich dafür ein halbes, vielleicht sogar ganzes Jahr oder noch länger gebraucht.«

Anna erhebt sich von ihrem Stuhl und beginnt gemächlichen Schrittes den Tisch des Besprechungsraumes zu umrunden.

»Das bedeutet also, dass Sie bereits vor sechs Wochen davon ausgegangen sind, dass Sie Alfredo und mich in Sicherheit bringen und sich dann selbst in aller Ruhe um die Veröffentlichung des Buches kümmern werden?«

»Das ist sogar schon etwas länger her«, antwortet Rosenberg. »Anfang August fand ein erstes Treffen der fünf Repräsentanten der schon erwähnten Geheimdienstorganisationen in der Nähe des Vierwaldstättersees statt. Zwei Tage später hatte ich den Entschluss gefasst und noch am Tag meiner Rückkehr nach Berlin alles Erforderliche in die Wege geleitet.«

Auch ich erhebe mich jetzt von meinem Stuhl, weil Annas Tischumrundungen mich nervös zu machen beginnen, und gehe zum Flipchartständer am Fenster, nehme einen Filzschreiber und zeichne einen fünfzackigen Stern auf das oberste Blatt. In die Mitte dieses Gebildes male ich die Konturen von zwei Menschen. Wie seltsam denke ich. Wenn man die äußeren Enden der Gliedmaßen eines Menschen, also den Kopf, die Arme, Händen und Beine mit Füßen malt, sieht das so skizzierte Gebilde einem Fünfeck sehr ähnlich. Unweigerlich muss ich an die Kabbala denken, in der die Ziffer eins für die Einheit und das Spirituelle, die Ziffer zwei für das Auseinanderbrechen dieser Einheit, die Ziffer drei für die Dreieinigkeit den Vater, den Sohn und den Heiligen Geist, die Ziffer vier als die Zahl der Materialisierung des Spirituellen gilt und die Ziffer fünf für die Quintessenz aus allem Vorangegangenen steht. Sollte der Mensch eine Art Quintessenz sein, frage ich mich, als ich die erwartungsvoll auf mich gerichteten Blicke von Anna und Ibrahim sehe und mich daran erinnere, dass ich etwas auf dem Flipchart visualisieren und erklären will.

»Wir haben es also insgesamt mit fünf Kräften zu tun, die alle in unterschiedliche Richtungen streben«, führe ich aus, während ich von den Ecken des Fünfecks aus in fünf unterschiedliche Richtungen Pfeile und die Mitte des Fünfecks zwei miteinander verbundene Strichmännchen und ein angedeutetes Buch zeichne und fortfahre. »Hier in der Mitte stehen die beiden Personen mit ihrem Buch. Ganz gleich, in welche Richtung des Fünfecks diese beiden sich nun wenden. Aus den anderen vier Richtungen werden immer und überall Kräfte an ihnen zerren. Was glauben Sie, passiert auf Dauer mit diesen beiden Personen, die zwar einer Energie folgen und sich mit ihr verbünden, aber zugleich von den Energien der anderen vier Kräfte in unterschiedliche Richtungen gezogen werden?«

Ibrahim steht auf und kommt zu mir an das Flipchart, nimmt einen anderen Stift und zeichnet einen Kreis um alle fünf Pfeilspitzen.

»Wenn es so wäre, wie sie es gerade skizziert haben, Alfredo, würde es Anna und Sie natürlich zerreißen. Psychisch und physisch. Weil Sie zum einen immer wieder darüber diskutieren und in Zweifel geraten würden, welcher Kraft sie am besten folgen sollten. Sie würden sich streiten. Und so weiter. Aber Sie haben bei Ihrem Bild eines vergessen. Es gibt eine sechste Kraft. Eine im günstigsten Fall alles Einende.«

»Und das sind wahrscheinlich Sie, der das Buch tatsächlich in unzensierter Form veröffentlichen will, richtig?«

Der mit meinen Worten verbundene Spott ist unüberhörbar.

»Wann fangen Sie an mir zu vertrauen, Alfredo?«

»In dem Augenblick, in dem ich Sie verstehe und Ihre Gedanken nachvollziehen kann. Wenn es für mich wirklich glaubwürdig klingt.«

»Gut. Dann schauen Sie sich Ihr eigenes Bild bitte noch einmal an. Sie haben diese sechste und alles einende Kraft dort selbst gezeichnet.«

Ich blickte auf das Flipchart, kann jedoch außer dem Fünfeck, den fünf Pfeilen in unterschiedliche Richtungen, den beiden Strichmännchen nebst Buch und dem Kreis um das ganze Gebilde herum nichts erkennen, was mich in diesem Augenblick weiterbringt. Deshalb schaue ich Ibrahim fragend an.

»Alfredo, schau hin«, mischt sich Anna ein. »Du hast es tatsächlich gezeichnet.«

»Jetzt du auch noch. Möchtest du mich vielleicht einweihen?«

»Es ist das Buch. Das ist die sechste Kraft. Der Inhalt des Buches hat die Kraft, die unterschiedlichen Interessen und Kräfte zu vereinen«, erklärt Anna.

»Wieso kann bitte ein Buch, dessen Veröffentlichung von den meisten dieser unterschiedlichen Interessengruppen vereitelt werden soll, ebendiese einen? Hier bin ich auf eine Erklärung sehr gespannt. Vor allem auf eine für mich verständliche und nachvollziehbare Erklärung. Ganz gleich von welcher Seite.«

Mein Blick wandert von Anna zu Ibrahim und wieder zurück zu Anna. Ibrahim ergreift das Wort.

»Betrachten wir die Situation mal von einer Metaebene aus, so könnten wir sagen, dass im Grunde nur zwei Kräfte miteinander darum ringen, die Oberhand zu gewinnen.«

»Und welche Kräfte sollen das sein, Ibrahim?«

»Die Macht und die Erkenntnis«, erklärt Anna. »Auf der sagen wir operationalen Ebene scheinen es fünf verschiedene Gruppen zu sein, die da scheinbar unterschiedliche Interessen verfolgen. Faktisch geht es aber allen fünf letzten Endes um ein und dasselbe: um Macht und Einfluss. Die dahinterstehende Kraft ist also die Macht. Auf der anderen Seite steht ein Buch, dessen grundsätzliche Absicht das Vermitteln von Erkenntnis ist. Der Erkenntnis nämlich, dass der Mensch nicht auf diesem Planeten ist, um Macht über andere Menschen oder die Ressourcen zu erringen, die diese Erde ihm bereitstellt. Die Erkenntnis, dass der Mensch den Auftrag hat, verantwortungsvoll mit sich und aller lebendigen und toten Materie umzugehen. Die Erkenntnis, dass alle Materie dem Licht entspringt und der Mensch sich selbst zur Lichtgestalt entwickeln muss. Zu der Lichtgestalt, die von der Erleuchtung getragen wird, dass es in ihrer Macht steht, ein friedvolles Miteinander auf diesem Planeten zu ermöglichen, das alle und alles eint. Spätestens dann wird dem Menschen auch bewusst werden, dass die Macht des Einen stets den Machtverlust eines Anderen bedeutet, und am Ende auch den Machtverlust des Einen. Denn ein Gegeneinander richtet sich gegen Ein und gegen Ander. Diese Erkenntnis hält ja bereits das Wort Gegen-Ein-Ander für uns bereit. Es geht aber um ein Miteinander. Das bedeutet also Mit Ein und Mit Ander. Alles und jeder hat jederzeit und überall seinen Platz und seine Funktion. Und allein der respektvolle Umgang mit Ein und Ander, um bei diesem Wortspiel zu bleiben, wird der Spezies Mensch das Überleben sichern. Andernfalls sind wir dem Untergang geweiht.«

Ich verdrehe die Augen, weil Anna und ich uns bei der Bearbeitung ihres Manuskripts genau an diesem Punkt immer wieder in einen heftigen Streit verwickelt haben. Ihre diesbezüglichen Gedanken hat sie laut ihrer eigenen Aussage von den Laika geschenkt bekommen. Obwohl ich dem Wissen alter Schamanen durchaus aufgeschlossen oder zumindest interessiert gegenüberstehe, halte ich diese vermeintliche Weisheit, dass die Menschheit zum Licht finden müsse und dann alles gut werde, für nicht kommunizierbar. Jedenfalls nicht in der Form des Buches, das wir beide veröffentlichen wollen. Um aber nicht erneut in diese Diskussion einsteigen zu müssen, kapituliere ich.

»Bitte entschuldigt meinen Versuch, den Problemen Ausdruck verleihen zu wollen, die ich auf dich und mich zukommen sehe, wenn wir uns jetzt auf der Ferieninsel Mallorca verstecken lassen, unsere Hände in den Schoß legen und darauf warten, dass das Buch ein Welterfolg wird und die Erkenntnis über die Macht siegt.« Zu Ibrahim gewandt füge ich hinzu: »Wenn Anna Ihnen vertraut, tue ich es auch. Fahren Sie fort mit Ihren Erklärungen. Wir tun, was Sie uns sagen und verfolgen dann aus relativer Ferne gespannt und geduldig zugleich die Entwicklung der Dinge.«

Ich gehe zu dem Stuhl zurück, auf dem ich vor meiner Flipchart-Exkursion gesessen habe, und setze mich wieder dorthin. Ibrahim folgt meinem Beispiel, zieht den Pultordner etwas näher zu sich heran und fährt mit seinen Erklärungen und Instruktionen fort.

Am Nachmittag des nächsten Tages sind wir nach einer unruhigen Nacht als Maria und Mateo Martínez zuerst im Hotel de Rome, dann auf einem aufgrund von Turbulenzen über dem spanischen Festland nicht minder unruhigen Flug von Berlin nach Palma und dann auf einer geradezu abenteuerlichen zweistündigen Fahrt mit der historischen Bahn über atemberaubende Schluchten durch die mallorquinischen Berge von Palma de Mallorca nach Sóller. Am dortigen Bahnhof werden wir von Cecilia und Sánchez abgeholt und in die Finca nach Fornalutx gebracht. Nachdem die beiden unser Gepäck ins Haus gebracht und uns alle wichtigen Einrichtungen und Funktionen der Finca erklärt haben, überlassen sie uns uns selbst.

Anna und ich stehen auf der Terrasse der Finca, lassen unsere Blicke über die wundervollen, uns zu Füßen liegenden Orangen- und Zitronenhaine schweifen, sehen uns im selben Moment an und stellen synchron, wie aus einem Mund, die Frage: »Sind wir jetzt angekommen?«

Der Schlüssel

Frühlingsanfang 2009

Aus der Sakristei ertönen die Klänge gregorianischer Gesänge und erfüllen den Kirchenraum vor dessen Altar. Pater Paolo kniet mit einer melancholischen Schwere. Seit seiner Abreise aus Köln im Oktober letzten Jahres dankt er Gott mindestens einmal täglich, dass er ihn dabei unterstützt hat, Dante und Oberst Garibaldi eine glaubhafte Geschichte auftischen zu können. Geradezu flehentlich betet er zum Herrn, dass er ihm wohlgesonnen bleiben und ihm sein Doppelspiel verzeihen möge.

Als er den Verlag verlassen und kurz ins Hotel zurückgegangen war, war ihm die rettende Eingebung gekommen. Er hatte den beiden gesagt, dass er seit seiner Abreise in Albisano ein komisches Gefühl gehabt habe. Ein Gefühl, als ob ihn jemand verfolgen würde. Doch so sehr er sich auch angestrengt hatte, irgendetwas zu entdecken, hatte er keine Anzeichen auf eine verdächtige Person wahrnehmen können. Das Gefühl hatte ihn jedoch die gesamte Reise bis nach Köln über begleitet und innerlich aufgewühlt. Vermutlich war das auch der Grund dafür gewesen, dass er das Auto unverschlossen abgestellt hatte. Dass die Scheibe eingeschlagen worden war, war vermutlich darauf zurückzuführen, dass der oder die Verfolger zunächst auch nicht realisiert hatten, dass das Auto offenstand. Dass er diesen Sachverhalt dem Oberst und Dante nicht gleich bei seiner Ankunft im Verlag mitgeteilt hatte, war damit begründet, dass er sie nicht beunruhigen wollte. Lediglich der Aspekt, dass er alle Manuskriptseiten und seine persönlichen Notizen kopiert hatte, bevor er Albisano den Rücken gekehrt hatte, hatte kurz noch einmal zur Irritation von Dante und Garibaldi geführt. Doch auch diese Zweifel hatte er zerstreuen können, weil die beiden schließlich froh darüber waren, dass das Material an sich von ihm erhalten worden war.

Unmittelbar nach seiner Rückkehr nach Albisano hatte Paolo alle Unterlagen erneut kopiert, obwohl er seinen Mitstreitern versprochen hatte, dies nicht zu tun. Da er selbst aber keine Rückmeldung dazu bekommen hatte, ob die auf der Rückbank des Autos zurückgelassenen Materialien zuverlässig ihren Bestimmungsort erreicht und in die richtigen Hände geraten waren, hatte er vorgezogen, dies entgegen seinem Versprechen doch zu tun. Anschließend hatte er alles per Post zu Dante in den Verlag geschickt, der ihm einige Tage später per E-Mail bestätigt hatte, dass die Materialien bei ihm angekommen seien. Seitdem hat er weder vom Oberst noch von Dante etwas gehört. Auch seine zweiten Auftraggeber haben sich bislang nicht mehr bei ihm gemeldet.

Und wieder kniet er auf den untersten Steinstufen zum Altar, schiebt den Unterkiefer noch weiter nach vorne, als dieser ohnehin schon von Natur aus steht und pendelt in seinem Gebet zwischen Angst und Hoffnung. Seine Nächte sind seit den letzten fünf Monaten von Unruhe und Schlaflosigkeit geprägt. Zahlreiche Albträume suchen ihn heim und nicht selten wacht er mitten in der Nacht schweißgebadet auf, kann sich aber auch im Wachzustand nicht von den fürchterlichen Bildern befreien, die er im Traum vor seinem geistigen Auge gesehen hat. Ein immer wiederkehrendes Motiv macht ihm dabei am meisten zu schaffen. Das Bild von sich selbst auf einer mittelalterlichen Folterbank mit blutüberströmtem Körper, schmerzverzerrtem Gesicht, umgeben von fünf Männern in grauen Kutten, aus deren ausgeschnittenem Gesichtsfeld ihn dämonische Fratzen höhnisch angrinsen und lateinische Formeln murmeln, während sie mit heißem Eisen und bestialischen Zangen seinen Körper malträtieren. Zwischendrin hört er immer wieder seine eigenen geradezu animalisch klingenden Schreie und sein erschöpftes Stöhnen, mit dem er um Vergebung und Ablass winselt. Doch je mehr und je lauter er schreit, desto größer wird die Freude der dämonischen Gestalten an den Qualen, die sie ihm zufügen.

Paolo blickt zu dem Bild von dem auf einem Pferd sitzenden und seinen Mantel teilenden Sankt Martin hinauf, das das Gewölbe über dem Altar schmückt. Dieses Bild hat ihn inspiriert. Mit ihm hat er sich identifiziert. Und in der Rolle des Retters der Armen sieht er seine Bestimmung. Nicht für sich will er das Geld, dass ihm der FSB versprochen und zum Teil auch schon gezahlt hat. Er hat zwar noch keine konkrete Vorstellung, was er genau damit anstellen wird, aber sicher wird er auch für sich selbst einen kleinen Betrag abzweigen können, um den Rest des Lebens bescheiden aber sorgenfrei verbringen zu können.

Von seiner Kirche fühlt er sich betrogen. Tagein, tagaus stellt er all sein Wirken und Schaffen in den Dienst dieser Organisation. Doch noch nie hat sie es ihm, außer mit leeren Formeln und dem Versprechen eines sicheren Platzes im Himmel an der Seite des Herrn, gedankt. Und immer, wenn er sich in den Gemäuern des Heiligen Stuhls in Rom befand und mit all dem Pomp und Reichtum konfrontiert sah, überkam ihn ein gewisser Unmut und Neid. Er empfand es als Ungerechtigkeit, dass nicht fleißige und redliche Arbeit, sondern hinterlistige Diplomatie und infames Strippenziehen hinter den Kulissen der kirchlichen Bühne für Posten, Ansehen und Reichtum sorgen. Wie der legendäre Bischof von Tours, Sankt Martin, fühlt auch Paolo sich auf ein Amt und eine Beschäftigung verpflichtet, die nicht wirklich seine Herzensangelegenheit ist. Mit dem Unterschied, dass Sankt Martin militärischen Verpflichtungen nachgehen musste, bevor er mit 34 oder 35 Jahren endlich getauft und fortan seiner Bestimmung folgen und christliche Dienste verrichten konnte. Paolo empfindet die Arbeit in seiner Gemeinde und das einfache Leben in Albisano als seine Bestimmung.

Ähnlich wie Sankt Martin, der es vorzog, in einfachen Hütten zu leben und sein Leben mit den Armen zu teilen, wünscht sich auch Paolo, dass die Kirche ihre Reichtümer für sinnvolle Dinge verwenden und ihrem christlichen Auftrag nachkommen soll, anstatt über die Mehrung von Reichtum und die Ausweitung von Macht nachzudenken. Dass ausgerechnet er selbst dazu ausgewählt worden ist, immer wieder irgendwelche aus seiner Sicht zwielichtigen Aufgaben für die Kirche wahrzunehmen, erinnert ihn an die militärische Laufbahn von Sankt Martin, der dieser mehr als das erste Drittel seines 81 Jahre andauernden Lebens auch gegen seinen Willen und gegen sein Herz folgen musste.

Seit seiner Rückkehr nach Albisano hat der Pater mehrfach der Versuchung widerstanden, sich heimlich in das Rustico von Anna und Alfredo zu schleichen und nach weiteren Unterlagen und Informationen zu suchen, die seinen beiden Auftraggebern zuspielen könnte. Die mehrmonatige Abwesenheit der beiden ist inzwischen zu einem immer wiederkehrenden Gesprächsthema in der Gemeinde geworden. Man spekuliert über die möglichen Gründe der Absenz von Anna und Alfredo. Und einige der Dorfbewohner machen sich auch Sorgen um den Zustand des Rusticos. In diesem Jahr hat das Frühjahr am Lago schon im Februar eingesetzt und der Region zahlreiche warme Sonnenstunden beschert. Der Garten des Rusticos hat sich in kürzester Zeit zu einem völlig von Unkraut überwucherten und verwilderten Missstand entwickelt. Ein täglich größer werdender nasser Fleck an der zur Straße gewandten Hausmauer hat einige Nachbarn mit Besorgnis erfüllt, da sie einen größeren Wasserschaden vermuten und ernsthaft darüber nachdenken, ob sie sich Zugang zum Rustico verschaffen sollen, um die ferngebliebenen Bewohner vor dem Schlimmsten zu schützen.

Doch außer den Unterhaltungen und Mutmaßungen ist bislang nichts weiter geschehen. Niemand hat gehandelt. Und so wuchern Unkraut, Fleck und Gerüchte unaufhaltsam vor sich hin. Paolo beschließt, immer noch auf der untersten Stufe vor dem Altar, sich heute selbst einen Eindruck vom Inneren des Rusticos zu machen und sich bei der Gelegenheit auch in der anderen Angelegenheit ein wenig umzuschauen. »Vater unser im Himmel, geheiligt werde Dein Name. Dein Reich komme, Dein Wille geschehe. Wie im Himmel, so auf Erden. Unser täglich Brot gib uns heute und vergib uns unsere Schuld, wie auch wir vergeben unseren Schuldigern.« An dieser Stelle bricht Paolo das Vaterunser ab, steht auf, verneigt sich mit einem Kreuzzeichen vor der Brust vor dem Kreuz Jesu und geht in die Sakristei zurück, um die Stereoanlage, aus der immer noch die Gregorianischen Gesänge ertönen, auszuschalten. Hoffentlich, so denkt er, liegt er noch an seinem Platz unter dem Tontopf, der Schlüssel zum Rustico.

Sóller

Frühlingsanfang 2009

Seit fünf Monaten genießen Anna und ich nun schon das Leben in dieser kleinen, über den gesamten Winter ausgesprochen ruhigen Gemeinde auf der Westseite der Insel Mallorca. So wenig Touristen diesen Ort in der eher stillen Zeit aufsuchen, so ausgebucht ist das Hotel, für das die peruanische Haushälterin Cecilia nach wie vor sorgt und um das wir uns deshalb auch nicht wirklich kümmern. Insbesondere unter Gästen aus dem Vereinigten Königreich hat sich dieses Hotel offenbar als eine Art Geheimtipp herumgesprochen und ist demzufolge auch längst kein solcher mehr. Die wenigen Male, die wir dort für die Gäste wahrnehmbar aufkreuzen, werden wir als die vermeintlichen Eigentümer des Anwesens und Gastgeber von den Briten in Gespräche verwickelt, in denen Anna und ich jedes Mal von Neuem als Maria und Mateo artig unsere neue Lebensgeschichte aufsagen und sie auf diesem Weg auch zunehmend selbst verinnerlichen.

Die Momente mehren sich, in denen wir unsere eigentlichen Identitäten beinahe völlig vergessen. Den Anweisungen Ibrahims leisten wir Folge und sprechen wir uns auch dann mit unseren neuen Vornamen an, wenn wir uns wirklich alleine wähnen. Wir sprechen weder über das Buch noch über Albisano, Berlin oder München. Nicht einmal dann, wenn wir alleine mit der historischen Straßenbahn von Sóller nach Port de Sóller fahren, zum Ende des Hafens laufen und uns dort auf den viel zu klein geratenen Stühlen der in einem ausrangierten Marktwagen untergebrachten, als Imbiss und

Getränkeversorgung dienenden Hafenbar niederlassen und gedankenverloren dem Schaukeln der fest an den Pollern des Hafens vertäuten Schiffe zusehen.

Ibrahim haben wir in diesen fünf Monaten nicht ein einziges Mal zu Gesicht bekommen. Einmal pro Monat erhalten wir Post von ihm, die uns allerdings nicht auf dem konventionellen Weg, sondern über seine Leute erreicht. Mal legt eine uns fremde Person im Vorübergehen einen Umschlag auf den kleinen Bistrotisch, an dem wir gerade auf dem Platz vor der Kirche Sóllers sitzen. Ein anderes Mal findet Anna einen Umschlag in ihrer Tasche, nachdem sie in einem der Restaurants in Port de Sóller ihre Geldbörse rausnimmt, um unsere Rechnung zu zahlen. Wieder ein anderes Mal wird uns im Gedränge der Markthalle Sóllers von einer anderen uns ebenfalls unbekannten Person ein Umschlag zugesteckt, die kurz darauf in der Menge verschwindet. All die uns auf diesen unkonventionellen Wegen übermittelten Botschaften haben denselben Grundtenor. Wir mögen weiterhin aushalten, unsere neuen Identitäten mit Leben erfüllen, uns in absoluter Sicherheit wähnen und uns darauf verlassen, dass Ibrahim die Veröffentlichung des Buches mit Hochdruck vorantreibe und diesbezüglich ein gutes Stück vorangekommen ist, jedoch noch keinen genauen Veröffentlichungstermin benennen kann. Jeden Brief beschließt er mit der eindringlichen Bitte, den Versuch einer Kontaktaufnahme mit ihm zu unterlassen und auch die Mittelsmänner, die uns seine Botschaften überbringen, nicht zu behelligen. Es gelingt uns meistens gut, die Stunden, Tage, Wochen und Monate ohne Gedanken an all das, das wir bis auf Weiteres zurückgelassen haben, verstreichen zu lassen.

Cecilia sucht einmal pro Woche unsere Finca auf und poliert sie auf Hochglanz. Sánchez haben wir in den fünf Monaten nur drei Mal gesehen. Das erste Mal bei unserer Ankunft, als er uns gemeinsam mit Cecilia vom Bahnhof abgeholt und in die Finca nach Fornalutx gebracht hat. Ein zweites Mal, als die Wasserzuleitung an einer Stelle im Garten oberhalb der Finca undicht und dadurch der Wasserdruck im Haus so sehr gesunken ist, dass aus den Hähnen nur noch ein klägliches Rinnsal kam. Und ein drittes und letztes Mal, um die beiden großen Gasflaschen austauschen zu lassen, die das Haus mit Wärme und die Küche mit Gas zum Kochen versorgen. Dieser Besuch liegt mittlerweile auch schon wieder zwei Monate zurück.

Am heutigen Abend sind wir eingeladen bei Cecilia. Sie hat Geburtstag und besteht darauf, dass auch wir an ihrem Fest teilnehmen. Schließlich seien wir inzwischen ja irgendwie Teil ihrer Familie geworden und es würde ihr eine große Freude bereiten, wenn auch wir als Teil derselben gemeinsam mit ihr feiern würden. Anna und ich lassen uns nicht lange bitten und nehmen ihre Einladung gerne an. Wir sollen uns nicht über einige ihrer Familienmitglieder und deren vielleicht etwas merkwürdig anmutende Gepflogenheiten wundern. Das sei eben so bei alten Schamanen aus dem peruanischen Hochland. Nach unserer Zusage hat sie dann freudestrahlend die Finca verlassen.

Das ist jetzt vier Tage her und seitdem befindet sich Anna in einem freudig erregten Spannungszustand.

»Weißt du, Mateo, mir ist, als würde ich bald uralte Bekannte wiedersehen. Ich kann dir nicht erklären, warum, aber Cecilias Bemerkung hat dieses Gefühl in mir ausgelöst. Und jetzt kann ich es kaum erwarten, gemeinsam mit dir Gast ihrer Familienfeier zu sein.«

Heute nun ist es so weit. Anna hat sich, für sie völlig untypisch, fast zwei Stunden mit der Frage beschäftigt, was sie am besten anziehen soll. Mit meinen zunehmend genervt wirkenden Kommentaren habe ich sie offensichtlich verletzt, da sie sich schließlich schmollend ins Schlafzimmer zurückzieht, um die Kleiderfrage mit sich selbst auszumachen.

Als sie mir dann final das Ergebnis präsentiert, sagt sie nur: »Ich habe zwar begriffen, dass es dich nicht weiter interessiert, hoffe aber trotzdem, dass ich dir in dieser Aufmachung gefalle.«

Ich hingegen nehme sie liebevoll in den Arm, gebe ihr einen innigen Kuss auf die Wange und entgegne: »Du siehst ein bisschen aus wie eine Indigo vom Lago di Garda. Aber dich könnten nicht einmal die hässlichsten Lumpen entstellen, weil deine Aura und deine Schönheit einfach alles überstrahlen.«

»Ich bin mir nicht sicher, Mateo, ob ich dies jetzt als ein Kompliment oder als einen weiteren Ausdruck deines aktuell ziemlich ausgeprägten Desinteresses an mir und meinem Outfit werten soll.«

»Ich schlage vor, du wählst die Variante, bei der es dir besser geht.«

»Gut. Ich nehme das Kompliment.«

»Warte einen Augenblick. Ich schaue mir das alles noch einmal ganz genau an.«

Ich lasse Anna los, gehe zwei Schritte zurück und betrachte sie von oben bis unten. Ihr zu einem strengen Zopf geflochtenes dichtes braunes Haar, ihre tief gebräuntes Gesicht, ein lässig über ihre Schulter geworfener beigefarbener Leinenponcho, ein knielanger Rock, den ein Muster ziert, das mich sehr an die Stoffdesigns von Missoni aus den Achtzigerjahren erinnert, ihre wunderschönen, nicht minder braunen Beine und die aus ebenfalls beigefarbenen Schnürsandalen etwas zu weit herausschauenden, kraftvoll anmutenden und überaus gepflegten Füße wirken wie ein ästhetisches Gesamtkunstwerk auf mich, das mir in Bewunderung zum Ausdruck bringenden Tonfall den Kommentar »Du bist die Personifizierung weiblicher Anmut, du über alles von mir geliebte Maria. Ich bedauere zutiefst, dass du schon vergeben bist« entlockt.

»Du glaubst doch nicht allen Ernstes, dass du mit dieser Schmeichelei deine vorherige Ignoranz wiedergutmachen kannst, oder?«

»Ich glaube an die Kraft der Worte. Und an dein sicheres Gespür für die Wahrhaftigkeit derselben. Insofern bin ich voll der Hoffnung hinsichtlich der von dir angesprochenen Wirkung, Verehrteste.«

Anna kommt auf mich zu, nimmt mich nun ihrerseits in den Arm und beißt mir liebevoll in das rechte Ohrläppchen.

»Du bist und bleibst ein Schuft. Aber ein durchaus liebenswerter. Auch wenn es viele Dinge gibt, die mir zunehmend Mühe machen.«

»Dürfte ich erfahren, wovon du sprichst?«

»Na ja, also, wenn das jetzt keine ewig lange Grundsatzdiskussion wird. Wir sind immerhin auf einen Geburtstag eingeladen, schon vergessen?«

»Nur raus mit der Sprache!«

»Ich beobachte, wie du dich dir selbst immer wieder stellst, um deinen Alkoholkonsum und die daraus resultierenden Gefühlsschwankungen zumindest zeitweise unter Kontrolle zu bringen. Natürlich nehme ich wahr, dass du in Gegenwart anderer Frauen nicht mehr ständig deine Pfauenfedern ausbreitest. Ich glaube erkennen zu können, dass du dich zunehmend selbst reflektierst und an dir arbeitest. Du willst dich ganz offensichtlich weiter entwickeln, wirkst zeitweise ruhiger, besonnener und konzentrierter auf mich. Und das gefällt mir. Sehr. Natürlich sehe und spüre ich auch, wie dir dein, fast möchte ich sagen, Kampf mit dir selbst auf dem Weg zu mehr Selbstkontrolle und Selbstfürsorge mitunter schwerfällt und dich viel Kraft kostet. Und trotzdem, oder vielleicht auch gerade wegen deines guten Willens, liebe ich dich, du Schuft.«

Anna küsst mich und schaut mir für einen kurzen Moment schweigend in die Augen, als könne sie meine durch ihre Worte ausgelösten Gedanken und Gefühle in meinen Augen lesen.

»Beabsichtigst du in diesem Outfit zu gehen oder ziehst du auch noch etwas Vernünftiges an?«

»Okay. Du hast völlig recht. In deine vorherige Ansprache eines Schufts steige ich jetzt besser nicht ein. Da werden wir sonst nicht so schnell mit fertig.«

Ich blicke an mir runter. Meine Füße stecken in alten Esprit-Flipflops, die schon vor Längerem ihre blaue Farbe an die Sonne verloren haben. Eine viel zu weite graue Bermuda, über die Anna mir mehrfach ihr Missfallen zum Ausdruck gebracht hat, hängt so gerade noch über meinen Hüften. Und mein Oberkörper wird von einem an verschiedenen Stellen durchlöcherten grauen Trägershirt mehr schlecht als recht bedeckt.

»Ganz gleich, was ich anziehe. Neben dir zu bestehen, ist schlichtweg unmöglich. Deshalb bleibe ich, wie ich bin.«

»Das kannst du gerne bleiben. Denn ich liebe dich so, wie du bist. Aber etwas anderes anziehen könntest du schon. Immerhin sind wir auf einer Geburtstagsfeier eingeladen. Und irgendwie ist es ja wohl auch eine Frage der Wertschätzung den Gastgebern gegenüber, wenn man sich ansprechend kleidet. Findest du nicht?«

»Ja, Mutti. Ich gehe ja schon. Kannst du mir vorher noch die Nase schnäuzen und nachher bitte auch die Schuhe zubinden?«

Noch bevor Anna reagieren kann, befreie ich mich aus ihrer Umarmung und gehe ins Haus. Ich weiß, wie sehr sie es hasst, wenn ich sie Mutti nenne. Aber diese kleine Stichelei bin ich ihr schuldig. Denn sie weiß nur zu gut, wie sehr mich ihre erzieherisch anmutenden Bevormundungen demütigen, weil sie einen immer noch vorhandenen wunden Punkt in mir triggern.

Im Schlafzimmer schlüpfe ich aus den Flipflops und schiebe sie halb unter das Bett, ziehe die Shorts über die Hüften nach unten, ohne sie zu öffnen, pelle mich umständlich aus dem Shirt und werfe beides über das Bett. Ich spüre den leisen Trotz in mir, der mich dazu veranlasst, für diese kleine Unordnung zu sorgen, und schmunzle amüsiert in mich hinein. Zwei Minuten später bin ich wieder bei Anna auf der Terrasse. Weiße Turnschuhe, beigefarbene Chinohose, weißes Hemd und einen weißen Schal über den Nacken gelegt, dessen Enden in Höhe des Gürtels auf dem Bauch liegen. Ich fühle mich unwohl. Einerseits, weil Annas Worte von gerade eben noch in mir nachhallen. Andererseits, weil ich hier in Sóller in den vergangenen fünf Monaten zu viele Kilogramm zugenommen habe. Verantwortlich mache ich dafür die wenig bis gar keine Bewegung, die zwei bis drei täglichen Mahlzeiten und den deutlich weniger gewordenen Sex, als wir ihn in Albisano hatten. Wann immer ich das Anna gegenüber so zu rechtfertigen versuche, kommentiert sie es mit den Worten, dass weniger Bewegung und zu viel Essen lediglich Symptome sind, der eigentliche Grund aber in meiner nach wie vor entwicklungsfähigen Selbstdisziplin zu finden sei. Damit verärgert sie mich jedes Mal aufs Neue. Sie hat natürlich recht. Und das ist mir erst recht nicht recht. Am meisten stört mich daran jedoch, dass sie auf meinen ebenfalls angeführten Grund »weniger Sex« nie eingeht.

»Geht das so? Nimmst du mich so mit, Maria?«

»Etwas weniger Bauch täte es auch.«

»Sehr charmant. Vielen Dank.«

»Charme und Ehrlichkeit schließen sich in den meisten Fällen aus, Mateo. Das weißt doch du am besten. Aber wenn ich mal von der Wölbung über dem Gürtel absehe, sind die Anziehsachen so weit in Ordnung, die ich sehe.«

»Du kannst mich mal. Noch ein solcher Spruch und du gehst alleine auf die Party.«

»Entschuldige bitte. Ich nehme die letzte Bemerkung zurück und korrigiere: Du bist eine männliche Erscheinung, deren Anziehungskraft durch die von dir gewählte Kleidung noch zusätzlich gewinnt. Ich werde dich auf der Party genauestens im Auge behalten, damit du keiner der zahlreichen weiblichen Versuchungen erliegst, denen du auf diesem peruanischen Familienfest aller Wahrscheinlichkeit nach ausgesetzt sein wirst.«

»Lass stecken, Maria. Hör auf zu rudern. Du bist an Land.«

Anna lacht lauthals auf, kommt erneut zu mir, umschließt mich mit beiden Armen und drückt meinen Körper fest an den ihren.

»Ich liebe jeden Zentimeter an und von dir. Das solltest du inzwischen wissen. Das spürst du hoffentlich. Oder etwa nicht?«

»Du meinst, wenn wir einmal im Vierteljahr Sex miteinander haben?«

Anna lässt mich sofort los, senkt ihren Kopf, legt beide Hände an ihre Schläfen, geht in dieser Haltung an mir vorbei zum großen, auf der Terrasse stehenden Holztisch und setzt sich auf die Tischplatte.

»Was ist jetzt wieder los?«

»Ich brauche Hilfe, Alfredo.«

»Hilfe? Was für Hilfe? Könntest du mir jetzt bitte erst mal helfen zu verstehen, wovon du sprichst und was deinen plötzlichen Stimmungsumschwung ausgelöst hat?«

»Ja, es stimmt. Wir haben kaum noch Sex. Und ich gebe zu, dass ich zu bin, abgeschaltet, irgendwie eingefroren.«

»Ach, was du nicht sagst.«

»Alfredo. Ich brauche Hilfe, keinen Sarkasmus.«

»Entschuldige bitte, Anna, aber was du gerade gesagt hast, ist für einen einfühlsamen Menschen - und für einen solchen halte ich mich in der Zwischenzeit durchaus - wohl kaum übersehbar. Außerdem sind wir seit geraumer Zeit ein Paar und leben zusammen. Also wie sollte mir entgangen sein, dass du zu bist? Wobei bitte brauchst du Hilfe?«

»Nicht jetzt. Lass uns dieses Gespräch bitte nicht jetzt führen. Lass uns ... komm her, bitte. Komm zu mir.«

Anna breitet die Arme aus, löst sich vom Tisch und kommt auf mich zu.

Bei mir angekommen, legt sie ihre Lippen auf meine, schiebt ihre Zunge in meinen Mund, öffnet mit flinken Bewegungen meine Chino und umschließt mit ihrer rechten Hand meinen augenblicklich hart werdenden Penis. Ich schiebe Annas Rock hoch und lasse meiner blitzartig geweckten Begierde freien Lauf. Schritt für Schritt dränge ich sie zurück, umfasse ihre Hüften und setze sie auf den Tisch, gehe einen Schritt zurück, um ihre Beine auszustrecken und ziehe ihr den weißen Spitzenslip aus, um schließlich ihre Schenkel nach außen zu drücken und ungestüm in sie einzudringen, nachdem meine Chino auf dem Weg zum Tisch mitsamt der Unterhose in meine Kniekehlen gerutscht ist. Ihre Lust, ihre überaus feuchte Vagina steigern meinen Appetit auf ihren Körper. Anna zieht den Poncho über ihren Kopf und schiebt den weißen Spitzenbüstenhalter nach oben, damit ich ihre, aufs Äußerste erregten Brustwarzen küssen kann. Diese Intensität der sexuellen Begegnung habe ich das letzte Mal in meinem Rustico mit ihr erlebt. Im Gegensatz dazu dauert dies hier aber höchstens zehn Minuten, bis wir beide zur gleichen Zeit leise stöhnen und uns tief atmend von den Wogen der Befriedigung davontragen lassen. Miteinander vereint verharren wir beide still in dieser Position, bis sich unsere Atembewegungen wieder normalisiert haben.

»Das war ein Gruß aus der Küche. Jetzt fahren wir zum Hauptgericht und das Dessert heben wir uns für die Rückkehr auf, einverstanden?«

Wir ziehen uns beide wieder an, verriegeln Terrassentür und Haustür, schlendern eng umschlungen zum Auto, das vor dem Tor darauf wartet, bewegt zu werden, und fahren von Fornalutx ins Tal hinunter nach Sóller. Und doch spüre ich, dass etwas großes Sperriges zwischen uns steht. Nachdem meine Lust befriedigt ist, verstehe ich langsam, wobei sie Hilfe braucht.

Hudson Hotel

April 2009

Auf der Bühne der Weltgeschichte dreht sich das Rad unaufhörlich weiter. In Kuba wurde der Bruder des kommunistischen Staatschefs Fidel Castro vom Parlament zum Regierungschef und Staatsoberhaupt gewählt. Der gesundheitlich sehr angeschlagene Fidel Castro hatte im Vorfeld seinen endgültigen Verzicht auf eine erneute Kandidatur erklärt. Der französische Staatspräsident Nicolas Sarkozy heiratete die gebürtige Italienerin Carla Bruni, die in diesem Jahr die französische Staatsbürgerschaft annahm. Für Sarkozy ist es die dritte Ehe. Am 29. April entdeckte man im niederösterreichischen Amstetten die über vierzigjährige Elisabeth F., die von ihrem Vater 24 Jahre lang in einem Keller unbemerkt eingesperrt gewesen war. Sie war vielfach von ihrem Vater vergewaltigt worden und hatte von ihm sieben Kinder geboren. Dieser erschütternde Fall von Inzest machte wochenlang Schlagzeilen. Der Vater wurde im Jahr darauf zu einer lebenslangen Haftstrafe verurteilt. Den Sommer dominierten die XXIX. Olympischen Spiele in Peking. Trotz der anhaltenden Kritik der Weltöffentlichkeit an den Menschenrechtsverletzungen in China sahen Millionen Menschen eine grandiose Eröffnungsfeier. Nur drei Monate zuvor war China von einem schweren Erdbeben der Stärke 7,9 heimgesucht worden, bei dem knapp 70.000 Menschen ums Leben kamen. Putin musste im April des Jahres 2008 das Amt des Ministerpräsidenten antreten, weil die Verfassung der Russischen Föderation eine nochmalige Wiederwahl zum

Staatspräsidenten nicht zuließ. Und im November des Jahres 2008 wurde Barack Obama zum 44. und ersten afroamerikanischen Präsidenten der Vereinigten Staaten gewählt. Damit löste er die kriegstreibende Bush-Administration ab.

Nur die *Operation Pagina* ist seit Oktober 2008 zum Stillstand gekommen, weil die beiden zentralen Figuren des Projekts wie vom Erdboden verschluckt sind. Die CIA hat die Mitstreiter der Operation im Februar 2009 nach New York City eingeladen. Die Koordination eines für alle Beteiligen realisierbaren Termins hat beinahe einen ganzen Monat gedauert, bis man sich schließlich auf ein halbtägiges Treffen am Vormittag des 16. Februar 2009 verständigen konnte. Der offizielle Beginn des Treffens war anberaumt für 09:30 Uhr in der Bibliothek des Hudson Hotels, 58. Straße in Manhattan.

John Brown, der leitende Mitarbeiter, ist bereits zugegen und inspiziert die Örtlichkeiten hinsichtlich der Absperrungen, die seine Leute schon einen Tag vorher veranlasst haben. Er ist sichtlich zufrieden mit der Wahl des Ortes, da die Bibliothek lediglich über einen Zugang von der Seite der Lobby aus verfügt und außerdem in einem relativ abgelegenen Bereich des Hotels liegt. Ein Bereich, der vormittags sicher nicht von allzu vielen Hotelgästen aufgesucht wird. Brown bittet einen der herumstehenden Sicherheitsmänner, ihm eine Coke bringen zu lassen, die er etwa eine Minute später in den Händen hält. Auf diesem Weg kann er sich davon überzeugen, dass auch die Kommunikation zwischen seinen Leuten und dem extra für dieses Treffen abgestellten Hotelpersonal funktioniert. Die Gäste können kommen.

Brown blickt auf seine Breitling. 09:12 Uhr. Er setzt sich in einen der großen Sessel, zieht sein kleines schwarzes Notizbuch aus der Jackentasche und geht den seinerseits geplanten Verlauf des Treffens noch einmal durch. Da er als Gastgeber die Moderation übernehmen wird, dürfte es ein

Leichtes werden, das gesamte Meeting zu steuern und in die Richtung zu lenken, in der er es zu lenken beabsichtigt. Zunächst sollen alle Mitglieder einmal den aus ihrer Sicht aktuellen Stand der *Operation Pagina* schildern. Dann würde er Bahram Afarid vom VEVAK auf den Zahn fühlen. Danach würde er Boris Lebedew vom FSB das Wort erteilen. Als Dritten wird er sich Ibrahim Rosenberg vornehmen, dem sein besonderes Interesse gilt. Und schließlich wird er Oberst Garibaldi und dessen bisherige Aktivitäten kritisch auf den Prüfstand stellen. Beginnen wird er das Ganze mit einem maximal fünfminütigen Update aus Sicht der CIA, um den übrigen Teilnehmern der Runde verständlich zu machen, warum sich die CIA nun stärker in das Geschehen einzumischen beabsichtigt.

Einer seiner Leute nähert sich seinem Sessel und teilt ihm das Eintreffen des ersten Gastes mit, dass aber Irritation aufgekommen sei, weil es sich zwar um eine Person handelt, die sich als Mitarbeiter des VEVAK ausweisen könne, nicht aber der avisierte Bahram Afarid sei. Brown erhebt sich aus seinem Sessel, steckt das Notizbuch in die Innentasche des Jacketts zurück und folgt seinem Sicherheitsmann zur Rezeption, während ein anderer die Stellung dessen übernimmt, der ihn nun zur Rezeption begleitet.

Auf dem Weg dorthin freut sich Brown erneut über die Wahl dieses Standortes, da man die Rezeption des Hotels nur durch einen kleinen, unscheinbaren Eingang von der 58. aus und eine daran anschließende in verschiedenen Neonfarben illuminierte lange Rolltreppe erreichen kann. Ein ungesehenes Betreten des Hotels ist nahezu ausgeschlossen. Es sei denn, man ist mit den örtlichen Gegebenheiten bestens vertraut und weiß, dass Anlieferungen ausschließlich von der 5th Avenue aus möglich sind. Über den dortigen langen schmalen Gang rechts neben einem von Indern betriebenen 24-Hours-Store gelangt auch das Personal ins Haus. Diesem ist es strikt untersagt, den offiziellen Hoteleingang zu nutzen.

Es ist also ausgesprochen leicht, die beiden Zugänge einerseits zu kontrollieren und andererseits jederzeit zu sichern, und im Fall der Fälle das Haus hermetisch zu verriegeln.

Als Brown an der Rezeption angelangt ist, wird ihm von zwei weiteren Sicherheitsmännern der avisierte Gast präsentiert, der sich als Sinan Ahmadinejād ausweist. Brown empfängt ihn freundlich, bittet ihn, ihm zum Besprechungsraum zu folgen und gebietet seinen drei Mitarbeitern mit einer unauffälligen Geste, ihnen nicht zu folgen, um kein größeres Aufsehen in der Lobby zu verursachen.

In der Bibliothek angekommen, bietet er ihm den Sessel an, in dem er selbst kurz vorher noch gesessen hatte, setzt sich auf die zwischen Sessel und Bibliothekszugang stehende zweisitzige Couch und blickt den Gast erwartungsvoll an. Dieser stellt sich in akzentfreiem Englisch kurz vor und entschuldigt Bahram Afarid.

»Mr. Afarid wurde kurzfristig von der *Operation Pagina* abgezogen und der VEVAK bittet dafür um Entschuldigung. Die Gründe dafür werde ich Ihnen und den übrigen Kollegen gerne nachher noch in der gebotenen Ausführlichkeit erklären. An seiner Stelle werde ich mein Bestmögliches tun, um Sie in diesem Projekt tatkräftig zu unterstützen, und hoffe, dass Sie mich als neuen Gesprächspartner und Repräsentanten des VEVAK akzeptieren. Ihren Kollegen, die mich an der Rezeption empfangen haben, habe ich meine Aktentasche mit allen Unterlagen unter anderem auch zu meiner Person anvertraut, damit Sie sich ein umfassendes Bild über mich machen können.«

Noch bevor Brown antworten kann, signalisiert ihm einer seiner Security-Leute, dass ein weiterer Gast eingetroffen ist und will wissen, ob dieser bereits zu ihnen in die Bibliothek gebracht werden kann. Brown reagiert mit einem nach oben gestreckten Daumen, und einige Augenblicke später steht Garibaldi bereits im Türrahmen der Bibliothek. Brown erhebt sich, begrüßt Garibaldi und stellt die beiden gegenseitig vor.

»Mr. Ahmadinejād wird an unserem Treffen anstelle von Mr. Afarid teilnehmen. Die Gründe dafür wird er uns allen gleich noch mitteilen. Und das ist Mr. Garibaldi, Oberst der Päpstlichen Garde.«

Ahmadinejād erhebt sich ebenfalls aus seinem Sessel und reicht Garibaldi zur Begrüßung die Hand.

»Dürfen wir Ihnen schon etwas zu trinken anbieten, bis die beiden anderen Herren erschienen sind und wir unser Treffen offiziell beginnen?«, will Brown in seiner Gastgeberrolle wissen.

Ahmadinejād und Garibaldi verlangen beide nach einem Sprudelwasser und einem Kaffee und bleiben gemeinsam mit Brown so stehen, dass sie durch die offene Tür der Bibliothek in den zur Lobby führenden Gang blicken können. Im selben Moment kommen zwei weitere Mitarbeiter der Security, gefolgt von den noch fehlenden Gästen, den Korridor entlang.

»Ah. Da kommen ja auch schon die Herren Lebedew und Rosenberg. Wie wunderbar. Dann können wir pünktlich unser Treffen starten.«

Nachdem sich alle einander vorgestellt haben, eröffnet Brown das Treffen offiziell.

»Vielen Dank, meine Herren, dass Sie den Weg hier zu uns nach New York gefunden haben. Es ist mir eine besondere Ehre und Freude, den Dialog in Hinblick auf *Operation Pagina* mit Ihnen heute persönlich fortsetzen zu können. Damit wir während der gemeinsamen Zeit ungestört bleiben«, Brown wendet sich zu den zwei an der Tür stehenden Security-Männern und gebietet ihnen mit einem Handzeichen die zweiflüglige Tür zu schließen, »haben wir dort im hinteren Bereich der Bibliothek ein kleines Buffet aufgebaut mit einigen Köstlichkeiten, einem Kaffeeautomaten, der selbstverständlich auch heißes Wasser für Tee zur Verfügung stellt, frischen Säften und stillem sowie prickelndem Wasser.

Bitte bedienen Sie sich, wann immer es Ihnen nach etwas davon gelüstet. Ihr Einverständnis vorausgesetzt, machen wir um 11:00 Uhr eine kurze Pause. Bezüglich des Endes unseres Treffens haben wir uns auf 13:00 Uhr verständigt. Sie sind anschließend natürlich gerne noch eingeladen, gemeinsam mit uns hier ein Business-Lunch einzunehmen, sofern es Ihre Zeit erlaubt. Eine Toilette finden Sie dort drüben hinter dem hohen Regal mit den Zeitungen. Der Zugang ist von beiden Seiten des Regals möglich. Wenn Sie gestatten, würde ich gerne unserem neuen Mitstreiter Gelegenheit geben wollen, sich uns allen noch einmal etwas ausführlicher vorzustellen und uns den Grund für den vom VEVAK vorgenommenen Personalwechsel zu erläutern. Ist das in Ihrem Sinne?«

Brown wartet kaum das Kopfnicken der Gäste ab und erteilt Ahmadinejād das Wort mit einem knappen und bestimmten »Bitte, Mr. Ahmadinejād!«

»Mein Name ist Sinan Ahmadinejād, 42 Jahre, ledig und seit 19 Jahren Mitarbeiter des VEVAK. Die von mir bisher begleiteten Projekte waren bislang alle inländischer Natur. Ich war und bin primär damit beschäftigt, die Entwicklungen innerhalb der verschiedenen Gruppierungen der sogenannten islamistischen Krieger zu beobachten und meine Regierung über deren Absichten hinsichtlich des Dschihad auf dem Laufenden zu halten. Die *Operation Pagina* ist mein erster Auslandseinsatz. Den genaueren Grund dafür, warum die Wahl dabei auf mich gefallen ist, kenne ich nicht. Jedoch bin ich befugt, Sie darüber zu informieren, dass Bahram Afarid aufgrund einiger eigenmächtiger Maßnahmen und Handlungen bei den Leitenden des VEVAK in Misskredit geraten ist.«

»Standen diese Handlungen in Zusammenhang mit der *Operation Pagina*?«, will Brown wissen.

»Das entzieht sich meiner Kenntnis. Alles, was ich weiß, ist, dass Bahram Afarid aller seiner Funktionen temporär enthoben wurde und unter Beobachtung steht. Warum das so ist und was er sich aus Sicht meiner Organisation hat zuschulden kommen lassen, weiß ich nicht. Hierzu kann ich nicht einmal Annahmen treffen. Tut mir leid.«

»Und wie gut sind Sie über die Operation selbst informiert?«, hakt Brown nach.

»Nun, ich weiß, dass die Operation unter der Leitung des Obersts Garibaldi steht und sich dieser Kreis hier auf die sogenannte Strategie der Umarmung verständigt hat. Dabei ist es das Ziel, das vollständige Manuskript sowohl in Papierform als auch alle elektronischen Dokumente in den Besitz der päpstlichen Garde zu bringen, es allen an der Operation Beteiligten zur Verfügung zu stellen und anschließend unter Verschluss zu nehmen, um eine Veröffentlichung zu verhindern. Sobald dies erfolgreich geschehen ist, soll mit den beiden Autoren eine friedliche Lösung gefunden werden, damit sie der Nichtveröffentlichung zustimmen. Es wird davon ausgegangen, dass bei Zahlung eines entsprechend großzügigen Geldbetrags die Zustimmung der beiden Autoren erfolgt. Ist das so weit richtig?«

»So weit, alles richtig«, antwortet Brown. »Ist das alles?«

»Nein. Ich bin selbstverständlich auch darüber informiert, dass es bislang noch nicht abschließend und zuverlässig gelungen ist, aller Dokumente habhaft zu werden und dass die beiden Autoren seit Oktober letzten Jahres verschwunden sind. Dies ist wohl auch der Grund für unser heutiges Treffen, um die Lage zu besprechen und das weitere Vorgehen miteinander abzustimmen. Bis hierhin reichen meine Informationen.«

»Korrekt. Gut. Dann lassen Sie mich kurz ausführen, warum wir unsererseits die Initiative ergriffen und Sie heute hier nach New York City eingeladen haben. Ist das in Ihrem Sinne?«, will Brown von den übrigen Anwesenden wissen.

Nachdem alle ihr Einverständnis ausgesprochen haben, bittet Brown die Herren endlich Platz zu nehmen, bleibt selbst aber stehen.

»Wie Sie wissen, hat sich die gesamte politische Lage in den Vereinigten Staaten grundlegend verändert. Barack Obama verfolgt außenpolitisch eine fundamental andere Richtung als Mr. Bush Jr. dies getan hat. Im Übrigen steht die Lösung zahlreicher innenpolitischer Aufgaben ganz oben auf der Prioritätenliste der neuen US-amerikanischen Regierung. Für die *Operation Pagina* bedeutet das in Konsequenz, dass wir hierfür ab sofort keine weiteren Ressourcen zur Verfügung stellen wollen. Das gesamte Projekt hat eine so untergeordnete Rolle für uns, dass wir uns aus der Operation ausblenden und Ihnen alles Weitere überlassen.«

»Wie kommt es zu dem Gesinnungswandel?«, will Rosenberg wissen.

»Die uns bereits vorliegenden Manuskriptauszüge wurden noch einmal einer gründlichen Prüfung unterzogen. Danach gehen wir davon aus, dass selbst bei einer erfolgreichen und weltweiten Veröffentlichung sowie hohen Auflage keine unliebsamen Konsequenzen für die Vereinigten Staaten damit verbunden sein werden. Nehmen Sie zum Beispiel die Vorfälle des 11. September 2001. Nach dem Einsturz des World Trade Center und des benachbarten Hochhauses sowie dem Absturz eines Flugzeuges in ein Gebäude des Pentagon gab es weltweit die wildesten Spekulationen und Verschwörungstheorien. Zahlreiche Artikel und Bücher wurden dazu publiziert. Der amerikanische Physiker Steven Jones ist bekanntlich einer der unermüdlichsten Verfechter der Annahme, dass insbesondere die Türme durch den gezielten Einsatz von Nanothermite vorsätzlich zum Einsturz gebracht worden sind. Sein unverbesserliches Engagement in dieser Angelegenheit hat ihn 2006 seine Professorenstelle an der Brigham Young University gekostet. Und Sie dürfen versichert sein, dass wir diese und alle weiteren diesbezüglichen

Diskussionen und Anstrengungen von Kritikern der offiziellen Untersuchungsergebnisse genauestens im Blick und ebenso unter Kontrolle haben. Im Fall der Fälle würden wir uns zu helfen wissen, meine Herren. Und das ist nur ein Beispiel dafür, warum der Veröffentlichung eines neuen kritischen Manuskripts aus unserer Sicht nicht übermäßig viel Bedeutung beigemessen werden muss. Als weiteres Beispiel könnte ich hier zum Beispiel das von den beiden Autoren Michael Baigent und Richard Leigh 1991 veröffentlichte Buch *Verschlusssache Jesus* anführen, das monatelang auf allen Bestsellerlisten ganz oben stand und bereits im ersten Jahr seiner Veröffentlichung eine Auflage von 280.000 verkauften Exemplaren erreicht hatte. Jenes Buch, in dem sich die beiden Autoren detailliert mit der nach ihrer Auffassung eher unrühmlichen Rolle der Katholischen Kirche bei der Übersetzung und vor allem bei der Unterdrückung der Freigabe der Texte der Qumranrollen beschäftigt haben. Zur bis heute erreichten Auflage liegen mir keine Informationen vor. Aber selbst wenn dieses Buch mittlerweile eine Millionenauflage erreicht haben sollte …« Brown macht eine Pause, blickt Oberst Garibaldi eindringlich an und fährt mit der Frage fort: »Hat die Veröffentlichung dieses Buches der Katholischen Kirche in irgendeiner Weise Schaden zufügen können?«

»Nun, diese Frage lässt sich nicht mit Gewissheit beantworten. Aber dieses Buch ist nach wie vor im Vatikan nicht gern gesehen. Und immerhin hatten wir zum Beispiel in Deutschland im Jahr 1992 einen sprunghaften Anstieg von Austritten zu verzeichnen. 1991 waren es dort rund 140.000 Personen. Im Jahr 1992 plötzlich 50.000 mehr, also über 190.000 Menschen, die der Katholischen Kirche den Rücken gekehrt hatten. In der Zeit zwischen 1992 und 2008 waren es allein in Deutschland rund 2,1 Millionen Menschen, die aus der Kirche austraten.«

»Meines Wissens verfügt Ihre Einrichtung in diesem Land im Jahr 2006 aber immer noch über rund 26 Millionen

Mitglieder. Sie sprechen also über nicht einmal zehn Prozent Mitgliederschwund über einen Zeitraum von 14 Jahren, wenn wir die Phase von 1992 bis 2006 betrachten. Und während Sie in Deutschland einen sagen wir überschaubaren Verlust zu verzeichnen haben, nimmt die Zahl der Eintritte und Mitglieder der großen Weltreligionen jedoch nach wie vor zu. Das gilt, wie Sie selbst am besten nachvollziehen können, mein lieber Oberst, in gleichem Maße auch für Ihr Haus.«

»Das ist wahr«, stimmt Garibaldi, sichtlich von dem Wissen Browns beeindruckt, wortkarg zu.

»Die Liste von Büchern ließe sich endlos fortsetzen, in denen sich mehr oder weniger intelligente Menschen kritisch über die unterschiedlichsten aus ihrer Sicht Missstände geäußert, aber nichts grundlegend verändert haben. Und wir gehen nach eingehender Diskussion in unserem Haus davon aus, dass auch das Buch unserer beiden Autoren keinen fundamentalen Wandel hervorrufen wird. Um es auf den Punkt zu bringen: Es ist uns egal, ob dieses Buch veröffentlicht wird oder nicht. Selbstverständlich steht es Ihnen natürlich frei, die *Operation Pagina* fortzusetzen und weiter an Ihrem Vorhaben festzuhalten.«

Rosenberg spürt, wie sich eine gewisse Freude in ihm ausbreitet, weil ganz offensichtlich seine Bemühungen hinter den Kulissen bereits Früchte getragen zu haben scheinen. Es war ihm zwar auf informellem Weg schon zugetragen worden, dass einflussreiche Persönlichkeiten in diesem Sinne auf die CIA eingewirkt hatten. Aber dass dies schon zu einer grundlegenden Entscheidung geführt hat, hatte ihn bislang nicht erreicht. Er versucht mit versteinerter Miene, sein inneres Gefühl nicht äußerlich wahrnehmbar werden zu lassen. Garibaldi will als Nächster das Wort ergreifen, was Brown jedoch verhindert.

»Da Sie die Leitung der *Operation Pagina* haben, würde ich gerne erst einmal alle anderen Mitstreiter unserer Runde zu Wort kommen lassen und sie um eine finale Einschätzung bitten, Mr. Garibaldi.« Er wendet sich demonstrativ zu Sinan Ahmadinejād. »Wie steht man denn aktuell beim VEVAK zu der Angelegenheit, Mr. Ahmadinejād?«

»Ich denke, es ist der richtige Moment, in dieser Runde die Karten auf den Tisch zu legen und ehrlich miteinander zu spielen. Im Oktober des vergangenen Jahres hat unsere Organisation versucht, die Frau zu liquidieren, nachdem die Vorgehensweise der Kirche bis dahin keine sichtbaren Ergebnisse hervorgebracht hat. Allahs Wille schien es jedoch gewesen zu sein, dass dieses Vorhaben misslang. Wir hatten einen Mann mit dieser Aufgabe betraut, der sich als nicht zuverlässig erwies. Leider mussten wir die entsprechende Person anschließend aus dem Weg schaffen, damit sie keinen weiteren Schaden anrichtet.«

»Habe ich Sie gerade eben richtig verstanden, dass der VEVAK entgegen unserer Abmachung einen eigenen Weg einschlagen und das Problem auf seine Weise lösen wollte?«, will Garibaldi mit leicht erregter Stimme wissen.

»Ja, das haben Sie richtig verstanden. Und dieses Vorgehen war im Übrigen abgestimmt mit dem FSB, der ebenfalls mit Ihren Resultaten höchst unzufrieden gewesen ist. Können Sie das dem Oberst bitte bestätigen, Mr. Lebedew?«

»Zumindest in Teilen«, bestätigt Lebedew.

»Wieso nur in Teilen?«, fasst Brown nach, dem es nach wie vor wichtig ist, der Moderator der Runde zu bleiben und den Diskussionsverlauf zu steuern. »Würden Sie uns das bitte näher erläutern?«

»Die Entscheidung über einen eigenen und gemeinsam mit dem VEVAK zu beschreitenden Weg ist bereits unmittelbar nach unserem ersten Treffen im Hotel Bürgenstock gefallen. Wir waren zu der Ansicht gekommen, dass erst die Frau zu liquidieren und dann alle Materialien beschafft werden müssten, da diese Frau jederzeit in der Lage ist, ihre Gedanken erneut in der gleichen oder einer sehr ähnlichen Form zu Papier zu bringen. Ihr Schreibpartner spielt dabei eine eher untergeordnete Rolle, weil er ja praktisch nur die verbale Kosmetik zum Manuskript beisteuert. Die Entscheidung den Schläfer zu aktivieren, fiel unmittelbar nach dem Treffen Ihres Verlagsmannes mit den beiden Autoren am Gardasee. Insofern ist der von Mr. Ahmadinejād vorgetragene Teil, dass wir uns mit dem VEVAK auf einen Weg verständigt hatten, richtig. Nicht richtig ist allerdings die Schilderung, dass diese Entscheidung erst aufgrund von Unzufriedenheit mit Ihrer Strategie der Umarmung, Mr. Garibaldi, gefällt wurde. An diese hatten wir von Anfang an nicht geglaubt und deshalb beschlossen, unseren eigenen Weg zu gehen.«

Brown ergreift erneut das Wort: »Und wie steht es um den Mossad, Mr. Rosenberg? Haben Sie vielleicht auch eigene Interessen verfolgt beziehungsweise verfolgen immer noch eigene Interessen?«

»Für den Mossad gilt das Wort. Wir haben uns im Hotel Bürgenstock darauf geeinigt, die Leitung der *Operation Pagina* durch die Kirche zu akzeptieren und uns deshalb selbstredend auch an die Vereinbarung gehalten, selbst keine Aktivitäten zu entfalten.«

»Sehr interessant«, kontert Ahmadinejād, »und wie ist es dann zu erklären, dass unser Mann, der den erfolglosen Schläfer aus der Welt geschafft hat, Ihre Männer beim Observieren der Frau beobachtet hat? Offensichtlich scheint der Mossad ja an allen Vorkommnissen ganz dicht dran gewesen zu sein.«

Für einen kurzen Moment stockt Rosenberg der Atem, doch er fängt sich ganz schnell wieder.

»Sich an die Vereinbarung zu halten, sich nicht einzumischen, bedeutet ja nicht zugleich auch die Verpflichtung, den Verlauf der Dinge nicht zu beobachten. Vertrauen ist sicher gut. Aber sie alle wissen so gut wie ich, dass Kontrolle dann und wann besser ist. Als wir mitbekamen, dass Ihre Leute hier ein eigenes Süppchen kochen wollten, haben wir die Frau rechtzeitig gerettet, um sie wohlbehalten zu ihrem Partner zurückbringen und so die Umsetzung der kirchlichen Strategie sicherstellen zu können.«

»Sie wollen damit sagen, dass die Frau jetzt tot wäre, wenn Ihre Leute sie nicht aus Fängen des VEVAK-Schläfers befreit hätten? Es lag also gar nicht an dessen Unzuverlässigkeit?«, interessiert sich Garibaldi mit noch aufgeregter klingender Stimme.

»Meine Herren«, mischt sich Brown in die spürbar aufkommende Eskalation ein, »wie auch immer die Sachverhalte nun im Detail gewesen sein mögen. Schauen wir mit der gebotenen Sachlichkeit die aktuellen Fakten an. Fakt ist, dass die beiden seit Oktober des vergangenen Jahres verschwunden sind. Über die Umstände dieses Verschwindens wird sicher noch zu sprechen sein. Fakt ist ferner, dass sich einige Mitglieder dieser Gemeinschaft nicht an die am Vierwaldstättersee getroffene Vereinbarung gehalten haben. Fakt ist, dass Ihre Strategie, Oberst Garibaldi, bis heute keine Früchte getragen hat. Ein weiterer Fakt ist, dass die CIA das Interesse an dem gesamten Projekt verloren hat, weil wir zu einer neuen Einschätzung der gesamten Situation gelangt sind. Aus meiner Sicht haben wir nun drei Fragen zu klären. Erstens: Wie wollen Sie weiter vorgehen? Zweitens: Sind die beiden überhaupt noch am Leben? Und drittens, wenn ja, wo befinden Sie sich jetzt?«

»Ich würde die Reihenfolge dieser Fragen ändern«, widerspricht Rosenberg.

»Wie meinen Sie das?«

»Nun, Mr. Brown, zuerst müssen wir herausfinden, ob die beiden noch am Leben sind und wo sowie warum Sie sich gegebenenfalls versteckt haben. Davon ist abhängig, welches weitere Vorgehen wir wählen. Denn sicher werden wir anders vorgehen müssen, wenn Anna und Alfredo nicht mehr am Leben sind und damit auch keinen weiteren Einfluss auf das Manuskript und dessen Verwendung nehmen können.«

»Dem stimme ich zu«, brummt Lebedew kaum hörbar in seinen leicht vibrierenden Vollbart.

»Nun, was ist Ihr Vorschlag, Mr. Lebedew?«, will Brown wissen.

»Sie selbst haben es gerade schon gesagt, Mr. Brown. Zunächst müssen wir darüber sprechen, wann und wo die beiden verschwunden sind. Wer aus unserem Kreis hat sie zuletzt gesehen? Möglicherweise gibt uns das Hinweise auf ihren Verbleib.«

Bei diesen Worten blickt Lebedew Rosenberg eindringlich an, der sich durch diesen Blick bemüßigt fühlt, Rede und Antwort zu stehen.

»Wer sie tatsächlich zuletzt gesehen hat, kann ich nicht mit Gewissheit sagen. Nur so viel: Nachdem unsere Leute Anna relativ unversehrt in der Nähe von Plau am See aufgespürt hatten, haben sie sie mit einem Auto zurück nach Berlin gebracht. Am Morgen des entsprechenden Tages hatte ich ihren Partner Alfredo zu mir ins Büro bestellt und dort die beiden zusammengebracht. Nach einem kurzen Frühstück bei mir haben sie das Büro verlassen. Unmittelbar danach haben wir sie aus den Augen verloren. Wir hatten nur einen Mann zu Ihrer Beobachtung abgestellt. Offenbar hatten Sie die Observation bemerkt, denn kurz nachdem sie das Büro verlassen hatten, haben sie sich getrennt und unser Mann musste sich entscheiden. Er beschloss, Anna zu folgen, die sich jedoch am Bahnhof Spandau erfolgreich aus dem Staub gemacht hatte. Dort hat sich ihre Spur auch für uns verloren. Bedauerlicherweise.«

»Also haben Sie sich doch eingemischt. Entgegen unserer Abmachung«, insistiert Garibaldi.

»Ja, und zwar in der Absicht, die beiden wieder zusammenzubringen, damit Sie und Ihre Organisation den verabredeten Weg weitergehen können.«

»Und das sollen wir Ihnen glauben?«, spöttelt Brown.

»Es liegt an Ihnen, ob Sie uns das glauben. Meinerseits kann ich Ihnen aktuell keine in Ihren Augen vielleicht glaubwürdiger klingende Geschichte offerieren.«

Brown setzt seine Moderation in ruhiger, fast gleichgültig klingender Tonlage fort.

»Ich folge Ihrem Gedanken, Mr. Rosenberg, dass wir zunächst klären sollten, wie groß die Wahrscheinlichkeit ist, dass die beiden noch am Leben sind. Davor halte ich aber noch einen anderen Aspekt für diskussionswürdig. Wie steht es um die Verpflichtung zur Strategie der Umarmung?«

Brown schweigt einen Moment, blickt einen nach dem anderen an und lässt seinen Blick schließlich auf Oberst Garibaldi ruhen.

»Unsererseits halten wir diese Vorgehensweise nach wie vor für die einzig richtige. Wir brauchen beide Autoren lebend, damit sie uns zuverlässig ihr gesamtes Material zur Verfügung stellen. Wir wissen mit an Sicherheit grenzender Wahrscheinlichkeit, dass das Werk vollständig fertig ist. Ebenso sicher ist allerdings auch, dass noch etliche Teile des Werkes in Händen von Menschen sind, die damit schlimmstenfalls Unheil anrichten können. Um alle diese Personen zur Herausgabe der Dokumente zu bewegen, brauchen wir die beiden Autoren. Das ist ebenfalls ein Fakt, um es mit Ihren Worten auszudrücken, Mr. Brown.

»Das sehen wir grundlegend anders«, schaltet sich nun Lebedew ein. »Und hier teilen wir die Ansicht des VEVAK, weshalb wir uns ja auch von Anbeginn an auf einen eigenen gemeinsamen Weg verständigt hatten. Wir glauben, dass es nach einer Liquidation der Frau leichter fallen wird, den Mann gefügig zu machen und seine Unterstützung dahingehend zu bekommen, des gesamten Materials habhaft zu werden.«

»Eine Liquidation verbietet sich aus christlichen Gründen«, interveniert Garibaldi.

»Seit wann ist denn die Katholische Kirche geläutert?«, verhöhnt Lebedew den Oberst. »Seit wann nehmen Sie Rücksicht auf Menschenleben? Das passt so gar nicht zur Geschichte Ihres Hauses, mein Bester.«

Noch bevor Garibaldi widersprechen kann, ergreift Brown das Wort und beschwichtigt: »Wie heißt es so schön: Wer da ohne Sünde ist, der werfe den ersten Stein. Ich denke, dass keine unserer Organisationen und der dahinterstehenden Kreise frei von Schuld ist. Insofern sollten wir alle unseren Frieden mit unserer eigenen und der Historie der anderen machen. Wenn ich Sie jetzt aber richtig verstanden habe, Mr. Lebedew, haben Sie sich eigentlich von Anfang an gegen die in Bürgenstock verabschiedete gemeinsame Strategie entschieden und beabsichtigen auch nicht, sich erneut zu ihr zu bekennen. Und das scheint gleichermaßen für den VEVAK zu gelten, ist das korrekt, Mr. Ahmadinejād?«

»Das kann man so sagen«, antwortet dieser.

»Gut. Oder auch nicht. Auf jeden Fall sind wir nun mit der Situation konfrontiert, dass wir innerhalb des Teams der *Operation Pagina* sehr unterschiedliche Interessen antreffen. Interessen, die kaum unter einen Hut zu bringen sein werden. Und wie stehen Sie und der Mossad zu der gesamten Angelegenheit, Mr. Rosenberg?«

»Wie bereits ausgeführt: Unser Wort gilt. Deshalb war es ja auch unsere Absicht, Anna heil zu Alfredo zurückzubringen. Ich erkenne aber natürlich ebenso wie Sie die Schwierigkeit der Lage, in der wir uns jetzt befinden. Für mich stellt sich die Frage, ob es irgendeine konsensfähige Position gibt, auf die wir uns verständigen können? Was denken Sie, Mr. Brown? Und diese Frage richte ich natürlich auch an Sie, Oberst Garibaldi, an Mr. Lebedew und an Mr. Ahmadinejād.«

Brown fühlt sich bemüßigt, als Erster zu antworten: »Der kleinste gemeinsame Nenner ist es, den Verbleib der beiden ausfindig zu machen. Aber spätestens dann beginnt das Problem. Während die Kirche sie am Leben erhalten will und der

Mossad dies bis auf Weiteres mitträgt, wollen VEVAK und FSB den Tod der Autorin. Hier entsteht also ein Wettbewerb um die Frage: Wer findet sie als Erstes? Aus meiner Sicht wäre es der beste Weg, dass FSB und VEVAK der Kirche noch einmal eine Frist einräumen, innerhalb derer es dieser gelingt mit tatkräftiger Unterstützung des Mossad die Autoren aufzuspüren, alle Materialien in ihren Besitz zu bringen und den beiden anderen diese ebenfalls zur Verfügung zu stellen. Sollte dies innerhalb einer noch festzulegenden Frist nicht gelingen, ist die *Operation Pagina* in ihrer ursprünglich vorgesehenen Form als gescheitert zu erklären und jede Organisation wird wohl oder übel ihren eigenen Weg gehen müssen. Und dann gilt: First come, first serve.«

Die Anwesenden diskutieren diesen Vorschlag noch eine Weile mehr oder weniger ambitioniert, ohne zu einer finalen Entscheidung zu kommen. Sowohl Lebedew wie auch Ahmadinejād bitten um eine Woche Aufschub, da sie sich erst mit ihren eigenen Leuten abstimmen und die aktuelle Sachlage intern erörtern wollen. Brown verpflichtet alle Teilnehmer des Treffens darauf, bis zum 30. April 2009 nichts weiter zu unternehmen und die Entscheidung von VEVAK und FSB abzuwarten. Des Weiteren gelingt es ihm noch, einen gemeinsamen Termin für die von ihm vorgeschlagene Fristverlängerung zu vereinbaren. Sollten die Organisationen von Lebedew und Ahmadinejād dem Vorschlag zustimmen, bekommen die Kirche und der Mossad drei Monate Zeit, um die ursprünglich geplante Strategie der Umarmung erfolgreich umzusetzen. Sollte dies bis dahin nicht gelungen sein, wäre die *Operation Pagina* als gescheitert zu erklären und jeder könnte ohne Rücksicht auf den anderen seinen eigenen Weg gehen.

Um 11:19 Uhr ist das Ende des Meetings erreicht. Brown lädt noch zu dem vorbereiteten Business-Lunch ein, doch alle Mitstreiter lehnen dankend ab. Die Männer stehen auf, verabschieden sich voneinander und verlassen einer nach dem anderen von jeweils zwei Security-Leuten begleitet den Raum. Brown hat zuvor Rosenberg in einem unbeobachteten Moment unauffällig signalisiert, dass er ihn noch allein sprechen will und er deshalb als Letzter gehen möge. Jetzt stehen die beiden Männer alleine in der Bibliothek und Rosenberg lässt die Flügeltüren noch einmal schließen.

Brown tritt ganz dicht an Rosenberg heran und raunt: »Sie scheinen auch in unserer Organisation gut vernetzt zu sein, Rosenberg. Dass Sie das Ruder in dieser Form würden herumreißen können und das auch noch vor dem Hintergrund mehr oder weniger individueller Interessen einzelner Personen, das hätte ich nicht für möglich gehalten. Ihr Juden haltet eben zusammen. Verdammtes Pack. Aber eben auch verdammt effektiv. Ich hasse Sie und Ihresgleichen dafür. Ihr seid eine elende Mischpoke. Für dieses Mal mögen Sie gewonnen haben. Aber wir bleiben dran. Erstens ist es mir ab heute ein ganz persönliches Bedürfnis, weiter mitzumischen. Und außerdem: Der CIA ist mächtiger als alle Juden der Welt zusammen. Nicht zuletzt, weil er durchdrungen ist von Ihresgleichen. Und er ist auch mächtiger, als es der amerikanischen Regierung und manch anderer Organisation lieb ist. Merken Sie sich diese Worte gut!«

Bei diesen Worten öffnet Brown die Flügeltür und lässt Rosenberg in die Lobby bringen, ohne dass dieser auf dessen letzte Worte noch etwas erwidern kann. Mit gemischten Gefühlen verlässt Rosenberg das Hudson Hotel.

Schamanen

25. April 2009

Anna und ich brauchen nur rund zehn Minuten, um mit dem Auto von Fornalutx nach Sóller zu kommen. Nachdem wir es auf dem Parkplatz hinter der Markthalle abgestellt haben, legen wir das letzte Stück des Weges zu Fuß zurück, da in der Calle d'Isabell II. keine Parkmöglichkeit ist. Cecilias Haus liegt zwei Häuser oberhalb des von ihr verwalteten kleinen Hotels der Familie Martínez. Vom Balkon ihres eigenen Hauses kann sie den Garten des Hotels einsehen. Ihr eigenes Grundstück ist schmal, aber sehr tief. Es reicht bis an das Gelände des Bahnhofs von Sóller heran.

Cecilia öffnet uns mit überschwänglicher Freude die Tür zu ihrem Haus, umarmt uns herzlich, bittet uns schließlich zu dem hinter ihr stehenden, uns ebenfalls am Hauseingang begrüßenden Sánchez, geleitet uns in den Garten und versorgt uns mit einem Getränk. Dort stehen wir nun und nehmen die übrigen Gäste etwas genauer in Augenschein. Es scheint sich ausnahmslos um Peruaner zu handeln, wie wir aufgrund ihrer Hautfarbe, ihrer Physiognomie und ihrer Körpergröße vermuten. Die sich angeregt unterhaltenden Gäste schenken uns weiter keine Aufmerksamkeit. Mit Ausnahme eines älteren Herren, der sich in diesem Augenblick von einem der im hinteren Teil des Gartens stehenden Stühle erhebt und zielstrebig auf Anna und mich zukommt. Er strahlt etwas Würdevolles und Weises aus und scheint deutlich größer zu sein als die übrigen Gäste. Ein kurzer Blick in Annas erwartungsvoll leuchtende Augen verrät mir, dass sie in diesem Mann die Wiederbegegnung mit einem alten Bekannten vermutet, von der sie gesprochen hat, unmittelbar nachdem Cecilia uns zum heutigen Fest eingeladen hatte. Mit jedem Schritt, den der ältere Herr uns näherkommt, spüre ich Annas tiefer werdenden Atem.

»Guten Abend«, begrüßt er uns mit ausgestreckter Hand und einer tiefen warmen Stimme. »Sie müssen Maria und Mateo sein. Es freut mich sehr, Sie kennenzulernen. Mein Name ist Antonio. Ich bin der älteste Onkel Cecilias. Sie hat mir schon so viel über Sie erzählt und ich bin wirklich sehr gespannt, Sie kennenzulernen. Wie ich sehe, hat Ihnen Sánchez schon etwas zu trinken angeboten. Möchten Sie, dass ich Sie mit den Gästen bekannt mache, oder wünschen Sie, in dieser Sache sich selbst überlassen zu bleiben?«

Anna ergreift als Erstes seine ausgestreckte Hand und hält sie mit ihren beiden Händen kurz fest.

»Vielen Dank für die freundliche Begrüßung, Don Antonio. Auch uns freut es, Sie persönlich kennenzulernen.«

»Dem schließe ich mich gerne an«, beeile ich mich meinen Teil zum Austausch der Höflichkeiten beizutragen und reiche Antonio ebenfalls meine Hand.

»Wollen Sie sich nicht setzen? Kommen Sie doch nach da hinten zu mir. Dort stehen einige sehr gemütliche Stühle. Und ich persönlich finde es dort auch wegen der prächtig wachsenden Bougainvillea, die praktisch den gesamten Sitzplatz überrankt, sehr lauschig.«

Ohne eine Reaktion von Anna und mir abzuwarten, dreht sich Antonio um und geht uns voran zu dem Stuhl zurück, von dem er sich gerade eben erst erhoben hat, bleibt dort aber stehen und lädt uns mit einer Geste ein, uns zu ihm zu setzen. Wir folgen seiner Einladung, lassen uns auf den tatsächlich sehr komfortablen Sesseln nieder, stellen unsere Gläser beide jeweils auf einem kleinen an der Seite unserer Sessel stehenden, leicht angerosteten Metalltisch ab und blicken den älteren Herren erwartungsvoll an. Anna, die sich zunehmend beruhigt hat, wie ich an ihrer gleichmäßiger werden Atmung erkennen kann, ergreift zuerst das Wort.

»Wo leben Sie, Don Antonio?«

»Immer da, wo ich mich gerade befinde, lebe ich auch. Bitte verzeihen Sie diese auf Sie vielleicht etwas belehrend wirkende Antwort. Es ist nur so, dass ich aufgrund meiner Tätigkeit praktisch durch die ganze Welt reise. Tatsächlich verbringe ich von 365 Tagen im Jahr bestimmt 300 an unterschiedlichen Orten. Also ganz so stimmt das nicht. Wenn ich eine Gruppe durch den Amazonasregenwald oder das peruanische Hochland begleite, dann bin ich auch schon mal sechs bis acht Wochen zumindest im gleichen Gebiet. Aber eben nur ganz selten am gleichen Ort.«

»Das klingt, als wären Sie Reiseführer«, versuche ich mich mit einem Scherz, auf den Antonio in sehr wertschätzender Weise eingeht.

»Sie haben offensichtlich ein gutes Gespür für die Berufe oder Berufungen anderer Menschen, Mateo. Tatsächlich bin ich eine Art Reiseführer. Bei den Reisen, die ich begleite, geht es allerdings mehr um Reisen nach innen. Und bevor sie es von einem der anderen Gäste erfahren: Ich bin einer von der Sorte, die man gemeinhin als Schamanen bezeichnet. Ich nehme an, Sie können mit dieser, sagen wir Berufsbezeichnung etwas anfangen?«

»Der Schamanismus ist die Lehre der Weisheit. Sie beruht auf der Annahme des Einsseins. Das bedeutet, dass jeder Existenz eine Göttlichkeit innewohnt. Auf der Ebene dieser einen alles und alle umfassenden göttlichen Präsenz ist alles mit allem verbunden, es gibt kein isoliertes Sein. Die Arbeit der Schamanen geht davon aus, dass alles Sein Energie ist. Und diese Energie materialisiert sich durch verschiedene Schwingungsebenen.«

Anna macht eine kurze Pause und blickt mich zögerlich an. Sie weiß aus zahlreichen ähnlichen Augenblicken, dass ich diese Ergüsse ihrerseits manchmal voller Staunen, von

Zeit zu Zeit einfach nur unpassend und dann und wann richtig schrecklich finde.

»Nur zu. Fahren Sie fort«, ermutigt sie Antonio.

»Die Werkzeuge der Schamanen sind Rituale und Initiationen. Ziel dieser Rituale und Initiationen ist es, die vorhandene Energie zu bündeln und zu transformieren. Und das Ziel der Transformation wiederum ist, den menschlichen Geist mit dem großen Geist zu verbinden. Dieser große Geist wird auch Gott oder universelle Kraft genannt. Wenn die Transformation gelingt, wird menschliches Sein und Handeln zum Ausdruck des Göttlichen. Der Transformationsprozess wird auch als Inkarnation bezeichnet. In der Inkarnation verschmilzt der Mensch mit seinem wahren Selbst. Er lernt sich besser kennen und ordnet seine Prioritäten entsprechend seinem wahren Selbst neu. Deshalb haben Sie sich selbst ja gerade eben auch als Reiseleiter bezeichnet. Weil sie die Menschen auf dieser Reise ins Innere und damit zugleich nach außen zu einem höheren Selbst begleiten.«

»Ja. Genau so verhält es sich, Maria. Und wenn der Mensch seine Prioritäten gemäß seinem wahren Selbst neu ordnet, erwächst ihm ein hohes Maß an Selbsterkenntnis. Durch diese Erkenntnis gewinnt er ein stärkeres Vertrauen in sich, in das Göttliche und in das Leben selbst. So denken die Schamanen. Und danach handeln sie.«

»Schade ist nur, dass sich diese Weisheit ganz offensichtlich bis zum heutigen Tag nicht erfolgreich durchsetzen konnte«, schalte ich mich ein, »sonst würde die Menschheit nicht allerorten ihren Lebensraum sukzessiv zerstören. Es würde keinen Streit und keine Kriege geben.«

»Es gab eine Zeit in der Entwicklung des Menschen, da war ihnen das Wissen der Schamanen heilig und sie sind deren Rat gefolgt. Doch vor langer Zeit ist etwas geschehen, was sie von uns entfernt hat. Zeitweise wurden wir sogar verfolgt. Also haben wir es vorgezogen, uns zurückzuziehen um Wissen und Weisheit zu hüten. Wohl wissend oder zumindest ahnend, dass dieses Wissen irgendwann von der Menschheit wieder gebraucht werden wird. Es scheint, als wäre diese Zeit mittlerweile in greifbare Nähe gerückt.«

»Sie haben eben gesagt, Don Antonio, dass vor langer Zeit etwas geschehen ist, was die Normalsterblichen und die Schamanen voneinander entfernt hat. Wann war das und was genau ist da geschehen?«, will ich wissen.

»Zeitlich lässt sich das nicht genau bestimmen. Es handelt sich eher um einen fortlaufenden Prozess, der mit den Genen zu tun hat. Das jedenfalls ist die Lesart einer bestimmten Gruppe von Biologen, angeführt von dem Evolutionsbiologen Richard Dawkins. Er hat seine diesbezüglichen Überlegungen 1976 in dem Buch *Das egoistische Gen* veröffentlicht. Eine in der Fachwelt äußerst umstrittene Anschauung, die er da vertritt. Aber aus unserer Sicht nicht völlig von der Hand zu weisen.«

»Ah, mein Lieblingsonkel im Gespräch mit meinen Lieblingsgästen«, unterbricht Cecilia unsere Konversation. »Fühlt ihr euch wohl? Habt ihr zu trinken, zu essen? Was kann ich Gutes für euch tun? Sicher hältst du wieder Vorträge, nicht war, Antonio? Wenn er euch zu viel redet, gebt mir einen kleinen Hinweis. Ich werde ihn dann ablenken, Maria, Mateo. Hört ihr?«

Anna nimmt Don Antonio in Schutz: »Nein, nein, Cecilia. Ganz im Gegenteil. Wir hören ihm interessiert zu. Setz du dich doch ein wenig her und leiste uns etwas Gesellschaft. Bisher haben wir noch gar nicht auf deinen Geburtstag miteinander angestoßen.«

Anna blickt sich suchend nach einem Glas um, da Cecilia mit leeren Händen zu uns gekommen ist.

»Lass es gut sein, Maria. Natürlich stoße ich gerne noch richtig mit euch an. Etwas später. Da immer noch nicht alle Gäste eingetroffen sind, möchte ich gerne verfügbar sein, um den noch Fehlenden die Tür öffnen und sie willkommen heißen zu können. Das versteht ihr doch hoffentlich, oder?«

»Das würden wir genau so machen«, antwortet Anna, die mir bei diesen Worten einen auffordernden Blick zuwirft.

»Genau so würden wir es auch machen, Cecilia. Schön, dass du dir trotzdem die Zeit genommen hast, kurz zu uns zu kommen. Und auf deinen Onkel musst du wirklich nicht aufpassen. Wir haben seinen Ausführungen mit großem Interesse und hoher Aufmerksamkeit gelauscht. Wahrscheinlich müssen wir unsererseits eher aufpassen, dass wir dir nicht den ganzen Abend deinen Lieblingsonkel wegnehmen und ihn vollständig in das Gespräch mit uns verwickeln.«

»Na gut. Dann gehe ich jetzt mal wieder ins Haus, kümmere mich um eventuelle Neuankömmlinge und überlasse euch euch selbst.«

Anna und ich blicken Don Antonio erwartungsvoll an. Die kleine Ermahnung seiner Nichte scheint seinem Redefluss Einhalt geboten zu haben. So sitzen wir drei also einige Augenblicke schweigend beieinander. Für mich eher ungewohnt ist die Wahrnehmung, dass ich diese Stille als wohltuend empfinde. Normalerweise geht es mir in Gesprächen, die ins Stocken geraten, eher so, dass es mich irgendwie peinlich berührt und ich die entstandene Lücke mit aneinandergereihten Buchstaben lauthals zu füllen versuche. Egal, wie lapidar sie auch sein mögen. Jetzt aber gebe ich mich ganz diesem schweigsamen Moment hin und hänge den Gedanken und Worten nach, die Don Antonio geäußert hat, bevor Cecilia seine Ausführungen durch ihren kurzen Abstecher zu uns unterbrochen hat.

Mit diesem Dawkins und seinen umstrittenen Thesen habe ich mich auch schon zu beschäftigen versucht, habe mir sogar sein Buch gekauft und damit angefangen, es zu lesen. Während ich anfangs noch Feuer und Flamme für seinen Schreibstil war, der das redliche Bemühen erkennen lässt, wissenschaftliche Sachverhalte allgemeinverständlich beschreiben zu wollen, bin ich, wenn ich mich richtig erinnere, bei knapp 100 Seiten ausgestiegen. An den genauen Grund für meinen Ausstieg als Leser dieses Werkes kann ich mich nicht mehr erinnern. Sehr wohl erinnere ich mich aber an die zentrale These dieses Werkes. Dawkins behauptet, dass alle Gene auf Selbsterhalt programmiert sind. In einem schonungslosen Ausleseprozess würden alle jene Gene aussortiert, die diesem Selbsterhalt nicht dienen. Diese Selektion dient, so Dawkins, nicht nur dem Erhalt einer Spezies oder Art. Vielmehr selektiert es um den Erhalt seiner selbst willen und opfert all jene Gene, die diesem Selbsterhalt im Wege stehen. Auf den ersten 100 Seiten seines Buches habe ich keinen Hinweis darauf finden können, wann dieses egoistische Gen auf die Bühne der Genpopulation getreten sein könnte. Außerdem stehen seine Ausführungen für mich im völligen Widerspruch zu der Annahme, dass der Mensch ein soziales Wesen sei, also eine Spezies, die sich nicht selbst genügt, sondern die Gemeinschaft mit anderen Wesen der gleichen Spezies zum Überleben braucht und sich deshalb auch dem Wohl dieser Gemeinschaft verpflichtet fühlt.

»Hast du es gelesen?«, unterbricht Anna die Stille.

»Was?«

»Na, dieses Buch von Dawkins?«

»Ja, aber über die ersten 100 Seiten bin ich nie hinausgekommen«, antworte ich wahrheitsgemäß.

Don Antonio erhebt sich von seinem Sessel.

»Bitte entschuldigen Sie mich. Es sind Gäste eingetroffen, mit denen ich gemeinsam eine Zeremonie vorbereiten möchte.«

»Was für eine Zeremonie?«, will Anna wissen. In ihren Augen blitzt für einen kurzen Moment ein begeistertes Leuchten auf.

»Sie sind herzlich eingeladen, später daran teilzunehmen, Verehrteste. Jetzt entschuldigen Sie mich jedoch bitte.«

Don Antonio geht, ohne eine Reaktion von uns abzuwarten, auf eine Art und Weise zum Haus zurück, bei dem mir die Beschreibung *würdiges Schreiten* spontan in den Sinn kommen. Anna und ich geben uns erneut der im hinteren Teil dieses Gartens herrschenden relativen Stille hin und ich versuche den Faden meiner vorherigen Gedanken wieder aufzunehmen. Wenn die Evolution irgendwann ein Gen hervorgebracht hat, das ausschließlich auf sich selbst und das eigene Überleben programmiert sein soll, wie lässt sich das in Einklang mit den Gedanken der Schamanen bringen? Wie passt das zu der Annahme, dass im Falle des Gelingens der Transformation menschliches Sein und Handeln zum Ausdruck des Göttlichen wird. Oder sollte das egoistische Gen, sollte es denn tatsächlich existiert, gar ein göttliches Werk sein?

»Hör auf damit, Mateo«, unterbricht Anna mich in meinen Gedanken.

»Wie bitte?«

»Du machst den Eindruck auf mich, als würdest du gerade der Frage nachgehen, wie die Inhalte dieses Buches mit den Annahmen der Schamanen zusammenpassen.«

»Wie kommst du darauf?«, versuche ich im Tonfall der Verneinung heuchelnd einem Dialog zu diesem Thema aus dem Weg zu gehen.

»Nur so ein Gefühl.«

Anna greift meinen Ablenkungsversuch dankenswerterweise auf: »Und da wir gerade bei Gefühlen sind, geliebter Mann. Hat es einen Grund, dass du mit mir schon länger nicht mehr über deine Gefühle gesprochen hast? Einen Grund, den ich vielleicht wissen sollte?«

Die Richtung, die das Gespräch angesichts dieser Worte einschlägt, gefällt mir noch weniger. Zu oft enden in der jüngeren Vergangenheit unsere Gespräche über Gefühle in einem Streit. Insbesondere, wenn es dabei um die Gefühle geht, die wir füreinander empfinden, oder nach Annas Meinung eben nicht mehr füreinander empfinden. Es ist mir unangenehm, darüber zu sprechen und mich ihr diesbezüglich zu offenbaren. Im Grunde hat sie mit ihrem zuverlässigen Gespür für

Schwingungen und Energien auch nicht ganz unrecht. Das kribbelnde und die Herzfrequenz steigernde Gefühl, das sich seinerzeit in Albisano meiner bemächtigt hat, dieses Gefühl, das mich geradezu überwältigt hat, ist einem Gefühl gewichen, das mit den Worten Mischung aus Gewohnheit und Vertrautheit wohl am treffendsten beschrieben ist. Nach wie vor begehre ich sie. Nach wie vor fühle ich mich körperlich zu ihr hingezogen. Doch die anfängliche Hingabe ist einem Besitzergreifen gewichen. Nach wie vor fasziniert mich die Schnelligkeit ihres Geistes. Und nach wie vor liebe ich die Dialoge mit ihr. Doch durch das, was ich zu Beginn unserer Beziehung an diesen Dialogen liebte, fühle mich zunehmend bedrängt. Dieses In-mich-Dringen und Auf-den-Grund-gehen-wollen in Momenten, in denen ich einfach nur mit mir und meinen Gedanken sein will. Sie scheint einfach immer zu spüren, wann diese Gedanken sich gerade von ihr und unserer Beziehung abwenden und den Schattenseiten derselben auflauern, um sie zu beleuchten. Als wolle sie genau in diesen Augenblicken Licht in meine dann eher dunklen Gefühle bringen, damit ich mich diesen ja nicht hingeben kann. Es erinnert mich an meine Mutter und ihre Art mich zum Essen zu animieren, wenn ich mich rundherum satt fühlte und nichts mehr mochte. *Junge, du musst mehr essen. Du bist doch ein großer und kräftiger Mann. Ich mache mir Sorgen um dich und deine Gesundheit. Du arbeitest zu viel. Du isst zu wenig. Und du erholst dich nie.* Wie ich das hasse.

»Mateo? Wo bist du?«

»In Sóller auf der wunderschönen Insel Mallorca, A…«, fast wäre mir ihr richtiger Name rausgerutscht, »… aber um genau zu sein: im Garten des Hauses von Cecilia zu einer Geburtstagsparty mit meiner Traumfrau Maria.«

Ich erhebe mich aus dem Sessel, mache einen Schritt auf Anna zu, umfasse ihr Gesicht mit beiden Händen und gebe ihr einen Kuss auf die Stirn. Gott sei Dank bohrt sie nicht weiter, erhebt sich ebenfalls und nimmt meine Hand.

»Komm, lass uns zu den anderen Gästen nach vorne gehen. Ich will jetzt wirklich gerne mit Cecilia auf ihren Geburtstag anstoßen.«

»Gute Idee.«

Anna geht voraus, ohne meine Hand loszulassen und zieht mich hinter sich her. Auch dafür liebe ich sie. Für die Entschlossenheit, mit der sie prekär zu werden drohenden Situationen eine entspannende Wende gibt. Im Grunde meines Herzens kann ich froh sein, diese wunderbare Frau an meiner Seite zu wissen. Ganz unverhofft kommt das Gefühl von Sehnsucht in mir auf. Ich sehne mich nach diesem Gefühl von Brausepulver im Bauch, sehne mich nach den Tagen in Albisano zurück, die erfüllt waren von einer allumfassenden Absichtslosigkeit. Einfach nur zu sein, mit ihr eins zu sein. In jeden Augenblick mit jeder Faser des Körpers und der Seele einfach nur eine tiefe Dankbarkeit zu spüren. Dankbar dafür, dass wir einander begegnet sind. Ja, und ich sehne mich nach meinem Rustico, nach meinen Olivenbäumen, nach dem unablässigen Zirpen der Grillen im Sommer, dem Blöken der Schafe, die von Zeit zu Zeit unterhalb meines Olivenhains weideten, und der Stille dieses Ortes in der Zeit zwischen November und April. Durch ein leichtes Zusammendrücken von Annas Hand signalisiere ich ihr, dass sie kurz stehen bleiben soll, bevor wir uns zu den übrigen Gästen gesellen. Sie dreht sich zu mir um.

»Was ist, Mateo?«

»Wie lange, glaubst du, müssen wir das Spiel hier noch spielen? Ich will nach Hause, Maria.«

»Hast du mir nicht mal gesagt zu Hause sei kein Ort, sondern ein Gefühl? Ist dir dieses Gefühl abhandengekommen?«

»Nein und Ja zugleich. Nein, weil wir nach wie vor miteinander sind und die Zeit gemeinsam verbringen. Ja, weil zu Hause da ist, wo Anna ist. Weißt du, was ich meine?«

Sie lässt meine Hand los, schlingt ihre Arme um meine Hüften, zieht mich behutsam an sich und flüstert mir ins

Ohr: »Ich weiß genau, was du meinst, Mateo. Aber hier ist nicht der richtige Ort und jetzt ist nicht der richtige Zeitpunkt, um darüber zu reden. Wenn du magst, machen wir morgen eine ausgedehnte Wanderung durch die Berge. Da hört und sieht uns niemand und wir können uns so frei bewegen und reden, wie wir das früher konnten und hoffentlich in absehbarer Zeit auch wieder können.«

»Was glaubst du, wie lange es bis dahin noch dauert, Maria?«

»Diese Frage kann ich dir nicht in der Form beantworten. Ich glaube aber, dass Don Antonio uns hier nicht zufällig begegnet ist. Und ich habe das unbestimmte Gefühl, dass die Begegnung mit ihm eine Veränderung unserer aktuellen Lebenssituation zur Folge haben wird.«

»Wie kommst du darauf?«

»Nicht jetzt. Bitte, Mateo!«

Anna küsst mich zärtlich auf den Mund und erklärt unser Flüstern damit als beendet.

Wir gesellen uns zu den anderen Gästen, führen mit einigen mehr oder weniger belanglose Gespräche, trinken noch ein, zwei Gläser Wein und lassen uns eine Weile treiben. Bis zu dem Moment, in dem Don Antonio, gefolgt von zwei weiteren Gästen älteren Semesters, auf die Terrasse tritt. Alle drei tragen große silberne Schalen behutsam zu zwei langen zusammengestellten Tischen in der Mitte des Gartens und stellen sie dort ab. Den Inhalt der Schalen kann ich nicht erkennen, vermute aber, dass es sich um eine Bowle handelt, die zu Ehren von Cecilia zubereitet worden ist und mit der jetzt alle Gäste auf ihren Geburtstag anstoßen werden. Nur wenige Sekunden später werde ich eines Besseren belehrt.

Don Antonio und die beiden anderen Älteren bauen sich neben den Schalen auf und bitten um einen Moment Ruhe.

Don Antonio erhebt seine Stimme: »Liebe Gäste, meine Nichte Cecilia hat mich gebeten, anlässlich ihres heutigen Geburtstags einige Worte an euch alle zu richten und ihr zu

Ehren eine Zeremonie zu zelebrieren. Wie die Meisten von euch wissen, bin ich ein alter peruanischer Schamane, der seinen Wurzeln treu geblieben ist. Der Schamanismus in Peru hat die Besonderheit, dass der Schamane nicht durch einen Meister oder eine Meisterin den Schamanismus lernt, sondern durch die direkte Erfahrung mit Pflanzengeistern, der sogenannten Meisterpflanzen. Dazu tritt der Lernende in eine Diät ein, in der er unter Berücksichtigung spezieller Nahrungs- und Verhaltensregeln eine Pflanze über einen längeren Zeitraum zu sich nimmt, sprich deren Sud trinkt. In Träumen, Visionen und Erkenntnissen spricht der Pflanzengeist mit dem Lehrling und lehrt ihn das Heilen. Der Regenwald verfügt über einen Reichtum an sogenannten Meisterpflanzen. Meisterpflanzen sind unter anderem Chiric Sanango, Chullachaqui Caspi, Chacruna – und allen voran die Liane, die wir die *Mutter* nennen: Ayahuasca. Sie hat den Namen, weil sie einerseits viele heilkräftige Substanzen in sich vereint – aber auch weil sie den Menschen in sein irdisches Sein einführt und ihm sein Handeln konsequent bewusst macht. Sie verbindet mehr und mehr Körper und Geist des Menschen, bis keine Spaltung mehr existiert. In anderen Worten führt sie uns Schritt um Schritt zur Vereinigung von Männlich- und Weiblichkeit in uns selbst. In besonderen Momenten verabreichen wir diesen Nektar der Erkenntnis und des Einswerdens auch, wenn ich das so sagen darf, Normalsterblichen. Zu Ehren von Cecilias Geburtstag haben wir für euch alle hier in diesen drei Schalen den Sud der Ayahuasca vorbereitet. Wer davon kosten mag, ist herzlich eingeladen. Ihr könnt völlig unbekümmert davon trinken. Von einem Gläschen wird niemand Schaden nehmen, es wird niemand zum androgynen Wesen mutieren und es wird auch aus niemandem plötzlich und unverhofft ein Schamane. Wenn das so einfach funktionieren würde, würden wir diesen Sud unter die Menschheit bringen und überall drunter mischen. Vielleicht würde dann endlich überall und für immer Frieden herrschen und die Menschheit würde mit den kostbaren Ressourcen ihres Lebensraumes verantwortungsvoller umgehen. Es wäre zu schön, um wahr zu sein. Aber so einfach geht das eben leider nicht. Wenn jeder von euch eines der kleinen Tongefäße mit Sud gefüllt in den Händen hält, werde ich eine schamanische Formel sprechen. Ihr werdet sie nicht hören, weil ich sie nur innerlich spreche. Diese Formel habe ich von meinem Lehrer aus der oberen Welt empfangen. Sie ist in erster Linie für Cecilia, ihre Gesundheit, ihre Glückseligkeit und ihren persönlichen Frieden gedacht. Zugleich wird die Formel aber auch einige andere Menschen hier in diesem Kreis auf besondere Weise erreichen. Und zwar jene, die mit ihrer momentanen Lebenssituation unzufrieden sind, weil sie sich in einem Spannungsfeld befinden. In dem Spannungsfeld zwischen einerseits dem tiefen Wunsch, eine Aufgabe zu Ende bringen zu wollen, und andererseits dem von außen auferlegten Zwang zur Passivität. Und wenn ihr alle gleich während der Stille in euch selbst hineinhorcht, wird der Eine oder Andere möglicherweise auch das Gefühl haben, dass sich in seinem Körper etwas verändert. Durch diese Formel wird das Nervensystem, dass viele von euch unter Anspannung und Stress hält, entspannt und sein Gegenspieler, der Parasympathikus oder auch Vagus wird gestärkt. Häufig wird einem dabei warm, weil die Durchblutung angeregt wird. Das Gesicht kann sich röten und manchmal wird auch die Darmperistaltik angeregt. Lautes Gluckern in der Magengegend ist ein typisches Symptom dafür. Lasst es geschehen. Ich versichere euch, es tut gut und steigert euer Wohlbefinden. Und den Zweiflern unter euch kann ich auf jeden Fall garantieren, dass es weder schadet noch wehtut. Wer trotzdem nicht an dieser Zeremonie teilnehmen und auch den Sud der Ayahuasca nicht zu sich nehmen möchte, der kann sich jetzt einfach noch ein Gläschen einschenken und ins Haus gehen. Ich wäre denjenigen nur dankbar, wenn sie sich ebenfalls so lange der Stille hingeben, wie wir das hier draußen tun. Und wenn ihr dann wieder Stimmen im Garten hören, kommt einfach wieder zu uns nach draußen.«

Don Antonio schweigt und blickt einem Gast nach dem anderen in die Augen. Niemand rührt sich. Es hat den Anschein, als ob jeder nur darauf wartet, endlich auch von Don Antonio angeschaut zu werden. Als sein Blick Anna gefunden hat, glaube ich, ein leichtes Nicken an ihr wahrnehmen zu können. Kurz darauf sieht er mich an. Und ich habe das Gefühl, dass mein Kopf ohne mein Zutun ebenfalls eine kaum merkliche Nickbewegung vollzieht.

»Wie ich sehe, wollen alle Gäste an unserer Zeremonie teilnehmen. Das freut mich sehr. Und in gewisser Weise fühle ich mich durch dieses Vertrauen auch geehrt. Dafür danke ich euch. Wir werden jetzt den Sud in die kleinen Tongefäße füllen, die sich ebenfalls in den Schalen befinden. Sobald ihr alle euer Gefäß bekommen habt, umfasst es bitte mit beiden Händen und schweigt dann so lange, bis ich wieder zu euch spreche.«

Es dauert eine Weile, bis alle Gäste ihre Tonschale haben. Schon während des Verteilens sind die Gespräche verstummt. Ich versuche, Blickkontakt mit Anna aufzunehmen. Vergeblich. Offensichtlich will sie mich mit der bevorstehenden Erfahrung alleine lassen. Ich versinke daher mit meinem Blick in den Bewegungen des Schamanen, während dieser Tongefäß für Tongefäß mit dem Getränk füllt.

Neue Perspektiven

30. April 2009

Pater Paolo sitzt mit Mauro, dem Schwiegersohn der Besitzer des Panorama Hotels, auf der Piazza Garibaldi in Albisano und trinkt einen Kaffee, als ein Saab mit Berliner Kennzeichen in Schrittgeschwindigkeit über den Platz vor San Martino fährt und kurz darauf hinter der Ecke des Büros eines Immobilienmaklers verschwindet. Ein mulmiges Gefühl bemächtigt sich des Paters, weil der Fahrer des Saab während seiner langsamen Fahrt über die Piazza lange, für Paolos Gefühl zu lange, ihn und Mauro ins Visier nimmt. Einige Minuten später kommt der gleiche Mann, dieses Mal zu Fuß, hinter dem Haus des Immobilienmaklers hervor und geht direkt auf das Eiscafé zu. Allerdings würdigt er Paolo und Mauro keines Blickes. Vielmehr stellt er sich mit dem Rücken zu den beiden vorne an den äußeren Rand des Cafés und nimmt die Kirche in Augenschein. Paolo und Mauro sehen sich fragend an. Im selben Moment geht der Mann auf die Kirche zu und nimmt den kleinen gepflasterten Weg rechts von San Martino zur Kirche hinauf.

»Es freut mich zu sehen, wenn Menschen von weit herkommen und den Weg zu San Martino finden«, kommentiert Paolo das Geschehen.

»Woher weißt du, dass der Mann von weit herkommt?«, will Mauro wissen.

»Hast du denn das Kennzeichen nicht gesehen?«

»Welches Kennzeichen?«

»Na, das von dem Saab, der hier gerade eben über die Piazza Garibaldi gefahren ist.«

»Heilige Maria, Muttergottes. Was du alles siehst. Du überraschst mich immer wieder aufs Neue, Paolo. Weder habe ich gesehen, dass das Auto ein Saab war, noch dass der Fahrer dieses Autos der Mann ist, der gerade eben zur Kirche hochgegangen ist. Woher kommt er denn?«

»Aus Berlin. Falls es denn tatsächlich der Mann aus dem Saab ist. Ganz sicher bin ich mir da natürlich nicht.«

»Oh. Dann werde ich mal zurück ins Hotel gehen. Tatsächlich erwarten wir Gäste aus Berlin. Und außer Martina, unserer jungen Praktikantin, ist im Moment niemand im Hotel. Da ist es besser, wenn ich da bin, wenn neue Gäste einchecken wollen. War er allein in dem Auto?«

»Das konnte ich nicht genau sehen. Neben ihm saß niemand. Die hinteren Scheiben waren relativ dunkel. Da könnten also durchaus Menschen gesessen haben. Aber die wären doch sicher mit ausgestiegen.«

»Wie auch immer. Ich danke dir für unsere kleine Plauderei, Paolo. Die Espressi habe ich schon bezahlt. Und ich freue mich, dich heute Abend bei uns zu Gast zu haben. Der Tisch für das österliche Treffen der Alpini ist reserviert. Das Wetter wird wohl schön bleiben. Schön und warm. Wir werden auf der Terrasse für euch eindecken.«

»Ich danke dir, Mauro. Auch ich freue mich. Bis nachher.«

Paolo wartet, bis Mauro die Piazza verlassen hat, erhebt sich dann ebenfalls und geht langsamen Schrittes zu seiner Kirche hoch. Oben angekommen verharrt er einen Moment mit dem Rücken zum Kirchenportal, genießt den Blick auf den See, atmet die reine Frühlingsluft tief in seine Lungen, um sich dann umzudrehen und die Stufen zur Kirche hinaufzugehen.

Wie vom Pater erwartet, ist der Mann noch in der Kirche. Er sitzt in der ersten Bank auf der rechten Seite des Kirchenschiffs und scheint die Anwesenheit Paolos bisher nicht bemerkt zu haben. Soll er ihn ansprechen oder warten, bis dieser das Gotteshaus wieder verlässt? Er entschließt sich, leisen Schrittes auf der linken Seite zum Altar vor und dann in die Sakristei zu gehen.

Gerade als er die Klinke der Tür zur Sakristei erfasst, dreht sich der Mann zu ihm um und fragt leise, fast flüsternd: »Pater Paolo?«

»Der bin ich. Woher?«

Der Mann legt den Zeigefinger seiner rechten Hand auf seine Lippen, während er aufsteht und auf den Pater zugeht. Bei ihm angelangt, fasst er dessen rechten Arm mit beiden Händen, hebt ihn etwas an und legt ihm einen Zettel in die geöffnete Hand. Ohne abzuwarten, ob der Pater den Zettel umfasst, lässt er seinen Arm wieder sinken, wendet sich von ihm ab und verlässt San Martino.

Paolo hält den Zettel fest und sieht sich ihn an, unmittelbar nachdem der Mann verschwunden ist. In gleichmäßigster Schönschrift steht dort:

Lieber Pater Paolo,
bitte wundern Sie sich nicht über meine merkwürdige Form der Kontaktaufnahme. Ich gehöre zum Kreis der Personen, für die auch Sie arbeiten. Oberst Garibaldi ist einer der Kollegen dieses Kreises. Und Ihr zweiter Auftraggeber Boris Lebedew ebenfalls.

Paolo spürt eine Hitzewallung in seinem Körper aufsteigen. Wie kann dieser Mann wissen, dass er ein doppeltes Spiel spielt? Der Pater bekreuzigt sich und liest weiter:

In Ihrem Kirchenhaus kann ich nicht mit Ihnen sprechen, da wir Grund zu der Annahme haben, dass Ihre Kirche ebenso wie die Sakristei und Ihr Pfarrhaus mit Abhöranlagen versehen wurden. Ich bitte Sie um einen persönlichen Termin. Als Ort der Begegnung schlage ich das Restaurant Paradiso Imperfetto in San Zeno morgen Vormittag um 11:00 Uhr vor. Um mir Ihre Rückmeldung

möglichst unauffällig zu geben, verlassen Sie bitte innerhalb der nächsten fünf Minuten das Gotteshaus und gehen Sie zur Piazza Garibaldi zurück. Falls Ihnen Ort oder Zeitpunkt nicht zusagen sollte, gehen Sie bitte auf der Piazza nach rechts zur kleinen Galerie hinunter. Dort habe ich einen Brief für Sie hinterlegt, in dem Sie weitere Vorschläge finden. Wenn Sie aber mit Termin und Ort einverstanden sind, gehen Sie bitte links hinauf in Richtung Hotel Panorama.
In der Hoffnung auf die baldige persönliche Begegnung. Ibrahim.

Paolo kramt in seinem Gedächtnis. Hat der den Vornamen Ibrahim im Zusammenhang mit dieser Angelegenheit schon mal gehört? Er glaubt nicht. Was steht für morgen auf seinem Plan? 07:00 Uhr Morgenandacht anlässlich des Festa del Lavoro. Das würde circa eine halbe Stunde dauern. Und dann? Da ist doch noch was? Ist morgen nicht der Tag, an dem er in die Scuola Elementare nach Costermano sul Garda muss, um dort mit den Zweitklässlern über die Bedeutung der Kommunion zu sprechen, an der sie in einem Jahr teilnehmen dürfen? Nein. Das ist erst am kommenden Montag, dem 04. Mai. Die Messe für Verstorbene! Ja. Relativ spät erst. Weil es andernfalls einen Terminkonflikt mit der Messe anlässlich des Tages der Arbeit geben würde. Aber ja, das ist die Verpflichtung. Ziemlich sicher. Und auch noch genau zu der Zeit, zu der dieser Ibrahim ihn in San Zeno treffen will. Also ein Treffen um 11:00 Uhr wird auf keinen Fall möglich sein. Es sei denn ...

Paolo liest die Nachricht auf dem Zettel erneut. Ein zweites Mal wird ihm heiß und kleine Schweißperlen bilden sich auf seiner Stirn und der Oberlippe. Wird er die Messe für die Verstorbenen verschieben können? Sicher. Er wird Luciana einfach bitten, einen Zettel an der Kirchentür anzubringen und ihr zu versprechen, ihr später die Gründe für diese für ihn völlig ungewöhnlich Absage einer Messe zu erklären. Zu neugierig ist er, als dass er länger als bis morgen um 11:00

Uhr warten kann oder will. Er ahnt jetzt schon, dass er in der bevorstehenden Nacht kein Auge zubekommt.

Sind die fünf Minuten schon um? Paolo faltet den Zettel zusammen und vergräbt ihn tief in seiner rechten Hosentasche. Er verlässt San Martino, geht den Weg zur Piazza hinunter, den er gekommen ist und biegt nach links ab. Mit einem kurzen Blick in Richtung Café vergewissert er sich, ob der Mann dort wieder sitzt. Die Terrasse vor dem Café ist leer. Er sucht kurz den gesamten Platz mit den Augen ab. Mist. Die Frist von fünf Minuten scheint er verpasst zu haben. Der Brief. Paolo dreht um und geht zur Galerie hinunter. Die Tür ist verschlossen. Erneut sieht sich der Pater auf der gesamten Piazza Garibaldi um. Hat dieser Ibrahim nicht geschrieben, dass er einen Brief für ihn in der Galerie hinterlegt hat? War sie überhaupt vorhin geöffnet, als er mit Mauro seinen Espresso getrunken hatte? Er kann sich nicht erinnern.

»Herr, steh mir bei, gib mir ein Zeichen«, murmelt Paolo leise vor sich hin und blickt in den blauen Himmel.

Im selben Moment kommt der Mann aus dem Café und geht in Richtung Hotel Panorama. Hat er ihn hinaufgehen sehen? Hat er das als eine Zusage zum morgigen Treffen verstanden? Wie aber interpretiert er seine plötzliche Kehrtwende? Soll er dem Mann hinterhereilen? Paolo versucht sich zu beruhigen.

»Alles wird gut, wenn nur der Herr mir beisteht. Ich werde jetzt Luciana einen Zettel auf den Schreibtisch legen, damit sie über die Terminverschiebung informiert ist und dann werde ich mein heutiges Tagwerk verrichten.«

Keine zwei Minuten hat es gedauert, bis der Pater aus der Kirche gekommen und nach links abgebogen ist. Rosenberg hat das vom Tresen der Bar aus genau beobachtet. Ebenso wie die Zweifel, die sich des Paters bemächtigten, als dieser ihn nirgendwo auf dem Platz hatte sehen können. Die plötzliche Rückkehr zur Galerie deutet er lediglich als Ausdruck der Verunsicherung. Insofern geht er davon aus, dass das Treffen wie von ihm vorgeschlagen um 11:00 Uhr im Paradiso Imperfetto in San Zeno stattfinden wird. Dieses Lokal hat er vorgeschlagen, weil das Restaurant erst vor zwei Tagen von Österreichern übernommen worden ist und diese Paolo sicher noch nicht kennen. Und den frühen Zeitpunkt hat er gewählt, weil zu dieser Zeit vermutlich noch kein Einheimischer dort auftauchen wird. Schon gar nicht in einem Restaurant, das von einem Fremden übernommen worden ist. Das Vertrauen der Einheimischen muss man sich hier oben in den Bergen über dem See erst einmal erarbeiten, weiß Rosenberg von seinen Leuten. Er zahlt seine Flasche Wasser, verlässt das Café und geht zu seinem Saab zurück, den er etwas weiter oberhalb vom Hotel Panorama auf dem öffentlichen Parkplatz abgestellt hat.

Zwischenzeitlich hat der Pater in der Grundschule angerufen, um sich noch einmal wegen des Termins zu versichern. Während des Telefonats hat Paolo im Büro des Pfarrhauses am Fenster gestanden, um zu sehen, ob der Saab vorbeikommt und ins Tal fährt. Einige Rennradfahrer passieren die Via Olivetti in beide Richtungen, ein Lieferfahrzeug fährt in den Ort hinauf und eine Vespa mit kaputtem Auspuff kommt vorbei. Keine Spur vom Saab.

»Wer weiß. Vielleicht ist er ja hinauf nach San Zeno gefahren. Vielleicht wohnt er dort oben. Wir werden sehen. Morgen wissen wir mehr, heilige Maria, Muttergottes.«

Paolo bekreuzigt sich erneut. Er setzt sich hinter seinen Schreibtisch, zieht seine Schuhe aus, rückt den Stuhl etwas mehr vom Schreibtisch ab und legt die Füße auf einem kleineren Stapel von ihm noch zu bearbeitender Unterlagen.

Was will dieser Mann von ihm? Das Pfarrhaus sei verwanzt, hat der Mann gesagt. Und die Kirche auch. Wer hat das getan und warum? Traut man ihm nicht? Seit seiner

Rückkehr aus Köln hat er der Versuchung widerstanden, im Garten von Alfredos Rustico unter dem Tontopf nach dem Schlüssel zu suchen. Nachdem die missliche Situation in Köln für ihn letztlich glimpflich ausgegangen ist und Oberst Garibaldi sowie Dante ihm schließlich doch noch geglaubt haben, will er dem lieben Gott lieber dankbar sein und ihm keinen weiteren Anlass zum Zorn geben. Darum hat er beschlossen, sich vorerst ganz auf seine Arbeit im Dienst des Herrn zu konzentrieren. Und jetzt die Sache mit diesem Mann. Hat der Herr eine neue Prüfung für ihn vorgesehen, um die Ernsthaftigkeit seines guten Vorsatzes auf die Probe zu stellen?

Paolo erhebt sich von seinem Stuhl, geht zum Kanapee neben dem Kamin seines Büros und streckte sich darauf aus. Kurze Zeit später ist der Pater in einem tiefen Schlaf versunken.

Rosenberg, der eigentlich zu seiner Herberge in San Zeno zurückkehren wollte, hat sich kurzerhand entschlossen, doch an den See hinunterzufahren, um dort etwas spazieren zu gehen. Da er aber nicht noch einmal an der Kirche vorbeifahren wollte, hat er entschieden, die Straße nach oben zu nehmen und über Costermano nach Garda zu fahren. Er genießt es, nach einer gefühlten Ewigkeit einmal wieder an diesem See sitzen zu können.

Als kleiner Junge verbrachte er hier manche Sommer mit seinen Eltern. Sein Vater hatte eine Freundschaft mit dem Grafen Guarientini di Brenzone gepflegt, zu dessen Besitz die Villa Brenzone zählte, dem neben der im 13. Jahrhundert erbauten Kirche schönsten Gebäude der legendären Punta San Vigilio. Er erinnerte sich so genau, als wäre es erst gestern gewesen, wie sein Vater ihm an einem lauen Sommerabend im Renaissance-Garten des Anwesens sitzend und auf den See blickend ein wenig über die Geschichte der Villa erzählt hatte. Im Jahre 1540 hatte Agostino di Brenzone die Villa erworben. Agostino die Brenzone war Jurist und Mitglied einer veronesischen Patrizierfamilie. Nach dem Erwerb der Villa hatte er den Festungsbaumeister Michele Sanmicheli damit beauftragt, ein architektonisches Gesamtkunstwerk aus Landschaft und Bauwerken im klassischen Stil zu erschaffen, der in seine Planung die alte Bebauung mit Kirche und kleiner Hafenanlage integrierte. Das Bemerkenswerteste an diesem Agostino di Brenzone, so sein Vater, war allerdings die Tatsache, dass er sich durch und durch als Humanist verstand. Bemerkenswert deshalb, weil humanistisches Gedankengut knapp 100 Jahre nach dem Ende des eher düsteren Mittelalters geradezu wie von einem anderen Stern gewirkt haben musste. Auf seine Frage, was ein Humanist ist, hatte sein Vater erklärt, dass den Humanisten eine optimistische Einschätzung der Fähigkeit der Menschheit, zu einer besseren Existenzform zu finden, zugeschrieben wird. Für diese Fähigkeit des Menschen sei entscheidend, Empathie zu zeigen und sich damit von der tierischen Grausamkeit abzuheben.

Auf diese Erklärung hatte Rosenberg spontan reagiert mit den Worten: »Papa. Wenn ich groß bin, will ich auch Humanist werden.«

Und als sein Vater ihn dann fragte, warum, antwortete er: »Weil man dann in so einem schönen Haus leben kann.«

Sein Vater hatte dann so laut und stark gelacht, dass er sich verschluckte und beinahe daran erstickt wäre. Ibrahim selbst hatte das mächtig erschrocken. Der Begriff Humanismus war für ihn fortan mit einer Bedeutungsmixtur aus prunkvollem Leben und Lebensbedrohung verbunden. Was er damals noch nicht ahnen konnte, war, dass seine persönliche Lebensführung eines Tages stark von humanistischem Gedankengut und der entsprechenden Haltung getragen sein wird.

Daran denkt Rosenberg jetzt, während er am Ufer des Sees in der Bar des Hotels All'Ancora sitzt und einen Aperol

Spritz trinkt. Er beschließt, an diesem Abend in St. Vigil essen zu gehen und herauszufinden, ob das Ensemble noch im Besitz der Familie des Grafen Guarienti di Brenzone ist. Sein ursprüngliches Vorhaben eines Spaziergangs hat er aufgegeben, um anstelle dessen einfach seine Blicke im See versinken und den Gedanken ihren freien Lauf zu lassen. Er kann verstehen, warum Alfredo und Anna diesen See und erst recht den oberhalb von Torri liegenden Ort Albisano so sehr lieben. Diese Mischung aus süditalienischer Legerezza, norditalienischer Accuratesse und der den Menschen zugewandten Freundlichkeit strahlt einen ganz eigenen Charme aus.

Rosenberg stellt sich vor, wie die ersten deutschen Urlauber in den Fünfzigerjahren des vergangenen Jahrhunderts hier mit ihren Fahrzeugen der Typen VW Käfer, Ford Taunus oder Opel Blitz auf ihrem Weg an die Adria oder Riviera vorbeigekommen und mit der Kaufkraft der damals bereits wieder erstarkten deutschen Währung die Herzen der seinerzeit noch eher ärmlichen Einheimischen eroberten hatten. Diese Menschen mussten es als einen wahren Segen empfunden haben, dass die Deutschen schon bald die verschiedenen Orte des Sees nicht mehr nur als erste Sonnenstationen auf ihrem Weg ans Mittelmeer betrachteten, sondern dem Liebreiz des Lagos erlagen und in Riva, Torbole, Malcesine, Torri, Garda, Bardolino und so weiter im wahrsten Sinne des Wortes ihre Zelte aufschlugen. Noch heute, 60 Jahre später, legen die unzähligen Campingplätze am Ufer des Sees zwischen Malcesine und Sirmione Zeugnis davon ab, dass die Masse der teutonischen Urlauber damals Zelt und Wohnwagen der steinernen Herberge vorzogen. Das Bild auf den Campingplätzen hat sich mittlerweile geändert. Den Deutschen waren in Scharen die Niederländer gefolgt. Und zunehmend sah man auch Kennzeichen aus osteuropäischen Ländern. Aus dem ehemaligen Sommerwohnzimmer der Deutschen ist ein begehrtes Reiseziel für Menschen aller

Herren Länder geworden, die selbst im Hochsommer weniger von der Sonne verwöhnt werden.

Wann hat er eigentlich das letzte Mal Urlaub gemacht? Rosenberg denkt nach. Doch bevor er eine Antwort auf diese Frage findet, schweifen seine Gedanken nach Sóller ab. Durch seine Leute weiß er, dass Anna und Alfredo sich strikt an die Vereinbarungen halten und bei keiner Gelegenheit ihre wahren Identitäten nutzen. Nicht einmal dann, wenn sie sich wirklich alleine wähnen und unbeobachtet fühlen. Offensichtlich haben sie ihm vertraut und glauben daran, dass er die Veröffentlichung des Buches vorantreiben und damit die Dinge zu ihrem Wohl lenken wird. Und tatsächlich ist dies auch nach wie vor seine Absicht.

Bislang hat er es aber immer noch nicht geschafft, das gesamte Werk zu lesen. Dies liegt einerseits daran, dass es eine Menge Aufwand und Arbeit erfordert hatte, die beiden so von der Bildfläche verschwinden zu lassen, sodass keine der anderen Organisationen auch nur den leisesten Schimmer hatte, wo sich Anna und Alfredo aufhalten. Zum anderen hat ihn die mit dem Redigieren des Manuskripts betraute Lektorin wissen lassen, dass einige ihrer Meinung nach zentrale Elemente des Manuskripts zu fehlen scheinen. Sie bezog sich dabei auf den Klappentext des Buches, in dem es heißt, dass die Autorin sich selbst als alte Seele bezeichnet. Sie behauptet, tiefgreifendes Wissen über das Verhältnis von Erkenntnis, Sprache und Macht zu haben. Einerseits empfindet sie es als ihre Aufgabe, dieses Wissen zu verbreiten. Andererseits fürchtet sie die möglichen verheerenden Folgen der Macht der Worte. Die konkrete Beschreibung dieses tiefgreifenden Wissens hätte sie bislang noch nicht entdeckt. Zwar hätte sie eine Vielzahl anthropologischer, philosophischer und religiöser Abhandlungen lesen und lektorieren dürfen, und alle von ihr bisher bearbeiteten Seiten seien auch angenehm und flüssig zu lesen, böten eine gelungene Mischung aus spannender Handlung, aufklärenden Elementen und seien getragen von interessanten Protagonisten, aber diese tiefgreifende Erkenntnis, die sich im günstigsten Fall in einem zentralen Satz verdichten lässt, sei ihr bislang nicht ins Auge gesprungen. Obwohl sie mehrfach auf den Satz *Der ORT der Erkenntnis ist im WORT zu finden* gestoßen sei und sie daraufhin das gesamte Manuskript auch mehrfach auf ein spezifisches Wort hin untersucht habe, in dem die so beschriebene Erkenntnis zu finden sein könnte, habe sie ebendieses Wort oder den sich darum rankenden Satz bislang nicht gefunden.

Daraufhin hatte Rosenberg nicht lange darüber nachdenken müssen, wer ihm eventuell beim Auffinden der fehlenden Teile des Puzzles zu dem gesamten Manuskript helfen könnte. Kurzerhand hatte er einige Vorkehrungen getroffen, um seinem Aufbruch einen anderen Anschein als den tatsächlichen Zweck zu geben, war schließlich auf direktem Weg mit dem Auto an den Lago gefahren, um als Erstes am Ufer des Sees in der Bar des Hotels All'Ancora in Garda einen Aperol Spritz zu trinken und anschließend sein Zimmer zu beziehen.

Um 10:54 Uhr passiert Paolo mit seinem alten Fiat Panda das Ortsschild San Zeno, stellt ihn kurz darauf auf dem Parkplatz gleich rechts nach dem Ortseingang ab und sieht sich vergeblich nach dem Saab mit Berliner Kennzeichen um. Gemächlichen Schrittes geht er zum Paradiso Imperfetto hinunter und nimmt an dem vom eigentlichen Restaurant entferntesten Tisch auf der noch menschenleeren Terrasse Platz. Er blickt zum Restaurant zurück. Offensichtlich ist es noch geschlossen. Im selben Moment kommt seine männliche Verabredung die fünf Stufen hinunter, die von der Straße zur Terrasse des Restaurants führen.

Paolo erhebt sich, streckt dem Mann zur Begrüßung die Hand entgegen und murmelt ein »Der Herr möge unsere Begegnung segnen« kaum vernehmbar vor sich hin. Die beiden Männer setzen sich an den vom Pater ausgewählten Tisch und genießen für einige Momente schweigend den atemberaubenden Blick, der sich ihnen von hier oben auf den Lago bietet.

Rosenberg eröffnet das Gespräch: »Ein idealer Ort für neue Perspektiven und Erkenntnisse, nicht wahr, Pater Paolo?«

Die Erkenntnis

01. Mai 2009

»Nun. Erkenntnis wird meiner Meinung nach nicht durch räumliche Gegebenheiten verursacht. Sie ist wohl eher das Ergebnis geistiger Konzentration, intuitiver Einsicht oder göttlicher Eingebung.«

»Und wie ist es dann zu erklären, dass sich die Fürsten des Klerus die schönsten Plätze für ihre Kirchen und Klöster ausgewählt haben, verehrter Pater? Vielen sagt man sogar nach, dass dort eine ganz besondere Energie zu spüren sei.«

»Möglicherweise hat bei der Auswahl der entsprechenden Plätze für Gotteshäuser der Herrgott seine Hand im Spiel gehabt oder es ist doch so, wie einige Menschen behaupten.«

»Wie denn?«, will Rosenberg wissen.

»Angeblich soll es zu allen Zeiten Vertreter meiner Zunft gegeben haben, die über besondere Gaben verfügen und deshalb zum Beispiel Orte lesen, Energien spüren, Vorahnungen erfahren …«

»Jesus selbst soll ja Essener gewesen sein«, unterbricht Rosenberg den Pater.

»Was wollen Sie damit sagen?«

»Die Essener, so die Überlieferung, seien in erster Linie Männer gewesen, die sich dem Zölibat verschrieben hatten, die kein persönliches, sondern nur gemeinschaftliches Eigentum hatten, die seherische Fähigkeiten gehabt haben und die obendrein mit besonderen Heilkräften und anderen schamanischen Fähigkeiten ausgestattet gewesen sein sollen.«

»So wird es zumindest in einigen Kreisen berichtet«, erwidert der Pater gereizt. »Auch in den Qumranrollen ist davon die Rede. Aber gesicherte Erkenntnisse oder gar handfeste Beweise gibt es bis zum heutigen Tag diesbezüglich keine. Das sind alles eher nur Vermutungen und Behauptungen, die in regelmäßigen Abständen immer wieder aufs Neue aus den verschiedenen Lägern der diversen esoterischen oder spirituell inspirierten Kreise genährt werden.«

»Wenn ich Ihren Unterton richtig wahrnehme, höre ich eine leichte Verärgerung, verehrter Pater. Warum?«

»Als gäbe es nicht schon genug Ideen und Konzepte, die Welt zu verstehen. Sind nicht alle Religionen im Grunde einfach auch nur ein Versuch und in der guten Absicht des Verstehens und in ihrer ursprünglichen Intention auch der Verständigung entstanden?«

»Ja. Das ist zu vermuten. Für alle Phänomene, die sich der Mensch nicht mit dem normalen Verstand und den diesem Verstand zur Verfügung stehenden Worten erklären konnte, hat er neue Worte erschaffen. Um ebendiese nicht zu verstehenden Phänomene dem Verstand zugänglich zu machen.«

»Seien Sie mir bitte nicht böse, Ibrahim. Aber meine Zeit ist kostbar und begrenzt. Und beim besten Willen kann ich mir nicht vorstellen, dass Sie mich hier oben in diesem um diese Zeit verlassenen Ort um ein Treffen gebeten haben, um ein Gespräch wie das zu führen, das sich soeben zwischen uns zu entwickeln beginnt. Bitte beantworten Sie mir ohne Umschweife die Frage: Was ist Ihr Begehr? Geht es um das Manuskript von Anna und Alfredo? Nur geradeheraus mit der Sprache.«

»Ja, Pater. Genau darum geht es. Und im Gegensatz zu den beiden anderen Organisationen, für die Sie – nennen wir es arbeiten - und von denen Sie sich regelmäßig Geld in die Tasche stecken lassen ... Im Gegensatz zu diesen beiden Organisationen bin ich tatsächlich an einer Veröffentlichung des Manuskripts interessiert.«

»Da wären Sie tatsächlich der Erste. Und was erhoffen Sie sich dann von mir?«

»Wir haben Grund zu der Annahme, dass uns einige zentrale Elemente oder Seiten des Manuskripts fehlen.«

»Und was habe ich mit diesen fehlenden Seiten zu tun?«

»Unsere Vermutung ist, dass Sie tatsächlich der einzige Mensch sind, der das vollständige Manuskript hat.«

»Sie meinen neben den beiden Autoren.«

»Nein. Ich wiederhole: der einzige Mensch. Wir haben uns eingehend mit den uns vorliegenden Seiten des Manuskripts beschäftigt und es sind deutlich zwei Schreibstile zu erkennen.«

»Verraten Sie mir doch bitte erst mal noch, von wem Sie sprechen, werter Ibrahim, wenn Sie von wir sprechen.«

»In meiner ursprünglichen Funktion bin ich als Mitarbeiter des Mossad, des israelischen Geheimdienstes ...«

»Ich weiß, wer oder was der Mossad ist.«

»... also als Mitarbeiter dieser Organisation bin ich in das gesamte Geschehen überhaupt erst eingeweiht worden.«

»Sie wollen mir doch aber jetzt nicht erzählen, dass der Mossad an einer Veröffentlichung dieses Manuskripts interessiert ist. Überhaupt frage ich mich seit Längerem, warum ein solches Aufheben um ein paar wahrscheinlich hier oben in dem völlig unbekannten Dorf Albisano verfassten Manuskriptseiten, von noch dazu vollkommen unbekannten Autoren, gemacht wird.«

»Mit den Buchstaben ist es so eine Sache. Als Luther seine 95 Thesen verfasst hat, hat vermutlich auch niemand, nicht einmal er selbst, gedacht, dass diese eines Tages die Kirche spalten und die Macht und den Einfluss der klerikalen Herrscher in Rom ziemlich genau halbieren würde, oder, Pater Paolo?«

»Als Luther seine Thesen veröffentlicht hat, war er bereits eine in der Öffentlichkeit bekannte und durchaus umstrittene Persönlichkeit. Aber grundsätzlich haben Sie wahrscheinlich recht. Dass der Papst Luther mit einer Bulle belegt hat, war sicher nicht damit begründet, dass er die Halbierung seiner Macht befürchtet hat. Er hat diesen Luther vermutlich einfach nur als ungehorsam und irgendwie auch unbequem empfunden. Aber die Trageweite von dessen Gedanken hat er vermutlich nicht absehen können.«

»Sehen Sie. Um nun aber zum ersten Teil Ihrer Frage zurückzukehren: Nein. Der Mossad hat keineswegs die Absicht, das Manuskript zu veröffentlichen. Allen fünf Organisationen, die in dieser Sache der originären Vereinbarung nach zusammenarbeiten, ist gemein, dass sie genau diese Veröffentlichung verhindern wollen.«

»Welche fünf? Bis jetzt weiß ich nur von drei Organisationen.«

»Von welchen drei wissen Sie denn?«

»An erster Stelle natürlich vom Heiligen Stuhl. Dann vom FSB und auch von Ihnen wusste ich. Auch Ihren Namen, Ibrahim Rosenberg, habe ich von meinem unmittelbaren kirchlichen Vorgesetzten schon einige Male gehört. Wer sind denn aber die anderen zwei Organisationen, wenn Sie von fünf sprechen?«

»Insgesamt sind CIA, FSB, VEVAK, Mossad und die römische-katholische Kirche in die *Operation Pagina* involviert.«

»Heilige Muttergottes. Das wird ja immer schöner. Und das alles wegen ein paar Manuskriptseiten von völlig unbekannten Autoren. Können Sie mir vielleicht erklären, warum das alles? Warum so viel Aufhebens wegen dieses Buches?«

»Sie müssten das doch am ehesten verstehen, Pater. Oder liege ich falsch in der Annahme, dass Sie nicht nur das gesamte Manuskript besitzen, sondern es auch gelesen haben?«

»Wie kommen Sie zu dieser Vermutung?«

»Sie leben in unmittelbarer Nachbarschaft von Alfredos Rustico. Und nach unseren Informationen ist dieses Rustico der Ort, in dem die beiden mit der gemeinsamen Arbeit begonnen und an dem sie diese Arbeit auch gemeinsam erfolgreich zum Abschluss gebracht haben. Da die beiden zunächst keinen Grund zu der Annahme gehabt haben dürften, dass irgendjemand ihr Manuskript verschwinden lassen will, haben sie wohl auch kaum ihre jeweils fertiggestellten Manuskriptseiten versteckt, sondern sie in ihrem Rustico entweder chaotisch oder ordentlich sortiert, fein säuberlich gestapelt und irgendwo sichtbar herumliegen lassen. Und für Sie dürfte es ein Leichtes gewesen sein, sich Zugang zu diesem Rustico zu verschaffen, oder liege ich da falsch?«

»Nein, Ibrahim. Sie haben mit allem recht. Mit fast allem.«

»Wieso die Einschränkung?«

»Weil ich nicht mit Gewissheit sagen kann, ob ich wirklich alles in meinen Besitz bekommen und gelesen habe.«

»Was lässt Sie daran zweifeln?«

»Immer wieder tauchen von Neuem nicht nummerierte Seiten auf. Und es war nicht immer leicht, diese Seiten in das gesamte Manuskriptgefüge einzuordnen. Manchmal gelang es mir gar nicht. Weder habe ich zu Beginn der entsprechenden noch zum Ende dieser Seiten Anschlussstellen an den Rest des Manuskripts gefunden.«

»Und dann? Was haben Sie mit diesen Seiten gemacht?«

Der Pater hält inne und blickt Rosenberg so irritiert an, als wäre er gerade aus einem Traum einem Fremden gegenübersitzend aufgewacht.

»Ibrahim. Warum in Gottes Namen sollte ich Ihnen das erzählen? Warum sollte ich Ihnen vertrauen? Was wollen Sie von mir? Nun rücken Sie doch bitte endlich raus mit der Sprache.«

»Warum sollte ich mich Ihnen anvertrauen, Paolo? Sie arbeiten gleich für zwei Organisationen, denen Sie möglicherweise beiden nicht die vollständigen Manuskriptseiten übergeben. In unserer Branche nennt man das Doppelagenten. Spione mit zwei Gesichtern sind die Gefährlichsten. Und übrigens, werter Pater, es sind auch die, die am stärksten gefährdet sind.«

»Wenn Sie sich nicht längst entschieden hätten, mir zu vertrauen, wären Sie wahrscheinlich nicht hier, Ibrahim. Und vermutlich wollen auch Sie mir ein Geschäft vorschlagen. Insofern bitte ich Sie höflich, sich die eben gestellte Frage selbst zu beantworten. Ich kann Ihnen dabei nicht helfen.«

»Geschäft würde ich es nicht nennen. Es ist eher eine Bitte, ein Gefallen, um den ich Sie bitten möchte.«

»Und was sollte mich veranlassen, einem wildfremden Mann, der plötzlich in meiner Kirche auftaucht und mich auf eher merkwürdige Art und Weise zu einem Treffen einlädt, einen Dienst zu erweisen oder eine Bitte zu erfüllen?«

»Weil ich glaube, dass Sie im Herzen der gleichen Sache dienen und sehr ähnliche Interessen verfolgen.«

»Ich weiß nicht genau, wovon Sie sprechen. In erster Linie diene ich meinem Herrn. Dann kommt lange ... wirklich lange nichts. Dann habe ich mich da noch der Institution verschrieben, die sich als eine Art Gralshüter der Botschaft des Herrn versteht und Menschen einen Raum und Rahmen gibt, die diese Botschaft hören wollen und an Gott glauben. Ja und zugegeben: Schließlich habe ich da noch einen Auftrag angenommen. Einen Auftrag, der aus meiner Sicht niemandem schadet und mir persönlichen ein kleines bisschen Geld in meine bescheidene Kasse spült. Geld, das ich aber keineswegs für mich verwende, sondern einem guten Zweck zuzuführen beabsichtige. Wovon also sprechen Sie Ibrahim, wenn Sie von der gleichen Sache und ähnlichen Interessen sprechen?«

»Ich erkläre Ihnen das gerne, geschätzter Paolo. Sie haben gerade eben gesagt, dass Sie in erster Linie dem Herrn und in zweiter Linie der Institution Kirche dienen. Das glaube ich Ihnen aber mit erheblichen Einschränkungen, Pater. Ich glaube, dass Sie den christlichen Werten dienen. In diesem Sinne glaube ich Ihnen auch, dass für Sie der wichtigste christliche Wert der Glaube an Gott ist, von dem alle weiteren Werte abgeleitet werden. Aber in Bezug auf Ihre Ergebenheit der Institution gegenüber, der Sie angehören und durch die Sie praktisch Ihren Lebensunterhalt bestreiten, hege ich durchaus Zweifel an Ihrer Loyalität.«

»Was wollen Sie damit sagen?«

»Nun ich denke, dass Sie sich eher mit Vorbildern wie zum Beispiel dem Heiligen Sankt Martin identifizieren, als mit den meist in Pomp und Prunk lebenden Päpsten.«

Paolo durchfährt ein regelrechter Schauer. Wie kann dieser fremde Mann von einem seiner persönlichen Vorbilder wissen? Soweit sich Paolo erinnert, hat er sich diesbezüglich bisher nur Luciana, seiner Haushälterin, anvertraut. Und sie ist die Verschwiegenheit in Person. Da ist sich der Pater sicher. Ansonsten weiß seiner Meinung nach niemand davon, dass er eigentlich mit dem verschwenderischen Gebaren seiner Kirche hadert und der Meinung ist, dass sie ihrer eigentlichen Aufgabe, den Armen zu helfen, nicht gerecht wird. Oder doch? Ja, vielleicht ist er das eine oder andere Mal in seinen Predigten diesbezüglich zu ambitioniert. Aber wer sollte diesem Mann diesen Aspekt zugetragen haben und warum? Oder hat er vielleicht zufällig mal an einer der Messen teilgenommen, in denen er sich zu massiven Anklagen hat hinreißen lassen? Paolo sieht Rosenberg schweigend an und versucht mit seinem Blick in ihn zu dringen, ihn zu durchschauen. Doch er ist nicht gut in so etwas.

Rosenberg beendet diesen schweigenden Augenblick: »Falls Sie sich jetzt fragen, wie ich auf die Idee komme, dass Sie Lebenskonzepte wie die des Heiligen Sankt Martin dem Prunk und Pomp der Kirche vorziehen, will ich Ihnen diese Frage gerne beantworten, werter Pater.«

»Da bin ich sehr gespannt auf Ihre Fantasien.«

»Es handelt sich um keine Fantasien. Wir können einfach nur eins und eins zusammenzählen. Zwar kennen wir den genauen Betrag nicht, den Ihnen der FSB für Ihre Dienste bezahlt hat und noch bezahlt. Aber wir haben bis zum heutigen Tag keine außergewöhnlichen Ausgaben Ihrerseits beobachtet. Und auch sonst gehen Sie Ihrer Arbeit wie eh und je nach. Nichts Auffälliges. Keine Anomalitäten. Von Zeit zu Zeit mal eine Reise zu Dante nach Köln. Oder wie heute, wo Sie mal eine Verstorbenenmesse ausfallen lassen, um mich zu treffen. Aber ansonsten geht alles seinen gewohnten und normalen Gang. Die Verhaltensweisen von Menschen, die mehr oder weniger über Nacht aus persönlichen und egoistischen Motiven zu einem gewissen Reichtum gelangen, sind anders.«

»Sie beginnen mich in gewisser Weise zu beeindrucken, Ibrahim. Aber dieses Beeindrucken macht mir, offen gestanden, zugleich auch Angst.«

»Sie meinen, weil ich so gut über Sie und Ihr Leben hier oben in Albisano informiert bin? Das ist meinerseits kein besonderer Verdienst. Der Mossad ist eine der besten, wenn nicht gar die beste Geheimdienstorganisation dieser Welt. Die Juden werden seit Tausenden von Jahren verfolgt, geächtet, geschändet. Da entwickeln sich beinahe zwangsläufig erstklassige Strategien, Gefahren rechtzeitig zu erkennen und sie ebenso frühzeitig abzuwehren. Dass ich als Mitglied dieser Organisation bestens über alles informiert bin, was die Sache Pagina betrifft, ist also nur logisch. Vor allem auch angesichts der Tatsache, dass ich in meiner Organisation die Verantwortung für das Gelingen dieses Projekts trage. Dass wir Sie quasi rund um die Uhr auf dem Radar haben, hat einen einfachen Grund. Wir halten Sie für eine Schlüsselfigur, die uns im Fall der Fälle bei der Sicherstellung des vollständigen Manuskripts behilflich sein könnte. Deshalb wollen wir auf keinen Fall, dass Ihnen etwas zustößt. In gewisser Weise gewähren wir Ihnen also Personenschutz.«

»Ibrahim. Ich wiederhole mich, aber ich versuche es jetzt mal mit einer Frage: Warum in Gottes Namen wird ein derartiges Aufheben um das Manuskript zu einem Buch gemacht, das von zwei vollkommen unbekannten Autoren und in der Öffentlichkeit unbedeutenden Personen geschrieben wurde? Fünf Geheimdienstorganisationen sind offensichtlich daran interessiert, das gesamte Manuskript verschwinden zu lassen. Und nun kommen noch Sie hinzu, der behauptet, das Manuskript veröffentlichen zu wollen. Ziemlich mutig, wenn man bedenkt, dass Sie damit alleine gegen den Rest der Welt handeln wollen. Sie haben recht mit Ihrer Annahme, dass ich in gewisser Weise mit der Institution hadere, deren Repräsentant ich bin, und vieles zutiefst ablehne. Und ja, meine Affinität zu Sankt Martin will ich auch gar nicht verleugnen. Das hat vielleicht auch damit zu tun, dass das Gotteshaus meines Geburtsortes den Namen dieses Heiligen trägt. Vielleicht habe ich mich deshalb immer wieder und in besonderer Weise mit San Martino di Castrozza und seiner Biografie beschäftigt. Und noch einmal ja, Sie haben recht. Sie haben auch recht damit, dass sich wahrscheinlich alle Seiten des Manuskripts in meinem Besitz befinden und auch damit, dass ich das vollständige Manuskript gelesen habe. Übrigens, nicht nur einmal. Immer wieder habe ich es gelesen. Und immer wieder habe ich mich bei einigen Passagen gefragt, ob das alles nur Ergebnis einer sehr lebendigen Fantasie der Autoren ist oder ob diese Anna wirklich über besondere Fähigkeiten und Einsichten verfügt. Ihr Partner Alfredo war bei dem gesamten Projekt ja eher in der Rolle desjenigen, der mit seinem sprachlichen Vermögen das Ganze zu einem lesbaren Handlungsstrang verdichtet hat. Und schreiben kann der wirklich.«

»Hat er nicht auch für Ihre Gemeinde Werbung gemacht?«, will Rosenberg wissen.

»Ja. Vor geraumer Zeit habe ich ihn darum gebeten, mir mit seinen Fähigkeiten als Texter zu helfen, das Gotteshaus wieder gefüllt zu bekommen.«

»Und wie wir wissen, ist dies auch weitgehend gelungen.«

»Stimmt«, antwortet Paolo wahrheitsgemäß, »es war nur leider nicht von anhaltender Dauer. Seit einiger Zeit entwickelt sich die Zahl der an den Messen teilnehmenden Gläubigen wieder zurück. Und damit leider natürlich auch die Einnahmen der Gemeinde, für die ich zuständig bin. Insofern kam mir das wirklich lukrative Angebot vom FSB mehr als nur gelegen. Dadurch kann ich endlich Projekte umsetzen, die ich schon so lange verwirklichen will. Dem Herrn und dem FSB sei Dank.«

»Sie haben also das gesamte Manuskript gelesen. Mehrfach, wie Sie gerade eben gesagt haben, Pater Paolo. Ist Ihnen dabei irgendetwas Besonderes aufgefallen? Irgendetwas, was Sie als eine außergewöhnliche Einsicht und Erkenntnis bewerten würden.«

»Wie schon gesagt: Bei manchen Passagen habe ich mich gefragt, ob Anna tatsächlich über besondere Fähigkeiten verfügt.«

»Können Sie mir bitte mal ein Beispiel für eine solche Passage machen?«

»Ja. Also sie schreibt zum Beispiel davon, wie sie als kleines Mädchen von Cäsar an dessen Palast geholt wurde, weil er von ihren außergewöhnlichen seherischen Fähigkeiten gehört hatte. Und sie erwähnt in dieser Textpassage zum Beispiel den Augur Spirunna und seine berühmte Wahrsagung von der bevorstehenden Ermordung des römischen Diktators.«

»Das alleine ist aber noch kein Hinweis auf besondere Fähigkeiten oder Gaben von Anna, werter Pater. In der heutigen Zeit könnte man das alles auch im Internet recherchieren. Dazu bedürfte es lediglich der Idee, diesen Aspekt in irgendeiner Form in ein Buch integrieren zu wollen.«

»Ja und nein. Ja, sicher ließe sich das im Internet recherchieren. Aber irgendwie ist diese Geschichte so in den Kontext eingebunden, dass es für mich nicht wie eine Internetrecherche klingt, sondern eher wie die authentische

Aufzeichnung einer Person, die schon mehrere Leben gelebt hat. Im Übrigen habe ich Ihnen auf Ihren Wunsch hin lediglich ein Beispiel für eine Textpassage gegeben, die in mir die Annahme verursacht hat, dass Anna vielleicht tatsächlich über besondere Fähigkeiten verfügt.«

»Sie haben recht. Entschuldigen Sie bitte, Pater. Es ist nur so, dass meine Lektorin mich darauf aufmerksam gemacht hat, dass sie im gesamten Buchmanuskript keine Passage finden konnte, die auf eine fundamentale Erkenntnis hinweist oder sie sogar preisgibt. Und dieser Hinweis meiner Lektorin war und ist letztlich auch das auslösende Moment dafür, dass ich mich zu Ihnen auf den Weg gemacht habe. In der Hoffnung, dass Sie uns oder mir durch das Aushändigen noch fehlender Seiten des Manuskripts beim Auffinden dieser Erkenntnis helfen. Oder dadurch, dass Sie mich vielleicht auf die entsprechende Stelle oder die vergleichbaren Passagen im Manuskript selbst hinweisen können.«

Paolo lehnt sich in seinem Stuhl zurück und lässt seinen Blick über die Bergrücken auf der gegenüberliegenden Seite des Sees schweifen. Währenddessen stößt er einen tiefen Seufzer aus.

»Was ist, werter Pater? Bereuen Sie etwas?«, will Rosenberg wissen.

»Nein. Ich frage mich, ob Sie mir nun ein Geschäft vorschlagen wollen und um was für ein Geschäft es sich wohl handeln wird. Bei allem Respekt: Ich finde, dass wir ausreichend geplaudert haben. Und ich finde auch, dass ich mich genug Ihnen gegenüber geöffnet habe. Zumindest so viel, dass Sie sich ein Bild davon machen können, ob es für Sie eine lohnende Angelegenheit sein könnte, mir ein Geschäft vorzuschlagen.«

»Ja, das stimmt, Paolo. Und ich danke Ihnen für Ihre Offenheit. Nun, das Geschäft ist schnell beschrieben. Ich persönlich würde gerne für mich und meinen Verlag alle Seiten des Manuskripts von Ihnen kaufen. Von mir aus können Sie

Kopien davon behalten. Um auch Ihre anderen Geschäftspartner zufriedenstellen zu können. Hauptsache ist, dass ich wirklich alle Seiten von Ihnen bekommen kann. Und sollten Sie auf eine besondere Erkenntnis beim mehrfachen Lesen des Manuskripts gestoßen sein, würde ich es noch einmal extra bezahlen, wenn Sie diese Erkenntnis mit mir teilen.«

»Und was ist Ihnen die Erfüllung dieser Wunschkombination wert?«

»In Zahlen kann ich das in diesem Augenblick noch nicht benennen. Dazu muss und möchte ich noch eine Nacht in mich gehen. Gerne würde ich Ihnen einen konkreten Vorschlag machen, der Sie vollständig überzeugt. Geben Sie mir 24 Stunden Bedenkzeit. Wir verabreden uns erneut. Und dann teile ich Ihnen mit, was ich mir leisten kann, und was sie mir gegebenenfalls wert ist, die Erkenntnis.«

Der Besuch

Juni 2009

Anna und ich lümmeln uns in die niedrigen Holzstühle der Bar an der Calle de Ciceró zwischen Palma und Arenal und genießen die Sonne und den Blick auf die Masten der Schiffe, die in dem kleinen Hafen gegenüber fest vertäut sind. Vor allem im November und Dezember des vergangenen Jahres haben wir diesen Platz lieben gelernt, sind seitdem aber nicht mehr hierher zurückgekommen. Im November war es wahrscheinlich das Gefühl des Unbekümmerten, dass uns diese Bar vermittelte. Leute mit Rastalocken, die sich wie 30 fühlen, aber nach 50 aussehen, Surfer mit von Salzwasser und Sonne ausgebleichten Haaren und traurig anmutende sowie Erfüllung suchende, verlassene Ehefrauen, die über das Heil sinnieren, das sie in der Beschäftigung mit der Esoterik zu finden hoffen.

Einige Tage nach der Ankunft in unserem Versteck letzten Jahres beschlossen wir, mit dem historischen Zug von Sóller nach Palma zu fahren. Dort liehen wir uns Fahrräder aus und radelten am Meer entlang nach Arenal, um einmal die legendäre Ballermann-Szene in Augenschein zu nehmen. Zum Glück hatten wir Letzteres nicht mehr geschafft, weil wir zufälligerweise auf die besagte Bar gestoßen und bei schätzungsweise drei Litern roter Sangria und einigen Cortado hängen geblieben waren. Hier sitzen wir nun erneut und freuen uns über den Sommer, der hier auf der Insel schon vor rund zwei Monaten begonnen hat.

»Wie hast du die Zeremonie eigentlich empfunden?«, will Anna wie aus heiterem Himmel von mir wissen.

Seit jenem Abend auf der Geburtstagsfeier unserer guten Seele der Finca in Fornalutx haben wir nicht über dieses Erlebnis gesprochen. Möglicherweise lag es aber auch an der Erschütterung, die sich kurz vor unserer Autofahrt zur Party nach Sóller zwischen uns ereignet hatte.

»Was genau möchtest du wissen, Maria?«

»Na ja. Du hast meinen Blick gesucht, als Don Camillo Tongefäß für Tongefäß mit dem schamanischen Elixier gefüllt hat. Ich habe dich alleine gelassen und deinen Wusch nach dieser Form der Begegnung nicht erfüllt. Danach hast du das Tongefäß in einem Zug geleert und ich hatte das Gefühl, dass es nach meiner Beobachtung irgendetwas mit dir gemacht hat, was ich bisher noch nicht an dir gesehen habe.«

»So? Was hast du denn da beobachtet, was du noch nie an mir gesehen hast?«

»Du wurdest sehr kindlich.«

»Wie bitte?«

»Ja. Du hast glückselig gelächelt. Wie ein Kind, das ein Spielzeug zurückbekommen hat, das es lange vergeblich gesucht hat.«

»Maria, ich bitte dich. Was soll ich mit dieser Beschreibung anfangen? Das klingt ja wie der Ausdruck eines Jugendlichen, der sich gerade mit einem mächtig starken Joint so richtig abgeschossen hat.«

»Ja. So wirkte es auch ein bisschen auf mich.«

»Darf ich dich daran erinnern, dass ich uns anschließend vollkommen ordnungsgemäß, sicher und gesund mit dem Auto von Sóller nach Fornalutx zurückgebracht habe? Das hätte ich sicher nicht getan, wenn ich das Gefühl gehabt hätte, stoned zu sein. Da hätte ich ein Auto nicht mal von außen angefasst. Geschweige denn, dass ich mich hinter das Steuer gesetzt hätte.«

Ich bin verärgert und verleihe dieser Verärgerung mit meiner Betonung auch Ausdruck.

»Möchtest du jetzt mit mir streiten? Oder würdest du mir freundlicherweise noch die Frage beantworten, die ich dir soeben gestellt habe?«

Tatsächlich spüre ich irgendwie Streitlaune in mir aufkommen. Unter anderem auch, weil die Erinnerung an ihren plötzlichen Stimmungswandel auf der Terrasse der Finca in Fornalutx und ihr Hinweis darauf, dass sie Hilfe bräuchte, immer wieder mal in mein Bewusstsein dringt und dort Unruhe und Sorge hervorruft. Inzwischen habe ich Annas Frage vergessen. Und hier in der Surferkneipe ist weder der rechte Ort, um den Dialog von damals fortzusetzen, noch die geeignete Location zum Streiten. Also lenke ich ein.

»Bitte entschuldige, Maria, welche Frage?«

»Ich habe dich gerade eben gefragt, wie du die Zeremonie bei Cecilia vor rund zwei Monaten erlebt oder empfunden hast?«

»Wie viel Zeit möchtest du dir jetzt nehmen, um dir meine Antwort vollständig anzuhören?«, erwidere ich.

Anna erhebt sich etwas umständlich aus dem niedrigen Holzstuhl und geht zur Bar. Wenige Minuten später kommt sie mit einem Gefäß zurück, in dem ich zwei Liter Sangria vermute. Zwei Gläser haben wir noch vor uns auf dem Tisch stehen.

»Darf ich dir erst einschenken, bevor du mit deiner Antwort beginnst, oder soll ich mir das für eine Erzählpause aufheben?«

»Du bist an deinen Gesprächspartnern interessiert, erkennst deren Bedarfe blitzschnell und handelst, geliebte A... allerliebste Maria. Du wirkst meistens auf mich, als wärst du eine starke und entschlossene Frau. Ich liebe dich dafür.«

»Was willst du denn damit sagen, dass es auf dich so wirkt, als wäre ich eine starke Frau?«

»Oh, ich vergaß deine Sensibilität in Bezug auf den Umgang mit der Sprache. Verzeih. Ich wollte natürlich sagen: Du wirkst auf mich so, wie du bist: Eine starke Frau.«

»Ach, Mateo. Lass uns dieses Thema bitte ein anderes Mal in einer anderen Umgebung besprechen. Jetzt nur so viel dazu: Der Schein trügt. Wann gedenkst du mit deiner Antwort zu beginnen?«

»Jetzt, wenn es der gnädigen Frau beliebt.«

»Sehr gerne. Meine ungeteilte Aufmerksamkeit gehört dir.«

Anna füllt unsere Gläser mit Sangria, erhebt sich von ihrem niedrigen Holzstuhlkonstrukt und setzt sich auf die blauen Kissen, die auf der gemauerten Bank hinter uns liegen. Ich erhebe mich gleichermaßen und setze mich zu ihr.

»Es gibt verschiedene Ebenen, auf denen ich die Zeremonie erlebt habe. Nein. Richtigerweise sollte ich sagen: Es gab verschiedene Ebenen, auf denen die Zeremonie ihre Wirkung auf mich entfaltet hat.«

»Ich nehme an, dass es in deinem Sinne ist, wenn ich dich während deiner Ausführungen weder unterbreche noch irgendwelche Fragen stelle?«

»Du meinst so, wie jetzt gerade?«

»Mateo, bitte! Also ich schweige. Sprich. Ich schweige so lange, bis du mir ein deutliches Signal gibst, dass ich das Wort wieder an dich richten kann.«

»Das schaffst du nie. Aber ich gebe dir zum unzähligen Mal die Chance. Also zunächst zu den unterschiedlichen Ebenen: Da war zuallererst der Zeremonienmeister, wenn ich ihn mal so nennen darf. Dieser Don Antonio hat mich zutiefst beeindruckt. Die Weisheit und Würde, die er ausgestrahlt hat, hat mich auf eine sehr spezielle Weise berührt. Es war eine Mischung aus Ehrfurcht, Rivalität und Neid.«

»Neid, wieso Neid?«

»Was habe ich gesagt? Du schaffst es nicht, Maria. Du schaffst es einfach nicht, mich nicht zu unterbrechen. Gerade mal fünf Sätze habe ich von mir gegeben und schon fragst du nach.«

»Komm schon. Jetzt sei doch nicht so kleinlich. Es war doch nur eine kurze, klitzekleine, klitzekurze Verständnisfrage. Die zählt doch gar nicht, Mateo. Warum Neid?«

»Weil diese Weisheit und Würde von einer wohlwollenden Güte begleitet wurde, nach der ich als allmählich erwachsen gewordener und in die Jahre gekommener Mann suche. Suche in dem Sinne, dass ich sie mir für mich selbst wünsche. So gerne würde ich Menschen ohne Wertung begegnen. Nein, ohne Wertung ist die falsche Formulierung. Ich bleibe bei dem Begriff wohlwollend. Da drüben zum Beispiel auf der Bank am Eingang zur Toilette sitzt, seitdem wir hier sind, eine blonde Frau. Mittelalt, durchaus attraktiv, für ihr Alter eine gute Figur, mit strahlend blauen Augen und zwei Grübchen im Gesicht. Als ich vorhin auf Toilette ging, hat sie zu mir aufgeschaut und mich angelächelt. Und ich? Ich habe es nicht geschafft, zurückzulächeln. Als ich dann auf der Toilette war, habe ich mich dafür geschämt. Dabei wäre es so einfach gewesen, ihrer Freundlichkeit ebenfalls mit Freundlichkeit zu begegnen. Was tue ich aber anstelle dessen? Ich beschäftige mich mit lauter wertenden bis abfälligen Gedanken über diese Frau, während ich mit dir hier sitze. Sie ist vielleicht Mutter von erwachsenen Kindern, die sich von ihr abgewendet haben, weil sie seit Längerem auf einem Selbstfindungstrip hier auf Mallorca ist. Vielleicht hat sie ihren Mann verlassen und ist einem jüngeren Dauersurfer in die Arme gefallen. Und dem verdreht sie jetzt den Kopf, obwohl sie genau spürt oder sogar weiß, dass diese Beziehung maximal mit körperlicher Begierde zu erklären ist, aber keinesfalls Perspektive hat. Vielleicht ist sie eine völlig desorientierte Person und in ihrer Wohnung stapelt sich die Dreckwäsche, weil sie sich auf ihrem Selbstfindungstrip nicht aus den Krallen einer latenten Depression befreien kann. Verstehst du, was ich meine, Maria? Diese Frau hat mir nichts getan. Ich kenne sie nicht. Aber ich werte. Meine Fantasien über diese Frau haben eine geringschätzende Qualität. Und das ist nur ein Beispiel von vielen. Ich könnte gleich weiter machen. Nimm den Kellner mit dem Bart da drüben hinter dem Tresen. Von ihm wissen wir nur, dass er Argentinier ist, dass er relativ gut Deutsch spricht und dass er schon in Deutschland und in Österreich gearbeitet hat. Ach ja, und dann wissen wir noch, dass er uns relativ schnell bedient hat und dabei auch einigermaßen freundlich gewesen ist. Dabei könnte ich es doch belassen. Aber nein. Auch ihn schaue ich an und mache mir mein Bild. Und auch in seinem Fall ist dieses Bild nicht von Wohlwollen und Wertschätzung gezeichnet. Willst du mehr darüber erfahren?«

Anna hält ihr Glas Sangria in der Hand und blickt gedankenverloren auf das sich hinter dem kleinen Hafen ausbreitende blaue Meer.

»Maria? Wo bist du? Hörst du mir überhaupt noch zu?«

»Sie stellt das Glas auf dem in Form eines Surfboards gearbeiteten Tisch ab und umfasst meine rechte Hand mit ihren beiden Händen.«

»Unterbreche ich dich, passt es dir nicht. Unterbreche ich dich nicht, scheint es auch nicht passend zu sein. Ich höre dir aufmerksam zu. Und ich mache mir dabei Gedanken.«

»Das geht nicht, Maria. Man kann nicht aufmerksam zuhören und sich zur gleichen Zeit Gedanken machen. Zuhören bedeutet, dem gesprochenen Wort eines anderen Menschen zu folgen. Für eigene Gedanken benötigt der Mensch ebenfalls die Sprache. Und Sprache ist nur chronologisch möglich. Man kann nicht zur gleichen Zeit zwei verschiedene Gedanken denken, geschweige denn sprechen. Auch du nicht. So außergewöhnlich du auch sonst in vielerlei Hinsicht bist. Aber das vermagst auch du nicht, Maria. Soll ich fortfahren mit meinen Ausführungen oder möchtest du mich zuerst an deinen Gedanken teilhaben lassen?«

»Ich hätte dazu so viel zu sagen, Mateo. Und da ich unsere Art und Weise der Gesprächsführung kenne, fürchte ich, dass es kein gutes Ende nehmen würde, wenn ich dir jetzt meine Gedanken mitteile. Insofern freue ich mich, dir weiter aufmerksam zuhören zu dürfen.«

»Immerhin habe ich erkannt, dass ich in diesem Punkt auf Don Antonio neidisch bin. Weil er etwas ausstrahlt und vermutlich auch etwas hat, was ich gerne hätte.«

»Du meinst Weisheit und Würde?«

»Nein, ich meine diese Güte und wohlwollende Gesinnung. Ich kann mir keinen Menschen vorstellen, der sich in seiner Gegenwart nicht wohlfühlen würde. Er empfängt Menschen auf eine sie umarmende Weise, ohne sie anzufassen. Er berührt Menschen, ohne sie zu berühren. Und ich glaube, dass sich jeder Mensch in seiner Gegenwart vor allem auch deshalb wohl fühlt, weil er ihm das Gefühl gibt: Bei mir bist du richtig. Du bist mir wichtig. Dieses wundervolle Wohlgefühl löst er aus, ohne dass er etwas sagt. Wie oder womit macht er das? Ist es sein Blick? Ist es die Mimik, liegt es an seiner Körperhaltung? Oder ist es seine innere Haltung dem Menschen gegenüber. Aber wodurch wird sie dann für den anderen wahrnehmbar, wie macht er sie für andere erlebbar?«

»Erwartest du von mir auf diese Fragen jetzt Antworten oder sind sie eher selbstreflektorischer Qualität?«

»Nein, danke. Es wäre zu einfach, wenn du mir diese Fragen jetzt beantwortest. Und was immer du an Antworten parat hättest, ich glaube kaum, dass ich sie annehmen wollen würde. Hör mir bitte weiter zu. Bis jetzt habe ich ja nur eine Ebene beschrieben, auf der die Zeremonie ihre Wirkung auf mich entfaltet hat. Die interpersonale Ebene. Oder um genau zu sein: die Wirkung dieses Don Antonio. Auf dieser Ebene gab es aber auch noch die Qualität der Interaktion zwischen dir und Don Antonio. Mein Eindruck war, dass ihr euch kennt, dass ihr euch vorher schon begegnet seid. Wo auch immer, wann auch immer, in welchem Leben auch immer. Aber ihr wart euch auf eine fast intime Weise vertraut. Jedenfalls hatte ich diesen Eindruck.«

Einen kurzen Moment halte ich inne, um zu schauen, ob Anna eine Reaktion auf diese Aussage zeigt. Entdecken kann ich nichts.

»Was mich in diesem Zusammenhang beschäftigt hat, war die Frage, ob es eher eine spirituelle oder tatsächlich eine intime Begegnung gewesen ist. Magst du dazu etwas sagen?«

»Oh, der Großmeister der Wahrnehmung erteilt mir das Wort. Man dankt«, spöttelt Anna. »Was hast du davon, wenn du es weißt? Genügt es nicht, wenn ich dir die Frage beantworte, ob sich Don Antonio und ich aus einem anderen Kontext oder Leben kennen? Was bringt es dir zu wissen, ob ich Sex mit ihm hatte oder nicht oder ob wir beide als Schamanen tätig waren und uns aus der gemeinsamen Arbeit kennen? Was macht es für einen Unterschied?«

»Einen Unterschied macht es keinen, Maria. Es gibt mir allerdings Gelegenheit, meine Wahrnehmungsqualität zu überprüfen.«

»Nun dann kann ich dir sagen, dass du in Bezug auf die entsprechenden Fähigkeiten durchaus relativ gut unterwegs bist. Aber eben nur relativ. Da du vermutest, dass wir eine intime Beziehung hatten, würde mich interessieren, woran du das erkannt zu haben glaubst.«

»Als sich eure Blicke begegnet sind, dachte ich für einen kurzen Augenblick, in deinen Augen Verlangen aufblitzen gesehen zu haben. Dieses ganz spezifische Verlangen, dass du manchmal auch mit deinem Blick zum Ausdruck bringst, wenn du mit mir Sex haben willst ... oder mitunter auch dann noch, wenn wir schon Sex miteinander haben.«

»Du wirst doch nicht eifersüchtig sein auf diesen alten Mann, Mateo. Aber um der Wahrheit die Ehre zu gereichen: So ganz falsch ist deine Wahrnehmung mit dem begehrenden Blick nicht. Don Antonio und ich haben ungefähr zwei Jahre zusammengearbeitet. Nein, das trifft es nicht ganz. Don Antonio hat mich ihn begleiten und von ihm lernen lassen, obwohl das normalerweise untypisch ist für die peruanischen Schamanen. Er hat mich hinter die Kulissen der schamanischen Heilkunst schauen lassen und mich in vielfacher Hinsicht eingeweiht. So weit und so tief, dass ich nach ungefähr einem Jahr selbst Hand anlegen und das eine oder andere Ritual eigenständig zelebrieren durfte. Nach einem weiteren Jahr hat er mich dann fortgeschickt mit den Worten: ›Es ist an der Zeit, dass du den Schamanismus nun durch die direkte Erfahrung mit den Geistern der Meisterpflanzen lernst. Du weißt, was zu tun ist. Gehe in den Regenwald unseres wundervollen Landes und suche sie, die Chiric Sanango, die Chullachaqui Caspi, die Chacruna – oder am besten die Ayahuasca. Dann beginnst du die Entsagung unter Berücksichtigung der Nahrungs- und Verhaltensregeln, die ich dir erklärt habe, indem du den Sud von einer dieser Pflanzen über einen längeren Zeitraum trinkst. Und dann wird der Pflanzengeist in deinen Träumen, Visionen und Erkenntnissen mit dir sprechen und dich das Heilen lehren. Geh A... äh Maria. Jetzt!‹«

»Wie kannst du die Namen all dieser Pflanzen und den Wortlaut so genau in Erinnerung behalten? Oder waren das jetzt gerade eben von dir formulierte Sätze, mit denen du deiner Erinnerung Ausdruck verliehen hast?«

»Ich glaube, dass es ziemlich genau die Sätze waren, die Don Antonio damals zu mir gesagt hat. Und wie du ja mittlerweile wissen dürftest, kann ich in manchen Situationen Begebenheiten und Dialoge aus längst vergessenen Zeiten so wiederholen, als würden sie gerade eben im Hier und Jetzt stattfinden. So, wie ich mich eben auch in unterschiedlichsten Momenten mit altem Wissen verbinden und es abrufen kann. Quasi wie ein lebendes oder wandelndes Lexikon. Und um auf deine Wahrnehmung zurückzukommen. Ja, es ist gut möglich, dass ein gewisses Begehren in meinen Augen aufgeblitzt ist, als ich ihn bei Cecilia wiedergesehen habe. So viele Fragen hätte ich damals noch gehabt. So viele Antworten hätte ich mir noch gewünscht. Aber sein ›Geh!‹ hat keinen Zweifel daran aufkommen lassen, dass ich mein Hab und Gut bündeln und ihn verlassen musste. Und nach seinem ›Jetzt!‹ haben wir kein einziges Wort mehr miteinander gewechselt. In meinem damaligen Leben habe ich Don Antonio auch nicht mehr wiedergesehen. Und als ich ihn jetzt gemeinsam mit dir begegnet bin, kam dieser tiefe Wunsch, eben dieses Verlangen wieder in mir auf, ihm all die Fragen zu stellen, die damals unbeantwortet geblieben sind. Aber er hat mir mit seinem Blick zu verstehen gegeben, dass es auch jetzt keine Antworten geben wird. Und deshalb ist der von dir vollkommen richtig bemerkte verlangende Blick auch ganz schnell wieder erloschen. Das Verlangen bezog sich jedoch eben auf nichts Körperliches, sondern auf die spirituelle Dimension. Deshalb habe ich vorhin gesagt, dass du nur relativ gut unterwegs bist.«

Anna leert in einem Zug den Rest ihres Sangria-Glases und stellt es auf dem niedrigen Tisch zurück. Genau in diesem Moment kommt ein junger Mann sehr dicht an unserem Tisch vorbei, stolpert so fest dagegen, dass Annas leeres Glas umkippt, und verschwindet ohne ein Wort der Entschuldigung im hinteren Bereich der Bar in der Toilette.

»Was für ein Trottel. Da kann man ja wenigstens mal was sagen, oder?«, frage ich Anna, entrüstet über dieses rüpelhafte Benehmen.

»Schau mal neben dir auf der Bank«, weist sie mich auf einen auf das Kleinste zusammen gefalteten Zettel hin. »Das war gerade kein Versehen. Das war die pure Absicht. Wir haben neue Post. Gibst du sie mir oder liest du vor?«

Ich nehme das Papier von der Bank, umschließe es mit der linken Faust und halte es fest, ohne Anstalten zu machen, es zu entfalten oder lesen zu wollen.

»Was tust du? Nun mach schon. Ich bin neugierig.«

»Maria, ich weiß. Du bist, glaube ich, der neugierigste Mensch, den ich in meinem bisherigen Leben kennengelernt habe. Und manchmal genieße ich es einfach, dich ein bisschen auf die Folter zu spannen.«

»Willst du denn gar nicht wissen, welche Nachricht uns hier in diesem Surfertreff ereilt?«

»Nö. Im Moment interessiert es mich kein bisschen. Es geht mir gerade gut. Sehr gut. Und ich finde es schön, hier mit dir in dieser extrem lässigen Kneipe inmitten der ganzen tiefenentspannten Lebenskünstler zu sein. Außerdem glaube ich ohnehin, dass uns keine besonderen Neuigkeiten ereilen. Das Einzige, was mir ein bisschen auf den Nerv geht, ist die Tatsache, dass wir offensichtlich Tag und Nacht unter der Beobachtung von Ibrahims Leuten zu stehen scheinen.«

»Du meinst, weil sie uns hier eine neue Nachricht zugesteckt haben? Was macht dich so sicher, dass es eine Nachricht von Ibrahims Leuten ist?«

Als ich Anna nicht sofort antworte, hakt sie nach.

»Mateo? Bist du physisch und psychisch noch hier bei mir?«

»Ja, bin ich. Ich habe nur einen Moment über deine Frage nachgedacht und dabei festgestellt, dass ich überhaupt nicht sicher bin.«

»Sicher in Bezug auf was?«

»Hallo? Hast du mich nicht gerade eben gefragt, was mich so sicher macht, dass es eine Nachricht von Ibrahims Leuten ist? Wer von uns beiden ist denn bitte nicht im Hier und Jetzt?«

»Und? Wie ist deine Antwort auf diese Frage?«

»Nichts macht mich sicher. Im Gegenteil. Wenn ich einen kurzen Moment darüber nachdenke, kann ich mir durchaus vorstellen, dass uns auch andere Organisationen von irgendwelchen Dauerschatten begleiten lassen. Gleichzeitig habe ich aber auch die Hoffnung, dass es ausschließlich Ibrahims Leute sind. Denn irgendwie gibt mir das in einer anderen

Beziehung wenigstens ein bisschen das Gefühl von Sicherheit. Und ich würde außerdem so gerne daran glauben dürfen, dass dieser Rosenberg ernsthaft den Willen, die Fähigkeiten und die Möglichkeiten hat, unser Buch tatsächlich zu veröffentlichen.«

»In diesem Punkt bin ich vollkommen sicher. Er wird dieses Vorhaben umsetzen. Ganz bestimmt. Er wird das hinbekommen. Aber nun schau doch bitte mal nach, was für eine Nachricht uns übermittelt wurde.«

»Nein, mach du«, erwidere ich und gebe Anna das Papierknäuel, das ich bis dahin immer noch in meiner linken Faust halte.

Anna entfaltet es und liest:

Bitte kehren Sie zeitnah nach Fornalutx zurück. Auf Ihrer Finca wartet wichtiger Besuch.

Feigheit

September 2009

Nervös misst Oberst Garibaldi das Audienzzimmer mit seinen Schritten ab. Eine halbe Stunde lässt der Nuntius ihn inzwischen schon warten. Der Oberst fragt sich, ob hinter dieser für den Nuntius unüblichen Unpünktlichkeit eine bestimmte Absicht steckt oder ob es der Situation geschuldet ist, dass ihm eine noch wichtigere Begegnung am pünktlichen Erscheinen hindert. Hat er eine Audienz beim Heiligen Vater? Ist das ganze Thema inzwischen zur Chefsache erkoren worden? Und wenn eine persönliche Absicht des Nuntius dahintersteckt, welche könnte es sein? Will er ihm vielleicht einmal mehr seine Unzufriedenheit mit dem bisherigen Verlauf der Dinge zum Ausdruck bringen? Eher unwahrscheinlich. Das hat der Nuntius nicht nötig. Und es passt auch nicht zu ihm. Aber die Unpünktlichkeit ist ebenfalls nicht sein Stil.

Inzwischen sind knapp 40 Minuten vergangen, als endlich Schritte draußen auf dem Gang zu hören sind. Das Herz des Obersts beginnt mit jedem vernehmbaren Schritt schneller zu schlagen. Er spürt das Pochen des Pulses in seinen Schläfen. Die Tür öffnet sich. Doch anstelle des Nuntius tritt einer seiner Sekretäre ein und sieht den Oberst mit einem beinahe mitleidigen Blick an.

»Gott segne Ihren Weg, Oberst Garibaldi. Der Nuntius bittet Sie eindringlich um Entschuldigung und bedauert zutiefst, dass er die Verabredung nicht wahrnehmen kann.«

»Was ist passiert? Und warum hat er mir diese Nachricht nicht schon viel früher übermitteln lassen?«

»Den Grund seines Fernbleibens kenne ich nicht. Aber er ist wohl bis vor Kurzem noch davon ausgegangen, dass das Treffen zwar mit Verspätung, aber auf jeden Fall stattfinden kann und hat deshalb bis jetzt damit gewartet, sie benachrichtigen zu lassen.«

»Und hat er Ihnen außer der verspäteten Absage noch irgendetwas anderes für mich mit auf den Weg gegeben?«

»Ja, das hat er. Und ich habe mir die Nachricht aufgeschrieben, damit ich sie auf jeden Fall vollständig und richtig überbringe.«

Während er dies sagt, kramt der Sekretär des Nuntius umständlich unter seiner Kutte ein Notizbuch hervor, ergreift mit der rechten Hand ein gelbes Leseband und schlägt damit vermutlich die Seite mit den für den Oberst bestimmten Notizen auf.

»Sind Sie bereit für die Nachricht des Nuntius, Oberst Garibaldi?«

Da der Oberst nicht reagiert, räusperte sich der Sekretär verlegen und beginnt vorzulesen:

Verehrter Oberst!
Da ich vor unserer Verabredung noch eine Audienz beim Heiligen Vater haben werde, habe ich für den Fall meiner Verhinderung diese Nachricht vorbereitet. Sicher haben Sie von dem Film Illuminati gehört, der im Mai diesen Jahres in die Kinos kam. Im Vorfeld des Filmes gab es einige Auseinandersetzungen mit der Produktionsfirma des Films und dem Regisseur Ron Howard. Dieser hatte ursprünglich Aufnahmen im Vatikan und der Kirche Santa Maria del Popolo vorgesehen. Der Heilige Vater hatte Erzbischof Velasio De Paolis damit beauftragt, diese Filmaufnahmen abzulehnen, mit der Begründung, dass die in dem Film vernehmbaren kritischen Stimmen eine unnötige Aufmerksamkeit erzeugen und die Menschen ein weiteres Mal ungerechtfertigterweise gegen die Kirche aufbringen könnten. Howard argumentierte damals, dass der Film vielmehr ein Beleg für die enge, wertvolle und wichtige

Verbindung von Kirche und Wissenschaft sei und Langdon in Roman und Film schließlich die Kirche retten würde. Vergeblich. Der Vatikan blieb bei seinem Nein. L'Osservatore Romano, die vatikaneigene Zeitung, sprach sich ebenfalls gegen den Film aus. Nachdem der veröffentlicht worden war und ganz offensichtlich der Reputation der Kirche keinen Schaden zugefügt hatte, wurde er vom L'Osservatore Romano als harmlose Unterhaltung bezeichnet, in der einmal mehr ein gängiges Klischee aufgegriffen wurde: Sekte gegen Kirche und vice versa.

Garibaldi, der mittlerweile zum Fenster des Besprechungsraumes gegangen ist und auf dem Petersplatz blickt, fragt sich, warum ihm der Nuntius dies alles mitteilen lässt.

»Hören Sie mir noch zu, Oberst Garibaldi?«, dringt die Stimme des Sekretärs an sein Ohr.

»Sekte gegen Kirche und vice versa«, wiederholt Garibaldi.

Zufrieden mit dieser Reaktion liest der Sekretär die Nachricht des Nuntius weiter vor.

Sie fragen sich sicher jetzt, warum ich Ihnen das alles mitteile. Die Antwort sind drei Gründe: Erstens scheint die Verfilmung des Romans doch mehr ausgelöst zu haben, als zunächst von uns vermutet. Seit Juni diesen Jahres lassen wir durch einen anderen Offizier der Schweizergarde und einem von diesem zusammengestellten Team Aktivitäten eines Ordens beobachten, der dem Heiligen Stuhl seit jeher sehr kritisch gegenübersteht. Es scheint, als würde sich hier etwas Unheilbares, etwas einer Verschwörung Ähnliches zusammenbrauen. Der zweite Grund ist, dass seit Mai 2009 aus verschiedenen Gemeinden deren verantwortliche Pfarrer verschwunden sind. In insgesamt neun Gemeinden mussten wir kurzfristig Geistliche entsenden, mit Hilfe derer wir die vakanten Stellen zumindest temporär besetzen konnten. Interessant ist in diesem Zusammenhang möglicherweise die Tatsache, dass die Kirchen der entsprechenden Gemeinden alle den Namen des Heiligen Sankt Martin tragen.

»Still!«, unterbricht Garibaldi den Sekretär in barschem Ton. »Welcher Verdienst wurde Martin von Tours aus Candes noch mal zugesprochen? Außer, dass er seinen Mantel mit den Armen teilte und selbst als Bischof lieber in einer Holzhütte als in einem kirchlichen Palast wohnte?«

»Vor allem galt er als Bindeglied zwischen Frankreich und dem Römischen Reich. Zum anderen gilt er nach wie vor als Begründer des abendländischen Mönchtums. Enthaltsamkeit und Entsagung sind wohl zwei seiner hervorstechendsten überlieferten Haltungen.«

»Danke für die Erläuterung. Lies weiter.«

»Wo war ich stehen geblieben?«

»An der Stelle, wo der Nuntius darauf hinweist, dass die Gotteshäuser der betroffenen Gemeinden alle den Namen des Heiligen Sankt Martin tragen.«

»Ah ja. Der Nuntius lässt weiter ausrichten ...«

Bisher haben wir nicht verlässlich herausgefunden, ob es sich bei diesem Sachverhalt um einen Zufall oder um eine Botschaft handelt. Der dritte Grund ist die Tatsache, dass Ihre Quelle und Verbindung zu den beiden Autoren, Pater Paolo, aus der Kirche Sankt Martin in Albisano ebenfalls seit Mai 2009 spurlos verschwunden ist. Wie vom Erdboden verschluckt. Auch hier wissen wir nicht, ob es Zufall ist oder irgendwelche Zusammenhänge bestehen zwischen den beobachteten zunehmenden Aktivitäten des erwähnten, aber nicht namentlich genannten Ordens, der Operation Pagina oder anderen uns bisher völlig unbekannten Absichten. Da dem Heiligen Vater all diese Ereignisse zwischenzeitlich auch von anderen Seiten zugetragen worden waren, hat er mich kurzerhand zu sich, um Rücksprache zu halten. Das gesamte Themenfeld ist möglicherweise komplexer und liegt tiefer, als es uns allen lieb ist. Deshalb könnte es eine längere Audienz werden und ich mich sehr verspäten oder eventuell gar nicht zu unserer Verabredung erscheinen. Sosehr ich dies bedaure, so sehr bitte ich um Ihr Verständnis, Oberst. In diesem Zusammenhang muss ich Ihnen

hiermit leider auch mitteilen, dass ich Ihnen die Verantwortung in der Operation Pagina mit sofortiger Wirkung entziehe. Lieber hätte ich Ihnen meine Entscheidung und die Gründe dafür in einem persönlichen Gespräch mitgeteilt. An dieser Stelle nur so viel schon dazu: Die von Ihnen empfohlene Strategie der Umarmung ist nach unserer Einschätzung gescheitert. Da sich die Umstände so entwickelt haben, wie sie sich entwickelt haben, wollen und können wir Ihnen dies nicht als Fehlleistung anlasten. Sie bleiben deshalb in Amt und Würden und behalten Ihren Posten als Oberst der Schweizergarde. Die Operation Pagina wird ab sofort jedoch von einem anderen Offizier geleitet, dessen Namen aus hoffentlich für Sie nachvollziehbaren Gründen geheim bleibt. In geistiger Verbundenheit zu Ihnen persönlich ebenso wie zu Ihrer Loyalität als Offizier der Schweizergarde danke ich Ihnen – auch im Namen des Heiligen Vaters - für Ihr Engagement und das umsichtige Vorgehen in der Operation Pagina.
Der Nuntius.

Stille. Garibaldi dreht sich zum Sekretär des Nuntius um. Dieser vermag den Oberst weder anzuschauen noch das Wort an ihn zu richten.

»Aus purer Feigheit hat er mir diese Nachricht von seinem Sekretär überbringen lassen, anstatt es mir persönlich mitzuteilen«, denkt Garibaldi. »Wie so oft hat er die kontroverse Auseinandersetzung mit mir gescheut.«

Der Oberst richtet sich auf, verlässt den Raum erhobenen Hauptes, würdigt den Sekretär keines weiteren Blickes und lässt die Tür weit geöffnet hinter sich.

Ohnmacht

November 2009

Einige Tage nach unserer raschen Rückkehr in die Finca in Fornalutx bereiten wir uns auf unsere Abreise von Mallorca vor. Rosenberg hat uns durch einen Boten wissen lassen, dass an einer unbekannten undichten Stelle die Information durchgesickert ist, dass wir uns auf einer balearischen Insel befinden und es deshalb vermutlich nur eine Frage der Zeit ist, bis man uns hier in unserem Versteck aufgespürt haben würde. Zwar haben wir vermutlich nicht mehr so viel zu befürchten, da das Buch mit dem Titel *Manuskript von Albisano* unter dem Namen eines Pseudonyms am 14. Oktober auf der Buchmesse in Frankfurt der Öffentlichkeit vorgestellt und noch im selben Monat an die wichtigsten Buchhandlungen in Deutschland, Österreich und der Schweiz ausgeliefert worden ist. Die einschlägigen und uns nachstellenden Kreise seien parallel darüber in Kenntnis gesetzt worden, dass wir uns als Autorenteam hinter dem Pseudonym verbergen. Er hat uns außerdem berichten lassen, dass es auf der Messe bis zum letzten Messetag am 18. Oktober jeden Tag zwei Lesungen gegeben und dass sein Verlag für diese Events einen aus Funk, Fernsehen und Werbung bekannten Schauspieler und Sprecher gewonnen hatte, der dem Ganzen mit seiner rauen und verrucht wirkenden Ausstrahlung sowie der rauchigen Stimme eine ganz besondere Note gegeben hatte. Über die Presseresonanz und den Abverkauf, so der Bote Rosenbergs, werde er uns ausführlich während unseres Wiedersehens informieren. Da nicht sicher ist, ob wir tatsächlich außer

Gefahr sind, empfehle er uns während der kommenden Wochen, möglichst vor Weihnachten, nach Berlin zurückzukehren. Dort könne er uns besser schützen lassen und auch die persönliche Begegnung ließe sich deutlich problemloser arrangieren.

Anna und ich haben nicht lange gebraucht, um der Empfehlung Rosenbergs zu folgen und uns für Berlin zu entscheiden. Als Maria und Mateo Martínez haben wir für den Rückflug bei AirBerlin eingecheckt und befinden uns seit rund anderthalb Stunden auf dem Heimflug.

»Was denkst du, Maria: Hat Rosenberg das unvollständige Manuskript veröffentlicht oder hat er eher die noch fehlenden Passagen von einem anderen Autor hinzudichten lassen?«

Anna sieht mich gedankenverloren an.

»Hast du meine Frage verstanden?«

»Na ja, so weit sitze ich ja nicht von dir entfernt. Auch wenn die 5b erfreulicherweise frei geblieben ist. Aber über diese Distanz funktioniert mein Gehör noch ganz gut.«

Ich glaube in ihrer Stimme einen kiebigen Unterton zu hören und möchte meine Wahrnehmung überprüfen.

»Passt dir irgendetwas nicht?«

»Ich bin ein wenig beunruhigt, Mateo. Aber das hat nichts mit dir oder uns zu tun.«

»Magst du mir den Grund der Beunruhigung anvertrauen?«

»Ehrlich gesagt ist es mir egal, ob Rosenberg das Manuskript unvollständig oder in einer von wem auch immer vervollständigten Fassung veröffentlicht hat. Die fehlenden Passagen finde ich nicht so wichtig. Sie enthalten keine weiteren wirklich wichtigen Erkenntnisse. Im Grunde lösen sie lediglich den mehrfach beschriebenen Gedanken auf, dass der Ort der Erkenntnis im Wort zu finden ist. In den Passagen wird nur noch einmal ausführlich beschrieben, dass und wie der verantwortungsvolle Umgang mit dem menschlichen

Bewusstsein und der Sprache zu einem im Sinne des Humanismus wahrhaft wertschätzenden Miteinander führt.«

»Aber das ist doch bereits Bestandteil des Manuskripts, das wir Rosenberg zur Verfügung gestellt haben. Warte mal kurz.«

Ich ziehe meinen Laptop aus dem an meinen Füßen lehnenden Rucksack, klappe ihn auf, öffne das Dokument mit dem Manuskript und gebe im Suchfeld das Wort Humani ein. Vom Programm werden mir alle Textstellen in Form einer farbigen Markierung vorgeschlagen, die das Wort Humanismus enthalten.

»Hier ist die Passage: *Die bestmögliche Entfaltung des Individuums ist das zentrale Anliegen dieses Gesellschafts- und Bildungsentwurfs. Dieses Ideal wurde erstmals in der Rhetorica ad Herennium skizziert. Der Verfasser dieses Werkes ist unbekannt und sein Ursprung wird auf das 1. Jahrhundert datiert. Wahrscheinlich wurde dort erstmalig der Begriff der Humanitas erwähnt. Gemeint war damit die Fähigkeit des Menschen, Mitgefühl zu zeigen und sich dadurch von der Grausamkeit der Tiere zu unterscheiden. Mit Mitgefühl war laut der Rhetorica ad Herennium das liebenswürdige, freundliche, wohlwollende und hilfsbereite Verhalten eines Menschen gemeint.*«

»Richtig ist, mein lieber Mateo, dass wir an dieser Stelle kurz auf das Thema Humanismus eingehen. Du hast es nach meiner Erinnerung mit der kleinen Geschichte über den Punta San Vigilio und der Familie Brenzone verknüpft, da sich das aufgrund der historisch überprüfbaren humanistischen Haltung des Agostino di Brenzone anbot. Aber dort wird im Grunde ja nur die Bedeutung des Humanismus und die damit verbundene Haltung oder Gesinnung beschrieben. Es gibt aber keinerlei Empfehlung, geschweige denn eine oder mehrere konkrete Handlungsanweisungen, wie diese Haltung mit Leben erfüllt und umgesetzt werden kann. Wir bleiben den Hinweis schuldig, was man genau tun muss, um als milde, mitfühlende, liebenswürdige, freundliche, wohlwollende und hilfsbereite Person wahrgenommen zu werden. Außerdem haben wir an keiner Stelle den Widerspruch aufgelöst, der durch die Behauptung oder Annahme entsteht, dass sich der Mensch durch dieses Mitgefühl in seinem Wesen von der tierischen Wildheit und Grausamkeit abhebt. Wo sich doch der Mensch im Umgang mit sich, mit anderen Menschen, mit den Tieren und seiner gesamten Umwelt viel grausamer verhält als alles andere, der Natur Entstammende, also auch die Tiere.«

»Selbst wenn wir diesen Wiederspruch aufgelöst hätten, glaubst du allen Ernstes, dass der Mensch auch nur das Geringste in seinen Verhaltensweisen ändert, weil irgendein Autor in einem Buch die menschlichen Verhaltensweisen als unnatürlich oder gar unmenschlich an den Pranger stellt? Mit solchen Gedanken sind bereits unzählige Buchseiten gefüllt. Und hat sich etwas geändert? Nimm allein die vielen Organisationen, die es sich zur Aufgabe gemacht haben, grünen Frieden zu stiften, wilde Tiere zu retten, regionales und lokales Wirtschaften zu fördern, gesunde Ernährung zu propagieren, Liebe zu predigen, ökologisches Verantwortungsbewusstsein zu fördern. Und so weiter. Die Liste dieser und weiterer humanistischer oder an Nachhaltigkeit ausgerichteter Anliegen ließe sich beliebig verlängern. Und was schätzt du, wie viel Prozent der über sieben Milliarden Menschen dem folgen und sich adäquat verhalten? Schenkt man den Statistikern der Meinungsforschung Glauben, so liegt die sogenannte kritische Masse bei 25 Prozent. Wenn also circa 1,7 Milliarden Menschen ihre Haltung zum Umgang miteinander und mit dem eigenen Lebensraum sowie das daraus im günstigsten Fall resultierende Verhalten grundsätzlich verändern würden, könnte es passieren, dass dies die Haltung und Verhaltensweisen der Weltbevölkerung nachhaltig beeinflussen würde. Und zwar deutlich schneller, als bis zu dem Zeitpunkt, bis zu dem die 25 Prozent erreicht sind. Die

Kurve verläuft ab dann exponentiell, glaube ich, mich erinnern zu können.«

»Soweit die Theorie. Und ich glaube, du hast sie auch korrekt wiedergegeben. Bleibt meine Frage, Mateo: Was schätzt du, wie viel Prozent aktuell erreicht sind?«, hakt Anna nach.

»Maria, bitte! Was weiß denn ich? Vielleicht zehn Prozent? Vielleicht 15 Prozent? Oder vielleicht auch nur fünf Prozent. Ich habe wirklich keine Ahnung.«

»Aber du weißt, was Verhaltensänderungen auslösen, oder?«

»Klar. Eine der stärksten Motivationen des Menschen ist die Angst. Ist eine Gefahr groß genug oder sagen wir lebensbedrohlich, ändert sich der Mensch.«

Anna hält einen Moment inne, schaut mich intensiv an und erwidert: »Das wäre sicher eine Variante. Wir bräuchten lebensbedrohliche Szenarien, wie Krieg oder ein paar die Weltbevölkerung in Schock versetzende Epidemien, wie den 1976 erstmals aufgetretenen Ebolavirus oder den 2002 bekannt gewordenen SARS-Virus. Oder wenn wir weiter zurückblicken: die Spanische Grippe, die Pest und so weiter. Sicher haben die Menschen Angst vor diesen schrecklichen Krankheiten gehabt. Und ebenso sicher haben viele Menschen bestimmte Dinge vorübergehend anders gemacht, um sich selbst vor einer Ansteckung zu schützen. Aber war das von Dauer? Hat es zu einer nachhaltigen Veränderung der menschlichen Verhaltensweisen beigetragen?«

Ich vermute, dass es sich bei dieser Frage von Anna um eine rhetorische handelt und warte deshalb schweigend auf die Fortsetzung ihrer Ausführungen.

»Nimm doch bitte nur mal das durch die Nazis ausgelöste Drama. Ein totalitäres System vernichtet sechs Millionen Juden und löst einen Krieg aus, der weltweit mehr als 70 Millionen Menschen das Leben kostete. Eine der Lehren aus diesem Desaster hätte sein können, dass Diktaturen ein großes Gefahrenpotenzial für die Menschheit darstellen. Und?

Wurde hieraus eine Lehre gezogen und die Welt von totalitären Systemen befreit? Nur wenige Jahre nach Kriegsende erschuf die gleiche Nation, die auch die Nationalsozialisten hervorgebracht hatte, das nächste totalitäre System und gründete die Deutsche Demokratische Republik. Ein Staat, der seine Bürgerinnen und Bürger mit sozialen, physischen und physischen Schikanen sowie weiteren absolut undemokratischen Verhaltensweisen drangsaliert und unterdrückt hat. Und lassen wir den Blick über die politische Weltbühne schweifen, finden wir auf Anhieb eine Reihe weiterer Regime aus dem diktatorischen Lager.«

»Du weißt schon, dass du mir eigentlich nur erzählen wolltest, was dich beunruhigt. Nimmst du diesen Faden noch einmal auf oder hast du ihn gänzlich aus den Augen verloren?«

»Gleich, Mateo!«, hält mich Anna noch ein wenig hin. »Lass mich noch kurz den aktuellen Gedanken zu Ende formulieren. So stark Angst als Beweggrund für Verhaltensänderungen auch sein mag, das so initiierte geänderte Verhalten hat ganz offensichtlich nur über einen begrenzten Zeitraum Bestand. Bleibt die Alternative, es über die Bewusstwerdung hinzubekommen. Um diese auszulösen, bedarf es der Sprache. Die Idee von einer Menschheit, die sich nicht als Krone, sondern als Teil der Schöpfung versteht und mit sich und allen sie umgebenden Pflanzen, Tieren und anderen Menschen friedvoll, wertschätzend, wohlwollend und pfleglich umgeht, will verbreitet werden. Dazu bedarf es des Wortes. Und deshalb behaupte ich ja auch, dass der Ort der Erkenntnis im Wort zu finden ist. Das Wort macht den Anfang. Natürlich genügt es nicht, dass 25 Prozent der Menschheit diese Idee hört und versteht. Diese 25 Prozent müssen diese Idee auch mit Leben erfüllen und ihrerseits wiederum andere Menschen dafür begeistern, es ihnen gleichzutun. Aber jetzt mal ehrlich, Alfredo, …«

»Maria, bitte!« unterbreche ich sie barsch in ihren Überlegungen. »Bitte sprich mich mit meinem Namen und nicht mit dem deines Ex an«, bemühe ich mich den Beleidigten zu spielen.

»Por favor discúlpeme mucho, Señor Mateo Martínez. Also noch einmal. Überleg mal bitte. Die Bibel, der Koran, das Kommunistische Manifest und die Mao-Bibel haben zusammen eine Auflagenhöhe von vielleicht fünf bis maximal sechs Milliarden Exemplaren erreicht. Die Bibel hat, wie du weißt, dafür knapp 2.000 Jahre gebraucht. In 2.000 Jahren wird es uns nicht mehr geben, wenn wir uns weiter so verhalten, wenn wir weiter so mit uns und unserer Umwelt umgehen und wenn wir weiter so wirtschaften, wie wir das im Moment tun. Eile ist geboten. Deshalb glaube ich, dass die Veröffentlichung eines Buches nicht der geeignete Weg ist, um unsere Gedanken so zu verbreiten, damit die kritische Masse der 1,7 Milliarden schnell erreicht wird.«

»Maria, ich bitte dich. Seit fast fünf Jahren stecken wir Lebenszeit und viel Liebe in dieses Projekt. Wir haben uns deshalb gestritten, miteinander gelacht und oft auch geweint. Schließlich haben wir einen Menschen gefunden, der sich der ganzen Sache voller Leidenschaft und mit persönlichem Engagement annimmt und das Werk auch tatsächlich herausbringt. Dabei riskiert er vermutlich selbst sein Leben. Und jetzt teilst du mir im Flieger auf dem Rückweg nach Berlin mit, dass ein Buch der falsche Weg ist. Sag mal, bist du noch ganz bei Verstand? Du bist doch von allen guten Geistern verlassen.«

»Mateo, ich bitte dich, versuch das Ganze mal realistisch zu sehen. Bis wir die von dir vorhin zu Recht erwähnte kritische Masse von 1,7 Milliarden Lesern erreicht haben, die unsere Gedanken mögen und die damit verbundenen Überlegungen obendrein auch noch in ihrem eigenen Leben umsetzen wollen und werden, vergehen Jahrzehnte, wenn nicht gar Jahrhunderte. Unser Buch ist vielleicht ein guter Anfang.

Aber wir müssen unbedingt zusätzliche andere Wege beschreiten. Wir müssen so etwas wie Facebook, Twitter oder Google an den Start bringen. Mit so einem auf dem Internet basierenden Dienst könnten wir es schaffen. Vorausgesetzt, was wir zu sagen und zu schreiben haben, interessiert überhaupt irgendjemanden.«

»Ah, verstehe!«

»Was verstehst du?«

»Da liegt der Hund begraben.«

»Mateo, kannst du bitte Klartext mit mir reden. Und bitte verzichte auf den Gebrauch derartiger intellektuell minderbemittelter Plattitüden!«

»Stets zu Ihren anspruchsvollen Sprachdiensten, Verehrteste«, ahme ich einem Diener nach, soweit es im Sitz des Flugzeuges möglich ist. »Na ja. Ich glaube jetzt zu wissen, was der Grund für deine Beunruhigung ist.«

»Nämlich?«

»Du hast dich gewundert, dass Rosenberg uns über seinen Boten keinerlei Information dazu übermitteln ließ, wie die Vorstellung auf der Frankfurter Buchmesse angekommen ist. Zwar hat er geschrieben, dass dieser Schauspieler dem Ganzen eine besondere Note gegeben hat. Aber weder hat er uns mitgeteilt, wie auf der Messe die Resonanz war, noch, wie hoch die Auflage der ersten Auslieferung war, geschweige denn, wie viele Bücher schon über den Ladentisch der Buchhandlungen gegangen sind. Liege ich richtig mit meiner Annahme?«

»Ja und Nein.«

»Welchem Teil gehört das Ja und welchem das Nein?«

»Ja, weil ich es in der Tat komisch finde, dass ein Verleger seinen Autoren nicht mitteilt, wie deren Buch bisher angekommen ist. Mein Gefühl sagt mir, dass da schon wieder mal irgendetwas nicht stimmt. Nein, weil es nicht der einzige Grund der Beunruhigung ist. Es beunruhigt mich auch, dass mir eigentlich erst in den letzten Tagen zwei Dinge klar geworden sind.«

Anna sinkt auf seltsam resigniert wirkende Weise in ihrem Sitz zusammen. Um mich entspannter zu ihr hinüberbeugen und den Arm um ihre Schulter legen zu können, lockere ich den Gurt meines Sitzes etwas.

»Geliebte Maria, was ist los? Was ist dir klar geworden?«

Tränen kullern über ihre Wangen und ersticken ihre Redseligkeit in salzigen Tropfen. Ich verharre geduldig in der sie liebevoll umarmenden Haltung, in der Hoffnung, dass ich ihr auf diese Weise etwas Trost spenden kann. Anna sieht wortlos aus dem bullaugenähnlichen Fenster des Flugzeugs, während ihr Körper in wellenförmigen Bewegungen von leisem und tiefem Schluchzen erfasst wird. Nach einer gefühlten Ewigkeit scheint sie sich beruhigt zu haben.

»Weißt du, Mateo: Ich habe gedacht, dass ich stark genug für dich bin. Ich habe gehofft, dass mir der Glaube an das gemeinsame Projekt, dass mir die Zuversicht, endlich veröffentlichen zu können, was ich für veröffentlichungswürdig halte, die nötige Kraft gibt, dich als Mensch in all seinen Facetten zu akzeptieren. Mit deiner Alkoholsucht, deiner temporären Übellaunigkeit, der Art, wie du mich zeitweise wenig wertschätzend behandelst und deiner Unfähigkeit zur Treue, nun ich dachte, ich könnte das aushalten. Ich dachte, ich sei dafür stark genug. Und ich hatte auch gehofft, dass ich die Begegnung mit diesem Falk Pachlevi, du weißt schon, diesem Schläfer …«

»Du meinst deinen arabischen Entführer und Vergewaltiger!«

Anna dreht sich leicht zur Sitzreihe hinter uns um, um zu prüfen, ob Passagiere dort irgendetwas mitbekommen haben könnten. Zeitgleich dreht sich eine vor uns sitzende Frau zu uns um. Anna schließt für einen Moment die Augen, deutet mir mit ihrem Zeigefinger auf den geschlossenen Lippen an, dass sie diesen Dialog jetzt nicht weiterführen will und wechselt unvermittelt das Thema.

»Einerseits ist mir klar geworden, dass ich im Grunde nichts Neues, keine wirklich weltbewegende Erkenntnis zu verkünden habe. Was wir da schreiben, wussten schon die alten Schamanen. Und sie haben dieses Wissen auch weitergegeben. An die Jüngeren ihres Volkes. Generation für Generation für Generation. Der wesentliche Unterschied ist vielleicht die Erkenntnis der Bedeutung der Sprache in diesem gesamten Kontext. Sie haben die Sprache zwar zur Weitergabe ihrer Weisheit benutzt, wussten aber nicht um deren zentrale Rolle und Bedeutung. Sie haben den Gedanken des sorgsamen Umgangs mit sich selbst, mit den Göttern, mit der Natur und allem in ihr Lebenden vermittelt. Aber sie haben versäumt, den sorgsamen Umgang mit der Sprache zu lehren und zu vermitteln. Und andererseits habe ich erkannt, dass wir es allein mit dem Buch nicht schaffen werden, was ich als meine Aufgabe in dieses Leben mitgenommen habe. Und ich habe weder eine konkrete Idee noch die Kraft, den Versuch zu unternehmen, unsere Gedanken über das Internet zu verbreiten. Ich wüsste gar nicht, wo und wie ich damit anfangen sollte. Und diese beiden Aspekte zusammen lösen in mir ein Gefühl aus, das mich traurig macht und lähmt.«

»Und was ist das für ein Gefühl, Maria?«

»Es ist das Gefühl von Ohnmacht.«

Revanche

Frühling im November 2009

John Brown sitzt mit einem leichten Blouson bekleidet alleine an einem Tisch des Restaurants Paulo Scuttaro auf dem Kurfürstendamm, Ecke Schlüterstraße, gießt sich ein Glas des von ihm so geliebten Lugana-Weines aus dem Hause dei Frati ein und genießt die wärmenden Strahlen der Sonne in seinem Gesicht. *Frühling im November*, titelten mehrere Berliner Tageszeitungen, weil die Thermometer in den letzten Tagen zeitweise über die 20-Grad-Marke geklettert sind und einige Cafés und Restaurants ihren Außenbereich wieder geöffnet haben. Mit derartigen Temperaturen gesellt sich der November in diesem Jahr zu den zwei wärmsten Novembermonaten seit Beginn der Wetteraufzeichnungen im Jahre 1881.

Brown ist im August von der CIA bis auf Weiteres beurlaubt worden. 2005 hatte er Edward Snowden nach mehreren umfangreichen Assessments und langen persönlichen Gesprächen aufgrund von akutem Personalmangel zusammen mit einigen weiteren Experten ihres Fachs als externer Berater angeheuert. Snowden gehörte zu einem handverlesenen externen Mitarbeiterstab, der Zugang zu allen CIA-Archiven und -Dokumenten online sowie offline haben musste und diesen auch kurz nach seiner Rekrutierung bekam. Da Brown aufgrund der Assessment-Ergebnisse und nach seiner eigenen Einschätzung nicht den geringsten Zweifel an Snowdens Loyalität und Integrität hatte, hatte er ihn diesbezüglich auch nicht beobachten lassen. Aus diesem Grund war ihm auch völlig entgangen, dass Snowden mehr und mehr von Zweifeln an der Rechtmäßigkeit seines Tuns geplagt wurde und einen zunehmenden Widerwillen gegenüber der Behörde empfand, die ihn fürstlich für seine Tätigkeiten als technische Fachkraft entlohnte. Erstmalig fiel er Anfang des Jahres 2009 auf, als er im Rahmen seiner Arbeit für die CIA in Genf versuchte, Zugriff auf geheime Dateien zu erlangen. Brown und weitere Kollegen wurden von seinem Vorgesetzten und einigen anderen leitenden CIA-Mitarbeitern sowie Mitarbeitern des FBI zu Snowden befragt, konnten jedoch keine zweckdienlichen Angaben zu den entdeckten Vorfällen machen. Dennoch entschloss man sich Snowden in die USA zurückzuschicken und von den aktuellen Aufgaben in Genf vorerst zu entbinden. Weitere Konsequenzen gab es jedoch keine. Am 29. August 2009 veröffentlichte die Washington Post einen umfangreichen Bericht über das Black Budget der US-Geheimdienste, basierend auf Dokumenten aus dem Fundus von Edward Snowden. Kurz darauf wurde Brown in das Büro seines Chefs beordert, der ihm ohne jede weitere Erklärung mitteilte, dass er unbefristet beurlaubt und seine Mitarbeit an allen Projekten bis auf Weiteres unerwünscht sei.

Zu diesen gehörte auch die *Operation Pagina*. Trotz mehrfachen Befragens seitens Browns gab ihm sein Chef keine Informationen dazu, ob die Beurlaubung durch den Fall Snowden, den bisher wenig erfolgreichen Verlauf der *Operation Pagina* oder andere Ereignisse ausgelöst worden war.

Auf seine Frage, ob er denn jetzt tatsächlich ein paar Wochen ausspannen und Urlaub machen könne und vor allem wie lange, antwortete ihm sein Chef: »Genießen Sie in den nächsten Wochen ein Leben ohne berufliche Verantwortung, Mr. Brown. Teilen Sie uns bitte nur mit, wohin es Sie treibt und bleiben Sie für Ihren Dienstherrn erreichbar.«

Kurzerhand hatte Brown daraufhin entschlossen, sich Italien, Mallorca und Deutschland anzusehen und unter anderem auch die Orte aufzusuchen, an denen sich die beiden Zielsubjekte der *Operation Pagina* aufgehalten hatten.

Mit Mallorca und Italien war Brown ziemlich schnell durch. Trotz allen Wohlwollens empfand er die menschenleeren Strände und vernagelten Standbarbretterbuden auf der spanischen Insel ebenso wie die vereinsamten Städte an den Ufern des Gardasees mit all ihren geschlossenen Geschäften und Kneipen als beinahe unerträgliche Tristesse. Nach nicht einmal zwei Wochen hatte er sich entschieden, Berlin und dem Umland der deutschen Hauptstadt in den folgenden Wochen seine ganze Aufmerksamkeit zu schenken. Und als ob das Universum ihn für die von ihm als trostlos empfundenen Tage unter südlicher Sonne entschädigen und seine Abreiseentscheidung belohnen wollte, sind Menschen, Wetter und Atmosphäre auf dem Kurfürstendamm ausgesprochen fröhlich und freundlich.

Brown ist bester Laune, während er sich die Novembersonne ins Gesicht scheinen und das Gemüt vom köstlichen Lugana erhellen lässt. Die Temperatur in der pulsierenden Deutschen Bundeshauptstadt ist für diese Jahreszeit ungewöhnlich und angenehm warm. Es ist das erste Mal in seiner langen beruflichen Laufbahn und Karriere, dass er sich treiben lassen kann. Keine Verpflichtungen, keine Verabredungen, keine zu erfüllenden Aufgaben. Sich einfach nur dem Augenblick hingeben und aus dem Moment heraus entscheiden, was als Nächstes zu tun ist. Für ihn der pure Luxus. Und doch kann er diese Situation nicht wirklich genießen. Er spürt eine innere Unruhe und Anspannung für deren Ursache er keine vernünftige Erklärung hat. Um seinem Aufenthalt einen würdigen Rahmen zu geben, hat er sich für eine Suite im Hotel Das Stue in unmittelbarer Nähe des Tiergartens entschieden. Die Bar und den Wellnessbereich dieses Hauses hatte er in bester Erinnerung von seinem letzten Berlin-Aufenthalt.

Brown zuckt erschrocken zusammen, als sich eine Hand auf seine rechte Schulter legt und eine ihm bekannt vorkommende Stimme die Worte zuraunt: »Na? Wen haben wir denn da? Kleine Auszeit in Deutschlands lebendigster Stadt, Mr. Brown?«

Er dreht sich nicht um, legt nur seine Hand auf die Hand des Mannes, dem die Stimme gehören muss und weiß im selben Moment, wer ihn hier am Ku'Damm so unverhofft anspricht.

»Rosenberg! Dass Sie mich hier zufällig finden, halte ich für ziemlich unwahrscheinlich. Also was wollen Sie?«

Bei diesen Worten entfernt er seine Hand von der immer noch auf seiner Schulter liegenden Hand Rosenbergs und dreht sich zu ihm um.

»Nehmen Sie schon Platz. Ein Gespräch wird sich wohl nicht vermeiden lassen.«

»Die Entscheidung liegt bei Ihnen«, erwidert Ibrahim Rosenberg, nimmt seine Hand von Browns Schulter, geht auf die gegenüberliegende Seite des Tisches und setzt sich auf den freien Stuhl. »Aber ein Gespräch wäre schon mal ein guter Anfang.«

»Anfang wovon oder wofür?«

»Anfang einer Zusammenarbeit in neuem Kontext.«

»Ich bin im Urlaub. Und das möchte ich gerne in den nächsten Wochen auch bleiben.«

»Ich weiß, John. Die CIA hat Sie bis auf Weiteres von allen Projekten abgezogen und unbefristet in Urlaub geschickt. Und Sie haben sich dann erst auf Mallorca und dann am Gardasee ein wenig umgesehen. Herzlich willkommen in Berlin.«

Brown kommt spontan die Idee, dass Rosenberg vielleicht mehr über den Grund seiner Beurlaubung wissen könnte, als ihm sein Chef mitgeteilt hat.

»Sie sind ja bestens im Bilde, Ibrahim. Dann können Sie mir bestimmt auch den Grund meiner unbefristeten Beurlaubung mitteilen, was?«

»Selbstverständlich. Und ich freue mich wirklich sehr, dass das alles so problemlos funktioniert hat und sie sich auch so schnell entschieden haben, der Baleareninsel und dem Lago di Garda den Rücken zuzukehren und nach Berlin zu kommen.«

»Verstehe nicht. Was hat problemlos funktioniert?«

»Es ist gelungen, Snowden in Ihrer Organisation zu platzieren und dafür zu sorgen, dass er Zugang zu wichtigen Dokumenten der CIA und der amerikanischen Regierung bekommt. Es hat problemlos funktioniert, in ihm selbst so starke Zweifel zu säen, dass er von sich aus das Bedürfnis verspürte, die Machenschaften der CIA aufzudecken und die Öffentlichkeit an deren unrechtmäßigen Aktivitäten teilhaben zu lassen. Und der Beitrag in der Washington Post war erst der Anfang, das gebe ich Ihnen schriftlich, John. Es lief alles nach Plan bezüglich Ihrer Beurlaubung und Ihrer Reise nach Berlin.«

»Steckt Ihr verdammter Mossad also hinter meiner Beurlaubung?«

»So kann man das nicht sagen. Es handelt sich bei den dahinterstehenden Personen nur um einen relativ kleinen Kreis einflussreicher Persönlichkeiten, die hier ganz eigene Interessen und Ziele verfolgen.«

»Was sind das für Ziele, Ibrahim?«

»Sicher werden Sie verstehen, dass es mir nicht gestattet ist, Dritten die Ziele anzuvertrauen, die die erwähnten Persönlichkeiten verfolgen. Und klar ist sicher auch, dass diese in der Deckung bleiben und nicht genannt werden wollen. Was ich Ihnen aber völlig problemlos anvertrauen kann, ist die Tatsache, dass der genannte Kreis Zugriff auf wichtige Stellhebel in nahezu allen Geheimdienstorganisationen hat und dass die verfolgten Ziele fundamentaler und globaler

Natur sind. Wie haben Sie mir zum Abschied im Hudson Hotel in New York zugeraunt: *Ihr Juden haltet eben zusammen. Verdammtes Pack.* Aber eben auch verdammt effektiv. Mit dieser Aussage hatten und haben Sie vollkommen recht. In einem wichtigen Punkt haben Sie sich jedoch grundlegend geirrt. Sie sagten damals nämlich auch, *dass die CIA mächtiger sei, als alle Juden der Welt zusammen.* Falsch, Mr. Brown. Der nicht näher beschriebene Kreis einflussreicher Persönlichkeiten besteht keineswegs nur aus Mitgliedern der jüdischen Gemeinschaft. Es gehören auch Repräsentanten anderer religiöser, nationaler, politischer und wirtschaftlich ausgerichteter Organisationen dazu. Und gegen dieses mächtige und machtvolle Konstrukt ist Ihr ehemaliger Arbeitgeber eine erbärmliche stinkende, kleine Wanze, die man nur deshalb nicht zerquetscht, weil er dem Kreis in vielerlei Hinsicht zuarbeitet. Manchmal ungewollt, aber fast immer sehr hilfreich.«

Brown spürt, wie ihm ein kalter Schauer den Rücken herunterläuft, hat sich aber augenblicklich wieder im Griff.

»Schön für Ihren Kreis berühmter Persönlichkeiten, Ibrahim. Sie haben mich aber sicher nicht hier aufgespürt, um mir diese Geschichte aufzutischen. Was also wollen Sie von mir?«

»Ich will, dass Sie für mich arbeiten. Und wir haben bereits alle notwendigen Maßnahmen in die Wege geleitet, damit sie dies auch mit Genehmigung Ihrer Chefs tun können. Ich brauche nur Ihr Okay und schon sind Sie unser von der CIA ausgeliehener Mann.«

»Ibrahim, tut mir leid. Aber das klingt in meinen Ohren wenig glaubwürdig. Sicher helfen sich die Geheimdienstorganisation dieser Welt immer wieder mal mit Tipps oder auch dem Agentenaustausch nach erfolgreicher Festsetzung des Mitarbeiters einer gegnerischen Organisation, um einen eigenen Mann zurückzubekommen. Und natürlich gibt es auch immer wieder mal den Fall, dass ein Mann für zwei oder sogar drei unterschiedliche Dienste arbeitet. Aber ich kann mir beim besten Willen nicht vorstellen, dass die CIA einen Mitarbeiter an den Mossad ausleiht, damit dieser den Zielen des Mossad dient. An sich eine schöne Fantasie, mein lieber Rosenberg. Aber die entbehrt jeden Realitätsbezugs. Bedaure.«

»Möglicherweise haben Sie mir nicht richtig zugehört, John. Nicht der Mossad will Sie anheuern, sondern jener Kreis, der hinter den Bilderbergern steht.«

»Sie meinen diese Gruppe von führenden Köpfen aus Politik und Wirtschaft, die sich erstmals 1954 hinter verschlossenen Türen im niederländischen Hotel de Bilderberg trafen, das dem Prinzen Bernhard gehörte und der dann wegen möglicher Verstrickungen in den Lockheed-Bestechungsskandal abtreten musste?«

»Ja, diese Gruppe meine ich. Treffen dieser Art sind nichts Besonderes und schon gar nichts Neues, wie Sie wissen. Die gibt es seit Hunderten von Jahren.«

»Sprechen Sie jetzt speziell von Treffen der Bilderberger oder von grundsätzlichen Zusammenkünften irgendwelcher Geheimbünde?«

»In diesem Fall spreche ich konkret von dem Personenkreis, der hinter den Bilderbergern steht. Ohne Ihnen an dieser Stelle zu viel preiszugeben, Brown, so viel sei erklärt: Die Zusammensetzung der rund 130 Teilnehmenden der jährlichen Bilderberg-Konferenz entspricht weitgehend dem Mix des dahinterstehenden Personenkreises, nennen wir Ihnen der Einfachheit halber den Club 54. Eine Gemeinschaft, deren Existenz bis ins Jahr 1749 zurückreicht.«

»Ist der Name jetzt eine spontane Erfindung von Ihnen oder heißt diese Gemeinschaft tatsächlich so?«

»Das ist für uns doch jetzt völlig unerheblich, John, oder? Lassen Sie mich fortfahren. Etwa zwei Drittel kommen aus dem Finanzsektor, der Industrie, Hochschulen und Medien und etwa ein Drittel aus Regierungen oder politischen

Institutionen. Der Unterschied besteht darin, dass die Zugehörigkeit zum Club 54 lebenslang gilt, sofern man sich nichts zuschulden kommen lässt. Man wird auf Empfehlung von mindestens drei Personen eingeladen, mitzuspielen. Außerdem ist die Anzahl auf maximal 54 Personen begrenzt. Aktuell sind es 41 Personen. Bei den Bilderbergern trifft sich jedes Jahr ein mehr oder weniger vollständig neuer Personenkreis. Die hier teilnehmenden Personen werden von den Mitgliedern des Club 54 nach einem genau festgelegten Multiplikationsschlüssel entsandt. Und eins muss und möchte ich noch unbedingt richtigstellen. Beim Club 54 handelt es sich um keinen Geheimbund oder eine verschwörerische Gemeinschaft. Das Wesen von Geheimbünden ist, dass sie ihre meist religiösen, oder politischen Ziele, ihre Regeln, Rituale und so weiter nicht veröffentlichen. Alles geschah oder geschieht hinter verschlossenen Türen. Und Indiskretion wurde in vielen geheimbündlerischen Organisationen mit dem Tod bestraft. Ganz anders bei der Bilderberg-Konferenz. Hier weiß man, wer teilnimmt und kennt die Anforderungen an die Teilnehmenden.«

»Was sind das für Anforderungen?«

»Unter anderem persönliche Integrität, frei von nationalen Interessen, möglichst die ethischen und kulturellen Werte einer humanistischen Haltung teilend, für ein friedliches Miteinander der Weltbevölkerung eintretend und einem nachhaltigen und sinnvollen Wirtschaften dienend. Um nur einige Aspekte zu nennen.«

»Und was ist mit den Zielen, die verfolgt werden?«

»Im Grunde sind die bereits in den Anforderungen an die teilnehmenden Personen enthalten. Es geht darum, Macht und Einflüsse zum Wohle eines friedlichen Miteinanders der Menschen auszubalancieren, die zur Verfügung stehenden Ressourcen in ausreichendem Umfang für alle Menschen zugänglich zu machen und den Planeten Erde auch für die nächsten Generationen als lebenswerten Ort zu erhalten.«

»Klingt ein bisschen nach Weltverbesserern. Sie gestatten schon, Ibrahim, dass es mein Vorstellungsvermögen übersteigt, daran zu glauben, dass es Menschen geben soll, die weder auf die Vergrößerung ihrer Macht noch die Vermehrung ihres Reichtums ausgerichtet sind.«

»Ich verstehe, dass Sie sich das nicht vorstellen können, Mr. Brown. Aber könnten Sie sich vorstellen, mit solchen Menschen und ihren Absichten zu sympathisieren und sie möglicherweise sogar zu unterstützen, wenn es doch tatsächlich einen solchen Personenkreis gäbe?«

»Sie präsentieren sich mir hier jetzt gerade als Botschafter und Personal-Recruiter einer solchen Gemeinschaft, ja? Und Sie wollen mich allen Ernstes als Mitarbeiter für einen Club vermutlich alter Frauen und Männer gewinnen, die am Ende ihres Lebens das schlechte Gewissen plagt und die mit ihren Reichtümern nichts Besseres mehr anzufangen wissen, als Reparaturleistungen für die Schäden zu finanzieren, die sie mit ihren Unternehmungen vorher angerichtet haben? Mann, Ibrahim. Für wie dämlich halten Sie mich eigentlich?«

»Wenn ich Sie für dämlich halten würde, John, hätten wir Sie nicht so feinmaschig beobachten lassen und dann hätte ich Sie sicher auch nicht hier im Paulo Scuttaro aufgesucht. Das ganze Gegenteil ist der Fall: Ihre Biografie gefällt uns. Die in Ihnen verkörperte Symbiose aus Loyalität, kritischem Geist, aktivem Vordenker, sachlich, zielorientiert und strukturiert, aber eben durchaus auch intuitiv und emotional agierendem Menschen ist absolut nach unserem Geschmack. Wenngleich es in dieser Angelegenheit auch weniger um Geschmack geht.«

»Worum geht es denn dann, Ibrahim?«

»Um Revanche.«

»Revanche? Das passt ja nun so gar nicht zu friedensstiftenden Weltverbesserern, Ibrahim.«

»Das stimmt, wenn man das Wort Revanche im militärischen Sinne verwendet. Dann wäre es die Vergeltung einer

Niederlage. Also eine Art Rache. Dabei übersehen Sie aber möglicherweise die beiden anderen semantischen Dimensionen. Eine weitere Bedeutung des Wortes Revanche ist der Ausgleich einer erhaltenen Leistung oder eines erlittenen Schadens. Und dann wäre da noch das Spiel, das dem Verlierer einer gerade eben verlorenen Partie die Chance gibt, die Niederlage wieder wettzumachen.«

»Und um welchen Sinn geht es im Fall Ihrer Organisation?«

»Es geht um den Ausgleich einer erhaltenen Leistung. Diese Art von Revanche ist es, für die wir uns Ihre Mitwirkung wünschen.«

Pedro in São Paulo

Dezember 2010

»Oh Gott! Jetzt verstehe ich auch, warum dieser Rosenberg mir das alles erzählt hat. Ganz klar, warum er annahm, dass ich mir sein Angebot anhören, darauf eingehen und ihm das vollständige Manuskript beschaffen würde«, ließ der Pater João an der ihm genau in diesem Moment aufgeblitzten Eingebung teilhaben.

»Bitte, Pater Pedro, ich verstehe nicht. Wer ist Rosenberg und was für ein Manuskript?«

»Ist nicht weiter schlimm, du Lieber. Und ist auch nicht weiter wichtig. Ich habe nur gerade eben durch deine Ausführung zum Primeiro Commando da Capital etwas erkannt.«

»Und was hast du erkannt, Pater?«

»Na, woraus ist eure Organisation entstanden?«

»Man erzählt, dass es ursprünglich eine aus acht Gefängnisinsassen bestehende Fußballmannschaft gewesen ist, und zwar eine sehr erfolgreiche Mannschaft, die bei den zahlreichen Gefängnis-Fußballturnieren alle Spiele gewann. Angeblich, weil alle anderen Mannschaften Angst vor den Spielern des PCC hatten und es deshalb nicht wagten, selbst zu gewinnen.«

»Ja, und ich glaube, dass hinter diesem Rosenberg auch eine sehr starke Mannschaft steht, vor der alle anderen sich fürchten. Und als er mir Sachen über mich erzählt hat, die wirklich niemand außer mir selbst oder vielleicht noch einer Person, die über übermenschliche seherische Fähigkeiten verfügt, wissen kann. Aber ein Normalsterblicher hätte das nicht wissen können. Und wahrscheinlich dachte er, dass er mir damit Angst und mich gefügig machen könnte.«

»Und wozu sollte er das getan haben?«

»Weil er von mir etwas wollte, wovon er annahm, dass ich die einzige Person sei, die im Besitz dessen ist.«

»Du sprichst wieder von dem Manuskript, Pater?«

»Ja, João.«

»Ist das ein Manuskript für ein Buch? Ist das Buch schon veröffentlicht? Worum geht es in diesem Manuskript?«

»In der Tat geht es dabei um ein Buch. Dieses Buch ist mittlerweile auch schon veröffentlicht und hat in kürzester Zeit beachtlich Erfolge erzielt. Meine letzten Informationen darüber waren, dass allein im deutschsprachigen Raum innerhalb der ersten acht Monate über zwei Millionen Exemplare verkauft worden sind, es zum damaligen Zeitpunkt bereits in 13 Sprachen übersetzt und das Ganze auch schon verfilmt worden ist.«

»Was ist das für ein Buch? Worum geht es da? Was hat es so schnell so erfolgreich gemacht?«, will João wissen.

»Warum wurde *Der Alchimist* von deinem Landsmann Paulo Coelho so unglaublich erfolgreich?«

»Keine Ahnung, Pater. Ich kenne mich in so Sachen nicht aus. Bücher überlassen ich anderen. Ich verstehe mich eher auf das Geschäft mit den Menschen. Wie man sie bei Laune hält. Wie man sie einschüchtert. Wie man von ihnen bekommt, was man will.«

»Paulo Coelho erzählt in seinem Buch die Geschichte der Reise eines Hirten von Spanien nach Ägypten. Er macht sich auf die Suche nach einem verlorenen Schatz. Während dieser Reise beschäftigt sich der Hirte mit ganz grundlegenden Fragen des Menschseins. Und er macht seinen Lesern Mut, das Leben nicht zu träumen, sondern es achtsam zu leben, die Zeichen des Lebens wahrzunehmen und das ganze Leben lang hoffnungsvoll zu bleiben und umsichtig zu handeln. Das ist im Wesentlichen die Handlung dieses Buches. Vermutlich trifft er damit den Nerv des Menschen und sein immer und überall vorhandenes Bedürfnis, die tieferen Beweggründe des menschlichen Seins, Denkens und Handelns entschlüsseln und verstehen zu wollen. Und weil er das außerdem noch in leicht verständlichen Worten tut und ganz viele philosophische Weisheiten in geradezu schlichter Weise zu einem Märchen für Erwachsene zusammenfügt, ist dieses Buch vermutlich ein solcher Erfolg geworden.«

»Aber was hat das mit dem Buch zu tun, von dem du gerade gesprochen hast, Pater Pedro?«

»Nun es bedient im Grunde ein ganz ähnliches Schema. Es verspricht eine grundlegende Antwort auf die Frage, wie Menschen fried- und verantwortungsvoller mit sich und in Einklang mit ihrer Umwelt umgehen und leben könnten. In gewisser Weise wird hier eine Empfehlung ausgesprochen. Völlig undogmatisch und gänzlich ohne erhobenen Zeigefinger oder irgendwelche moralisierenden Mahnungen.«

»Was für eine Empfehlung?«

»In diesem Buch wird behauptet, dass der Mensch in seiner heute uns täglich begegnenden Form unter anderem aus zwei Gründen überlebt hat. Der erste Grund ist, weil er neben den Werkzeugen die Nadel erfunden hatte.«

»Die Nadel? Wieso die Nadel?«, fragt João mit einem Gesichtsausdruck aus Verwunderung und Überraschung.

»Na ja, was macht man mit einer Nadel, João?«

»Man näht damit, Pater. Was denn sonst?!«

»Eben. Man näht damit zum Beispiel wärmende Felle so zusammen, dass man sie als Mantel nutzen und dadurch kalte Winter überleben kann.«

»Und was ist der zweite Grund?«

»Der zweite Grund für das Überleben des Menschen ist die Sprache. Menschen konnten dank der Sprache Geschichten erfinden und sich diese Geschichten erzählen. Und wenn einer seine Geschichte gut und überzeugend erzählen konnte, sorgte er dafür, dass es mehr und mehr Menschen gab, die

die Geschichte glaubten und weiterverbreiteten. Alle bedeutenden Religionen haben auf diesem Weg ihre Anhänger und Gläubigen gefunden. Auch Ihr in der brasilianischen Mafia nutzt ja wohl immer erst mal die Sprache, bevor Ihr die Waffen sprechen lasst, oder?«

»Meistens, Pater Pedro. Manchmal sprechen aber auch erst die Waffen. Weil es besser ist, den anderen schnell zum Schweigen zu bringen. Was aber ist denn nun die Empfehlung in diesem Buch?«

»Die Empfehlung ist, eine neue Geschichte zu erfinden, in der der Mensch sich nicht länger als Krone der Schöpfung versteht. Schließlich ist ja diese Idee vom Menschen als Krone der Schöpfung auch nur eine Geschichte. In der *Scala Naturae* hat Aristoteles den Versuch unternommen, die belebte und die unbelebte Natur systematisch zu ordnen. Je komplizierter ein Lebewesen erschien, desto höher wurde es eingestuft. Der Mensch gelangte dabei an die Spitze. Im Alten Testament heißt es in Psalm 8, Vers 6: *Du hast ihn wenig niedriger gemacht als Gott, mit Ehre und Herrlichkeit hast du ihn gekrönt.* Und im ersten Buch Mose steht geschrieben, dass zuerst das Gestein, dann die Pflanzen und schließlich das Getier erschaffen wurden. Als Schlusspunkt der Schöpfung kam der Mensch hinzu. Einem gekrönten Haupt gleich. Er soll sich die Erde untertan machen. Er soll herrschen über die Fische im Meer und die Vögel unter dem Himmel und über alles Getier, das auf der Erde kriecht. Verstehst du, das ist einfach nur eine erfundene Geschichte. Aber viele Millionen Menschen glauben diese Geschichte. Und in dem Buch, dessen vollständiges Manuskript ich an diesen Rosenberg aushändigen sollte, wird empfohlen, einfach eine neue Geschichte zu schreiben. Eine Geschichte, in der der Mensch sich in das Gesamtkunstwerk der Schöpfung einfügt. Eine Geschichte, in der er den medizinischen, technischen, technologischen, wirtschaftlichen und gesellschaftlichen Fortschritt nutzt, um die gemeinsamen Aufgaben der Menschheit zu bewältigen. So, dass der wunderbare blaue Planet Erde erhalten bleibt und das Wesen Mensch in harmonischer Koexistenz mit all der anderen belebten und unbelebten Natur existiert. In dieser neuen Geschichte erkennt der Mensch, dass Reichtum immer nur eine vorübergehende Errungenschaft ist. Ebenso wie die Macht. Und er begreift, dass der Preis für den Erwerb und Erhalt von beidem viel zu hoch ist, weil der Zugewinn des Einen zulasten eines Anderen oder vieler Anderer geht. In diesem Buch wird eine Geschichte erzählt, in der der Mensch das Wir über das Ich stellt und sich diese kooperative und am Gemeinwohl ausgerichtete Haltung in Windeseile auf dem ganzen Planeten verbreitet. Ein wesentliches Element dieser neuen Geschichte ist, dass die Menschen zur Übermittlung der Einsicht und dem Ableiten der dafür notwendigen Handlungen gar nicht mehr wirklich miteinander sprechen müssen. Der Gedanke überträgt sich in der Stille. In ihr entsteht die Erkenntnis, dass es dem Individuum und dem großen gemeinsamen Ganzen besser geht ohne Macht. Das ist natürlich nur eine Annahme, eine Vermutung, die in dieser Geschichte erzählt wird. So, wie Sachen in der Bibel ja auch nur erzählte Geschichten sind. Aber wenn an dieser Geschichte mit der Weitergabe von Erkenntnissen und Einsichten ohne Sprache etwas dran ist, dann wäre das eine wirklich bahnbrechende, eine die Welt verändernde Sache. Ich erinnere mich daran, dass einer der beiden Autoren dieses Buches einmal Werbung für meine Kirche gemacht hat. Und da hatte er mir einen Slogan vorgeschlagen, der mich irgendwie bis heute berührt und fasziniert.«

»Was ist ein Slogan, Pater?«

»Eine Art Werbespruch.«

»Und was war das für ein Spruch?«

»Die Sprache des Glaubens ist die Stille. Ich habe erst viel später die Verbindung zwischen diesem Slogan und dem Inhalt des Buches gesehen und mich gefragt, ob es sich um einen Zufall oder ausschließlich um eine Idee des Autors handelte, die er erst mir angedreht und dann später für das Buch verwendet hatte. Daraufhin habe ich das ganze Buch mehrfach durchsucht, ob es irgendwo eine oder vielleicht sogar mehrere Hinweise darauf gibt, wie das mit der Weitergabe von Erkenntnis in der Stille gelingen könnte. Aber ich habe nichts gefunden.«

»Pater, das PCC ist mächtig. Und wir sind sehr reich. Aber mit einem Teil dieses vielen Geldes bauen wir Schulen und Sportplätze für die Menschen in den Favelas. Wir bezahlen für Bildung und Gesundheit der Ärmsten der Armen. Damit ermöglichen wir rund 20 Prozent der in São Paulo lebenden Einwohnern ein einigermaßen lebenswertes Leben. Wir tun mehr für sie, als unsere Regierung zu tun in der Lage ist. Aber das alles können wir nur tun, weil wir über die Jahre seit unserer Gründung so mächtig geworden sind und so viel Geld angehäuft haben. Und wir sprechen mit den Menschen. Wir erklären ihnen, was wir tun, mit welchem Ziel wir es tun und was sie davon haben. Das geht nicht ohne Sprechen. Das geht nicht mit Schweigen oder in Stille. Und auch du kluger Kopf, Pater, auch du könntest deiner Arbeit hier nicht so ungestört nachgehen, wenn wir nicht unsere schützende Hand in Wort und Tat über dich halten würden.«

»Ja, das stimmt. Aber ihr tut das alles in der Absicht, euch die Bewohner der Favelas wohlgesonnen zu stimmen. Ihr weitet euren Einfluss auf diesem Weg aus, weil sie euch als Gegenleistung dafür verschiedene Dienste erweisen. Wenn sie das nicht tun, wendet ihr Gewalt an. Außerdem wirst du wohl zugeben müssen, dass ihr euer Geld nicht mit redlicher Arbeit angehäuft habt, sondern mit illegalen Geschäften.«

»Was heißt schon illegal. Drogen machen die Menschen glücklich, die sie zu sich nehmen. Alkohol ist auch nicht besser. Nur ist Alkoholkonsum nicht so geächtet in der Gesellschaft. Was wir an Drogen verdienen, verdienen die Regierungen am Alkohol und an Zigaretten. Bei den Drogen haben sie nur versäumt, rechtzeitig und wirksam genug die gierige Hand der Steuer danach auszustrecken. Drogen wären längst auch legal, wenn sich die Beamten damit die Kissen und Stühle bezahlen könnten, in die sie täglich pupsen. Und Prostitution dient ebenso dem Vergnügen der Menschheit. Du selbst genießt ja auch von Zeit zu Zeit das eine oder andere temperamentvolle, brasilianische weibliche Talent, habe ich mir sagen lassen. Oder?«

Der Pater schweigt und blickt beschämt zu Boden.

»Entschuldige, Pater Pedro. Ich wollte dir nicht auf die Füße treten. Ich werde meine jetzt auch mal in die Hand nehmen und mich auf den Weg zurück in die Favelas machen. Habe noch eine Menge zu erledigen heute. Ich danke dir für die Zeit und das Gespräch. Von dir habe ich in den vergangenen neun Monaten mehr gelernt, als mir in den ganzen Schuljahren beigebracht wurde. Dafür danke ich dir sehr.«

João bekreuzigte sich, während er sich von dem wuchtigen Chippendale-Sessel in der Bibliothek erhebt, legt seine rechte Hand auf die Brust und beugt seinen Oberkörper kaum merklich etwas nach vorne. Der Pater steht ebenfalls auf und geleitet seinen Gast zur Tür.

»Schön, dass du da warst, João. Und bitte denk dran, Leticia, die Lehrerin, daran zu erinnern, dass sie heute Nachmittag eine Verabredung mit mir hat.«

»Das mach ich, Pater. Obrigado e tenha um bom dia.«

»Você também tenha um bom dia, João.«

Seit fast elf Monaten lebt der Pater nun schon in dieser lebendigen und belebenden 20 Millionen Einwohner zählenden Stadt. Schon länger hatte er mit dem Gedanken gespielt, Albisano zu verlassen und mit seinem inzwischen angehäuften kleinen Vermögen an einen wärmeren Ort zu wechseln. Der im Winter vom Gardasee aufsteigende, schleichend in die Glieder kriechende Nebel hatte ihm zunehmend zu schaffen gemacht. Außerdem wollte er endlich im Sinne von Sankt

Martin noch etwas Gutes für die Armen tun. Und als Ibrahim Rosenberg in Albisano erschienen war und ihm Sachen erzählt hatte, die dieser eigentlich gar nicht von und über ihn wissen konnte, hatte ein angstvolles Gefühl sich seiner bemächtigt. Über Nacht war der Entschluss gereift, seinem geliebten Dorf ganz schnell den Rücken zu kehren.

Nicht einmal eine Woche hatte er benötigt, um alles zu regeln und den schließlich doch recht spontanen Entschluss in die Tat umzusetzen. Seine Wahl war aus drei Gründen auf São Paulo gefallen. Zum Ersten fühlte er sich von der Tatsache angezogen, dass diese Stadt ähnlich wie Albisano höher und nicht an einem von Touristen übervölkerten Ufer und Strand gelegen war. Zum Zweiten empfand er es als einen Wink Gottes, dass die Stadt von zwei jesuitischen Missionaren am Fest der Bekehrung des Apostels Paulus am 25. Januar 1554 gegründet worden war. Und zum Dritten hatte er persönliche Beziehungen zum Kloster São Bento, in dem 40 Mönche und Novizen leben und arbeiten. Vier der Mönche sowie den mit Anfang 40 noch recht jungen Abt Mathias Tolentino Braga hatte er vor fünf Jahren während eines Kongresses mit dem Ziel der engeren Zusammenarbeit von europäischer und lateinamerikanischer Kirche in Rom kennengelernt. Seit dieser ersten Begegnung standen sie in regelmäßigem, fast freundschaftlichem Austausch. Und Mathias hatte ihn vor knapp zwei Jahren für einige Tage in Albisano besucht. Als der Pater nach dem Treffen mit Rosenberg entschieden hatte, seine Heimat zu verlassen, fiel ihm als möglicher Zufluchtsort als Erstes das Kloster São Bento ein. Nach einem kurzen Schriftwechsel per E-Mail hatte der Abt ihm Unterschlupf in seinem Kloster angeboten. Zugleich hatte er aber auch darauf hingewiesen, dass er dies nicht lange werde geheim halten können, da Mitglieder der Mafia von São Paulo in seinem Kloster regelmäßig zu Gast seien.

Noch am Abend des gleichen Tages hatte der Pater alle fein säuberlich in zwei Ordnern aufbewahrten Manuskriptseiten in einen Karton gelegt, das Ganze zusätzlich mit Packpapier eingeschlagen, mit Paketband fest zugeklebt und mit einem dicken Filzstift auf zwei Seiten folgende Worte geschrieben: *Für Ibrahim Rosenberg. Ein Geschenk von Sankt Martin.* Seiner Haushälterin Luciana hatte er in einem Brief erklärt, dass er für einige Tage verreisen werde und sie sich auch in dem Fall keine Sorgen machen solle, falls die Reise länger dauern würde. Außerdem hatte er ihr sie gebeten, sich bei den Verwandten der Verstorbenen in seinem Namen noch für die ausgefallene Messe zu entschuldigen. Höhere Mächte hätten dies leider erforderlich gemacht. Er bat Luciana Haus und Kirche weiter zu versorgen und teilte ihr mit, dass Pater Fabio mit Unterstützung aus Rom schon dafür sorgen würde, schnellstmöglich einen Ersatzpfarrer zu finden, der die in der Pfarrei anfallenden Aufgaben vorübergehend übernimmt. Das Paket möge sie bitte einfach dem Mann geben, der schon bald nach ihm fragen werde. Er solle sich nur zuvor bei ihr als Ibrahim Rosenberg ausweisen. Abschließend dankt er Luciana für die vielen Jahre der wundervollen Zusammenarbeit und wünscht ihr Gottes Segen. Danach räumte der Pater das Notwendigste in einen Koffer, lief zur Sakristei rüber und holte die dort versteckte Tasche mit dem gesamten Bargeld. Dann setzte er sich ins Auto und verließ sein über alles geliebtes Albisano mit einem ambivalenten Gefühl von Trauer und freudiger Aufregung.

Er hatte sich bei Pater Fabio angekündigt und ihn gebeten, zwei bis drei Tage bei ihm in Nago verbringen zu dürfen, da er verschiedene sehr persönliche und eher unangenehme Dinge zu erledigen habe, von denen seine Haushälterin nichts mitbekommen solle. Nach kurzem Zögern hatte Fabio eingewilligt und seinem Aufenthalt zugestimmt. Von Nago aus organisierte er sich die notwendigen Zug- und Flugtickets. Pater Fabio erklärte sich bereit, das Bargeld in mehreren Chargen nach Brasilien zu transferieren. Und bereits eine Woche nach seiner Entscheidung landete das Flugzeug, der von Frankfurt am Main in Deutschland gestarteten Japan Airlines um 04:25 Uhr auf dem Flughafen São Paulo Guarulhos.

Zwei Stunden später befand sich der Pater im altehrwürdigen Benediktinerkloster São Bento, das mitten im Herzen von São Paulo liegt und seit mehr als 400 Jahren mit seinen mächtigen Glocken zur Ruhe und Einkehr mahnt. Erst an diesem Ort, inmitten der Stille, spürte er seine tiefe Erschöpfung von den Strapazen der vergangenen Tage. Nach einem tiefen und erholsamen, einen Tag und eine Nacht andauernden Schlaf teilte er dem Abt mit, dass ihm in den nächsten Tagen ein kleineres Vermögen zur Verfügung stehen würde und dass er vorhabe, dieses Geld dafür zu verwenden, Menschen in den Slums der Stadt zu helfen und dort einige Projekte für den Glauben, die Gesundheit und die Bildung zu starten. Mathias Tolentino ließ ihn wissen, dass man in den Slums gar nichts tun könne, ohne die Erlaubnis der Mafia, und dass es gut möglich sein könne, dass diese ein Schutzgeld von ihm verlangen werden.

Doch es kam anders. Im Kloster lernte er João kennen, der hier immer wieder mal herkommt, um sich einen Mönch auszuleihen, wenn in den Favelas der geistliche Beistand eines katholischen Geistlichen benötigt wurde. Der deutsche Pater und João waren sich auf Anhieb sympathisch. Es war, als hätten sich zwei alte Bekannte nach langer Zeit wieder getroffen und beschlossen, sich ab nun nicht mehr aus den Augen verlieren zu wollen. João war ihm bei der Wohnungssuche behilflich und bestand darauf, ihm eine Unterkunft im Reichenviertel Villa Olimpia zu vermitteln. Kurz darauf konnte der Pater auch schon in eine vollständig möblierte Dreizimmerwohnung einziehen, die wenige Wochen zuvor ein verstorbener Großonkel João vererbt hatte.

João war es auch, der einen gewissen John Brown zum Pater geführt hatte, als dieser damit begonnen hatte, in São Paulo Nachforschungen anzustellen, um ihn ausfindig zu machen. Der Pater traute seinen Ohren nicht, als Brown ihm mitteilte, Ibrahim Rosenberg wolle sich bei ihm dafür revanchieren, dass er ihm das gesamte Manuskript ausgehändigt hatte. Auf die Frage, wie diese Revanche denn aussehen könnte, antwortete Brown ihm, dass er entweder einen schönen Geldbetrag auf sein Konto bekommen oder dass Rosenberg ihn wohlbehalten nach Albisano zurückbringen und er dort völlig unbehelligt wieder seines Amtes als Priester walten könne. Der Pater entschied sich für das Geld und bekam es knapp vier Wochen, nachdem Brown in Kenntnis seiner Bankverbindung aus São Paulo abgereist und nach Berlin zurückgekehrt war, auf sein Konto. Der Pater betrachtete das als ein Geschenk Gottes, das ihm wahrscheinlich als Anerkennung seiner guten Taten zuteil geworden war. Er beschloss, auch dieses Geld wohltätigen Zwecken zuzuführen und die Angelegenheit damit auf sich beruhen zu lassen. Da er Rosenberg keine besondere Erkenntnis mitteilen konnte, gab es auch die von diesem in Aussicht gestellte zusätzliche Zahlung nicht. Und dennoch war Pater Paolo durch die Zahlungen aus unterschiedlichen Quellen durchaus vermögend geworden.

Seit der ersten Begegnung im Kloster beschützen João und seine Organisation den Pater. Ab diesem Zeitpunkt muss er sich keine Gedanken oder Sorgen wegen Aufenthaltsgenehmigungen, zu zahlender Schutzgelder, irgendwelcher Anfeindungen oder Bedrohungen machen. Er bekommt als Pater Pedro eine neue Identität und alles wird für ihn geregelt. Das PCC hat ihn zum Paten der guten Sitten gemacht und er hat bislang keinen Centavo seines Vermögens anrühren müssen, das er in sein erstes Favela-Projekt, einen christlichen Kindergarten, investieren will. Inzwischen lebt Paolo als Pater Pedro bereits seit sieben Monaten in der größten Stadt Brasiliens und zweitgrößten Metropolregion der südlichen Halbkugel, São Paulo.

Winter am Lago

Dezember 2010

Vor einem Jahr und einem Monat hatten wir auf Empfehlung und Einladung von Rosenberg unser Versteck in Fornalutx und die Insel Mallorca verlassen und waren nach Berlin zurückgekehrt. In Berlin wurden wir von Ibrahim persönlich am Flughafen Tegel abgeholt und auf direktem Weg in Annas Wohnung in der Carmerstraße gebracht. Als wir die Tür öffneten, ertönte ein kraftvolles harmonisches »Tanti Auguri a voi, tanti auguri a voi« mit sehr deutschem Akzent aus den Kehlen verschiedener uns nicht bekannter Menschen.

»Herzlichen Glückwunsch auch von mir«, fügte Ibrahim dem kurzen Gesang hinzu und erklärte: »Das sind einige Mitarbeiterinnen und Mitarbeiter meines Verlags, die alle in irgendeiner Weise an Ihrem Buch mitgewirkt haben. Lektorat, Produktion, Administration, Marketing, Public Relations und meine Sekretärin, die Sie ja schon kennengelernt haben. Ihre Idee war es auch, Ihnen ein gebührendes Willkommen zu bereiten und auf diesem Weg zur mehr als erfolgreichen Veröffentlichung des Buches zu gratulieren.«

Wir erfuhren, dass die Präsentation auf der Frankfurter Buchmesse sehr gut angekommen und die Erstauflage in kürzester Zeit vergriffen war. Gemeinsam mit Ibrahims Team feierten wir diese Entwicklung bei ein paar Gläsern Champagner und einigen interessanten Gesprächen, bis sich dann nach circa einer Stunde alle Mitarbeiterinnen und Mitarbeiter so gemeinsam verabschiedeten und uns verließen, wie sie bei unserem Eintreten das kleine Lied auch angestimmt hatten. Ibrahim war noch eine Weile geblieben, um uns zu erklären, warum er uns nach Berlin gebeten hatte. Zwar sei seiner Einschätzung nach jetzt keine große Gefahr mehr von den verschiedenen Organisationen zu erwarten, die eine Veröffentlichung hätten verhindern wollen, aber möglicherweise würde vielleicht der eine oder andere aus persönlichen Motiven uns, vor allem aber Anna, trotzdem liquidieren wollen. Ibrahim wiederholte, was er uns zuvor schon in Fornalutx hatte übermitteln lassen, dass er uns nämlich in Berlin besser von seinen Leuten schützen lassen könne.

Bis April des darauffolgenden Jahres waren wir bei jeder Bewegung außerhalb Annas Wohnung von unseren Beschützern begleitet worden, ansonsten jedoch vollkommen unbehelligt geblieben. Währenddessen stiegen die Verkaufszahlen unseres Buches unentwegt weiter, ausländische Verlagshäuser interessierten sich für die Übersetzung und Veröffentlichung in ihren Ländern und eine renommierte Filmproduktionsgesellschaft aus Köln war im Gespräch mit Ibrahim, weil sie das Buch verfilmen wollten.

Anna und ich hatten trotz oder vielleicht gerade wegen des Erfolgs Sehnsucht nach Albisano. Und so baten wir Ibrahim um ein Gespräch, das noch am selben Tag stattfand. Er hätte sich ohnehin gewundert, so seine Gesprächseröffnung, dass wir nicht schon längst den Dialog mit ihm wieder aufgenommen hätten, um ihm unser Heimweh mitzuteilen. Ob er annahm, dass wir nach Albisano zurückkehren wollen, hatte Anna ihn gefragt. Sein spontanes und klares Ja erübrigte jede weitere Erklärung von uns und wir kamen überein, dass wir in circa zwei Wochen mit einem Mietwagen nach München reisen, dort in meiner Wohnung nach dem Rechten sehen, einige Tage bleiben und danach mit dem Zug nach Verona Porta Nuova und dem Bus nach Albisano weiterfahren würden. Genau so ist es dann auch geschehen.

Mitte April 2009 waren wir endlich wieder in meinem Rustico angekommen. Wir erfreuten uns an der vertrauten, von den ersten wärmenden Sonnenstrahlen des Frühlings wachgeküssten Welt. Das gesamte Frühjahr, den ganzen Sommer über und auch während des Herbstes verging kein Tag, an dem wir nicht sehr bewusst den einzigartigen Blick von hier oben auf den See genossen.

Einziger Wermutstropfen war zumindest für mich, dass Anna und ich außer ein paar zärtlichen Küssen und liebevollen Umarmungen keinerlei körperlichen Kontakt miteinander hatten. Unser Sexleben war gänzlich zum Erliegen gekommen. Es kam mir so vor, als würde das auf dem Rückflug von Palma de Mallorca nach Berlin abgebrochene Gespräch und der fehlende noch unausgesprochene Teil desselben wie ein Damoklesschwert über, nein, zwischen uns hängen. Ich traute mich nicht, daran zu rühren. Unter anderem fehlte mir mein Pater Paolo auch deshalb sehr. Mit ihm hätte ich dieses Thema besprechen können. Sicher hätte er Rat gewusst.

Er war im Verlauf der Jahre zu einem Beichtvater, Freund und Therapeuten geworden. Im Dorf erzählte man, dass sich der Pater etwas habe zuschulden kommen lassen und man ihn deshalb versetzt habe. Luciana konnte uns auch keine genauere Information geben als die, dass sie eines grauen Novembermorgens einen Brief und ein Paket vorgefunden und Pater Paolo seit dem Vormittag des vorangegangenen Tages nie wieder gesehen habe. Auf unser Befragen, was denn in dem Paket gewesen sei, reagierte sie entsetzt und verletzt. Ob wir annehmen würden, dass sie in den persönlichen Sachen oder der Post des Pastors herumschnüffele. Selbstverständlich habe sie es nicht geöffnet, sondern zwei Tage später an einen Herrn Rosenberg ausgehändigt, für den es auch bestimmt gewesen sei. Einem Ibrahim Rosenberg.

Anna und ich konnten unserem spontanen Impuls widerstehen, Ibrahim anzurufen. Deshalb wissen wir bis heute nicht, was Rosenberg hier oben wollte und was in dem Paket gewesen ist. Obwohl wir uns wechselseitig versprochen hatten, angesichts der insgesamt erfreulichen Entwicklungen diesen beiden Fragen nicht weiter nachzugehen, tauchten sie doch immer wieder mal in unseren Gedanken und Gesprächen auf. Aber wir hielten uns an unsere Abmachung.

Die letzten Monate hier oben am Lago waren wir stark aufeinander fokussiert, verbrachten eine sehr intensive Zeit miteinander und waren dankbar für eine gewisse Unbeschwertheit und wechselseitige Achtsamkeit, mit der wir unser Leben in einer eher platonischen und sapiosexuellen Verbindung neu zu genießen begannen. Wir kochten, lachten, aßen, tranken, lasen und spaßten gemeinsam. Wir brachten den Garten in Schuss, nahmen am Rustico einige Reparaturen vor und unternahmen viele ausgiebige Wanderungen in die nähere Umgebung.

In der Zwischenzeit hat der Herbst sein letztes Laubkleid abgelegt, die Tage sind deutlich kürzer und die Nächte frostiger geworden. Anna und ich diskutieren in nächtelangen intensiven Dialogen immer wieder aus sehr unterschiedlichen Perspektiven Teile der Inhalte des *Manuskripts von Albisano* und erfreuen uns dabei an unserem schier unerschöpflich scheinenden Buchstabenvorrat. Und irgendwie kreisen wir damit beide in stiller Übereinkunft um das seit dem Rückflug aus Mallorca unausgesprochen Gebliebene. Bis in die frühen Morgenstunden lassen wir bei reichlichem Genuss von köstlichem Amarone vor dem Kamin die letzten bewegten Jahre Revue passieren. Ebenso häufig machen wir uns Gedanken über unsere Zukunft.

»Hast du schon eine konkrete Vorstellung, wie und wo wir Weihnachten verbringen, Alfredo?«, will Anna an einem dieser gemütlichen Kaminabende wissen.

»Wo? Ich meine, denkst du tatsächlich an einen anderen Ort als hier? Und wie? Verstehe die Frage nicht.«

»Hey. Ich stelle eine ganz normale, die nahe Zukunft betreffende Frage. Ich möchte einfach nur wissen, ob du schon irgendetwas Konkretes geplant hast.«

Da ich nicht gleich antworte, sondern einfach nur gedankenverloren in die Flammen des im Kamin brennenden Holzes blicke, hakt Anna nach.

»Und?«

»Und was?«

»Wie und wo möchtest du dieses Jahr das Weihnachtsfest zelebrieren?«

»Ich habe mir dazu auch noch keine Gedanken gemacht. Aber ich glaube, dass es mir das Liebste wäre, das Rustico nicht zu verlassen. Vielleicht besorgen wir uns einen kleinen Baum, schmücken ihn mit ein paar Sachen, die wir in der Natur finden und kochen uns etwas Leckeres. Und du? Was würdest du gerne machen? Wo möchtest du Weihnachten verbringen?«

»Mir tut die Zeit mit dir hier am Lago di Garda unglaublich gut, Alfredo. Erinnerst du dich daran, von welchem Gefühl ich dir kurz vor der Landung in Berlin nach unserer Rückkehr von Mallorca erzählt habe?«

»Du meinst das Gefühl der Ohnmacht?«

»Wow. Du schaffst es doch immer wieder mich zu beeindrucken. Ja, die Ohnmacht meine ich.«

»Warum fragst du danach?«, hake ich fast ängstlich nach, weil ich vermute, dass es jetzt zu der so lange vermiedenen und von mir befürchteten Aussprache kommen wird.

»Seit unserem Aufenthalt auf Mallorca lässt mich dieses Gefühl nicht mehr los. Heute denke ich außerdem, dass ich ziemlich naiv gewesen sein muss.«

»Naiv? Wieso naiv? Ich traue und schreibe dir ja durchaus einige, zum Teil auch sehr unterschiedliche Eigenschaften zu. Aber naiv? Was ist der Grund für diesen Gedanken?«

»Na ja, naiv deshalb, weil ich angenommen habe, ich könne mit dem Buch richtig was bewirken und vielleicht sogar verändern. Aber seit unserem Gespräch über die dafür zu erreichende kritische Masse ist mir klar geworden, dass ein Buch nicht das geeignete Medium dafür ist.«

Erleichtert über die Wendung des Gesprächs, gewinne ich wieder an Selbstbewusstsein und verdränge die zuvor aufgekommene Angst.

»Anna! Könntest du es zur Abwechslung einfach mal bitte mit einem anderen Gefühl versuchen?«

»Mit welchem?«

»Mit dem Gefühl der Dankbarkeit. Ich finde, du könntest einfach mal dankbar sein. Du könntest dankbar dafür sein, dass es da in Berlin einen Menschen gab, der an die Bedeutung des Buchinhaltes geglaubt hat. Und dafür, dass dieser Mensch das Buch dann trotz aller Widrigkeiten auch veröffentlicht hat. Dankbar dafür, dass sich das Buch so gut verkauft und sogar ein Film dazu gedreht werden soll. Dankbar dafür, dass Ibrahim Rosenberg uns dank seines Einflusses vor Organisationen geschützt hat, die uns den Garaus machen wollten. Du könntest dankbar dafür sein, dass du bei der Entführung keinen größeren körperlichen Schaden genommen hast und noch am Leben bist. Und last but not least auch dafür, dass du mich gefunden und als Co-Autor und Lebenspartner für dich gewonnen hast.«

»Alfredo. Für all das und noch viel mehr bin ich dankbar, von Herzen und zutiefst. Das darfst du mir glauben. Und doch ereilt mich immer wieder mal auch dieses andere, dieses trübe Gefühl. Es ist vergleichbar mit dem Himmel hier über dem See im Dezember. Da gibt es diese Vormittage, an denen sich ein tiefes Blau über den See wölbt und nur wenige Stunden später die Abenddämmerung den Himmel in ein feuriges Kaminrot taucht. Das sind die Momente, in denen ich tiefe Dankbarkeit empfinde. Und dann gibt es diese Tage, an denen ein bleierner Schleier über der Landschaft liegt und selbst die fröhlichsten Gemüter Trübsal zu blasen beginnen. Da steigt dann das Gefühl der Ohnmacht wie der Nebel vom See zu den Dörfern hier oben im Monte Baldo Gebiet auf.«

»Oh, Anna. An dir ist echt eine Rosamunde Pilcher verloren gegangen. Vielleicht hättest doch du und nicht ich dein Manuskript fertigstellen sollen. Viel schnulziger hätte ich das definitiv auch nicht formulieren können. Und diese Kunst war sicher mit einer der Gründe für den Welterfolg dieser Autorin.«

»Alfredo, könntest du mich bitte ernst nehmen und mir zuhören?«

»Das tue ich. Was genau ist der Grund dafür, dass du jetzt erneut auf dein Ohnmachtsgefühl zu sprechen kommst?«

»Seit längerem schon belastet mich deine Untreue. Und leider auch die Tatsache deines übermäßigen Alkoholkonsums.«

»Glaubst du, mir macht es Freude, mir immer wieder selbst zum Opfer zu fallen? Vier Therapieversuche mit sehr unterschiedlich aufgestellten Experten habe ich unternommen, um dem Alkohol zu entsagen. Und sicher habe ich auch eine Menge dabei über mich gelernt. Aber am Ende habe ich dann immer die Therapeuten therapiert, weil ich dialektisch einfach besser aufgestellt war. Ich dachte, du hättest bemerkt, dass ich an mir arbeite und mich ernsthaft bemühe, mich in den Griff zu bekommen.«

»Siehst du. Damit sind wir bei einem zentralen Problem, das zwischen uns steht.«

»Und das wäre?«

»Du plauderst heute so ganz nebenbei aus, dass du in den Jahren unseres Zusammenseins vier Therapeuten verschlissen hast. Aber hast du mir auch nur einmal davon erzählt?«

»Warum sollte ich? Hast du mir jemals erzählst, wo du hinfährst und was du vorhast, wenn du mich und den Rustico verlassen hast? Du bist einfach mal eben verschwunden. Und du hast dich zu allem Überfluss während deiner Abwesenheit nicht mal gemeldet. Findest du das in Ordnung? Aber ich habe noch nicht verstanden, welches zentrale Problem du meinst. Welches ist das denn deiner Meinung nach?«

»Das Problem ist mit einem einzigen Wort beschreibbar, Alfredo.«

»Und welches Wort ist das?«

»Misstrauen, Alfredo. Es ist das Misstrauen. Weder schaffe ich es, mein Misstrauen dir gegenüber in den Griff zu bekommen, noch kann ich es einfach ignorieren. Es zehrt an mir. Es entfernt mich von dir. So schön die jüngste Zeit hier oben in Albisano mit dir auch ist. Ich kann mich dir nicht wieder richtig öffnen.«

»Was verursacht denn dieses Misstrauen?«

»Ich glaube, dass es ursprünglich ausgelöst wurde durch deine Unfähigkeit, dich dem anderen Geschlecht anzuvertrauen. Du suchst und sehnst dich nach Nähe. Und zugleich fliehst du vor ihr, sobald echte Nähe entsteht. Du flüchtest dich in deine Arbeit, versuchst jeder gerade entstehenden Nähe durch andere Liebschaften oder bezahlte Liebesdienste zu entkommen und so weiter.«

»Anna, jetzt reicht es! Wie kommst du auf einen solchen Blödsinn?«, versuche ich mich zu verteidigen. »Ich bin dir absolut treu, seitdem wir uns das erste Mal begegnet sind.«

»Bitte mach es nicht noch schlimmer für mich, als es ohnehin schon ist. Ihr Männer unterschätzt die Intuition des weiblichen Geschlechts ganz grundsätzlich, glaube ich. Und du meine im Besonderen. Ich fühle mich nicht gesehen von dir. Du hast dich zwar meines Manuskripts und damit auch meiner Gedanken und Gefühle angenommen, aber ich bin mir heute sicher, dass es die intellektuelle und sprachliche Herausforderung war und ist, die dir gefallen hat und in die du dich verliebt hast.«

»Ach, und meine Liebe ist nur vorgespielt, ja? Schönen Dank auch.«

»Alfredo: Liebe ist Interesse am anderen. Zuwendung. Aufmerksamkeit. Respekt. Seit Oktober 2008 hast du mir im Grunde nur einmal aufmerksam in Bezug auf diese Entführungsgeschichte zugehört. Und wie ich dir damals ja schon mitgeteilt habe, hatte ich eher den Eindruck, dass dich meine Schilderungen von der Zeit in der Gewalt von Falk Pachlevi eher erregt haben, als dass du wirkliches Interesse an meinen Gefühlen oder der seelischen Befindlichkeit gehabt hättest. Ich hatte Todesangst, verstehst du? Todesangst, Alfredo!«

Ich schweige und lasse Annas Worte auf mich wirken. Ich friere. Mir ist kalt geworden. Sehr kalt. Obwohl die Flammen im Kamin die Stube mit flackerndem Licht erhellen. Es ist Winter am Lago.

Misstrauen

Kurz vor Weihnachten 2010

Die darauffolgenden Tage und Nächste verlaufen ausgesprochen wortkarg. Es ist, als wäre ein Krug zerbrochen und keiner von uns beiden traut sich, die Scherben anzutasten oder gar wegzuräumen. Anna verbringt die meiste Zeit im oberen Stockwerk und liest. Ich säge und spalte Holzstämme, um sie auf ein kamintaugliches Maß zu bringen. Außerdem fahre ich von Zeit zu Zeit alleine nach Torri hinunter, um mich mit Alkohol abzulenken und das Nötigste einzukaufen.

Es ist Giovanni, der Postbote, der unsere Kommunikation wieder in Gang setzt. Eines schönen kalten, aber sonnigen Vormittags, ich bin wieder mal mit irgendetwas Belanglosem im Garten beschäftigt, klopft es laut am Holztor.

»C'è qualcuno a casa? Posso entrare? Ecco la posta importante per la coppia solitaria.«

Ich bin dankbar für diese Unterbrechung und Ablenkung und antworte deshalb: »Entra, messaggero rumoroso.«

Giovanni lässt sich nicht lange bitten und kommt in den Garten mit einem noch zusammen geknoteten Bündel verschieden großer Briefe unter dem Arm.

»Sind die alle für uns?«, frage ich mit großen Augen.

»Nein, Alfredo. Nur einer. Der große braune Umschlag hier. Kann ich kurz reinkommen? Ich habe die Schnur verknotet und muss sie erst aufmachen. Dafür ist es mir hier draußen aber zu kalt.«

»Komm nur. Ja gerne, komm rein. Darf ich dir etwas anbieten?«

Während Giovanni und ich ins Haus gehen, antwortet er: »Gegen einen Espresso und einen von innen wärmenden Kräutertee hätte ich nichts einzuwenden.«

»So soll es ein, du lärmender Bote. Anna, wir haben Besuch. Kommst du runter?«

»Hab schon gehört. Ich komme zu euch!«

Wenige Augenblicke später sitzt Anna mit uns am Tisch. Während sie sich auf zwei kleine starke Schwarze beschränkt, gönnen sich Giovanni und ich außer dem Espresso jeder drei kleine Gläser Branca Menta. Meine bis zu diesem Moment eher verhaltene Stimmung hellt sich deutlich auf. Giovanni lässt uns wissen, dass man uns im Dorf vermisst, weil wir quasi gar nicht mehr in der Bar von Camillo auftauchen und auch sonst kaum im Dorf gesehen werden. Er fragt, ob alles in Ordnung sei, erzählt noch ein wenig von sich und macht sich dann nach höchstens 15 Minuten wieder aus dem Staub.

Ich bringe ihn noch zum Tor und erst als ich wieder am Hauseingang stehe, fällt mir ein, dass er völlig vergessen hat, die Schnur aufzuknoten und uns unseren Brief zu geben. Als ich zum Tor zurückeile, um ihn nach dem Umschlag zu fragen, ist er bereits verschwunden. Ich warte noch ein paar Minuten. Vergeblich. Giovanni ist wie vom Erdboden verschluckt. Also gehe ich unverrichteter Dinge und ohne Post ins Haus zurück. Anna sitzt noch am Tisch. Sie hat sich inzwischen einen Tee gemacht, hält das Glas zwischen ihren beiden Händen und schaut mich fragend an.

»Er hatte einen Brief für uns. Über den Branca haben wir das aber beide völlig vergessen. Entweder er bringt sie uns später noch vorbei oder morgen. Erwartest du Post?«

»Nein. Erwarten würde ich es nicht nennen. Aber es könnte sein, dass mir ein IT-Unternehmen Unterlagen geschickt hat.«

»IT-Unternehmen? Was für ein IT-Unternehmen? Was für Unterlagen?«

»Du erinnerst dich ja wahrscheinlich an das Gespräch, das wir vor Kurzem geführt haben, in dem ich das Thema Misstrauen angesprochen habe. Eigentlich wollte ich aber mit dir über dieses Ohnmachtsgefühl sprechen. An irgendeiner Stelle bin ich dann aber falsch abgebogen.«

»Ich würde das nicht falsch abgebogen nennen. Du bist einfach deinem Gefühl gefolgt und das war sicher richtig.«

»Ja, das war es. Und es wäre auch wichtig, wenn wir dieses Thema noch mal aufnehmen und ein Stück des Weges weitergehen. Aber jetzt würde ich gerne noch mal das Thema Ohnmacht mit dir anschauen. Magst du? «

»Ja, gerne«, antwortete ich dankbar, weil wir endlich wieder miteinander sprechen.

»Wenn ich es recht bedenke, dann ist es gar nicht so sehr die Ohnmacht. Vielmehr schwanke ich zwischen Resignation und neuem Tatendrang.«

»Und warum das?«

»Einerseits würde ich es doch versuchen wollen, die Gedanken über das Internet zu verbreiten. Vielleicht könnte man so eine Art Plattform schaffen, auf der Menschen nicht nur den Inhalt unseres Buches als Inspiration bekommen, sondern auf der sich auch andere Menschen mit ähnlichen Ideen mitteilen, Produkte für eine bessere Welt verkauft werden, Berater, Coaches und Trainer ihre Dienste anbieten und erfolgreich vermarkten und eine stetig wachsende Gemeinschaft sich austauschen könnte. Seit wir in Albisano zurück sind, habe ich viel recherchiert und mich mit dem Internet beschäftigt. Und ich beginne zunehmend zu verstehen, wie solche Dienste wie das 1998 gegründete Unternehmen Google, das 2002 ins Leben gerufene Netzwerk LinkedIn oder das von Mark Zuckerberg 2004 begonnene Facebook funktionieren. Mit einer solchen webbasierten Plattform ließen sich die 25 Prozent kritische Masse der gesamten Menschheit schnell genug erreichen. Aber ein solches Projekt würde ich ebenso wenig alleine bewerkstelligen können und wollen, wie ich das Buch nicht hätte alleine schreiben können. Ich bräuchte jemanden, der mir hilft.«

»Lass mich raten: Du hast da auch schon jemanden in Betracht gezogen.«

»Ich trage diese Idee schon länger mit mir herum. Eigentlich ist sie wie eine Art Trotzreaktion in mir erwacht, als ich dir auf dem Rückflug von Mallorca im AirBerlin-Flieger gesagt habe, dass man unsere Gedanken meiner Meinung nach über das Internet verbreiten müsste, ich jedoch keine Idee habe, wie das gehen könnte und was man dafür tun müsste. In genau diesem Moment meldete sich in mir die trotzige Anna zu Wort mit dem Widerspruch ›Du weißt es jetzt noch nicht. Mag sein. Aber du kannst das dazu nötige Wissen jederzeit erwerben. Das weißt du!‹ Diese Stimme meldet sich seit diesem Augenblick immer wieder zu Wort und motiviert mich, mich mit der Thematik zu befassen. Und ja, gerne würde ich dich ein weiteres Mal als Partner für ein solches Vorhaben gewinnen. Aber klar ist auch, dass wir das, anders als beim Buchmanuskript, nicht zu zweit schaffen werden. Für ein solches Projekt brauchen wir ein richtiges Team. Menschen, die unsere Begeisterung teilen. Programmierer, Internetprofis, Webdesigner, Visionäre, Strategen, Macher und finanzstarke Investoren.«

»Du hast gerade eben gesagt, dass du zwischen neuem Tatendrang und Resignation schwankst. Letztere kann ich gerade kein bisschen erkennen, wenn ich die Funken der Begeisterung in deinem Blick sehe, während du mich an deinen Überlegungen teilhaben lässt. Wo bitte ist jetzt die Resignation?«

»Die bemächtigt sich meiner immer dann, wenn ich mir vorstelle, dass du meine Bitte möglicherweise ablehnen und mir deine weitere Unterstützung versagen könntest.«

»Wie wäre es mal damit, mich einfach zu fragen? Warst du es nicht, die mir vor langer Zeit die Weisheit der Hopi-Indianer mit auf den Weg gegeben hat, dass man die Mokassins erst ausziehen muss, wenn man am Ufer des Flusses angekommen ist?«

»Ist ja schon gut, Alfredo. Aber bevor ich dich danach frage und um deine Unterstützung bitte, würde ich gerne noch etwas tiefer graben und mehr Informationen zusammentragen. Und bis dahin gestatte mir bitte meine Wankelmütigkeit und das Pendeln zwischen Tatendrang und Resignation, okay?«

»Du bist ein freier Mensch und kannst selbstverständlich tun und lassen, was du willst. Es wäre mir lediglich lieb, dass du mich nicht mit deinen Stimmungsschwankungen ansteckst, wenn möglich.«

»Das kann ich dir leider nicht versprechen. Können wir aber noch mal zu meiner unbeantworteten Frage zurückkehren, bitte?«

»Welche Frage denn nun schon wieder?«

»Ich hatte dich gefragt, ob du schon eine konkrete Vorstellung dazu hast, wie und wo wir Weihnachten verbringen.«

»Das hatte ich ja schon völlig vergessen. Nein. Das Einzige, was ich weiß und dir ja auch schon gesagt habe, ist, dass ich am liebsten im Rustico bliebe und keine großen Reisen unternehmen wollen würde. Könntest du dir vorstellen, Weihnachten hier mit mir zu verbringen?«

»Ja. Das kann ich mir durchaus vorstellen, obwohl ich schon seit einiger Zeit immer wieder mal etwas Fernweh in mir aufkommen spüre. So eine gewisse Rast- und Ruhelosigkeit. Aber die wenigen Tage bis Weihnachten oder meinetwegen auch bis ins neue Jahr halte ich hier mit dir aus.«

»Was willst du denn damit sagen?«, reagiere ich leicht gereizt. »Wird es dir zu langweilig hier mit mir? Braucht Madame mehr Abwechslung, gewürzt mit etwas Aufregung?«

»Och, Alfredo. Spiel jetzt bitte nicht die beleidigte Leberwurst. Dafür gibt es keinen Grund. Ich habe die vergangenen neun Monate mit dir hier oben durchaus genossen. Und ich genieße die gemeinsame Zeit mit dir immer noch. Und doch empfinde ich seit Ende des Sommers mit jedem Tag ein kleines bisschen mehr Unruhe und den Wunsch nach einem Tapetenwechsel. Das richtet sich doch nicht gegen dich oder gegen unsere Zweisamkeit. Ich kann mir die Ursache dafür selbst gar nicht so genau erklären. Aber ich bin sehr sicher, dass es nichts mit uns zu tun hat. Es ist, als würden sich im Zeitlupentempo immer mehr unheilvolle kleine dunkle Wölkchen über uns verabredet haben, die sich direkt über Albisano Zentimeter für Zentimeter zu einer Schlechtwetterfront zusammenschließen, um uns oder mir einen ordentlichen Stimmungsdämpfer zu verpassen.« Nach einer kurzen Pause fährt Anna fort. »Dieses Bild beschreibt meinen Gemütszustand ganz gut. Und es löst zur Abwechslung mal bei mir eine Art Fluchtreaktion aus. Dadurch entsteht das Bedürfnis, einen anderen Ort aufzusuchen, bevor irgendetwas für dich, für mich oder für uns beide Unangenehmes geschieht. Deshalb reagiere ich nicht so hocherfreut auf deinen Wunsch, Weihnachten hier oben zu verbringen, wie du dir das vielleicht wünschst.«

Im Laufe der Jahre und durch die Zusammenarbeit habe ich die Eingebungen und Ahnungen von Anna ernst zu nehmen und schätzen gelernt. Deshalb will ich Näheres wissen.

»Handelt es sich um das Thema mit der Todesangst oder dein Misstrauen mir gegenüber? Oder gibt es hinter dem eben von dir beschriebenen Bild noch ein anderes beziehungsweise klareres Bild, das vielleicht sogar handelnde Personen enthält?«

»Es gibt da durchaus einen realen Bezug. Ich weiß nicht, ob du es mitbekommen hast. Von der Weltöffentlichkeit weitgehend unbemerkt gab es am 11. Dezember diesen Jahres einen Zwischenfall in Moskau auf dem Moskauer Manegenplatz. Ein Mann aus dem Nordkaukasus hat am 06. Dezember Jegor Schtscherbakow, einen kaukasischen Fußballfan, getötet. Daraufhin haben Jugendliche eine öffentliche Versammlung organisiert, deren zentrale Forderung der Ruf nach einer gerechten und korruptionsfreien Gerichtsbarkeit war. Zugleich wurden dadurch aber auch Massen mobilisiert, die den Tod Jegor Schtscherbakow billigend in Kauf nahmen und als eine Art Opfer verstanden, das für die Wiederbelebung der russischen Nation zu bringen war. Menschen, die in diesem Sinne durchaus bereit waren, weitere Opfer zu bringen. Rund 4.000 Menschen hatten sich im Vorfeld angemeldet, die russische Regierung behauptet, dass lediglich 500 Personen teilgenommen hätten, unabhängige Beobachter gehen jedoch von rund 12.000 Menschen aus. Auf jeden Fall kam es zu schweren gewalttätigen Zusammenstößen zwischen Ultranationalisten, Fußballfans und der Polizei.«

»Und was hat das mit uns zu tun?«

»Warte, Alfredo. Ich baue dir gleich die Brücke zu uns beziehungsweise zu meiner Ahnung oder Befürchtung. Der tatsächliche Hintergrund für diesen weiteren Zusammenstoß von Bürgern und Polizei ist ja nicht die Ermordung des aus dem Kaukasus stammenden Zuwanderers. Dahinter stehen nationalistische Bestrebungen und eine offenbar tief in der russischen Seele verankerte Fremdenfeindlichkeit, die mit religiösen, sozialen, ökonomischen, kulturellen und sprachlichen Unterschieden begründet wird. Der Grad der öffentlichen Zustimmung und Sympathie für diese Haltung liegt nach Angaben von Sozialforschungszentren bei 25 bis 27 Prozent. Ungefähr der gleiche Anteil gibt an, sich diesbezüglich nicht festlegen zu können. Du erinnerst dich an unser Gespräch zur kritischen Masse? Putin befeuert diese nationalistische Gesinnung auch noch regelmäßig mit so öffentlichen Verdächtigungen wie: ›Überall sind Feinde, die große Stücke von unserem Territorium an sich reißen wollen‹, ›Äußere Feinde ermutigen innere Feinde‹ und Ähnliches mehr. Westliche Politikwissenschaftler sind sich in der Wahrnehmung einig, dass sich Russland während Putins Präsidentschaft zunehmend in eine nicht liberale Richtung entwickelt und von demokratischen Standards sowie Grundregeln entfernt. Putin selbst war lange in leitenden Funktionen des FSB und steht dieser geheimdienstlichen Organisation auch heute noch sehr nahe …«

»Ach, und du meinst«, unterbreche ich Anna, »weil der FSB eine der an der *Operation Pagina* teilnehmenden Organisationen war …«

»Ich meine gar nichts. Ich zeige dir einfach etwas.«

Anna erhebt sich und klettert die Stiege ins obere Geschoss des Rusticos hoch. Wenige Augenblicke später ist sie wieder unten, stellt sich hinter mich und reicht mir eine ausgedruckte E-Mail über die Schulter.

»Bitte lies selbst.«

Guten Tag, Anna, Autorin des Manuskripts von Albisano.
Es freut uns für Sie, dass Ihr Buch seine Leserschaft gefunden hat und sich bereits von Anfang an in die Richtung eines Bestsellers entwickelt. So konkret unsere Aufgabe war, Sie als Person aus dem Verkehr zu ziehen und die Veröffentlichung des Manuskripts zu verhindern, so klar haben wir inzwischen erkannt, dass das Buch nicht den von uns für möglich gehaltenen Schaden hinsichtlich unserer Interessen anrichten kann. Dass Sie dem auf Sie angesetzten Falk Pachlevi entkommen konnten und er seinen Auftrag nicht erfüllt hat, führen wir auf drei Dinge zurück: Vermutlich haben wir unsererseits einen labilen und unzuverlässigen Mann ausgewählt. Der zweite Grund ist, dass Sie vermutlich relativ schnell erkannt haben, an welchen Schwachstellen sie ihn packen und Zeit gewinnen können. Und als Drittes hat vermutlich Ibrahim Rosenberg seine schützende Hand über Sie gehalten. Diesen letzten Absatz habe ich Ihnen geschrieben, um Ihnen die Gewissheit zu vermitteln, dass Sie diese E-Mail von einem wirklichen Insider erhalten. Seit einigen Wochen beobachten wir Ihre Bewegungen im Internet ebenso wie Ihren Mailverkehr sehr genau. Wir haben den Eindruck gewonnen, als wollen Sie nun nach der Veröffentlichung Ihres Buches Ihre Ideen von einer friedlicheren und am großen gemeinsamen Ganzen ausgerichteten

Welt auch noch im Internet verbreiten. Vermutlich hoffen Sie hier schneller und direkter einen deutlich größeren Kreis von Menschen zu erreichen und auf Ihre Seite zu ziehen. Aufgrund unserer detaillierten Kenntnis von digitalen Ökosystemen schreibe ich Ihnen: Das kann auf diesem Weg gelingen. Und wenn man dann noch die wichtigsten Medien eines Landes kontrolliert, sind der Verbreitung von Doktrin kaum noch Grenzen zu setzen. In diesen Dingen kennen wir uns aus. Aber ebenso eindringlich warne ich Sie davor, mit Ihren diesbezüglichen Bemühungen fortzufahren. Wir haben kein Interesse an Menschen, die sich unserer nationalen Kontrolle entziehen und einer Idee folgen wollen, die außerhalb unserer Macht und Möglichkeit der Einflussnahme liegt. Wir wollen weder einen besseren Menschen noch eine bessere Welt. Wir wollen ein großes mächtiges Russisches Reich voller Russen, die es als ihre oberste Pflicht sehen, ihr Vaterland zu lieben und ihm zu dienen. Und wir werden alle uns zur Verfügung stehenden Mittel nutzen, dieses Reich wiedererstehen zu lassen. Deshalb rate ich Ihnen dringend: Beenden Sie Ihre Recherchen. Geben Sie Ihr Ziel auf, eine Plattform im Internet aufbauen zu wollen, die unseren Interessen im Weg stehen könnte. Beim nächsten Mal heuern wir einen stabileren und zuverlässigeren Mann an.
Gruß Alexej Beljajev, Major im Dienst des FSB

Fassungslos lege ich die Mail vor mich auf den Tisch. Anna geht zu ihrem Sessel und setzt sich hin. Beide schauen wir eine gefühlte Ewigkeit in das Kaminfeuer und lauschen dem Knistern und Knacken, bis Anna diese Stille unterbricht.

»Verstehst du jetzt meine Unruhe und eher zurückhaltende Reaktion auf deine Weihnachtsambitionen?«

»Es handelt sich also gar nicht um eine Ahnung oder Eingebung. Die nehme ich zwar auch ernst und ich höre dir dann auch zu. Aber das hier ist ja schon eine sehr konkrete Drohung. Sollen wir Ibrahim davon in Kenntnis setzen und ihn um Unterstützung bitten?«

»Ich möchte fast wetten, dass uns Rosenberg nach wie vor zumindest beobachten lässt. Und so, wie der FSB die von mir besuchten Webseiten und meine Mailkorrespondenz kennt, so sind Rosenbergs Leute gleichermaßen darüber informiert. Wahrscheinlich haben die auch längst mitbekommen, dass der FSB unsere IP-Adresse auf dem Radar hat und fleißig mitliest.«

»Wenn das so wäre, warum haben die uns denn bitte nicht gewarnt?«

Ich nehme die ausgedruckte E-Mail noch einmal vom Tisch, um mir das Sendedatum anzuschauen. Mittwoch, der 15. Dezember 2010.

»Die Mail ist ja von vorgestern!«

»Eben. Und bis diese Information bei Rosenberg angekommen ist und er dann entweder selbst zu uns kommt oder einen seiner Leute schickt, vergehen mindestens vier bis fünf Tage. Telefonisch wird er sich eher nicht mit uns in Verbindung setzen. Also können wir davon ausgehen, dass wir ab übermorgen Besuch bekommen.«

»Oder auch nicht. Jedenfalls nicht aus dem Umfeld von Rosenberg«, widerspreche ich. Kaum habe ich diesen Widerspruch geäußert, beschleicht mich ein mulmiges Gefühl. »Was sollen wir deiner Meinung nach jetzt tun?«

»Ich denke, dass es das Beste sein wird, wenn ich meine Recherchen vorübergehend einstelle. Dann sehen die, dass ich ihre Drohung ernst nehme und die von ihnen beobachteten Interessen nicht weiterverfolge. Jedenfalls nicht von hier aus und auch nicht mit meinem Laptop, Alfredo. Und diesem Alexej Beljajev antworte ich, dass ich seiner Empfehlung folgen und die Finger von dem Thema lassen werde. Er soll wirklich den Eindruck gewinnen, dass ich seine Drohung ernst nehme.«

»Und du glaubst allen Ernstes, dass die dich oder uns dann in Ruhe lassen? Du kaufst mal eben einen neuen Rechner, lässt dir irgendwo einen neuen Internetanschluss hinlegen oder besorgst dir eine Prepaidkarte für einen mobilen Hotspot und dann bist du deiner Meinung nach unauffindbar für die und kannst unbemerkt fröhlich weiter surfen, ja? Sag mal, bist du vielleicht doch ziemlich naiv, Anna?«

»Na ja, deshalb meine eher zögerliche Reaktion auf deinen Wunsch danach, Weihnachten im Rustico zu verbringen. Aber je länger wir darüber sprechen, desto mehr verstärkt sich der Gedanke, dass sie uns überall finden würden, wenn sie uns wirklich ausschalten wollten.«

»Du meinst damit physisch finden?«

»Sowohl physisch wie auch virtuell. Um uns wirklich verstecken zu können, bräuchten wir wahrscheinlich ein weiteres Mal die Unterstützung von Ibrahim. Und um im Internet unsere Spuren zu verwischen, sind wir vermutlich nicht gut genug in diesen Dingen.«

»Bleibt die Frage, was du also nun vorschlägst?«

»Auf jeden Fall werde ich jetzt erst mal eine Weile offline bleiben. Und dann, ja, lass uns Weihnachten in Albisano bleiben. Wenn wir erneut in Gefahr sind, sind wir das überall. Weil wir uns alleine nicht so schützen können, wie es wahrscheinlich nötig ist. Vielleicht kommt uns dann ja sogar der russische, israelische, muslimische oder römisch-katholische Weihnachtsmann besuchen«, versucht Anna die Stimmung mit einem Scherz zu entspannen.

Ich habe keine Lust auf diesen aus meiner Sicht misslungenen Scherz einzugehen und möchte das Gespräch lieber ernsthaft mit ihr fortsetzen.

»Hat dieser große braune Umschlag, den Giovanni uns gerade eben wahrscheinlich versehentlich vorenthalten hat, etwas mit deinen Internetrecherchen zu tun?«

»Ja, das vermute ich ganz stark. Und wenn ich mit meiner Vermutung richtig liege, wundert es mich, dass er überhaupt den Weg zu uns ins Rustico gefunden hat.«

»Warum ist das nur so, Anna?«

»Warum ist was so?«

»Warum werden überall auf dieser Welt Menschen in politische Ämter gewählt, die wenig verantwortungsvoll mit ihren Möglichkeiten umgehen, ihre Macht eher missbrauchen, religiös oder territorial motivierte Kriege anzetteln, Wälder aus purer Profitgier abholzen lassen und viele andere Schandtaten durchführen? Warum ist das so?«

»Ich habe keine veritable Antwort auf diese Frage, Alfredo. Aber meine Vermutung ist, dass es damit zu tun hat, dass das kollektive Bewusstsein der Menschheit ...«

»Du beziehst dich auf Carl Gustav Jung?«, unterbreche ich Anna.

»Nein. Ich spreche vom kollektiven Bewusstsein. Carl Gustav Jung hat den Begriff des kollektiven Unbewussten geprägt.«

»Wie bitte besteht denn da ein Unterschied? Außer, dass das Eine bewusst wahrgenommen werden kann und das Andere eben nicht?«

»Das kollektive Unbewusste ist ein psychologischer Fachbegriff und laut Jung eine überpersönliche Dimension des Unbewussten. Das Individuum verdankt die Existenz des kollektiven Unbewussten nicht einer pränatalen oder im Rahmen seiner Sozialisierung gemachten Erfahrung. Er hat dazu selbst geschrieben: *Wenn an einem Punkt etwas geschieht, welches das kollektive Unbewusste berührt oder in Mitleidenschaft zieht, so ist es überall geschehen.* Außerdem behauptet er, dass es bestimmte Formen und Zustände der Psyche gibt, die allgegenwärtig und überall verbreitet sind. Was ist, Alfredo? Du wirkst genervt.«

»Ah. Ist mein aktueller psychischer Zustand jetzt aus dem kollektiven Unbewussten in deine bewusste Wahrnehmung aufgestiegen?«

»Dauern dir meine Ausführungen zu lange? Hat deine Ungeduld mal wieder von deiner Aufmerksamkeit Besitz ergriffen und sie gelähmt? Oder ist es schließlich so, dass du dann doch nur der bist, der mit den Buchstaben tanzt und nicht mit den Gedanken?«

»Keineswegs. Ich frage mich nur, ob du noch zur Beantwortung meiner beiden Fragen kommst oder ob du dich jetzt von den Fluten der selbstverliebten Erklärlust davontragen lässt.«

»Wenn der Herr sich noch einige Augenblicke gedulden möchte, beantwortet Frau zeitnah die beiden Fragen.«

»Ich lausche weiterhin aufs Äußerste gespannt und lege meine Hände in den Schoß der Geduld.«

»Kollektives und gesellschaftliches Bewusstsein sind ein und dasselbe. Gemeint sind damit Ideologien, Religionen, Mythen, Ethik, Moral und so weiter. Und all das wird mittels Sprache verbreitet. Und es führt uns zu einer fundamentalen philosophischen Frage. Das ist keine Frage so im Sinne von *Wie geht es dir?* oder *Wie wird das Wetter morgen?*. Mit diesem Begriff wird die Auffassung beschrieben, dass alle philosophischen Fragen wie die der Metaphysik, der Erkenntnistheorie oder der Ethik in einem Zusammenhang stehen. Bei der Grundfrage der Philosophie wird vom Primat des Bewusstseins gegenüber der Materie ausgegangen.«

»Bei aller Liebe und bester Absicht, Anna, du strapazierst meine Geduld mehr, als ich es aushalten möchte. Außerdem beginne ich den Faden zu verlieren, und das ist logischerweise meiner Aufmerksamkeit höchst abträglich. Was hat das jetzt mit dem kollektiven Bewusstsein und der Antwort auf meine Frage zu tun, warum Menschen in politische Ämter gewählt werden, die möglicherweise für die Erde und den Menschen nicht gut sind?«

»Wie gerade eben schon ausgeführt: Meine Antwort auf diese Frage ist lediglich eine Vermutung meinerseits und entbehrt jeder wissenschaftlichen Grundlage. Ich nehme einfach an, dass es ebenso eine Evolution des Bewusstseins gibt, wie eine biologische, chemische, theistische, systemtheoretische, mathematische, soziokulturelle und wirtschaftliche Evolution.«

»Du meinst Evolution im originären Wortsinn, also du sprichst von Entwicklung?«

»Genau so ist es. Diese Entwicklungen verlaufen niemals in gleichen linearen Kurven. So entwickelt sich zum Beispiel die Kenntnis von einem biologischen oder chemischen Prozess nicht unbedingt in dem gleichen Maß wie der Prozess an sich. So kann es passieren, dass plötzlich ein Virus das Licht der natürlichen Welt erblickt und sich exponentiell verbreitet, während das Wissen über diesen Virus sowie über die Mittel und Maßnahmen zu seiner Eindämmung nur schleppend voranschreitet. Oder andersherum gibt es plötzlich einen Erkenntnisschub beim Menschen hinsichtlich der Benutzung von Waffen, aber die Tierwelt entwickelt nicht schnell genug Abwehrmechanismen gegen diese Waffen. Sie sind ihnen deshalb für eine lange Zeit mehr oder weniger hilflos ausgeliefert.«

»Anna. Bitte! Was willst du mir damit sagen, verflixt und zugenäht?!«

»Meiner Meinung nach verläuft die Entwicklung des menschlichen Bewusstseins seit einigen Jahrhunderten ausgesprochen flach. Im Gegensatz dazu weist zum Beispiel die Kurve des Wissens steil nach oben. Die Halbwertzeit des Wissens liegt heute bei circa zwei bis drei Jahren. Alle zwei Jahre ist die Hälfte des Wissens veraltet und ein Mensch, der auf dem aktuellen Stand bleiben und mitreden will, muss diese Hälfte erneuern. In der Informationstechnologie geht es noch schneller. Diesem sich exponentiell entwickelnden Wissen haben wir zahlreiche Errungenschaften der Moderne zu verdanken. Nimm nur allein die Entwicklungen in der Medizin, in der IT-Branche oder das weltumspannende Internet. Aber nutzt der Mensch an sich die mit diesem erworbenen Wissen theoretisch verbundenen Möglichkeiten tatsächlich? Alfredo?«

Da ich nicht sofort auf Annas Frage reagiere, fasst sie nach.

»Alfredo? Das ist eine an dich gerichtete Frage. Ich kann sie auch noch direkter an dich adressieren. Nutzt du das Wissen, das du erworben hast und gehst du deiner Selbsteinschätzung nach bewusst damit um?«

»Was genau möchtest du jetzt von mir, Anna?«

»Nehmen wir zum Beispiel deinen Alkoholkonsum. Wir wissen beide, dass die Menge des von dir, und manchmal auch von mir, täglich konsumierten Alkohols sehr wahrscheinlich nicht gesundheitsfördernd ist. Und doch trinken wir Mengen, die nicht der Gesunderhaltung dienen. Es gibt also eine Diskrepanz zwischen unserem Wissen und dem bewussten Umgang mit diesem Wissen. Etliche Buchseiten wurden schon dazu gefüllt, dass wir Menschen Wissensriesen, aber Anwendungszwerge sind. Nimm dein Wissen zum Thema Selbstverantwortung und Wahlfreiheit. Wie oft habe ich schon so Sprüche von dir gehört wie: *Es gibt nur einen Menschen, der entscheidet, wie es dir geht.* Oder: *Wähle immer, was du tust. Und du tust immer, was du gewählt hast. Oder: Es gibt zwei Sorten von Menschen. Solche, die machen, und solche, mit denen gemacht wird.* Und doch regst du dich im Straßenverkehr über andere Menschen auf. Du verhältst dich, als wärst du das arme Opfer all der anderen schlecht fahrenden, idiotischen Straßenverkehrsteilnehmer. Es wirkt, als würden diese Idioten über deine Lebensqualität bestimmen, und es wirkt so, als hättest du keine Wahl. Was läuft schief? Wie erklärst du dir diese Diskrepanz zwischen deinen klugen Lebensweisheiten und deinen diesbezüglichen Leistungsreserven im täglichen Leben? Du lebst nicht, was du weißt.«

»Was sollen diese Vorwürfe, Anna?«

»Tut mir leid, wenn das als Vorwurf bei dir ankommt. So war und ist es nicht gemeint. Obwohl ich mich von dieser Diskrepanz in unserer Beziehung immer mehr beeinträchtig fühle. Ich möchte dir aber jetzt damit lediglich am Beispiel deiner eigenen Person aufzeigen, wie groß die Diskrepanz ist zwischen Wissen und dem bewussten Umgang oder der Anwendung dieses Wissens. Nicht mehr und nicht weniger.«

»Gut. Und mit welchem Ziel möchtest du mir das aufzeigen?«

»Weil das ein Teil der Antwort auf die Frage ist, die du mir gestellt hast.«

Da die Frage von meiner Ungeduld überlagert wurde, habe ich sie inzwischen vergessen und schäme mich vor Anna in gewisser Weise dafür. Ich versuche diesen Moment der Peinlichkeit mit Schweigen zu überbrücken und blicke in das Kaminfeuer.

»Du musst dich nicht dafür schämen, dass du deine Frage mittlerweile vergessen hast, lieber Alfredo.«

Meistens liebe ich Anna für ihr Vermögen, mich auch ohne ein von mir gesprochenes Wort hören und verstehen zu können. Jetzt gerade beschleicht mich allerdings wieder mal eher das Gefühl von Beklommenheit. Wenn sie in diesem Augenblick meine Gefühlslage und Gedanken so treffsicher analysiert oder spürt, was hat sie dann erst bemerkt während meiner diversen sexuellen Exzesse? Ich bevorzuge es, mich weiter in Schweigen zu hüllen. Dankenswerterweise fährt Anna mit ihren Ausführungen fort.

»Du hast mich gefragt, warum es so ist, dass Menschen in politische Verantwortung gewählt werden, die dem Planeten Erde und der Menschheit eher schaden, als dienen. Und meine Antwort auf diese Frage ist eine Vermutung. Ich vermute einfach, dass der Mensch schon lange weiß, dass er ein selbstverantwortliches Wesen ist und dass er bis zu einem gewissen Grad selbstbestimmt agieren kann. Die Redewendung *Jeder ist sein Glückes Schmied* kannte man schon bei den alten Römern. Bereits im dritten Jahrhundert vor Christus soll der damalige Politiker Appius Claudius Caecus die Redensart verwendet haben. Der gute Mann stammte übrigens aus einer einflussreichen Patrizierfamilie und machte erstaunlich schnell Karriere als Politiker. Er war außerdem jemand, der sich für die Rechte von Plebejern einsetzte. Unter anderem sorgte er dafür, dass diese wählen durften und sogar in den Senat aufgenommen werden konnten. Und von ihm stammte angeblich diese Redensart, deren Sinn nicht nur die Feststellung war, dass jeder alleine für sein Glück verantwortlich sei. Damit verband er zugleich den Appell, eben dieses Glück auch fleißig zu schmieden und sich dafür zu engagieren. Also seit den Römern gibt es diesen Satz. Und wie oft haben sich die Menschen seitdem für Herrscher entschieden, die sie unterjochten, die sie ihrer Verantwortung beraubten und die durch auferlegte hohe Abgaben und andere Quälereien der Untertanen nicht unbedingt auf deren Glückskonto eingezahlt haben?«

»Das mit der Selbstverantwortung bedeutet ja nicht nur, dass man für alles verantwortlich ist, was einem in den Lebensweg gestellt wird. Damit ist gleichermaßen gemeint, dass man eben auch dafür verantwortlich ist, wie man mit diesen Dingen umgeht. Das Gebet des Franz von Assisi beschreibt das vortrefflich, wie ich finde: *Herr, gib mir die Kraft, die Dinge zu ändern, die ich ändern kann, die Gelassenheit, das Unabänderliche zu ertragen und die Weisheit, zwischen diesen beiden Dingen die rechte Unterscheidung zu treffen.*«

»Leider werden wir beide nicht befriedigend zu Ende diskutieren können, bis wohin die Selbstverantwortung reicht und ab wann die Fremdbestimmung einsetzt. Nehmen wir zum Beispiel mal an, es würde ein lebensbedrohlicher Virus auf der Bühne des Weltgeschehens erscheinen. Erste Frage: Hat er sich selbst erschaffen, ist er ein Bote Gottes oder einer anderen übergeordneten Erscheinung oder wurde er von Menschenhand gemacht? Nehmen wir weiter an, dieser Virus würde sich in Windeseile ausbreiten und Millionen von Todesopfern fordern. Zweite Frage: Würde der Mensch für sich selbst die Verantwortung übernehmen, wissen was zu tun ist und beherzt handeln oder würde er darauf hoffen und warten, dass eine allwissende Obrigkeit ihm vorschreibt, was zu tun und was zu lassen ist? Und gestatten wir uns abschließend noch einen Blick auf ebendiese Obrigkeit und die dritte Frage: Würde diese Obrigkeit, nennen wir sie Regierung, den ihnen Anempfohlenen vertrauen und sich darauf verlassen, dass ein Appell an ihre Selbstverantwortung genügt, damit die Bürger durch ihr Verhalten eine weitere Ausbreitung des Virus verhindern? Was denkst du, Alfredo?«

»Ich denke, dass wir die erste Frage vermutlich nicht mit Gewissheit beantworten könnten. Es gäbe diesbezüglich vermutlich jede Menge Annahmen und bestimmt auch reichlich Verschwörungstheorien. Deine zweite Frage betreffend würde ich annehmen, dass der Mensch in einer solchen Situation auf klare Anweisungen von oben hofft. Und zwar weil er Angst vor dem Unbekannten hat und selbst nicht weiß, wie er sich am besten verhalten soll, um die Verbreitung des Virus zu verhindern. Und weil drittens die Obrigkeit aus demselben Holz geschnitzt ist, wird sie mangels eigener Expertise und fehlender Obrigkeit Experten befragen, um Rat bitten und dann auf diesem Rat basierend Vorschriften machen, Verbote aussprechen, Menschen einsperren, ihnen Kontakte zu anderen untersagen und lauter solche Sachen. Und sie würden wahrscheinlich so vorgehen, weil sie genauso gestrickt sind wie ihre Mitbürger und Wähler.«

»Vermutlich läuft es genau so. Und wahrscheinlich würde sich dann auch ein erheblicher Teil der Wähler in der Folge über ebendiese Verbote fürchterlich aufregen.«

»War das so zum Beispiel bei der Spanischen Grippe?«, will ich von Anna wissen.

»Bei der Spanischen Grippe wurde bereits in einigen Städten der USA in einem sehr frühen Ausbruchsstadium Quarantänemaßnahmen ergriffen. Im Rahmen später durchgeführten Studien wurde nachgewiesen, dass die Sterberate um bis 50 Prozent gesenkt wurde durch das Verbot von

Massenveranstaltungen und das Gebot, Masken zu tragen. Nicht bewiesen, aber durchaus möglich ist, dass es einen Zusammenhang zwischen dem enormen Anstieg des wirtschaftlichen Erfolgs einiger Regionen in Amerika gab und den frühen lockdownähnlichen Maßnahmen. Vermutlich gaben sich viele US-Bürger nun aus Freude darüber, die Pandemie überlebt zu haben, dem Konsumrausch hin. Der dabei in kurzer Zeit durch die Ausweitung der Produktion von Konsumgütern und landwirtschaftlichen Erzeugnissen angehäufte Reichtum kam aber nur einigen wenigen Amerikanern zugute. Die Meisten konnten sich diesen Konsumrausch jedoch nur auf Pump leisten. Im Oktober 1929 kam es dann wahrscheinlich aufgrund einer Überschuldung der privaten Haushalte, ganz sicher aber aufgrund ungezügelter Spekulationen am berühmt-berüchtigten Schwarzen Donnerstag zum Börsencrash. Und dieser wird bekanntlich als Auslöser der Weltwirtschaftskrise betrachtet. Die Weltwirtschaft hat sich übrigens erst nach dem Zweiten Weltkrieg wieder erholt. Es war also nicht genau so, wie du es zuvor skizziert hast. Aber es ist deinem Szenario sehr ähnlich. Lediglich die wirtschaftliche Dimension hast du nicht beschrieben.«

»Hast du mir damit deiner Meinung nach jetzt meine Frage beantwortet?«

»Du meinst die nach dem Grund dafür, warum der Mensch Menschen in verantwortungsvolle politische Ämter wählt, die sich selbst, der Menschheit und Mutter Erde eher schaden, als guttun?«

»Ja, diese Frage meine ich.«

»Der Mensch tut das, weil er sich seiner Verantwortung am und gegenüber dem gemeinsamen großen Ganzen nicht bewusst ist. Das egoistische Gen hat die Spezies Mensch seit vielen Hunderten von Jahren fest im Griff. Wie ein träger, fetter Drache döst es auf dem Bewusstsein vor sich hin und verhindert jede Bewegung oder gar Entwicklung desselben. Das habe ich vorhin damit gemeint, als ich zu erklären versuchte, dass sich das Bewusstsein des Menschen nicht in der gleichen exponentiell ansteigenden Kurve entwickelt wie das Wissen. Ich würde mich sogar zu der Behauptung aufschwingen, dass sich das Bewusstsein in gewissen Dingen zurückentwickelt hat. Die Schamanen und Medizinmänner haben vermutlich eine ganzheitlichere Betrachtung sowohl bei der Diagnose wie auch bei der Heilung von Krankheiten anzuwenden gewusst - als die auf dem Ursache-Wirkung-Prinzip fußende mechanistische Medizin der letzten Jahrhunderte. Der als Begründer der Heilkunde geltende gute alte Hippokrates würde sich vermutlich im Grabe umdrehen, wenn er mitbekäme, wie eine große Schar an Ärzten heute in erster Linie nur noch ein Wohl im Fokus hat.«

»Das da wäre?«

»Ihr eigenes wirtschaftliches Wohl. Doch bitte, Alfredo, lass uns das Fass jetzt nicht auch noch aufmachen! Sonst fange ich noch an, mich über das Gesundheitswesen insgesamt aufzuregen. Und obendrein würden wir dann möglicherweise streiten, weil ich weiß, dass du durchaus der Meinung bist, dass wir dem wissenschaftlichen und technologischen Fortschritt, also auch dem Fortschritt in der Medizin, viel zu verdanken haben. Auf Streit mit dir habe ich gerade so gar keine Lust. Ich will dir einfach nur deine Frage beantworten. Ist mir das wenigstens einigermaßen gelungen?«

Annas Worte klingen in mir nach und für einen kurzen Moment kommt tatsächlich Streitlust in mir auf. Der Blick in das im Kamin lodernde Feuer besänftigt mich jedoch im selben Moment auch wieder.

»Ja, hast du. Dankenswerterweise hast du deine Ausführungen ja anmoderiert mit dem Satz, dass du den Versuch einer Antwort und Erklärung unternimmst und dass das, was du sagen wirst, in keiner Weise wissenschaftlich belegt ist, sondern mehr Vermutungen und Fantasien sind von dir. Insofern danke dafür. Du hast mich wie immer inspiriert. Jetzt aber noch mal zurück zu Weihnachten. Meinst du, wir können es hier im Rustico verbringen? Es sind ja nur noch ein paar Wochen. Und nach Neujahr können wir dann überlegen, was zu tun ist. Vielleicht hat Ibrahim dazu ja auch den einen oder anderen sinnvollen Vorschlag?«

»Ja, ich denke, dass ich meine von Zeit zu Zeit aufkommende Unruhe in den Griff bekomme. Und mein Misstrauen und mein Unmut. Vielleicht gelingt das ja hier oben in Albisano sogar schneller und besser, als wenn wir uns jetzt schon wieder in eine Art Fluchtmodus begeben.«

Erleichtert atme ich auf. Ich bin Anna dankbar für ihr Einlenken und die Aussicht, Weihnachten und Silvester entspannt im Rustico verbringen zu können.

Wir trinken an diesem Abend noch zwei Gläser des edlen Amarone, lassen das Holz im Kamin bis auf eine minimale restliche Glut herunterbrennen und gehen anschließend erschöpft ins Bett. Anna hält sich daran, nicht weiter im Internet zu recherchieren, und verzichtet darauf, diese Entscheidung und das daraus resultierende Verhalten auch diesem FSB-Major mitzuteilen. Gemeinsam sind wir zu der Einschätzung gekommen, dass eine Antwortmail ohnehin nicht bei ihm ankommen wird, dass die das außerdem schon merken werden und dass genau das vermutlich eher den Eindruck erwecken wird, wir seien durch seine Nachricht eingeschüchtert, als wenn Anna auf die Mail antwortet.

Leider hat sich Annas Unruhe ab diesem abendlichen Gespräch auf mich übertragen und es gelingt mir auch nicht, die innere Ruhe zu finden, die für diese an sich friedliche und beschauliche Zeit angemessen ist. Jede unbekannte Person, die mir im Dorf begegnet, beäuge ich und frage mich, ob es sich um eine uns beschattenden FSB-Mitarbeiter oder einen uns beschützenden Ibrahim-Gesandten handelt. Anders als von Anna angenommen, bekommen wir keinen Besuch. Wahrscheinlich ist das der Grund für den kribbeligen Schwebezustand, der uns während des gesamten Winters am See begleitet.

Bürde der Ahnen

Januar 2011

Garibaldi sitzt im Wohnzimmer einer kleinen Zweizimmerwohnung über der Bar Italy in der Via Corrubbio in Albisano. Im September des vergangenen Jahres hat er diese Immobilie als Lara-Marie Gorzanelli gemietet und bewohnt sie nun seit Oktober. Der Vermieter, ein in Verona lebender, gut situierter Kaufmann hat ihm die Wohnung bereits während des ersten persönlichen Vorstellungsgesprächs im Hinterzimmer eines seiner Geschäfte in Verona zugesagt und auch sofort die Schlüssel ausgehändigt, als Garibaldi ihm Kaution und erste Miete gleich in bar auf den Tisch gelegt und signalisiert hat, die Miete auch zukünftig regelmäßig in bar zu bezahlen, sodass er diese Einnahme nicht offiziell angeben und also auch nicht versteuern muss. Da Garibaldi eine für einen Mann sehr hohe Stimme und insgesamt sehr feminine Züge hat, ist die Rolle als Frau ein leichtes Spiel, das er auch absolut überzeugend spielt.

Unmittelbar, nachdem der Sekretär des Nuntius ihm dessen Schreiben vorgelesen hatte, hatte er den Vatikan verlassen und seinen Ärger darüber, dass man ihm die *Operation Pagina* entzogen hatte, in für ihn völlig untypischer Weise in einigen Flaschen Wein ertränkt. Dann hatte ihm ein befreundeter Arzt ein Attest über Naurasthenie ausgestellt und dieses hatte er zusammen mit einem persönlichen Brief an seinen Dienstherrn geschickt. In diesem Brief hatte er den Nuntius darum gebeten, für ein halbes Jahr suspendiert zu werden. Als Grund hatte er aber nicht den nervlichen

Erschöpfungszustand angegeben, der ihm vom Arzt attestiert worden war. Vielmehr hatte er dem Nuntius mitgeteilt, dass zwei ihm sehr nahestehende Verwandte in seiner Heimat am Comer See schwer erkrankt seien und er der Familie gerne einige Zeit seelischen Beistand leisten wolle. Außerdem habe ihm der Entzug seiner Verantwortung bei der *Operation Pagina* persönlich sehr zugesetzt und so große Selbstzweifel hinsichtlich seiner Rolle als Schweizergardist in ihm geweckt, dass er dies mit der gebührenden Aufmerksamkeit behandeln und sich deshalb einem Therapeuten anvertrauen wolle. Und schließlich gäbe es in den Wintermonaten deutlich weniger Arbeit im Vatikan für die Schweizergarde, sodass eine Absenz seiner Person wahrscheinlich kaum ins Gewicht falle als in dem Zeitraum von Frühjahr bis Herbst. Der Nuntius gab seinem Gesuch statt, wünschte ihm viel Kraft für das Abschiednehmen von Familienmitgliedern und für ihn persönlich gute sowie rasche Genesung. Außerdem beteuerte er, dass es seinerseits nicht die geringsten Zweifel an der grundsätzlichen Eignung des Obersts gebe, er weiterhin auf ihn als feste und zuverlässige Größe der Schweizergarde zähle und er sich auf sein Wiedererscheinen nach vollständiger Wiederherstellung der Gesundheit freue. Zwar sind tatsächlich zwei Verwandte Garibaldis erkrankt, aber da er kein besonders inniges Verhältnis zu ihnen hat, gibt es auch nicht die geringste Veranlassung für ihn nach Hause an den Comer See zu fahren.

Mit 21 Jahren war Garibaldi zur päpstlichen Schutztruppe gekommen. Seine Größe hatte das Gardemaß von 1,74 Metern und seine gesamte perfekt trainierte, mit wohlgeformten Waden ausgestattete körperliche Erscheinung wechselte zwischen knabenhaft und feminin. Seit 1998 war er nun schon bei dem 110 Mann zählenden kleinen Heer. Gerade in dem Jahr, als der frisch designierte Oberst Alois Estermann und dessen Frau Gladys tot in ihrer Wohnung im Vatikan aufgefunden worden waren, war er selbst aufgenommen worden.

Der 32. Kommandant der Truppe, Oberst Pius Segmüller, hatte ihm den Eid abgenommen und war schon nach relativ kurzer Zeit zu einem engen Freund und Förderer geworden, der seine stark ausgeprägten eidgenössischen Tugenden und seinen Ehrgeiz sehr schätzte und ihn in seinem Streben nach Höherem unterstützte. Den Ehrgeiz hatte Garibaldi der Erziehung zu verdanken, die ihm durch seinen streng katholischen Vater widerfahren war, der aus einer gut betuchten Familiendynastie der italienischen Schweiz stammte.

Seine Mutter kam aus dem brandenburgischen Land. Dieses hatten sie Anfang der Fünfzigerjahre im Angesicht der zu erwartenden Teilung Deutschlands verlassen und alles Hab und Gut dort zurückgelassen, war zunächst nach Berlin und Mitte der Sechzigerjahre in die Schweiz übersiedelt. Er selbst hatte 1977 in dem zum Luxushotel Villa Trés Jolie gehörenden Privatflügel der Familie das Licht der Welt erblickt, die diese Nobelherberge bereits in der dritten Generation als Familienbetrieb führte. Garibaldi hatte eine besonders innige Beziehung zu seiner Großmutter väterlicherseits entwickelt, die von Zeit zu Zeit ihren Schirm der großmütterlichen Liebe und Fürsorge über ihn aufspannte und ihn zumindest temporär der Strenge des Vaters entzog. An den vielen langen nebligen und verregneten Winterabenden gab sie ihm immer wieder Einblicke in die Familiengeschichte. An einem dieser Winterabende vertraute sie ihm auch an, dass die Frauen stets eine untergeordnete Rolle gespielt hatten. Das sich in der Dynastie hartnäckig haltende Frauenbild hätte mittelalterliche Züge. Frauen hätten sich den Männern unterzuordnen und ihnen bis zur Selbstaufgabe zu dienen. Ehen wurden lediglich aus praktischen Erwägungen geschlossen und dienten dem Knüpfen von Banden zwischen wichtigen und nützlichen Verbindungen zu anderen einflussreichen Familien. Nur die männlichen Nachkommen, so diese völlig überkommene Haltung, sicherten Besitz, Bestand und Ansehen der eigenen Familie. Die meisten Herrscherhäuser Europas ließen eine weibliche Erbfolge gar nicht zu.

In Garibaldis Erinnerung tauchte das Gespräch dieses nebligen und verregneten Winterabends wieder und wieder so deutlich und konkret auf, als spräche seine Großmutter auch heute noch zu ihm: »Als dein Vater erfuhr, dass ihm ein Sohn geboren worden war, war er zufrieden und dankbar, dass der Herrgott damit den Fortbestand der Dynastie gesichert hatte«, erklärte seine Großmutter ihm. »Als er dich aber zum ersten Mal sah, war er zutiefst enttäuscht. Du warst ein Frühchen. Deine Mutter hatte dich bereits mit acht Monaten zur Welt gebracht. Deshalb warst du ein ganz kleines, zierliches und zerbrechlich wirkendes Geschöpf. Du entsprachst so gar nicht den Vorstellungen deines Vaters. Er fürchtete, dass du am Ende gar kein richtiger Mann werden würdest. Und deshalb erzieht er dich mit einer solchen Härte und Unnachgiebigkeit. Lieber hätte er gleich noch einen weiteren Nachkommen gezeugt, doch dein Vater war nicht mehr zeugungsfähig. Dein Vater nimmt dich als verweichlicht und zu weiblich wahr und versucht mit übertriebener Strenge einen Mann aus dir zu machen.« Diese Schilderung hatte Garibaldis Selbstwertgefühl verletzt. Möglicherweise hatte er sie aufgrund eines automatischen psychischen Schutzmechanismus auch relativ schnell wieder verdrängt.

Erst viele Jahre später tauchte die Erinnerung an jenen Winterabend wie ein Dämon aus dem Land des Vergessens erneut auf und meldete sich seitdem immer wieder zu Wort. Er hatte sich in therapeutische Behandlung begeben, weil es ihm zu schaffen machte, nicht so recht zu wissen, wohin er als Mann gehörte. Einerseits war er nicht fähig, sich wirklich auf die Beziehung mit einer Frau einzulassen. Sobald ihm eine nahe kam und ihm ihre Zuneigung zu verstehen gab, begann er sie respektlos zu behandeln und zu verletzen. Mit jeder weiteren Annäherung einer Frau wuchs ein kleines Stück mehr Ablehnung des weiblichen Geschlechts. Eine

Ablehnung, die er immer öfter sogar als Hassgefühl gegenüber der Frau an sich wahrnahm. Andererseits berührten ihn aber auch die Avancen unangenehm, die ihm immer wieder von homosexuellen Männern gemacht wurden. Die Vorstellung, eine körperliche Beziehung oder intimen Kontakt mit einem Mann zu haben, empfand er als widernatürlich und abstoßend.

Lange Zeit spielte er mit dem Gedanken, Priester werden zu wollen. Irgendwann las er einen Artikel über die Schweizergarde und hatte spontan das Gefühl, seine Bestimmung gefunden zu habe. Er bewarb sich, wurde aus einer Vielzahl von Bewerbern ausgewählt und verschrieb sich mit Leib und Seele seinen Pflichten als Mitglied der Schweizergarde. In besonderer Weise gefiel er sich in der außergewöhnlich dekorativen und von dem begnadeten Michelangelo entworfenen Uniform seines Corps.

Als ihn dann der Nuntius mit der Aufgabe betraut hatte, die *Operation Pagina* zu leiten, hielt er das für eine höhere Fügung. Gott hatte ihm diese Aufgabe zur Verfügung gestellt, damit er sich in gewisser Weise für das andere Geschlecht rächen, endlich das Muster der Unterjochung und Schmach durch Männer durchbrechen und Frauen zu dem ihnen zustehenden Ansehen verhelfen konnte. Im Zentrum der Operation stand eine Frau. Und wenn er dieser nun helfen konnte, anstatt sie aus dem Weg schaffen zu lassen, könnte die Übung gelingen. So war zumindest seine Hoffnung. Und deshalb hatte er den Nuntius und alle an der Operation Beteiligten auf die Strategie der Versöhnung eingeschworen.

Und dann dieser Brief des Nuntius, in dem er ihm mitteilte, seines Amtes in dieser Angelegenheit enthoben worden zu sein. Garibaldis Abneigung gegenüber seinen Vorfahren väterlicherseits verwandelte sich unverständlicherweise urplötzlich in Zorn auf diese Autorin. Sein Vater und die Väter seines Vaters hatten Recht. Frauen verdienten keine wohlwollende und erst recht keine liebevolle Behandlung. Sie hatten dem Mann zu gehorchen und ihm zu dienen.

»Diese Frau und ihr schriftliches Teufelswerk sind die Wiedergeburt von Eva. Und damit ist auch sie dem Untergang geweiht«, hatte der Nuntius in einer seiner Unterredungen mit dem Oberst einmal gesagt. Diese beiden Sätze hatten sich fest in Garibaldis Gedächtnis eingebrannt. Und als der Sekretär ihm den Brief des Nuntius vorgelesen und das Ende seiner Rolle in der *Operation Pagina* mitgeteilt hatte, war er ihm sofort in den Sinn gekommen. Entschlossen und hocherhobenen Hauptes hatte er den Raum mit dem festen Vorsatz verlassen: »So sei es. Sie sei dem Untergang geweiht. Das gilt es jetzt für mich zu tun.«

Und nun ist er schon den vierten Monat hier oben am See, beobachtet jede Bewegung von Anna und wartet auf eine Gelegenheit, sie zu ergreifen, zu entführen und auszulöschen. Auf diesem Weg würde er seinem Vater und sich selbst seine wahrhafte Männlichkeit beweisen können. Er denkt an das Sinnbild der rituellen Drachentötung, mit der die Symbolik des Sieges vom Guten über das Böse verbunden ist. Der Mann ist und bleibt das Gute und die Frau das Niedrige. Nicht eine Sekunde lang reflektiert oder realisiert Garibaldi bei diesen Gedanken, dass er sich damit vielmehr der Bürde der frauenfeindlichen Haltung seiner Ahnen annimmt und sie fortschreibt, anstatt dieses Muster endlich zu durchbrechen.

Die richtige Stelle

Januar 2011

Von November bis Februar bleibt der Lago von Touristen weitgehend verschont. Das öffentliche Leben kommt erschöpft von dem Trubel der restlichen Monate des Jahres zum Erliegen. Menschenleere Straßen, Geschäfte hinter heruntergelassenen Jalousien und geschlossene Restaurants vermitteln ein abweisendes Gefühl von Tristesse. Von den wenigen Reisenden, die sich gerade wegen des melancholisch stimmenden Anblicks ausgestorbener Straßen und Plätze in eines der Städtchen am Ufer des Sees begeben, verirrt sich nur selten einer in die engen Gassen des Dörfchens Albisano. Kaum eine Menschenseele ist zu Fuß unterwegs. Lediglich die Hartgesottenen der Spezies Rennradfahrer quälen sich tagsüber durch den Ort über die Via Oliveto hinauf nach San Zeno di Montagna.

Die einzigen beiden Möglichkeiten für Garibaldi, sich von Alfredo und Anna unbemerkt im Dorf zu bewegen, sind das Auto und das Fahrrad. An Spaziergänge oder zu Fuß einkaufen gehen ist nicht zu denken. Kurz nach seiner Ankunft im Dorf hatte er sich deshalb auch gleich in Peschiera ein Rennrad gekauft und es sich hier hoch in den Ort bringen lassen. Mit seinem kleinen Lancia Ypsilon hätte er es nicht transportieren können. Mehrere Male sind sie sich nun schon im Ort begegnet. Die Autorin und ihr Partner scheinen oft und ausschließlich gemeinsam spazieren zu gehen. Doch bislang haben sie ihm nicht die geringste Aufmerksamkeit geschenkt. Seine Tarnung als Frau ist vermutlich der Grund.

Eine Beschattung oder Bedrohung erwarten sie sicher eher von einer männlichen Person. Insofern hat Garibaldi bis hierhin alles richtig gemacht. Allein die Tatsache, dass er die Frau immer noch nicht zu fassen bekommen hat, stimmt ihn zunehmend missmutig. Dabei hat er im Ort so viele Winkel und Gassen erkundet, in denen ein Übergriff problemlos und völlig unbeobachtet möglich wäre. Doch die Frau ist nie alleine zu Fuß unterwegs.

Inzwischen hat Garibaldi festgestellt, dass es eine gewisse Regelmäßigkeit in den täglichen Abläufen des Paares gibt. Ihre Spaziergänge erfolgen viermal in der Woche jeweils an den frühen Nachmittagen. Selbst bei Regen drehen sie ihre Runden. Montags verlassen sie bereits kurz vor acht zu zweit mit ihrem VW-Bus das Rustico. Garibaldi nimmt an, dass sie nach Lazise zum Markt Einkaufen fahren. Zumindest lassen die Tüten voller Lebensmittel darauf schließen, die sie ins Haus schleppen, wenn sie drei bis vier Stunden später wieder zurückkommen. Das gleiche Spiel wiederholt sich donnerstags etwas später. Um 10:00 Uhr fahren sie mit dem VW-Bus los und bei einbrechender Dunkelheit kommen sie wieder. Nach Garibaldis Recherchen ist an Donnerstagen Markt in Bardolino. Dieser ist wie fast alle Märkte rund um den See von 08:00 bis 13:00 Uhr geöffnet. Demzufolge scheinen sie nach dem Marktbesuch noch eine andere Aktivität anzuschließen.

Dienstags und freitags fährt die Autorin jeweils zwischen 16:00 und 16:20 Uhr alleine mit dem Bus weg und kommt zwischen 19:30 und 20:30 Uhr wieder zurück. Garibaldi ist ihr mehrere Male mit seinem Lancia gefolgt und hat herausgefunden, dass sie an diesen beiden Wochentagen ein kleines Geschäft in Peschiera aufsucht, über dessen Eingang ein mit vier Warmlichtstrahlern beleuchtetes, buddhistisch anmutendes Schild mit der Aufschrift *Yoga – Ayurveda - Amrita* hängt. Sonntags besuchen sie um 11:00 Uhr die heilige Messe in San Martino. Und in der ganzen Zeit, seitdem Garibaldi in die kleine möblierte Wohnung eingezogen und seinen Beobachtungsposten eingenommen hat, hat der Partner der Autorin das Rustico bisher nicht ein einziges Mal alleine verlassen. Garibaldi ist sich inzwischen sicher, dass es nur eine Möglichkeit geben wird, der Frau habhaft zu werden: Es muss an einem der Tage passieren, an denen die Frau von Peschiera zurück nach Albisano fährt. Da sie die Male, die er ihr mit dem Auto folgte, stets die Via Volpara hinunter nach Garda und dann am See entlang die SR249 bis nach Peschiera fuhr und exakt denselben Weg auch für die Rückfahrt wählte, ist ihm klar geworden, wo es geschehen muss. Der Streckenabschnitt zwischen dem Parkplatz am Ortsausgang von Albisano und dem Olimpo Sporthotel liegt völlig im Dunkeln. Aus Albisano kommend zweigt gleich hinter dem Parcheggio Falesia Garda Alta eine kleine schlecht befestigte Straße nach rechts ab. Dort wird er seinen Lancia problemlos und unbemerkt abstellen können, dann die 2,5 Kilometer zurück in den Ort laufen, sein Rennrad holen und mit diesem dann erneut zu seinem Auto fahren. Sein Plan ist gefasst. Genau hier ist die richtige Stelle. An dieser Abzweigung wird er sie nach dem Yoga in seine Gewalt bringen.

Die Carabinieri

18. Januar 2011

Anna und ich leben in den Monaten Dezember und Januar noch zurückgezogener als die Monate davor. Das Rustico verlassen wir zu regelmäßigen Spaziergängen und Besuchen der beiden Wochenmärkte in Lazise und Bardolino, die wir dann meist auch gleich mit noch einigen anderen Besorgungen verbinden. Anna fährt zweimal in der Woche nach Peschiera zum Yoga. Und ich verbringe die meiste Zeit mit Reparaturarbeiten im Rustico, Arbeiten im Garten, lese viel und sehe mir gemeinsam mit Anna jeden Tag verschiedene Nachrichtensendungen im Fernsehen an. Eigentlich haben wir allen Grund und alle Möglichkeiten, zur Ruhe zu kommen und uns zu erholen. Aber es will sich bei uns beiden partout keine Entspannung einstellen.

Während unseres Mittagessens am 18. Januar 2011 bringt Anna unseren Gemütszustand auf den Punkt: »So muss sich ein elektrischer Weidezaun fühlen, Alfredo. Steht ständig unter Strom und sobald jemand drankommt, entlädt er sich.« Dieses Datum kann ich mir gut merken, weil ihre Aussage perfekt zu den Ereignissen des arabischen Frühlings passt. Denn aus den Nachrichten erfahren wir, dass sich eine Million Menschen auf dem Tahrir-Platz in Kairo versammelt haben, um gegen das autokratische Regime von Mubarak zu protestieren und den Rücktritt der Regierung zu fordern. 30 Jahre hatte dieser diktatorische Herrscher sein Volk unterdrückt. 30 Jahre lang waren Unzufriedenheit, Unmut und Widerstand in der Bevölkerung sukzessive gewachsen. Und an diesem Dienstag hatte sich diese angestaute Energie entladen. Gebannt verfolgen wir die Berichterstattung in den Medien. Entsetzt sind wir über die Härte, mit der Mubaraks Regierungstreue gegen die Demonstranten vorgehen.

Erst vor einigen Wochen haben Anna und ich uns mit der Frage beschäftigt, warum Menschen immer wieder Personen in wichtige politische Ämter wählen, die ihnen mehr schaden, als nützen. Und jetzt sehen wir, wie sie schließlich doch gegen die Unterdrückung durch ebendiese Diktatoren aufbegehren.

»Vielleicht ist ja doch noch nicht alles zu spät«, kommentiert Anna die Bilder, die wir vom Nile TV, einem Ägyptischen Satellitenfernsehsender präsentiert bekommen.

»Aber Anna. Nehmen wir einmal an, dass diese Proteste der Beginn einer Revolution sind, deren Ergebnis der Sturz dieser Regierung ist. Glaubst du allen Ernstes, dass sich dann grundlegend etwas ändert, was auch dauerhaft Bestand hat? Glaubst du wirklich, dass hier jetzt plötzlich ein Bewusstseinswandel stattfindet und die rund 90 Millionen Einwohner dieses Landes demokratisch wählen? Oder aus Perspektive der Herrschenden gedacht: Glaubst du, dass diese Revolution die Machthabenden läutern wird und sich danach nur noch solche in die einflussreichen Positionen drängen werden, die für eine redliche, demokratische, tolerante, soziale und in jeder Hinsicht umsichtige und verantwortungsvolle Politik einstehen? Glaubst du das wirklich, Anna?«

»Ob ich das wirklich glauben kann, weiß ich nicht. Aber ich kann wenigstens die Hoffnung nähren, dass in den Köpfen und im Bewusstsein der Menschen Erkenntnis und Einsicht einsetzen. Das will und werde ich mir nicht nehmen lassen.«

Anna blickt auf die Uhr und erhebt sich von ihrem Sessel.

»Ich werde heute etwas früher nach Peschiera fahren. Veronica und ich haben uns noch vor dem Yoga auf einen Kaffee im Hotel Mimi verabredet.«

»Wer ist Veronica und wo ist das Hotel Mimi? Diese beiden Namen habe ich ja noch nie gehört.«

»Veronica ist eine andere Teilnehmerin aus der Yoga-Gruppe, mit der ich mich ein wenig angefreundet habe. Eine kluge, in meinen Augen sehr attraktive Frau aus der italienischen Schweiz. Ich finde sie sehr sympathisch und würde sie übrigens auch sehr gerne mal bald zu uns nach Hause einladen. Sobald du mit dem Fußboden hier komplett fertig bist.«

»Das dauert nicht mehr lange. Abgeschliffen und ausgebessert ist alles so weit. Und ein erstes Mal geölt ist er auch schon. Also daran wird es nicht scheitern. Gib dem Boden und mir vielleicht noch eine Woche. Würde gerne noch ein zweites Mal drüber gehen und dann muss das Ganze ja auch noch vollständig abtrocknen. Lebt diese Veronica hier am Lago?«

»Ja und nein. Sie ist seit vier Monaten zu Gast bei ihrer Tante, einer Signora Gaspari, die ebenfalls ursprünglich vom Lago Maggiore kommt und seit bald 35 Jahren ein Hotel zusammen mit ihrem Mann in dem kleinen Ort San Benedetto ein Hotel betreibt.«

»Meinst du dieses San Benedetto, durch das man auf dem Weg von Peschiera nach Sirmione kommt?«

»Ja, genau das meine ich.«

»Und was macht Veronica da?«

»In den Monaten September und Oktober hat sie ihrer Tante während der ausklingenden Saison im Hotel geholfen. Sie ist selbst wohl Hotelfachfrau und denkt darüber nach, ob sie das Hotel übernehmen will und kann. Jedenfalls hat ihre Tante ihr das Angebot schon vor knapp zwei Jahren das erste Mal gemacht. Und in diesem Herbst hat sie deren Einladung endlich angenommen, sich den Betrieb einmal genauer anzuschauen. Im November dann wurde die Tante ziemlich krank und Veronica ist hiergeblieben, um dem Mann von Signora Gaspari beim Versorgen der vier Kinder ein bisschen unter die Arme zu greifen. Inzwischen gefällt es ihr dort so gut, dass sie ernsthaft in Erwägung zieht, mehr oder wenig gleich hierzubleiben und schon ab der nächsten Saison das Haus zu führen. Und heute haben wir uns eben auf einen Kaffee in diesem Hotel verabredet. Sie möchte mir gerne das Haus zeigen und mich um meine Meinung zu dem Objekt bitten.«

»Ah. Gnädige Frau macht jetzt in Immobilien, verstehe.«

»Na und? Wäre ja wohl nicht das Schlechteste hier am Lago die Garda. Da geht immer was, würde ich vermuten. Was dagegen?«

»Nun sei doch nicht gleich eingeschnappt. Nur, weil ich einen kleinen Scherz gemacht habe.«

»Bin ich doch gar nicht. Kein bisschen. Und nebenbei bemerkt hat mich Veronica auch nicht wegen meiner Immobilien-Expertise gebeten. Wir sind beide ähnlich spirituell, wie ich vermute. Jedenfalls hat sie ihre Bitte an mich begründet mit den Worten: ›Ich würde gerne von dir eine Einschätzung dazu haben wollen, wie du die Energie im unmittelbaren Umfeld des Objekts und im Haus selbst empfindest.‹ Und wie du weißt, mein lieber Alfredo: Auf diesem Feld bin ich besonders gut und leicht ansprechbar. Außerdem bin ich neugierig. Und schließlich finde ich Veronica, wie gesagt, sehr sympathisch.«

Anna zieht sich Schuhe an, holt ihren Mantel von der Garderobe, kommt kurz zu mir zurück, um mir einen Kuss zu geben, nimmt den Schlüssel für den Bully und verlässt das Rustico.

Garibaldi steht gerade zufällig am Fenster seines Wohnzimmers, als er den VW-Bus langsam aus der Einfahrt der an das Rustico angrenzenden kleinen garagenähnlichen Scheune rollen sieht. Am Steuer sitzt die Autorin. Er blickt auf die

Uhr und wundert sich darüber, dass sie sich heute circa zwei Stunden vor der üblichen Zeit auf den Weg macht. Da sie von dem Rustico aus nach rechts auf die Straße abbiegt, die sich beim ersten Kreisverkehr am Ortseingang von Albisano in eine Straße hinunter nach Torri del Benacco und eine nach Garda verzweigt, ist er sich ziemlich sicher, dass sie wie gewohnt nach Peschiera zu ihrem Yoga-Kurs fährt und vorher wahrscheinlich noch etwas erledigt.

Seinen Plan ist er unzählige Male in Gedanken durchgegangen. Um 18:10 Uhr wird er mit seinem Lancia zu der Stelle an der Via Volpara hinunter den Parcheggio Falesia Garda Alta fahren, an der der schmale Weg hinunter zu den beiden schon seit Längerem verlassenen Villen führt. Vom Parkplatz aus, der ihm von Mauro, dem Schwiegersohn der Eigentümer des Panorama Hotels vermietet worden ist, bis zu diesem Abzweig benötigt er je nach Verkehrslage zwischen fünf und höchstens zehn Minuten. Den Rückweg zu Fuß wird er in einer halben Stunde schaffen. Und die Fahrt mit dem Rennrad erneut zu dem Abzweig hinunter wird ungefähr 18 Minuten dauern. Da er auf der sicheren Seite sein und auf keinen Fall ihre Rückkehr nach Albisano verpassen will, hat er rund 20 Minuten Puffer vorgesehen und wird somit maximal 75 Minuten auf ihre Ankunft warten.

Etliche Male hat Garibaldi auf dem kleinen Weg während dieses Zeitraums gewartet und die vorbeifahrenden Autos gezählt. Mehr als vier Fahrzeuge sind es innerhalb dieser großzügig bemessenen Stunde nie. Und ebenso oft steht er auf der anderen Straßenseite hinter einem großen Busch, um sich das Bild der Front des VW-Busses bei Dunkelheit genau einzuprägen. Ein leichtes Unterfangen, denn schräg rechts und links über den regulären Scheinwerfern dieses Oldtimers befinden sich die in Chrom eingefassten Blinklichter, die den Schein der Laternen am Straßenrand zusätzlich zu den Chromringen rund um die Scheinwerfer reflektieren. Dieser Anblick in Kombination mit dem schon von Weitem vernehmbaren einzigartigen Geräusch des Boxermotors wird es ihm ermöglichen, den Bus sicher und schnell als das Fahrzeug der Autorin identifizieren zu können, um dann rechtzeitig genug alles Weitere zu tun.

Garibaldi spürt Nervosität in sich aufsteigen. Er beschließt die ihm noch verbleibende Zeit dafür zu nutzen, mit dem Fahrrad hinunter zu den beiden verlassenen Häusern zu fahren, um sich dort noch einmal zu vergewissern, dass alles so geblieben ist, wie er es vorbereitet hat. Vor ungefähr sechs Wochen hatte er entschieden, dass der zweigeschossige Keller des hinteren schlossartigen Anwesens an der kleinen, schlecht befestigten abschüssigen Straße das optimale Versteck ist, um die Autorin gefangenzuhalten, nachdem er sich ihrer bemächtigt hat. Er konnte sich zu beiden Häusern völlig problemlos Zutritt verschaffen und jeden Winkel inspizieren. Für sein Vorhaben hat er sich dann für das größere und zerfallenere Objekt entschieden, da dieses ganz offensichtlich schon deutlich länger leerzustehen scheint und auch nicht den Eindruck erweckt, dass dort zeitnah Eigentümer oder Mieter zurückkehren werden. Außerdem liegt es abgelegener und ist noch schlechter einsehbar als die vordere und näher an der Straße gelegene Villa. Garibaldi blickt auf die Uhr. Wenn alles glattläuft, wird die Autorin in spätestens fünfeinhalb Stunden in seiner Gewalt sein.

Anna ist sichtlich beeindruckt vom Hotel Mimi. Zwar steht das Objekt in zweiter Reihe. Da aber das davor befindliche Gebäude nur ein Stockwerk hat, tiefer gelegen ist und obendrein genug Abstand zum Hotel hat, hat man sogar von der Hotelterrasse aus einen wunderschönen Blick auf den See. Alle Zimmer haben Seeblick. Das Haus wirkt erstaunlich zeitgemäß eingerichtet. Klare Linien, hochwertige Materialien und zahlreiche Accessoires, denen anzusehen ist, dass hier ein guter Geist und eine ordnende Hand mit viel Sinn für Ästhetik und Verstand für zeitlosen Stil sorgt. Der große Pool und ein sehr gepflegter Garten vermitteln den Eindruck, als könne man es hier die meiste Zeit des Jahres gut aushalten, um sich zu entspannen.

Veronica und Anna machen nach dem Café einen Spaziergang durch einige Straßen des Ortes und gehen dann hinunter ans Seeufer. Es bläst ihnen ein eisiger Wind entgegen.

»Il Monte Baldo manda i suoi spiriti invernali, sagen die Leute hier unten, wenn es so kalt windet«, kommentierte Veronica die kalte Luft.

»Der Monte Baldo schickt seine Wintergeister«, wiederholt Anna. »Ist das so? Kommt der Wind von dort oben? Warum bekommen wir in Albisano dann nicht so viel davon mit?«

»Das kann ich dir nicht sagen. Und ob dieser eiskalte Wind wirklich vom Berg kommt, weiß ich auch nicht«, erwidert Veronica. »Ich finde diese Formulierung einfach nur hübsch. Und es entstehen sofort Bilder in meinem Kopf.«

Anna und Veronica trinken trotz der bevorstehenden zwei Übungsstunden noch einen kleinen Ramazzotti an der Bar des Hotels und fahren dann in zwei unterschiedlichen Autos zum Yogastudio nach Peschiera.

Auf dem Rückweg nach Albisano spürt Anna einen leichten Schmerz auf der rechten Seite des Rückens. Beim Bhujangasana, der Übung, die auch Kobra genannt wird, hat sie den Rücken etwas zu stark durchgedrückt. So sehr, dass sie sich dabei wahrscheinlich eine Zerrung zugezogen hat. Da ihr das aber immer wieder mal passiert, dass sie die Übungen zu ambitioniert macht und sich dabei die eine oder andere Zerrung zuzieht, nimmt sie es nicht weiter ernst.

Sie genießt die abendliche Fahrt über die nahezu autofreie Uferstraße einmal in der Woche. Nicht einmal in Garda, wo sich der Verkehr auf der Strada Gardesana vom Frühjahr bis zum Herbst üblicherweise an der zweiten großen von einer Ampel geregelten Kreuzung so aufstaut, dass man an das Stauende von Bardolino aus bereits beim Parc Hotel

Germano und von Torri del Benaco aus auf der Via San Carlo schon am Lido Brancolino erreicht. Hier in Garda biegt sie von der Uferstraße rechts ab auf die steil ansteigende Via Campiani, die sich der alte VW-Bus jede Woche zweimal mühsam hinauf quält. Jene Straße, die weiter oben in die Via Valpora übergeht und nach Albisano führt.

Garibaldi glaubt, in der Ferne das Geräusch des Boxermotors zu hören. Er hält den Atem an, um noch einmal genauer hinzuhören. Ja, unverkennbar, das ist die Autorin mit dem alten Bus. Er läuft zum Graben neben seinem Auto, holt das Rennrad, läuft mit dem Rad zurück zur Straße, legt es mitten auf die Straße, den sich in einer weit geöffneten Bauchtasche befindenden Elektroschocker neben den Sattel des Fahrrads und positioniert sich selbst auf der Straße liegend so, dass er die Hand bereits in der Bauchtasche am Elektroschocker hat und mit einem Satz aufspringen kann. Der Bus kommt näher. Die Lichtkegel der Scheinwerfer sind bereits zu sehen.

Anna hat inzwischen schon bis in den zweiten Gang herunterschalten müssen, damit der 44-PS-Motor auch das steilste Stück Via Campiani problemlos überwindet. Plötzlich sieht sie im Scheinwerferlicht vor sich etwas auf der Straße liegen. Sie verlangsamt ihre Fahrt, schaltet die Warnblinkleuchte ein, hält kurz darauf mit gebührendem Abstand an und versucht zu erkennen, was sich da in circa 200 Meter Entfernung auf der Straße befindet. Es sieht nach einem Menschen und einem Fahrrad aus. Und soweit sie erkennen kann, handelt es sich bei der dort auf der Straße liegenden Person um eine Frau, da es so scheint, als ob sie längere schwarze Haare hat. Anna zieht die Handbremse des Bullys ganz fest an, öffnet die Tür bei laufendem Motor, steigt aus, hält sich mit einer Hand an der Tür fest und ruft »Hallo?«.

Keine Reaktion.

»Hallo? Geht es Ihnen gut? Was ist passiert? Bitte sagen Sie doch etwas!«

Erneut keine Antwort. Anna glaubt, ein leises Wimmern oder Stöhnen zu hören. Sie steigt wieder in den Bus ein, dreht den Zündschlüssel, um den Motor auszuschalten, und steigt wieder aus.

»Hallo? So antworten Sie doch bitte, wenn Sie können.«

Ja, jetzt ist das leise Stöhnen einer weiblichen Stimme deutlich zu hören. Anna wundert sich über sich selbst. Da liegt eine Frau auf der Straße. Offensichtlich hat diese Frau einen Unfall mit ihrem Fahrrad gehabt. Und augenscheinlich scheint sie sich dabei verletzt zu haben. Doch Anna bleibt wie angewurzelt an der Tür des Bullys stehen, anstatt zu der Person zu eilen, nach dem Rechten zu sehen und bestenfalls Erste Hilfe zu leisten. Irgendetwas hält sie zurück. Gerade in dem Augenblick, in dem sie im Begriff, ist sich von ihren Zweifeln und der Angst zu befreien, die Tür ihres Autos loslässt und sich der Person nähern will, sieht sie in der Ferne Blaulicht auftauchen. Möglicherweise ist hier schon ein anderer Autofahrer gewesen und hat Polizei und Krankenwagen benachrichtigt. Anna hält inne. Wenige Sekunden später ist das Blaulichtfahrzeug vor Ort und stoppt ungefähr 30 Meter vor der auf der Straße liegenden Person. Gott sei Dank! Anna ist erleichtert. Es sind die Carabinieri.

Heimliche Abreise

18. Januar 2011

Während ich auf dem Boden des Rusticos knie, höre ich, wie Anna das Tor zur Scheune öffnet und den VW-Bus langsam rückwärts in die Garage zirkelt. Oft habe ich mich schon daran erfreut, wie sicher sie präzise einparken kann. Das Geräusch des Boxermotors erstirbt. Die Autotür fällt ins Schloss. Der innen am Scheunentor angebrachte Riegel wird vorgeschoben, die Tür zum Garten wird geöffnet und gleich darauf wieder verschlossen.

Die Schritte Annas kommen auf den Terrazzoplatten näher und kurz darauf öffnet sie die Tür zum Rustico. Ich stehe auf, um sie mit einer Umarmung und einem Kuss zu begrüßen und ihr aus dem Mantel zu helfen. Als ich die Arme um sie lege und sie auf den Hals küssen will, beginnt sie, leise zu schluchzen.

»Was ist los, Anna?«

Anstatt zu antworten, schluchzt sie weiter leise in sich hinein. In der Hoffnung, dass sie sich bald wieder beruhigt und mir dann den Grund für diese Gemütsverfassung mitteilt, halte ich sie einfach weiterhin fest in meinen Armen. Es dauert eine gefühlte Ewigkeit, bis sie mit beiden Händen meine Arme von sich löst.

»Bitte gib mir etwas Zeit, Alfredo. Es hat weder etwas mit dir noch mit uns zu tun. Ich muss nur erst die letzten 15 Minuten noch einmal Revue passieren lassen, um mit der Situation klarzukommen.«

»Wieso? Was ist denn passiert, um Himmels willen. Rede mit mir!«

»Alfredo, bitte!«

Anna zieht ihren Mantel aus, hängt ihn über einen Stab der Garderobe und klettert die Stufen der Treppe ins obere Stockwerk hinauf. Wie von ihr gewünscht, überlasse ich sie wortlos sich selbst, knie mich wieder hin und bearbeite die letzten Stellen des Fußbodens mit dem Öl.

Circa eine halbe Stunde später ist das Werk vollbracht. Ich verschließe die Öldose, wickle es in den Lappen, stehe auf, stelle sie auf den Tisch, wische meine Hände am Overall ab und begutachte meine Arbeit. Zwar hat es jetzt am Ende doch insgesamt fast sechs Wochen gedauert, aber wegen der Jahreszeit kann ich die Möbel nicht einfach auf die Terrasse stellen und den ganzen Boden auf einmal renovieren. Es geht immer nur partiell voran. Möbel verrücken, ein Stück bearbeiten, Möbel verrücken, das nächste Stück bearbeiten und so weiter. Doch jetzt endlich ist es fertig. Und das Ergebnis kann sich sehen lassen. Der Versuch ist geglückt, einerseits den Charme der Patina dieses alten Fußbodens zu erhalten und ihn andererseits in frisch renoviertem Gewand neu erstrahlen zu lassen.

Anna kommt die Stiege hinunter und kommentiert meine soeben abgeschlossenen Arbeiten mit den Worten »Donnerwetter. Die Übung ist gelungen. Rundherum. Dem Restauratör scheint nichts zu schwer. Auch dafür bewundere ich dich. Du bist ein richtiges Allroundtalent. Wenn ich wählen müsste zwischen Herz, Hand und Verstand wüsste ich gar nicht, wofür ich mich zuerst entscheiden sollte.«

»Musst dich nicht entscheiden. Du bekommst freiwillig alle drei von mir, Anna. Magst du ein Glas Wein? Magst du reden? Soll ich das Feuer im Kamin neu entfachen?«

»Erst nehme ich die drei Ersten und dann die drei Darauffolgenden. Ja, gerne ein Glas Wein. Währenddessen kümmere ich mich um das Feuer. Sieht so aus, als bedürfe es da keiner besonderen Anstrengung. Ist noch ziemlich viel Glut.«

»Weiß, Rosé oder Rot?«

»Zum Kaminfeuer passt eigentlich nur ein Rotwein, wie ich finde. Aber es wäre mir lieb, wenn du anstelle des zwar köstlichen, aber doch recht schwereren Amarone etwas Leichteres in Rot aufmachen würdest, Alfredo.«

»Gerne. Erinnerst du dich an diesen Ruwer von der Familie von Nell?«

»Du meinst den von diesem Dominikaner Weingut, der auch im Barrique ausgebaut ist?«

»Den meine ich. Wenn ich mich recht erinnere, haben wir noch eine letzte Flasche von dem. Und wenn ich uns die jetzt öffne, bleibt es heute Abend auch bei einer Flasche. Weil es wenig Freude macht, danach zu wechseln. Was meinst du?«

»Gute Idee.«

Anna hat die drei Holzscheite noch nicht ganz über der Glut zusammengestellt, da beginnt das Feuer im Kamin auch schon wieder zu brennen. Vor dem Kamin hockend, sieht sie mich mit herausforderndem Blick an.

»Und? Wo bleibt der Wein, Monsieur?«

Ich gehe zur Kammer, zwänge mich an den Regalen mit den Lebensmittelvorräten im vorderen Bereich vorbei und finde den Ruva Rubina auf Anhieb im zweiten Weinregal auf der rechten Seite. Gespannt gehe ich in den Küchenbereich zurück, befreie die Flasche vom Korken und gieße uns ein Glas des Weines ein. Wir setzen uns vor den Kamin und ich blicke Anna erwartungsvoll an.

»Danke, dass du respektiert hast, dass ich nicht gleich nach meiner Rückkehr aus Peschiera ins Reden kommen wollte. Cin cin, Alfredo!«

»Al tuo benessere, Carissima. Bist du so weit für deine Berichterstattung?«

»Si, sono pronta. An sich ist gar nichts Schreckliches passiert. Ich komme mit dem Bus die Via Valporo hoch und kurz hinter diesem auf der linken Seite liegenden, alten, schäbigen Sporthotel Olimpo musste ich anhalten, weil mitten auf der Straße ein Fahrrad und ein Mensch lagen. Irgendwie sah es nach einem Unfall aus. Und irgendwie auch nicht. Aus unerklärlichen Gründen hielt ich die Szene nicht für echt und empfand das gesamte Szenario als gestellt.«

»Warum? Was war daran merkwürdig?«, will ich wissen.

»Beim besten Willen kann ich dir diese Frage nicht beantworten, Alfredo. Aber denk mal nach: Hast du schon mal auf dieser Strecke im Januar um diese Uhrzeit einen Rennradfahrer gesehen? Ein einziges Mal ist uns einer begegnet, als wir an einem Dezemberabend von Torri über die Via per Albisano ins Dorf gekommen sind. Ansonsten kann ich mich an keinen einzigen Radfahrer erinnern, der uns bei Dunkelheit entgegengekommen wäre. Du?«

Ich denke einen Moment über Annas Worte und ihre Frage nach, nehme einen Schluck vom Ruva Rubina und antwortete ihr mit einem klaren und kurzen »Nein«. Da Anna nach meinem Nein nicht fortfährt, ermutige ich sie: »Und weiter? Was hast du dann weiter gemacht?«

»Ich habe den Motor des Autos laufen lassen, bin ausgestiegen und habe versucht, aus der Ferne Kontakt mit der Person aufzunehmen. Sie reagierte aber nicht. Jedenfalls bewegte sie sich nicht und ich konnte wegen des laufenden Motors auch nicht genau hören, ob sie auf mein Hallo irgendetwas antwortete.«

»Und dann?«

»Ich habe den Motor ausgemacht und erneut Hallo gerufen. Da der Motor aus war und ich jetzt besser hören konnte, glaubte ich ein leises Stöhnen oder Wimmern von einer Frau zu hören. Und gerade als ich entschlossen hatte, mich mit der gebotenen Vorsicht der Person zu nähern, kam von Albisano aus mit ziemlichem Tempo ein Fahrzeug mit Blaulicht. Deshalb blieb ich erst mal am Bus stehen und wartete ab, was passierte. Ich dachte, dass vielleicht ein anderer Autofahrer die Polizei oder einen Krankenwagen benachrichtigt hatte.«

»Anna! Bitte spann mich nicht so auf die Folter. Willst du die Geschichte vielleicht mal von hinten erzählen? Was war denn nun wirklich passiert? Ich verstehe immer noch nicht, warum dich das alles so aufgeregt hat, dass du nach deiner Rückkehr hier ins Rustico weinen musstest und erst nicht mit mir reden konntest.«

»Ich weiß, dass Geduld nicht deine Stärke ist. Aber es würde mir helfen, wenn du jetzt einfach nur zuhörst und mich die ganze Begebenheit der Reihe nach erzählen lässt. Glaubst du, dass das eventuell mal möglich ist? Ich bitte dich wirklich darum, Alfredo.«

So gerne ich Anna zuhöre, so schwer fällt es mir, ihren Erzählungen zu folgen, wenn ich mit dem Zuhören die Erwartung verbinde, einen mir unbekannten Sachverhalt von ihr erklärt oder aufgeklärt zu bekommen.

»In Gottes Namen, ja, Anna, ich will mich bemühen. Aber kannst du vielleicht versuchen, deine Erzählungen zügiger zu dem Punkt vorwärtszutreiben, an dem sich für mich die emotionale Betroffenheit erschließt, mit der du vor einer halben Stunde das Rustico betreten hast?«

»Kann sein, dass ich es kann. Aber jetzt will ich es gerade nicht können. Und ich wünsche mir von dir, dass du es aushältst, dass ich es nicht können will. Meinst du, dass du das kannst?«

»In jedem Fall besser als das Pingpong-Spiel, das du hier gerade mit mir veranstaltest.«

»Es waren die Carabinieri. Sie stoppten ihr Fahrzeug circa 30 Meter vor der Person mit dem Fahrrad, stiegen aus, gingen beide jeweils mit einer Taschenlampe ausgestattet zu der auf der Straße liegenden Person, beugten sich über sie und wechselten ein paar Worte mit ihr. Dann kam einer der Carabinieri auf mich zu und leuchtete mit seiner Lampe direkt in mein Gesicht. Ich hielt meine Hand vor die Augen, weil diese Lampe extrem stark war und mich blendete, und bat dann den Carabiniere, mir nicht direkt ins Gesicht zu leuchten. Dann war er aber auch schon bei mir und fragte mich, warum ich an dieser Stelle mit meinem Fahrzeug mitten auf der Straße stehe. Ich erkannte übrigens in ihm einen der Polizisten wieder, die damals auf dem Markt in Bardolino deine Personalien aufgenommen hatten. Und ich glaube, er erkannte den Bus auch wieder. Wahrscheinlich fahren hier am See nicht so viele von diesen Oldtimern herum. Als ich ihm den Sachverhalt erklärt hatte, bat er mich, mit zum Polizeifahrzeug zu kommen. Ich wollte wissen, ob die Person verletzt sei und ob jemand die Carabinieri benachrichtigt hätte. Darauf gab er mir jedoch keine Antwort, sondern bat mich erneut, ihn zu seinem Fahrzeug zu begleiten. Gemeinsam gingen wir an der Frau vorbei, die ...«

»Woher wusstest du, dass es eine Frau war?«, unterbreche ich Anna.

»Die Person lag zwar mit dem Gesicht nach unten auf dem Asphalt, aber die langen schwarzen Haare und eine eher sportlich-zierliche Figur schienen mir deutliche Hinweise auf das weibliche Geschlecht zu sein.«

Anna legt eine Erzählpause ein, um sich einen Schluck des Rotweins zu gönnen. Diesen Moment nutze ich für die Frage, die mir auf der Zunge liegt.

»Kanntest du die Frau? Kam sie aus Albisano?«

»Da ich dem Carabiniere zum Auto folgen musste, konnte ich nur einen kurzen Blick im Vorbeigehen auf sie werfen. Außerdem kniete der andere Carabiniere über der Frau und schien mit ihr zu sprechen. Jedenfalls hörte ich sie in reinstem Italienisch sagen: ›Nein, nein. Nicht das Auto. Mein Vorderrad.‹ Dann stöhnte sie leise und schon war ich an den beiden vorbei. Als ich an der Beifahrertür stehend dem Carabiniere meine Personalien mitteilte, beobachtete ich aus einiger Entfernung, wie der andere Polizist der Frau beim Aufstehen half, sie dann leicht nach rechts gekrümmt stehen blieb und mit beiden Händen ihre rechte Hüfte hielt, er schließlich das Rennrad aufhob und offensichtlich vergeblich nach einem Ständer suchte. Dann kamen die beiden ebenfalls zum Auto der Carabinieri. Er schob das Rennrad. Sie humpelte neben ihm und ihrem Rad her. Jetzt, als ich die Frau näherkommen sah, erkannte ich sie wieder. Sie ist uns schon einige Male hier im Ort begegnet. Vielleicht kannst du dich an die Situation erinnern, wo uns eine jüngere Frau entgegenkam, als wir meinen Peugeot vom Parkplatz des Panorama Hotels holen wollten, um einen kleinen spätherbstlichen Ausflug damit zu machen. Als die Frau uns sah, drehte sie ganz ungeschickt um und ging zu ihrem Lancia zurück, der ebenfalls auf dem Parkplatz stand, setzte sich rein, startete das Auto aber nicht. Und als wir vergeblich versuchten, den Peugeot anzulassen, stieg sie aus ihrem Auto wieder aus und verließ den Parkplatz mit schnellen und ziemlich kraftvollen Schritten. Du hattest diesen Abgang noch kommentiert mit den Worten: ›Die geht wie ein Kerl.‹ Erinnerst du dich an die Begebenheit, Alfredo?«

»Ja, an die Situation kann ich mich dunkel erinnern. Aber zu der Person habe ich überhaupt kein Bild. Nicht einmal an lange schwarze Haare erinnere ich mich. Dass du sie da auf der Straße im Dunkeln wiedererkannt hast, finde ich bemerkenswert. Aber sei mir nicht böse, Anna: Ich habe immer noch nicht erfahren, was denn nun der Grund für deine aufgeregte und schlechte Verfassung gewesen ist, als du vorhin hier zu Hause angekommen bist.«

»Gleich wird es sich dir erschließen, Alfredo. Die Carabinieri wollten die Personalien von ihr aufnehmen. Aber sie hatte keinerlei Ausweispapiere dabei. Als Wohnsitz gab sie die Via Corrubbio in Albisano an. Du weißt, wo das ist?«

»Keine Ahnung«, antworte ich wahrheitsgetreu.

»Das ist schräg gegenüber vom Rustico. Sie sagte, sie wohne direkt über der kleinen Bar. Von dort aus kann man prima jede Bewegung von uns beobachten, Alfredo. Diese Person wollte partout nicht, dass die Carabinieri ihr helfen oder einen Krankenwagen rufen. Sie sagte, dass alles schon wieder gut sei. Das Fahrrad sei ja im Grunde vollkommen ganz geblieben. Nur der Lenker und der Sattel seien etwas verdreht. Aber das könne sie selbst schon wieder so weit richten, dass sie es bestimmt alleine mit dem Rad hinauf nach Albisano schaffen würde. Auf einmal soll es alles gar nicht so schlimm gewesen sein? Und kurz zuvor lag diese Frau noch stöhnend auf der Straße? Das passt nicht zusammen, Alfredo, oder? Sie sagte noch, dass sie bei der Fahrt den Berg runter ziemlich schnell geworden und durch den plötzlichen Sturz total erschrocken gewesen sei, dass es jetzt aber schon wieder okay sei und sie jetzt gerne nach Hause fahren wollen würde. Der Carabiniere wies sie dann darauf hin, dass sie den Elektroschocker nicht behalten dürfe, dass man aber ein Auge zudrücken und von einer Anzeige wegen unerlaubten Waffenbesitzes absehen würde. Dann übergab er ihr das Rennrad, das bis zu diesem Moment am Auto der Carabinieri angelehnt war, und wünschte ihr eine sichere Heimfahrt. An dem Rad war nichts verdreht, geschweige denn entzweit, soweit ich das sehen konnte, Alfredo. Dieses Fahrrad war vollkommen in Ordnung. Und auch der Frau fehlte meiner Meinung nach gar nichts. Absolut nichts. Verstehst du?!«

»Du meinst, das war ein vorgetäuschter Unfall und die hatte es auf dich abgesehen?«

»Nur so kann ich mir einen Reim auf die Situation machen. Wer fährt dann im kalten Januar bei völliger Dunkelheit mit dem Fahrrad von Albisano runter nach Garda? Vor allem, wenn er in Albisano wohnt?«

»Woher weißt du, dass sie nach Garda runter und nicht nach Albisano hinaufgeradelt ist?«

»Weil sie selbst von der hohen Geschwindigkeit sprach, die sie bei der Fahrt bergab plötzlich hatte. Warum fährt ein Mensch, der in Albisano wohnt, mit dem Rad im Dunkeln nach Garda? Was macht diese Person hier in Albisano? Warum hatte sie einen Elektroschocker dabei? Das stinkt doch zum Himmel.«

»Den Elektroschocker könnte sie dabeigehabt haben, um sich selbst vor einem Überfall zu schützen. Und die abendliche Radtour könnte sie einfach wegen des Kitzels gemacht haben. Es gibt doch jede Menge junge Leute, die allen möglichen Blödsinn machen, um einen Adrenalinkick zu bekommen. Und dass sie über der Bar wohnt, kann reiner Zufall sein.«

»Ja, das ist theoretisch möglich. Aber: Ich glaube in diesem Fall an keinen Zufall. Der Blick dieser Frau, mit dem sie mich ansah, bevor sie auf ihr Rennrad stieg und bergauf fuhr, dieser Blick hatte etwas Hasserfülltes und Siegesgewisses. Es war, als wollte sie mir sagen: ›Dieses Mal hast du Glück gehabt. Aber ich kriege dich!‹ In diesem Moment wurde mir schlagartig klar, dass es kein Ende nimmt, Alfredo.«

»Du meinst, sie gehört einer der Organisationen an, die das Schreiben und Veröffentlichen des Buches verhindern wollten?«

»Dass sie eine Mitarbeiterin von Ibrahim ist, halte ich für ausgeschlossen. Diese Aktion sah nicht nach der Absicht aus, mich zu beschützen. Ich kann mir auch kein Motiv vorstellen, warum eine einzelne Person es auf mich abgesehen haben sollte. Bleibt also nur die Variante *Operation Pagina.*«

»Was ich dann aber nicht verstehe, Anna: Wir sind die letzten Wochen eigentlich nur hier oben im Rustico geblieben. Außer den regelmäßigen Spaziergängen, unseren wöchentlichen Fahrten zum Markt und deinen Besuchen im Yoga-Studio sind wir immer hier gewesen. Da wäre es doch viel leichter gewesen, uns hier nachts zu überwältigen.«

»Was weiß ich. Vielleicht lautet der ausdrückliche Befehl *Nur die Autorin – ihrem Partner darf kein Haar gekrümmt werden*, oder so was.«

»Und warum bitte schicken sie dann eine Frau und keinen kräftigen Mann?«

»Weil sie annehmen, dass wir keine Frau erwarten. Reflektiere mal die ganzen letzten Wochen unserer Zweisamkeit. Wenn wir das Haus verlassen haben, haben wir beide sehr aufmerksam unsere Umgebung abgesucht nach auffälligen Personen, die uns beschatten. Hast du dabei dein Augenmerk auf Frauen oder Männer gelegt?«

»Du hast recht, Anna. Ich wäre im Leben nicht auf die Idee gekommen, nach einer Frau Ausschau zu halten. Aber eine Frau als Entführerin oder Auftragskillerin?«

»Denk bitte nur mal an die Rote-Armee-Fraktion in den Sechzigerjahren, an diese linksextremistische Terrorgruppe Baader-Meinhof. Da waren bei den Mordkommandos auch immer Frauen mit am Werk. Außerdem glaube ich gar nicht, dass die Radfahrerin eine Frau ist. Vielmehr vermute ich, dass sie ein als Frau getarnter Mann ist. In dem Moment, als sie sich aufs Rad setzte und losfuhr, fiel mir dein Spruch vom Parkplatz ein. ›Die geht wie ein Kerl.‹ Und jetzt zu der von dir so sehnlichst gewünschten Erklärung meiner Gemütsverfassung vorhin: Geweint habe ich, weil mir auf dem Rückweg klar geworden ist, dass unsere Zweisamkeit bis auf Weiteres ein Ende haben muss. Unsere Wege müssen sich trennen, Alfredo.«

»Was hast du vor? Willst du dich von Ibrahims Leuten verstecken und beschützen lassen?«

»Nein, ich nehme an, dass das keine gute Idee wäre. Sobald Ibrahim irgendetwas veranlasst, sind die Gegenspieler meiner Einschätzung nach auch sofort im Bilde. Nein, ich denke, ich werde es dieses Mal auf eigene Faust tun.«

»Wie stellst du dir das denn vor? Du meinst, du spazierst hier einfach mal so mit dem Köfferchen raus, winkst dieser Frau am besten noch ein Auf Wiedersehen zu und verreist dann ganz entspannt, ja? Und vor allem: Wo willst du dann hin?«

»Das mit dem einfach mal so rausspazieren, trifft es schon ganz gut. Einen Koffer werde ich jedoch nicht mitnehmen. Wir werden eine unserer regulären Fahrten zum Markt für mein Verschwinden nutzen. So wie wir sonst auch immer zum Markt fahren, verlassen wir das Rustico mit dem Bus. Und zwar gleich morgen früh. Die Radfahrerin wird sich jetzt erst mal ein paar Tage zurückziehen und sich von dem missglückten Versuch erholen. Deshalb muss ich schnell handeln und die Gunst der Stunde nutzen. Heute ist Dienstag. Ich packe morgen einen Rucksack mit dem Nötigsten. Dann verlassen wir übermorgen früh wie jede Woche zur gewohnten Zeit das Haus. Allerdings fahren wir nicht zum Markt nach Bardolino, sondern du bringst mich bitte nach Verona. Dort steige ich in den Zug und fahre erst mal zu meiner Freundin Chiara. Sie ist die einzige Person, die mir im Moment einfällt, die bei denen bislang völlig unbemerkt geblieben sein dürfte.«

»Du scheinst dir ja schon einen sehr konkreten Plan gemacht zu haben. Wann hast du denn dafür Zeit gehabt? Und was hast du dann vor, wenn du bei ihr bist?«

»Das ist kein lang zurechtgelegter Plan, Alfredo. Das ist in der letzten halben Stunde aus Einsicht und Not entstanden. Ich denke, dass ich auf diesem Weg erst mal ein paar Tage Zeit gewinne. Und diese Zeit werde ich nutzen, um mir einen echten Plan zu machen.«

»Und wie erfahre ich von deinen Plänen?«

»Erst mal gar nicht. Ich bin mir ziemlich sicher, dass es das Beste ist, wenn wir die nächsten Wochen gar keinen Kontakt haben. Kein Telefon. Kein Brief. Keine Botschaften über irgendwelche Kuriere. Wirklich keinen Kontakt.«

»Du bist ja vielleicht lustig. Und ich soll in der Zwischenzeit einsam und verlassen hier oben darauf warten, dass du mir eines fernen Tages von Außerirdischen deinen Verbleib und deine weitere persönliche Zukunft mitteilen lässt? Das ist hoffentlich nicht dein Ernst?!«

»Doch Alfredo, das ist es. Das ist mein absoluter Ernst. Weil ich es für die einzige Möglichkeit halte, endlich zur Ruhe zu kommen. Zwar weiß ich nicht, welche der Organisationen da jetzt noch was von mir will, aber es ist offensichtlich, dass nach wie vor Interesse an meiner Person besteht. Um dich zu schützen und mich in Sicherheit zu bringen, muss ich für einige Zeit verschwinden. Du hast solche Zeiten in der Vergangenheit schon mehrfach ausgehalten. Und ich bin sicher, dass du es jetzt noch einmal aushältst. Allerdings glaube ich, dass es besser wäre, wenn du nicht hier in Albisano auf mich wartest.«

»Warum das? Wo soll ich deiner Meinung nach hin?!«

»Ich denke, dass es besser ist, wenn du auch aus dem Blickfeld dieser Radfahrerin und ihrer Organisation verschwindest und einige Zeit abtauchst. Gibt es in deinem Leben jemanden, bei dem du für ein paar Wochen Unterschlupf finden kannst, eine Person, die du während unserer gemeinsamen Zeit nicht oft, am besten gar nicht getroffen hast, die diese Organisation deshalb wahrscheinlich nicht kennt oder wenigstens nicht auf dem Radar hat?«

»Nein, einen solchen Freund habe ich nicht. Der Einzige, von dem ich mir vorstellen könnte, dass er mich ein paar Tage oder vielleicht auch Wochen bei sich aufnehmen könnte, wäre Thomas Casper.«

»Du meinst deinen Kölner Freund und Verleger, dem wir 2006 als Erstes unser Exposé geschickt haben und den du seitdem nicht wiedergesehen hast?«

»Ja, den meine ich. Bei dem gibt es nur das Problem ...«

»... dass du nicht genau weißt, ob er noch in Amerika lebt und nach wie vor mit der Rettung seines Unternehmens beschäftigt oder mittlerweile schon wieder zurück in Deutschland ist, richtig? Außerdem kennt ihn zumindest dieser Dante. Denn der hat ja angeblich damals das Exposé von Casper bekommen«, unterbricht mich Anna.

»Nein, der ist sicher keine gute Wahl.«

»Ja. Und wenn ich jetzt telefonisch Kontakt mit ihm aufzunehmen versuchen würde, dann würden die es sicher mitbekommen. Ich gehe davon aus, dass sie mich ebenso auf Schritt und Tritt beobachten wie dich. Oder was meinst du?«

»Das fürchte ich auch. Also scheidet diese Option aus.«

Anna schweigt, trinkt erneut einen Schluck des Ruva Rubina, steht auf, um ihr Handy zu holen.

»Lass mich mal meine Kontakte durchschauen. Vielleicht fällt mir jemand ein, den die bestimmt nicht im Visier haben und bei dem du unbeobachtet eine gewisse Zeit verbringen könntest.« Noch bevor sie ernsthaft zu suchen beginnt, ruft sie: »Ich hab's. Magst du …«

»Psst!«, unterbreche ich Anna energisch. Sie schaut mich überrascht an, schweigt aber wie von mir geboten, während ich aufstehe, mein Weinglas auf dem Tisch abstelle, zu ihr gehe, mich zu ihr herunterbeuge und ihr so leise wie möglich ins Ohr flüstere: »Vielleicht werden wir abgehört. Dann werden die jetzt unser gesamtes Vorhaben mitbekommen.«

Anna flüstert zurück: »Aber ich habe doch eben von Chiara in Rom gesprochen.«

»Nein. Du hast nur den Namen Chiara erwähnt, aber nicht, dass sie in Rom lebt.«

»Okay, dann sprechen wir jetzt laut weiter und tun so, als würden wir den Plan der heimlichen Abreise verwerfen?«

»Genau so machen wir es. Währenddessen untersuche ich jeden Winkel hier unten, nehme jedes Bild ab, schaue unter und auf jede Lampe. Vielleicht finde ich eine Wanze.«

»Okay.«

Anna hört auf, zu flüstern, und reagiert auf mein vorheriges »Psst« mit der Frage: »Was ist denn jetzt in dich gefahren, Alfredo? Was machst du für merkwürdige Bewegungen?«

»Psst. Sei still. Ich habe gerade eine Erscheinung.«

Anna und ich schweigen eine Weile und kichern uns lautlos zu. Wie zwei Kinder, die etwas Verbotenes anstellen und eine diebische Freude an ihrer Heimlichtuerei haben.

»So jetzt bin ich wieder ansprechbar«, beende ich unser kurzes stummes Schauspiel.

»Du machst mir Angst, Alfredo. Eingebungen und Erscheinungen sind doch eher mein Thema. Ich wusste gar nicht, dass das ansteckend ist.«

»Ist es auch nicht. Ich hatte nur einen Gedanken, den ich auf jeden Fall zu Ende denken wollte. Deshalb bin ich dir so energisch ins Wort gefallen.«

»Und was war das für ein Gedanke?«

»Es war der Gedanke, dass wir hier im Rustico am sichersten sind. Diese Fahrradfahrerin hat uns bisher in Ruhe gelassen. Und das wird sie vermutlich auch weiterhin tun. Weil sie eben nicht an uns beiden, sondern nur an dir interessiert ist. Und wenn wir ab jetzt wirklich ganz konsequent alles zu zweit machen, wird sie keinen Übergriff wagen. Das hat sie bisher ja auch nicht getan. Außerdem denke ich, dass wir sie wohl zu zweit überwältigt bekommen, falls sie uns alleine angreift. Vorsorglich können wir ab jetzt auch stets eine Waffe mitnehmen. Ich habe ganz hinten in der Vorratskammer auf dem Sims eine voll funktionstüchtige Walther PPK in einer Weinkiste aus Holz liegen. In dieser Kiste befindet sich auch genügend Munition. Die Waffe werden wir laden und ab jetzt immer bei uns führen.«

»Das klingt grundsätzlich nach einem guten Plan. Aber wie lange soll das so gehen?«

»So lange, bis wir diese Frau zu fassen bekommen.«

»Wie bitte?«, fragt Anna und schauspielert dabei das blanke Entsetzen.

»Du hast völlig richtig verstanden. Wir drehen den Spieß zur Abwechslung mal um.«

»Du meinst, nicht wir sind nicht länger die Gejagten, sondern wir jagen?«

»Na ja, auf jeden Fall könnten wir uns die Radfahrerin mal schnappen und von ihr ein paar Informationen zum

Beispiel über die Organisation einholen, für die sie arbeitet. Und obendrein hätten wir dann eine Geisel.«

»Mit diesem Gedanken muss ich mich erst mal anfreunden, Alfredo. Bitte lass mich wenigstens eine Nacht darüber schlafen.«

Während dieses Dialogs habe ich alle Bilderrahmen ab- und wieder aufgehängt, Stühle umgedreht, bin unter den Tisch gekrochen, habe vier Lampen inspiziert, diverse Schränke untersucht, aber nichts finden können, was einem Abhörgerät ähnlichsieht. Mit dem Thema an sich hatte ich mich vor einigen Jahren beschäftigt, weil ich für ein Unternehmen, das Überwachungskameras, hochsensible Mikrofone und so genannten Wanzen herstellt, fast zwei Jahre lang Werbetexte geschrieben hatte. Und da mich dieser Auftraggeber seinerzeit mit umfassendem Wettbewerbsmaterial ausgestattet hatte, waren mir noch etliche Bilder von diesen winzigen Dingern in Erinnerung.

»Gerne, Anna. Gerne schlafen wir über dieses Vorhaben eine Nacht lang und entscheiden morgen im Verlauf des Tages, wie wir vorgehen. Ich bin übrigens auch verdammt müde. Ich merke jetzt erst, dass mich das Fertigstellen des Bodens doch deutlich mehr angestrengt hat, als ich es für möglich gehalten habe. Lass uns nur noch den Rest des Weines austrinken und dann zu Bett gehen, einverstanden?«

»So machen wir das Alfredo. Ich habe allerdings noch genug im Glas. Bitte trink du den Rest.«

Wir lassen das Feuer im Kamin schweigend herunterbrennen, stellen die leer getrunkenen Gläser und die leere Flasche in den Küchenbereich und klettern nacheinander die Stiege ins obere Stockwerk hinauf, um uns im Bad bettfertig zu machen und dann schlafen zu gehen. Anna flüstert mir im Bett noch ins Ohr, dass wir ihrer Meinung nach eine wirklich bühnenreife Show abgeliefert haben und dass sie es für eine gute Idee hält, wenn ich bei ihrem Freund Ingolf Unterschlupf finde. Deshalb schlägt sie mir vor, dass ich gleich, nachdem ich sie in Verona am Bahnhof abgeliefert habe, in meine Wohnung nach München fahre und dort darauf warten soll, dass Ingolf Kontakt mit mir aufnimmt.

Am darauffolgenden Tag packen wir die nötigsten Sachen ein und am Morgen des übernächsten Tages, am Donnerstag, dem 20. Januar 2011, reisen wir wie geplant heimlich aus Albisano ab.

Theaterstück

23. Februar 2011

Ingolfs Haus wirkt auf mich wie eine Bauhaus-Ausstellung. Hier ein Eames-Chair, dort ein Wassily-Sessel, vor dem Fernseher eine Cobusier-Liege, Jacobsen-Stühle um den Esstisch, ein Schreibtisch von Thonet als Arbeitsplatz. Und das alles verteilt auf fünf Etagen eines im Split-Level gebauten, offenen und mit viel Glas und Chrom gestalteten Architektenhauses. Sein Zuhause ist eine Ansammlung von Designerobjekten in einem ästhetisch-kühlen Umfeld, das aber dennoch eine wohnlich-warme Atmosphäre vermittelt. Unbehandelter Beton an einigen Wänden und allen Treppen, geölte Holzböden in den Wohn- und Schlafgemächern, überall indirekte Beleuchtungsarrangements, hochwertige Einbauschränke und Regalkonstruktionen, farblich aufeinander abgestimmt wirkende Vorhänge und Wohnaccessoires, anthrazitfarbene Granitböden in den Sanitärbereichen und der offenen Küche, jede Menge Miele-Schnickschnack in einer modernen Bulthaup-Küche und eine vollständig ausgestattete separate Zweizimmerwohnung mit Küche, WC und Duschbad mit separatem Eingang für Gäste.

Als Ingolf mir sein Domizil mit einem Glas Champagner in der Hand das erste Mal zeigt, rechne ich überschlägig aus, dass andere Menschen vom Gesamtwert seiner Einrichtungsgegenstände vermutlich eine Doppelhaushälfte in einem der östlichen Vororte Münchens kaufen könnten. In Ismaning, Aschheim, Kirchheim oder Vaterstetten zahlt man für ein 100 Quadratmeter kleines Reihenmittelhaus rund

650.000 Euro. Allein für seine Küche dürfte er nach meiner Schätzung an die 100.000 Euro bezahlt haben. Während der Hausführung erzählt er mir zu etlichen Details kleine Geschichten, die mich annehmen lassen, dass er diese Gesamtkomposition selbst zusammengestellt hat. Beeindruckt von seinem guten Geschmack und zugleich auch ein bisschen neidisch darauf, wie gut situiert er zu sein scheint, vermeide ich die Frage danach, womit er sein Geld verdient. Ich bin einfach nur dankbar, bei ihm wohnen zu dürfen.

Seit vier Wochen bin ich nun schon Gast in seinem Haus. Wie vereinbart habe ich Anna nach Verona zum Bahnhof gebracht. Sie war so voller Energie und Zuversicht, dass wir jetzt nur noch ein Mal für ein paar Wochen voneinander getrennt sein und nach dieser Trennung endlich wieder zueinander finden würden. Eine Therapie wolle sie gemeinsam mit mir machen, damit wir unsere Altlasten und Päckchen voreinander auspacken, auf diesem Weg mehr Verständnis füreinander entwickeln, verkrustete Muster aufbrechen und auch wieder die Freude an Körperlichkeit und Sexualität entwickeln könnten. Ich selbst bin dann auf direktem Weg nach München in meine Wohnung gefahren. Anna muss sich noch am Tag ihrer Abreise mit Ingolf in Verbindung gesetzt haben, denn er stand bereits einen Tag nach meiner Ankunft in München am späten Nachmittag vor meiner Wohnungstür in der Isabellastraße.

»Ich habe gehört, ich soll hier einen jungen Mann abholen, der die nächsten Tage besser unentdeckt bleiben will. Sind Sie das?«

Ich bat ihn rein, wir tranken einen Espresso, ich räumte die Tassen und Untertassen gleich wieder weg, nahm meine noch nicht ausgepackte Reisetasche, schloss die Wohnung ab und stellte den Bully hinten im Hof in meine Garage. Anschließend fuhren wir mit seinem Benzinschlucker, einem achtzylindrigen Chevrolet Blazer, zu ihm nach Bogenhausen.

Obwohl Ingolf mir angeboten hat, ich könne mich im ganzen Haus frei bewegen, mache ich davon keinen Gebrauch. Ich genieße meine Zurückgezogenheit, fülle die Tage mit ausgiebigen Spaziergängen an der Isar, ordne meine Gedanken in der Form, dass ich alle daraus resultierenden Buchstaben in meinem MacBook speichere und von Zeit zu Zeit erneut durchlese, und nehme gerne die verschiedenen Einladungen von Ingolf an, abends gemeinsam ein Glas Wein oder auch mal einen schön torfigen Malt Whiskey zu trinken.

Am Mittwoch, dem 23. Februar 2011, beschließt die Universität Bayreuth den Doktortitel des Verteidigungsministers Karl-Theodor zu Guttenberg zurückzunehmen, mit der Begründung, er habe in seiner Dissertation in erheblichem Umfang gegen wissenschaftliche Pflichten verstoßen. Ich höre diese Nachricht in dem Moment im Radio, in dem Ingolf mit einer Flasche Whiskey und zwei Gläsern an der Tür der Gästewohnung klingelt und um Einlass bittet.

»Lass uns einen Drink nehmen, Alfredo. Ich habe schlechte Nachrichten.«

Er wartet gar nicht ab, ob ich ihm Einlass gewähre, sondern drückt sich an mir vorbei, geht ins Wohnzimmer, setzt sich auf die Baxter und gießt uns einen Whiskey ein. Ich schließe die Tür und folge ihm irritiert. Er hält mir das Glas hin.

»Anna ist tot.«

Verstört blicke ich ihn an und stelle das Glas unangetastet auf dem Tisch ab.

»Welche Anna?«

»Welche Anna? Anna halt. Deine und meine Anna. Sie ist tot. Angeblich hat sie sich hier in München vor die S-Bahn geworfen.«

»Woher hast du diese Information?«

»Von Ralph. Ihrem Anwalt. Er war vor einer Viertelstunde hier und hat mir einen Abschiedsbrief vorgelesen.«

Ich setze mich neben Ingolf auf die Baxter. Fassungslos schaue ich erst ihn an, dann aus dem Fenster und schließlich auf die Flasche Talisker Port Ruighe, die Ingolf inzwischen auf dem Tisch neben mein Glas abgestellt hat. Bilder von morastigen, aus einem Moor herausragenden Leichen tauchen vor meinem inneren Auge auf. Ich höre das kreischende Geräusch einer notbremsenden S-Bahn und sehe dreck- und blutverschmierte einzelne Körperteile durch die Luft fliegen. Mir wird übel. Ich schaffe es gerade noch, rechtzeitig zur Gästetoilette zu rennen, die Tür hinter mir zu schließen, Deckel und Brille hochzuklappen und vermutlich den gesamten Inhalt meines Magens auszuleeren.

Ingolf ist mir hinterhergekommen und fragt mich durch die geschlossene Tür hindurch: »Bist du okay? Brauchst du Hilfe? Nimm einen Schluck, ich habe den guten Talisker hier für dich in der Hand. Komm schon. Mach auf und nimm einen Schluck. Das tut bestimmt gut.«

Ich befeuchte eines der Gästehandtücher, wische mir das Gesicht damit ab, werfe es in das Behältnis für gebrauchte Handtücher und öffne die Tür behutsam und in leicht gebückter Haltung.

Ingolf bietet mir erneut einen Whiskey an, den ich jedoch ablehne.

»Wenn ich ihn nur rieche, muss ich mich gleich wieder über die Schüssel beugen. Nein, danke. Vielleicht später. Wenn ich mich wieder etwas gefasst habe. Hast du den Brief? Kannst du ihn mir auch vorlesen?«

»Nein. Aber ich kann dir ungefähr wiedergeben, was drinsteht. Außerdem wird ihr Anwalt dir diesen Brief auch noch mal vorlesen. Das steht dort unter anderem als ihr Wunsch. Da Ralph aber nicht weiß, dass du zurzeit hier bei mir wohnst, habe ich ihn erst mal wieder gehen lassen. Sie bittet uns, sie in guter Erinnerung zu behalten und ihr diesen Abgang zu verzeihen. Aber sie sah keine andere Möglichkeit, zur Ruhe zu kommen, als die der ewigen Ruhe. Die letzten Jahre ständiger Verfolgung und die verschiedenen Zustände von Bedrohung und Angst hätten ihr so sehr zugesetzt, dass sie sich nach langer und reiflicher Überlegung entschlossen habe, dem Ganzen ein Ende zu bereiten. Sie hat in diesem Brief darauf hingewiesen, dass bei Ralph ein Testament hinterlegt ist und dass alle von ihr Begünstigten zur Verlesung dieses Testaments geladen werden. Dies seien dieselben Personen, denen auch der Brief vorgelesen werden soll und die zu ihrer Beerdigung eingeladen werden. Im Übrigen hat sie verfügt, dass zur Identifikation ihrer Leiche von einer DNA-Analyse ausdrücklich abgesehen werden soll. Sie hat bis ins kleinste Detail beschrieben, wo und wie diese Beerdigung stattzufinden hat. Komischerweise will sie hier in München und nicht in Berlin begraben werden. Das war's im Wesentlichen.«

Ingolf prostet mir zu.

»Ich denke, diese Flasche wird uns fürs Erste helfen, irgendwie damit klarzukommen.«

Tatsächlich leert Ingolf über die Hälfte der Flasche, während er ununterbrochen von seiner Freundschaft und den verschiedenen Begegnungen mit Anna erzählt, mit zunehmenden Alkoholkonsum auch einige Male weint und ausschließlich um sich, seine Erinnerungen und seine Befindlichkeit kreist.

Ich höre Ingolf sprechen, höre aber nicht, was er sagt. Es ist, als wäre meine Fähigkeit zur Interaktion erloschen und ich nur noch in der Lage mit meinen Blicken Löcher in die Luft zu stanzen. Ich spüre Übelkeit in mir aufsteigen, mit jedem Schluck Whiskey, den Ingolf zu sich nimmt. Irgendwann hat er einen Zustand erreicht, in dem ihm die Artikulation schwerfällt und er einsieht, dass er jetzt wohl besser in seinen Teil des Hauses geht, um seinen Rausch auszuschlafen. Dazu kommt es jedoch nicht, weil er plötzlich auf der Baxter einfach nur zu Seite kippt und einschläft.

Ich lege seine Beine auf die Couch, decke ihn zu und muss unweigerlich an Anna denken. So ungefähr muss es sich also anfühlen, wenn man glaubt, nicht gesehen zu werden. Ich schäme mich dafür, gehe ins Schlafzimmer der Gästewohnung, kann jedoch nicht einschlafen. Ich wälze mich von einer Seite auf die andere. Muss ich mir Vorwürfe machen? Hat sie sich meinetwegen umgebracht? Hätte ich ihr aufmerksamer zuhören sollen? Sie hat doch gesagt, dass sie sich nicht gesehen fühlt. Warum bin ich nicht darauf eingegangen? Hätte ich ihr meine sexuellen Eskapaden gestehen müssen? Hätte ich ihr den ganzen Kram anvertrauen sollen, den ich im Rahmen meiner diversen Therapien über meine Großmutter, meine Mutter und über mich sowie mein Verhältnis zu Frauen erfahren habe? Was hätte es gebracht? Hat sie nicht zu mir gesagt, dass niemand das Päckchen des anderen mittragen kann? Mein Gedankenkarussell nimmt Fahrt auf und dreht sich immer schneller um die Frage: *Ist es meine Schuld?*

Ihre Beerdigung findet am Vormittag des 12. März 2011 auf dem Münchner Ostfriedhof statt. Ihr Sarg steht aufgebahrt auf einer Bühne. Hinter verschlossenem rotem Samtvorhang. Nachdem sich die gesamte Trauergemeinde versammelt hat, beginnt eine Sopranistin in Begleitung einer voluminös klingenden Orgel Whitney Houstons Lied *I will always love you* anzustimmen. Währenddessen öffnet sich ganz allmählich der Vorhang und gibt den Blick auf den mitten auf der Bühne platzierten Sarg frei. Ingolf trägt das Gedicht aus dem Film *Vier Hochzeiten und ein Todesfall* vor. So hatte sie es sich gewünscht.

Ich halte kurz inne und frage mich, worum es eigentlich in dem Film geht? Soweit ich mich erinnere, spielte Hugh Grant die Hauptrolle und verkörperte einen Lebenskünstler und Schwerenöter, der dem weiblichen Geschlecht sehr zugetan und auf vielen Hochzeiten als Gast zugegen ist, aber selbst unter keinen Umständen heiraten will … bis ihm eines schönen Tages eine bildhübsche und kluge Frau begegnet, in die er sich richtig verliebt. Mit ihr kann er sich nun doch eine Heirat vorstellen. Im entscheidenden Moment versäumt er es jedoch, Ja zu sagen. Daraufhin verlieren sich die beiden wieder. Um die restlichen Tage seines Lebens nicht alleine verbringen zu müssen, entscheidet er sich, eine andere Frau zum Altar zu führen. Doch auf der Hochzeit begegnet er der geliebten Frau erneut.

War es eine Botschaft an mich, dass Anna dieses Gedicht hat vorlesen lassen? Will sie mir damit das Zeichen geben, dass ich daran glauben darf und soll, dass wir uns irgendwann irgendwo wiederbegegnen? Für wen hat sie ihre Beerdigung so inszeniert? Wem will sie damit etwas mitteilen? Quer über der Bühne hängt ein golden eingefasstes, weißes Leinenband mit den Worten: *Der ORT der Erkenntnis ist im WORT zu finden.* »Ein Theaterstück hätte nicht aufwändiger inszeniert sein können«, war mein letzter bewusster Gedanke in dieser Nacht.

Epilog

Ich knie. Mein Oberkörper ist nach vorne gebeugt und ich stütze mich mit den Händen auf dem Keramikrand der Toilettenschüssel ab. Diese unangekündigt auftretende Übelkeit ergreift seit ihrer Beerdigung regelmäßig Besitz von mir. Sie kommt immer dann auf, wenn ich mir ihren von der S-Bahn zermalmten, notdürftig zusammengeflickten, im Sarg liegenden Körper vorstelle. Meine Gedanken sind ständig bei ihr.

Am 30. April 2011 bin ich endlich wieder in meinem Rustico. In der ersten Nacht nach meiner Ankunft finde ich auf der dritten Stufe der Stiege im ersten Stock den zusammengefalteten Zettel. Da ich die Notiz beim ersten Mal nicht vollständig zu Ende gelesen, sondern den Zettel nach dem Satz *Der ORT der Erkenntnis ist im WORT zu finden* wieder zusammengefaltet und auf die Stiege zurückgelegt habe, lasse ich die Toilettenbrille los, stehe auf, schleppe mich zur Treppe und entfalte den Zettel erneut, um die Notiz vollständig zu lesen:

Der ORT der Erkenntnis ist im WORT zu finden. Finde den Algorithmus der exponentiellen Verbreitung. Dort findest du auch dein Glück und die Liebe deines Lebens.

Ist diese Nachricht von ihr? Sollte sie ihren Selbstmord vielleicht doch nur vorgetäuscht haben, um von der Bildfläche verschwinden zu können? Ich erinnere mich an das Gespräch vom November 2009, in dem sie ihre Einschätzung zur eher überschaubaren Wirksamkeit eines Buches mit mir geteilt hatte und mich dafür gewinnen wollte, den Inhalt auch über die weltweit vernetzten Internetplattformen unter die Menschheit zu bringen. Was aber hat dann jetzt die Aufforderung zu bedeuten, dass ich den Algorithmus der exponentiellen Verbreitung finden solle. Meint sie damit wirklich die formal festgelegte Vorgehensweise, nach der eine definierte Aufgabe gemäß einem strukturierten Schema gelöst wird, oder einen Ort? Und war der Hinweis, dass ich dort auch Glück und die Liebe meines Lebens finden würde die Botschaft, dass sie noch lebt und ich mich auf den Weg zu ihr machen solle? Aber wohin? An welchem Ort würde ich sie finden?

Danksagung

Die Liste der Menschen, denen ich danken möchte, ist lang. Zu lang, um sie alle namentlich zu erwähnen. Und erst recht zu lang, um auch noch ihre individuellen Beiträge angemessen zu würdigen, die sie unmittelbar oder mittelbar zur Entstehung dieses Buches geleistet haben.

Auf einige wenige werde ich mich im Folgenden beschränken. Da sind zum ersten Menschen aus dem familiären Umfeld: Luise Seinsch, Tante Anna, Erich Mahrenholz, Ella Mahrenholz, Sigrid Bornhäußer, Jürgen Seinsch, Gaby Bornhäußer, Petra Gorzanelli und meine drei Söhne Benjamin, Leonardo und Nino-Alexander.

Zum Zweiten gibt es da die Personen, die schon früh an mich geglaubt, mich gefördert und begleitet haben: Vera F. Birkenbihl, Max Meier-Maletz, Heinz Goldmann, Hans A. Hey, Siegfried Huth, Christo Quiske, Elke Rickenbach, Maria Sorel dé Neufchateau, Dr. Bertold Ulsamer, Jan Wage und Jean-Pierre Zosso..

Und zu guter Letzt gibt es da noch drei weitere besondere Menschen, die mich während der neun Jahre des Recherchierens und Schreibens inspiriert, kritisiert und motiviert haben: Manuela Martins, Bernadette Barnett und meine wohlwollende, achtsame und geduldige Lektorin Deniz S. Özdemir.

Sie alle und viele weitere Menschen aus dem Kunden- und Freundeskreis haben auf sehr unterschiedliche Weise dazu beigetragen, dass ich über 652 Seiten hinweg die 26 Zeichen unseres Alphabets in immer neuen Reihenfolgen angeordnet und zu dem verbunden habe, was Sie, verehrte Leserin, verehrter Leser, jetzt als Roman in den Händen halten. Ein Dankeschön dafür auch an Sie.